STEPHEN KING
Cuento de hadas

Stephen King es autor de más de sesenta libros, todos ellos best sellers internacionales. Sus títulos más recientes son *Billy Summers, Después, La sangre manda* y *El Instituto.* Su novela *22/11/63* estuvo entre los diez mejores lanzamientos de 2011 según *The New York Times Review* y ganó el premio al mejor *thriller* de *Los Angeles Times.* Algunas de sus obras más emblemáticas, como la serie *La Torre Oscura, Cementerio de animales* o *Doctor Sueño* han inspirado grandes proyectos cinematográficos. Uno de ellos, *It,* ostenta el título de ser la película de terror que más ha recaudado en la historia del cine. Le ha sido concedido el premio Audio Publisher Association Lifetime Achievement en 2020, el PEN American Literary Service en 2018, la National Medal of Arts en 2014 y la National Book Foundation Medal for Distinguished Contribution to American Letters en 2003. Vive en Bangor, Maine, con su esposa Tabitha King, también novelista.

CUENTO DE HADAS

STEPHEN KING

CUENTO DE HADAS

Traducción de
Carlos Milla Soler

VINTAGE ESPAÑOL

Título original: *Fairy Tale*
Primera edición: noviembre de 2022

© 2022, Stephen King
Publicado por acuerdo con el autor, representado por The Lotts Agency, Ltd.
© 2022, Penguin Random House Grupo Editorial, S. A. U.
Travessera de Gràcia, 47-49. 08021 Barcelona
© 2022, Carlos Milla Soler, por la traducción
© 2022, Penguin Random House Grupo Editorial USA, LLC
8950 SW 74th Court, Suite 2010
Miami, FL 33156

© 2015, la canción «Rien qu'une fois» de Keen'V / Zonee.L / Matthieu Evain / Fabrice Vanvert de YP /
RECORD TWO, reproducida con el consentimiento de KEEN'V, YP y RECORD TWO
Ilustraciones de Gabriel Rodríguez (capítulos impares y epílogo) y Nicolas Delort (capítulos pares).

Compuesto en La Nueva Edimac, S. L.

Impreso en México - *Printed in Mexico*

ISBN: 978-1-64473-687-6

22 23 24 25 26   10 9 8 7 6 5 4 3 2 1

En recuerdo de REH, ERB y, naturalmente, HPL

Y deja siempre que la conciencia sea tu guía.

HADA AZUL

1

El maldito puente.
El milagro. El aullido.

1

Estoy seguro de que puedo contar esta historia. También estoy seguro de que nadie se la creerá. Eso me da igual. Me basta con contarla. Para mí —y está claro que para muchos escritores, no solo los novatos como yo—, el problema es decidir por dónde empezar.

Primero pensé que el punto de partida debía ser el cobertizo, porque es allí donde comenzaron en realidad mis aventuras, pero después caí en la cuenta de que tendría que hablar antes del señor Bowditch y de cómo nació nuestra estrecha relación. Aunque no habría ocurrido de no ser por el milagro que le aconteció a mi padre. Un milagro muy corriente, diréis, uno que ha sucedido a muchos miles de hombres y mujeres desde 1935, pero para un crío fue un milagro.

Solo que tampoco ese es el comienzo idóneo, porque dudo que mi padre hubiese necesitado un milagro de no ser por aquel maldito puente. Es por ahí, pues, por donde debo empezar, por el maldito puente de Sycamore Street. Y ahora, mientras pienso en esas cosas, veo un claro hilo que conduce a lo largo de los años hasta el señor Bowditch y el cobertizo cerrado con candado detrás de su vieja y ruinosa casa victoriana.

Aunque un hilo puede romperse fácilmente. Por tanto, no un hilo, sino una cadena. Una cadena sólida. Y yo era el crío con el grillete en torno a la muñeca.

2

El río Little Rumple discurre por el extremo norte de Sentry's Rest (localidad conocida entre los lugareños como Sentry), y hasta 1996, el año en que yo nací, lo atravesaba un puente de madera. Ese año los inspectores del Departamento de Transporte por Carretera del estado lo examinaron y lo declararon peligroso. Los vecinos de nuestro lado de Sentry lo sabían desde 1982, dijo mi padre. Según el cartel, el puente soportaba un peso máximo de cinco mil kilos, pero la gente del pueblo que circulaba con la camioneta muy cargada las más de las veces lo evitaba, optando por el tramo de circunvalación de la autopista, que era un desvío molesto y requería mucho tiempo. Mi padre decía que incluso en coche notabas las sacudidas, el temblor y las reverberaciones de las tablas al pasar. Era un peligro, los inspectores no se equivocaban en eso, pero he aquí la ironía: si no hubiesen sustituido el viejo puente de madera por otro de acero, mi madre quizá seguiría viva.

El Little Rumple es, como su nombre indica, pequeño, y la construcción del puente nuevo no llevó mucho tiempo. Demolieron el arco de madera y abrieron el nuevo al tráfico en abril de 1997.

«El alcalde cortó una cinta, el padre Coughlin bendijo el maldito puente, y eso fue todo —dijo mi padre una noche. En ese momento estaba bastante borracho—. No puede decirse que para nosotros fuese una bendición, ¿verdad, Charlie?».

Lo bautizaron como puente de Frank Ellsworth, por un héroe del pueblo que había muerto en Vietnam, aunque los lugareños lo llamaban el puente de Sycamore Street sin más. Sycamore Street era una calle bien asfaltada en ambos tramos, pero la superficie del puente —de cuarenta y tres metros— era de rejilla de acero y producía un zumbido cuando pasaban coches y retumbaba cuando lo utilizaban camionetas, lo cual ya era posible, porque el nuevo puente admitía una carga máxima de treinta mil kilos. Insuficiente para un tráiler con toda su carga, pero en cualquier caso por Sycamore Street nunca transitaban camiones de larga distancia.

Pese a que el ayuntamiento hablaba todos los años de pavimentar la superficie del puente y añadir al menos una acera, al parecer todos los años surgían asuntos que requerían el dinero con mayor urgencia. No creo que una acera hubiese salvado a mi madre, pero el pavimento quizá sí. No hay forma de saberlo, ¿verdad?

Aquel maldito puente.

3

Vivíamos hacia la mitad de la cuesta de la colina de Sycamore Street, a menos de medio kilómetro del puente. Al otro lado había una pequeña gasolinera con un supermercado llamado Zip Mart. Vendía lo de costumbre, desde aceite de motor hasta pan de molde Wonder Bread y pastelitos Little Debbie, pero también pollo frito hecho por el dueño, el señor Eliades (conocido entre los vecinos como señor Zippy). Ese pollo cumplía exactamente lo que prometía el anuncio del escaparate: EL MEJOR DEL PAÍS. Aún recuerdo lo sabroso que era, pero no volví a comer un solo trozo después de la muerte de mi madre. Si lo hubiese intentado, se me habría atragantado.

Un sábado de noviembre de 2003 —cuando el ayuntamiento seguía deliberando sobre el pavimentado del puente y decidía una vez más que podía postergarse otro año—, mi madre nos dijo que iba a acercarse al Zippy a comprar pollo frito para cenar. Mi padre y yo estábamos viendo un partido de fútbol americano universitario por televisión.

—Será mejor que te lleves el coche —dijo mi padre—. Va a llover.

—Me conviene hacer ejercicio —dijo mi madre—, pero me pondré la gabardina de Caperucita Roja.

Y eso llevaba puesto la última vez que la vi. No se había levantado la capucha porque aún no llovía, así que le caía el cabello por los hombros. Yo tenía siete años y pensaba que mi madre tenía el pelo rojo más bonito del mundo. Me vio mirarla por la ventana y se despidió con la mano. Yo le devolví el saludo y centré de nuevo la atención en el televisor, donde en ese momento el equipo de la Universidad Estatal de Luisiana avanzaba con el balón. Ojalá la hubiese mirado más tiempo, pero no me culpo. En esta vida uno nunca sabe cuándo va a abrirse una trampilla, ¿no?

No fue culpa mía, ni fue culpa de mi padre, aunque me consta que él sí se sintió responsable. Pensó: *Si hubiese movido el culo y la hubiese llevado en coche a la maldita tienda...* Probablemente tampoco fue culpa del fontanero al volante de la furgoneta. Según la policía, no había bebido, y él juró que respetaba el límite de velocidad, que era de cuarenta kilómetros por hora en nuestra zona residencial. Según mi padre, incluso si decía la verdad, ese hombre debió de apartar la mirada de la calle, aunque fuera solo unos segundos. Es probable que mi padre tuviera razón en eso. Era perito de seguros, y el único accidente puro que había conocido, según me dijo en una ocasión, era el de un hombre de Arizona que resultó muerto cuando le cayó un meteorito en la cabeza.

—Siempre hay alguien que comete un error —dijo mi padre—. Lo cual no es lo mismo que ser culpable.

—¿Crees que el hombre que atropelló a mamá es culpable? —pregunté.

Él se detuvo a pensarlo. Se llevó el vaso a los labios y bebió. Habían pasado ya seis u ocho meses desde la muerte de mi madre, y ya apenas probaba la cerveza. Por entonces consumía exclusivamente ginebra Gilbey's.

—Intento no culparlo. Y en general lo consigo, salvo cuando me despierto a las dos de la madrugada y veo que estoy solo en la cama. Entonces sí lo culpo.

Mi madre bajó a pie por la cuesta. Había un cartel en el punto donde terminaba la acera. Dejó atrás el cartel y cruzó el puente. Para entonces ya oscurecía y empezaba a lloviznar. Entró en la tienda, e Irina Eliades (conocida, naturalmente, como señora Zippy) le dijo que en tres minutos, cinco a lo sumo, saldría más pollo. En algún lugar de Pine Street, no lejos de nuestra casa, el fontanero acababa de terminar su último trabajo de ese sábado y guardaba la caja de herramientas en la trasera de la furgoneta.

El pollo salió, caliente, crujiente y dorado. La señora Zippy dispuso ocho trozos en una caja y dio a mi madre una alita de más para que se la comiera por el camino. Mi madre le dio las gracias, pagó y se detuvo a echar un vistazo al expositor de revistas. De no ser por eso, tal vez habría logrado cruzar todo el puente…, ¿quién sabe? La furgoneta del fontanero debía de estar doblando por Sycamore Street e iniciando el descenso de casi dos kilómetros mientras mi madre hojeaba el último número de *People*.

Volvió a dejarlo en el expositor, abrió la puerta y dijo a la señora Zippy por encima del hombro: «Buenas noches». Quizá gritara al ver que la furgoneta iba a embestirla, y a saber en qué estaba pensando, pero esas fueron las últimas palabras que pronunció. Salió. Para entonces caía una lluvia fría y constante, trazos plateados bajo el resplandor de la única farola en el lado del puente del Zip Mart.

Mordisqueando la alita de pollo, mi madre pasó a la plataforma de acero. Los faros la iluminaron y proyectaron una larga sombra a su espalda. El fontanero pasó por delante del cartel del otro extremo, el que previene: ¡PRECAUCIÓN! ¡HIELO EN LA SUPERFICIE DEL PUENTE ANTES DE

LA CALZADA! ¿Iba mirando por el espejo retrovisor? ¿Comprobaba quizá si tenía algún mensaje en el móvil? Contestó que no a ambas preguntas, pero, cuando pienso en lo que le ocurrió a mi madre aquella noche, siempre me acuerdo de lo que decía mi padre: el único accidente puro que había conocido era el del hombre al que le cayó un meteorito en la cabeza.

Había espacio de sobra; el puente de acero era bastante más ancho que el anterior, el de madera. El problema fue la rejilla de acero. El fontanero vio a mi madre, que llegaba ya a la mitad del puente, y pisó el freno, no porque fuera demasiado deprisa (o eso dijo), sino en un acto reflejo. Había empezado a formarse hielo en la superficie de acero. La furgoneta patinó y comenzó a irse de lado. Mi madre se apretó contra la baranda del puente y se le cayó el trocito de pollo. La furgoneta siguió derrapando, la embistió y, haciéndola girar como una peonza, la arrastró a lo largo de la baranda. No quiero ni pensar en las partes del cuerpo que le arrancó aquella rotación mortal, pero a veces no puedo evitarlo. Lo único que sé es que al final la furgoneta, empujándola con el morro, la estampó contra un montante cerca del extremo del puente más próximo al Zip Mart. Parte de ella fue a caer al Little Rumple. El resto, casi todo lo demás, permaneció en el puente.

Llevo una foto de nosotros dos en la cartera. Yo tendría unos tres años cuando se tomó. Me sostiene en la cadera. Yo hundo una mano en su pelo. Tenía un pelo precioso.

5

La de ese año fue una Navidad de mierda, os lo aseguro.

Recuerdo la recepción después del funeral. Se celebró en nuestra casa. Mi padre estaba allí, saludando a la gente y aceptando las condolencias, y de pronto desapareció. Pregunté a su hermano, mi tío Bob, dónde se había metido. «Ha tenido que acostarse —dijo el tío Bob—. Estaba agotado, Charlie. ¿Por qué no sales a jugar?».

En la vida me había apetecido menos jugar, pero obedecí. Al pasar junto a un corrillo de adultos que habían salido a fumar, oí que uno decía: «El pobre, borracho como una cuba». Incluso en ese momento, sumido en el dolor por la muerte de mi madre, supe de quién hablaban.

Antes de que muriera mi madre, mi padre era lo que yo llamaría «un bebedor habitual». Por entonces yo estaba en segundo y era, pues, muy pequeño, así que supongo que debéis tomaros eso con pinzas, pero lo sostengo. Nunca lo oí arrastrar las palabras, no andaba dando traspiés por la casa, no iba de bares y jamás nos puso la mano encima ni a mi madre ni a mí. Llegaba a casa con su maletín, y mamá le preparaba una copa, normalmente un martini. Ella se tomaba otra. Por la noche, mientras veíamos la tele, se bebía quizá un par de cervezas. Eso era todo.

La situación cambió después de lo del maldito puente. Estuvo borracho tras el funeral («como una cuba»), borracho en Navidad y borracho en Nochevieja (que, como más tarde averigüé, las personas como él llamaban «noche de aficionados»). Durante las semanas y meses posteriores a la muerte de mi madre, pasó borracho la mayor parte del tiempo. Sobre todo en casa. Seguía sin ir de bares por la noche («Demasiados gilipollas como yo», dijo una vez) y seguía sin ponerme la mano encima, pero el hábito de la bebida escapaba a su control. Eso lo sé ahora; por aquel entonces solo lo aceptaba. Es lo que hacen los niños. También los perros.

Me encontré con que tenía que procurarme yo el desayuno dos mañanas por semana, luego cuatro, luego casi siempre.

Comía cereales Alpha-Bits o Apple Jacks en la cocina y lo oía roncar en el dormitorio: unos fuertes ronquidos de lancha motora. En ocasiones se olvidaba de afeitarse antes de marcharse al trabajo. Después de la cena (comida para llevar cada vez más a menudo), le escondía las llaves del coche. Si necesitaba una nueva botella, podía ir a pie al Zippy y comprar una allí. A veces me preocupaba que se cruzara con un coche en el maldito puente, pero no demasiado. Estaba seguro (*casi* seguro, al menos) de que difícilmente mi padre y mi madre perecerían en el mismo sitio. Mi padre trabajaba en el mundo de los seguros, y yo sabía qué eran las tablas actuariales: un cálculo de probabilidades.

Mi padre era bueno en su oficio y fue trampeando durante más de tres años a pesar de la bebida. ¿Recibió advertencias en el trabajo? No lo sé, pero es muy posible. ¿Lo pararon por conducción anómala cuando empezó a beber ya al mediodía? De ser así, quizá lo dejaron ir con una simple amonestación. Digamos que no puede descartarse la posibilidad, porque conocía a todos los policías del pueblo. Tratar con policías formaba parte de su trabajo.

Durante esos tres años, se impuso cierto ritmo en nuestras vidas. Tal vez no fuera un buen ritmo, no la clase de ritmo al que a uno le gustaría bailar, pero era previsible. Yo llegaba a casa del colegio a eso de las tres. Mi padre aparecía a eso de las cinco, ya con unas cuantas copas en el cuerpo y en el aliento (no salía de bares por la noche, pero más tarde averigüé que frecuentaba la taberna Duffy's de camino a casa al volver de la oficina). Traía pizza o tacos o comida china de Joy Fun. Algunas noches se le olvidaba y encargábamos algo por teléfono... o, mejor dicho, lo encargaba yo. Y después de la cena empezaba a beber de verdad. Sobre todo ginebra. Otras cosas si se acababa la ginebra. Algunas noches se quedaba dormido delante del televisor. Algunas noches se iba tambaleante al dormitorio, dejando atrás los zapatos y la chaqueta arrugada del traje, que luego yo recogía. De vez en cuando me despertaba y lo oía llorar. Es espantoso oír eso en plena noche.

El cataclismo se produjo en 2006. Eran las vacaciones de verano. Jugué un partido de béisbol de la liga benjamín a las diez de la mañana: anoté dos *home runs* y en defensa atrapé una bola en una jugada impresionante. Llegué a casa poco después de las doce y mi padre ya estaba allí, sentado en su sillón. Veía por la tele una película antigua cuyos actores se batían en duelo en la escalinata de un castillo. En calzoncillos, tomaba una bebida blanca; por el olor, me pareció que era Gilbey's a palo seco. Le pregunté qué hacía en casa.

Sin apartar la mirada del combate de espadas y apenas arrastrando las palabras, dijo:

—Parece que he perdido el trabajo, Charlie. O, por citar a Bobcat Goldthwait, sé dónde está, pero ahora lo hace otra persona. O pronto lo hará.

No sabía qué decir, o eso pensé, pero las palabras salieron de mi boca igualmente.

—Por la bebida.

—Voy a dejarlo —contestó.

Me limité a señalar el vaso. Luego me fui a mi habitación, cerré la puerta y me eché a llorar.

Llamó a la puerta.

—¿Puedo pasar?

No respondí. No quería que me oyera lloriquear.

—Venga, Charlie. Lo he vaciado en el fregadero.

Como si yo no supiera que el resto de la botella estaría en la encimera de la cocina. Y que habría otra en el mueble bar. O dos. O tres.

—Venga, Charlie, ¿qué dices? —«*Dicesh*». Odiaba oírlo farfullar así.

—Que te jodan, papá.

No le había hablado así en la vida, y en cierto modo deseaba que entrase y me diese un bofetón. O un abrazo. Algo, lo que fuera. En lugar de eso, oí sus pasos vacilantes de camino a la cocina, donde estaría esperándolo la botella de Gilbey's.

Cuando por fin salí, dormía en el sofá. La tele seguía encendida, pero sin sonido. Era otra película en blanco y negro; en esta salían coches antiguos que circulaban a gran velocidad por lo que obviamente era un decorado. Mi padre, en sus borracheras, siempre veía la Turner Classic Movies, a menos que yo estuviese en casa e insistiese en poner otra cosa. La botella estaba en la mesita de centro, casi vacía. Vertí lo que quedaba por el fregadero. Abrí el mueble bar y pensé en vaciar todo lo demás, pero solo de ver la ginebra, el whisky, los botellines de vodka, el licor de café… me invadió el cansancio. Cuesta creer que un niño de diez años pudiera estar así de cansado, pero yo lo estaba.

Metí en el microondas un plato congelado de Stouffer's para la cena —el «pollo al horno de la abuela», nuestro favorito— y, mientras se hacía, zarandeé a mi padre para despertarlo. Se incorporó, miró alrededor como si no supiera dónde estaba y de pronto empezó a emitir unos desagradables resoplidos que yo no había oído nunca. Tambaleante, se encaminó hacia el cuarto de baño tapándose la boca con las manos, y lo oí vomitar. Tuve la impresión de que no acabaría nunca, pero al final terminó. Sonó el pitido del microondas. Saqué el pollo al horno usando unos guantes en los que se leía COCINAR BIEN en el izquierdo y COMER BIEN en el derecho; si uno se olvidaba de ponerse esos guantes al sacar algo caliente del microondas, no se olvidaba nunca más. Eché parte en nuestros platos y después entré en el salón, donde mi padre, sentado en el sofá, tenía la cabeza gacha y las manos entrelazadas tras la nuca.

—¿Puedes comer?

Alzó la vista.

—A lo mejor. Si me traes un par de aspirinas.

El baño apestaba a ginebra y alguna otra cosa, quizá salsa de frijoles, pero al menos lo había arrojado todo en el váter y había tirado de la cadena. Eché un poco de ambientador Glade; después le llevé el bote de aspirinas y un vaso de agua. Tomó tres y dejó el vaso donde antes estaba la botella de Gilbey's. Me miró con una expresión que nunca le había visto, ni siquiera después de la muerte de mi madre. Lamento decir esto, pero voy a decirlo porque es lo que pensé en aquel momento: era la expresión de un perro que se ha cagado en el suelo.

—Podría comer si me dieras un abrazo.

Lo abracé y le pedí perdón por lo que le había dicho.

—No importa. Seguramente me lo merecía.

Entramos en la cocina y comimos todo el pollo al horno de la abuela que pudimos, que no fue mucho. Mientras mi padre vaciaba los restos de los platos en el fregadero, me dijo que iba a dejar de beber, y aquel fin de semana lo cumplió. Me dijo que el lunes empezaría a buscar trabajo, pero no lo hizo. Se quedó en casa, vio películas antiguas en la TCM y, cuando llegué del entrenamiento de béisbol y de nadar en el YMCA, él estaba borracho perdido.

Me vio observarlo y se limitó a menear la cabeza.

—Mañana. Mañana. Te doy mi palabra.

—No te lo crees ni tú —contesté, y entré en mi habitación.

Ese fue el peor verano de mi infancia. «¿Fue peor que el de después de la muerte de tu madre?», podríais preguntar, y yo diría que sí, porque él era el único progenitor que me quedaba y porque todo parecía ocurrir a cámara lenta.

Hizo un esfuerzo desganado por buscar empleo en el sector de los seguros, pero de ahí no salió nada, ni siquiera cuando se afeitó, se bañó y se vistió para triunfar. Debió de haber corrido la voz, supongo.

Las facturas llegaban y se amontonaban en la consola de la entrada, sin abrir. Al menos por su parte. Era yo quien las abría cuando la pila era muy alta. Se las ponía delante, y él extendía cheques para pagarlas. No supe cuándo empezaron a devolver esos cheques marcados con el rótulo SIN FONDOS, ni quise saberlo. Era como estar en un puente e imaginar que una furgoneta derrapaba sin control hacia ti. Preguntándote cuáles serían tus últimos pensamientos antes de morir aplastado.

Consiguió un trabajo a tiempo parcial en el túnel de lavado Jiffy, junto al tramo de circunvalación de la autopista. Al cabo de una semana, lo dejó o lo despidieron. No me dijo si fue lo uno o lo otro, y yo tampoco se lo pregunté.

Me convocaron para el equipo estelar de la liga benjamín, pero nos derrotaron en los primeros dos partidos de un torneo de doble eliminación. Durante la temporada había anotado dieciséis *home runs* y había obtenido las mejores estadísticas en bateo, pero en aquellos dos partidos me eliminaron siete veces por *strikes*, una de ellas al intentar golpear una bola dirigida al suelo y otra por dejarme engañar con un lanzamiento tan por encima de mi cabeza que habría necesitado un ascensor para darle. El entrenador me preguntó qué me pasaba y le dije nada, nada, déjeme en paz. Además, hacía gamberradas, algunas con un amigo, otras yo solo.

Y no dormía bien. No tenía pesadillas como después de la muerte de mi madre, sencillamente tardaba mucho en dormirme, a veces hasta pasadas las doce o la una de la mañana. Empecé a girar el despertador para no ver los números.

No era que odiase a mi padre (aunque estoy seguro de que con el tiempo habría llegado a eso), pero sí lo despreciaba. *Débil, débil*, pensaba, tendido en la cama escuchando sus ronquidos. Y, por supuesto, me preguntaba qué iba a ser de nosotros. El coche estaba pagado, lo cual era bueno, pero la casa no, y la suma a la que ascendían esas letras me horrorizaba. ¿Cuánto tiempo pasaría hasta que mi padre ya no pudiera cubrir el coste mensual? Sin duda llegaría el día, porque aún quedaban nueve años de hipoteca, y era imposible que el dinero durara tanto.

Sin techo, pensé. *El banco se apropiará de la casa, como en* Las uvas de la ira, *y nos quedaremos sin techo.*

Había visto a personas sintecho en el centro, no pocas, y cuando no podía dormir, esas personas acudían a mi mente. Pensaba mucho en esos vagabundos urbanos. Vestidos con ropa vieja que quedaba holgada a los flacos o estrecha a los corpulentos. Zapatillas remendadas con esparadrapo. Gafas torcidas. Cabello largo. Mirada de loco. Aliento a alcohol. Pensaba en nosotros durmiendo en el coche junto a los viejos apartaderos del ferrocarril o en el aparcamiento del Walmart entre las autocaravanas. Pensaba en mi padre empujando un carrito de supermercado con todas las pertenencias que nos quedaban. Siempre veía mi despertador en ese carrito. No sé por qué me horrorizaba eso, pero así era.

Con techo o sin él, muy pronto volvería al colegio. Probablemente algunos niños del equipo empezarían a llamarme

Charlie Eliminado por Strikes. Que sería mejor que Charlie el Hijo del Esponja, pero eso tampoco tardaría en llegar. Los vecinos de nuestra calle ya sabían que George Reade ya no iba a trabajar y casi con toda seguridad sabían por qué. Yo no me engañaba a ese respecto.

Mi familia nunca había ido a la iglesia ni era religiosa en el sentido convencional. Una vez pregunté a mi madre por qué no íbamos a misa: ¿era porque ella no creía en Dios? Me contestó que sí creía, pero no necesitaba que un pastor (o un sacerdote o un rabino) le dijera cómo creer en Dios. Dijo que, para eso, solo necesitaba abrir los ojos y mirar alrededor. Mi padre explicó que él se había criado como baptista, pero dejó de ir a la iglesia cuando su parroquia comenzó a mostrar más interés en la política que en el Sermón de la Montaña.

Sin embargo, una noche, más o menos una semana antes de que se reanudaran las clases, se me ocurrió rezar. El impulso fue tan intenso que de hecho me asaltó como una compulsión. Me arrodillé junto a la cama, entrelacé las manos, cerré los ojos con fuerza y supliqué que mi padre dejara la bebida.

—Si haces eso por mí, seas quien seas, haré algo por ti —dije—. Te lo prometo, y que me muera si no cumplo. Tú enséñame qué quieres que haga y lo haré. Lo juro.

Después volví a la cama, y esa noche, al menos, dormí hasta la mañana.

7

Antes de que lo despidieran, mi padre trabajaba para Overland National Insurance. Es una gran empresa. Seguramente habéis visto sus anuncios, los de Bill y Jill, los camellos parlantes. Son muy graciosos. Mi padre decía: «Todas las compañías de seguros usan anuncios que hacen reír para captar la atención, pero las risas se acaban en cuanto el asegurado presenta una reclamación. Ahí es cuando intervengo yo. Soy el perito, lo que significa…, aunque nadie lo diga en voz alta…, que en principio he de rebajar la cantidad acordada en el contrato. A veces lo hago, pero he aquí el secreto: de entrada yo siempre me pongo del lado del reclamante. A menos que encuentre razones para no hacerlo, claro».

La sede de Overland en el Medio Oeste se encuentra en las afueras de Chicago, en lo que mi padre llamaba Callejón de los Seguros. Cuando trabajaba, tenía un trayecto en coche de cuarenta y cinco minutos desde Sentry, de una hora los días de tráfico denso. Desde esa oficina llevaban a cabo su actividad al menos cien peritos, y un día de septiembre de 2008 fue a verlo uno de los agentes con los que había trabajado. Su nombre era Lindsey Franklin. Mi padre lo llamaba Lindy. Era última hora de la tarde, y yo hacía los deberes a la mesa de la cocina.

Aquel día había tenido un comienzo de mierda memorable. La casa aún olía ligeramente a humo pese a que yo había echado el ambientador Glade. Mi padre había decidido preparar unas tortillas para el desayuno. Sabe Dios por qué estaba en pie a las seis de la mañana o por qué decidió que yo necesitaba una tortilla, pero el caso es que se fue al baño o a encender el televisor y se olvidó de lo que había en el fuego. Aún medio borracho de la noche anterior, sin duda. Me despertó el bramido del detector de humo, corrí a la cocina en ropa interior y encontré ya una nube de humo. El contenido de la sartén parecía un leño chamuscado.

Lo eché al triturador de basura y comí Apple Jacks. Mi padre aún llevaba puesto un delantal, que le quedaba ridículo. Intentó disculparse, y yo masculló algo solo para que se callase. Lo que recuerdo de aquellas semanas y meses es que siempre andaba intentando disculparse, y eso me sacaba de mis casillas.

Pero también fue un día memorablemente bueno, uno de los mejores, por lo que ocurrió aquella tarde. Es posible que a este respecto os hayáis adelantado a mí, pero os lo contaré de todos modos, porque nunca dejé de querer a mi padre, ni siquiera cuando me disgustaba, y esta parte de la historia es para mí motivo de felicidad.

Lindy Franklin trabajaba para Overland. Era además un alcohólico en rehabilitación. No era un perito especialmente cercano a mi padre, quizá porque Lindy nunca entraba en la taberna Duffy's después del trabajo con los demás. Pero sabía por qué había perdido mi padre su empleo y decidió hacer algo al respecto. O al menos intentarlo. Asumió lo que, como más tarde averigüé, se llama «la visita del Duodécimo Paso». Tenía unos cuantos peritajes en el pueblo y, cuando terminó con eso, decidió de improviso pasarse por nuestra casa. Después dijo que había estado a punto de cambiar de idea porque no tenía respaldo (los alcohólicos en rehabilitación normalmente hacen las visitas del Duodécimo Paso en compañía de otra persona, más o menos como los mormones), pero al final pensó que lo mismo daba y buscó nuestra dirección en su móvil. No quiero ni pensar qué habría sido de nosotros si hubiese decidido no venir. Yo nunca habría entrado en el cobertizo del señor Bowditch, eso por descontado.

El señor Franklin llevaba traje y corbata. Iba bien peinado. Mi padre —sin afeitar, descamisado, descalzo— nos presentó. El señor Franklin me estrechó la mano, dijo que era un placer conocerme y después me preguntó si me importaba salir para que él pudiera hablar a solas con mi padre. Salí con mucho gusto, pero las ventanas seguían abiertas tras la catástrofe del desayuno, y oí gran parte de lo que dijo el señor Franklin. Recuerdo en especial dos cosas. Mi padre admitió que bebía porque aún echaba mucho de menos a Janey. Y el señor Franklin dijo: «Si la bebida fuera a devolvértela, te diría, vale. Pero eso no va a ocurrir, ¿y cómo se sentiría ella si viera cómo vivís el niño y tú?».

Lo otro que dijo fue: «¿No estás harto y cansado de estar harto y cansado?». Fue en ese momento cuando mi padre rompió a llorar. Por lo general, a mí me horrorizaba verlo así (*débil, débil*), pero pensé que tal vez ese llanto fuera distinto.

8

Ya sabíais que era eso lo que vendría y probablemente conocéis también el resto de la historia. Sin duda lo sabéis si vosotros mismos habéis estado en rehabilitación o si conocéis a alguien que lo está. Lindy Franklin llevó a mi padre a una reunión de Alcohólicos Anónimos esa noche. Cuando volvieron, el señor Franklin llamó a su mujer y la avisó de que se quedaría en casa de un amigo. Durmió en nuestro sofá cama y a la mañana siguiente, a las siete, llevó a mi padre a una reunión llamada Amanecer Sobrio. Esa se convirtió en la reunión habitual de mi padre y fue donde obtuvo su medallón del primer año en Alcohólicos Anónimos. Falté a clase para poder entregárselo, y esa vez fui yo el que lloró un poco. A nadie pareció importarle; en esas reuniones hay mucho llanto. Después mi padre me dio un abrazo, y Lindy también. Para entonces yo ya lo llamaba por el nombre de pila, porque venía mucho a casa. Era el padrino de mi padre en el programa.

Ese fue el milagro. Ahora conozco bien Alcohólicos Anónimos y sé que ese proceso es algo por lo que pasan hombres y mujeres de todo el mundo, pero, aun así, a mí me pareció un milagro. Mi padre no recibió su primer medallón exactamente un año después de la visita del Duodécimo Paso de Lindy, porque tuvo un par de deslices, pero asumió la culpa y la gente de Alcohólicos Anónimos dijo lo que dice siempre, sigue viniendo, y eso hizo él, y el último desliz —una sola cerveza de un pack de seis que vertió en el fregadero— fue justo antes de Halloween de 2009. Cuando Lindy tomó la palabra en el primer aniversario de mi padre, dijo que a mucha gente se le ofrecía el programa pero no llegaba a *recibir* el programa. Dijo que mi padre era uno de los afortunados. Tal vez fuese verdad, tal vez mi plegaria fuese solo una coincidencia, pero preferí creer que no. En Alcohólicos Anónimos, puedes optar por creer lo que tú quieras. Así consta en lo que los alcohólicos en rehabilitación llaman el Gran Libro.

Y yo tenía una promesa que cumplir.

9

Las únicas reuniones a las que asistí fueron las de los aniversarios de mi padre, pero, como digo, Lindy venía a menudo por casa, y aprendí la mayoría de las máximas de Alcohólicos Anónimos que siempre andaban repitiendo. Me gustaban «Una vez se es pepinillo, no es posible volver a ser pepino» y «Dios no crea basura», pero la que se me quedó grabada —y sigue grabada a día de hoy— es una que le dijo Lindy a mi padre una noche cuando este hablaba de los recibos pendientes y de su miedo a perder la casa. Lindy le dijo que era un milagro que mi padre siguiera sobrio. Luego añadió: «Pero los milagros no son magia».

Seis meses después de recobrar la sobriedad, mi padre

presentó una nueva solicitud en Overland y, con el respaldo de Lindy Franklin y otros —incluido su antiguo jefe, el que lo había despedido—, recuperó el empleo, pero estaba a prueba y él lo sabía. Eso lo indujo a trabajar con más ahínco. De pronto, en otoño de 2011 (tras dos años sobrio), mantuvo una conversación tan larga con Lindy que este tuvo que quedarse a dormir en el sofá cama otra vez. Mi padre insistió en que quería establecerse por cuenta propia, pero no lo haría sin la aprobación de Lindy. Después de asegurarse de que mi padre no volvería a beber si fracasaba en su nueva empresa —asegurarse en la medida de lo posible, al menos; la rehabilitación tampoco es una ciencia exacta—, Lindy le dijo que adelante, que lo intentara.

Mi padre se sentó conmigo y me explicó qué significaba eso: trabajar sin red.

—A ver, ¿tú que piensas?

—Pienso que deberías decir *bye-bye*, camellos parlantes —contesté, y él se rio. Luego dije lo que tenía que decir—. Pero, si vuelves a beber, la cagarás.

Al cabo de dos semanas, comunicó su decisión a Overland, y en febrero de 2012 abrió su negocio en una pequeña oficina de Main Street: George Reade, investigador y perito independiente.

No estaba mucho tiempo en aquel cubículo; se pasaba el día pateando aceras. Hablaba con policías, hablaba con fiadores («Siempre son útiles para dar pistas», decía), pero sobre todo hablaba con abogados. Muchos lo conocían por su trabajo en Overland y sabían que estaba rehabilitado. Le encargaban casos: los difíciles, aquellos en los que las grandes compañías reducían drásticamente la cantidad que estaban dispuestas a pagar o rechazaban en redondo la reclamación. Trabajaba muchísimas horas. Casi todas las noches me encontraba la casa vacía al llegar y me preparaba yo mismo la cena. No me importaba. Al principio, cuando mi padre aparecía por fin, lo abrazaba para olerle el aliento de manera furtiva en busca del inolvidable aroma de la ginebra Gilbey's. Pero al cabo de un tiempo lo abrazaba sin más. Y él rara vez dejaba de asistir a una reunión de Amanecer Sobrio.

Algunos domingos Lindy venía a comer. Normalmente aparecía con comida para llevar, y los tres veíamos a los Bears por televisión, o a los White Sox si era la temporada de béisbol. Una de aquellas tardes mi padre nos comunicó que cada mes tenía más trabajo.

—La empresa crecería aún más deprisa si me pusiera del lado del reclamante más a menudo en los casos de resbalón y caída, pero muchos me huelen mal.

—¡Qué me vas a contar! —dijo Lindy—. A corto plazo, tendrías ganancias, pero al final te saldría el tiro por la culata.

Poco antes de que empezara en el instituto Hillview, mi padre anunció que teníamos que hablar seriamente. Me preparé para un sermón sobre los peligros de la bebida en los menores de edad o una charla sobre alguna de las cagadas en las que nos habíamos metido mi amigo Bertie Bird y yo durante (y después, un tiempo) sus años de borracheras, pero no era eso lo que tenía en mente. Quería hablar de mis estudios. Me dijo que tenía que sacar buenas notas si quería entrar en una buena universidad. *Muy buenas* notas.

—El negocio va a salir adelante. Al principio tenía miedo, y estuvo aquella etapa en la que me vi obligado a pedirle un préstamo a mi hermano, pero ya se lo he devuelto casi todo y creo que dentro de poco pisaré terreno firme. El teléfono suena mucho. En lo que se refiere a la universidad, sin embargo… —Meneó la cabeza—. No creo que pueda ayudarte mucho, al menos en un primer momento. Tenemos suerte de ser solventes. Lo cual es culpa mía. Hago todo lo posible por remediar la situación…

—Lo sé.

—… pero tienes que ayudarte a ti mismo. Tienes que *trabajar*. Tienes que sacar una puntuación alta en las pruebas de aptitud cuando las hagas.

Ya tenía previsto presentarme a las pruebas de aptitud académica en diciembre, pero no se lo dije. Mi padre estaba lanzado.

—También debes plantearte la posibilidad de un crédito, pero solo como último recurso; esos préstamos te atormentan durante mucho tiempo. Piensa en las becas. Y dedícate a algún deporte, ese es otro camino para conseguir una beca, pero lo más importante son las notas. Notas, notas, notas. No te pido matrículas de honor, pero quiero verte entre los diez primeros. ¿Entendido?

—Sí, padre —contesté, y me dio un cachete en broma.

10

Estudié de firme y saqué buenas notas. Jugué al fútbol en otoño y al béisbol en primavera. En segundo entré en los dos equipos del instituto. El entrenador Harkness quería que jugase también al baloncesto, pero me negué. Le dije que necesitaba al menos tres meses al año para dedicarme a otras cosas. El entrenador se alejó meneando la cabeza ante la lamentable situación de la juventud en esos tiempos de degeneración.

Fui a algunos bailes. Besé a algunas chicas. Hice algunos buenos amigos, la mayoría deportistas, pero no todos. Descubrí algunas bandas de heavy metal que me gustaban y las escuchaba a todo volumen. Mi padre nunca se quejó, aunque me compró unos auriculares en Navidad. Me aguardaban cosas terribles en el futuro —ya os los contaré a su debido tiempo—, pero ninguna de las cosas terribles que me habían quitado el sueño llegó a hacerse realidad. Aquella seguía siendo nuestra casa, y mi llave seguía abriendo la puerta de entrada. Eso estaba bien. Si alguna vez habéis imaginado que podríais acabar pasando las frías noches de invierno en un coche o en un refugio para sintecho, ya sabéis de qué hablo.

Y nunca olvidé mi trato con Dios. *Si haces eso por mí, haré algo por ti*, había dicho yo. De rodillas lo había dicho. *Tú enséñame qué quieres que haga y lo haré. Lo juro.* Había sido una plegaria infantil, en gran medida pensamiento mágico, pero una parte de mí (casi todo yo) no lo creía así. Ni lo cree ahora. Pensé que mi plegaria había sido atendida, igual que en una de esas películas sensibleras de Lifetime que ponían entre Acción de Gracias y Navidad. Lo que significaba que debía cumplir mi parte del trato. Tenía la sensación de que, si no lo hacía, Dios retiraría el milagro y mi padre volvería a beber. Debéis tener presente que los chavales de instituto —por altos que sean los chicos, por bonitas que sean las chicas— en esencia son niños por dentro.

Lo intenté. A pesar de que, entre actividades escolares y extraescolares, no solo tenía una agenda apretada, sino que estaba desbordado, hice lo posible por saldar la deuda.

Me uní a la iniciativa Adopta una Carretera, del Key Club. Nos asignaron tres kilómetros de la Estatal 226, que es básicamente un páramo de restaurantes de comida rápida, moteles y gasolineras. Debí de recoger tropecientas cajas de Big Mac, más de tropecientas latas de cerveza y al menos una docena de bragas desechadas. Un año, por Halloween, me puse un absurdo mono de color naranja y fui por ahí recaudando dinero en una colecta de UNICEF. En el verano de 2012, me senté a una mesa de inscripción de votantes en el centro, pese a que a mí me faltaba un año y medio para poder votar. Además, ayudaba a mi padre en la oficina los viernes después del entrenamiento, rellenando papeles e introduciendo datos en el ordenador —el típico trabajo de machaca— mientras fuera oscurecía y comíamos pizza de Giovanni's directamente de la caja.

Según mi padre, todo eso quedaría muy bien en mis solicitudes a las universidades, y yo le daba la razón sin decirle que ese no era el motivo por el que lo hacía. No quería que Dios llegara a la conclusión de que no cumplía mi parte del trato, pero a veces me parecía oír un susurro celestial de desaprobación: *No basta, Charlie. ¿De verdad crees que recoger basura de las cunetas es pago suficiente por la buena vida de que disfrutáis ahora tu padre y tú?*

Lo que me lleva —por fin— a abril de 2013, el año en que cumplí los diecisiete. Y al señor Bowditch.

11

¡El entrañable instituto Hillview! Ahora me parece que ha pasado mucho tiempo. En invierno iba en autobús, sentado en la parte de atrás con Andy Chen, amigo mío desde primaria. Andy, también deportista, acabó jugando en el equipo de baloncesto de la Universidad Hofstra. Para entonces Bertie ya no estaba, se había ido a vivir a otra parte. Lo cual fue, en cierto modo, un alivio. Existe eso que puede describirse como un buen amigo que es a la vez un mal amigo. A decir verdad, Bertie y yo éramos malos el uno para el otro.

En otoño y primavera, iba en bici, porque vivíamos en un

pueblo con muchas cuestas y pedalear era un buen ejercicio para fortalecer las piernas y el trasero. Además, me proporcionaba tiempo para pensar y estar solo, cosa que me gustaba.

Al volver a casa del instituto, recorría Plain Street hasta Goff Avenue y luego seguía por Willow Street hasta Pine. Pine Street confluía con Sycamore en lo alto de la cuesta que descendía hacia el maldito puente. Y en la esquina de Pine con Sycamore estaba la Casa de Psicosis, así bautizada por Bertie Bird cuando teníamos diez u once años.

Era en realidad la casa de Bowditch, el nombre constaba en el buzón, desvaído pero todavía legible. Aun así, a Bertie no le faltaba. Todos habíamos visto la película (junto con otras de visión obligada para niños de once años como *El exorcista* y *La cosa*), y sí que se parecía a la casa donde vivía Norman Bates con su madre embalsamada. No era ni remotamente como las otras cuidadas casitas adosadas de una y dos plantas de Sycamore y el resto del vecindario. La Casa de Psicosis era una residencia victoriana amplia e irregular con el techo hundido, en otro tiempo quizá blanca pero por aquel entonces de un color degradado que yo describiría como «gris gato salvaje de granero». La delimitaba una cerca de madera ladeada hacia delante en algunos sitios y hacia atrás en otros. Una cancela oxidada de un metro de altura impedía el paso al pavimento roto del camino de acceso. El césped era, mayormente, malas hierbas descontroladas. Daba la impresión de que el porche estuviera desprendiéndose lentamente de la casa a la que pertenecía. Todas las persianas estaban bajadas, lo que, según Andy Chan, era absurdo, porque en cualquier caso las ventanas, de tan sucias, no dejaban ver el interior. Medio enterrado entre la hierba alta, asomaba un cartel de PROHIBIDO EL PASO. En la cancela, un letrero más grande rezaba: CUIDADO CON EL PERRO.

Andy tenía una historia acerca de ese perro, un pastor alemán que se llamaba Radar, como el personaje de la serie de televisión *MASH*. Todos habíamos oído los ladridos (sin saber que ese Radar era en realidad una hembra) y habíamos alcanzado a atisbarlo alguna que otra vez, pero Andy era el único que lo había visto de cerca. Según decía, un día paró en la bici porque el buzón del señor Bowditch estaba abierto y tan lleno de correo basura que parte había caído a la acera y el viento lo esparcía.

—Lo recogí y volví a embutirlo con el resto de la morralla —explicó Andy—. Solo pretendía hacerle un favor, lo estaba pidiendo a gritos. De pronto, oigo unos gruñidos y unos ladridos, algo así como *GRRR-GRRR-GUAU-GUAU*, y miro y veo venir a ese puto monstruo de perro, que debía de pesar *por lo menos* cincuenta kilos, todo dientes, con la baba volando hacia atrás y esos putos ojos *rojos*.

—Ya —dijo Bertie—. Un perro monstruo. Como Cujo en aquella película. Seguuuro.

—De *verdad* —dijo Andy—. Te lo juro por Dios. De no ser porque el viejo le dio un grito, habría atravesado esa cancela. Que está tan vieja que necesita un pediatra.

—*Geria*tra —dije yo.

—Lo que sea, tío. El caso es que el viejo salió al porche y gritó: «¡Radar, échate!», y el perro se echó al suelo en el acto. Solo que no dejó de mirarme ni de gruñir en ningún momento. Luego el tío dice: «¿Qué haces ahí, chico? ¿Estás robándome el correo?». Y yo le contesto: «No, señor. Se lo estaba llevando el viento, y me he parado a recogerlo. Tiene el buzón llenísimo». Y me suelta, va y me suelta: «Ya me ocuparé yo de mi buzón, lárgate de aquí». Y eso hice. —Andy meneó la cabeza—. Ese perro me habría destrozado la garganta. Lo sé.

No me cupo duda de que Andy exageraba, como tenía por costumbre, pero esa noche pregunté a mi padre por el señor Bowditch. Me dijo que apenas sabía nada de él, más allá de que era un solterón y vivía en ese caserón en ruinas desde antes de que él llegara a Sycamore Street, y de eso hacía ya veinticinco años.

—Tu amigo Andy no es el único chico al que ha gritado —añadió mi padre—. Bowditch es famoso por su mal humor y por su pastor alemán, que tiene tan mal genio como él. El ayuntamiento querría que se muriera para poder echar abajo esa casa, pero ahí sigue. Hablo con él cuando lo veo, que es casi nunca, y me parece un hombre bastante educado, pero yo soy un adulto. Algunos ancianos tienen alergia a los jóvenes. Te aconsejo que guardes las distancias con él, Charlie.

Y no me supuso el menor problema hasta aquel día de abril de 2013. Sobre el cual os hablaré ahora.

12

De regreso a casa después del entrenamiento de béisbol, paré en la esquina de Pine con Sycamore para retirar la mano izquierda del manillar de la bici y sacudirla. Aún la tenía roja y me palpitaba tras los ejercicios de esa tarde en el gimnasio (el campo seguía demasiado embarrado, era impracticable). El entrenador Harkness —que entrenaba tanto al equipo de béisbol como al de baloncesto— me tuvo en la primera base mientras varios aspirantes a pícher practicaban el lanzamiento rápido de eliminación. Algunos lanzaban muy fuerte. No diré que el entrenador estuviera desquitándose conmigo por negarme a jugar al baloncesto —los Erizos, el equipo del instituto, habían ganado cinco partidos de veinte—, pero tampoco diré que no.

La vieja y amplia residencia victoriana con el techo hundido del señor Bowditch quedaba a mi derecha, y desde ese ángulo parecía más que nunca la Casa de Psicosis. Me disponía a cerrar la mano en torno al manguito izquierdo de la bici, listo para seguir mi camino, cuando oí el aullido de un perro. Procedía de detrás de la casa. Me acordé del perro monstruo que había descrito Andy, todo dientes enormes y con unos ojos rojos por encima de las fauces babeantes, pero aquello no era el YABA-YABA-ROU-ROU de un animal agresivo a punto de atacar; era un sonido triste y asustado. Quizá incluso desconsolado. He rememorado ese momento, preguntándome si es solo mi impresión en retrospectiva, y he llegado a la conclusión de que no. Porque se repitió otra vez. Y una tercera, pero más flojo y descendente, como si el animal que lo emitía pensara: *¿De qué sirve?*

Luego se oyó otro aullido, aún mucho más flojo que el anterior: «Socorro».

De no ser por esos aullidos, yo habría rodado cuesta abajo hasta mi casa y me habría tomado un vaso de leche con media caja de lenguas de gato con chocolate Milano. Más contento que unas pascuas. Lo cual no le habría convenido al señor Bowditch. Era ya tarde, las sombras se alargaban conforme se acercaba el anochecer, y aquel abril era condenadamente frío. El señor Bowditch se habría quedado allí tirado toda la noche.

Me atribuyeron el mérito de salvarlo —otra medalla para las solicitudes de ingreso a universidades si prescindía de la modestia, como sugirió mi padre, y adjuntaba el artículo que se publicó en el periódico al cabo de una semana—, pero no fue cosa mía, la verdad.

Fue Radar quien, con sus aullidos desconsolados, lo salvó.

2

El señor Bowditch. Radar.
La noche en la Casa de Psicosis.

1

Pedaleando, doblé la esquina hasta la cancela, que daba a Sycamore Street, y apoyé la bici en la cerca de madera combada. La cancela —baja, apenas me llegaba a la cintura— no se abría. Me asomé por encima para examinarla y vi un gran pasador, tan oxidado como la propia cancela. Tiré de él, pero parecía trabado. El perro volvió a aullar. Me quité la mochila, llena de libros, y la utilicé como peldaño. Al encaramarme a la cancela, me golpeé la rodilla con el cartel de CUIDADO CON EL PERRO y aterricé con la otra rodilla en el lado opuesto porque se me enganchó una zapatilla en lo alto. Me pregunté si lograría saltarla para llegar a la acera en caso de que el perro decidiera venir a por mí tal como había hecho con Andy. Recordé el viejo tópico de que el miedo daba alas y esperé no tener que comprobar si era cierto. Yo jugaba al fútbol y al béisbol. Dejaba el salto de altura para los que practicaban atletismo.

Corrí hacia la parte de atrás, oyendo el roce de la hierba alta contra el pantalón. No creo que viera el cobertizo, no en ese instante, porque estaba más atento a la posible aparición del perro. Lo encontré en el porche trasero. Según Andy, pasaba de cincuenta kilos, y quizá fuera así cuando éramos críos y el instituto quedaba aún lejos en el futuro, pero el perro que yo tenía ante mí no pesaba más de treinta o treinta y cinco. Flaco, de pelaje irregular, tenía la cola enmarañada y el hocico prácticamente blanco. Me vio, empezó a bajar por los inestables peldaños y estuvo a punto de caer al esquivar al hombre desmadejado en ellos. Vino hacia mí, pero aquello no era la carrera de un animal a punto de atacar; era solo un trote artrítico y renqueante.

—Radar, *échate* —ordené, aunque tampoco esperaba que me obedeciera.

No obstante, el perro se echó al suelo entre los hierbajos y empezó a gimotear. Aun así, tracé un amplio círculo a su alrededor para acceder al porche trasero.

El señor Bowditch yacía sobre el costado izquierdo. Un bulto sobresalía de la pernera de los pantalones caquis por encima de la rodilla derecha. No hacía falta ser médico para saber que tenía la pierna rota y, a juzgar por aquella protube-rancia, la fractura debía de ser grave. Yo desconocía la edad del señor Bowditch, pero era bastante viejo. Aunque tenía el pelo casi totalmente blanco, debía de haber sido pelirrojo de joven, porque todavía le quedaba algún mechón rojo. Daba la impresión de que el cabello se le estaba oxidando. Las arrugas de las mejillas y las comisuras de los labios se le marcaban tanto que parecían surcos. Hacía frío, pero tenía la frente per-lada de sudor.

—Necesito ayuda —dijo—. Me he caído de la puta esca-lera de mano. —Intentó señalar. Al hacerlo, se desplazó un poco en los peldaños y gimió.

—¿Ha llamado al 911? —pregunté.

Me miró como si fuera tonto.

—El teléfono está *dentro* de la casa, chico. Yo estoy *aquí fuera*.

Eso no lo entendí hasta más tarde. El señor Bowditch no tenía móvil. Nunca lo había considerado necesario, casi ni sabía lo que era.

Trató de moverse otra vez y enseñó los dientes.

—*Dios*, qué dolor.

—Será mejor que se quede quieto —dije.

Llamé al 911 y dije que necesitaba una ambulancia en la esquina de Pine con Sycamore, porque el señor Bowditch se había caído y se había roto una pierna. Añadí que debía de ser una fractura grave. Veía que el hueso asomaba de la pernera del pantalón y la rodilla también parecía hinchada. La opera-dora me pidió el número de la casa, así que se lo pregunté al señor Bowditch.

Volvió a mirarme como diciéndome que era tonto de na-cimiento y respondió:

—El número uno.

Informé a la mujer, y ella me aseguró que enviarían una ambulancia de inmediato. Me indicó que debía quedarme con él y evitar que se enfriase.

—Está sudando —dije.

—Si la fractura es tan grave como dices, seguramente se debe al shock.

—Ah, vale.

Radar, con las orejas pegadas a la cabeza, renqueó de nuevo y gruñó.

—Quieta, chica —ordenó Bowditch—. Échate.

Radar —era *perra*— se echó al pie de los escalones con aparente alivio y empezó a jadear.

Me quité la cazadora con la letra del instituto e hice ademán de cubrir al señor Bowditch con ella.

—¿Qué demonios haces?

—Se supone que debo abrigarlo.

—Tengo *calor*.

Pero vi que en realidad no era así, porque había comenzado a tiritar. Bajó el mentón para mirar mi cazadora.

—Vas al instituto, ¿eh?

—Sí, señor Bowditch.

—Rojo y dorado. Hillview, pues.

—Sí.

—¿Haces algún deporte?

—Fútbol y béisbol.

—Los Erizos. Vaya... —Intentó moverse y lanzó un grito. Radar levantó las orejas y lo miró con inquietud—. Qué nombre más absurdo...

No pude discutírselo.

—Será mejor que no se mueva, señor Bowditch.

—Se me están clavando los peldaños por todas partes. Debería haberme quedado en el suelo, pero pensé que podría llegar hasta el porche. Y luego entrar. Tenía que intentarlo. Aquí fuera, dentro de poco, va a hacer un frío de muerte, joder.

Yo pensé que ya hacía un frío de muerte.

—Me alegro de que hayas venido. Supongo que has oído aullar a la ancianita.

—Primero a ella, luego he oído que llamaba usted —contesté. Miré hacia el porche. Veía la puerta, pero dudé que el señor Bowditch hubiera logrado llegar al picaporte sin erguirse sobre la rodilla ilesa. Cosa que difícilmente podría haber hecho.

Siguió mi mirada.

—La trampilla de la perra —aclaró—. He pensado que a lo mejor podía entrar a rastras por ahí. —Hizo una mueca—. Imagino que no llevarás encima unos analgésicos, ¿verdad? ¿Aspirina o algo más fuerte? Siendo deportista y tal…

Negué con la cabeza. Oí una sirena, lejana, muy lejana.

—¿Y usted? ¿Tiene alguno?

Vaciló y al final asintió.

—Dentro. Ve derecho por el pasillo. Hay un aseo junto a la cocina. Creo que allí, en el botiquín, hay un frasco de aspirinas. No toques nada más.

—Descuide. —Sabía que era viejo y estaba dolorido, pero, aun así, me molestó un poco la insinuación.

Alargó el brazo y me agarró de la camiseta.

—No fisgonees.

Me aparté.

—Ya le he dicho que no lo haré.

Subí los peldaños. El señor Bowditch ordenó:

—¡Radar! ¡Ve!

Radar subió renqueante los escalones y esperó a que yo abriera la puerta en lugar de utilizar la trampilla con bisagras del panel inferior. Me siguió por el pasillo, que estaba en penumbra y resultaba un tanto sorprendente. A un lado había revistas viejas apiladas en bloques atados con cordel de yute. Conocía algunas, como *Life* y *Newsweek*, pero había otras —*Collier's*, *Dig*, *Confidential* y *All Man*— de las que nunca había oído hablar. Al otro lado se alzaban montones de libros, la mayoría viejos y con ese olor de los libros viejos. Posiblemente sea un olor que no gusta a todo el mundo, pero a mí sí. Es un olor a moho, pero a moho del bueno.

La cocina estaba llena de aparatos antiguos y había un fogón Hotpoint, un fregadero de porcelana con herrumbre debido a nuestra agua, dura, y grifos con esos mandos radiales de otra época; el suelo de linóleo estaba tan gastado que no se veía el dibujo. Pero estaba todo como una patena. En el escurridor había un plato, una taza y un juego de cubiertos: cuchillo, tenedor, cuchara. Eso me entristeció. En el suelo vi un plato limpio con RADAR impreso en el contorno y eso también me entristeció.

Entré en el baño, que no era mucho más grande que un armario: solo un inodoro con la tapa levantada y más círculos de óxido en la taza, un lavabo debajo de un espejo. Hice girar el espejo y en el botiquín vi unos cuantos fármacos polvorientos de venta sin receta que parecían de tiempos inmemoriales. En un frasco del estante central se leía «Aspirina». Cuando lo cogí, vi una bolita detrás. Pensé que era un balín.

Radar esperó en la cocina, porque de hecho en el baño no cabíamos los dos. Cogí la taza del escurridor y la llené de agua del grifo. Luego, seguido por Radar, recorrí de nuevo el Pasillo de Material de Lectura Antiguo. Fuera, la sirena se oía más fuerte y más cerca. El señor Bowditch yacía con la cabeza apoyada en el antebrazo.

—¿Se encuentra bien? —pregunté.

Levantó la cabeza, y vi su rostro sudoroso y demacrado, con grandes ojeras.

—¿A ti qué te parece?

—La verdad es que me parece que no, pero no estoy seguro de que le convenga tomar estas pastillas. En el frasco dice que caducaron en agosto de 2004.

—Dame tres.

—Madre mía, quizá debería esperar a la ambulancia, señor Bowditch, ellos le darán...

—Tú dámelas. Lo que no te mata te hace más fuerte. Imagino que no sabes quién dijo eso, ¿verdad? Hoy día no os enseñan nada.

—Nietzsche —respondí—. *El ocaso de los ídolos*. Este trimestre tengo Historia Universal.

—Bien por ti. —Se buscó a tientas en el bolsillo del pantalón, lo que le arrancó un gemido, pero no paró hasta sacar un pesado llavero—. Hazme el favor de cerrar la puerta, chico. Es la plateada de cabeza cuadrada. La puerta de delante ya está cerrada con llave. Luego devuélvemelas.

Separé la llave plateada del llavero y se lo devolví. Se lo guardó de nuevo en el bolsillo, gimiendo otra vez. La sirena se acercaba. Confiaba en que ellos tuvieran más suerte que yo con el pasador oxidado. De lo contrario tendrían que echar la cancela abajo. Empecé a erguirme, pero de pronto miré a la perra. Tenía la cabeza en el suelo, entre las patas. No quitaba ojo al señor Bowditch.

—¿Y qué pasa con Radar?

Volvió a mirarme como diciéndome que era tonto de nacimiento.

—Puede entrar y salir de la casa por la trampilla si necesita hacer sus necesidades.

Un crío o un adulto menudo que quisiera echar un vistazo dentro o robar algo también podía utilizar ese acceso, pensé.

—Sí, pero ¿quién le dará de comer?

No hace falta que os diga, supongo, que mi primera impresión del señor Bowditch no fue buena. Me pareció que era un cascarrabias, un hombre con muy mal genio, y que no era de extrañar que viviera solo; una esposa lo habría matado o abandonado. Pero cuando miró al pastor alemán envejecido, vi algo más: amor y consternación. A veces decimos que alguien está al borde de la desesperación, ¿no? Pues el señor Bowditch, a juzgar por la expresión de su rostro, era ahí donde estaba. Debía de sentir un dolor insufrible, pero en ese momento lo único en lo que pensaba —lo único que le importaba— era su perra.

—Mierda. Mierda, mierda, *mierda*. No puedo dejarla. Tendré que llevármela al puñetero hospital.

La sirena llegó frente a la casa y se apagó. Se oyeron portazos.

—No se lo permitirán —advertí—. Ya debe de saberlo.

Apretó los labios.

—Entonces no voy.

Sí, sí va a ir, pensé. Y a continuación pensé otra cosa, solo que no parecía un pensamiento mío en absoluto. Estoy seguro de que lo era, pero no lo parecía. *Teníamos un trato. Déjate de andar recogiendo basura en la carretera; es aquí donde debes cumplir tu parte.*

—¿Hola? —gritó alguien—. Somos los sanitarios, ¿alguien puede abrir la cancela?

—Déjeme quedarme con la llave —propuse—. Yo le daré de comer. Solo tiene que decirme cuánto y…

—*¿Hola? ¡Si no responden, entramos!*

—… y con qué frecuencia.

El señor Bowditch había empezado a sudar a mares y las ojeras se le habían oscurecido, como hematomas.

—Déjalos pasar antes de que rompan la puñetera cancela. —Dejó escapar un suspiro ronco y entrecortado—. Vaya puto lío.

2

El hombre y la mujer que esperaban en la acera vestían chaquetas en las que se leía «Servicio de Ambulancias del Hospital del Condado de Arcadia». Llevaban una camilla y, encima de esta, un montón de equipo. Habían apartado mi mochila, y el hombre se esforzaba en descorrer el pasador. No tenía más suerte que yo.

—Está en la parte de atrás —dije—. Lo he oído pedir ayuda.

—Estupendo, pero no puedo mover esto. Agarra tú también, chico. A lo mejor entre los dos.

Agarré, y tiramos. Finalmente el pasador se deslizó, y me atrapó el pulgar. En el ardor del momento apenas me di cuenta, pero esa noche tenía negra casi toda la uña.

Rodearon la casa a través de la hierba alta, con la camilla tambaleándose y el equipo apilado encima traqueteando. Radar, renqueante, dobló la esquina, gruñó e intentó mostrarse feroz. Se esmeraba, pero después de tantas emociones, por lo que vi, no le quedaba mucha energía.

—Échate, Radar —dije, y se echó al suelo, al parecer agradecida.

Aun así, los sanitarios trazaron un amplio círculo alrededor.

Vieron al señor Bowditch desmadejado en los peldaños del porche y procedieron a descargar el material. La mujer hizo comentarios tranquilizadores sobre la fractura y dijo que le administrarían algo para que se sintiera mejor.

—Ya ha tomado algo —informé, y saqué el frasco de aspirinas del bolsillo.

El otro sanitario lo miró y dijo:

—Dios mío, eso es *arcaico*. Cualquier efecto que pudieran tener lo perdieron hace tiempo. CeeCee, Demerol. Con veinte bastará.

Radar volvió. Lanzó un gruñido simbólico a CeeCee y luego, gimoteando, se acercó a su dueño. Bowditch le acarició la cabeza con la mano ahuecada, y cuando la apartó, la perra se hizo un ovillo en los peldaños junto a él.

—Esa perra le ha salvado la vida —dije—. No puede ir al hospital y no puede pasar hambre.

Sostenía la llave plateada de la puerta de atrás. El señor Bowditch la miró mientras CeeCee le ponía una inyección sin que él pareciera darse cuenta siquiera. Soltó otro suspiro ronco.

—De acuerdo, joder, ¿qué remedio? Su pienso está en un cubo grande de plástico en la despensa. Detrás de la puerta. Hay que darle un vaso a la seis de la tarde y si tengo que quedarme internado por la noche, otro a las seis de la mañana. —Miró al sanitario—. ¿Tendré que quedarme?

—No lo sé. No me corresponde a mí decidirlo. —Desenvolvía el manguito de un tensiómetro.

CeeCee me dirigió una mirada con la que decía: Sí, va a quedarse esta noche, y eso de entrada.

—Un vaso a las seis de esta tarde, otro a las seis mañana. Entendido.

—No sé cuánto pienso queda en el cubo. —Empezaban a vidriársele los ojos—. Si tienes que comprar más, ve a Pet Pantry. Come Orijen Regional Red. Nada de carne ni de picar. Un chico que sabe quién es Nietzsche seguramente podrá acordarse de eso.

—Me acordaré.

El sanitario había activado el tensiómetro, y los valores que veía, fueran cuales fuesen, no le gustaron.

—Vamos a subirlo a la camilla. Yo soy Craig y ella es CeeCee.

—Y yo Charlie Reade —dije—. Él es el señor Bowditch. No sé cuál es su nombre de pila.

—Howard —dijo el señor Bowditch. Los sanitarios hicieron ademán de levantarlo, pero les pidió que esperaran. Rodeó la cara de Radar con las manos y la miró a los ojos—. Pórtate bien. Pronto nos veremos.

La perra gimoteó y lo lamió. Una lágrima rodó por la mejilla del señor Bowditch. Quizá fuera por el dolor, pero no lo creo.

—Hay dinero en el bote de harina de la cocina —dijo. Se le despejó la mirada brevemente y tensó los labios—. Un momento. El bote de harina está vacío. Me olvidaba. Si…

—De verdad, señor —dijo CeeCee—, tenemos que llevarlo a la…

El señor Bowditch la miró de soslayo y le pidió que callara un minuto. Luego volvió a mirarme a mí.

—Si tienes que comprar otro saco de pienso, págalo tú. Ya te devolveré el dinero. ¿Entendido?

—Sí. —Entendí también otra cosa. El señor Bowditch, incluso bajo los efectos de un potente calmante, sabía que no volvería esa noche ni la siguiente.

—Muy bien, pues. Cuida de ella. Es lo único que tengo. —Acarició a Radar por última vez, agitándole las orejas, y luego dirigió un gesto de asentimiento a los sanitarios.

Cuando lo levantaron, gritó con los dientes apretados, y Radar ladró.

—¿Chico?

—¿Sí?

—No *fisgonees*.

No me digné contestar. Craig y CeeCee llevaron la camilla más o menos a cuestas en torno a la casa para que no se sacudiera demasiado. Eché una ojeada alrededor y me fijé en la escalera de mano extensible caída en la hierba; luego alcé la vista hacia el tejado. Deduje que el señor Bowditch había estado limpiando los canalones. O intentándolo.

Regresé a los peldaños del porche y me senté. En la parte delantera empezó a sonar de nuevo la sirena, al principio estridente y luego a menor volumen a medida que bajaba por la cuesta hacia el maldito puente. Radar miró en dirección al sonido, levantando las orejas. Intenté acariciarla. Al ver que no me mordía, ni gruñía siquiera, repetí el gesto.

—Parece que estamos solos tú y yo, chica —dije.

Radar apoyó el hocico en mi zapatilla.

—Ni siquiera ha dado las gracias —añadí—. Vaya elemento.

Pero en realidad no estaba enfadado, porque daba igual. No necesitaba que me diera las gracias. Yo estaba saldando una deuda.

3

Llamé a mi padre por teléfono y lo puse al corriente mientras rodeaba la casa con la esperanza de que no me hubiesen robado la mochila. No solo seguía allí, sino que además uno de los sanitarios se había tomado la molestia de echarla por encima de la cancela. Mi padre me preguntó si podía hacer algo. Respondí que no, que me quedaría allí estudiando hasta las seis, la hora de dar de comer a Radar, y luego volvería a casa. Comentó que pasaría a buscar comida china y ya nos veríamos allí cuando yo llegase. Le dije que lo quería y él respondió que también me quería.

Extraje el candado de la bici de la mochila, me planteé cargar con la Schwinn hasta el costado de la casa, pero decidí que igual daba y me limité a sujetarla a la cancela. Di un paso atrás y casi tropecé con Radar. Lanzó un gañido y se apartó en el acto.

—Perdona, chica, perdona.

Me arrodillé y tendí la mano. Al cabo de un momento se acercó, me olfateó y me dio un pequeño lametón. Con eso quedaba todo dicho sobre el temible Cujo.

Volví a rodear la casa seguido de cerca por ella y fue entonces cuando me fijé en el cobertizo. Supuse que era para guardar herramientas; en ningún caso habría cabido un coche. Pensé en meter allí dentro la escalera de mano y decidí no tomarme la molestia, porque no parecía que fuese a llover. Como descubrí más tarde, habría cargado con ella unos cuarenta metros para nada, ya que en la puerta había un candado enorme, y el señor Bowditch se había llevado el resto de las llaves.

Entramos, encontré un interruptor anticuado, de esos que giran, y recorrí el Pasillo de Material de Lectura Antiguo hasta la cocina. Allí la luz la proporcionaba un plafón de cristal esmerilado que parecía parte del decorado de una de esas películas de la TCM que le gustaban a mi padre. Cubría la mesa de la cocina un hule a cuadros, descolorido pero limpio. Llegué a la conclusión de que *toda* la cocina parecía el decorado de una película antigua. Casi me imaginaba a Mr. Chips entrando con su toga y su birrete. O quizá a Barbara Stanwyck diciendo a Dick Powell que llegaba justo a tiempo para una copa. Me senté a la mesa. Radar se metió debajo y se acomodó con un leve gruñido femenino. Le dije que era buena chica y golpeteó el suelo con el rabo.

—No te preocupes, pronto volverá. —*Tal vez*, pensé.

Esparcí mis libros, hice unos problemas de matemáticas y después me puse los auriculares y escuché la tarea de francés del día siguiente, una canción pop titulada «Rien qu'une fois», que significa algo así como «Solo una vez». No era exactamente lo mío, a mí me va más el rock clásico, pero era una de esas canciones que van gustando cuanto más las oyes. Hasta que ya no puedes quitártela de la cabeza y entonces la detestas. La reproduje tres veces y luego la canté al mismo tiempo, como se nos exigiría en clase:

Je suis sûr que tu es celle que j'ai toujours attendue...

Tras entonar una estrofa, se me ocurrió mirar debajo de la mesa y vi que Radar me observaba con las orejas hacia atrás y una expresión sospechosamente parecida a la lástima. Me reí.

—Más me vale no dejarlo todo por la música, ¿verdad?

Un golpe de cola.

—No me lo eches en cara, son deberes. ¿Quieres oírla otra vez? ¿No? Yo tampoco.

Vi cuatro tarros idénticos dispuestos en fila sobre la encimera a la izquierda del fogón con los rótulos AZÚCAR, HARINA, CAFÉ Y GALLETAS. Me moría de hambre. En casa, habría mirado en la nevera y devorado la mitad del contenido, pero por supuesto no estaba en casa, ni lo estaría —consulté el reloj— antes de una hora. Decidí investigar el tarro de las galletas, lo que sin duda no podía considerarse fisgoneo. Estaba a rebosar de una mezcla de galletas con pecanas y malvaviscos recubiertos de chocolate. Me dije que, como le cuidaba a la perra, el señor Bowditch no echaría una en falta. O dos. Ni siquiera cuatro. Me obligué a parar ahí, pero me costó. Desde luego esas galletas estaban deliciosas.

Miré el tarro de harina y me acordé de que, según había dicho el señor Bowditch, contenía dinero. Acto seguido la expresión de su mirada había cambiado, había pasado a ser más intensa. «Un momento. El bote de harina está vacío. Me olvidaba». Estuve a punto de echar una ojeada, y en un tiempo no muy lejano lo habría hecho, pero esa etapa había quedado atrás. Volví a sentarme y abrí el libro de Historia Universal.

Batallé con una parte un tanto densa sobre el Tratado de Versalles y las reparaciones de guerra alemanas, y cuando volví a consultar mi reloj (encima del fregadero había uno, pero estaba parado), vi que eran las seis menos cuarto. Decidí que ya me había esforzado lo suficiente y que era hora de dar de comer a Radar.

Supuse que la puerta contigua a la nevera debía de ser la despensa y no me equivoqué. Emanaba ese agradable olor a despensa. Tiré de un cordón colgante para encender la luz y, por un momento, me olvidé por completo del pienso de Radar. Aquel pequeño cuarto contenía comida en lata y otros alimentos no perecederos desde el suelo hasta el techo y de lado a lado. Había carne de cerdo Spam y alubias en salsa de tomate y sardinas y galletas saladas y sopa Campbell; pasta y salsas para pasta, botellas de zumo de uva y de arándano, tarros de gelatina y de mermelada, latas de verduras a docenas, quizá a centenares. El señor Bowditch estaba preparado para el apocalipsis.

Radar emitió un gimoteo como diciendo «no te olvides del perro». Miré detrás de la puerta y allí estaba el cubo de plástico con su comida. Lleno, debía de contener quince o veinte kilos, pero en ese momento el pienso apenas cubría el fondo. Si Bowditch pasaba varios días —o incluso una semana— en el hospital, tendría que comprar más.

Encontré el vaso medidor dentro del cubo. Lo llené y eché la comida en el plato con el nombre de Radar. Ella acometió con brío, meneando la cola lentamente. Era vieja, pero conservaba el apetito. Supuse que era buena señal.

—Ahora descansa —dije mientras me ponía la cazadora—. Sé buena chica, y nos vemos mañana por la mañana.

Pero no tardamos tanto en vernos.

4

Mi padre y yo nos atracamos de comida china, y le conté la versión extensa de mi aventura de esa tarde, empezando por Bowditch en los peldaños, para pasar después al Pasillo de Material de Lectura Antiguo y acabar con la Despensa del Día del Juicio Final.

—Un acaparador compulsivo —dijo mi padre—. He visto no pocos casos, por lo general después de que muera el acaparador en cuestión. Pero ¿la casa está limpia, dices?

Asentí.

—Al menos la cocina. Un sitio para todo y todo en su sitio. Había un poco de polvo en los frascos viejos de medicamentos del aseo, pero en ninguna otra parte, que yo haya visto.

—No había coche.

—No. Y no cabría en el cobertizo de las herramientas.

—Deben de llevarle la compra a domicilio. Y siempre está Amazon, claro, que allá por 2040 será el gobierno mundial que los derechistas tanto temen. Me pregunto de dónde saca ese hombre el dinero y cuánto le queda.

También yo me lo había preguntado. Sospecho que esa clase de curiosidad es bastante normal en quienes han estado a un paso de la ruina.

Mi padre se puso en pie.

—Yo he comprado la comida y la he traído. Ahora tengo papeleo de que ocuparme. Te toca recoger a ti.

Recogí y luego practiqué unos blues a la guitarra. (Podía tocar casi cualquier cosa, siempre y cuando estuviese en clave de mi). Normalmente conseguía abstraerme en la música y seguir hasta que me dolían los dedos, pero aquella noche no. Volví a dejar la Yamaha en el rincón y le dije a mi padre que iba a acercarme a casa del señor Bowditch a ver cómo estaba Radar. Puede que a los perros esas cosas les trajeran sin cuidado, pero puede que no.

—Bien, siempre que no decidas traerlo.

—Traerla.

—Vale, pero no tengo ningún interés en escuchar los aullidos de un perro solitario a las tres de la mañana, independientemente de su género.

—No la traeré. —Él no tenía por qué saber que al menos había barajado la posibilidad.

—Y cuidado con Norman Bates.

Lo miré, sorprendido.

—¿Qué? ¿Pensabas que no lo sabía? —Tenía una sonrisa en los labios—. La llamaban «la Casa de Psicosis» mucho antes de que tú y tus amigos nacierais, pequeño héroe.

5

Sonreí ante el comentario, pero cuando llegué a la esquina de Pine con Sycamore, ya no le vi tanta gracia. La casa parecía descomunal en lo alto de la cuesta, tanto que tapaba las estrellas. Recordé a Norman Bates diciendo: «¡Madre! ¡Cuánta sangre!», y lamenté haber visto la maldita película.

Al menos esta vez fue más fácil correr el pasador de la cancela. Alumbrándome con la linterna del móvil, rodeé la casa. Recorrí la fachada lateral con el haz de luz y me arrepentí de ello. Las ventanas polvorientas tenían las persianas bajadas. Esas ventanas semejaban ojos ciegos que de algún modo aún me veían y a los que no les gustaba mi intrusión. Doblé la esquina y, cuando me encaminaba hacia el porche trasero, oí un golpe. Me sobresaltó y se me cayó el móvil. Mientras la luz de la linterna se precipitaba hacia el suelo, vi que se movía una sombra. No grité, pero sentí que los huevos se me desplazaban y cierta tensión en el escroto. Me quedé paralizado cuando la sombra avanzó, ondulante, hacia mí, y de pronto, antes de que pudiera volverme y echar a correr, Radar gimoteó, me tocó la pernera del pantalón con el hocico e intentó saltar sobre mí. Por sus problemas de espalda y caderas, no pasó de una serie de acometidas frustradas. El golpe anterior debía de haber sido la trampilla al cerrarse.

Me arrodillé y la agarré, acariciándole la cabeza con una mano mientras con la otra le rascaba el cuello bajo el collar. Me lamió la cara y se apretujó tanto contra mí que estuvo a punto de derribarme.

—No pasa nada —dije—. ¿Te daba miedo estar sola? Seguro que sí. —¿Y cuándo debió de ser la última vez que *estuvo* sola si el señor Bowditch no tenía coche y le llevaban a domicilio todas las compras? Quizá hacía mucho tiempo—. No pasa nada. Todo en orden. Vamos.

Recogí el móvil, dejé que transcurriera un segundo para dar tiempo a mis huevos a volver a su sitio y me dirigí a la puerta trasera, seguido por Radar tan de cerca que me golpeaba la rodilla una y otra vez. En otro tiempo, Andy Chen había encontrado un perro monstruo en el jardín delantero de esa casa, o eso dijo. Pero de aquello hacía años. Esa era solo una anciana asustada que, al oírme llegar, había salido como una flecha por la trampilla para recibirme.

Subimos por los peldaños de atrás. Abrí la puerta con la llave y utilicé el interruptor giratorio para encender la luz del Pasillo de Material de Lectura Antiguo. Examiné la trampilla y vi que tenía tres pestillos pequeños, uno a cada lado y otro en la parte de arriba. Me recordé que debía correrlos antes de marcharme para que Radar no anduviera rondando por ahí. Seguramente el jardín trasero también estaba cercado, como el delantero, pero no lo sabía con certeza y por el momento la perra era responsabilidad mía.

En la cocina me arrodillé delante de ella y le acaricié los lados de la cara. Me miró con atención, levantando las orejas.

—No puedo quedarme, pero voy a dejar una luz encendida y volveré mañana por la mañana a darte de comer, ¿vale?

La perra gimió, me lamió la mano y después fue a su plato. Estaba vacío, pero le dio unos lengüetazos y me miró. El mensaje estaba bastante claro.

—No más hasta mañana —dije.

Se tumbó y apoyó el hocico en la pata sin quitarme ojo.

—Bueno...

Fui al tarro con el rótulo GALLETAS. El señor Bowditch había dicho que nada de carne y nada de picar, y decidí que tal vez hubiese querido decir nada de picar carne. La semántica es extraordinaria, ¿no? Recordé vagamente haber oído o leído en algún sitio que los perros son alérgicos al chocolate, así que cogí una galleta con pecanas y partí un trozo. Se lo ofrecí. Lo olfateó y a continuación lo cogió con delicadeza de mis dedos.

Me senté a la mesa donde había estado estudiando y me dije que debía marcharme. Radar era una perra, por Dios, no un niño. Quizá no le gustara estar sola, pero tampoco era que fuese a meterse en el armario de debajo del fregadero y beber lejía.

Me sonó el móvil. Era mi padre.

—¿Todo en orden por ahí?

—Totalmente, pero he hecho bien en venir. Me había dejado abierta la trampilla de la perra. Ha salido al oírme.

No hacía falta decirle que, al ver aquella sombra en movimiento, por un instante me había asaltado la imagen de Janet Leigh en la ducha, gritando e intentando esquivar el cuchillo.

—No es culpa tuya. No puedes pensar en todo. ¿Vas a volver?

—Enseguida. —Miré a Radar, que me observaba—. Papá, quizá debería…

—Mala idea, Charlie. Mañana tienes clase. Es una perra adulta. Pasará bien la noche.

—Claro, ya lo sé.

Radar se levantó, proceso que resultaba un poco doloroso ver. Cuando consiguió sostenerse sobre las patas traseras, entró en la oscuridad de lo que probablemente era el salón.

—Solo me quedaré unos minutos. Es una buena perra.

—Vale.

Colgué y oí un leve pitido. Radar volvió con un juguete en la boca. Pensé que tal vez fuera un mono, pero estaba tan mordisqueado que costaba saberlo. Yo aún tenía el teléfono en la mano y le saqué una foto. Me llevó el juguete y lo dejó junto a mi silla. Con los ojos me dijo lo que yo debía hacer.

Lo lancé con suavidad hacia el otro lado de la cocina. Radar, renqueante, fue tras él, lo recogió, repitió el pitido unas cuantas veces para demostrarme quién mandaba allí y me lo llevó de nuevo. Lo echó junto a mi silla. Me la imaginé de joven, más robusta y mucho más ágil, a todo correr detrás del pobre mono (o su predecesor). Tal como, según contó Andy, había corrido aquel día. Las carreras ya se habían terminado para ella, pero ponía todo su empeño. Imaginé que pensaba: *¿Ves lo bien que se me da esto? ¡Tú quédate, puedo hacerlo toda la noche!*

Solo que ella no podía, y yo no podía quedarme. Mi padre quería que volviese a casa, y en todo caso yo dudaba que pudiera dormir mucho si me quedaba allí. Demasiados crujidos y gemidos misteriosos, demasiadas habitaciones donde podía aguardar al acecho cualquier cosa… y arrastrarse hacia mí cuando se apagaran las luces.

Radar volvió a traerme el mono chillón.

—No más —dije—. Descansa, chica.

Me dirigí hacia el pasillo de atrás, pero de pronto se me ocurrió una cosa. Fui a la habitación a oscuras de donde Radar había sacado el juguete y busqué a tientas un interruptor con la esperanza de que nada (la momia arrugada que Norman Bates tenía por madre, sin ir más lejos) me agarrase la mano. El interruptor, cuando lo encontré y lo accioné, emitió un chasquido.

Al igual que la cocina, el salón del señor Bowditch era de otra época, pero estaba ordenado. Había un sofá tapizado en una tela marrón oscuro. Me dio la impresión de que no se había utilizado mucho. Al parecer, lo que más se había usado como asiento era el sillón plantado en el centro de una esterilla anticuada. Vi las hendiduras dejadas por las piernas descarnadas del señor Bowditch. Colgaba del respaldo una camisa de cambray. El sillón se hallaba de cara a un televisor que parecía prehistórico. Tenía encima algo así como una antena. Le tomé una foto con el teléfono. No sabía si un televisor así de antiguo podía funcionar, pero, a juzgar por los libros apilados a ambos lados, muchos marcados con pósits, probablemente no se usaba apenas, si es que funcionaba. En el rincón más alejado del salón, vi una cesta de mimbre a rebosar de juguetes de perro, y eso lo decía todo sobre lo mucho que el señor Bowditch quería a su perra. Radar cruzó el salón y cogió un muñeco, un conejo. Me lo trajo con expresión ilusionada.

—No puedo —dije—. Pero puedes quedarte con esto. Imagino que huele a tu dueño.

Cogí la camisa del respaldo del sillón y la extendí en el suelo de la cocina junto al plato de Radar. La olió y a continuación se tumbó encima.

—Buena chica. Nos vemos mañana.

Me dirigí hacia la puerta trasera, me detuve a pensar y le llevé también el mono. Lo mordisqueó una o dos veces, quizá solo por complacerme. Retrocedí unos pasos y le saqué otra foto con el teléfono. Luego me marché, sin olvidarme de correr los pestillos de la trampilla. Si Radar hacía sus necesidades dentro, sencillamente tendría que limpiarlo.

Mientras volvía a pie a casa, pensé en los canalones, sin duda obstruidos por la acumulación de hojas. El césped sin cortar. La casa pedía a gritos una mano de pintura, cosa que no estaba a mi alcance, pero sí podía hacer algo con aquellas ventanas sucias, y también con la cerca de madera ladeada. Si tenía tiempo, claro, y en vista de que se acercaba la temporada de béisbol, no lo tendría. Además, estaba Radar. Había sido amor a primera vista. Tanto para ella como para mí, quizá. Si la idea se os antoja extraña o sentimental, o lo uno y lo otro, lo único que puedo decir es: allá vosotros. Como le dije a mi padre, era una buena perra.

Cuando me acosté aquella noche, puse el despertador a las

cinco. Luego le envié un mensaje de texto al señor Neville, mi profesor de Lengua y Literatura, y le dije que no asistiría a la primera clase, y que avisara a la señora Friedlander de que también me perdería la segunda hora. Dije que tenía que ir a ver a alguien al hospital.

3

Una visita al hospital.
Los que se rajan nunca ganan. El cobertizo.

1

A la primera luz del amanecer, la Casa de Psicosis resultaba menos psicótica, pese a que la bruma que se elevaba de la hierba alta le confería un aire gótico. Radar debía de estar esperando, porque empezó a embestir la trampilla cerrada en cuanto oyó mis pasos en los peldaños. Estos estaban medio sueltos y reblandecidos, otro accidente a punto de ocurrir y otra tarea en espera de que alguien la acometiese.

—Tranquila, chica —dije al tiempo que introducía la llave en la cerradura—. Acabarás con un esguince.

Se me echó encima en cuanto abrí la puerta, brincando y apoyando las patas delanteras en mi pierna, indiferente a la artritis. Meneando la cola, me siguió a la cocina y me observó mientras yo arañaba un último vaso del menguante suministro de pienso. Mientras ella comía, envié un mensaje a mi padre y le pregunté si podía pasar por una tienda llamada Pet Pantry a la hora del almuerzo o después del trabajo para recoger un saco de pienso: Orijen Regional Red. Luego le envié otro para añadir que yo le devolvería el dinero y el señor Bowditch me lo pagaría a mí. Reflexioné y le mandé un tercero: **Mejor coge un saco grande.**

No tardé mucho, pero Radar ya había terminado. Me llevó el mono y lo dejó junto a la silla. Luego eructó.

—Discúlpate —dije, y le lancé el mono con cuidado.

Se fue al trote y me lo devolvió. Se lo tiré otra vez, y mientras iba a buscarlo, me sonó el móvil. Era un mensaje de mi padre: **No hay problema.**

Lancé el mono de nuevo, pero Radar, en lugar de ir detrás de él, renqueó por el Pasillo de Material de Lectura Antiguo y salió. Como no sabía si tenía correa, partí otro trozo de galleta con pecanas para animarla a volver si era necesario. Estaba casi seguro de que surtiría efecto; Radar era la clásica perra tragona.

Hacerla entrar no representó el menor problema. Se acuclilló en un sitio para hacer sus cosas y en otro para hacer sus otras cosas. Regresó, miró los peldaños como un montañero podría mirar una subida difícil y después trepó hasta media escalera. Se sentó un momento y luego consiguió llegar arriba.

Yo no sabía durante cuánto tiempo más podría hacerlo sin ayuda.

—Tengo que irme —dije—. Hasta luego, cocodrilo.

Nosotros nunca habíamos tenido perro, así que no sabía lo expresivos que podían ser sus ojos, sobre todo de cerca y en una relación personal. Los suyos me decían que no me fuera. De buena gana me habría quedado, pero, como dice el poema, tenía promesas que cumplir. La acaricié unas cuantas veces y le dije que se portara bien. Recuerdo haber leído en algún sitio que un perro envejece siete años por cada uno de los nuestros. Un cálculo a ojo, sin duda, pero al menos servía para formarse una idea, ¿y qué representaba eso para un perro desde el punto de vista del tiempo? Si yo volvía a las seis a darle de comer, serían doce horas de mi tiempo. ¿Serían ochenta y cuatro horas del suyo? ¿Tres días y medio? En ese caso, no era raro que se alegrara de verme. Además, debía de echar de menos al señor Bowditch.

Cerré la puerta con llave, bajé los peldaños y miré en dirección al lugar donde Radar había hecho sus necesidades. Mantener limpio y en orden el jardín trasero era otra tarea que no estaría de más realizar. A menos que se hubiera encargado el propio señor Bowditch. Con toda esa hierba crecida, era imposible saberlo. Si no lo había hecho él, convenía que se ocupara alguien.

Tú eres alguien, pensé mientras regresaba a la bici. Lo cual era cierto, pero daba la casualidad de que era un alguien muy ocupado. Además del béisbol, estaba planteándome presentarme a una audición para un papel en la obra de fin de curso: *High School Musical*. Albergaba la fantasía de cantar «Breaking Free» con Gina Pascarelli, que era de último curso y guapísima.

Una mujer arrebujada en un abrigo de tela escocesa esperaba de pie junto a mi bici. Me parecía que se llamaba Ragland. O quizá Reagan.

—¿Fuiste tú quien llamó a la ambulancia? —preguntó.

—Sí, señora —contesté.

—¿Está muy mal? ¿Bowditch?

—La verdad es que no lo sé. Se rompió la pierna, eso seguro.

—Bien, fue tu buena acción del día. Quizá del año. No es gran cosa como vecino, lleva una vida muy reservada, pero no tengo nada contra él. Salvo por la casa, que hace daño a la vista. Eres el hijo de George Reade, ¿no?

—Sí.

Me tendió la mano.

—Althea Richland.

Se la estreché.

—Encantado de conocerla.

—¿Y qué hay del chucho? Da miedo, ese perro, un pastor alemán. Antes lo paseaba por la mañana temprano y a veces después de oscurecer. Cuando los niños estaban en casa. —Señaló la cerca tristemente ladeada—. Desde luego *eso* no aguantó las embestidas de ese perro.

—Es una hembra, y la cuido yo.

—Es todo un detalle por tu parte. Espero que no te muerda.

—Ya es muy vieja, y no es mala.

—*Contigo*, puede —dijo la señora Richland—. Mi padre decía: «Un perro viejo morderá con el doble de fuerza». Vino un reportero de ese semanario del pueblo, ese periodicucho, a preguntar qué había pasado. Creo que es el que cubre los avisos de urgencias. Las llamadas a la policía, los bomberos, las ambulancias, esas cosas. —Se sorbió la nariz—. Debía de rondar tu edad.

—Lo tendré en cuenta —contesté, sin saber por qué habría de tenerlo en cuenta—. Será mejor que me marche, señora Richland. Quiero visitar al señor Bowditch antes de clase.

Se rio.

—Si está en el Arcadia, el horario de visita empieza a las nueve. A estas horas no te dejarán entrar.

2

Sin embargo, sí me dejaron. Explicar que tenía clase y entrenamiento de béisbol no convenció del todo a la mujer de recepción, pero cuando le dije que yo era quien había llamado a la ambulancia, me contestó que podía subir.

—Habitación 322. Los ascensores están a la derecha.

Hacia la mitad del pasillo de la tercera planta, una enfermera me preguntó si había ido a ver a Howard Bowditch. Contesté que sí y pregunté qué tal estaba.

—Lo han operado, y va a necesitar otra intervención. Después le espera un periodo de convalecencia bastante largo y necesitará mucha fisioterapia. Probablemente sea Melissa Wilcox quien se ocupe de eso. La fractura de la pierna fue especialmente grave y, además, casi se destrozó la cadera. Necesitará una prótesis. O se pasará el resto de la vida con andador o silla de ruedas por más terapia que haga.

—Madre mía —dije—. ¿Lo sabe él?

—El médico que redujo la fractura le habrá dicho lo que necesita saber en estos momentos. ¿Tú llamaste para pedir la ambulancia?

—Sí, señora.

—Bueno, es posible que le hayas salvado la vida. Entre el shock y que posiblemente habría pasado la noche a la intemperie… —Meneó la cabeza.

—Fue el perro. Oí aullar a la perra.

—¿Llamó el perro al 911?

Reconocí que de eso me había encargado yo.

—Si quieres verlo, mejor será que vayas ya. Acabo de ponerle una inyección para el dolor, y no tardará en dormirse. Aparte de las fracturas de pierna y cadera, está muy por debajo de su peso. Una víctima propicia para la osteoporosis. Puede que tengas unos quince minutos antes de que se quede grogui.

3

El señor Bowditch tenía la pierna en alto, colgada de un artefacto con polea que parecía salido de una comedia de los años treinta... solo que el señor Bowditch no se reía. Yo tampoco. Las arrugas de su rostro parecían más profundas, casi cinceladas. Las ojeras se habían oscurecido. El cabello se le veía ralo y sin vida, los mechones rojos descoloridos. Supongo que tenía un compañero de habitación, pero no llegué a verlo, porque una cortina verde corrida separaba la otra parte de la 322. El señor Bowditch me vio e intentó enderezarse en la cama, lo que lo llevó a hacer una mueca y expulsar el aire con un silbido.

—Eh, hola. ¿Cómo te llamabas? Si me lo dijiste, no me acuerdo. Lo cual, dadas las circunstancias, puede disculparse.

Tampoco yo recordaba si se lo había dicho, así que se lo repetí (o se lo dije por primera vez) y después le pregunté cómo se encontraba.

—Hecho una mierda. Solo tienes que verme.

—Lo siento.

—Más lo siento yo. —A continuación, en un esfuerzo de

68

cortesía, añadió—: Gracias, joven señor Reade. Por lo que me han dicho, es posible que me hayas salvado la vida. Tampoco parece que ahora mi vida valga mucho la pena, pero como supuestamente dijo Buda: «Eso cambia». A veces para mejor, aunque, por mi experiencia, no es lo más habitual.

Le dije —como antes a mi padre, a los sanitarios y a la señora Richland— que en realidad era la perra quien lo había salvado; si no la hubiera oído aullar, habría seguido adelante en mi bici.

—¿Cómo está?

—Bien.

Me senté en una silla junto a su cama y le enseñé las fotos que había tomado de Radar con su mono. Las deslizó atrás y adelante varias veces (tuve que enseñarle a hacerlo). Pareció alegrarse al verlas, aunque no por eso mejoró su aspecto. «Le espera un periodo de convalecencia bastante largo», había dicho la enfermera.

Cuando me devolvió el móvil, su sonrisa se había desvanecido.

—No me han dicho cuánto tiempo voy a pasar en esta maldita enfermería, pero no soy tonto. Sé que va a ser una buena temporada. Supongo que tendré que plantearme sacrificarla. Ha tenido una buena vida, pero ahora las caderas...

—Madre mía, no haga eso —salté, alarmado—. Yo cuidaré de ella. Lo haré encantado.

Me miró, y por primera vez su expresión no era de irritación ni de resignación.

—¿Lo harías? ¿Puedo *confiarte* esa tarea?

—Sí. Casi se le ha acabado la comida, pero mi padre pasará hoy a buscar un saco de ese pienso, Orijen. A las seis de la mañana, a las seis de la tarde. Allí estaré. Cuente con ello.

Alargó el brazo hacia mí, quizá con la intención de cogerme la mano o al menos darme una palmada. Se lo habría permitido, pero retiró la mano.

—Eso es… encomiable por tu parte.

—Radar me cae bien. Y yo le caigo bien a ella.

—Ah, ¿sí? Estupendo. No es mala. —Se le estaban vidriando los ojos y arrastraba un poco las palabras. Lo que la enfermera le había administrado, fuera lo que fuese, empezaba a hacerle efecto—. No hace daño a nadie, pero antes daba unos sustos de muerte a los niños del barrio, cosa que yo agradecía. Esos críos eran unos entrometidos, la mayoría. Entrometidos y ruidosos. ¿En cuanto a los ladrones? Ni por asomo. Si oían a Radar, salían por piernas. Pero ahora está vieja. —Suspiró y tosió. Torció el gesto por el esfuerzo—. Y no solo ella.

—La cuidaré bien. Quizá la llevé a mi a casa, calle abajo.

Aguzó un poco la vista, como si contemplara esa posibilidad.

—Nunca he estado en ninguna otra casa desde que llegó a la mía de cachorra. Solo conoce la mía… El jardín…

—Me ha dicho la señora Richland que la sacaba usted a pasear.

—¿La chismosa de la acera de enfrente? Pues sí, es verdad. Salíamos a pasear. Cuando Radar podía salir sin cansarse. Ahora me daría miedo recorrer con ella incluso la menor distancia. ¿Y si la llevara hasta Pine Street y no pudiera volver? —Se miró a sí mismo—. Ahora soy *yo* quien no podría volver. No llegaría a ningún sitio.

—No la forzaré. O sea, no le exigiré demasiado.

Se relajó.

—Te pagaré… por lo que coma. Y por tu tiempo, eso también.

—Por eso no se preocupe.

—Puede que ella aún siga bien un tiempo cuando yo vuelva a casa… Si es que vuelvo.

—Volverá, señor Bowditch.

—Si vas a… darle de comer… será mejor que me llames Howard.

No supe si sería capaz, pero accedí.

—¿Podrías quizá traerme otra foto?

—Claro. Será mejor que me vaya, señor…, esto, Howard. Tienes que descansar.

—No me queda más remedio. —Se le cerraron los ojos, y al cabo de un momento los párpados volvieron a abrirse lentamente—. No sé qué me ha dado esa mujer… ¡Uf! Alto voltaje.

Cerró los ojos de nuevo. Me levanté y me dirigí a la puerta.

—Chico, ¿cómo has dicho que te llamabas?

—Charlie.

—Gracias, Charlie. Pensé en… darle quizá otra oportunidad. No para mí…, yo con una vez ya he tenido bastante… Al final la vida se convierte en una carga…, tú mismo lo averiguarás si vives tiempo suficiente. Pero *ella*…, Radar…, y luego me hice viejo y me caí de la puta escalera…

—Le traeré unas cuantas fotos más.

—Eso.

Me di media vuelta para marcharme y de pronto volvió a hablar, aunque creo que no se dirigía a mí.

—Un hombre valiente ayuda. Un cobarde solo hace regalos.

Se quedó en silencio y empezó a roncar.

A medio pasillo, vi que la enfermera con la que había hablado antes salía de una habitación con lo que parecía una bolsa de orina turbia. Me vio y la tapó con una toalla. Me preguntó si la visita había ido bien.

—Sí, pero al final no se entendía bien lo que decía.

Sonrió.

—Es lo que pasa con el Demerol. Ahora vete. Tendrías que estar en clase.

4

Para cuando llegué a Hillview, hacía diez minutos que había empezado la segunda clase y los pasillos estaban vacíos. Fui a Secretaría para pedirle un justificante de retraso a la señora Silvius, una anciana encantadora con un cabello azul que daba miedo. Debía de tener al menos setenta y cinco años, mucho más allá de la edad de jubilación habitual, pero conservaba la lucidez y el buen humor. Creo que el buen humor es indispensable cuando se trata con adolescentes.

—He oído contar que ayer le salvaste la vida a un hombre —dijo mientras firmaba el justificante.

—¿Quién se lo ha contado?

—Un pajarito. Pío, pío, pío. Las noticias vuelan, Charlie.

Cogí el justificante.

—La verdad es que no fui yo, fue la perra de ese hombre. La oí aullar. —Empezaba a cansarme de explicarle eso a la gente, porque nadie se lo creía. Lo cual era extraño. Yo pensaba que a todo el mundo le gustaban las historias de perros heroicos—. Yo solo llamé al 911.

—Lo que tú digas. Ahora corre a clase.

—¿Puedo enseñarle antes una cosa?

—Solo si es una cosa muy rápida.

Saqué el teléfono y le enseñé la foto que había tomado del televisor del señor Bowditch.

—Eso que hay encima es una antena, ¿verdad?

—Orejas de conejo, las llamábamos —dijo la señora Silvius. Desplegó una sonrisa muy parecida a la del señor Bowditch cuando contemplaba las fotos de Radar con el mono—. Poníamos papel de aluminio en las puntas de las nuestras por que se suponía que así mejoraba la recepción. Pero ¡fíjate en ese *televisor*, Charlie! ¡Dios mío! ¿De verdad funciona?

—No lo sé. No lo he probado.

—El primer televisor que tuvimos nosotros se parecía a este. Un Zenith de sobremesa. Pesaba tanto que mi padre se hizo una contractura en la espalda al subirla por las escaleras al piso en el que vivíamos entonces. ¡Veíamos aquel trasto horas y horas! *Annie Oakley*, *Wild Bill Hickok*, *Captain Kangaroo*, *Crusader Rabbit...* ¡Cielos, la veíamos hasta que nos dolía la cabeza! Una vez se averió, la imagen se desplazaba hacia arriba sin parar, y mi padre llamó al técnico, que vino con un maletín lleno de lámparas.

—¿Lámparas?

—Lámparas de vacío. Despedían un resplandor anaranjado, como las bombillas antiguas. Sustituyó la que se había estropeado, y el televisor volvió a funcionar. —Miró de nuevo la fotografía de mi móvil—. Seguro que las lámparas de este debieron de fundirse hace mucho.

—Es probable que el señor Bowditch comprara más por eBay o Craigslist —dije—. Por internet puede comprarse cualquier cosa. Si uno puede pagarlo, claro. —Solo que yo no creía que el señor Bowditch tuviera internet.

La señora Silvius me devolvió el teléfono.

—Ve ya, Charlie. Te espera la clase de Física.

5

Esa tarde, el entrenador Harkness se me pegó durante el entrenamiento como una lapa. O, para ser más exactos, como

73

una mosca a la mierda. Porque mi rendimiento en el juego era una mierda. En el trabajo de pies con los tres conos, me desplacé en el sentido equivocado una y otra vez, y en una ocasión intenté moverme en las dos direcciones al mismo tiempo y acabé cayéndome de culo, lo que arrancó no pocas risas. Durante el ejercicio de jugadas dobles, me sorprendieron fuera de mi posición en la primera, y la bola del segundo base pasó silbando por el lugar donde yo debería haber estado y acabó rebotando en la pared del gimnasio. Cuando el entrenador bateó una bola lateral floja, me lancé bien, pero no coloqué correctamente el guante y la pelota —una bola mansa, que rodaba a velocidad de paseo— se me coló entre las piernas. Pero el ejercicio de la dejada fue la gota que colmó el vaso del entrenador Harkness. En lugar de dejar la pelota muerta en dirección a la línea de la tercera base, la envié una y otra vez hacia el pícher.

El entrenador saltó de su silla plegable y se acercó al plato con paso airado, con la barriga balanceándose y el silbato rebotando entre sus considerables pechos.

—¡Santo *Dios*, Reade! ¡Pareces una anciana! ¡No le pegues a la bola! Basta con que bajes el bate y dejes que la bola entre en contacto con él. ¿Cuántas veces tengo que decírtelo? —Agarró el bate, me apartó de un codazo y se situó frente a Randy Morgan, el pícher de prueba aquel día—. ¡Lanza! ¡Y ponle ganas, maldita sea!

Randy tiró con todas sus fuerzas. El entrenador se inclinó e hizo una dejada perfecta. La bola rodó por la línea de la tercera base, rozándola. Steve Dombrowski se abalanzó a por ella, intentó atraparla a mano limpia y la perdió.

El entrenador se volvió hacia mí.

—¡Ahí tienes! ¡Así es como se hace! ¡No sé qué te ronda por la cabeza, pero olvídalo!

Lo que me rondaba por la cabeza era Radar, allá en casa del señor Bowditch, aguardando mi llegada. Esperándome doce horas, quizá tres días y medio para ella. No entendería por qué la habían dejado sola, y un perro no podía jugar con un mono chillón si no había nadie para lanzárselo. ¿Estaba intentando no hacer sus necesidades dentro de la casa o —con la trampilla cerrada— las habría hecho ya en algún sitio? En ese caso, quizá no entendiera que no era culpa suya. Además, aquel césped desigual y la cerca de madera ladeada... Todo eso me rondaba también por la cabeza.

El entrenador Harkness me entregó el bate.

—Ahora haz una dejada, y hazla bien.

Esa vez Randy no fue a machacar, sino que se limitó a hacer un lanzamiento propio de práctica de bateo para sacarme del apuro. Me situé de cara a él, con el bate cruzado ante el pecho... y me salió un globo. Randy ni siquiera tuvo que abandonar el montículo para atraparla con el guante.

—Ya basta —dijo el entrenador—. Hazme cinco. —Con eso se refería a que diera cinco vueltas al gimnasio.

—No.

En el gimnasio se acallaron todas las conversaciones. Tanto en nuestra parte como en la otra, donde las chicas jugaban al voleibol. Todas las miradas estaban fijas en nosotros. Randy se llevó el guante a la boca, quizá para ocultar una sonrisa.

El entrenador se apoyó las manos en las rollizas caderas.

—¿Qué acabas de decirme?

No dejé caer el bate porque no estaba loco. Sencillamente se lo tendí al entrenador, y él, en su perplejidad, lo cogió.

—He dicho que no. Se acabó. —Me encaminé hacia la puerta del vestuario.

—¡Vuelve aquí, Reade!

Ni siquiera negué con la cabeza, me limité a seguir adelante.

—¡Vuelve ahora mismo, no cuando te hayas tranquilizado! ¡Porque entonces ya será demasiado tarde!

Pero yo estaba tranquilo. Tranquilo y en calma. Contento, incluso, como cuando se ve que la solución a un problema de matemáticas difícil no era tan complicada como parecía.

—¡Maldita sea, Reade! —Su voz había pasado a destilar cierto pánico. Quizá porque yo era su mejor bateador, o quizá porque esa rebelión tenía lugar delante del resto del equipo—. ¡Vuelve aquí! ¡Los ganadores nunca se rajan, y los que se rajan nunca ganan!

—Pues llámeme perdedor —respondí.

Bajé por las escaleras del vestuario y me cambié. Ese fue el final de mi carrera como jugador de béisbol en el instituto Hillview, ¿y lo lamenté? No. ¿Lamenté dejar tirados a mis compañeros de equipo? Un poco, pero, como al entrenador le gustaba señalar, en un *equipo* no cabe un *yo*. Tendrían que arreglárselas sin mí. Otro asunto reclamaba mi atención.

6

Saqué el correo del buzón del señor Bowditch —nada personal, solo la basura de costumbre— y entré por la puerta de atrás. Radar no fue capaz de saltar sobre mí, supongo que tenía un mal día, así que la cogí con delicadeza por las patas delanteras, se las levanté y se las apoyé en mi cintura para acariciarle la cabeza, que inclinó hacia arriba. De paso le acaricié también el hocico, ya medio gris. Bajó con cuidado los peldaños del porche e hizo sus necesidades. De nuevo lanzó una mirada de evaluación a los peldaños del porche antes de subirlos. Le dije que era buena chica y que el entrenador Harkness estaría orgulloso de ella.

Le lancé el mono chillón unas cuantes veces y tomé fotos. En la cesta había otros juguetes chillones, pero era evidente que el mono era su preferido.

Me siguió afuera cuando fui a recoger la escalera de mano caída. La llevé al cobertizo, vi el sólido candado en la puerta y me limité a dejarla apoyada bajo el alero. Mientras me ocupaba de eso, Radar empezó a gruñir. Agachada a unos seis metros de aquella puerta cerrada con el candado, mantenía las orejas echadas hacia atrás y arrugaba el hocico.

—¿Qué pasa, chica? Si ha entrado ahí una mofeta o una marmota, no puedo hacer nada al…

Al otro lado de la puerta se oyeron arañazos, seguidos de una especie de gorjeo extraño que me erizó el vello de la nuca. No era un sonido animal. Nunca había oído nada igual. Radar ladró, luego gimió, luego reculó sin apartar el vientre del suelo. Sentí ganas de retroceder yo también, pero di un golpe a la puerta con el costado del puño y esperé. No pasó nada. Tal vez habría considerado esos sonidos fruto de mi imaginación de no ser por la reacción de Radar, pero en cualquier caso no podía hacer nada al respecto. La puerta estaba cerrada y no había ventanas.

Le di otro puñetazo, casi retando a ese extraño sonido a repetirse. No ocurrió, así que volví a la casa. Radar se levantó con dificultad y me siguió. Miré atrás una vez, y vi que ella también volvía la vista.

7

Jugué a lanzarle el mono a Radar durante un rato. Cuando se tumbó en el linóleo y me dirigió una mirada con la que me decía «ya hemos terminado», telefoneé a mi padre y le comuniqué que había dejado el béisbol.

—Ya lo sé —contestó él—. El entrenador Harkness me ha llamado. Me ha dicho que la situación se ha crispado un poco, pero está dispuesto a dejarte volver a condición de que te disculpes primero con él y después con todo el equipo. Porque les has fallado, según ha dicho.

Eso era irritante, pero a la vez tenía su gracia.

—Papá, no eran las finales del estado, solo un entrenamiento en el gimnasio. Y al entrenador le ha dado por hacer el capullo. —Aunque a eso yo ya estaba acostumbrado; todos lo estábamos. La foto del entrenador H. podría haber salido al lado de la palabra «capullo» en el diccionario.

—No te vas a disculpar, pues, ¿es eso lo que me estás diciendo?

—Podría disculparme por no estar concentrado, porque no lo estaba. Pensaba en el señor Bowditch. Y en Radar. Y en esta casa. No se está desmoronando, pero poco le falta. Podría hacer muchas cosas aquí si tuviera tiempo, y ahora lo tengo.

Tardó unos segundos en procesar mi respuesta y después dijo:

—No sé muy bien si entiendo por qué consideras que eso es necesario. Ocuparte del perro, sí, es una buena acción, pero no conoces de nada a Bowditch.

¿Y qué iba a decir yo a eso? ¿Iba a decirle a mi padre que había hecho un trato con Dios? Incluso si él tenía la delicadeza de no reírse (probablemente la tendría), me diría que esa clase de pensamientos era mejor dejárselos a los niños, los evangelistas y los adictos a las noticias de la televisión por cable que creían a pie juntillas que una almohada mágica o una dieta curarían todos sus males. En el peor de los casos, podía pensar que intentaba atribuirme el mérito de la abstinencia que tanto le costaba mantener.

Además, había otra cosa: era privado. Cosa mía.

—¿Charlie? ¿Sigues ahí?

—Aquí sigo. Lo único que puedo decir es que quiero hacer todo lo que esté en mi mano hasta que él se recupere.

Mi padre exhaló un suspiro.

—Ese hombre no es un crío que se ha caído de un manzano y se ha roto el brazo. Es viejo. Puede que nunca vuelva a caminar. ¿Eso te lo has planteado?

No lo había pensado, ni veía razón alguna para empezar a pensarlo.

—Ya sabes lo que dicen en tu programa de ayuda: un día detrás del otro.

Mi padre dejó escapar una risa.

—También decimos que el pasado es historia y el futuro es un misterio.

—Esa es buena, papá. ¿Estamos de acuerdo, entonces, en lo del béisbol?

—Sí, pero entrar en la selección estatal a final de temporada habría quedado bien en tus solicitudes para las universidades. Eso lo sabes, ¿no?

—Lo sé.

—¿Y qué me dices del fútbol? ¿También estás pensando en colgar las botas?

—Ahora mismo no. —En el fútbol, al menos no tendría que tratar con el entrenador Harkness—. Puede que el señor Bowditch esté mejor cuando empiecen los entrenamientos en agosto.

—O puede que no.

—O puede que no —coincidí—. El futuro es un misterio.

—Ciertamente lo es. Cuando me acuerdo de la noche en que tu madre decidió ir a pie hasta el Zippy…

Se le apagó la voz. Tampoco a mí se me ocurrió nada que decir.

—Hazme un favor, Charlie. Ha pasado por aquí un periodista del *Weekly Sun* y ha pedido tu información de contacto. No se la he dado, pero me he quedado con la suya. Quiere entrevistarte por haber salvado a Bowditch. Una de esas cosas de interés humano. Creo que deberías acceder.

—En realidad no lo salvé yo, fue Radar…

—Puedes contarle eso. Pero si las universidades en las que solicites plaza te preguntan por qué dejaste el béisbol, un artículo como ese…

—Lo entiendo. Dame su número.

Me lo dio, y lo añadí a mis contactos.

—¿Vendrás a casa a cenar?

—En cuanto dé de comer a Radar.

—Bien. Te quiero, Charlie.

Le dije que yo también lo quería. Lo cual era verdad. Un buen hombre, mi padre. Atravesó una época difícil, pero la superó. No todo el mundo lo consigue.

8

Después de dar de comer a Radar y decirle que volvería al día siguiente, bien temprano, me acerqué al cobertizo. En realidad, no quería. Aquel pequeño edificio sin ventanas resultaba en extremo desagradable en la creciente oscuridad de aquella fría tarde de abril, pero me obligué a hacerlo. Me detuve a escuchar frente a la puerta cerrada con el candado. No se oyó ningún arañazo. Ningún extraño gorjeo como el de un alienígena en una película de ciencia ficción. Tampoco quería golpear la puerta con el puño, así que me obligué a hacerlo. Dos veces. Con fuerza.

Nada. Lo cual fue un alivio.

Monté en la bici, rodé Sycamore Street Hill abajo, arrojé el guante al estante superior de mi armario y lo miré un momento antes de cerrar la puerta. Es un buen deporte, el béisbol. No hay nada como llegar al final de la novena y colar una bola a través de la brecha, y nada como volver a casa en el autobús de un partido en campo contrario tras una gran victoria, en medio de las risas y el bullicio y los pellizcos en el culo. O sea que sí, un poco lo lamentaba, pero en realidad no mucho. Me acordé de aquella máxima de Buda: todo cambia. Decidí que había mucho de verdad en esas dos breves palabras. Muchísimo.

Llamé al periodista. El *Weekly Sun* era una publicación gratuita que contenía unas cuantas noticias y crónicas deportivas de interés local en medio de un montón de publicidad. Siempre había una pila de ejemplares junto a la puerta del Zippy, bajo el letrero COJA UNO, a lo que algún listillo había añadido CÓJALOS TODOS. El periodista se llamaba Bill Harriman. Contesté a sus preguntas, atribuyéndole la mayor parte del mérito una vez más a Radar. El señor Harriman me preguntó si podía tomarnos una foto a los dos juntos.

—Vaya, no sé. Tendría que pedirle permiso al señor Bowditch, y está en el hospital.

—Pídeselo mañana o pasado mañana, ¿te parece? Debo entregar el artículo pronto si quiero que entre en el número de la semana que viene.

—Lo haré si puedo, pero creo que tiene programada otra operación. A lo mejor no me dejan visitarlo, y la verdad es que no puedo hacerlo sin su permiso. —Nada deseaba menos que enojar al señor Bowditch, y era la clase de hombre que se enojaba con facilidad. Más adelante consulté la palabra que describía a esa clase de personas: era un «misántropo».

—Entendido, entendido. Tanto en un caso como en otro,

infórmame lo antes posible. Eh, ¿tú no eres el chico que anotó el *touchdown* de la victoria contra el Stanford Prep en la Turkey Bowl en noviembre del año pasado?

—Sí fui yo, pero tampoco es que fuera una de las diez mejores jugadas de *SportsCenter* ni nada por el estilo. Estábamos en la línea de dos yardas y marqué sin más.

Se rio.

—¡Qué modesto! Eso me gusta. Llámame, Charlie.

Le dije que lo haría, colgué y bajé a ver la tele un rato con mi padre antes de ponerme a estudiar. Me pregunté cómo estaría Radar. Bien, esperaba. Acostumbrándose a una rutina distinta. Volví a pensar en aquella máxima de Buda. Era una buena idea a la que aferrarse.

4

La visita al señor Bowditch. Andy Chen. El sótano.
En otras noticias. Una reunión en el hospital.

1

Cuando me presenté a la mañana siguiente en el número 1 de
Sycamore Street, Radar me recibió con un saludo entusiasta
pero no tan exaltada. Eso me indujo a pensar que empezaba a
acostumbrarse al nuevo orden. Hizo sus necesidades matuti-
nas, engulló el desayuno (mi padre había llevado a casa un saco
de doce kilos de su pienso) y luego quiso jugar con el mono.

Cuando se cansó, me quedaba un poco de tiempo, así que fui al salón a ver si el televisor antiguo funcionaba. Perdí un rato buscando el mando a distancia, pero naturalmente la caja tonta del señor Bowditch era de los tiempos anteriores al mando. Bajo la pantalla vi dos diales. El de la derecha tenía números —los canales, supuse—, así que giré el de la izquierda.

El zumbido del televisor no era tan alarmante como los ruidos del cobertizo, pero, con todo, inquietaba un poco. Con la esperanza de que no estallara, retrocedí. Al cabo de un rato, apareció en la pantalla el programa *Today*: Matt Lauer y Savannah Guthrie charlaban con un par de políticos. La resolución no era 4K; no era ni 1K. Pero al menos se veía. Probé a mover la antena que la señora Silvius había llamado «orejas de conejo». La giré en una dirección, y la imagen mejoró (mejoró *ligeramente*). La giré hacia el otro lado, y *Today* desapareció en medio de una nevada. Miré detrás del aparato. La parte posterior de la carcasa tenía numerosos orificios para disipar el calor, que era considerable, y a través de ellos vi el resplandor anaranjado de las lámparas. Estaba casi seguro de que el zumbido procedía de estas.

Lo apagué, preguntándome si sería muy molesto levantarse cada vez que uno quería cambiar de canal. Dije a Radar que tenía que marcharme al instituto, pero antes necesitaba otra foto. Le entregué el mono.

—¿Te importa sujetarlo con la boca? Queda encantador.

Radar me complació gustosamente.

2

Como no tenía entrenamiento de béisbol, me pasé por el hospital a media tarde. En recepción, pregunté si se permitían visitas a Howard Bowditch (una enfermera me había dicho que necesitaría otra operación). La recepcionista consultó algo en su monitor y me contestó que podía subir a verlo. Cuando me volví hacia los ascensores, me pidió que esperara, porque debía rellenar un formulario. Era para dejar mi información de contacto «en caso de emergencia». El paciente solicitante era Howard Adrian Bowditch. Mi nombre constaba como Charles Reed.

—Eres tú, ¿no? —preguntó la recepcionista.

—Sí, pero el apellido está mal escrito. —Lo taché y escribí en mayúsculas READE—. ¿Les ha pedido él que se pongan en contacto conmigo? ¿No tiene a nadie más? ¿Un hermano o una hermana? Porque me parece que yo no tengo edad suficiente para tomar grandes decisiones, por ejemplo si… —Me abstuve de terminar la frase, y ella no lo necesitó.

—Firmó un no RCP antes en la intervención quirúrgica. Un formulario como este es solo por si necesita que le traigas algo.

—¿Qué es un no RCP?

Me lo explicó. Era algo que habría preferido no oír. No llegó a responder a mi pregunta sobre los familiares, porque probablemente no lo sabía. ¿Por qué iba a saberlo? Anoté en el formulario mi dirección, mi e-mail y el número de móvil. Luego subí, pensando que eran muchas las cosas que no sabía de Howard Adrian Bowditch.

3

Estaba despierto y ya no tenía la pierna suspendida, pero, a juzgar por lo despacio que hablaba y por su mirada vidriosa, estaba bastante colocado.

—Otra vez tú —dijo, que no era precisamente lo mismo que «¡Cuánto me alegro de verte, Charlie!».

—Otra vez yo —confirmé.

A continuación sonrió. Si nos hubiésemos conocido más, le habría recomendado que lo hiciera más a menudo.

—Acerca una silla y dime qué te parece esto.

Una manta lo cubría hasta la cintura. La apartó para dejar a la vista un complejo aparato de acero que le enfundaba la pierna desde la espinilla hasta la parte superior del muslo. Unas finas varillas atravesaban la carne, y sellaba los puntos de entrada una especie de juntas de goma minúsculas y oscurecidas por la sangre seca. La rodilla, vendada, parecía del tamaño de una hogaza de pan. Un abanico de esas mismas varillas traspasaba la gasa.

Vio la expresión de mi rostro y amagó una risita.

—Parece un instrumento de tortura de la Inquisición, ¿a que sí? Se llama «fijador externo».

—¿Duele? —dije, pensando que era la pregunta más tonta del año. Esas varillas de acero inoxidable debían de penetrar en los huesos de la pierna.

—Seguro que dolería, pero por suerte tengo esto. —Alzó la mano izquierda. Sostenía un artefacto similar al mando a distancia del que su televisor de otra época carecía—. Una bomba para el dolor. En principio me administra cantidad suficiente para aplacar el dolor, pero no tanta como para colocarme. Solo que como nunca he tomado nada más fuerte que una aspirina, creo que estoy colocadísimo.

—Puede que sí lo haya pillado —dije, y esta vez no solo amagó una risita, sino que se rio a carcajadas. Me reí con él.

—*Dolerá*, supongo. —Se tocó el fijador, que formaba una serie de anillos metálicos alrededor de la pierna, tan ennegrecida a causa de los hematomas que dolía con solo mirarla—.

El médico que me lo implantó me dijo que estos aparatos los inventaron los rusos durante la batalla de Stalingrado. —Entonces tocó una de las finas varillas de acero, justo por encima de la junta ensangrentada—. Los rusos utilizaban radios de bicicleta como varillas estabilizadoras.

—¿Cuánto tiempo tiene que llevarlo?

—Con suerte, seis semanas, si suelda bien. Sin tanta suerte, tres meses. Me han puesto un aparatito caro, creo que de titanio, pero, para cuando me retiren el fijador, mi pierna estará totalmente rígida. Se supone que, con la fisioterapia, recuperará la flexibilidad, aunque, según me han dicho, esa fisioterapia «conllevará molestias considerables». Como persona que sabe quién fue Nietzsche, posiblemente seas capaz de interpretar eso.

—Significa, creo, que tendrá un dolor de mil demonios.

Yo esperaba otra carcajada —una risita, al menos—, pero se limitó a esbozar una parca sonrisa y pulsó el aparato dos veces con el pulgar para administrar el analgésico.

—Me parece que has acertado de pleno. Si hubiera tenido la suerte de pasar a mejor vida durante la operación, me habría ahorrado esas «molestias considerables».

—No habla en serio.

Juntó las cejas, grises y pobladas.

—No vengas a decirme tú si hablo en serio o no. Es una muestra de menosprecio hacia mí y tú quedas como un tonto. Sé lo que tengo por delante. —A continuación, casi a regañadientes, añadió—: Te agradezco que vengas a verme. ¿Cómo está Radar?

—Bien.

Le enseñé las fotos nuevas que había tomado. Se detuvo en la de Radar sentada con el mono en la boca. Al final, me devolvió el teléfono.

—Como no tiene móvil y no puedo enviárselas, ¿quiere que le imprima una?

—Quedamos en que me tutearías. Pues sí, me encantaría. Gracias por darle de comer. Y por mostrarle afecto. Estoy seguro de que ella te lo agradece. Y yo.

—Radar me gusta. Señor Bowditch…

—Howard.

—Howard, sí. Me gustaría cortar el césped de tu jardín, si no tienes inconveniente. ¿Hay cortacésped en el cobertizo?

Asomó a sus ojos una expresión de recelo y dejó el mando de la bomba para el dolor en la cama.

—No. En ese cobertizo no hay nada. Nada útil, quiero decir.

Entonces ¿por qué tiene un candado en la puerta? Esa era, como bien sabía, la única pregunta que no me convenía preguntar.

—Bueno, subiré el nuestro. Vivimos calle abajo.

Suspiró como si aquello fuese una gran complicación y lo desbordase. Teniendo en cuenta el día que había pasado, probablemente así era.

—¿Por qué habrías de hacerlo? ¿Por dinero? ¿Buscas trabajo?

—No.

—Entonces ¿por qué?

—La verdad es que prefiero no hablar de eso. Seguro que hay cosas de las que a ti tampoco te gusta hablar, ¿no? —El tarro de harina, por ejemplo. O el cobertizo.

Aunque no llegó a reír, contrajo los labios de un modo peculiar.

—Tienes toda la razón. ¿Es por eso que dicen los chinos? ¿Lo de que si salvas la vida a un hombre, después eres responsable de él?

—No. —Era la vida de mi padre en la que pensaba—. ¿Podemos dejar ese tema? Cortaré el césped y a lo mejor también arreglo la cerca torcida de delante. Si quieres.

Posó en mí una larga mirada. Al final, con una perspicacia que me inquietó un poco, preguntó:

—Si accedo, ¿estaré haciéndote un favor?

Sonreí.

—La verdad es que sí.

—Muy bien, pues. Pero, en medio de ese herbazal, un cortacésped se atascaría y se estropearía. En el sótano hay unas cuantas herramientas. Casi todas están para el arrastre, pero encontrarás una guadaña que, si limpias el óxido y afilas la hoja, podría cortar la hierba lo suficiente para pasar luego la máquina. Incluso es posible que haya una piedra de amolar en el banco de trabajo. No dejes bajar a Radar por esas escaleras. Son muy empinadas, y podría caerse.

—Vale. ¿Y la escalera de mano? ¿Qué hago con ella?

—La guardo bajo el porche de atrás. Ojalá la hubiese dejado allí; ahora no estaría aquí. Esos puñeteros médicos con sus puñeteras malas noticias. ¿Algo más?

—Bueno..., un periodista del *Weekly Sun* quiere escribir un artículo sobre mí.

El señor Bowditch alzó la vista al techo.

—*Ese* periodicucho. ¿Vas a aceptar?

—Mi padre quiere que lo haga. Según dice, podría serme útil en las solicitudes de ingreso a las universidades.

—Y así es. Aunque... no hablamos precisamente del *New York Crimes*, ¿no?

—Ese tipo quiere una foto mía con Radar. Le dije que te lo preguntaría, pero supuse que no querrías. Lo cual me parecería bien.

—Un perro héroe, ¿es ese el enfoque que quiere darle? ¿O es el que quieres darle tú?

—Creo que el mérito es de Radar, así de sencillo, y ella no puede explicarse ladrando.

El señor Bowditch se detuvo a pensarlo.

—De acuerdo, pero no quiero que ese periodista entre en la finca. Ponte con Radar en el camino de entrada. Puede tomar la foto desde la cancela. Desde *fuera* de la cancela. —Cogió el mando para el dolor y lo accionó un par de veces. Después, de mala gana, casi con temor, dijo—: Junto a la puerta de delante, hay una correa colgada de un gancho. Hace mucho que no la uso. *Quizá* a ella le apetezca darse un paseo calle abajo... atada, eso sí. Si la atropellara un coche, no te lo perdonaría.

Dije que lo entendía, y desde luego así era. El señor Bowditch no tenía hermanos ni exmujer ni tampoco una esposa fallecida. Radar era lo único que tenía.

—Y no la lleves demasiado lejos. Antes podía caminar siete kilómetros, pero esos tiempos quedaron atrás. Será mejor que te marches ya. Me parece que voy a dormir hasta que me traigan un plato de esa bazofia que aquí llaman cena.

—Vale. Encantado de verte. —Era verdad. Me caía bien, y probablemente no hace falta que os diga por qué, pero lo diré. Me caía bien porque quería a Radar, y yo ya la quería también.

Me puse en pie, pensé en darle una palmada en la mano, me abstuve y me encaminé hacia la puerta.

—Ah, Dios mío, una cosa más —dijo—. Una por lo menos, que ahora recuerde. Si el lunes sigo aquí... y seguiré... entregarán la compra.

—De Kroger's.

Volvió a mirarme como si yo fuera tonto.

—De Tiller and Sons.

Había oído hablar de Tiller, pero nosotros no comprábamos allí porque era lo que llaman un «mercado gourmet». Es decir, caro. Conservo un vago recuerdo de que mi madre me compró allí una tarta cuando cumplí los cinco o los seis años. Tenía un baño de limón y estaba rellena de crema entre las capas de bizcocho. Pensé que era la mejor tarta del mundo.

—El repartidor suele venir por la mañana. ¿Puedes llamarlos y pedirles que atrasen la entrega hasta la tarde, cuando estés tú? El pedido ya está hecho.

—Vale.

Se llevó la mano a la frente. Me pareció que le temblaba un poco, aunque como yo ya estaba en la puerta, no habría podido asegurarlo.

—Y tendrás que pagarlo. ¿También puedes ocuparte de eso?

—Claro. —Le pediría a mi padre un cheque en blanco y yo añadiría el importe.

—Diles que, después de esa entrega, anulen el pedido semanal hasta que me ponga en contacto con ellos. Lleva la cuenta de los gastos. —Se pasó la mano lentamente por la cara, como para alisarse las arrugas: una causa perdida donde las hubiera—. Maldita sea, me revienta depender de alguien. ¿Por qué tuve que subirme a esa escalera? Hay que ser tonto.

—Se pondrá bien —dije, pero cuando iba por el pasillo hacia los ascensores, pensaba aún en un comentario que él había hecho mientras hablábamos de la escalera de mano: «Esos puñeteros médicos con sus puñeteras malas noticias». Quizá se refería solo al tiempo que tardaría en curársele la puñetera pierna, y tal vez a la necesidad de dejar entrar en casa a un puñetero fisioterapeuta (seguramente un puñetero fisgón, para colmo).

Pero me quedó la duda.

Llamé a Bill Harriman y le dije que podía sacarnos una foto a Radar y a mí si aún le interesaba. Le expuse las condiciones del señor Bowditch, y Harriman dijo que no había ningún inconveniente.

—Es una especie de ermitaño, ¿no? No encuentro nada sobre él en nuestros archivos ni en *The Beacon*.

—No sabría decirle. ¿Le va bien el sábado por la mañana?

Le iba bien, y quedamos a las diez. Me monté en la bicicleta y, reflexionando al tiempo que pedaleaba tranquilamente, me dirigí a casa. Primero pensé en Radar. En la correa que colgaba en el recibidor, un espacio más recóndito del viejo caserón en el que aún no había penetrado. Caí entonces en la cuenta de que Radar no llevaba placa de identificación en el collar. Lo que significaba probablemente que no tenía certificado de vacunación contra la rabia o contra ninguna otra cosa. ¿Habría visitado Radar alguna vez la consulta de un veterinario? Supuse que no.

El señor Bowditch recibía la compra a domicilio, cosa que a mí se me antojaba una manera de la clase alta de hacerse con su cerveza y sus chucherías, y Tiller and Sons era desde luego un establecimiento de clase alta donde compraban personas de clase alta con mucha pasta. Lo que me llevó a preguntarme, como se había preguntado mi padre, cómo se ganaba la vida el señor Bowditch antes de jubilarse. Tenía una forma de hablar elegante, casi de profesor, pero dudaba que los profesores jubilados pudieran permitirse hacer la compra en un supermercado que se vanagloriaba de contar con una «cava de vinos». Una tele vieja. Sin ordenador (casi seguro) ni móvil. Tampoco coche. Conocía su segundo nombre, pero no qué edad tenía.

Cuando llegué a casa, llamé a Tiller y concerté la entrega de la compra a la tres de la tarde del lunes. Estaba pensando en llevarme las tareas del instituto a la casa de Bowditch cuando Andy Chen llamó a la puerta de atrás por primera vez desde hacía no sé cuánto tiempo. De niños, Andy, Bertie Bird y yo éramos inseparables, incluso nos presentábamos como los Tres Mosqueteros, pero la familia de Bertie se había mudado a Dearborn (lo cual probablemente fue bueno para mí) y Andy era un cerebrito que asistía a un montón de cursos de orientación universitaria, incluido uno de física en la cercana delegación de la Universidad de Illinois. Por supuesto también era deportista, y destacaba en dos deportes que yo no practicaba. Uno era el tenis. El otro era el baloncesto, con el entrenador Harkness, y adiviné la razón de su visita.

—Dice el entrenador que deberías volver y jugar al béisbol —dijo Andy después de mirar en nuestra nevera por si encontraba algo sabroso para picotear. Se conformó con unos restos de pollo kung pao—. Dice que estás dejando al equipo en la estacada.

—Oh, oh, haz las maletas, emprendemos el viaje de la culpa. Yo no pienso lo mismo.

—Dice que no hace falta que te disculpes.

—No era mi intención.

—Le patinan las neuronas —continuó Andy—. ¿Sabes cómo me llama? Peligro Amarillo. Por ejemplo: «Sal de ahí, Peligro Amarillo, y ve a cubrir a ese cabronazo».

—¿Tú se lo aguantas? —pregunté con curiosidad y horror a un tiempo.

—Él lo considera un cumplido, cosa que a mí me parece muy graciosa. Además, dentro de dos temporadas Hillview habrá quedado atrás y estaré jugando para Hofstra. Primera división, allá voy. Beca completa, chaval. Entonces ya no seré el Peligro Amarillo. ¿Es verdad que le salvaste la vida a ese viejo? Es lo que he oído en el instituto.

—Lo salvó el perro. Yo solo llamé al 911.

—¿No te destrozó la garganta?

—No. Es un encanto de perra. Y es vieja.

—No era vieja el día que *yo* la vi. Aquella vez andaba buscando sangre. ¿Es muy espeluznante por dentro, la casa? ¿Animales disecados? ¿Un reloj Kit-Cat que te sigue con la mirada? ¿Una motosierra en el sótano? Dicen los chicos que podría ser un asesino en serie.

—Ni es un asesino en serie ni la casa es espeluznante. —Eso era verdad. Lo espeluznante era el cobertizo. Aquel extraño correteo al otro lado de la puerta sí había sido espeluznante. Y Radar… *Ella* también sabía que aquel sonido era espeluznante.

—Vale —dijo Andy—, ya te he pasado el mensaje. ¿Hay algo más de comer? ¿Galletas?

—No.

Las galletas estaban en casa del señor Bowditch. Malvaviscos con chocolate y galletas con pecanas que sin duda procedían de Tiller and Sons.

—Vale. Hasta luego, tío.

—Hasta luego, Peligro Amarillo.

Nos miramos y nos echamos a reír. Por un momento fue como si volviéramos a tener once años.

5

El sábado me tomaron la foto con Radar. En efecto, había una correa en el recibidor, colgada junto a un abrigo, encima de un par de chanclos antiguos. Se me pasó por la cabeza registrar los bolsillos del abrigo —solo por ver qué había, ya me entendéis— y me dije que no debía fisgonear. Prendido de la correa, había un collar de repuesto, también sin placa; por lo que a las autoridades municipales se refería, la perra del señor Bowditch escapaba a los radares, ja, ja. Recorrimos el camino de la parte delantera y esperamos a Bill Harriman. Llegó puntual, al volante de un Mustang destartalado, y parecía recién salido de la universidad.

Cuando aparcó y se apeó, Radar emitió unos gruñidos simbólicos. Le dije que no pasaba nada; se calmó y se limitó a asomar el hocico a través de la cancela oxidada para olfatearle la pernera. Volvió a gruñir cuando él tendió la mano por encima de la cancela para darme un apretón.

—Es protectora —observó.

—Supongo.

Yo esperaba que se presentara con una cámara enorme —imagino que había sacado la idea de alguna película de la Turner Classic Movies sobre periodistas que luchaban por alguna causa—, pero hizo las fotos con el móvil. Después de dos o tres, me preguntó si Radar se sentaría.

—Si obedece, tú apoya una rodilla en el suelo al lado. Eso quedaría bien. Un chico y su perra.

—No es mía —dije, pensando que en realidad sí lo era. Al menos por el momento.

Ordené a Radar que se sentara, sin saber si lo haría. Obedeció de inmediato, como si estuviera esperando la orden. Me agaché junto a ella. Advertí que la señora Richland había salido y nos observaba protegiéndose los ojos del sol con la mano.

—Rodéala con el brazo —dijo Harriman.

Cuando lo hice, Radar me lamió la mejilla. Me reí. Y esa

fue la foto que apareció en el siguiente ejemplar del *Sun*. Y resultó que no solo allí.

—¿Cómo es la casa por dentro? —preguntó Harriman, señalándola.

Me encogí de hombros.

—Como cualquier otra casa, supongo. Normal. —En realidad no lo sabía, porque solo había estado en el Pasillo de Material de Lectura Antiguo, la cocina, el salón y el recibidor.

—¿Nada fuera de lo corriente, entonces? Porque da miedo.

Abrí la boca para decir que el televisor era de antes de los tiempos del cable, y ya no digamos del *streaming*, pero la cerré. Tuve la impresión de que Harriman había pasado de la sesión fotográfica a la entrevista. O al menos lo intentaba; como novato, no era precisamente sutil.

—No, es una casa normal y corriente. Mejor será que me vaya.

—¿Cuidarás del perro hasta que el señor Bowditch salga del hospital?

Esta vez fui yo quien tendió la mano. Radar no gruñó, pero permaneció atenta por si ocurría algo raro.

—Espero que las fotos queden bien. Vamos, Radar.

Me encaminé hacia la casa. Cuando volví la cabeza, Harriman cruzaba la calle para hablar con la señora Richland. Yo no podía hacer nada al respecto, así que fui hacia la parte de atrás con Radar pisándome los talones. Me fijé en que, después de caminar un poco, cojeaba.

Coloqué la escalera de mano bajo el porche trasero, donde había también una pala para nieve y una enorme podadera vieja que parecía tan oxidada como el pasador de la cancela y probablemente sería igual de difícil de manejar. Radar me miró desde la mitad de los escalones, un gesto encantador que me animó a tomar otra foto. Estaba comportándome como un idiota con ella. Lo sabía y no me importaba reconocerlo.

En la cocina, debajo del fregadero, había productos de limpieza y una pila ordenada de bolsas de papel de supermercado con el logo de Tiller. También encontré unos guantes de goma. Me los puse, cogí una bolsa y salí de patrulla en busca de cacas. Encontré muchas, dicho sea de paso.

El domingo puse la correa a Radar y la llevé de paseo cuesta abajo hasta nuestra casa. Al principio avanzó despacio, tanto por las caderas artríticas como porque a todas luces no estaba acostumbrada a salir de casa. Me miraba una y otra vez para que le dirigiera señales tranquilizadoras, lo cual me conmovió. Sin embargo, al cabo de un rato, empezó a andar con más facilidad y aplomo, parándose a olfatear los postes telefónicos y a ponerse en cuclillas aquí y allá, para que otros perros, al pasar, supiesen que Radar, de Bowditch, había estado allí.

Mi padre estaba en casa. Inicialmente Radar lo rehuyó, gruñendo, pero cuando mi padre le tendió la mano, la perra se acercó lo suficiente para olfateársela. Media loncha de mortadela acabó de cerrar el trato. Nos quedamos allí una hora más o menos. Mi padre me preguntó por la sesión de fotos y se rio cuando le conté que Harriman había intentado interrogarme sobre el interior de la casa y yo había cortado la conversación.

—Ya mejorará si sigue en el mundo de la prensa —dijo mi padre—. El *Weekly Sun* solo es el sitio por donde uno empieza a construir su álbum de recortes.

Para entonces Radar estaba echándose una siesta junto al sofá donde en otro tiempo mi padre, borracho, perdía el conocimiento. Él se inclinó y le alborotó el pelaje.

—Seguro que era una *máquina* en sus días de gloria.

Me acordé de la anécdota de Andy sobre la bestia terrorífica a la que se había enfrentado hacía cuatro o cinco años y asentí.

—Deberías ver si Bowditch tiene algún medicamento para esa artritis. Y seguramente debería tomar un comprimido para el gusano del corazón.

—Ya miraré. —Le había quitado la correa, pero se la prendí del collar otra vez. Ella levantó la cabeza—. Tenemos que volver.

—¿No quieres quedártela aquí durante el día? Se la ve bastante cómoda.

—No, debería llevarla de vuelta.

Si me preguntaba por qué, le diría la verdad: porque creía que a Howard Bowditch no le gustaría. No preguntó.

—Muy bien. ¿Te llevo en coche?

—No hace falta. Me parece que no tendrá problemas si vamos despacio.

Y así fue. En el camino de regreso, cuesta arriba, pareció contenta de olfatear una hierba que no era la suya.

6

El lunes por la tarde, paró delante una pulcra furgonetita verde con el rótulo TILLER & SONS pintado en el costado (en dorado, nada menos). El conductor me preguntó dónde estaba el señor Bowditch. Se lo expliqué y me entregó las bolsas por encima de la cancela como si fuera lo habitual, así que supongo que lo era. Anoté el importe en el cheque en blanco que había firmado mi padre —un tanto horrorizado ante la idea de pagar ciento cinco pavos por tres bolsas de supermercado— y se lo entregué. Había chuletas de cordero y solomillo picado, que metí en el congelador. Yo no iba a consumir su comida (a excepción de las galletas), pero tampoco iba a dejar que se estropeara.

Una vez resuelto eso, bajé al sótano y cerré la puerta a mi espalda para evitar que Radar me siguiera. Aquello no era ni mucho menos lo que cabría esperar de un asesino en serie; era básicamente un espacio húmedo y polvoriento, como si nadie hubiera entrado allí en mucho tiempo. La iluminación la proporcionaban unos fluorescentes instalados en el techo, uno de ellos parpadeante y casi extinto. El suelo era de cemento sin pulir. Había herramientas colgadas de ganchos, incluida la guadaña, que parecía el artilugio que empuña la Parca en las películas de dibujos animados.

Ocupaba el centro del sótano una mesa de trabajo cubierta con una tela. La levanté para echar un vistazo y vi un puzle de tropecientas piezas a medio montar. Por lo que podía ver (no había caja con la que contrastarlo), una vez completado sería un prado de montaña, con las Rocosas al fondo. Había una silla plegable en una punta de la mesa, donde estaban esparcidas casi todas las piezas restantes. El asiento estaba sucio de polvo, por lo que deduje que el señor Bowditch no trabajaba en el puzle desde hacía bastante tiempo. Tal vez hubiera desistido. Sé que yo me habría rendido; buena parte de lo que quedaba por montar era simple cielo azul, sin una sola nube siquiera que rompiera la monotonía. Me estoy extendiendo sobre esto más de lo que merece, quizá…, pero quizá no. Aquello tenía algo de triste. Por entonces no podía expresar la razón de esa tristeza, pero ahora soy mayor y creo que ya puedo. Era por el puzle, pero también por el televisor arcaico y por el Pasillo de Material de Lectura Antiguo. Era por esos pasatiempos solitarios de un anciano, y el polvo —en la silla plegable, en los libros y revistas— indicaba que incluso su interés por todo eso empezaba a desvanecerse. En el sótano, lo único que parecía utilizarse con frecuencia eran la lavadora y la secadora.

Extendí de nuevo la tela sobre el puzle y miré en un armario entre la caldera y el calentador de agua. Era un mueble antiguo, lleno de cajones. En uno encontré tornillos, en otro alicates y llaves, en un tercero pilas de recibos sujetas con gomas, en el cuarto cinceles y lo que debía de ser una piedra de amolar. Me guardé la piedra en el bolsillo, cogí la guadaña y subí. Radar quería saltar sobre mí, y la aparté para no herirla por accidente con la hoja.

Volvimos afuera, donde sabía que dispondría de cuatro barras de cobertura en el móvil. Me senté en los peldaños, y Radar se tumbó a mi lado. Abrí Safari, escribí «afilar con piedra de amolar», vi un par de vídeos y me puse manos a la obra. No tardé mucho en sacar un filo bastante agudo a la guadaña.

Tomé una foto para enseñársela al señor Bowditch y luego fui en bici al hospital. Lo encontré dormido. Volví a la casa en bici bajo la luz del atardecer y di de comer a Radar. Echaba un poco de menos el béisbol.

Bueno…, quizá no solo un poco.

7

El martes por la tarde empecé a segar la hierba, primero en el jardín de delante y después en el de atrás. Al cabo de una hora, poco más o menos, me miré las manos enrojecidas y supe que pronto me saldrían ampollas si no iba con cuidado. Puse la correa a Radar, la llevé de paseo hasta nuestra casa y encontré un par de guantes de trabajo de mi padre en el garaje. Volvimos a subir por la cuesta, despacio en atención a las caderas doloridas de Radar. Corté la hierba a un lado de la casa mientras Radar daba una cabezada; luego le puse la comida y di el día por concluido. Mi padre preparó unas hamburguesas en la parrilla del jardín trasero, y me comí tres. Además de tarta de cereza de postre.

Mi padre me llevó en coche al hospital y esperó abajo leyendo informes mientras yo subía a visitar al señor Bowditch. Vi que también a él le habían servido una hamburguesa, además de macarrones con queso, pero apenas había tocado ni lo uno ni lo otro. Él, por supuesto, no se había pasado dos horas blandiendo una guadaña y, aunque intentó mostrarse amable y miró algunas de las fotos nuevas de Radar (más una de la guadaña y otra del césped delantero a medio cortar), quedó claro que sentía un intenso dolor. Pulsó dos veces el botón que administraba el analgésico. A la tercera, el mando emitió un leve zumbido, como cuando el participante de un concurso da una respuesta incorrecta.

—Esta puta cosa. He superado la dosis máxima hasta dentro de una hora. Será mejor que te marches, Charlie, antes de que empiece a gritarte solo por lo mal que me encuentro. Vuelve el viernes. No, el sábado. Quizá para entonces esté mejor.

—¿Se sabe ya cuándo te dejarán salir?

—El domingo, quizá. Ha venido una mujer y me ha dicho que quería ayudarme a elaborar… —levantó sus grandes manos, con los dorsos amoratados por las agujas de las vías intravenosas, y dibujó unas comillas en el aire con los dedos— el plan de recuperación. La he mandado a la mierda. No con esas palabras. Procuro ser un buen paciente, pero me cuesta. No es solo por el dolor, es… —Trazó un lánguido gesto circular y a continuación dejó caer los brazos de nuevo sobre la colcha.

—Demasiada gente —dije—. No estás acostumbrado.

—Tú lo entiendes. Gracias a Dios, alguien lo entiende. Y demasiado *ruido*. Antes de marcharse, esa mujer…, se llama Ravenhugger o algo así…, me ha preguntado si tenía una cama en la planta baja de casa. No tengo, pero está el sofá cama. Aunque no se ha utilizado como cama desde hace mucho tiempo. Calculo que… quizá nunca. Lo compré solo porque estaba rebajado.

—Ya lo preparo yo si me dices dónde están las sábanas.

—¿Sabrás hacerlo?

Como hijo de un viudo que había sido un alcohólico muy activo, sí sabía. Y también lavar la ropa y hacer la compra. Había sido un pequeño codependiente muy aplicado.

—Sí.

—En el armario de la ropa blanca. En el primer piso. ¿Ya has subido ahí alguna vez?

Negué con la cabeza.

—Bueno, supongo que ahora tienes la oportunidad. Está enfrente de mi habitación. Gracias.

—De nada. Y la próxima vez que venga esa mujer, dile que tu plan de recuperación soy yo. —Me levanté—. Mejor será que descanses un poco.

Fui hasta la puerta. Pronunció mi nombre y me volví.

—Eres lo mejor que me ha pasado en mucho tiempo. —Después, como si hablara tanto para sí como para mí, añadió—: Voy a confiar en ti. No veo otra opción.

Le conté a mi padre lo que había dicho, que era lo mejor que le había pasado, pero no lo de la confianza. Intuitivamente, preferí guardármelo. Mi padre me estrechó con fuerza entre sus brazos, me besó en la mejilla y dijo que estaba orgulloso de mí.

Fue un buen día.

8

El jueves me obligué a llamar a la puerta del cobertizo de nuevo. La verdad es que aquel pequeño edificio no me gustaba nada. Nadie respondió con otro golpe. Ni con un arañazo. Intenté convencerme de que había imaginado aquel extraño correteo, pero, de ser así, Radar lo había imaginado también, y dudaba que los perros tuviesen mucha imaginación. Cabe la posibilidad, naturalmente, de que reaccionara a mi reacción. O, si he de ser sincero, tal vez percibió mi miedo y mi repulsión, casi instintiva.

El viernes arrastré nuestro cortacésped Lawn-Boy calle arriba y me puse a trabajar en el jardín, ya medio controlado. Calculé que podía dejarlo en perfecto estado antes del fin de semana. La semana siguiente eran las vacaciones de primavera, y tenía previsto pasar la mayor parte del tiempo en el número 1 de Sycamore. Limpiaría las ventanas y luego me centraría en la cerca de madera: la enderezaría. Pensaba que ver todo eso arreglado animaría al señor Bowditch.

Estaba cortando el césped del lado de Pine Street (Radar estaba dentro, no quería saber nada del atronador Lawn-Boy) cuando me vibró el móvil en el bolsillo. Apagué el cortacésped y vi HOSPITAL ARCADIA en la pantalla. Me dio un vuelco el corazón y atendí la llamada convencido de que alguien iba a anunciarme que el estado del señor Bowditch se había agravado. O peor aún, que había fallecido.

Tenía que ver con él, claro, pero no era nada malo. Una mujer, la señora Ravensburger, me preguntó si podía ir a la mañana siguiente a las nueve para hablar sobre la «recuperación y cuidado postoperatorio» del señor Bowditch. Dije que sí, y ella me preguntó entonces si podía ir acompañado de un progenitor o tutor. Contesté que probablemente.

—He visto tu foto en el periódico. Con ese magnífico perro del señor Bowditch. Ese hombre tiene una deuda de gratitud con vosotros.

Di por sentado que hablaba del *Sun*, y quizá así fuera, pero Radar y yo salimos en más sitios. O quizá debería decir en todas partes.

Mi padre llegó tarde, como de costumbre los viernes, y traía un ejemplar del *Chicago Tribune*, abierto por la página dos, donde incluía una pequeña columna titulada «En otras noticias». Esta recopilaba sucesos breves de carácter más alegre que el material que publicaban en primera plana. La nota que hablaba de Radar y de mí llevaba por título: UN PERRO HÉROE Y UN HÉROE ADOLESCENTE. No diré que me impresionara verme en el *Tribune*, pero sí me sorprendió. Vivimos en un mundo donde la bondad está muy presente, pese a las numerosas pruebas en sentido contrario, y a diario hay miles de personas que hacen miles de buenas obras (quizá millones). Un chico que ayuda a un anciano que se ha caído de una escalera y se ha roto la pierna no tenía nada de especial, pero la foto se vendía bien. Radar salía retratada en pleno lametón, y yo, rodeándole el cuello con un brazo, echaba atrás la cabeza y me reía. Y se me veía, me atrevería a decir, bastante guapo. Lo que me llevó a preguntarme si Gina Pascarelli, la chica de mis sueños, habría visto la foto.

—¿Te has fijado? —preguntó mi padre, tocando el pie de la foto con el dedo—. AP. Associated Press. Es probable que esta fotografía salga hoy en quinientos o seiscientos periódicos, de costa a costa. Además de por todo internet. Andy Warhol dijo que tarde o temprano todo el mundo en Estados

Unidos alcanzaría la fama durante quince minutos, supongo que tú estás teniendo ahora tu cuarto de hora. ¿Quieres ir a Bingo's a celebrarlo?

Claro que quería, y mientras me comía unas costillas de ternera (el doble costillar), pregunté a mi padre si me acompañaría al hospital al día siguiente, para hablar con aquella mujer, la señora Ravensburger. Contestó que con mucho gusto.

9

Nos reunimos en el despacho de Ravensburger. La acompañaba una tal Melissa Wilcox, alta y atlética, rubia, con el cabello recogido en una coleta baja y práctica. Ella sería la fisioterapeuta del señor Bowditch. Fue quien más habló, consultando de vez en cuando un pequeño cuaderno para no olvidarse de nada. Dijo que, después de «discutir un rato», el señor Bowditch había accedido a dejarla ir a su casa dos veces por semana para trabajar en su amplitud de movimiento y conseguir que volviera a levantarse, primero con unas muletas canadienses, de esas con aros metálicos como apoyo para el brazo, y luego con un andador. También le tomaría las constantes vitales para asegurarse de que «evoluciona bien» y comprobar algo que llamó el «cuidado de los clavos».

—Cosa de la que tendrás que ocuparte tú, Charlie.

Le pregunté qué quería decir aquello, y me explicó que en las varillas que penetraban en la pierna era necesario aplicar un desinfectante con regularidad. Añadió que era un procedimiento doloroso, pero no tan doloroso como una infección, que podía dar lugar a una gangrena.

—Yo quería ir cuatro días por semana, pero se ha negado

—explicó Melissa—. Es muy claro con respecto a lo que acepta y lo que no.

A mí me lo va a contar, pensé.

—Al principio necesitará mucha ayuda, Charlie, y dice que tú te encargarás de eso.

—Según él —terció la señora Ravensburger—, *tú* eres su plan de recuperación. —Me hablaba a mí, pero miraba a mi padre, como si lo invitara a poner alguna objeción.

Él no lo hizo.

Melissa pasó a otra página de su pequeño cuaderno, que era de color morado vivo y tenía un tigre que gruñía en la tapa.

—Dice que hay un cuarto de baño en la planta baja.

—Sí. —No me molesté en precisar que era muy pequeño. Ya lo descubriría en su primera visita a la casa.

Ella asintió.

—Eso es importante, porque tardará en poder subir escaleras.

—Pero ¿con el tiempo sí podrá?

—Si se esfuerza, por supuesto. Es un hombre mayor…, de hecho, asegura que no sabe *qué* edad tiene exactamente…, pero está en buena forma. No fuma, dice que no bebe, no tiene kilos de más.

—Eso es importante —dijo mi padre.

—No le quepa duda. El exceso de peso es un gran problema, sobre todo para las personas mayores. La idea es que salga del hospital el lunes. Antes habrá que instalar barras de seguridad a los lados del inodoro. ¿Pueden ocuparse de eso este fin de semana? Si no, pospondremos el alta hasta el martes.

—Yo puedo. —Preveía más vídeos de YouTube en mi futuro inmediato.

—Necesitará un orinal para las noches y una cuña para las emergencias. ¿Algún problema con eso?

Dije que no, ningún problema. Había limpiado vomiteras en más de una ocasión; echar los excrementos de una cuña a un váter en realidad no era para tanto.

Melissa cerró el cuaderno.

—Hay mil cosas más, pequeños detalles en su mayor parte. Esto te ayudará. Consúltalo.

Se sacó un folleto del bolsillo de atrás del vaquero. El título no era «Guía de asistencia domiciliaria para tontos», pero podría haberlo sido. Contesté que lo leería y me lo guardé en el bolsillo trasero.

—Me haré una idea más clara de lo que se necesita cuando vea la casa con mis propios ojos —continuó Melissa—. Había pensado en acercarme por allí esta tarde, pero él ha insistido mucho en que no entre hasta que él vuelva.

Sí, el señor Bowditch podía ser muy insistente. Yo ya lo había observado.

—¿Estás seguro de que quieres asumir esta responsabilidad, Charlie? —preguntó la señora Ravensburger. Esta vez no comprobó antes la expresión de mi padre.

—Sí.

—¿Aunque suponga quedarte con él en su casa las primeras tres o cuatro noches? —preguntó Melissa—. Le he planteado la posibilidad de que ingresara en una unidad de rehabilitación..., hay una que está muy bien y tiene plazas, Riverview, se llama..., pero no quería ni oír hablar de ello. Ha dicho que quería irse a casa, y punto.

—Puedo quedarme con él. —Aunque se me hacía rara la perspectiva de dormir quizá arriba en una habitación que hasta el momento ni siquiera había visto—. No hay problema. Estoy de vacaciones.

La señora Ravensburger se volvió hacia mi padre.

—¿Está *usted* de acuerdo con este plan, señor Reade?

Aguardé, sin saber qué diría, pero no me falló.

—Me preocupa un poco, lo cual seguramente es natural, pero Charlie es un chico responsable, parece que el señor Bowditch le ha cogido afecto, y la verdad es que ese hombre no tiene a nadie más.

—Señora Wilcox, en cuanto a la casa... —empecé a decir.

Ella sonrió.

—Llámame Melissa, por favor. Al fin y al cabo, vamos a ser colegas.

Me resultaba más fácil llamarla Melissa a ella que llamar Howard al señor Bowditch, porque era de una edad más cercana a la mía.

—En cuanto a la casa... —dije—, no te lo tomes de manera personal, como si él temiera que fueses a robarle o algo así. Es solo que..., bueno... —No sabía muy bien cómo terminar, pero mi padre salió en mi ayuda.

—Es una persona muy reservada.

—Eso mismo —dije—. Y también necesitarás un poco de paciencia con su mal genio. Porque...

Melissa no esperó al *porqué*.

—Créeme, si yo llevara un fijador externo para sujetarme una pierna rota, también tendría mal genio.

—¿Cuál es la situación del señor Bowditch en cuanto a seguros? —preguntó mi padre a la señora Ravensburger—. ¿Está autorizada a decirlo?

Melissa Wilcox y la señora Ravensburger intercambiaron una mirada. Esta última dijo:

—Me incomoda entrar en detalles sobre la situación económica de un paciente, pero diré que, según el administrador, tiene intención de cubrir sus gastos personalmente.

—Ah —dijo mi padre, como si eso lo explicara todo. Su rostro indicaba que no explicaba nada. Se puso en pie y estrechó la mano a la señora Ravensburger. Yo hice lo propio.

Melissa nos siguió al pasillo. Parecía flotar sobre sus zapatillas, de un blanco cegador.

—¿Universidad Estatal de Louisiana? —pregunté.

Pareció sorprenderse.

—¿Cómo lo has sabido?

—Por el cuaderno. ¿Baloncesto?

Sonrió.

—Y voleibol.

Con aquella estatura, no me cupo duda de que tenía un mate tremendo.

5

De compras. La pipa de mi padre. Una llamada
del señor Bowditch. El tarro de harina.

1

Fui a la ferretería a comprar un kit de instalación de barras de
seguridad y luego pasé por Pet Pantry, donde un veterinario
atendía sin cita previa. Compré comprimidos masticables
para el gusano del corazón y Carprofeno para la artritis de
Radar. En principio, eso solo se vendía con receta, pero,
cuando expliqué la situación, la mujer me lo dio, aclarando

que los fármacos debían abonarse en efectivo. Dijo que el señor Bowditch compraba todo lo de Radar allí y pagaba un suplemento por la entrega a domicilio. Mi padre utilizó la tarjeta de crédito para el kit de barras de seguridad. Yo recurrí a mi propio dinero para las pastillas. Nuestra última parada fue en la farmacia, donde compré un orinal de cuello alargado, una cuña, el desinfectante que debía usar para el cuidado de los clavos y dos aerosoles de potentes limpiacristales. También pagué por eso, pero no en efectivo. Tenía un límite de crédito de doscientos cincuenta dólares en la Visa, pero no me preocupaba que rechazaran la tarjeta. Nunca había sido de los que hacían que echase humo, como suele decirse.

En el viaje de regreso a casa, esperé durante todo el camino que mi padre me hablara sobre el compromiso que había asumido..., que era, a fin de cuentas, bastante importante para un chico de diecisiete años. Sin embargo, no lo hizo; se limitó a escuchar rock clásico por la radio y, a veces, a cantar al mismo tiempo. Pronto descubrí que solo estaba decidiendo cómo plantearlo.

Me acerqué a casa del señor Bowditch, donde me recibió Radar. Dejé los medicamentos en la encimera y eché un vistazo al cuarto de baño. Pensé que el exiguo espacio en realidad sería una ayuda para instalar las barras de seguridad (y también para que él las utilizara), pero de esa tarea me ocuparía al día siguiente. En el sótano, en el estante de encima de la lavadora, había visto una pila de paños limpios. Bajé y cogí los que me cupieron en ambas manos. Era un precioso día de primavera, y mi idea inicial había sido pasarlo al aire libre enderezando la cerca, pero decidí que primero debía encargarme de las ventanas, para que el olor a limpiacristales hubiera desaparecido cuando el señor Bowditch volviera a casa. Además, me proporcionaba una excusa para recorrer la casa.

Aparte de la cocina, la despensa y el salón —los sitios donde de hecho vivía el señor Bowditch—, había un comedor con una mesa larga protegida con un guardapolvo. No había sillas, con lo que se veía bastante vacío. La planta baja contaba también con una habitación destinada a usarse como despacho o biblioteca, o una combinación de las dos cosas. Vi con verdadera consternación que algunos libros se habían mojado a causa de una gotera. Además, eran buenos libros, forrados en piel y de aspecto caro, no como las pilas descuidadas del pasillo de atrás. Incluían una colección de Dickens, una colección de Kipling, una colección de Mark Twain y una colección de un autor llamado Thackeray. Decidí que cuando dispusiera de más tiempo los sacaría de las estanterías, los esparciría por el suelo y vería si era posible rescatarlos. Con toda seguridad en YouTube encontraría vídeos sobre eso. Esa primavera prácticamente vivía a golpe de YouTube.

En la primera planta, había tres dormitorios, junto con el armario de la ropa blanca y otro cuarto de baño, más grande. En la habitación del señor Bowditch, cubrían las paredes más estanterías, y había una lámpara de lectura en el lado de la cama donde obviamente dormía. Allí los libros eran en su mayor parte de bolsillo: novelas de misterio, ciencia ficción, fantasía y terror que se remontaban a los años cuarenta. Algunos parecían francamente buenos, y pensé que, si las cosas iban bien, le pediría algunos prestados. Supuse que Thackeray sería una lectura pesada, pero *La novia vestida de negro* parecía en mi línea. La exuberante novia de la portada vestía en efecto de negro, pero más bien escasa de ropa. En la mesilla de noche tenía dos libros, uno encuadernado en rústica que se titulaba *La feria de las tinieblas*, de Ray Bradbury, y otro voluminoso en tapa dura titulado *Los orígenes de la fantasía y su lugar en la matriz del mundo: pers-*

pectivas junguianas. Ilustraba la tapa un embudo que se llenaba de estrellas.

En otra de las habitaciones, había una cama de matrimonio, ya hecha pero cubierta con una lámina de plástico; la tercera estaba vacía por completo y olía a rancio. Si hubiese calzado zapatos de suela dura en lugar de zapatillas, mis pisadas habrían reverberado con un sonido hueco y escalofriante en esa habitación.

Unas escaleras estrechas (*escaleras de* Psicosis, pensé) llevaban a la segunda planta. No era un desván, pero se utilizaba como tal. Contenía abundantes muebles dispuestos sin orden ni concierto en tres habitaciones, entre los que se incluían seis butacas elegantes, probablemente las que acompañaban la mesa del comedor, y la cama de la habitación vacía, con el cabezal colocado a lo largo. Había un par de bicicletas (una sin una rueda), cajas de cartón polvorientas con revistas viejas y, en la tercera habitación, la más pequeña, una caja de madera con herramientas de carpintería de los tiempos en que el cine sonoro era nuevo, o eso me parecieron. A un lado, desdibujadas, se leían las iniciales A. B. Cogí el taladro, pensando que me serviría para instalar las barras de seguridad, pero estaba trabado. Y no era de extrañar. Había goteras en el rincón donde se hallaban las herramientas, y todo el equipo —el taladro, dos martillos, una sierra, un nivel con una burbuja amarilla borrosa en el centro— se había oxidado mucho. Era necesario hacer algo con las goteras, y antes de que llegara el invierno siguiente, o causarían daños estructurales. Si no los habían causado ya.

Empecé por las ventanas de la segunda planta, porque eran las más sucias. Estaba mugrientas, de hecho. Vi que tendría que cambiar a menudo el agua del cubo, y por supuesto el lado interior era solo la mitad del trabajo. Paré a la hora del almuerzo y me calenté una lata de chile en el viejo fogón Hotpoint.

—¿Debería dejarte lamer el cuenco? —pregunté a Radar. Alzó la vista y me miró con aquellos grandes ojos castaños suyos—. No se lo contaré a nadie si tú no lo cuentas.

Lo dejé en el suelo, y ella acometió. Después seguí con las ventanas. Para cuando acabé, era media tarde. Tenía los dedos de color ciruela y los brazos cansados de tanto frotar, pero la mezcla de Windex y vinagre (un truco de YouTube) desde luego daba resultado. La luz inundaba la casa.

—Me gusta —dije—. ¿Quieres dar un paseo hasta mi casa? ¿A ver qué hace mi padre?

Contestó que sí con un ladrido.

2

Mi padre me esperaba en el porche delantero. Había dejado la pipa sobre la baranda, junto con una petaca de tabaco. Lo que significaba que finalmente mantendríamos la conversación en cuestión. Una seria.

Tiempo atrás mi padre había fumado cigarrillos. No recuerdo qué edad tenía yo cuando mi madre le regaló la pipa por su cumpleaños. No era un modelo elegante a lo Sherlock Holmes, pero era cara, creo. Sí recuerdo que ella venía pidiéndole desde hacía tiempo que abandonase las varitas cancerígenas, y él le prometía una y otra vez (sin precisar, como hacen los adictos) que tenía que encontrar el momento. La pipa surtió efecto. Primero redujo el número de pitillos, más adelante los dejó por completo, no mucho antes de que mi madre cruzara el maldito puente para traernos una caja de pollo.

Me gustaba el olor del tabaco Three Sails que compraba en el estanco del centro, pero a menudo no había nada que oler, porque se le apagaba continuamente. Tal vez formara parte del plan maestro de mi madre, aunque no tuve ocasión de preguntárselo. Con el tiempo, la pipa acabó en su soporte en la repisa de la chimenea. Al menos hasta la muerte de mi madre. Entonces reapareció. No volví a verlo nunca con otro cigarrillo durante sus años de bebedor, pero la pipa siempre lo acompañaba mientras veía aquellas películas antiguas, aunque rara vez la encendía o siquiera la cebaba. Sin embargo, mordía la cánula y la boquilla como un poseso, y tuvo que sustituir las dos piezas. Se llevaba la pipa a las reuniones de Alcohólicos Anónimos cuando empezó a ir. Allí estaba prohibido fumar, así que mordía la cánula, a veces con la cazoleta boca abajo (esto me lo contó Lindy Franklin).

Alrededor de la fecha de su segundo aniversario, la pipa volvió al soporte de la repisa. Una vez le pregunté al respecto, y dijo: «Llevo dos años sobrio. Creo que ya es hora de dejar de morder».

Pero la pipa aún aparecía de vez en cuando. Antes de alguna reunión importante de agentes en la sede de Chicago si le tocaba hacer una presentación. Siempre en el aniversario de la muerte de mi madre. Y allí estaba en ese momento. Junto con el tabaco, lo que significaba que esa iba a ser una conversación *muy* seria.

Radar trepó al porche con sus andares de anciana, deteniéndose a inspeccionar cada escalón. Cuando por fin llegó arriba, mi padre le rascó detrás de las orejas.

—¿Quién es una buena chica?

Radar soltó un asomo de ladrido y se tumbó junto a la mecedora de mi padre. Yo ocupé la otra.

—¿Has empezado a darle la medicación?

—Todavía no. Le colaré la pastilla del gusano del corazón y la de la artritis en la cena.

—No te has llevado el kit de instalación de las barras de seguridad.

—Eso lo dejo para mañana. Esta noche leeré las instrucciones. —Además del folleto de asistencia domiciliaria para tontos—. Tendré que pedirte el taladro, si no te importa. He encontrado la caja de herramientas de alguien... con las iniciales A. B., quizá de su padre o de su abuelo..., pero está todo oxidado. El tejado tiene goteras.

—Cógelo cuando quieras. —Tendió la mano hacia la pipa. La cazoleta ya estaba cebada. Llevaba unas cerillas de cocina en el bolsillo de la pechera y encendió una rascándola con la uña del pulgar, una habilidad que a mí de niño me fascinaba, y todavía entonces, de hecho—. Ya sabes que iría ahí arriba contigo para ayudarte con mucho gusto.

—No, no hace falta. Es un cuarto de baño muy pequeño, y nos estorbaríamos.

—Pero en realidad no es esa la razón, ¿verdad, Chip?

¿Cuánto hacía que no me llamaba así? ¿Cinco años? Sostuvo la cerilla encendida sobre la cazoleta —con la llama ya hacia la mitad del palito— y empezó a chupar. De paso esperaba mi respuesta, claro, pero yo no tenía nada que decir. Radar levantó la cabeza, olió la fragancia del humo de tabaco y volvió a apoyar el hocico en los tablones del porche. Se la veía muy a gusto.

Mi padre sacudió la cerilla.

—Hay algo allí que no quieres que vea, ¿verdad?

Eso me llevó a pensar en Andy, que me preguntó si había muchos animales disecados y un horripilante reloj Kit-Cat que te seguía con la mirada. Sonreí.

—No, es una casa normal y corriente, tirando a ruinosa, con goteras. Al final habrá que hacer algo con eso.

Asintió y dio una calada a la pipa.

—He hablado con Lindy de esta… situación.

No me sorprendió. Lindy era su padrino, y en principio mi padre tenía que hablar con él de las cosas que le preocupaban.

—Dice que a lo mejor tienes mentalidad de cuidador. De cuando yo me daba a la bebida. Sabe Dios que en algunos momentos tuviste que cuidar de mí, pese a lo joven que eras. Limpiabas la casa, fregabas los platos, te preparabas tú mismo el desayuno y a veces la cena. —Hizo una pausa—. Me cuesta recordar aquellos tiempos y más aún hablar de ellos.

—No es eso.

—Entonces ¿qué es?

Seguía sin querer contarle que había hecho un trato con Dios y tenía que cumplir mi parte, aunque *sí* podía decirle otra cosa. Una cosa que entendería, y por suerte era verdad.

—¿Sabes eso que dicen en Alcohólicos Anónimos, eso de que hay que ser agradecido?

Asintió.

—Un alcohólico agradecido no se emborracha, eso dicen.

—Y yo estoy agradecido porque tú ya no bebes. Puede que no te lo diga a todas horas, pero es así. Así que ¿por qué no lo vemos como mi manera de devolver el favor y lo dejamos en eso?

Se quitó la pipa de la boca y se deslizó una mano por los ojos.

—De acuerdo, dejémoslo en eso. Pero en algún momento quiero conocer a ese hombre. Creo que es mi obligación. ¿Lo entiendes?

Dije que sí.

—¿Quizá cuando se haya recuperado un poco más del accidente?

Mi padre asintió.

—Me parece bien. Te quiero, chaval.

—Y yo a ti.

—Siempre y cuando entiendas que estás metiéndote en un berenjenal. Lo sabes, ¿verdad?

Lo sabía, y era consciente de que no sabía hasta qué punto. Y mejor así, pensaba, porque si lo hubiera sabido realmente, tal vez no habría tenido valor para hacerlo.

—En Alcohólicos Anónimos también dicen eso de que hay que ir día a día.

Asintió.

—Vale, pero pronto acabarán las vacaciones de primavera. Tienes que seguir con tus estudios al margen de cuánto tiempo consideres que debes pasar allí arriba. Insisto en eso.

—Vale.

Miró la pipa.

—Se ha apagado. Siempre pasa lo mismo. —La dejó en la barandilla del porche; luego se inclinó y rascó a Radar en la nuca, entre el espeso pelaje. Ella levantó la cabeza y volvió a bajarla—. Esta perra es una santa.

—Lo es.

—Te has enamorado de ella, ¿eh?

—Bueno…, sí. Supongo.

—Lleva collar, pero no placa, lo que significa que el señor Bowditch no ha pagado el impuesto por tenerla. Juraría que no ha ido nunca al veterinario —dijo. Lo mismo pensaba yo—. Nunca la han vacunado contra la rabia. Entre otras cosas. —Guardó silencio un momento y a continuación dijo—: Tengo una pregunta y quiero que pienses bien la respuesta. Muy en serio. ¿Vamos a tener que cargar con la deuda? ¿La comida, los medicamentos del perro, las barras de seguridad?

—No olvides el orinal —dije.

—¿Vamos a cargar con eso? ¿Dime qué piensas?

—Me pidió que llevara la cuenta y dijo que él correría con los gastos. —Era media respuesta como mucho. Yo lo sabía, y mi padre probablemente también. Pensándolo mejor, tachemos el «probablemente».

—No es que vayamos a hundirnos en la miseria por él. No pasa de doscientos dólares. Pero el hospital... ¿Sabes cuánto cuesta una estancia de una semana en el Arcadia? ¿Más las operaciones, por supuesto, y todos los tratamientos posteriores?

Yo no lo sabía, pero mi padre, como tasador, sí.

—Ocho mil. Mínimo.

—No hay ninguna posibilidad de que tengamos que cargar con *eso*, ¿no?

—No, eso es cosa suya. Desconozco qué tipo de seguro tiene, o si lo tiene. Se lo he consultado a Lindy, y en Overland no consta nada. Medicare, seguramente. Aparte de eso, ¿quién sabe? —Cambió de posición en el asiento—. Lo he investigado un poco. Espero que no te enfades por eso.

No me enfadé, y tampoco me sorprendió, porque mi padre se ganaba la vida investigando a la gente. ¿Y me picaba la curiosidad? Por supuesto.

—¿Qué has averiguado?

—Casi nada, lo cual, en estos tiempos, me habría parecido imposible.

—Bueno, no tiene ordenador, ni siquiera móvil. Con lo que queda fuera de Facebook y otras redes sociales. —Sospechaba que el señor Bowditch habría desdeñado Facebook aunque tuviera ordenador. Facebook *fisgoneaba*.

—Has dicho que en esa caja de herramientas que has encontrado había unas iniciales. A. B., ¿no?

—Sí.

—Eso cuadra. La finca en lo alto de la calle tiene una su-

perficie de seis mil metros cuadrados, o sea, es un buen pedazo de tierra. La compró un tal Adrian Bowditch en 1920.

—¿Su abuelo?

—Es posible, pero, teniendo en cuenta su edad, podría
haber sido su padre. —Cogió la pipa de la barandilla del
porche, la mordió una o dos veces y volvió a dejarla—. ¿Qué
edad *tiene*, por cierto? Me pregunto si de verdad no lo sabe.

—Supongo que es posible.

—Hace años, antes de que se enclaustrara, aparentaba
unos cincuenta. Yo lo saludaba con la mano y a veces él me
devolvía el saludo.

—¿Nunca hablaste con él?

—Puede que le dijera «hola», supongo, o que hiciera algún comentario sobre el tiempo si merecía la pena, pero no
era dado a la conversación. En cualquier caso, eso lo situaría
en la edad adecuada, poco más o menos, para Vietnam, pero
no he encontrado ninguna hoja de servicio militar.

—O sea, que no estuvo en el ejército.

—*Probablemente* no. Es posible que hubiera averiguado
algo más si aún trabajara en Overland, pero ya no estoy allí y
no quería pedírselo a Lindy.

—Lo entiendo.

—He establecido que al menos tiene algo de dinero, porque los impuestos sobre bienes raíces son información públi-
ca, y el coste por el número uno de Sycamore en 2012 ascen-
dió a veintidós mil y pico.

—¿Paga eso cada *año*?

—Varía. Lo importante es que lo paga, y ya estaba aquí
cuando tu madre y yo nos mudamos…, puede que ya te lo
haya dicho. Por aquel entonces, debía desembolsar mucho
menos, los impuestos sobre bienes raíces han subido, como
todo lo demás, pero, aun así, hablamos de una cantidad de

seis cifras en total. Es un terreno grande. ¿En qué trabajaba antes de jubilarse?

—No lo sé. En realidad, acabo de conocerlo, y la primera vez que lo vi estaba hecho polvo. No hemos hablado con el corazón en la mano, que digamos. —Aunque eso ya llegaría. Solo que yo aún no lo sabía.

—Yo tampoco lo sé. Lo he buscado, pero no he encontrado nada. Lo cual, repito, parecería imposible en estos tiempos. He oído hablar de gente que lleva una vida marginal, pero normalmente en medio de la naturaleza, en algún rincón perdido de Alaska, con una secta que piensa que se acerca el fin del mundo, o en Montana, como el Unabomber.

—Una... ¿qué?

—Un terrorista de aquí. Su verdadero nombre es Ted Kaczynski. No habrás visto material para la fabricación de bombas en casa de Bowditch, ¿verdad? —Lo dijo enarcando las cejas en una expresión cómica, pero no supe hasta qué punto bromeaba realmente.

—Lo más peligroso que he visto es la guadaña. Ah, y un hacha en la caja de herramientas de la segunda planta.

—¿Alguna foto? De su padre o su madre, por ejemplo. O de cuando era joven.

—No. La única foto que he visto es de Radar. En el salón, en la mesa que hay junto a su sillón.

—Ya. —Mi padre hizo ademán de coger la pipa, pero cambió de idea—. No sabemos de dónde sale su dinero, en el supuesto de que aún le quede algo, ni sabemos de qué vivía. Algún trabajo desde casa, imagino, porque es agorafóbico. Eso significa...

—Ya sé lo que significa.

—Seguramente fue siempre una tendencia y ha ido agravándose con la edad. Al final se ha recluido.

—Según me contó la vecina de enfrente, antes paseaba a Radar por la noche. —La perra levantó las orejas al oír su nombre—. Me pareció un poco raro. Casi todo el mundo pasea al perro de día, pero…

—Por la noche hay menos gente en la calle —dijo mi padre.

—Sí. Desde luego no parece un vecino muy sociable.

—Hay otra cosa —dijo mi padre—. Algo más bien raro… pero *él* es más bien raro, ¿no?

Sin contestar, le pregunté cuál era esa otra cosa.

—Tiene coche. No sé dónde, pero lo tiene. Encontré los datos de matriculación por internet. Es un Studebaker de 1957. Le cobran una tasa, porque está registrado como antigüedad. Lo mismo que con el impuesto sobre bienes raíces, paga esa tasa todos los años, aunque es mucho menos dinero. Unos sesenta pavos.

—Si tiene coche, deberías poder encontrar su carnet de conducir, papá. Ahí constará su edad.

Sonrió y movió la cabeza en un gesto de negación.

—Vas bien encaminado, pero en Illinois nunca se ha expedido ningún permiso de conducir a nombre de Howard Bowditch. Y no hay por qué tener permiso de conducir para comprar un coche, claro. Puede que ni siquiera funcione.

—¿Por qué pagar la tasa anual por un coche que no funciona?

—He aquí otra pregunta mejor, Chip: ¿por qué pagar la tasa si no sabes conducir?

—¿Y Adrian Bowditch? ¿El padre o el abuelo? A lo mejor sí tenía carnet.

—Eso no se me había ocurrido. Lo comprobaré. —Hizo una pausa—. ¿Seguro que quieres hacerlo?

—Seguro.

—Entonces pregúntale por algunas de estas cosas. Porque,

hasta donde yo he podido llegar, ese hombre prácticamente no existe.

Dije que lo haría, y con eso pareció acabarse la conversación. Me planteé mencionarle el extraño correteo que había oído en el cobertizo —el cobertizo con el robusto candado pese a que, en teoría, no había nada dentro—, pero callé. Ese sonido se había convertido en un recuerdo vago en mi cabeza, y ya tenía otras cosas en qué pensar.

3

Seguía pensando en todo eso cuando retiré la lámina de plástico de la cama de la habitación de invitados, donde dormiría durante parte de las vacaciones de primavera, o quizá hasta que empezaran las clases. La cama estaba hecha, pero las sábanas olían a humedad y a viejo. Las quité y puse otras limpias del armario de la ropa blanca. ¿Hasta qué punto *limpias*? Eso no lo sabía. Pero olían mejor, y había otro juego para el sofá cama, junto con un edredón.

Bajé. Radar me esperaba sentada al pie de las escaleras. Dejé la ropa de cama en el sillón del señor Bowditch y vi que, para desplegar el sofá, tendría que apartar tanto el sillón como la mesita contigua. Cuando desplacé la mesa, el cajón se abrió parcialmente. Dentro vi calderilla, una armónica tan vieja que había perdido casi todo el revestimiento de cromo… y un frasco de Carprofeno. Eso me complació, porque no me gustaba la idea de que el señor Bowditch fuera indiferente al malestar de su perra, que envejecía, y sin duda explicaba por qué la dependienta de Pet Pantry se había mostrado tan dispuesta a venderme más. Lo que no me complacía tanto era ver que la medicación no surtía mucho efecto.

Al darle la comida, añadí al pienso un comprimido del frasco nuevo —con la idea de que el fármaco que acababa de comprar era más reciente y quizá más potente— y volví a subir en busca de una almohada para la cama extensible del sofá. Radar me esperaba de nuevo al pie de las escaleras.

—¡Por Dios, a qué velocidad engulles!

Radar meneó la cola y se apartó lo justo para dejarme pasar.

Ahuequé la almohada un poco y la dejé en lo que ya era una cama en medio del salón. Tal vez el señor Bowditch se quejara, probablemente lo haría, pero pensé que serviría. El cuidado de los clavos del fijador parecía bastante sencillo, pero esperaba que la «Guía de asistencia domiciliaria para tontos» explicara cómo trasladarlo de la silla de ruedas —en la que, supuse, llegaría— a la cama y viceversa.

¿Qué más, qué más?

Meter en la lavadora las sábanas viejas de la habitación de invitados, pero eso podía esperar hasta el día siguiente o incluso hasta el lunes. Un teléfono, estaba también eso. El señor Bowditch necesitaría uno a mano. Su fijo era un aparato inalámbrico blanco que parecía salido de una de las películas de policías de los años setenta que ponían en la TCM, de esas en las que todos los hombres tenían patillas y las chicas el pelo ahuecado. Comprobé si funcionaba y oí el tono de marcado. Me disponía a dejarlo en la horquilla cuando sonó en mi mano. Sobresaltado, lancé un alarido y lo solté. Radar ladró.

—No pasa nada, chica —dije, y lo recogí.

No tenía botón con el que aceptar la llamada. Aún lo buscaba cuando oí la voz del señor Bowditch, metálica y lejana:

—¿Hola? ¿Estás ahí? *¿Hola?*

O sea, ni botón para aceptar la llamada ni manera de saber quién llamaba. Con un teléfono así de viejo, uno tenía que arriesgarse sin más.

—Hola —contesté—. Soy Charlie, señor Bowditch.

—¿Por qué ladra Radar?

—Porque he chillado y se me ha caído el teléfono. Lo tenía en la mano cuando ha sonado.

—Te ha asustado, ¿eh? —No esperó la respuesta—. Suponía que estarías ahí porque es la hora de la cena de Radar. Ya le has dado de comer, ¿no?

—Sí. Se lo ha comido todo en tres bocados.

Soltó una risotada ronca.

—Muy propio de ella, desde luego. Le flojean un poco las patas, pero tiene el mismo buen apetito de siempre.

—¿Cómo te encuentras?

—En la pierna tengo un dolor de mil demonios incluso con los calmantes que me dan, pero hoy me han sacado de la cama. Con el fijador a rastras de aquí para allá, me siento como Jacob Marley.

—«Arrastro la cadena que en vida me forjé».

Volvió a soltar una de sus risotadas roncas. Empezaba a pensar que llevaba un buen colocón.

—¿Has leído el libro o has visto la película?

—La película. Todas las nochebuenas, en la TCM. En casa se ve mucho la TCM.

—No sé qué es eso. —¿Cómo iba a saberlo? Imposible captar Turner Classic Movies en un televisor equipado solo con… ¿cómo lo había llamado la señora Silvius? ¿Orejas de conejo?

—Me alegro de haberte encontrado ahí. Van a dejar que me vaya a casa el lunes por la tarde, y antes necesito hablar contigo. ¿Puedes venir a verme mañana? Mi compañero de habitación estará en la sala viendo el partido de béisbol, así que tendremos cierta privacidad.

—Claro. Ya te he preparado el sofá cama, y también la cama de arriba para mí, y…

—Para un momento. Charlie… —Hizo una larga pausa. A continuación dijo—: ¿Tu repertorio incluye el don de saber guardar un secreto, además de hacer camas y dar de comer a mi perra?

Recordé los años de alcoholismo de mi padre, sus años perdidos. Por entonces tenía que cuidar de mí mismo la mayor parte del tiempo y estaba lleno de rabia. Rabia contra mi madre por morir como murió, lo cual era una estupidez, porque en modo alguno fue culpa suya, pero conviene recordar que yo tenía solo siete años cuando falleció en el maldito puente. Yo quería a mi padre, pero también contra él sentía rabia. Los niños llenos de rabia se meten en líos, y yo contaba con el apoyo eficaz de Bertie Bird. Bertie y yo nos portábamos bien en compañía de Andy Chen, porque Andy era una especie de boy scout, pero cuando estábamos solos hacíamos unas gamberradas francamente intolerables. Eran actos que, si nos hubiesen descubierto, podrían habernos acarreado graves problemas, algunos de orden policial, pero nunca nos cogieron. Y mi padre no se enteró. Ni llegaría a enterarse si de mí dependía. ¿De verdad querría contarle a mi padre que embadurnamos de mierda de perro el parabrisas del coche del profesor que peor nos caía? Por el mero hecho de escribirlo aquí, donde he prometido contarlo todo, me encojo de vergüenza. Y esa no fue nuestra peor fechoría.

—¿Charlie? ¿Sigues ahí?

—Aquí sigo. Y sí, sé guardar un secreto. Siempre que no vayas a decirme que has matado a alguien y que el cadáver está en el cobertizo.

Esta vez fue él quien se quedó en silencio, pero no tuve que preguntarle si continuaba al aparato; oía su respiración ronca.

—No es nada de eso, pero sí se trata de grandes secretos. Mañana hablamos. Pareces un chico de fiar. Dios quiera que no me equivoque. Ya veremos. ¿Cuánto habéis adelantado a crédito tu padre y tú?

—¿Cuánto hemos gastado, quiere decir? No mucho. La compra en el supermercado era lo más caro. Un par de cientos en total, calculo. He guardado los recibos.

—También hay que contar tu tiempo. Si te propones ayudarme, tienes que cobrarlo. ¿Qué te parece quinientos por semana?

Me quedé de una pieza.

—Señor Bowditch... Howard..., no tienes que pagarme nada. Me alegro de...

—El obrero merece su salario. Evangelio según san Lucas. Quinientos por semana y, si las cosas van bien, una bonificación a fin de año. ¿De acuerdo?

Lo que hubiera hecho en su vida laboral, fuera lo que fuese, no era cavar zanjas. Se sentía cómodo con lo que Donald Trump llama «el arte del trato», es decir, haciendo caso omiso de las objeciones. Y mis objeciones eran poco enérgicas. Había hecho una promesa a Dios, pero, si el señor Bowditch quería pagarme mientras yo cumplía esa promesa, no veía conflicto alguno. Además, como siempre me recordaba mi padre, tenía que pensar en la universidad.

—¿Charlie? ¿Trato hecho?

—Si sale bien, supongo que sí. —Aunque si al final resultaba que él era un asesino en serie, yo no tenía intención de guardar sus secretos por quinientos dólares semanales. Para eso exigiría al menos mil. (Es broma)—. Gracias. No esperaba na...

—Ya lo sé —me interrumpió. El señor Howard Bowditch era un as interrumpiendo—. En algunos sentidos, eres un joven de lo más encantador. Un chico de fiar, como he dicho.

Me pregunté si pensaría lo mismo en caso de saber que un día Bird Man, como yo llamaba a Bertie, y yo, mientras hacíamos novillos, encontramos un móvil en Highland Park y llamamos a la escuela primaria Stevens con una amenaza de bomba. Fue idea de él, pero yo le seguí la corriente.

—Hay un tarro de harina en la cocina. Puede que lo hayas visto.

No solo lo había visto, me lo había mencionado él, aunque tal vez no lo recordara; al hablar de eso, estaba sometido a un dolor intenso. Dentro había dinero, me dijo en esa otra ocasión; luego, corrigiéndose, afirmó que estaba vacío, que se había olvidado.

—Claro.

—Coge setecientos dólares de ahí, quinientos como tu primer sueldo y doscientos por los gastos hasta la fecha.

—¿Estás seguro...?

—Sí. Y si piensas que es un soborno, quizá porque estoy preparándote para alguna petición inaceptable..., te equivocas. Servicios prestados, Charlie. Servicios prestados. A ese respecto puedes ser totalmente franco con tu padre. En cuanto a otras cosas de las que quizá hablemos en el futuro, no. Soy consciente de que es mucho pedir.

—Siempre y cuando no sea un delito —dije. Rectifiqué—: Un *mal* delito.

—¿Puedes venir al hospital a eso de las tres?

—Sí.

—Entonces me despido por esta tarde. Hazme el favor de darle a Radar una palmadita de parte de este viejo tonto que no debería haberse subido a esa escalera.

Colgó. Di a Radar varias palmaditas en la cabeza y le hice un par de largas caricias, desde la nuca hasta la cola. Se puso boca arriba para que le frotara la barriga. La complací encantado. Luego entré en la cocina y destapé el tarro de harina.

Estaba hasta arriba de dinero. En lo alto había un revoltijo de billetes, en su mayoría de diez y de veinte, unos cuantos de cinco y de uno. Los saqué. Formaron una pila de tamaño considerable en la encimera. Debajo de los billetes sueltos, había fajos sujetos con gomas elásticas de billetes de cincuenta y cien. Las gomas llevaban el sello FIRST CITIZENS BANK en tinta morada. Los extraje también, aunque me costó un poco, porque estaban embutidos en el tarro. Seis fajos de cincuenta, de diez billetes cada uno. Cinco de cien, también de diez billetes por fajo.

Radar había entrado en la cocina y, sentada junto a su plato de comida, me miraba con las orejas levantadas.

—Joder, chica. Aquí hay ocho mil dólares, y eso sin contar los billetes sueltos de arriba.

Esos sumaban setecientos dólares. Los ordené, los plegué y me los metí en el bolsillo, que se veía abultado. Era al menos diez veces más que lo máximo que había llevado encima en mi vida. Cogí los fajos sujetos con gomas y me dispuse a colocarlos de nuevo en el tarro, pero de pronto me interrumpí. En el fondo había tres bolitas que tiraban a rojizas. Ya había visto una en el botiquín. Ladeé el tarro para sacarlas y las sostuve en la palma de la mano. Pensé que pesaban demasiado para ser balines y, si mis sospechas iban bien encaminadas, podían explicar en gran medida el origen de los ingresos del señor Bowditch.

Pensé que eran oro.

4

No había ido en bici, y bajar a pie hasta nuestra casa solo llevaba diez o doce minutos, pero aquella noche lo alargué. Tenía mucho en que pensar y una decisión que tomar. En el camino, me palpé una y otra vez el bulto del pantalón, para asegurarme de que seguía allí.

Le hablaría a mi padre de la llamada del señor Bowditch y de su oferta de empleo. Le enseñaría el dinero, doscientos por lo que habíamos gastado y quinientos para mí. Le diría que ingresara cuatrocientos en mi cuenta para la universidad (que casualmente era del First Citizens) y le prometería ahorrar otros cuatrocientos cada semana que trabajase para el señor Bowditch…, cosa que podía prolongarse hasta el final del verano, o al menos hasta que empezaran los entrenamientos de fútbol en agosto. La cuestión era si debía decirle o no que había visto una gran cantidad de dinero en el tarro de harina. Y si debía mencionar, claro, aquellos balines de oro. Si es que *eran* de oro.

Para cuando entré en casa, había tomado una decisión. Me guardaría el hecho de que el tarro contenía ocho mil dólares y la presencia de los balines que no eran balines. Al menos hasta que hablara con el señor Bowditch al día siguiente.

—Eh, Charlie —saludó mi padre desde el salón—. ¿Está bien la perra?

—Perfectamente.

—Me alegro. Coge un Sprite y una silla. En la TCM ponen *La ventana indiscreta*. —Fui a por el Sprite, entré y quité el volumen del televisor.

—Tengo que contarte una cosa.

—¿Qué podría haber más importante que James Stewart y Grace Kelly?

—A ver qué te parece esto. —Saqué el fajo del bolsillo y lo dejé caer en la mesita de centro.

Esperaba sorpresa, cautela y preocupación. Lo que obtuve fue interés y una sonrisa. Mi padre pensó que la práctica del señor Bowditch de esconder dinero en un tarro de la cocina coincidía con lo que él llamaba «la mentalidad de acumulación del agorafóbico» (le había hablado del Pasillo de Material de Lectura Antiguo, así como del televisor y de los electrodomésticos de la cocina de otra época).

—¿Había más dinero ahí dentro?

—Algo —contesté. Lo cual no era mentira.

Mi padre movió la cabeza en un gesto de asentimiento.

—¿Has mirado en los otros tarros? Podría haber unos cuantos cientos donde el azúcar. —Sonreía.

—No.

Cogió los doscientos.

—Es un poco más de lo que en realidad gastamos, pero posiblemente necesitará más cosas. ¿Quieres que ingrese cuatrocientos de los tuyos?

—Claro.

—Sabia decisión. En cierto modo le sales barato, al menos durante la primera semana. Creo que un asistente a domicilio a jornada completa cobraría más. Por otra parte, ganarás dinero a la vez que estudias, y solo pasarás las noches allí durante las vacaciones de primavera. —Se volvió para mirarme a la cara—. ¿Eso queda claro?

—Totalmente —contesté.

—Vale, bien. Eso de que Bowditch ande escondiendo el dinero me inquieta un poco solo porque no sabemos de dónde lo ha sacado, pero estoy dispuesto a concederle el beneficio de la duda. Me gusta que confíe en ti, y me gusta que estés dispuesto a asumir esa responsabilidad. Tu idea era hacerlo de balde, ¿no?

—Sí. Eso pensaba.

—Eres buen chico, Charlie. No sé bien qué he hecho para merecerte.

Teniendo en cuenta lo que yo me callaba —no solo sobre

el señor Bowditch, sino también alguna de mis gamberradas en compañía de Bertie—, oír eso me avergonzó un poco.

Tendido en la cama esa noche, imaginé que el señor Bowditch tenía una mina de oro en aquel cobertizo bajo llave, quizá con un grupo de enanos trabajando en ella. Enanos con nombres como Dormilón y Gruñón. Sonreí ante la idea. Sospechaba que lo que fuera que contenía ese cobertizo podía ser el gran secreto del que quería hablarme, pero me equivocaba. No averigüé nada sobre el cobertizo hasta más tarde.

6

Visita al hospital. La caja fuerte. Stantonville.
Ansias de oro. El señor Bowditch vuelve a casa.

1

El señor Bowditch y yo mantuvimos una larga charla mientras su compañero de habitación, con un monitor cardiaco
sujeto al pecho, veía jugar a los White Sox contra los Tigers
en la sala común de la planta.

—Tiene no sé qué problema en la patata que no consiguen

arreglarle del todo —comentó el señor Bowditch—. Gracias a Dios, yo no debo preocuparme por eso. Bastantes problemas tengo ya.

Me demostró que podía ir al cuarto de baño, apoyado en aquellas muletas con manguitos en los brazos como si le fuera la vida en ello. Era evidente que le dolía, y cuando volvió de orinar, tenía la frente empapada de sudor, pero me resultó alentador verlo. Tal vez necesitara el orinal, de cuello largo y un tanto siniestro, por las noches, pero se lo veía lo bastante bien para evitar la cuña. Siempre y cuando no se cayera en plena noche y volviera a romperse la pierna, claro. Vi que le temblaban los músculos de los brazos descarnados a cada paso oscilante. Se sentó en la cama con un suspiro de alivio.

—¿Puedes ayudarme con el...? —Se señaló la quincalla que le envolvía la pierna.

Le levanté la pierna inmovilizada con el fijador, y cuando estuvo tendido, volvió a suspirar y pidió el par de pastillas que contenía el vaso de papel de su mesilla de noche. Se las di, vertí un poco de agua de la jarra y se las tomó. La nuez le subió y bajó en el cuello arrugado como un mono colgado de un palo.

—Me han cambiado la bomba de morfina por esto —dijo—. OxyContin. Dice el médico que me engancharé, si no lo he hecho ya, y tendré que desengancharme. Por ahora me parece un trato justo. Solo ir de aquí al cuarto de baño se me antoja un puto maratón.

Ya me había dado cuenta de eso, y en su casa el cuarto de baño estaba más lejos del sofá cama. Quizá al final sí necesitara la cuña, al menos al principio. Entré en el baño, humedecí una toallita y la escurrí. Cuando me incliné sobre él, se apartó.

—¡Eh, eh! ¿Qué estás haciendo?

—Limpiarte el sudor. Estate quieto.

Nunca sabemos cuándo va a producirse un punto de inflexión en nuestras relaciones con los demás, y solo más tarde caí en la cuenta de que para nosotros eso ocurrió en aquel momento. Se resistió aún unos segundos; luego se relajó (un poco) y me permitió enjugarle la frente y las mejillas.

—Me siento como si fuera un puto bebé.

—Me estás pagando, déjame ganarme el puto dinero.

Rio el comentario. Una enfermera se asomó a la puerta y le preguntó si necesitaba algo. Él respondió que no y, cuando ella se fue, me indicó que cerrara.

—Ahora es cuando voy a pedirte que salgas en mi defensa —anunció—. Al menos hasta que pueda defenderme solo. Y también en defensa de Radar. ¿Estás preparado para eso, Charlie?

—Haré lo que pueda.

—Ya, es posible. Es lo máximo que puedo pedir. Si te pongo en esta situación, es porque no me queda más remedio. Vino a verme una tal Ravensburger. ¿La has conocido?

Respondí que sí.

—Vaya nombrecito, ¿no? Se me traba la lengua cada vez que intento pronunciarlo.

No diré que estuviera colocado por el Oxy, pero tampoco lo negaría. Con lo flaco que estaba, con un metro ochenta de estatura y seguramente no más de setenta kilos de peso, esas pastillas de color rosa debían de ser como mazazos.

—Esa mujer me habló de lo que llamaba «opciones de pago». Le pregunté cuáles eran los daños hasta la fecha y me dio un listado. Está en ese cajón... —Señaló—. Pero no te preocupes por eso ahora mismo.

»Dije que subía mucho, y me contestó: «Una buena atención es muy cara, señor Bowditch, y usted ha recibido la mejor». Dijo que si necesitaba consultar con un especialista en pagos…, vete a saber qué es eso…, con mucho gusto organizaría una reunión, o bien antes de salir de aquí o bien después, cuando ya esté en casa. Contesté que no lo consideraba necesario. Dije que podía pagar el coste total al contado, pero solo si me hacían un descuento. Y empezamos con el regateo. Al final, acordamos una rebaja del veinte por ciento, que equivale a mil novecientos dólares.

Lancé un silbido. El señor Bowditch sonrió.

—Intenté que me lo rebajara un veinticinco, pero se negó a pasar del veinte. Calculo que es la pauta en esta industria… porque los hospitales *son* una industria, por si tenías alguna duda. Los hospitales y las cárceles, no hay grandes diferencias de organización, salvo porque en las cárceles son los contribuyentes quienes acaban cargando con la factura. —Se pasó la mano por los ojos—. Podría haberlo pagado todo, pero me lo pasé bien con el regateo. Hacía mucho tiempo que no tenía ocasión de hacerlo. Las subastas de jardín en los viejos tiempos; compraba muchos libros y revistas viejas. Me gustan las cosas viejas. ¿Estoy divagando? Sí. He aquí la cuestión: puedo pagar, pero necesito que tú lo hagas posible.

—Si estás pensando en lo que hay en el tarro de harina…

Descartó eso con un gesto como si ocho mil dólares fueran calderilla. Desde el punto de vista de su deuda con el hospital, lo eran.

—Te diré lo que quiero que hagas.

Me lo dijo. Cuando terminó, me preguntó si necesitaba que me lo escribiera.

—No tengo inconveniente en hacerlo, siempre y cuando destruyas las notas una vez acabado el trabajo.

—Quizá solo la combinación de la caja fuerte. Me la apuntaré en el brazo y luego me lo lavaré.

—¿Te ocuparás?

—Sí. —No concebí la posibilidad de negarme, aunque solo fuera por averiguar si lo que decía era cierto.

—Bien. Repíteme los pasos.

Lo hice, y luego, con el bolígrafo de la mesilla, me anoté una serie de números y giros en la parte superior del brazo, donde quedaban tapados por la manga de la camiseta.

—Gracias —dijo—. Tendrás que esperar hasta mañana para ver al señor Heinrich, pero puedes prepararlo todo esta noche. Cuando vayas a dar de comer a Radar.

Dije que de acuerdo, me despedí y me marché. Estaba —por usar una palabra de mi padre— patidifuso. A medio camino del ascensor, me asaltó una duda y regresé.

—¿Ya has cambiado de idea? —Sonreía, pero su mirada reflejaba preocupación.

—No. Solo quería preguntarte por una cosa que dijiste.

—¿Qué?

—Hablaste de regalos. Dijiste que un hombre valiente ayuda, pero uno cobarde hace regalos.

—No recuerdo haber dicho eso.

—Pues sí lo dijiste. ¿Qué quiere decir?

—No lo sé. Debió de ser por las pastillas.

Mentía. Yo había vivido con un borracho durante años y distinguía una mentira en cuanto la oía.

2

Volví en bici al número 1 de Sycamore Street, y no sería exagerado afirmar que me moría de curiosidad. Abrí la puerta de atrás y acepté un saludo entusiasta de Radar. Fue capaz de erguirse sobre las patas traseras para que la acariciase, lo que me llevó a pensar que tal vez las pastillas más recientes empezaran a surtir efecto. La dejé salir al jardín de atrás para que hiciera sus necesidades. Con señales telepáticas, la apremié a elegir un sitio.

Cuando volvió a entrar, subí al dormitorio del señor Bowditch y abrí el armario. Tenía mucha ropa, en su mayor parte prendas cómodas, como camisas de franela y pantalones caquis, pero había dos trajes. Uno era negro, el otro gris, parecidos ambos a los que llevaban George Raft y Edward G. Robinson en películas como *Muero cada amanecer*: con chaquetas cruzadas y hombreras anchas.

Aparté la ropa y quedó a la vista una caja fuerte Watchman, de tamaño medio, antigua, más o menos de un metro de alto. Me agaché, y cuando tendía la mano hacia el disco de la combinación, algo frío me rozó la espalda allí donde la camiseta se había salido del pantalón. Chillé y, al volverme, vi a Radar, que meneaba la cola lentamente. El contacto frío era de su hocico.

—Chica, no hagas eso —protesté.

Se sentó, sonriendo como si dijera que haría lo que le diera la gana. Me volví hacia la caja fuerte. La primera vez puse mal la combinación, pero al segundo intento la puerta se abrió.

Lo primero que vi fue un arma en el único estante de la caja. Era más grande que la que mi padre le daba a mi madre cuando tenía que ausentarse varios días… o una vez durante toda una semana a un retiro de la empresa. Aquella era una 32, sin duda una pistola de mujer, y pensé que tal vez él aún la conservara, pero no estaba del todo seguro. En ocasiones, en sus peores etapas con la bebida, la busqué, pero no llegué a encontrarla. Esa era más grande, probablemente un revólver de calibre 45. Como todas las pertenencias del señor Bowditch, parecía de otra época. La cogí —con cuidado— y encontré el resorte que permitía abrir el tambor. Estaba cargado, con cartuchos en todas las recámaras. Devolví el tambor a su sitio y dejé el arma en el estante de nuevo. Teniendo en cuenta lo que me había contado, era lógico que dispusiera de un arma. Una alarma antirrobo tal vez habría sido una solución aún más lógica, pero no quería visitas de la policía en el número 1 de Sycamore. Además, en su juventud, Radar había sido una alarma antirrobo excelente, prueba de ello era Andy Chan.

En el suelo de la caja fuerte, vi lo que el señor Bowditch me había dicho que encontraría: un gran cubo de acero y, encima, una mochila. Retiré la mochila y vi que el cubo estaba casi hasta arriba de aquellos balines que no eran balines sino bolas de oro macizo.

El cubo tenía doble asa. Lo cogí y lo levanté. En mi posición, en cuclillas, me costó moverlo. Debía de contener más de quince kilos de oro, quizá veinte. Me senté y me volví hacia Radar.

—Dios mío. Esto es una *fortuna*, joder.

Ella meneó la cola.

3

Esa noche, después de darle de comer, fui a la planta de arriba y volví a examinar el cubo de oro, solo para asegurarme de que no habían sido imaginaciones mías. Cuando llegué a casa, mi padre me preguntó si estaba preparado para el regreso del señor Bowditch. Respondí que sí, pero aún tenía cosas que hacer antes de que llegara.

—¿Seguro que no hay problema en que me lleve prestado el taladro? ¿Y ese destornillador eléctrico?

—Ningún problema. Y con mucho gusto, insisto, subiría a echarte una mano si pudiera, pero tengo una reunión a las nueve. Es por aquel incendio en el edificio de apartamentos del que te hablé. Resulta que quizá fuera provocado.

—Me las arreglaré.

—Eso espero. ¿Estás bien?

—Claro. ¿Por qué?

—Es solo que te noto un poco raro. ¿Te preocupa lo de mañana?

—Un poco —dije. Lo cual no era mentira.

Puede que os preguntéis si sentía el impulso de contarle a mi padre lo que había encontrado. No lo sentía. Había jurado al señor Bowditch que lo mantendría en secreto, eso por un lado. Me aseguró que el oro no había sido robado «en el sentido habitual», eso por otro lado. Le pregunté qué quería decir con eso, pero lo único que me dijo fue que nadie en el mundo andaba buscándolo. Hasta que tuviera más información, estaba dispuesto a aceptar su palabra.

Había otra cuestión. Yo tenía diecisiete años, y eso era lo más emocionante que me había ocurrido. Con diferencia. Y quería llegar hasta el final.

4

El lunes por la mañana, subí en bici a casa del señor Bowditch muy temprano para dar de comer a Radar, y luego ella se quedó observándome atentamente mientras instalaba las barras de seguridad. El inodoro ya estaba bastante encajado en el diminuto cuarto de baño y, al añadir las barras, el espacio para adoptar la postura de descarga se reducía aún más, aunque pensé que eso sería bueno. Preveía alguna que otra queja por parte del señor Bowditch, pero de ese modo sería más difícil que se cayera. Podía agarrarse a las barras también mientras orinaba, lo que me pareció una ventaja añadida. Intenté moverlas y permanecieron sólidamente en su sitio.

—¿Tú qué opinas, Rades? ¿Queda bien?

Radar meneó la cola.

Durante nuestra conversación, el señor Bowditch me había dicho:

—Puedes pesar el oro con la báscula del baño. No será el peso exacto, pero con una báscula de cocina se tarda una eternidad; lo sé por experiencia. Utiliza la mochila para pesar y transportar. Procura que sobre un poco. Heinrich lo pesará él mismo, en una báscula más precisa. Dig-i-tal, ya sabes.

—Descompuso la palabra en sílabas de esa manera incorrecta, lo que quedó ridículo y a la vez pretencioso.

—¿Cómo llegas hasta allí cuando necesitas una inyección de dinero? —Stantonville se hallaba a once kilómetros.

—Cojo un Yuber. Lo paga Heinrich.

Por un momento no lo entendí, pero luego caí: Uber.

—¿Por qué sonríes, Charlie?

—Por nada. ¿Haces esos intercambios por la noche?

Él asintió.

—Normalmente a eso de las diez, cuando la mayoría de la gente del barrio ya se ha recogido. En particular la señora Richland, la de la acera de enfrente. Esa chismosa.

—Eso me dijiste.

—No está de más repetirlo.

A mí me había dado la misma impresión.

—No creo que mis asuntos sean los únicos de los que Heinrich se ocupa de noche, pero ha accedido a cerrar el local mañana para que puedas ir por la mañana, entre las nueve y media y las diez. Nunca he hecho un intercambio de esta envergadura con él. Seguro que todo irá bien, conmigo siempre ha actuado con total honradez, pero hay un arma en la caja fuerte, y si quieres llevártela, por protección, no hay inconveniente.

No tenía intención de llevármela. Sé que, con armas, algunas personas se sienten poderosas, pero no es mi caso. Solo tocarla me produjo un escalofrío. Si me hubierais dicho que cargaría con ella en un futuro no muy lejano, habría dicho que estabais locos.

Encontré una pala de cocina en la despensa y subí. Me había lavado los números del brazo después de guardármelos en una nota protegida con contraseña en el móvil, pero ni siquiera necesité consultarla. La caja fuerte se abrió al primer intento. Retiré la mochila del cubo y me maravillé ante tanto oro. Incapaz de resistirme al impulso, hundí las manos hasta las muñecas y dejé que las bolas de oro se me escurrieran entre los dedos. Lo hice una segunda vez. Y una tercera. Había en ello algo de hipnótico. Sacudí la cabeza como para despejármela y empecé a cargar el oro a paladas.

La primera vez que pesé la mochila, la báscula registró aproximadamente un kilo y medio. Añadí más, y llegó a dos kilos y cuarto. La última vez la aguja quedó inmóvil en los tres kilos, y decidí que era la medida adecuada. Si la báscula dig-i-tal del señor Heinrich medía un peso por encima de los dos kilos y tres cuartos acordados, o más exactamente seis libras, podía devolver a la caja fuerte el excedente. Aún me quedaban cosas que hacer en la casa antes de la llegada del señor Bowditch. Me recordé que debía conseguir una campanilla para que pudiera avisarme por la noche si necesitaba algo. La «Guía de asistencia domiciliaria para tontos» sugería un intercomunicador o un monitor de bebés, pero pensé que posiblemente al señor Bowditch le gustaría más algo de la vieja escuela.

Le había preguntado cuál era el valor de seis libras de oro. Deseaba y a la vez no deseaba saber qué cantidad llevaría a la espalda mientras recorría los once kilómetros —zona rural, en su mayor parte— hasta Stantonville. Me dijo que la última vez que había consultado con el Grupo del Precio del Oro de Texas, ascendía aproximadamente a quince mil dólares la libra.

—Pero él puede comprarlo por catorce mil, ese es el precio que acordamos. En total son ochenta y cuatro mil dólares, pero te dará un cheque por setenta y cuatro mil. Con eso cubriré la factura del hospital, sobrará un poco para mí, y él obtendrá un buen beneficio.

«Buen» era una forma discreta de decirlo. No sé cuándo había consultado el señor Bowditch con el Grupo del Precio del Oro por última vez, pero a finales de abril de 2013 esos valores se quedaban muy cortos. Yo había comprobado el precio del oro en mi portátil antes de acostarme el domingo por la noche, y se vendía a más de mil doscientos dólares la onza, lo que equivalía a unos veinte mil dólares la libra. Seis libras habrían salido por ciento quince mil en la bolsa de valores del oro de Zúrich, lo que quería decir que ese tal Heinrich se embolsaría cuarenta mil dólares de beneficio. Y el oro no era como los diamantes de sangre, donde el comprador insistía en precios a la baja por el riesgo. Aquellas bolas de oro no presentaban marca alguna, eran anónimas, y podían fundirse fácilmente en pequeños lingotes. O usarse para crear joyas.

Había pensado en llamar al señor Bowditch al hospital para advertirle que estaba vendiendo barato, pero me contuve. Por una sencilla razón: pensé que le daría igual. En cierto modo lo comprendía. Incluso después de retirar seis libras del Cubo de Oro del Capitán Kidd, quedaba una cantidad considerable. Mi misión (aunque el señor Bowditch no llegó a decirlo) se reducía a llevar a cabo la gestión sin dejarme estafar. Era toda una responsabilidad, y estaba decidido a no defraudar la confianza que él había depositado en mí.

Me ajusté las correas de la mochila, miré en el suelo entre la caja fuerte del armario y la báscula del cuarto de baño en busca de alguna bola que pudiera haberse caído, y no encontré ninguna. Le hice una buena caricia a Radar (para darme suerte) y salí cargado con ciento quince mil dólares en una mochila vieja y maltrecha.

Mi viejo amigo Bertie Bird habría dicho que eso era mucha guita.

5

El centro de Stantonville era una sola calle de tiendas cutres, más un par de bares y una de esas cafeterías donde sirven el desayuno todo el día junto con una taza sin fondo de café malo. Varias tiendas, cerradas y tapiadas, tenían carteles en los que se anunciaba que los locales estaban en venta o se alquilaban. Según mi padre, en otro tiempo Stantonville había sido una pequeña comunidad próspera, un sitio excelente adonde ir de compras para aquellos que no querían desplazarse hasta Elgin, Naperville o Joliette, o menos aún viajar hasta Chicago. Allá por la década de los setenta, abrió el centro comercial de Stantonville. Y no era un simple centro comercial, sino un supercentro con un multicine de doce salas, un parque de atracciones para niños, un rocódromo, una zona de camas elásticas llamada Fliers, una *escape room* y tipos paseándose disfrazados de animales parlantes. Aquel idílico paraíso del comercio, situado al norte de Stantonville, absorbió casi toda la vida del centro del pueblo, y lo que escapó al centro comercial lo absorbieron el Walmart y el Sam's Club, al sur, en la salida de la autopista.

Como iba en bici, tomé la Estatal 74-A, una carretera de dos carriles entre granjas y maizales, para evitar la autopista. Llegaban olores de estiércol y cosas que crecían. Era una agradable mañana de primavera, y habría sido un trayecto agradable si no hubiera sabido que llevaba una pequeña fortuna a la espalda. Recuerdo que pensé en Jack, el niño que trepaba por la mata de habichuelas.

Llegué a la avenida principal de Stantonville a las nueve y cuarto, un poco antes de tiempo, así que entré en la cafetería y pedí una Coca-Cola, que me bebí a sorbos sentado en un banco de una placita sucia cuyos elementos principales eran una fuente seca llena de basura y una estatua cubierta de cagadas de pájaro de alguien de quien yo no había oído hablar. Me acordé de esa plaza y esa fuente seca más tarde, en un lugar aún más desierto que Stantonville.

No podría jurar que Christopher Polley no estuviera allí aquella mañana; tampoco podría jurar lo contrario. Polley era uno de esos individuos capaces de confundirse con el paisaje hasta que consideraba que era el momento adecuado para dejarse ver. Podría haber estado en la cafetería, atracándose huevos con beicon. Podría haber estado en la parada del autobús o fingiendo examinar las guitarras y los estéreos portátiles en la casa de empeños de Stantonville. O podría no haber estado en ninguna parte. Lo único que puedo decir es que no recuerdo a nadie con una gorra retro de los White Sox, de esas con un círculo rojo en la parte delantera. Quizá no la llevara, pero nunca vi a ese hijo de puta sin ella.

A las diez menos veinte, tiré el vaso desechable medio lleno a una papelera cercana y pedaleé lentamente por Main Street. La zona comercial, en la medida en que podía llamarse así, abarcaba solo cuatro manzanas. Casi al final de la cuarta, a corta distancia de un letrero en el que se leía GRACIAS POR VISITAR LA HERMOSA STANTONVILLE, se hallaba EXCELLENT JEWELLERS, COMPRAMOS Y VENDEMOS. Ofrecía el mismo aspecto decrépito y ruinoso que el resto de los locales de aquel pueblo moribundo. No había nada en el escaparate polvoriento. En el cartel colgado en la puerta de un pequeño gancho de plástico decía CERRADO.

Había un timbre. Lo pulsé. No hubo respuesta. Volví a pulsarlo, muy consciente de la mochila que llevaba a la espalda. Apreté la nariz contra el cristal y ahuequé las manos en torno a la cara para evitar el resplandor. Vi una alfombra raída y expositores vacíos. Empezaba a pensar que el señor Bowditch o yo nos habíamos equivocado cuando por el pasillo central apareció un hombrecillo renqueante con una gorra de tweed, chaqueta de punto y pantalones holgados. Parecía el jardinero de una película de detectives inglesa. Tras mirarme fijamente, se alejó cojeando y apretó un botón junto a una caja registradora antigua. En la puerta sonó un zumbido. Empujé y, al entrar, me asaltó un olor a polvo y descomposición lenta.

—Ven a la parte de atrás, a la parte de atrás —dijo.

Me quedé donde estaba.

—Usted es el señor Heinrich, ¿no?

—¿Quién iba a ser, si no?

—Esto... ¿podría enseñarme su carnet de conducir?

Me miró con expresión ceñuda y de pronto se echó a reír.

—El viejo envía a un chico cauto, y hace bien.

Se sacó una cartera gastada del bolsillo trasero y la abrió con un golpe de muñeca para mostrarme su carnet de conducir. Antes de que la cerrara, vi que su nombre de pila era Wilhelm.

—¿Satisfecho?

—Sí. Gracias.

—Ven a la parte de atrás. *Schnell.*

Lo seguí a la trastienda, que abrió mediante un teclado numérico, ocultándolo celosamente mientras introducía los números para que yo no los viera. Dentro estaba todo aquello que faltaba en la parte delantera: estantes atestados de relojes, guardapelos, broches, anillos, colgantes, cadenas. Los rubíes y las esmeraldas despedían destellos ígneos. Vi una tiara colmada de diamantes y la señalé.

—¿Son auténticos?

—*Ja, ja*, auténticos. Pero no creo que hayas venido aquí a comprar. Has venido a vender. Tal vez hayas observado que no te he pedido que me enseñes el carnet de conducir.

—Tanto mejor, porque no tengo.

—Ya sé quién eres. Vi tu foto en el periódico.

—¿En el *Sun*?

—En *USA Today*. Te conocen en todo el país, joven señor Charles Reade. Al menos esta semana. Salvaste la vida al viejo Bowditch.

No me molesté en decirle que había sido la perra, ya me había cansado de eso; solo quería hacer mi trabajo y marcharme. Todo aquel oro y aquellas joyas me intimidaban un poco, y más en comparación con los áridos estantes de la parte delantera. Casi me arrepentí de no haber cogido el arma, porque empezaba a sentirme no como Jack el de las habichuelas mágicas, sino como Jim Hopkins en *La isla del tesoro*. Heinrich era pequeño, regordete e inofensivo, pero ¿y si tenía por allí al acecho a un socio a lo Long John Silver? La idea no era mera paranoia. Podía pensar que el señor Bowditch estaba en tratos con Heinrich desde hacía años, pero el propio señor Bowditch había reconocido que ninguno de sus intercambios anteriores alcanzaba esa magnitud.

—A ver qué me traes —dijo.

En una novela juvenil de aventuras, ese hombre habría sido una caricatura de la codicia, frotándose las manos a punto de babear; en cambio, hablaba con un tono profesional, quizá incluso un tanto aburrido. Eso no me inspiró confianza, como tampoco me la inspiró el individuo en sí.

Dejé la mochila en el mostrador. Cerca había una báscula, y en efecto era dig-i-tal. Descorrí la cremallera. Sostuve la mochila abierta, y cuando echó un vistazo al interior, vi que algo cambiaba en su rostro: por un momento apretó los labios y abrió más los ojos.

—*Mein Gott.* Mira lo que has estado acarreando en la bicicleta.

La báscula tenía una bandeja de plexiglás suspendida de unas cadenas. Heinrich colocó pequeños puñados de bolas de oro en la bandeja hasta que la báscula indicó dos libras. Las dejó aparte en un contendor de plástico y luego pesó otras dos. Cuando terminó de pesar las dos últimas y las añadió al resto, quedaba aún un riachuelo de oro en uno de los pliegues al fondo de la mochila. El señor Bowditch me había dicho que era mejor que sobrase un poco, y yo había seguido sus instrucciones.

—Diría que aún queda un cuarto de libra, *hein?* —calculó Heinrich, echando un vistazo adentro—. Si me lo vendes, te doy tres mil dólares, en efectivo. Bowditch no tiene por qué enterarse. Considerémoslo una propina.

Considerémoslo algo que podría esgrimir contra mí en cualquier momento, pensé. Le di las gracias de todos modos y cerré la cremallera.

—Tiene un cheque para mí, ¿verdad?

—Sí.

Llevaba el cheque doblado en el bolsillo de su chaqueta de punto de anciano. Era del PNC Bank of Chicago, la sucursal de Belmont Avenue, y extendido a nombre de Howard Bowditch por setenta y cuatro mil dólares. En la línea contigua a la firma de Wilhelm Heinrich, se leía «Servicios personales». A mí me pareció válido. Me lo guardé en la cartera y me metí la cartera en el bolsillo delantero izquierdo.

—Es un viejo tozudo que se resiste a avanzar al ritmo de los tiempos —comentó Heinrich—. Antes, cuando trabajábamos con cantidades mucho más pequeñas, a menudo le pagaba en efectivo. En dos ocasiones, con cheques. Le dije: «¿No ha oído hablar de los depósitos electrónicos?». ¿Y sabes qué me dijo?

Negué con la cabeza, pero lo suponía.

—Dijo: «Ni lo he oído ni quiero oírlo». Y ahora por primera vez me envía un *Zwischen Gehen*, un emisario, porque ha tenido un accidente. Habría dicho que no tenía a nadie en el mundo a quien confiarle un recado así. Pero aquí estás tú. Un chico en bicicleta.

—Y me voy ya —dije, y me encaminé hacia la puerta que daba a la tienda, en ese momento vacía, donde quizá más tarde dispondría su género en los expositores o quizá no.

Casi esperaba encontrármela cerrada con llave, pero no fue así. Me sentí mejor cuando volvía a encontrarme en un espacio donde veía la luz del día. Aun así, el olor a polvo rancio era desagradable. Como de cripta.

—¿Sabe siquiera qué es un ordenador? —preguntó Heinrich, que me siguió y cerró la puerta de la trastienda al salir—. Apuesto a que no.

Como no tenía la menor intención de dejarme arrastrar a una conversación sobre lo que el señor Bowditch sabía y lo que no, me limité a decir que había sido un placer conocerlo. Lo cual no era cierto. Vi con alivio que no me habían robado la bici; esa mañana, al marcharme de casa, preocupado como estaba por otras cuestiones, no me había acordado de coger el candado.

Heinrich me agarró por el codo. Me volví y finalmente sí vi al Long John Silver que llevaba dentro. Solo le faltaba el loro en el hombro para completar la imagen. Según Silver, su loro había visto tanta maldad como el mismísimo diablo. Supuse que Wilhelm Heinrich también había visto no poca maldad…, pero debéis recordar que yo tenía diecisiete años y me había metido hasta el cuello en asuntos que no entendía. En otras palabras, estaba muerto de miedo.

—¿Cuánto oro tiene ese hombre? —preguntó Heinrich con una voz baja y gutural. Su utilización de alguna que otra palabra y expresión en alemán me había parecido una afectación, pero en ese momento sí habló como un alemán. Y no como un alemán afable—. Dime cuánto tiene y de dónde lo saca. Te recompensaré.

—Me marcho ya —dije, y me fui.

¿Me observaba Christopher Polley mientras montaba en la bici y me alejaba con las bolas de oro restantes en la mochila? No lo vi, porque miraba por encima del hombro el rostro pálido y carnoso de Heinrich suspendido sobre el cartel de CERRADO en la puerta de su polvorienta tienda. Tal vez fueran imaginaciones mías —probablemente lo eran—, pero me pareció seguir viendo la codicia en su semblante. Además, lo entendí. Recordé que yo mismo había hundido las manos en aquel cubo y había dejado que las bolas me resbalaran entre los dedos. No era mera codicia; eran ansias de oro.

Como en un cuento de piratas.

A eso de las cuatro de la tarde, se detuvo junto a la acera una furgoneta con el rótulo PACIENTE AMBULATORIO DE ARCADIA en el costado. Yo esperaba en el camino de entrada y tenía a Radar sujeta con la correa. La cancela —ya sin óxido y recién engrasada— estaba abierta. Un enfermero salió de la furgoneta y abrió las puertas traseras. Allí estaba Melissa Wilcox, de pie detrás del señor Bowditch, que iba en silla de ruedas, con la pierna inmovilizada por el fijador extendida. Ella destrabó la silla de ruedas, la empujó hacia delante y pulsó un botón con el pulpejo de la mano. Cuando la plataforma y la silla empezaron a descender, se me cayó el alma a los pies. Me había acordado del teléfono, del orinal, incluso de la campanilla. El cheque de Heinrich estaba a salvo en mi cartera. Todo en orden, pero no había rampa para una silla de ruedas, ni en la parte delantera ni en la trasera. Me sentí como un idiota, pero al menos no tuve que sentirme así mucho tiempo. Allí estaba Radar para distraerme. Vio al señor Bowditch y corrió hacia él. En ese momento no dio la menor señal de artritis en las caderas. Conseguí frenarla con la correa justo a tiempo de impedir que el elevador en descenso le aplastara las patas, pero sentí el tirón a lo largo de todo el brazo.

¡*Guau*! ¡*Guau*! ¡*Guau*!

No eran los ladridos de perro grande que tanto habían asustado a Andy en otro tiempo, sino gañidos tan lastimeros y humanos que se me encogió el corazón. *¡Has vuelto!*, decían. *¡Gracias a Dios, pensaba que te habías ido para siempre!*

El señor Bowditch le tendió los brazos, y ella saltó y apoyó las patas en su pierna extendida. Él hizo una mueca, pero a renglón seguido se rio y le abrazó la cabeza en su regazo.

—Sí, chica —la arrulló.

Pese a estar oyéndolo, me costó creer que el señor Bowditch pudiera hablar en un tono como ese, pero así era: aquel viejo cascarrabias *arrulló*. Tenía lágrimas en los ojos. Radar emitía sonidos de felicidad y meneaba la cola, grande y vieja.

—Sí, chica, sí, yo también te he echado de menos. Ahora baja, que me estás matando.

Radar apoyó de nuevo las cuatro patas en el suelo y caminó junto a la silla de ruedas mientras Melissa la empujaba por el camino, entre bandazos y traqueteos.

—No hay rampa —dije—. Lo siento, lo siento, puedo construir una, buscaré cómo se hace en internet, en internet sale todo. —Farfullaba y al parecer era incapaz de parar—. Creo que el resto está más o menos listo…

—Contrataremos a alguien para que instale una rampa, así que deja de alborotar —me interrumpió el señor Bowditch—. No tienes por qué hacerlo todo tú. Una de las ventajas de ser un amanuense es la posibilidad de delegar tareas. Y no hay prisa. Como sabes, no salgo mucho. ¿Te has ocupado de ese otro asunto?

—Sí. Esta mañana.

—Bien.

—Entre los dos —dijo Melissa—, tendríais que poder subir esa silla por los escalones, con lo fuertes que estáis. ¿Tú qué opinas, Herbie?

—Ningún problema —dijo el enfermero—. ¿Verdad, colega?

Dije que claro y cogí la silla por un lado. Radar trepó atropelladamente la mitad de los escalones, se detuvo cuando le fallaron las patas traseras y luego, poniéndose otra vez en marcha, consiguió subir la otra mitad. Meneando la cola, nos miró desde arriba.

—Y alguien va a tener que arreglar ese camino de entrada, si él va a usarlo —señaló Melissa—. Está peor que la calle de tierra donde me crie en Tennessee.

—¿Listo, tío? —preguntó Herbie.

Subimos la silla de ruedas hasta el porche. Manipulé con torpeza las llaves del señor Bowditch y por fin encontré la que abría la puerta delantera.

—Eh —dijo el enfermero—. ¿Yo no he visto tu foto en el periódico?

Suspiré.

—Es probable. Con Radar. Allí, junto a la cancela.

—No, no, el año pasado. Anotaste el *touchdown* de la victoria en la Turkey Bowl. Cinco segundos antes de que se acabara el tiempo.

Alzó la mano por encima de la cabeza, sosteniendo un balón de fútbol americano invisible, tal como hacía yo en la foto. Cuesta saber por qué me complació que él recordara esa imagen en lugar de la más reciente, pero así fue.

En el salón, esperé —más nervioso que nunca— mientras Melissa Wilcox inspeccionaba el sofá cama.

—Bien —dijo—. Está bien. Un poco bajo, quizá, pero nos arreglaremos con lo que hay. Le conviene tener un almohadón o algo así para dar más apoyo a la pierna. ¿Quién ha hecho la cama?

—Yo —dije, y su expresión de sorpresa también me complació.

—¿Has leído el folleto que te di?

—Sí. Compré el líquido antibacteriano para el cuidado de los clavos…

Ella negó con la cabeza.

—Solo necesitas una simple solución salina. Agua tibia con sal. ¿Te sientes preparado para trasladarlo?

—¿Hola? —intervino el señor Bowditch—. ¿Podríais incluirme en esta conversación? Estoy aquí presente.

—Sí, pero yo no estoy hablando con usted —respondió Melissa, sonriente.

—Hummm, no estoy seguro —dije.

—Señor Bowditch —dijo Melissa—, ahora sí le hablo a usted. ¿Le importa que Charlie haga una práctica con usted?

El señor Bowditch miró a Radar, sentada lo más cerca posible de él.

—¿Tú qué crees, chica? ¿Nos fiamos de este chaval?

Radar lanzó un ladrido.

—Radar dice que vale y yo digo lo mismo. No vayas a tirarme, ¿eh, jovencito? Esta pierna está dando el do de pecho.

Acerqué la silla a la cama, puse el freno y le pregunté si podía tenerse en pie sobre la pierna ilesa. Él se levantó parcialmente, con lo que me permitió destrabar y bajar el soporte en el que se apoyaba la pierna fracturada. Dejó escapar un gruñido, aunque completó el movimiento, balanceándose un poco pero manteniéndose en posición vertical.

—Vuélvete y pon el trasero de cara a la cama, pero no intentes sentarte hasta que yo te lo diga —indiqué, y Melissa movió la cabeza en un gesto de aprobación.

El señor Bowditch siguió mis instrucciones. Aparté la silla de ruedas.

—No puedo quedarme de pie en esta posición mucho rato sin las muletas. —El sudor le brotaba de nuevo de las mejillas y la frente.

Me agaché y sujeté el fijador.

—Ahora puede sentarse.

No se sentó, se dejó caer. Y con un suspiro de alivio. Se

tendió. Le subí la pierna fracturada a la cama, y así concluyó mi primer traslado. Yo no sudaba tanto como el señor Bowditch, pero sudaba, más que nada por los nervios. Aquello era mucho más difícil que atrapar los lanzamientos de un pícher.

—No está mal —dijo Melissa—. Cuando lo levantes, conviene que lo abraces. Entrelaza los dedos hacia la mitad de su espalda y levántalo. Pasa los brazos por debajo de las axilas...

—Para dar apoyo —dije—. Venía en el folleto.

—Me gustan los chicos que hacen sus deberes. Procura que las muletas estén siempre a mano, sobre todo cuando se levante de la cama. ¿Cómo se encuentra, señor Bowditch?

—Como cinco kilos de mierda en una bolsa de cuatro kilos. ¿Ya es hora de las pastillas?

—Las ha tomado antes de salir del hospital. Puede volver a tomarlas a las seis.

—Para eso aún falta mucho, ¿no? ¿Y qué tal un Percocet para salir del paso?

—¿Y si le digo que no tengo ninguno? —Luego, dirigiéndose a mí, añadió—: Lo harás cada vez mejor, y él también, sobre todo a medida que se recupere y aumente su amplitud de movimiento. Acompáñame afuera un momento, ¿quieres?

—Hablando a mis espaldas —protestó Bowditch, alzando la voz—. Sea lo que sea, ese joven *no* va a administrarme ningún enema.

—Guau —dijo Herbie. Agachado, con las manos en las rodillas, examinaba el televisor—. Socio, esta es la caja tonta más vieja que he visto en la vida. ¿Funciona?

7

A última hora del día, lucía un sol radiante, que proporcionaba algo de calor, una sensación maravillosa después de un largo invierno y una primavera fría. Melissa me guio hasta la furgoneta de pacientes ambulatorios, se inclinó hacia el interior y abrió la amplia consola central. Sacó una bolsa de plástico y la dejó en el asiento.

—Las muletas están atrás. Aquí tienes los fármacos, más dos tubos de gel de árnica. Hay una hoja con las dosis exactas, ¿vale? —Extrajo los frascos y me los mostró uno por uno—. Esto son antibióticos. Esto son vitaminas, de cuatro tipos distintos. Esto es Lynparza, que se vende con receta. Te la renovarán en la farmacia CVS de Sentry Village. Esto son laxantes. No son supositorios, pero debes leer cómo administrarlos por si necesita uno. No le gustará.

—No le gusta casi nada —dije—. Aparte de Radar.

—Y de ti —dijo ella—. Le caes bien, Charlie. Dice que eres de fiar. Espero que no lo diga solo porque apareciste en el momento oportuno para salvarle la vida. Porque aquí está esto otro.

El frasco más grande contenía comprimidos de OxyContin de veinte miligramos. Melissa me miró con expresión solemne.

—Este es un mal fármaco, Charlie. Muy adictivo. También es sumamente eficaz contra el tipo de dolor que sufre tu amigo, y que puede seguir sufriendo entre ocho meses y un año. Quizá más, en función de sus otros problemas.

—¿Qué otros problemas?

Ella negó con la cabeza.

—No me corresponde a mí decírtelo. Tú cíñete a la dosificación y haz oídos sordos si pide más. En realidad, puede tomar más antes de nuestras sesiones de fisioterapia, y saber eso se convertirá en una de sus principales motivaciones, tal vez la mayor, para seguir con la terapia aunque le duela. Y le dolerá. Tienes que guardarlas donde él no pueda encontrarlas. ¿Se te ocurre algún sitio?

—Sí. —Estaba pensando en la caja fuerte—. Servirá al menos hasta que él pueda subir escaleras.

—Unas tres semanas, pues, si sigue la terapia. Quizá un mes. En cuanto pueda subir, tendrás que pensar en otro sitio. Y no solo debes preocuparte por él. Para los adictos, estas pastillas valen su peso en oro.

Me reí. No pude evitarlo.

—¿Qué? ¿Qué te hace tanta gracia?

—Nada. Las guardaré bien y no dejaré que me convenza para que le dé más.

Me miraba con atención.

—¿Y qué hay de ti, Charlie? Porque no debería dejar esto en manos de un menor de edad; por lo que sabe el médico que las ha recetado, administrará el fármaco un cuidador adulto. Podría meterme en un lío. ¿Caerías en la tentación de probar una o dos para colocarte un poco?

Pensé en mi padre, y en los efectos que el alcohol había tenido en él, y en que durante un tiempo creí que tal vez acabaríamos durmiendo bajo el puente de una autopista, con todas nuestras pertenencias en un carrito de supermercado robado.

Cogí el frasco de OxyContin y lo eché en la bolsa con el resto de los medicamentos. Luego la cogí de la mano y la miré a los ojos.

—Por nada en este puto mundo —dije.

Me dio unas cuantas instrucciones más, que alargué porque me ponía nervioso quedarme a solas con él: ¿y si pasaba algo y ese estúpido teléfono de los setenta decidía no funcionar?

Entonces llamas al 911 con tu móvil del siglo XXI, pensé. *Como cuando lo encontraste en los peldaños de la parte de atrás.* Pero ¿y si le daba un infarto? Lo que yo sabía sobre resucitación cardiopulmonar lo había aprendido en programas de televisión, y si se le paraba el motor, no tendría tiempo para consultar un vídeo de YouTube sobre el tema. Veía más deberes en mi futuro.

Los observé alejarse y volví a entrar. El señor Bowditch yacía con un brazo sobre los ojos. Radar permanecía sentada atentamente junto a la cama. Ya estábamos los tres solos.

—¿Te encuentras bien? —pregunté.

Bajó el brazo y volvió la cabeza para mirarme. Su expresión reflejaba desconsuelo.

—He caído en un pozo profundo, Charlie. No sé si voy a poder salir.

—Saldrás —dije, esperando transmitir mayor convicción de la que en realidad sentía—. ¿Quieres algo de comer?

—Quiero mis calmantes.

—No puedo…

Levantó una mano.

—Ya sé que no puedes, y no me rebajaré, ni te insultaré, suplicándote que me los des. Jamás. Al menos eso espero. —Acariciaba sin cesar la cabeza de Radar. Ella, allí quieta, meneaba la cola lentamente sin apartar la vista de él—. Dame el cheque y un bolígrafo.

Obedecí y le entregué un libro de tapa dura para que lo

utilizara como soporte. Escribió en letra de imprenta PARA INGRESAR EN CUENTA y luego estampó la firma.

—¿Puedes llevar esto al banco por mí mañana?

—Claro. El First Citizens, ¿no?

—Sí. En cuanto entre en el sistema, podré extender un cheque para cubrir la estancia en el hospital. —Me entregó el cheque, que me guardé en la cartera. Cerró los ojos, volvió a abrirlos y fijó la mirada en el techo. En ningún momento retiró la mano de la cabeza de Radar—. Estoy muy cansado. Y el dolor nunca se va de vacaciones. Ni siquiera se toma un puto descanso para el café.

—¿Algo de comer?

—No me apetece, pero me han dicho que tengo que comer. Quizá unas S y S: sardinas y galletas saladas.

A mí me pareció un horror, pero se lo serví, junto con un vaso de agua bien fría. Se bebió la mitad con avidez. Antes de atacar las sardinas (sin cabezas y relucientes por la grasa: puaj), me preguntó si aún tenía intención de pasar la noche allí.

—Esta noche y las de toda la semana —contesté.

—Bien. Nunca me había importado estar solo, pero ahora es distinto. ¿Sabes qué me ha enseñado este accidente, esta caída? O mejor dicho, ¿qué ha vuelto a enseñarme?

Negué con la cabeza.

—El miedo. Soy un viejo y estoy maltrecho. —Lo dijo sin la menor autocompasión, como un hombre que afirma una realidad—. Creo que deberías ir a tu casa un rato e informar a tu padre de que por el momento todo va bien, para que se quede tranquilo, ¿no te parece? Quizá para cenar un poco. Luego puedes volver y darle a Radar su comida y a mí las malditas pastillas. Me dijeron que me crearían adicción, y enseguida se ha demostrado que no se equivocaban.

—Me parece un buen plan. —Guardé silencio un momento—. Señor Bowditch... Howard..., me gustaría traer a mi padre para presentártelo. Sé que no te gusta mucho tratar con la gente ni siquiera cuando no estás así de tirado, pero...

—Lo entiendo. Lo dices por su tranquilidad, lo cual me parece muy razonable. Pero esta noche no, Charlie, y mañana tampoco. Quizá el miércoles. Puede que para entonces me encuentre un poco mejor.

—De acuerdo —respondí—. Una cosa más. —Anoté el número de mi móvil en un pósit y lo dejé en la mesita junto a su cama: una mesa que pronto estaría cubierta de ungüentos, bolsas de gasa y pastillas (pero no OxyContin)—. La campanilla es para cuando yo esté arriba...

—Muy victoriana.

—Pero siempre que me necesites y no esté, llámame al móvil. Tanto si estoy en el instituto como si no. Ya le explicaré la situación a la señora Silvius, de Secretaría.

—De acuerdo. Ahora ve. Para que tu padre se quede tranquilo. Pero no tardes en volver o intentaré levantarme para buscar esas pastillas yo mismo. —Cerró los ojos.

—Mala idea —dije.

Sin abrir los ojos, dijo:

—El universo está lleno de malas ideas.

9

Los lunes son días de reuniones para mi padre. A menudo no llega a casa hasta las seis y media o incluso las siete, así que no contaba con que hubiera vuelto, y en efecto no era allí donde estaba, sino delante de la cancela del señor Bowditch, esperándome.

—Hoy he salido pronto del trabajo —dijo cuando salí—. Preocupado por ti.

—No hacía falta…

Me pasó un brazo por los hombros y me estrechó.

—Me apetecía. Te he visto salir y hablar con una joven mientras subía por la cuesta. Te he saludado con la mano, pero no me has visto. Se te veía muy concentrado en lo que decía.

—¿Y has estado aquí esperando desde entonces?

—He pensado en llamar a la puerta, pero supongo que en esta situación soy como un vampiro. No puedo venir hasta que se me invite.

—El miércoles —dije—. Ya he hablado de eso con él.

—Me parece bien. ¿Por la tarde?

—Quizá a eso de las siete. Se toma los calmantes a las seis.

Empezamos a bajar por la cuesta. Mantenía el brazo alrededor de mis hombros. No me importó. Le dije que no quería dejar solo al señor Bowditch mucho tiempo y por tanto no podía quedarme a cenar. Añadí que recogería unas cuantas cosas —pensé en el cepillo de dientes— y ya buscaría algo que comer en su despensa (pero no sardinas).

—No hace falta —dijo mi padre—. He traído bocadillos de Jersey Mike's. Llévate el tuyo.

—¡Estupendo!

—¿Cómo está?

—Muy dolorido. Espero que las pastillas que toma lo ayuden a dormir. A las doce tiene otra dosis.

—¿OxyContin?

—Sí.

—Guárdalas bien. Que no sepa dónde están. —Era un consejo que ya había recibido, pero al menos mi padre no me preguntó si tendría la tentación de probarlas.

En casa metí en la mochila ropa para un par de días, junto con mi rúter móvil Nighthawk: mi teléfono iba bien, pero el Nighthawk me proporcionaba una wifi de primera. Añadí el cepillo de dientes y la maquinilla de afeitar que había empezado a utilizar hacía dos años. En el instituto algunos chicos lucían ese año un asomo de barba —estaba de moda—, pero a mí me gusta llevar la cara rasurada. Lo hice deprisa, a sabiendas de que podría volver al día siguiente a por cualquier cosa que se me olvidara. También pensaba en el señor Bowditch, solo allí en su caserón viejo y con goteras, sin más compañía que la de una perra anciana.

Cuando me disponía a marcharme, mi padre me dio otro abrazo y luego me sujetó por los hombros.

—Fíjate, asumiendo ya una responsabilidad importante. Estoy orgulloso de ti, Charlie. Ojalá pudiera verte tu madre. También ella estaría orgullosa.

—Digamos que estoy un tanto asustado.

Él asintió.

—Me preocuparía si no lo estuvieras. Solo recuerda que, si pasa algo, puedes llamarme.

—Lo haré.

—¿Sabes? Esperaba con ilusión que te marcharas a la universidad. Ahora ya no tanto. Sin ti, esta casa va a parecerme vacía.

—Estaré a menos de quinientos metros, papá. —Pero tenía un nudo en la garganta.

—Lo sé. Lo sé. Vamos, Chip, vete ya. Haz tu trabajo. —Tragó saliva. Se oyó un chasquido en su garganta—. Y hazlo bien.

7

La primera noche. Ya conoces a Jack. Un simple leñador. La fisioterapia. La visita de mi padre. Lynparza. El señor Bowditch hace una promesa.

1

Pregunté al señor Bowditch si se veía en condiciones de sentarse en su sillón y dijo que por supuesto. Le ofrecí medio bocadillo y sentí cierto alivio cuando lo rechazó: los bocadillos del Jersey Mike's son los mejores.

—Podría probar a tomarme un tazón de sopa después de las pastillas. Caldo de pollo con fideos. Ya veremos.

Le pregunté si quería ver las noticias. Negó con la cabeza.

—Pon la tele si quieres, aunque yo casi nunca me tomo la molestia. Los nombres cambian, pero las chorradas son siempre las mismas.

—Me sorprende que funcione. ¿No se funden las lámparas?

—Claro. Del mismo modo que se agotan las pilas de una linterna. O las de un transistor. —Yo no sabía qué era un transistor, pero me lo callé—. Y entonces pones unas nuevas.

—¿Dónde las consigues?

—Las compro a una empresa de Nueva Jersey... RetroFit, se llama..., pero son cada año más caras a medida que disminuye el suministro.

—Bueno, puedes permitírtelo, supongo.

—El oro, te refieres a eso. Sientes curiosidad, como es natural; cualquiera la sentiría. ¿Se lo has contado a alguien? ¿A tu padre? ¿Quizá a un profesor del instituto en el que confíes?

—Sé guardar un secreto. Ya te lo dije.

—De acuerdo, tampoco hace falta que te pongas así. Tenía que preguntártelo. Y ya hablaremos del tema. Pero no esta noche. Esta noche no me veo con ánimos de hablar de nada.

—Puede esperar. Pero, en cuanto a las lámparas del televisor..., ¿cómo las encargas si no tienes internet?

Puso los ojos en blanco.

—¿Te has pensado que ese buzón está ahí fuera solo para hacer bonito? ¿Que es algo donde colgar el acebo en Navidad, quizá?

Se refería al correo en papel. Para mí, fue una revelación que alguien lo utilizase aún con fines comerciales. Me planteé preguntarle por qué no compraba un televisor nuevo, pero pensé que ya conocía la respuesta. Le gustaban las cosas antiguas.

Cuando las agujas del reloj del salón avanzaban hacia las seis, caí en la cuenta de que quería darle las pastillas casi tanto como él deseaba tomarlas. Por fin llegó la hora. Subí al piso de arriba, cogí dos y se las di con un vaso de agua. Prácticamente me las arrancó de la mano. En el salón se estaba fresco, pero él tenía la frente perlada de sudor.

—Ahora le daré el pienso a Radar —dije.

—Luego sácala al jardín de atrás. Hace sus necesidades enseguida, pero se queda un rato fuera. Dame ese orinal, Charlie. No quiero que me veas utilizar ese puñetero artefacto, y a mi edad cuesta un rato ponerse en marcha.

2

Para cuando volví y vacié el orinal, las pastillas ya surtían efecto. Me pidió el caldo de pollo; «penicilina judía», lo llamó. Lo bebió y se comió los fideos con una cuchara. Cuando regresé de enjuagar el tazón, se había quedado dormido. No me sorprendió. Había tenido un día de mil demonios. Subí a su habitación, busqué su ejemplar de *La novia vestida de negro* y estaba absorto en la lectura cuando se despertó a las ocho.

—¿Por qué no enciendes la tele e intentas encontrar ese programa musical? —preguntó—. A veces a Radar y a mí nos gusta verlo.

Encendí el televisor, pasé los pocos canales disponibles y encontré *La voz*, apenas visible a través de la nieve. Ajusté las orejas de conejo hasta que la imagen se vio tan clara como era posible, y vimos a sucesivos concursantes interpretar sus números. La mayoría eran muy buenos. Me volví hacia el señor Bowditch para decirle que me gustaba el cantante de country y estaba profundamente dormido.

3

Dejé la campanilla a su lado, en la mesita, y fui a la planta de arriba. Eché una ojeada atrás y vi a Radar sentada al pie de las escaleras. Cuando me vio mirar hacia abajo, se dio media vuelta y regresó junto al señor Bowditch, donde pasó esa noche y todas las demás. Él durmió en ese sofá cama incluso después de que pudiera volver a usar las escaleras, porque para entonces a Radar le costaba subirlas.

Mi habitación estaba bien, aunque la única fuente de luz, una lámpara de pie, proyectaba sombras escalofriantes en el techo y la casa crujía, como yo ya había supuesto. Imaginé que, con viento, sería toda una sinfonía. Encendí mi Nighthawk y accedí a la red. Estaba pensando en aquella carga de oro que había llevado a la espalda y en que me había traído a la memoria un cuento que me leía mi madre del *Pequeño libro dorado*. Me dije que no hacía más que matar el tiempo, pero ahora tengo mis dudas. Me parece que a veces sabemos hacia dónde vamos incluso cuando creemos que no lo sabemos.

Encontré al menos siete versiones distintas de «Jack y las habichuelas mágicas», que leí en el móvil a la luz de aquella única lámpara. Me recordé que al día siguiente debía llevarme el portátil de casa, pero esa noche tendría que arreglármelas con el teléfono. Ya conocía el cuento, claro; como «Ricitos de Oro» y «Caperucita Roja», forma parte del río cultural que lleva a los niños corriente abajo. Creo que había visto la versión de dibujos animados en algún momento después de que mi madre me leyera el cuento, pero no podría asegurarlo. El relato original, accesible por gentileza de Wikipedia, era mucho más sangriento que el que yo recordaba. Para empezar, Jack vive solo con su madre, porque el gigante mató a su padre durante una de sus muchas tropelías.

Probablemente también vosotros conocéis el cuento. Jack y su madre están en la ruina. Solo tienen una vaca. La madre dice a Jack que la lleve al mercado y la venda al menos por cinco monedas de oro (en este cuento no hay bolas de oro). De camino al pueblo, Jack se encuentra con un buhonero que habla muy deprisa y lo convence para que le cambie la vaca por cinco habichuelas mágicas. La madre se pone hecha una furia y tira las habichuelas por la ventana. De la noche a la mañana, brota allí una mata de habichuelas mágica que asciende hasta las nubes. En lo alto, hay un castillo enorme (ninguna de las versiones explica cómo es posible que flote en las nubes) donde vive el gigante con su mujer.

Jack básicamente roba cosas de oro: monedas, una gallina que pone huevos de oro, el arpa de oro que avisa al gigante. Pero no son robos en el sentido habitual, porque el propio gigante había robado todos esos objetos de oro. Averigüé que la famosa cancioncilla del ogro —«Fi, fa, fo, fum, huelo la sangre de un inglés»— era un préstamo de *El rey Lear*, donde un personaje llamado Edgar recita: «El paladín Roldán llegó a la torre oscura, sus palabras eran siempre: Fie, foh y fum. ¡Yo huelo la sangre de un bretón!». Y otra cosa que no recuerdo de ninguna versión en dibujos animados ni del *Pequeño libro dorado*: por el suelo de la alcoba del gigante, hay huesos de niños esparcidos. El nombre del gigante me provocó un escalofrío, profundo y premonitorio.

Gogmagog.

Apagué la lámpara de pie a las once y me adormilé hasta que me despertó la alarma del móvil a las doce menos cuarto. Aún no me había molestado en guardar el OxyContin en la caja fuerte; estaba en el escritorio, donde había dejado amontonada mi escasa ropa. Me llevé dos pastillas abajo. Radar me gruñó en la oscuridad y se sentó.

—Calla, chica —dijo el señor Bowditch, y ella obedeció. Encendí la lámpara. Él estaba tendido boca arriba, con la vista clavada en el techo—. Aquí estás, puntual. Bien. La verdad es que no quería hacer sonar esa campanilla.

—¿Has dormido?

—Un poco. Cuando me meta en el cuerpo esas puñeteras pastillas, quizá pueda coger el sueño otra vez. A lo mejor hasta el amanecer.

Se las di. Se apoyó en un codo y las tragó; luego me devolvió el vaso y se echó de nuevo.

—Ya estoy mejor. Es un efecto psicológico, supongo.

—¿Te traigo algo más?

—No. Vuelve a la cama. Los chicos en edad de crecimiento necesitan descansar.

—Me parece que ya he crecido casi todo lo que tenía que crecer. —Al menos eso esperaba. Medía uno noventa y tres, y pesaba cien kilos. Si crecía más sería un…—. Gogmagog. —Lo dije sin pensar.

Esperaba una risa, pero no obtuve ni siquiera una sonrisa.

—¿Has estado estudiando los cuentos de hadas?

Me encogí de hombros.

—Al llevar el oro a Stantonville, me acordé de las habichuelas mágicas y la mata de habichuelas.

—Así que ya conoces a Jack.

—Supongo que sí.

—En la Biblia, Gog y Magog son las naciones en guerra del mundo. ¿Lo sabías?

—No.

—El Apocalipsis. Júntalas y tendrás un verdadero monstruo, uno del que es mejor mantenerse a distancia. Apaga la luz, Charlie. Los dos necesitamos dormir un poco. Tú lo conseguirás, puede que yo también. Me gustaría poder tomarme unas pequeñas vacaciones del dolor.

Di una palmada a Radar y apagué la luz. Me dirigí hacia las escaleras, pero de pronto me di la vuelta.

—¿Señor Bowditch?

—Howard —insistió él—. Tienes que practicarlo. No eres el puto mayordomo.

En cierto modo era así como me veía, pero no iba a ponerme a discutir a esas horas de la noche.

—Howard, eso. ¿A qué te dedicabas antes de jubilarte?

Dejó escapar una risa. Era un sonido oxidado, pero no desagradable.

—Era agrimensor a tiempo parcial y maderero a tiempo parcial. En otras palabras, un simple leñador. En los cuentos de hadas salen muchos. Acuéstate, Charlie.

Me fui a la cama y dormí hasta las seis, la hora de las siguientes pastillas, esta vez no solo los analgésicos, sino también todo lo demás. De nuevo lo encontré despierto y con la mirada fija en el techo. Le pregunté si había dormido. Dijo que sí. No sé si le creí.

Desayunamos huevos revueltos, que yo preparé. El señor Bowditch se sentó en el borde del sofá cama a comer, con la pierna enfundada en el fijador sobre el escabel a juego con el sillón. Me pidió que saliera mientras utilizaba el orinal. Cuando regresé, ya estaba de pie y, apoyado en las muletas, miraba por la ventana delantera.

—Tendrías que haber esperado a que te ayudara —dije.

Chascó la lengua.

—Has enderezado la cerca.

—Me ayudó Radar.

—Seguro que sí. Así queda mucho mejor. Ayúdame a volver a la cama, Charlie. Tendrás que sostenerme la pierna como antes.

Lo acompañé hasta la cama. Saqué a Radar a dar un paseo por Pine Street, y tuve la impresión de que el medicamento nuevo, no caducado, era más eficaz, porque recorrió una distancia considerable, marcando los postes telefónicos y una boca de riego o dos en el camino: Radar de Bowditch. Después llevé el cheque del señor Bowditch al banco. En casa —para entonces mi padre había salido hacía ya rato— cogí más ropa y el portátil. El almuerzo consistió en más S y S para el señor Bowditch y perritos calientes para mí. Un plato congelado habría estado bien (me gustaban los de Stouffer's), pero el señor Bowditch no tenía microondas. Saqué del congelador parte de la carne de Tiller and Sons. En el futuro podía ver vídeos de cocina en YouTube, si no quería vivir a base de sopa y sardinas en lata. Di al señor Bowditch sus pastillas del mediodía. Llamé por teléfono a Melissa Wilcox para informar, como me había pedido. Debía decirle cuántas veces se había levantado el señor Bowditch, qué había comido y si había hecho de vientre. La respuesta a esta última cuestión fue un gran no, y a ella no la sorprendió. Dijo que el OxyContin estreñía muchísimo. Después del almuerzo, saqué un sobre al buzón y alcé la banderilla. Contenía su cheque personal para el hospital Arcadia. Podría haberlo llevado yo mismo, pero el señor Bowditch quería asegurarse de que antes se hubiera aceptado el cheque de Heinrich.

Os cuento estas cosas no porque sean especialmente interesantes, sino porque establecieron una rutina, que prosiguió durante el resto de esa primavera y casi todo el verano. En cierto modo, fueron buenos meses. Me sentí útil, necesario. Me valoraba más a mí mismo de lo que me había valorado en mucho tiempo. Solo que el final fue horrendo.

6

La tarde del miércoles de mi semana de vacaciones de primavera, llegó Melissa para la primera sesión de fisioterapia del señor Bowditch. Fisioterapia lo llamó ella; él lo llamó dolor y tortura. Recibió un OxyContin extra, cosa que le gustó, e hizo un sinfín de estiramientos y levantamientos con la pierna lesionada, cosa que no le gustó. Yo permanecí en la cocina casi todo el tiempo. Entre otras lindezas, oí «gilipolleces», «joder», «cabronada» y «para». Dijo «para» muchas veces, en ocasiones añadiendo «maldita seas». Melissa no se inmutó.

Cuando terminó —veinte minutos que a él seguramente se le hicieron mucho más largos—, ella me pidió que entrara. Había bajado un par de sillas más de la segunda planta (no las de respaldo recto a juego con la mesa del comedor, que a mí me parecían instrumentos de tortura). El señor Bowditch estaba sentado en una de ellas, con la pierna lesionada apoyada en un cojín enorme de espuma que había llevado Melissa. Como el cojín era más bajo que el escabel, tenía la rodilla —aún vendada— un poco flexionada.

—¡Fíjate! —exclamó Melissa—. ¡Cinco grados de flexión ya! ¡No estoy contenta sin más, estoy asombrada!

—Joder, qué dolor —gruñó él—. Quiero acostarme.

Ella rio alegremente, como si eso fuera lo más gracioso que había oído en la vida.

—Cinco minutos más, y luego a levantarte con las muletas. Charlie te ayudará.

Completó los cinco minutos y luego, forcejeando, se levantó valiéndose de las muletas. Se volvió hacia la cama, pero se le escapó una de ellas. Cayó de forma ruidosa al suelo, y Radar ladró. Sostuve al señor Bowditch a tiempo y lo ayudé a acabar de girarse. Permanecimos un momento entrelazados, yo con un brazo alrededor de él y él con el suyo alrededor de mí, y sentí los latidos de su corazón, fuertes y rápidos. «Intensos» fue la palabra que me vino a la cabeza.

Lo llevé a la cama, pero en el camino la pierna lesionada se le flexionó mucho más de cinco grados y lanzó un grito de dolor. Radar se levantó en el acto y empezó a ladrar con las orejas hacia atrás.

—Estoy bien, chica —dijo el señor Bowditch, sin aliento—. Échate.

Ella se tendió en el suelo, sin quitarle ojo. Melissa le dio un vaso de agua.

—Como premio especial por un buen trabajo, hoy puedes tomarte los calmantes a las cinco. Volveré el viernes. Sé que duele, Howard; esos ligamentos no quieren estirarse. Pero se estirarán. Si perseveras.

—Dios santo —dijo él. A regañadientes, añadió—: De acuerdo.

—Charlie, acompáñame.

Salí con ella, cargado con su voluminoso petate de material. Tenía el pequeño Honda Civic aparcado delante de la cancela. Cuando levanté el portón trasero y metí el petate, vi al otro lado de la calle a la señora Richland, que de nuevo se protegía los ojos con la mano para ver mejor los festejos. Advirtió que yo la miraba y agitó los dedos.

—¿De verdad va a ponerse mejor? —pregunté.

—Sí. ¿Te has fijado en la flexión de la rodilla? Eso es extraordinario. Lo he visto antes, pero por lo general en pacientes más jóvenes. —Se detuvo a pensar y luego asintió—. Se pondrá mejor. Al menos durante un tiempo.

—¿Qué quieres decir?

Abrió la puerta del conductor.

—¿A que es un viejo cascarrabias?

—No puede decirse que tenga un gran don de gentes —comenté, muy consciente de que ella no había contestado a mi pregunta.

Emitió de nuevo aquella risa alegre. Me encantó ver lo guapa que estaba bajo el sol de primavera.

—Y que lo digas, chico. Ahí has dado en el blanco. Volveré el viernes. Un día distinto, la misma rutina.

—¿Qué es la Lynparza? Conozco los otros medicamentos que toma, pero ese no. ¿Para qué sirve?

Su sonrisa se desvaneció.

—Eso no puedo decírtelo, Charlie. Por respeto a la privacidad del paciente. —Se sentó al volante—. Pero puedes consultarlo en internet. Ahí sale todo.

El coche se alejó.

Esa tarde a las siete, mi padre abrió la cancela —no me había molestado en echar el pasador— y se acercó a los peldaños del porche, donde yo estaba sentado. Después de aquel asalto de fisioterapia, había preguntado al señor Bowditch si quería aplazar la visita de mi padre. Casi deseaba que dijera que sí, pero él, tras reflexionar por un momento, negó con la cabeza.

—Hagámoslo. Para que se quede tranquilo. Probablemente quiere asegurarse de que no soy un acosador de menores.

Callé, pero el señor Bowditch, en su actual estado, no podría acosar ni a un lobezno de los boy scouts, y menos a un grandullón de más de metro noventa que había jugado en el equipo de su instituto en dos deportes.

—Eh, Charlie.

—Eh, papá. —Lo abracé.

Traía un pack de seis Coca-Colas.

—¿Crees que le apetecerá? Yo me rompí la pierna a los doce años y me tomaba una detrás de otra.

—Entra y se lo preguntas.

El señor Bowditch estaba sentado en una de las sillas que yo había bajado. Me había pedido que le llevara una camisa y un peine. Excepto por el pantalón del pijama, bajo el que abultaba el fijador, se lo veía bastante arreglado, pensé. Nervioso, esperaba que no sacara mucho el mal genio con mi padre, pero no tenía de qué preocuparme. Los medicamentos empezaban a hacerle efecto, aunque no era solo eso; aquel hombre en realidad sí tenía don de gentes. Oxidado, pero lo tenía. Supongo que ciertas cosas son como ir en bicicleta.

—Señor Reade —dijo—, nos habíamos visto alguna vez

en los viejos tiempos, pero es un placer conocerlo oficialmente. —Tendió una de sus grandes manos surcadas de venas—. Disculpe que no me ponga en pie.

Mi padre se la estrechó.

—Descuide, y llámeme George, por favor.

—Lo haré. Y yo soy Howard, aunque lo mío me ha costado convencer a tu hijo de eso. Deseo que sepas lo bien que se ha portado conmigo. Es como un boy scout pero sin chorradas, y perdona la expresión.

—No hay nada que perdonar —contestó mi padre—. Estoy orgulloso de él. ¿Y qué tal va eso?

—Mejorando… o al menos eso dice la Reina de la Tortura.

—¿Fisioterapia?

—Así lo llaman.

—Y esta es una buena chica —comentó mi padre, inclinándose hacia Radar y haciéndole amplias caricias—. Ya nos conocemos.

—Eso he oído. Si la vista no me engaña, eso parece Coca-Cola.

—No te engaña. ¿Quieres una con hielo? Sintiéndolo mucho, están calientes.

—Una Coca-Cola con hielo sería muy de agradecer. En otro tiempo, un chorrito de ron la habría alegrado un poco.

Me tensé ligeramente, pero mi padre se rio.

—En eso te doy la razón.

—¿Charlie? ¿Quieres coger tres vasos altos del estante de arriba y llenarlos de hielo?

—Claro.

—Puede que primero convenga enjaguarlos. Hace tiempo que no se usan.

Me lo tomé con calma, para escuchar la conversación mientras aclaraba los vasos y vaciaba la anticuada cubitera del señor Bowditch. Este expresó sus condolencias a mi padre por la pérdida de su esposa, dijo que había mantenido alguna que otra conversación con ella en Sycamore Street («cuando salía más») y parecía una mujer encantadora.

—Ese maldito puente debería haberse pavimentado ya de buen comienzo —comentó el señor Bowditch—. Su muerte podría haberse evitado. Me sorprende que no demandaras al ayuntamiento.

Estaba demasiado ocupado bebiendo para pensar en detalles como ese, me dije. Casi había superado mi antiguo resentimiento, pero no del todo. El temor y la pérdida dejan un residuo.

8

Había oscurecido cuando volví a recorrer con mi padre el camino hasta la cancela. El señor Bowditch ya estaba en la cama, después de trasladarse desde la silla en presencia de mi padre sin apenas ayuda.

—No es como me lo imaginaba —dijo mi padre cuando llegamos a la acera—. Ni mucho menos. Imaginaba a un hombre malhumorado. Quizá incluso arisco.

—También puede serlo. Contigo ha actuado... no sé cómo decirlo.

Mi padre sí supo.

—Se ha esforzado. Quería caerme bien porque tú le caes bien. Veo cómo te mira, chaval. Eres muy importante para él. No lo defraudes, necesita tu apoyo.

—Nunca mejor dicho.

Tras darme un abrazo y un beso en la mejilla, mi padre se marchó cuesta abajo. Lo observé entrar y salir de los círculos de luz de las sucesivas farolas. A veces aún le reprochaba sus años perdidos, porque también habían sido mis años perdidos. Pero en esencia me alegraba de haberlo recuperado.

Cuando entré de nuevo, el señor Bowditch me preguntó:

—Ha ido bien, ¿verdad?

—Ha ido muy bien.

—¿Y qué hacemos esta noche, Charlie?

—En cuanto a eso, se me ha ocurrido una idea. Espera.

Había descargado un par de capítulos de *La voz* en mi portátil. Lo coloqué en la mesa junto a su cama, donde podíamos verlo los dos.

—¡Dios bendito, qué imagen! —exclamó.

—Ya, ya. Se ve bien, ¿verdad? Y sin anuncios.

Vimos el primer capítulo. Yo habría visto los dos, pero él se quedó dormido a los cinco minutos. Me llevé el portátil y leí sobre la Lynparza.

9

El viernes volví a acarrear el petate del material de Melissa hasta su Civic. Cerré el portón y me giré hacia ella.

—He consultado qué es la Lynparza.

—Lo suponía.

—Sirve para tratar cuatro cosas. Sé que no lo está tomando para el cáncer de mama u ovarios. ¿Cuál es, pues? ¿El de próstata o el otro? —Albergaba la esperanza de que no fuera el de páncreas. Mi abuelo paterno lo había padecido y murió menos de seis meses después del diagnóstico.

—Respeto la privacidad del paciente, Charlie. Yo no puedo decírtelo. —Su rostro, sin embargo, me indicaba otra cosa.

—Vamos, Melissa. Tú no eres médico. Y a ti te lo ha dicho alguien.

—Porque tengo que trabajar con él. Para eso necesito una visión completa.

—Sé guardar un secreto. Eso ya lo sabes, ¿no? —Me refería a los potentes analgésicos que en realidad yo no tenía edad suficiente para administrar.

Suspiró.

—Es cáncer de próstata. Abrams, el ortopedista que lo atendió, lo vio en las radiografías. Muy avanzado pero sin metástasis. La Lynparza ralentiza el crecimiento de los tumores. A veces, de hecho, lo invierte.

—¿No debería estar tomando más medicación? ¿Quimio, por ejemplo? ¿O radioterapia?

La señora Richland volvía a estar fuera. Agitó los dedos, y le devolvimos el saludo.

Melissa vaciló, pero debió de decidir que, después de llegar tan lejos, no tenía sentido detenerse.

—Vio al doctor Patterson, que es el jefe del Departamento de Oncología de Arcadia. Le expuso las opciones, y Bowditch las rechazó todas excepto la Lynparza.

—*¿Por qué?*

—Eso tendrías que preguntárselo a él, Charlie, pero si lo haces, no le menciones esta conversación. Probablemente no perdería mi trabajo, pero en rigor no puedo descartar esa posibilidad. Y escúchame, hay médicos, muchos, que opinarían que ha tomado la decisión correcta. El cáncer de próstata es más lento en los ancianos. Con la Lynparza, podrían quedarle años.

Esa noche vimos otro capítulo de *La voz*. Cuando terminó, el señor Bowditch, valiéndose de las muletas, se puso en pie con dificultad.

—Esta podría ser una gran noche, Charlie. Creo que por fin voy a cagar.

—Los fuegos artificiales están listos —dije.

—Guárdatelo para el repertorio de humorista. —Cuando intenté seguirlo a la cocina, volvió la cabeza y me espetó—: Vete a ver tu artefacto, por Dios. Si me caigo, ya me recogerás.

Regresé. Oí que se cerraba la puerta del pequeño cuarto de baño. Aguardé. Pasaron cinco minutos. Luego diez. Le lancé a Radar su mono hasta que se cansó de ir a buscarlo y se hizo un ovillo sobre su alfombra. Al final, me acerqué a la puerta de la cocina y pregunté al señor Bowditch si estaba bien.

—Sí —contestó—. Pero no me vendría mal un cartucho de dinamita. El puto OxyContin.

Por fin se oyó la cadena del váter, y cuando salió, estaba sudoroso, pero sonreía.

—El *Eagle* ha aterrizado. Gracias a Dios.

Lo ayudé a acostarse y decidí aprovechar su buen humor. Le enseñé el frasco de Lynparza.

—He leído sobre este medicamento, y podrías hacer mucho más.

—Ah, ¿sí, doctor Reade? —dijo, pero en las comisuras de sus labios se dibujó un asomo de sonrisa, y eso me animó a seguir.

—Hoy día los médicos tienen muchas armas contra el cáncer. Es que no me explico por qué te niegas a utilizarlas.

—Es muy sencillo. Sabes que tengo dolor. Sabes que no puedo pegar ojo sin esas malditas pastillas que me provocan estreñimiento. Me has oído gritarle a Melissa, que es una mujer muy amable. Hasta el momento he conseguido no llamarla cabrona o puta, pero esas palabras malsonantes podrían escapárseme en cualquier momento. ¿Por qué iba a añadir náuseas, vómitos y calambres al dolor que ya padezco?

Me dispuse a contestar, pero se incorporó apoyándose en un codo y chistó para hacerme callar.

—Hay otra cosa, jovencito. Una cosa que una persona de tu edad no puede entender. Ya he tenido casi suficiente. No del todo, pero casi. La vida envejece. Puede que te cueste creerlo, sé que yo no me lo creía cuando era… —guardó silencio un instante— cuando era joven, pero es la verdad. —Volvió a echarse, buscó a tientas a Radar, la encontró y la acarició—. Pero no quería dejarla sola, ¿entiendes? Somos colegas, ella y yo. Y ahora ya no tengo que preocuparme. Si ella vive más que yo, te la quedarías tú. ¿No es así?

—Sí, por supuesto.

—En cuanto a la fisioterapia… —dijo con una ancha sonrisa—. Hoy he conseguido diez grados de flexión y he empezado a utilizar esa banda de goma para flexionar el tobillo. Voy a trabajar de firme, porque no quiero morir en la cama. Y menos aún en este puto sofá cama.

11

No habíamos hablado del origen del oro —era el tema intocable—, pero el domingo caí en la cuenta de que había algo de lo que sí teníamos que hablar. Yo podía seguir dándole las pastillas de la mañana y de la noche, pero ¿qué iba a hacer él con las del mediodía cuando yo volviera al instituto?

—Supongo que Melissa podría dártelas los lunes, miércoles y viernes cuando viene para la fisioterapia, pero entonces no habría margen suficiente para que te hicieran efecto antes de que empecéis los ejercicios. ¿Y qué pasará los martes y los jueves?

—Le pediré a la señora Richland que me las dé. Podría echar un vistazo a la casa cuando viniera. Quizá incluso tomar fotos y colgarlas en su Facebook o Twitter.

—Muy gracioso.

—No son solo las pastillas del mediodía —dijo—. Están las de la noche.

—Yo estaré aquí para…

—No, Charlie. Ya es hora de que vuelvas a casa. Estoy seguro de que tu padre te echa de menos.

—¡Estoy a un paso de casa, en esta misma calle!

—Sí, y tu habitación está vacía. Solo hay una persona a la mesa durante la cena cuando él vuelve a casa. A veces los hombres solos empiezan a tener malos pensamientos. Lo sé todo al respecto, créeme. Me dejarás las pastillas del mediodía cuando vengas por la mañana a ver cómo estoy y a dar de comer a Radar, y me dejarás las pastillas de la noche cuando te vayas a casa al final de la tarde.

—¡Se supone que no debo hacer eso!

Asintió con la cabeza.

—Por si hago trampa. Lo cual sería una tentación, porque esas malditas pastillas me han creado adicción. Pero te doy mi palabra. —Apoyó los codos en la cama para erguirse y fijó la mirada en mí—. La primera vez que haga trampa te lo diré y abandonaré las pastillas por completo. Pasaré al Tylenol. Te lo prometo y lo cumpliré. ¿Eso puedes aceptarlo?

Me detuve a pensarlo y contesté que sí. Tendió la mano. Nos dimos un apretón. Esa noche le enseñé cómo acceder a las películas y programas de televisión almacenados en mi

portátil. Dejé dos pastillas de OxyContin de veinte miligramos en un platito sobre la mesita contigua a su cama. Me eché
al hombro la mochila y sostuve el móvil en alto.

—Si me necesitas, llámame. De día o de noche.

—De día o de noche —repitió.

Radar me siguió hasta la puerta. Me agaché, la acaricié y le
di un abrazo. Me lamió la mejilla. Luego me marché a casa.

12

Nunca hizo trampa. Ni una sola vez.

8

Agua pasada. La fascinación por el oro.
Una perra vieja. Noticia en la prensa. Una detención.

1

Al principio bañaba al señor Bowditch con esponja tres veces
por semana, porque en el exiguo aseo de la planta baja no
había ducha. Me lo permitía, pero insistió en ocuparse él mismo de la higiene de sus partes (por mí mejor). Le lavaba el
pecho, escuálido, y la espalda, más escuálida aún, y una vez,

después de un desafortunado accidente en su lento recorrido hacia aquel minúsculo baño, le lavé el culo, escuálido. Los juramentos y ordinarieces que profirió en aquella ocasión se debieron tanto al bochorno (bochorno *amargo*) como a la rabia.

—No te preocupes —dije cuando volvió a ponerse el pantalón del pijama—. Recojo las cagadas de Radar en el jardín.

Me dirigió su característica mirada como preguntándome si era tonto de nacimiento.

—Eso es distinto. Radar es una *perra*. Si la dejaras, se cagaría en el césped de delante de la Torre Eiffel.

Eso me despertó cierto interés.

—¿*Hay* césped delante de la Torre Eiffel?

A eso siguió la característica mirada al techo de Bowditch.

—No lo sé. Era solo por poner un ejemplo. ¿Puedo tomarme una Coca-Cola?

—Claro. —Desde que mi padre había llevado el pack de seis, yo siempre tenía Coca-Cola en la casa para el señor Bowditch.

Cuando se la llevé, se había levantado de la cama y estaba sentado en su viejo sillón, con Radar a su lado.

—Charlie, permíteme que te haga una pregunta. Todo esto que haces por mí...

—Recibo un bonito cheque a cambio cada semana, cosa que de verdad agradezco, pese a que no siempre tengo la sensación de hacer lo suficiente para ganármelo.

—Lo habrías hecho gratis. Me lo dijiste cuando estaba en el hospital, y creo que eras sincero. O sea, ¿aspiras a la santidad o quizá estás expiando algo?

Aquello era muy perspicaz. Pensé en mi plegaria —mi trato con Dios—, pero también pensé en la llamada a la escuela primaria Steven's con la amenaza de bomba falsa. A Bertie le pareció divertidísimo, pero yo aquella noche, con mi padre borracho roncando en la habitación contigua, solo pude pensar que habíamos asustado a un montón de gente, la mayoría niños pequeños.

Entretanto, el señor Bowditch me observaba con atención.

—Estás expiando algo —dedujo—. ¿Y qué será?, me pregunto.

—Me has dado un buen empleo —dije—, y te estoy agradecido. Te aprecio incluso cuando estás de mal humor, aunque admito que entonces me cuesta un poco más. Todo lo demás es agua pasada.

Se detuvo a pensar al respecto y al final dijo algo que no he olvidado. Tal vez porque mi madre murió en un puente cuando yo mismo estudiaba en la escuela primaria Steven's, o quizá solo porque me pareció importante y todavía me lo parece.

—El tiempo es el agua, Charlie. La vida es solo el puente bajo el que pasa.

2

Transcurrió el tiempo. El señor Bowditch siguió maldiciendo y a veces gritando durante las sesiones de fisioterapia. Alteraba tanto a Radar que Melissa tenía que hacerla salir antes de cada sesión. Las flexiones dolían, dolían mucho, pero allá por mayo el señor Bowditch conseguía una curvatura de dieciocho grados en la rodilla, y en junio ya casi de cincuenta. Melissa empezó a enseñarle a subir las escaleras con las muletas (y más importante aún, a bajar sin dar un tropezón fatídico), así que trasladé el OxyContin de la segunda planta. Lo guardé en una jaula vieja y polvorienta con un cuervo labrado en lo alto que me ponía los pelos de punta. El señor Bowditch podía desplazarse más fácilmente con las muletas y comenzó a lavarse él mismo con la esponja (lo que llamaba «baños de puta»). No volvió a surgir la necesidad de limpiarle el trasero, porque nunca tuvo otro accidente de camino al váter. Veíamos películas antiguas en el portátil, de todo, desde *West Side Story* hasta *El mensajero del miedo* (que nos encantaba a los dos). El señor Bowditch habló de comprar un televisor nuevo, lo que interpreté como una señal inequívoca de que estaba reconectando con la vida, pero cambió de idea cuando le expliqué que eso conllevaba la instalación del cable o de una antena parabólica (así que no reconectó tanto). Yo iba a las seis cada mañana y, sin entrenamientos de béisbol ni partidos (el entrenador Harkness me lanzaba miradas asesinas cada vez que nos cruzábamos en el pasillo), volvía al número 1 de Sycamore casi todas las tardes a las tres. Me ocupaba de las tareas de la casa, sobre todo de la limpieza, cosa que no me importaba. Los suelos de arriba estaban mugrientos, en especial el de la segunda planta. Cuando sugerí limpiar los canalones, el señor Bowditch me miró como si estuviera loco y me dijo que contratara a alguien para eso. Así que vino Sentry Home Repair, y cuando los canalones estuvieron limpios a entera satisfacción del señor Bowditch (él observaba desde el porche trasero, encorvado sobre sus muletas, con el pantalón del pijama aleteando en torno al fijador), me dijo que les encargara también la reparación del tejado. Cuando el señor Bowditch vio el presupuesto de esa obra, me pidió que regateara con ellos («Juega la carta del viejo pobre», dijo). Regateé y les saqué un descuento del veinte por ciento. Los operarios también instalaron una rampa en el porche delantero (que ni el señor Bowditch ni Radar utilizaban nunca, a ella le daba miedo) y se ofrecieron a arreglar las losas absurdamente ladeadas del camino desde la cancela hasta el porche. Esa propuesta la rechacé para encargarme yo mismo. También sustituí los peldaños alabeados y astillados de los porches delantero y trasero (con la ayuda de varios vídeos de bricolaje de YouTube). Aquella primavera y aquel verano las labores de limpieza y reparación se sucedieron en lo alto de Sycamore Street Hill. La señora Richland tuvo mucho que observar, y observó. A principios de julio, el señor Bowditch volvió al hospital para que le retiraran el fijador externo, semanas antes de los pronósticos más optimistas de Melissa. Cuando ella le dijo lo orgullosa que estaba de él y lo abrazó, el viejo, por una vez, no supo qué decir. Mi padre venía los domingos por la tarde —por invitación del señor Bowditch, sin que yo lo sugiriera—, jugábamos al gin rummy, y el señor Bowditch ganaba casi siempre. Entre semana yo le preparaba algo de comer, bajaba a cenar con mi padre y luego volvía para fregarle los platos, pasear a Radar y ver películas con él. A veces comíamos palomitas de maíz. Una vez retirado el fijador, ya no tenía que ocuparme del cuidado de los clavos, pero sí de mantener limpios los agujeros en fase de cicatrización donde antes se insertaban los clavos. Lo ayudaba a ejercitar los tobillos con unas enormes gomas elásticas rojas y a hacer flexiones de pierna.

Aquellas fueron buenas semanas, al menos en su mayor parte. No todo fue bueno. Hubo que acortar los paseos de Radar y volver antes a casa cuando empezaba a cojear. Cada vez le costaba más subir los escalones del porche. Una vez el señor Bowditch me vio llevarla en brazos y me dijo que no lo hiciera. «No hasta que no pueda valerse por sí sola», insistió. Y a veces había pequeñas manchas de sangre en el contorno de la taza del váter después de que el señor Bowditch orinara, cosa que le requería cada vez más tiempo.

«Vamos, trasto inútil, echa un poco de agua», lo oí decir una vez a través de la puerta cerrada.

Fueran cuales fuesen los supuestos efectos de la Lynparza, no le servía de gran cosa. Intenté hablar con él al respecto, le pregunté por qué se esforzaba tanto en volver a ponerse en pie si por otro lado daba rienda suelta a su «verdadero mal» (mi eufemismo), y me dijo que me ocupara de mis asuntos. Al final, no fue el cáncer lo que se lo llevó. Fue un infarto. Solo que en realidad no.

Fue el maldito cobertizo.

3

En una ocasión —creo que en junio—, volví a sacar el tema del oro, aunque de manera tangencial. Pregunté al señor Bowditch si no le preocupaba aquel pequeño alemán cojo, sobre todo después de la gran entrega que había hecho yo para que el señor Bowditch pudiera pagar la factura del hospital.

—Es inofensivo. Cierra muchos negocios en esa trastienda suya, y que yo sepa nunca ha atraído la atención de las fuerzas del orden. O de Hacienda, lo que, a mi manera de ver, sería más probable.

—¿No temes que se lo cuente a alguien? O sea, a lo mejor anda en tratos con personas que tienen diamantes de sangre que vender, ladrones y demás, y seguramente eso lo lleva en secreto, pero yo diría que seis libras de bolas de oro macizo están a un nivel muy distinto.

Resopló con aire burlón.

—¿Y arriesgar el considerable beneficio que le reportan mis transacciones con él? Eso sería una tontería, y Willy Heinrich tonto no es.

Sentados en la cocina, bebíamos Coca-Cola en vasos altos (con ramitas de la menta que crecía junto a la casa, en el lado de Pine Street). El señor Bowditch me lanzó una mirada sagaz desde su lado de la mesa.

—Yo creo que no es de Heinrich de lo que quieres hablar. Creo que lo que te ronda por la cabeza es el oro, y su procedencia.

No contesté, aunque no se equivocaba.

—Dime una cosa, Charlie, ¿has subido allí arriba alguna que otra vez? —Señaló hacia el techo—. ¿A mirarlo? ¿A comprobar que sigue en su sitio, por así decirlo? Lo has hecho, ¿verdad?

Me sonrojé.

—Bueno...

—No te preocupes, no voy a reprenderte. Para mí, lo que hay ahí arriba es solo un cubo de metal lleno de lo que podrían ser tuercas y tornillos, pero yo soy viejo. Eso no significa que no entienda la fascinación. Dime, ¿has metido las manos en el cubo?

Aunque me planteé mentir, no tenía sentido. Se habría dado cuenta.

—Sí.

Seguía mirándome con aquella expresión sagaz, el ojo izquierdo entornado, la poblada ceja derecha en alto. Pero al mismo tiempo sonreía.

—¿Has hundido las manos en el cubo y dejado que esas bolas resbalen entre tus dedos?

—Sí. —El rubor ya era tal que me ardían las mejillas. No había hecho eso solo la primera vez, sino varias veces más desde entonces.

—La fascinación por el oro es algo muy distinto de su valor económico. Eso lo sabes, ¿no?

—Sí.

—Pongamos, solo como hipótesis, que el señor Heinrich se fuera de la lengua con quien no convenía después de beber más de la cuenta en ese barecillo asqueroso que hay a un paso de su tienda. Me apostaría esta casa y el terreno en el que se encuentra a que ese viejo cojo, Willy, jamás bebe en exceso, probablemente ni siquiera bebe, pero pongamos que es así. E imaginemos que la persona con quien ha hablado, quizá sola, quizá con algún cómplice, esperara a que tú te fueras una noche y entonces irrumpiera en la casa y exigiera el oro. Tengo el revólver arriba. Mi perra, en otro tiempo temible… —Acarició a Radar, que dormitaba a su lado—. Ahora es aún más vieja que yo. ¿Qué haría yo en un caso así?

—Supongo que… ¿se lo daría?

—Exacto. No los despediría con mis mejores deseos, pero se lo daría.

Así que se lo pregunté.

—¿De dónde sale, Howard?

—Puede que te lo diga a su debido tiempo. Aún no he tomado una decisión. Porque el oro no solo es fascinante. Es peligroso. Y el sitio de donde sale es peligroso. Me ha parecido ver una pata de cordero en la nevera. ¿Y hay ensalada de col? Tiller prepara la mejor ensalada de col. Deberías probarla.

En otras palabras, fin de la conversación.

4

Una noche de finales de julio, Radar fue incapaz de subir los escalones del porche trasero cuando volvimos de nuestro paseo por Pine Street. Lo intentó dos veces y después se quedó sentada al pie, jadeando y mirándome.

—Adelante, súbela en brazos —dijo el señor Bowditch. Había salido con ayuda de una muleta. La otra prácticamente ya no la utilizaba. Lo miré para asegurarme, y él asintió—. Ha llegado el momento.

Cuando la levanté, lanzó un gañido y enseñó los dientes. Deslicé el brazo con el que le sostenía la parte de atrás, para retirarlo de la zona dolorida, y la subí. Fue fácil. Radar había adelgazado, tenía el hocico casi del todo blanco, empezaban a llenársele los ojos de legañas. La deposité con cuidado en el suelo de la cocina, y en un primer momento las patas traseras no la sostuvieron. Hizo acopio de determinación —vi el esfuerzo— y cojeó hasta su alfombra, cerca de la puerta de la despensa, muy despacio, y prácticamente se desplomó en ella con un resoplido de cansancio.

—Hay que llevarla al veterinario.

El señor Bowditch negó con la cabeza.

—Se asustaría. No la haré pasar por eso para nada.

—Pero…

Habló con delicadeza, lo cual me asustó, porque era impropio de él.

—No puede ayudarla ningún veterinario. Radar está casi acabada. Por ahora solo necesita descansar, y yo necesito pensar.

—¡En qué, por Dios!

—En qué es lo mejor. Ahora tienes que irte a casa. Cena. Esta noche no vuelvas. Nos veremos mañana.

—¿Y *tu* cena?

—Comeré sardinas y galletas saladas. Vete ya. —A continuación repitió—: Necesito pensar.

Me fui a casa, pero apenas cené. No tenía apetito.

Después de eso, Radar dejó de acabarse la comida de la mañana y la tarde, y aunque yo la subía por los escalones de atrás —aún podía bajar ella sola—, de vez en cuando hacía sus necesidades dentro de casa. Sabía que el señor Bowditch tenía razón en cuanto a que ningún veterinario podía ayudarla… salvo quizá al final, porque era evidente que sufría dolores. Dormía mucho, y a veces soltaba gañidos y se lanzaba dentelladas hacia los cuartos traseros, como si intentara librarse de lo que fuera que la mordía y le hacía daño. Yo había pasado a tener dos pacientes, uno que mejoraba y otro que empeoraba.

El 5 de agosto, un lunes, recibí un e-mail del entrenador Montgomery, en el que anunciaba el calendario de los entrenamientos de fútbol americano. Antes de contestar, por respeto a mi padre, le comuniqué que había decidido no jugar el último curso. Aunque para él fue obviamente una decepción (lo fue para mí mismo), dijo que lo entendía. Había estado en casa del señor Bowditch el día anterior, jugando al gin rummy, y había visto en qué estado se encontraba Radar.

—Allí arriba queda aún mucho trabajo pendiente —dije—. Quiero hacer algo con el desastre de la segunda planta, y en cuanto vea que no hay peligro en que Howard baje al sótano, tiene un puzle que acabar. Creo que se ha olvidado de eso. Ah, y debo enseñarle a utilizar el portátil para que navegue por la web además de ver películas, y…

—Déjalo ya, Chip. Es por la perra, ¿no?

Pensé en que había que cargar con ella por los escalones de atrás y en lo avergonzada que se la veía cuando ensuciaba la casa, y sencillamente no pude contestar.

—Yo de niño tuve una cocker —dijo mi padre—. Penny, se

llamaba. Es duro cuando un buen perro se hace viejo. Y cuando llegan al final… —Meneó la cabeza—. Se te parte el corazón.

Era eso. Era justo eso.

No fue mi padre quien se enfadó porque yo abandonara el fútbol en el último curso; fue el señor Bowditch. Y se enfadó de lo lindo.

—¿Estás loco? —casi gritó. Le había subido el color a las mejillas arrugadas—. O sea, ¿estás *loco* de remate, como un cencerro? ¡Serás una estrella en ese equipo! ¡Puedes llegar a jugar al fútbol en la universidad, quizá con una beca!

—No me has visto jugar en tu vida.

—Leo la sección deportiva del *Sun*, por lamentable que sea. ¡Ganaste aquel partido en la puñetera Turkey Bowl el año pasado!

—Anotamos cuatro *touchdowns* en ese partido. Yo solo contribuí con el último.

Bajó la voz.

—Yo iría a ver tus partidos.

Atónito, enmudecí. Partiendo de alguien que se había enclaustrado voluntariamente ya antes del accidente, era un ofrecimiento asombroso.

—Puedes ir de todos modos —dije por fin—. Te acompañaré. Tú pagas los perritos calientes, y yo las Coca-Colas.

—No. *No.* Soy tu jefe, maldita sea, te pago el salario, y lo prohíbo. No vas a perder tu última temporada de fútbol en el instituto por mí.

Yo también tengo mi genio, aunque nunca lo había sacado ante él. Aquel día sí lo hice. Creo que sería justo decir que perdí el control.

—¡No es por ti, no es por ti! ¿Y *ella*? —Señalé a Radar, que levantó la cabeza y gimoteó inquieta—. ¿Vas *tú* a subirla y bajarla por los escalones del porche de atrás para que pueda mear y cagar? ¡Apenas puedes andar tú mismo!

Pareció sorprenderse.

—Yo la… Puede hacerlo en la casa… Pondré papeles.

—Eso la horrorizaría, y tú lo sabes. Puede que sea solo una perra, pero tiene su dignidad. Y si este es su último verano, su último otoño… —Sentí que estaba a punto de llorar, y pensaréis que es absurdo solo si nunca habéis tenido un perro al que queríais—. ¡Me niego a estar en el campo de entrenamiento embistiendo a un puto *muñeco de placaje* mientras ella muere! Iré a clase, eso tengo que hacerlo, pero el resto del tiempo quiero estar aquí. Y si eso no te parece bien, despídeme.

Permaneció en silencio con las manos entrelazadas. Cuando volvió a mirarme, yo tenía los labios tan apretados que casi no se me veían, y por un momento pensé que era eso lo que iba a hacer: despedirme. Finalmente dijo:

—¿Crees que un veterinario visitaría a domicilio y quizá haría la vista gorda ante el hecho de que mi perra no esté registrada? ¿Si le pagara lo suficiente?

Expulsé el aire de los pulmones.

—¿Por qué no intento averiguarlo?

6

No fue un veterinario lo que encontré, sino una ayudante de veterinario, una madre soltera con tres hijos. Era Andy Chen quien la conocía y nos presentó. Vino, examinó a Radar y dio al señor Bowditch unas pastillas que, según ella, eran experimentales, pero mucho mejores que el Carprofeno. Más potentes.

—Quiero dejar clara una cosa sobre este medicamento —nos dijo—. Mejorará su calidad de vida, pero es probable que también se la acorte. —Guardó silencio un momento—. *Sin duda* se la acortará. Cuando muera, no venga a decirme que no se lo advertí.

—¿Durante cuánto tiempo la ayudarán? —pregunté.

—Puede que no la ayuden en absoluto. Como he dicho, son experimentales. Las tengo porque sobraron después de que el doctor Petrie terminara una prueba clínica por la que le pagaron bien, podría añadir…, aunque yo no vi ni un centavo. Si la ayudan, Radar podría tener un buen mes. Quizá dos. Probablemente no llegue a tres. No es que vaya a sentirse otra vez como un cachorro, pero estará mejor. Y un día… —Se encogió de hombros, se puso en cuclillas y acarició el costado flaco de Radar. Esta meneó la cola—. Y un día se irá. Si en Halloween aún sigue entre nosotros, me sorprendería mucho.

No supe qué decir, pero el señor Bowditch sí, y Radar era su perra.

—Me parece razonable. —Luego añadió algo que entonces no entendí, pero ahora sí—: Tiempo *suficiente*. Quizá.

Cuando la mujer se fue (tras embolsarse doscientos dólares), el señor Bowditch se acercó apoyado en la muleta y acarició a su perra. Cuando volvió a mirarme, esbozaba una sonrisa torcida.

—No hay ninguna autoridad que vaya a detenernos por traficar con medicamentos ilegales para perros, ¿verdad?

—Lo dudo —dije. Muchos más problemas acarrearía el oro si alguien llegaba a descubrirlo—. Me alegra que hayas tomado tú la decisión. Yo no habría podido hacerlo.

—Elección de Hobson. —Seguía tocando a Radar, con largas caricias desde el cuello hasta la cola—. Al final, creo, es mejor tener uno o dos meses buenos que seis malos. Si es que da resultado, claro.

Dio resultado. Radar empezó a acabarse el pienso en las comidas y lograba subir los escalones del porche (a veces con un poco de ayuda mía). Pero lo mejor de todo fue que estaba en condiciones de jugar unas cuantas veces a perseguir el mono y hacerlo chirriar cada noche. Con todo, yo no preveía que fuera a vivir más que el señor Bowditch, pero así fue.

7

Llegó entonces lo que los poetas y los músicos llaman cesura. Radar siguió…, bueno, no mejorando, yo no diría tanto, pero sí volvió a parecerse a la perra que conocí el día que el señor Bowditch se cayó de la escalera de mano (aunque por la mañana seguía costándole levantarse de la alfombra e ir hasta el plato de comida). El señor Bowditch sí mejoró. Redujo el consumo de OxyContin y cambió la muleta que venía utilizando desde agosto por un bastón que encontró en un rincón del sótano. Allí abajo trabajaba una vez más en su puzle. Yo iba al instituto y pasaba ratos con mi padre, pero pasaba más tiempo todavía en el número 1 de Sycamore Street. El equipo de fútbol, los Erizos, empezó la temporada con un 0-3, y mis antiguos compañeros de equipo me retiraron la palabra. Fue una decepción, pero tenía demasiadas cosas en la cabeza para dejar que me afectara. Ah, y en varias ocasiones —normalmente mientras el señor Bowditch se echaba una siesta en el sofá cama, que todavía usaba para estar cerca de Radar— abrí la caja fuerte y hundí las manos en aquel cubo de oro. Sintiendo siempre su sorprendente peso y dejando que las bolas resbalaran entre mis dedos como riachuelos. En esas ocasiones recordaba las palabras del señor Bowditch acerca de la fascinación por el oro. Podría decirse que medité sobre ello. Melissa Wilcox ya solo iba dos veces por semana, y la maravillaban los progresos del señor Bowditch. Le dijo que el doctor Patterson, el oncólogo, quería verlo, y el señor Bowditch se negó, aduciendo que se encontraba bien. Di por buena su palabra, no porque lo creyera, sino porque quise. Lo que ahora sé es que no solo los pacientes entran en negación.

Un tiempo de silencio. Una cesura. Después todo ocurrió casi de golpe, y nada de ello fue bueno.

8

Tenía una hora libre antes del almuerzo y por lo general la pasaba en la biblioteca, donde podía hacer los deberes o leer uno de los llamativos libros de bolsillo del señor Bowditch. Aquel día de finales de septiembre, estaba absorto en *El nombre del juego es muerte*, de Dan J. Marlowe, que era magníficamente sangriento. A las doce menos cuarto, decidí reservar el desenlace para un atracón de lectura esa noche y cogí un periódico al azar. En la biblioteca hay ordenadores, pero todos los periódicos cobran por el acceso a su contenido. Además, me gustaba la idea de leer las noticias en un periódico de verdad; me resultaba encantadoramente retro.

Podría haber cogido el *New York Times* o el *Chicago Tribune* y no haber visto siquiera el artículo, pero el diario en lo alto de la pila era el *Daily Herald* de Elgin y fue el que cogí. Los artículos importantes de la primera plana trataban de las intenciones de Obama de intervenir militarmente en Siria y de un asesinato en masa en Washington con trece víctimas mortales. Los leí por encima, consulté el reloj —faltaban diez minutos para el almuerzo— y pasé las páginas en busca de las tiras cómicas. No llegué tan lejos. Me detuve en un artículo de la segunda página de la sección de información local. Y me detuve en seco.

JOYERO DE STANTONVILLE VÍCTIMA DE HOMICIDIO

Un hombre de negocios residente en Stantonville desde hacía mucho tiempo fue hallado muerto en su tienda, Excellent Jewellers, bien entrada la noche de ayer. La policía respondió a una llamada telefónica en la que se informó de que la puerta del establecimiento se encontraba abierta, pese a tener colgado aún el cartel de cerrado. El agente James Kotziwinkle encontró a Wilhelm Heinrich en la trastienda, cuya puerta también estaba abierta. Ante la pregunta de si el motivo había sido el robo, el jefe de policía de Stantonville, William Yardley, declaró: «Aunque el delito todavía se está investigando, parece que esa es la respuesta obvia». Cuando preguntaron si alguien había oído forcejeos, o quizá disparos, ni el jefe Yardley ni el inspector Israel Butcher de la Policía del Estado de Illinois hicieron comentarios, salvo para decir que la mayor parte de los locales del extremo oeste de la calle principal de Stantonville estaban desocupados desde la apertura del centro comercial en las afueras del pueblo. Excellent Jewellers era una notable excepción. Yardley y Butcher prometieron «una rápida resolución del caso».

Sonó el timbre que anunciaba el almuerzo, pero me quedé sentado donde estaba y llamé al señor Bowditch. Contestó como siempre:

—Si es telemarketing, bórreme de su lista.

—Soy yo, Howard. Han asesinado al señor Heinrich.

Un largo silencio. A continuación:

—¿Cómo te has enterado?

Miré alrededor. La biblioteca era una zona no autorizada

a la hora del almuerzo, y en ese momento estaba vacía salvo por mí, así que le leí el artículo. No me llevó mucho tiempo.

—Maldita sea —dijo el señor Bowditch cuando terminé—. ¿Y ahora dónde voy a cambiar el oro? Llevaba recurriendo a él casi veinticinco años. —Sin el menor asomo de compasión. Ni siquiera sorpresa, al menos que yo percibiera.

—Buscaré por internet...

—¡Con cuidado! ¡Discretamente!

—Claro, seré discretísimo, pero me parece que se te escapa un detalle importante. Hiciste una gran transacción con él, una transacción *enorme*, y ahora está muerto. Si alguien le sonsacó tu nombre... Si lo torturaron o le prometieron que no lo matarían...

—Has estado leyendo demasiados de esos libros viejos míos de bolsillo, Charlie. Intercambiaste esas seis libras de oro por mí en abril.

—No fue en la Edad Media precisamente —dije.

No me prestó atención.

—No me gusta culpar a la víctima, pero se negaba a abandonar esa tienda suya en ese pueblucho. La última vez que traté con él en persona, unos cuatro meses antes de caerme de la escalera, le dije: «Willy, si no cierras este local y te trasladas al centro comercial, van a robarte». Finalmente, le robaron y de paso lo mataron. Esa es la explicación sencilla.

—De todos modos, me quedaría más tranquilo si tuvieras el arma en la planta baja.

—Si así te quedas más tranquilo, de acuerdo. ¿Vendrás después de clase?

—No, he pensado en acercarme a Stantonville para ver si consigo un poco de crack.

—El humor de los jóvenes es burdo y casi nunca gracioso —dijo el señor Bowditch, y colgó.

Para cuando me puse en la cola del almuerzo, ya era kilométrica, y fuera cual fuese la bazofia que sirvieran en el comedor probablemente estaría fría. Me daba igual. Estaba pensando en el oro. El señor Bowditch había dicho que a su edad era solo un cubo de metal. Quizá sí, pero yo pensé que mentía o no era sincero.

De lo contrario, ¿por qué tenía *tanto*?

9

Eso ocurrió el miércoles. Pagué la suscripción del periódico de Elgin para poder descargármelo en el móvil, y el viernes apareció otro artículo, esta vez en la primera página de la sección: **VECINO DE STANTONVILLE DETENIDO EN RELACIÓN CON EL ROBO Y HOMICIDIO EN LA JOYERÍA**. El detenido fue identificado como Benjamin Dwyer, edad 44, «sin domicilio fijo». Lo que quería decir, supuse, que era un sintecho. El propietario de la casa de empeños de Stantonville llamó a la policía cuando Dwyer intentó empeñar un anillo de diamantes «de considerable valor». En comisaría se descubrió que también tenía en su haber una pulsera con esmeraldas. La policía, lógicamente, consideró sospechosas esas pertenencias en un hombre sin domicilio fijo.

—Ahí tienes, ¿lo ves? —dijo el señor Bowditch cuando le enseñé el artículo—. Un individuo estúpido cometió un delito estúpido y fue detenido al intentar convertir su botín en dinero de una manera estúpida. De ahí no saldría un buen relato de misterio, ¿no crees? Ni siquiera para un libro de bolsillo de lectura rápida.

—Supongo que no.

—Todavía se te ve preocupado. —Estábamos en la cocina, viendo a Radar comerse su cena—. Eso podría curarlo una Coca-Cola. —Se levantó y fue al frigorífico, ya casi sin cojear.

Cogí la Coca-Cola, pero no me curó la inquietud.

—Aquella trastienda estaba llena de joyas. Incluso había una tiara con diamantes, como la que llevaría una princesa en un baile.

El señor Bowditch se encogió de hombros. Para él, aquello era un caso cerrado, asunto zanjado.

—Eso es pura paranoia, Charlie. El verdadero problema es qué hacer con el oro que aún tengo. Concéntrate en eso. Pero...

—Sé prudente, ya lo sé.

—La prudencia es la madre de la ciencia. —Asintió con gesto sabio.

—¿Qué tiene eso que ver con nada?

—Nada de nada. —El señor Bowditch sonrió—. Es solo que me apetecía decirlo.

10

Esa noche accedí a Twitter y busqué a Benjamin Dwyer. Lo que encontré fue un montón de tuits sobre un compositor irlandés, así que cambié el texto de la búsqueda y puse «Dwyer sospechoso de asesinato». Eso me dio media docena de resultados. Uno correspondía al jefe de policía de Stanton-ville, William Yardley, que en esencia se congratulaba por la rápida detención. Otro era de una mujer que se identificaba como Punkette 44, y como muchos en Twitter se mostraba considerada y compasiva: **Yo me crie en Stantonville, un pueblo de mierda. Ese Dwyer podría asesinar a todo el mundo allí & le haría un favor al mundo.**

Pero el que me interesó era de BullGuy19. Escribía: **¿Benjy Dwyer sospechoso de asesinato? No me hagas reír. Lleva 1000 años hundido en la mierda. Debería llevar TONTO DEL PUEBLO tatuado en la frente.**

Pensé en enseñar ese último al señor Bowditch al día siguiente y sugerir que, si BullGuy19 tenía razón, Benjy Dwyer era el cabeza de turco perfecto. Resultó que no tuve ocasión.

9

La cosa del cobertizo. Un sitio peligroso. 911.
La cartera. Una buena conversación.

1

Ya no tenía que presentarme allí a las seis de la mañana para
dar de comer a Radar; podía ocuparse el señor Bowditch.
Pero me había acostumbrado a madrugar, y normalmente subía por la cuesta en bicicleta a eso de las siete menos cuarto
para poder sacar a Radar a hacer sus cosas. Como era sábado,

pensé que después podíamos dar un paseíto por Pine Street, donde siempre le gustaba leer los mensajes dejados por otros perros en los postes telefónicos (y dejar alguno que otro ella misma). Pero aquel día no hubo paseo.

Cuando llegué, el señor Bowditch, sentado a la mesa de la cocina, comía gachas de avena y leía un mamotreto de James Michener. Me serví un vaso de zumo de naranja y le pregunté qué tal había dormido.

—He superado la noche —dijo sin levantar la vista del libro. La mañana no era el mejor momento del día para Howard Bowditch precisamente. Aunque tampoco lo era la tarde, claro. Ni el mediodía, ya puestos—. Enjuaga el vaso cuando acabes.

—Siempre lo hago.

Gruñó y pasó la hoja del mamotreto, que se titulaba *Texas*. Apuré el resto del zumo y llamé a Radar, que entró en la cocina casi sin cojear.

—¿Un paseíto? —dije—. ¿Quiere Radie ir a dar un paseíto?

—Por Dios —dijo el señor Bowditch—. No le hables como a un bebé. En años humanos, tiene noventa y ocho.

Radar estaba en la puerta. Abrí, y bajó con cuidado por los peldaños de atrás. Me dispuse a seguirla, pero recordé que, si íbamos a pasear por Pine Street, necesitaría la correa. Además, no había enjuagado el vaso de zumo. Fregué el vaso y me dirigía hacia el colgador del recibidor donde estaba la correa cuando Radar empezó a ladrar, con un ladrido ronco, rápido y muy muy estridente. No se parecía en nada a su ladrido de «Veo una ardilla».

El señor Bowditch cerró el libro de golpe.

—¿Qué coño le pasa? Será mejor que vayas a ver.

Yo me hacía una idea bastante aproximada de lo que le pasaba a Radar, porque ya la había oído ladrar así. Era el ladrido de «Alerta intruso». Volvía a estar agazapada entre la hierba del jardín trasero, para entonces mucho más corta y prácticamente libre de cacas. Miraba en dirección al cobertizo con las orejas hacia atrás y el hocico contraído para enseñar los dientes. Soltaba espumarajos por la boca con cada ladrido. Corrí hasta ella, la agarré por el collar y traté de obligarla a retroceder. Se resistió, pero era evidente que tampoco quería acercarse más al cobertizo cerrado. A pesar de la andanada de ladridos, oí aquellos roces y arañazos extraños. Esta vez eran más sonoros, y advertí que la puerta se movía un poco. Era como un latido visible. Algo intentaba salir.

—¡Radar! —gritó el señor Bowditch desde el porche—. ¡Ven aquí, *ya*!

Radar, sin prestarle atención, continuó ladrando. Dentro del cobertizo, algo embistió la puerta con tal violencia que oí el ruido sordo. Y acto seguido me llegó un extraño maullido, como el de un gato pero más agudo. Fue como escuchar el chirrido de una tiza contra una pizarra. Se me erizó el vello de los brazos.

Me situé delante de Radar para impedirle ver el cobertizo y conseguí que retrocediera un paso o dos. Tenía una expresión enloquecida en los ojos y unos anillos blancos le circundaban los iris. Por un momento pensé que iba a morderme.

No lo hizo. Se oyó otro golpe sordo, más arañazos y después aquel horrendo maullido agudo. Eso superó a Radar, que se dio media vuelta y huyó hacia el porche sin el menor rastro de cojera. Subió como pudo por los escalones y se acurrucó a los pies del señor Bowditch, sin dejar de ladrar.

—¡Charlie! ¡Apártate de ahí!

—Hay algo dentro, e intenta salir. Por el ruido, parece grande.

—¡Vuelve aquí, chico! ¡Te digo que vuelvas!

Otro golpe. Más arañazos. Yo tenía la mano en la boca, como para ahogar un grito. No recordaba cómo había llegado ahí esa mano.

—¡*Charlie!*

Al igual que Radar, apreté a correr. Porque, en cuanto di la espalda al cobertizo, no me costó imaginar que la puerta se desprendía de las bisagras y alguna clase de pesadilla se abalanzaba hacia mí dando tumbos y emitiendo aquellos alaridos inhumanos.

El señor Bowditch vestía sus espantosas bermudas y las zapatillas viejas de andar por casa, que él llamaba «pantuflas». Las heridas semicuradas de los puntos de inserción de las varillas, muy rojas, contrastaban con su piel pálida.

—¡Entra! ¡Entra!

—Pero ¿qué...?

—No hay de qué preocuparse, la puerta resistirá, pero tengo que ocuparme de esto.

Subí los peldaños del porche a tiempo de oír lo que dijo a continuación, pese a que bajó la voz como hace la gente cuando habla sola:

—La hija de puta ha apartado los tablones y los bloques. Debe de ser grande.

—Cuando estabas en el hospital, ya oí algo así, pero no tan fuerte.

Me obligó a entrar a empujones en la cocina y me siguió. Estuvo a punto de tropezar con Radar, encogida a sus pies, y tuvo que agarrarse a la jamba de la puerta.

—No te muevas de aquí. Yo me encargo de esto.

Cerró bruscamente la puerta del jardín trasero y, cojeando y forcejeando, se dirigió a toda prisa al salón. Radar lo siguió con el rabo entre las patas. Lo oí refunfuñar, proferir un juramento a causa del dolor y dejar escapar un gruñido de esfuerzo. Cuando regresó, llevaba el arma que poco antes le había pedido que bajara de la planta de arriba. Pero no *solo* el arma. Esta iba enfundada en una pistolera de cuero, y la pistolera colgaba de un cinturón de cuero adornado con tachones plateados. Parecía algo salido de *Duelo de titanes*. Se lo ciñó de modo que el revólver le caía justo por debajo de la cadera derecha. Unas cintas de cuero sin curtir —para atar al muslo— pendían junto a la pernera del pantalón corto de madrás. Aquello debería haber quedado ridículo —*él* debería haber quedado ridículo—, pero no era el caso.

—No te muevas de aquí.

—Señor Bowditch, ¿qué…? No puedes…

—*¡No te muevas de aquí, maldita sea!* —Me agarró del brazo con tal fuerza que me hizo daño. Tenía la respiración ronca y agitada—. Quédate con la perra. Hablo en serio.

Salió, cerró de un portazo y bajó los peldaños de costado. Radar, gimoteando, me tocó la pierna con la cabeza. La acaricié con aire distraído mientras miraba a través del cristal. A medio camino del cobertizo, el señor Bowditch se llevó la mano al bolsillo izquierdo y sacó el llavero. Separó una llave y siguió adelante. Insertó la llave en el enorme candado y después desenfundó el 45. Hizo girar la llave y, apuntando el arma en un ángulo ligeramente descendente, abrió la puerta. Esperé que algo o alguien se abalanzara sobre él, pero no ocurrió. Sí vi movimiento, algo negro y delgado. Enseguida desapareció. El señor Bowditch entró en el cobertizo y cerró la puerta a su espalda. Nada sucedió durante un rato muy muy largo que en realidad tal vez no fueran más que cinco segundos. Al final se oyeron dos disparos. Las paredes del cobertizo eran sin duda muy gruesas, porque las detonaciones, que deberían haber sido ensordecedoras en aquel espacio cerrado, me llegaron como dos ruidos débiles y apagados, comparables a los golpes de un mazo con la cabeza forrada de fieltro.

No se oyó nada más durante un tiempo muy superior a cinco segundos; transcurrieron más bien unos cinco minutos. Lo único que me detuvo fue el tono imperioso del señor Bowditch y la expresión vehemente de su rostro al ordenarme que no me moviera de allí. Pero finalmente no aguanté más. Estaba seguro de que le había ocurrido algo. Abrí la puerta de la cocina, y justo cuando salía al porche trasero, se abrió la del cobertizo y apareció el señor Bowditch. Radar pasó junto a mí como una flecha, sin la menor señal de artritis, y atravesó el jardín hacia él mientras cerraba la puerta y encajaba el candado. Y fue una suerte que el señor Bowditch se entretuviera en eso, porque si no, cuando Radar saltó sobre él, no habría tenido nada a lo que agarrarse.

—¡Échate, Radar, échate!

La perra se tendió en el suelo, meneando la cola como una loca. El señor Bowditch, cojeando visiblemente, regresó al porche mucho más despacio que en la carrera anterior hasta el cobertizo. Una de las cicatrices se le había abierto y rezumaba oscuras gotas rojas. Me recordaron a los rubís que había visto en la trastienda del señor Heinrich. Había perdido una pantufla.

—Ayúdame un poco, Charlie —dijo—. Me arde la puta pierna.

Me eché su brazo alrededor del cuello, le agarré la muñeca huesuda y lo llevé prácticamente en volandas escalones arriba y al interior de la casa.

—A la cama. Tengo que acostarme. Me cuesta respirar.

Lo llevé al salón —perdió la otra pantufla por el camino porque arrastraba los pies— y lo tendí en el sofá cama.

—Dios santo, Howard, ¿qué era eso? ¿A qué le has dis…?

—La despensa —me interrumpió—. El estante de arriba. Detrás de las botellas de aceite Wesson. Whisky. Una cantidad así. —Mantuvo los dedos pulgar e índice un poco separados. Le temblaban. Antes ya me había parecido pálido, pero, conforme se desvanecía la rojez de sus mejillas, semejaba un muerto con los ojos vivos.

Entré en la despensa y encontré la botella de Jameson's donde me había dicho. Pese a mi estatura, tuve que ponerme de puntillas para alcanzarla. La botella estaba cubierta de polvo y casi llena. A pesar de lo tenso que me sentía —asustado, casi al borde del pánico—, el olor que percibí al retirar el tapón me trajo recuerdos repulsivos de mi padre tumbado en el sofá en un estado de semiestupor o vomitando encorvado sobre el váter. El whisky no huele como la ginebra… y a la vez sí. A mí todo el alcohol me huele igual: a tristeza y pérdida.

Eché un chorrito en un vaso de zumo. El señor Bowditch lo apuró y tosió, pero recuperó parte del color en las mejillas. Se desabrochó el llamativo cinturón.

—Quítame esta puta cosa.

Tiré de la pistolera, y el cinturón resbaló hasta desprenderse. El señor Bowditch masculló «joder» cuando la hebilla debió de arañarle la parte baja de la espalda.

—¿Qué hago con esto?

—Mételo debajo de la cama.

—¿De dónde has sacado el cinturón? —Desde luego yo no lo había visto nunca.

—Del sitio de donde se sacan esas cosas. Tú obedece, pero antes vuelve a cargarlo.

El cinturón tenía portabalas entre los tachones. Extraje el enorme tambor del arma, llené las dos recámaras vacías, enfundé el revólver, y lo guardé debajo de la cama. Me sentía como si soñara despierto.

—¿Qué era eso? ¿Qué había ahí dentro?

—Te lo diré —contestó—, pero no hoy. No hay de qué preocuparse. Ten esto. —Me dio el llavero—. Déjalo allí, en ese estante. Dame dos OxyContin, luego me dormiré.

Fui a buscarle las pastillas. No me gustaba la idea de que tomara un fármaco potente después de un whisky potente, pero había sido solo un traguito.

—No entres ahí —dijo—. A su debido tiempo quizá, pero de momento ni se te ocurra.

—¿El oro viene de ahí?

—Es complicado, como dicen en las telenovelas. Ahora no puedo hablar de eso, Charlie, y tú no debes contárselo a nadie. A *nadie*. Las consecuencias… No puedo ni imaginarlo. Prométemelo.

—Te lo prometo.

—Bien. Ahora vete y deja dormir a este viejo.

2

Normalmente, Radar me acompañaba encantada cuesta abajo, pero ese sábado se negó a apartarse del señor Bowditch. Bajé solo y me preparé un sándwich de paté de jamón con Wonder Bread, el desayuno de los campeones. Mi padre me había dejado una nota para informarme de que esa mañana a las nueve asistiría a una reunión de Alcohólicos Anónimos y luego iría a jugar a los bolos con Lindy y otro par de amigos rehabilitados. Me alegré. Habría cumplido mi promesa al señor Bowditch en cualquier caso —«Las consecuencias… No puedo ni imaginarlo», había dicho—, pero estoy casi seguro de que mi padre me habría notado algo en la cara. Era mucho más sensible a ese tipo de cosas desde que no bebía. Por lo general, eso era bueno. Pero aquel día no lo habría sido.

Cuando volví al número 1, el señor Bowditch seguía dormido. Aunque su aspecto había mejorado un poco, tenía la respiración ronca, como cuando lo había encontrado caído en los peldaños del porche con la pierna rota. Eso no me gustó.

Por la noche, ese estertor había desaparecido. Preparé palomitas de maíz en el fogón HotPoint, agitándolas en una sartén, como hacían antes. Comimos mientras veíamos en mi ordenador *Hud, el más salvaje entre mil*. La había elegido el señor Bowditch, yo ni la conocía, pero era bastante buena. Ni siquiera me importó que fuera en blanco y negro. En cierto momento el señor Bowditch me pidió que detuviera la imagen en un primer plano de Paul Newman.

—¿Era el hombre más guapo que ha existido, Charlie? ¿Tú qué crees?

Dije que quizá sí.

Me quedé a pasar la noche del sábado. El domingo, el señor Bowditch tenía aún mejor aspecto, así que me fui a pescar con mi padre al pantano de South Elgin. No pescamos nada, pero fue agradable estar con él al templado sol de septiembre.

—Estás muy callado, Charlie —dijo cuando volvíamos—. ¿Te preocupa algo?

—Solo esa perra vieja —contesté. En esencia era mentira, pero no del todo.

—Tráela esta tarde —propuso mi padre.

Y lo intenté, pero Radar siguió negándose a separarse del señor Bowditch. Este me dijo:

—Vete a dormir en tu propia cama esta noche. Esta viejecita y yo estaremos bien.

—Te noto ronco. Espero que no estés pillando algo.

—Seguro que no. Es solo que llevo todo el puñetero día hablando.

—¿A quién?

—*Con* quién. Conmigo mismo. Vete ya, Charlie.

—De acuerdo, pero llámame si me necesitas.

—Sí, sí.

—Prométemelo. Yo te hice una promesa ayer, ahora házmela tú a mí.

—Te lo prometo, por el amor de Dios. Ahora vete con la música a otra parte.

3

El domingo Radar ya no fue capaz de subir por los peldaños del porche después de hacer sus cosas esa mañana y no se comió más que la mitad del pienso. Esa noche ni lo probó.

—Probablemente solo necesita descansar —dijo el señor Bowditch, aunque no se le veía muy convencido—. Dale el doble de esas pastillas nuevas.

—¿Seguro? —pregunté.

Él me dirigió una sonrisa lúgubre.

—¿Qué mal van a hacerle a estas alturas?

Esa noche, en efecto, dormí en mi propia cama, y el lunes a Radar se la veía un poco mejor, pero el señor Bowditch también había pagado un precio por el sábado. Volvía a utilizar las muletas para ir al cuarto de baño. Yo habría querido saltarme las clases y quedarme con él, pero no me lo permitió. Esa noche también él tenía mejor aspecto. Dijo que se estaba recuperando. Me lo creí.

Tonto de mí.

El martes a las diez de la mañana, estaba en clase de Química Avanzada. Nos habían dividido en grupos de cuatro y, provistos de delantales y guantes de goma, determinábamos el punto de ebullición de la acetona. El laboratorio estaba en silencio salvo por el murmullo de voces, y por tanto mi móvil se oyó mucho al sonarme en el bolsillo de atrás. El señor Ackerley me miró con cara de desaprobación.

—¿Cuántas veces tengo que deciros que silenciéis…?

Lo saqué del bolsillo y vi BOWDITCH. Tiré los guantes y atendí la llamada al tiempo que salía del laboratorio, indiferente a lo que Ackerley decía. El señor Bowditch parecía fatigado pero tranquilo.

—Creo que estoy sufriendo un infarto, Charlie. Mejor dicho, no me cabe duda.

—¿Has llamado…?

—Te he llamado a *ti*, así que calla y escucha. Hay un abogado. Leon Braddock, en Elgin. Hay una cartera. Debajo de la cama. Todo lo demás que necesitas está también debajo de la cama. ¿Me has entendido? *Debajo de la cama.* Cuida de Radar y, cuando lo sepas todo, decide… —Jadeó—. ¡Joder, qué *dolor*! ¡Quema como arrabio en la fragua! Cuando lo sepas todo, decide qué quieres hacer con ella.

Eso fue todo. Acto seguido colgó.

La puerta del laboratorio de química se abrió mientras llamaba al 911. El señor Ackerley salió y me preguntó qué demonios me había creído. Le indiqué que se apartara con un gesto. La operadora del 911 me preguntó cuál era la emergencia. Delante del señor Ackerley, que estaba allí plantado con la boca entreabierta, se lo expliqué y le di la dirección. Me desaté el delantal y lo dejé caer al suelo. Luego corrí hacia la puerta.

5

Probablemente fue el viaje en bici más rápido de mi vida. De pie sobre los pedales, pasé a toda velocidad por los cruces sin mirar. Oí un bocinazo, chirridos de neumáticos, y alguien vociferó: «¡Mira por dónde vas, tonto del culo!».

Pese a lo deprisa que fui, el servicio de emergencias se me adelantó. Cuando doblé la esquina de Pine con Sycamore, echando un pie al suelo y arrastrándolo por el asfalto para no derrapar, la ambulancia arrancaba ya con las luces y la sirena encendidas. Fui hacia la parte de atrás de la casa. Aún no había podido abrir la puerta de la cocina cuando Radar traspasó la trampilla como una flecha y se me echó encima. Me arrodillé para evitar que saltara y forzara las frágiles caderas. Gimoteó, gañó y me lamió la cara. Que a nadie se le ocurra decirme que no sabía que ocurría algo grave.

Entramos. Había una taza de café derramada en la mesa de la cocina, y la silla donde el señor Bowditch siempre se sentaba (es curiosa esa tendencia nuestra a elegir un sitio y aferrarnos a él) estaba volcada. El fogón seguía encendido; la vieja cafetera italiana, demasiado caliente para tocarla, olía a quemado. Olía como un experimento de química, podría decirse. Apagué el fogón y, tras calzarme un guante de horno, desplacé la cafetera a un quemador frío. Durante todo ese tiempo, Radar, sin separarse de mí, apoyaba el hombro contra mi pierna y frotaba la cabeza en mi rodilla.

Junto a la entrada del salón, vi un calendario en el suelo.

Era fácil imaginar lo que había ocurrido. El señor Bowditch toma café sentado a la mesa de la cocina, manteniendo la cafetera caliente en el fogón para una segunda taza. Un martillo le golpea el pecho. Derrama el café. El teléfono está en el salón. Al levantarse, derriba la silla. Tambaleante, se dirige al salón y, al apoyarse en la pared, arranca el calendario.

El teléfono retro estaba en la cama. Había también un envoltorio en el que se leía Papaverina: el fármaco que le habían inyectado antes de trasladarlo, supuse. Me senté en el sofá cama revuelto, acaricié a Radar y le rasqué detrás de las orejas, cosa que siempre parecía relajarla.

—Se pondrá bien, chica. Ya lo verás, se recuperará.

Pero, por si no era así, miré debajo de la cama. Donde, según el señor Bowditch, encontraría «todo lo que necesitaba». Allí estaba el revólver, enfundado en el cinturón tachonado. Allí estaban su llavero y una cartera que yo no había visto nunca. Y había un casete antiguo que *sí* había visto antes: en la segunda planta, sobre una de las cajas de plástico trenzado usadas para el reparto de leche. Miré a través de la ventanilla del casete y vi que el aparato contenía una cinta de RadioShack. El señor Bowditch había estado o bien escuchando algo o bien grabando algo. Seguramente grabando, deduje.

Me guardé el llavero en un bolsillo y la cartera en otro. Habría metido la cartera en mi mochila, pero me la había dejado en el instituto. Me llevé lo demás a la planta de arriba y lo metí en la caja fuerte. Antes de cerrarla y girar el disco de la combinación, me arrodillé y hundí las manos hasta las muñecas en aquellas bolas de oro. Mientras las dejaba escurrirse entre mis dedos, me pregunté dónde acabarían si moría el señor Bowditch.

Radar gimoteaba y ladraba desde el pie de las escaleras.

Bajé, me senté en el sofá cama y llamé a mi padre. Le conté lo que había sucedido. Mi padre me preguntó cómo estaba el señor Bowditch.

—No lo sé. No lo he visto. Ahora voy al hospital.

Mientras cruzaba el maldito puente, me sonó el móvil. Entré en el aparcamiento del Zip Mart y acepté la llamada. Era Melissa Wilcox. Estaba llorando.

—Ha muerto de camino al hospital, Charlie. Han intentado reanimarlo, lo han intentado todo, pero era un infarto agudo. Lo siento, lo siento mucho.

Dije que yo también lo sentía. Miré el escaparate del Zip Mart. El cartel era el de siempre: un plato a rebosar de pollo frito, EL MEJOR DEL PAÍS. Se me saltaron las lágrimas y se me empañó la voz. La señora Zippy me vio y salió.

—¿Todo bien, Cholly?

—No —dije—. La verdad es que no.

Ya no tenía sentido ir al hospital. Crucé de nuevo el puente en la bici, pero luego desmonté y la empujé Sycamore Street Hill arriba. En aquel estado de agotamiento, no me sentía con fuerzas para pedalear, y menos por aquella empinada cuesta. Me detuve delante de nuestra casa, pero esa casa estaba vacía y así seguiría hasta que mi padre volviese. Entretanto, había una perra que me necesitaba. Supuse que en realidad ya era mi perra.

6

Cuando volví a casa del señor Bowditch, pasé un rato acariciando a Radar. Al mismo tiempo lloraba, en parte por la conmoción, pero también porque comenzaba a tomar verdadera conciencia de lo ocurrido: había un vacío allí donde antes tenía un amigo. Las caricias tranquilizaron a Radar, y también a mí, supongo, porque empecé a razonar. Llamé a Melissa y le pregunté si le harían la autopsia. Me respondió que no, porque el señor Bowditch no había muerto sin asistencia y la causa estaba clara.

—El forense extenderá un certificado de defunción, pero necesitará algún documento de identidad. ¿Tú no tendrás su cartera, por casualidad?

Bueno, tenía *una* cartera. No era la que el señor Bowditch llevaba en el bolsillo del pantalón —esa era marrón y la que yo había encontrado debajo de la cama era negra—, pero eso se lo oculté a Melissa. Solo le dije que sí la tenía. Ella añadió que no había prisa, que todos lo conocíamos.

Yo empezaba a tener mis dudas a ese respecto.

Busqué en Google el número de Leon Braddock y lo llamé. La conversación fue breve. Braddock dijo que todos los asuntos del señor Bowditch estaban en orden, porque él no esperaba vivir mucho más tiempo.

—Dijo que no tenía intención de comprar plátanos verdes. Me pareció entrañable.

El cáncer, pensé. Por eso había puesto sus asuntos en orden, eso era lo que esperaba que se lo llevase, no un infarto.

—¿Fue a verlo a su despacho? —pregunté.

—Sí. A primeros de mes.

Es decir, mientras yo estaba en el instituto. Y no me había dicho nada.

—Seguro que tomó un yuber.

—¿Cómo dice?

—Nada. Melissa, su fisioterapeuta, dice que alguien, me parece que el forense, necesita ver un documento de identidad para el certificado de defunción.

—Ya, ya, es solo una formalidad. Si lleva usted el documento a la recepción del hospital, lo fotocopiarán. El carnet de conducir si aún tenía... incluso caducado serviría, creo. Cualquier cosa con una foto. No es urgente, entregarán el cuerpo a la funeraria sin él. Supongo que no sabe a qué funeraria...

—Crosland —dije. Era la misma que se ocupó del funeral de mi madre—. Aquí en Sentry.

—Muy bien, muy bien. Yo me haré cargo de los gastos. Dejó dinero en depósito en previsión de esta eventualidad. Si es tan amable, téngame informado de cómo va a organizarse todo; quizá sus padres puedan ocuparse de eso. Después, señor Reade, necesito verlo a usted.

—¿A mí? ¿Por qué?

—Se lo diré cuando lo vea. Será una buena conversación, creo.

7

Recogí la comida, el plato y los medicamentos de Radar. Por nada del mundo iba a dejarla en aquella casa, donde esperaría a que su dueño volviera de dondequiera que estuviera. Le prendí la correa del collar y bajamos por la cuesta. Caminó despacio pero con paso firme y subió los peldaños de nuestro porche sin problemas. Ya conocía el sitio y fue inmediatamente a su cuenco de agua. Luego se tendió en su alfombra y se durmió.

Mi padre llegó a casa poco después de las doce del mediodía. No sé qué vio en mi cara, pero le bastó una sola mirada para darme un fuerte abrazo. Me eché a llorar de nuevo, esta vez a lágrima viva. Ahuecó la mano en torno a mi nuca y me meció como si fuera un niño pequeño, y con eso me deshice aún más en llanto.

Cuando por fin cerré el grifo, me preguntó si tenía hambre. Dije que sí, y revolvió media docena de huevos a los que añadió puñados de cebolla y pimiento. Comimos, y le conté lo que había pasado, pero omití muchos detalles: el revólver, los ruidos del cobertizo, el cubo de oro de la caja fuerte. Tampoco le enseñé el llavero. Pensé que pronto me sinceraría, y que probablemente él me echaría la bronca por habérselo escondido, pero iba a callarme las partes delirantes de todo aquello hasta que escuchase la cinta.

Sí le enseñé la cartera. En el compartimento de los billetes había cinco de un dólar, de un tipo que yo no había visto nunca. Mi padre me explicó que eran certificados de plata, nada fuera de lo común, pero tan retro como el televisor y el fogón HotPoint del señor Bowditch. Contenía asimismo tres documentos de identidad: un carnet de la Seguridad Social a nombre de Howard A. Bowditch, un carnet plastificado en el que se declaraba que Howard A. Bowditch era miembro de la Asociación Estadounidense de Leñadores y un permiso de conducir.

Fascinado, observé la foto del carnet de la Asociación de Leñadores. En ella, el señor Bowditch aparentaba unos treinta y cinco años, cuarenta a lo sumo. Lucía una mata de pelo de un rojo encendido, peinado hacia atrás en cuidadas ondas desde la frente tersa, y exhibía una altanera sonrisa de oreja a oreja que yo nunca le había visto. Amagos de sonrisa, sí, e incluso una o dos amplias, pero nada que reflejara semejante despreocupación. Vestía una camisa de franela a cuadros y ciertamente tenía aspecto de leñador.

«Un simple leñador —me había dicho hacía poco tiempo—. En los cuentos de hadas salen muchos».

—Esto es muy muy bueno —dijo mi padre.

Aparté la vista del carnet que sostenía.

—¿Qué?

—Esto.

Me entregó el permiso de conducir en cuya fotografía el señor Bowditch aparecía a la edad de sesenta años poco más o menos. Aún conservaba un abundante cabello rojo, pero comenzaba a ralear, y la lucha contra las canas era ya una causa perdida. El permiso había sido válido hasta 1996, según la fecha impresa que constaba debajo del nombre, pero aquello no coincidía con la información de que disponíamos nosotros. Mi padre lo había comprobado por internet. El señor Bowditch tenía coche (en alguna parte), pero nunca había tenido un permiso de conducir válido en Illinois... por más que ese documento indicara lo contrario. Supuse que era posible que el señor Heinrich conociera a alguien capaz de falsificar permisos de conducir.

—¿Por qué? —pregunté—. ¿Por qué iba a hacer una cosa así?

—Por muchas razones, quizá, pero debía de saber, creo yo, que no podía extenderse un certificado de defunción válido sin al menos un documento de identidad. —Mi padre meneó la cabeza, no con irritación, sino con admiración—. Esto, Charlie, era un seguro de entierro.

—¿Qué debemos hacer?

—Seguir el juego. Tenía secretos, no lo dudo, pero no creo que robara bancos en Arkansas ni se liara a tiros en un bar de Nashville. Te trataba bien a ti y trataba bien a su perra, y a mí con eso me basta. En mi opinión, debe ser enterrado con sus pequeños secretos, a menos que su abogado los conozca. ¿O tú piensas otra cosa?

—No.

Lo que yo pensaba era que el señor Bowditch tenía secretos, desde luego, pero no pequeños. A menos que se considerara pequeño una fortuna en oro, claro. Y en el cobertizo había algo. O lo hubo, hasta que él lo mató.

8

Howard Adrian Bowditch recibió sepultura solo dos días después, el jueves 26 de septiembre de 2013. El oficio se celebró en la funeraria Crosland, y fue enterrado en el cementerio de Sentry's Rest, la última morada de mi madre. A petición de mi padre, la reverenda Alice Parker celebró un funeral aconfesional; también había oficiado el de mi madre. La reverenda Alice abrevió; aun así, tuve tiempo de sobra para reflexionar. Pensé en parte en el oro, pero sobre todo en el cobertizo. El señor Bowditch había disparado contra algo allí, y tanta agitación le costó la vida. La muerte aún tardó un poco en llegarle, pero no me cabía duda de que esa era la causa.

Presentes en el oficio de la funeraria, y en el cementerio, estaban George Reade, Charles Reade, Melissa Wilcox, la señora Althea Richland, un abogado cuyo nombre era Leon Braddock, y Radar, que durmió durante todo el acto y tomó la palabra solo una vez, junto a la tumba: un aullido cuando descendían el féretro en la fosa. Estoy seguro de que suena sentimental y a la vez increíble. Solo puedo decir que ocurrió.

Melissa me dio un abrazo y me besó la mejilla. Me dijo que la llamase si me apetecía hablar, y contesté que lo haría.

Regresé al aparcamiento con mi padre y el abogado. Radar caminaba despacio a mi lado. El Lincoln de Braddock estaba aparcado junto a nuestro modesto Chevrolet Caprice. Cerca había un banco a la sombra de un roble cuyas hojas empezaban a adquirir una coloración dorada.

—¿Podríamos, quizá, sentarnos aquí un momento? —preguntó Braddock—. Tengo algo muy importante que decirle.

—Un momento —dije—. Siga adelante. —Yo tenía la mirada puesta en la señora Richland, que se había vuelto para observarnos como siempre hacía en Sycamore Street, protegiéndose los ojos del sol con una mano. Cuando vio que nos dirigíamos a los coches —o esa impresión daba—, entró en el suyo y se marchó.

—*Ya* podemos sentarnos —dije.

—Deduzco que esa es una mujer de las curiosas —comentó Braddock—. ¿Conocía al señor Bowditch?

—No, pero el señor Bowditch decía que era una chismosa, y tenía razón.

Nos sentamos en el banco. El señor Braddock se colocó el maletín en el regazo y lo abrió.

—Dije que mantendríamos una buena conversación, y creo que estará usted de acuerdo conmigo cuando oiga lo que tengo que decirle.

Sacó una carpeta, y de la carpeta, un pequeño legajo sujeto con un clip dorado. En la cabecera de la primera página se leían las palabras ÚLTIMA VOLUNTAD Y TESTAMENTO.

Mi padre se echó a reír.

—Dios mío, ¿le ha dejado algo a Charlie?

—Eso no es del todo correcto —corrigió Braddock—. Se lo ha dejado *todo* a Charlie.

Dije lo primero que me vino a la cabeza, que no fue precisamente educado.

—¡Y una mierda!

Braddock sonrió y negó con la cabeza.

—Aquí se trata de *nullum cacas statum*, como decimos los abogados, o sea, de mierda nada. Le ha dejado la casa y el terreno sobre el que se encuentra. Resulta que es una finca amplia, valorada en una cantidad no inferior a seis cifras. En la franja *alta* de las seis cifras, si tenemos en cuenta el mercado inmobiliario de Sentry's Rest. Todo el contenido de la casa es también suyo, más un coche, guardado actualmente en la localidad de Carpentersville. Y la perra, por supuesto. —Se inclinó y acarició a Radar.

Ella alzó la mirada un momento y después volvió a apoyar la cabeza en la pata.

—¿Todo eso es verdad? —preguntó mi padre.

—Los abogados nunca mienten —dijo Braddock. Se lo pensó mejor y añadió—: Al menos en cuestiones como esta.

—¿Y no hay familiares que puedan impugnarlo?

—Eso lo averiguaremos cuando se someta el testamento a legitimación, pero él afirmó que no los había.

—¿Todavía puedo… entrar en la casa sin problema? —pregunté—. O sea, tengo allí un montón de cosas. Sobre todo ropa, pero también… Hummm…

No recordaba qué más había dejado en el número 1. Solo podía pensar en lo que el señor Bowditch había hecho un día de primeros de ese mes mientras yo estaba en el instituto. Tal vez cambió mi vida mientras yo hacía un examen de Historia o tiraba al aro en el gimnasio. En ese momento no pensaba en el oro, ni en el cobertizo, ni en el arma, ni en la cinta de casete. Solo intentaba asimilar el hecho de que a partir de ese momento era el dueño (o pronto lo sería) de la casa en lo alto de Sycamore Street Hill. ¿Y por qué? Solo porque una fría tarde de abril había oído aullar a Radar en el jardín trasero de lo que los niños llamaban la Casa de Psicosis.

Mientras tanto, el abogado seguía hablando. Tuve que pedirle que rebobinara.

—He dicho que claro que puede entrar. Al fin y al cabo,

es toda suya… hasta el último detalle. O al menos lo será en cuanto se legitime el testamento.

Volvió a guardar el testamento en la carpeta, volvió a guardar la carpeta en el maletín, abrochó los cierres y se puso en pie. Se sacó una tarjeta de visita del bolsillo y se la entregó a mi padre. Luego, quizá recordando que mi padre no era el heredero designado de una propiedad con un valor de seis cifras (en la franja *alta* de las seis cifras), me dio otra a mí.

—Llámenme si tienen alguna pregunta, y por supuesto me mantendré en contacto. Pediré que agilicen el proceso de legitimación, pero puede alargarse seis meses. Enhorabuena, joven.

Mi padre y yo le estrechamos la mano y lo observamos dirigirse a su Lincoln. Mi padre, en general, es poco dado a los tacos (a diferencia del señor Bowditch, que era capaz de soltar un «maldita sea» en la frase «pásame la sal»), pero mientras estábamos allí sentados en aquel banco, tan atónitos que no podíamos levantarnos, hizo una excepción.

—Joder.

—Exacto —dije.

9

Cuando llegamos a casa, mi padre sacó dos Coca-Colas de la nevera y entrechocamos las latas.

—¿Cómo te sientes, Charlie?

—No lo sé. No acabo de asimilarlo.

—¿Crees que le queda algo en el banco o lo dejaron limpio en el hospital?

—No lo sé.

Pero sí lo sabía. No mucho en el Citizens, quizá un par de

miles, pero en la primea planta de la casa estaba el oro, y quizá hubiera más en el cobertizo. Junto con lo que habitaba allí dentro, fuera lo que fuese.

—En realidad da igual —dijo mi padre—. Esa finca es oro puro.

—Oro puro, desde luego.

—Si esto sale bien, tus gastos universitarios están cubiertos. —Dejó escapar un largo suspiro con los labios apretados de tal modo que sonó como una especie de ululato—. Tengo la sensación de haberme quitado cincuenta kilos de encima.

—En el supuesto de que la vendamos —dije.

Me miró con extrañeza.

—¿Estás diciendo que quieres quedártela? ¿Hacer de Norman Bates y vivir en la Casa de Psicosis?

—Ya no me parece la Mansión Encantada, papá.

—Lo sé. Lo sé. La verdad es que le has dado un buen lavado de cara.

—Queda mucho por hacer. Tenía la esperanza de pintarla toda antes del invierno.

Seguía mirándome de forma rara: con la cabeza ladeada y una expresión un tanto ceñuda.

—Lo valioso es la tierra, Chip, no la casa.

Deseé discutírselo —la idea de demoler el número 1 de Sycamore me horrorizaba, no por los secretos que contenía, sino porque el señor Bowditch continuaba muy presente allí—, pero me abstuve. No tenía sentido, porque en todo caso no había dinero para hacerle un lavado de cara completo, no con el testamento en proceso de legitimación, y por nada del mundo iba a convertir el oro en efectivo. Me terminé la Coca-Cola.

—Quiero ir a buscar mi ropa. ¿Puede quedarse Rades aquí contigo?

—Claro. Supongo que en adelante se quedará aquí, ¿no? Al menos hasta… —No terminó la frase, se limitó a encogerse de hombros.

—Claro —dije—. Hasta entonces.

10

Lo primero que advertí fue que la cancela estaba abierta. Creía haberla cerrado, pero no lo recordaba con seguridad. Rodeé la casa, empecé a subir por los escalones de atrás y me detuve en el segundo peldaño. La puerta de la cocina estaba abierta, y *me constaba* que esa sí la había cerrado. La había cerrado y había echado la llave. Subí hasta arriba y vi que en efecto había echado la llave; asomaban astillas en torno al cajetín de la cerradura, parcialmente arrancado del marco. No contemplé la posibilidad de que quienquiera que hubiese forzado la puerta estuviese aún allí; por segunda vez aquel día, mi estupefacción era tal que la cabeza no me daba para grandes reflexiones. Por lo que recuerdo, solo pensé una cosa: que me alegraba de haber dejado a Radar en nuestra casa. Estaba muy vieja y frágil para más emociones.

10

Destrozos. La señora Richland. Ladrones de
necrológicas. La historia de la casete. Dentro del
cobertizo. La historia de la casete, continuación.

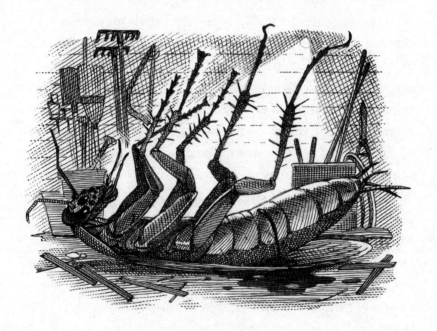

1

Habían abierto todos los armarios de la cocina y desperdiga-
do los cazos y las sartenes por el linóleo, con saña. Habían
apartado el Hotpoint de la pared y dejado abierta la puerta
del horno. Habían desparramado el contenido de los tarros
—AZÚCAR, HARINA, CAFÉ, GALLETAS— por la enci-

mera, pero se habían encontrado vacío el que antes se utilizaba para guardar dinero, y el primer pensamiento coherente que cruzó mi cabeza fue: *Ese cabrón no ha podido echarle mano*. Yo había trasladado los billetes (y las pequeñas bolas de oro) a la caja fuerte hacía meses. En el salón, el sofá —de nuevo plegado, porque el señor Bowditch ya no necesitaba la cama— estaba volcado, y los cojines, rajados. En el mismo estado se hallaba el sillón del señor Bowditch. Había relleno por todas partes.

Arriba era aún peor. No necesitaría abrir mi cómoda para coger la ropa, porque estaba toda esparcida por la habitación que yo había utilizado. Habían rajado tanto las almohadas como el colchón. En el mismo estado se hallaba el dormitorio principal, solo que allí el papel pintado, también acuchillado, colgaba de las paredes en largas tiras. La puerta del armario estaba abierta, y la ropa amontonada en el suelo (con los bolsillos de los pantalones vueltos del revés); la caja fuerte quedaba a la vista. Se veían arañazos a lo largo de la juntura cerca del tirador, y más en el disco de la combinación, pero la caja había resistido los intentos de apertura del ladrón. Para asegurarme, introduje la combinación y la abrí. Todo seguía allí dentro. La cerré, hice girar el disco y bajé. Sentado en el sofá donde el señor Bowditch había dormido, llamé al 911 por tercera vez aquel año. Luego llamé a mi padre.

2

Caí en la cuenta de que necesitaba hacer una cosa antes de que llegara mi padre, y desde luego antes de que apareciera la policía. Si pretendía mentir, claro, y que la mentira se sostuviera. Me ocupé de esa cuestión y después esperé fuera. Mi padre subió en coche por la calle y aparcó junto a la acera. No había llevado a Radar, y mejor así; los visibles destrozos en la casa la habrían alterado más de lo que ya estaba a causa de los recientes cambios en su vida.

Mi padre recorrió la planta baja examinando los estragos. Yo me quedé en la cocina, donde recogí y guardé los cazos y las sartenes. Cuando regresó, me ayudó a arrimar el fogón a la pared.

—Caramba, Charlie. ¿Tú que crees?

Le contesté que no lo sabía, pero pensé que sí lo sabía. Lo que no sabía era quién.

—¿Puedes quedarte aquí a esperar a la policía, papá? Voy a ir un momento a la casa de enfrente. La señora Richland ha vuelto; he visto el coche. Quiero hablar con ella.

—¿La chismosa?

—La misma.

—¿No deberías dejar eso a la policía?

—Si ha visto algo, les pediré que hablen con ella.

—No parece probable, estaba en el funeral.

—Aun así, quiero hablar con ella. A lo mejor había visto algo antes.

—¿Algún individuo al acecho?

—Es posible.

No tuve que llamar a la puerta; la señora Richland estaba en su puesto de costumbre, al final del camino de acceso.

—Hola, Charlie. ¿Todo en orden? Desde luego tu padre iba con prisas. ¿Y dónde está el perro?

—En mi casa. Señora Richland, han entrado por la fuerza en casa del señor Bowditch mientras estábamos en el funeral y lo han dejado todo patas arriba.

—Dios mío, ¿en serio? —Se llevó la mano al pecho.

—¿Ha visto usted a alguien rondar por aquí? ¿En los últimos dos días, por ejemplo? ¿Alguna persona que no fuera de esta calle?

Se detuvo a pensar.

—Caray, creo que no. Solo los repartidores de siempre... ya sabes, Federal Express, UPS, el hombre que viene a cuidar el jardín de los Houton..., eso debe de costarles lo suyo... ¿Han hecho muchos destrozos? ¿Han robado algo?

—La verdad es que aún no sé gran cosa. Puede que la policía quiera...

—¿Hablar conmigo? ¡Por supuesto! ¡Con mucho gusto! Pero si ha pasado mientras estábamos en el funeral...

—Sí, ya lo sé. Gracias de todos modos. —Me volví para marcharme.

—*Sí* pasó por aquí un hombrecillo raro que vendía suscripciones a revistas —dijo la señora Richland—. Pero eso fue antes de la muerte del señor Bowditch.

Me volví.

—¿Seguro?

—Sí. Tú debías de estar en clase. Llevaba una de esas carteras que usaban antiguamente los carteros. Con un adhesivo pegado fuera: SERVICIO DE SUSCRIPCIONES DE ESTADOS UNIDOS, decía, creo recordar. Dentro llevaba muestras: *Times*, *Newsweek*, *Vogue* y otras. Le dije que no quería ninguna revista, que lo leo todo por internet. Así es mucho más cómodo, ¿no? Además, más ecológico, sin todo ese papel del que deshacerse en los vertederos.

No me interesaban los beneficios para el medio ambiente de la lectura por internet.

—¿Fue a otras casas de la calle? —dije, convencido de que, si alguien podía contestar a esa pregunta, era ella.

—A unas cuantas. Creo que pasó por la casa del señor Bowditch, pero el anciano no salió a la puerta. Puede que se encontrara mal. O… creo que no le gustaban mucho las visitas, ¿verdad? Para mí fue una gran alegría que te hicieras amigo suyo. Es una pena que haya muerto. Cuando un animal muere, se dice que ha cruzado el puente del arcoíris. Eso me gusta, ¿a ti no?

—Sí, es una idea bonita. —La detestaba.

—Supongo que el perro del señor Bowditch pronto cruzará el puente del arcoíris, el pobre se ha quedado muy flaco y tiene el hocico blanco. ¿Te lo quedarás?

—¿A Radar? Claro. —No me molesté en decirle que Radar era hembra—. ¿Cómo era el hombre de las revistas?

—Ah, era un hombrecillo raro y tenía una manera rara de caminar y de hablar. Andaba a *brincos*, casi como un niño, y cuando le dije que no quería ninguna revista, me dijo *eco*, como si fuera extranjero. Aunque en realidad tenía un acento tan americano como tú o como yo. ¿Crees que fue él quien entró a robar? Desde luego no parecía muy peligroso. Era solo un hombrecillo raro con una manera rara de hablar. Decía mucho ja ja.

—¿Ja ja?

—Sí. No una verdadera risa, solo ja ja. «El setenta por ciento del precio de quiosco, señora, ja ja». Y para ser hombre, era bajo. De mi estatura. ¿Crees que ha sido él?

—Es poco probable —respondí.

—Llevaba una gorra de los White Sox, eso sí lo recuerdo, y pantalón de pana. La gorra tenía un círculo rojo delante.

3

Yo era partidario de empezar a ordenarlo todo, pero mi padre dijo que debíamos esperar a la policía.

—Seguramente querrán registrar el lugar de los hechos.

Aparecieron al cabo de unos diez minutos, en un coche patrulla y un sedán sin distintivos. El conductor del sedán tenía el cabello blanco y una barriga considerable. Se presentó como inspector Gleason, y los dos agentes de uniforme, como Witmark y Cooper. Witmark llevaba una cámara; Cooper sostenía una especie de fiambrera, que, supuse, contenía cachivaches para recopilar pruebas.

El inspector Gleason examinó los daños con desinterés manifiesto, echándose atrás de vez en cuando los faldones de la americana como si fueran alas para subirse el pantalón. Calculé que no podía faltarle más de un año o dos para recibir un reloj de oro o una caña de pescar en su fiesta de jubilación. Entretanto seguía de servicio.

Indicó a Witmark que grabara el salón y envió a Cooper arriba. Nos hizo algunas preguntas (dirigidas a mi padre, pese a que era yo quien había descubierto el robo) y anotó nuestras respuestas en un cuaderno pequeño. Cerró el cuaderno con un chasquido, se lo guardó en el bolsillo interior de la americana y se subió el pantalón.

—Ladrones de necrológicas. Lo he visto un centenar de veces.

—¿Eso qué es? —pregunté. Mirando de reojo a mi padre, advertí que él ya lo sabía. Tal vez lo había sabido desde el momento en que entró y echó una ojeada.

—¿Cuándo se publicó el aviso de la muerte en el periódico?

—Ayer —dije—. Su fisioterapeuta recibió el impreso para el periódico poco después de la muerte y la ayudé a rellenarlo.

Gleason asintió con la cabeza.

—Ya, ya, lo he visto cien veces. Estos necrófagos leen el diario y se enteran así de cuándo se celebran los funerales, porque es entonces cuando la casa está vacía. Entran, arramblan con todo aquello que parece valioso. Conviene que echen un vistazo, hagan una lista de lo que ha desaparecido y la traigan a comisaría.

—¿Y las huellas? —preguntó mi padre.

Gleason se encogió de hombros.

—Debían de llevar guantes. Hoy día todo el mundo ve las series de polis, y más los delincuentes. En casos como este, normalmente no...

—¡Teniente! —Ese era Cooper, desde arriba—. Hay una caja fuerte en el dormitorio principal.

—Ah, bueno, entonces la cosa cambia —dijo Gleason.

Subimos a la primera planta, precedidos de Gleason. Avanzaba despacio, como si necesitara tirar de la barandilla para arrastrarse escaleras arriba, y una vez en lo alto, enrojecido, resopló. Se reacomodó el pantalón y entró en el dormitorio del señor Bowditch. Allí se agachó para examinar la caja.

—Ah. Alguien lo ha intentado y ha fracasado.

Eso podría habérselo dicho yo.

Witmark —el cámara residente del departamento, supuse— entró y empezó a grabar.

—¿La espolvoreamos, teniente? —preguntó Cooper. Ya había empezado a abrir la pequeña fiambrera.

—Aquí igual tenemos suerte —nos dijo el inspector (utilizo la palabra «inspector» no sin reservas)—. Es posible que el individuo se quitara los guantes para tantear la combinación al ver que no podía forzarla.

Cooper espolvoreó la cara anterior de la caja fuerte. Parte del polvo se adhirió; una cantidad mayor acabó en el suelo. Más suciedad que me tocaría limpiar a mí. Cooper examinó su obra y se apartó para dejar mirar a Gleason.

—La han limpiado —dijo, y tras enderezarse, se subió el pantalón de un tirón especialmente violento. Claro que estaba limpia; yo mismo me había encargado de eso después de llamar al 911. El ladrón tal vez hubiera dejado sus huellas, pero, incluso si así era, no me quedaba más remedio que limpiarlas, porque las mías también estaban allí.

—¿No sabrá por casualidad la combinación, supongo? —También esa pregunta iba dirigida a mi padre.

—Yo ni siquiera había estado en esta habitación hasta hoy. Pregúnteselo a Charlie. Él era el cuidador del viejo.

«Cuidador». Era un término bastante preciso, y aun así, me chocó. Quizá porque era una palabra que casi siempre se aplicaba a adultos.

—Ni idea —contesté.

—Ajá. —Gleason se inclinó de nuevo hacia la caja fuerte, pero muy brevemente, como si ya no le interesara—. Quien sea que herede este caserón tendrá que traer a un cerrajero. Si eso no sirve, puede recurrir a un abrecajas que sepa manejar la nitro. Yo conozco a un par entre rejas en Stateville. —Se rio—. Seguramente dentro no hay gran cosa, papeles viejos y quizá unos gemelos. ¿Se acuerda de todo aquel revuelo con la caja fuerte de Al Capone? Menuda plancha se tiró Geraldo Rivera con aquello. En fin. Venga a comisaría y preste una declaración completa, señor Reade.

De nuevo le hablaba a mi padre. A veces entendía perfectamente por qué se enfadaban tanto las mujeres.

4

Pasé la noche en nuestra pequeña habitación de invitados de la planta baja. Era el despacho y el cuarto de costura de mi madre cuando aún vivía, y eso siguió siendo durante los años de alcoholismo de mi padre, a modo de museo, por así decirlo.

Cuando llevaba sobrio unos seis meses, lo convirtió en dormitorio (con mi ayuda). A veces Lindy se quedaba allí, y en un par de ocasiones la ocuparon hombres recién rehabilitados a los que supervisaba mi padre, porque eso es lo que se supone que hacen en Alcohólicos Anónimos. Yo la utilicé la noche del funeral del señor Bowditch y el robo en su casa, para que Radar no intentara subir por las escaleras. Puse una manta para ella en el suelo y se durmió en el acto, hecha un ovillo. Yo seguí en vela más rato, porque la cama era demasiado corta para una persona de metro noventa y tres, pero también porque tenía mucho en que pensar.

Antes de apagar la luz, busqué en Google «Servicio de Suscripciones de Estados Unidos». La empresa existía, pero se llamaba «Servicios», en plural. Era solo una letra, claro, y la señora Richland podría haberse equivocado, pero lo que encontré era un negocio en consolidación y operaba únicamente por internet. Sin vendedores puerta a puerta. Contemplé la posibilidad de que aquel individuo fuese un auténtico ladrón de necrológicas, en misión de reconocimiento por el barrio..., solo que eso no cuadraba, porque rondaba por el vecindario con su cartera de muestras antes de la muerte del señor Bowditch.

Estaba convencido de que el vendedor de revistas era el asesino del señor Heinrich. Y por cierto, ¿cómo habían matado a Heinrich? El artículo del periódico no lo decía. ¿Podía ser que el hombrecillo que decía «eco» y «ja ja» lo hubiese torturado antes de matarlo? ¿Para arrancarle el nombre de la persona que tenía ese apetecible oro escondido?

Me volví del lado derecho al izquierdo. Los pies me asomaban y sacudí la sábana encimera y la manta para volver a taparmelos.

O quizá no hubiera sido necesaria la tortura. Quizá al señor Eco le bastó con decirle a Heinrich que, si facilitaba el nombre, no moriría.

Me volví del lado izquierdo al derecho. Sacudí otra vez la sábana y la manta. Radar levantó la cabeza, resopló y se durmió de nuevo.

Otra duda: ¿habría hablado el inspector Gleason con la señora Richland? De ser así, ¿habría deducido que el señor Bowditch *antes* de morir ya era el objetivo del ladrón? ¿O habría pensado que el hombrecillo sencillamente estaba reconociendo el vecindario en busca de blancos de oportunidad? Quizá pensaba que el hombrecillo no era más que un vendedor puerta a puerta normal y corriente. Si es que se había tomado siquiera la molestia de preguntar, claro.

La pregunta del millón: si el señor Eco Ja Ja seguía interesado en el oro, ¿regresaría?

De derecha a izquierda. De izquierda a derecha. Ahuequé las sábanas.

En algún momento, pensé que cuanto antes escuchase la cinta del señor Bowditch mejor, y después de eso por fin me dormí. Soñé que el hombrecillo que andaba a brincos me estrangulaba, y cuando desperté a la mañana siguiente, tenía la sábana y la manta alrededor del cuello.

5

El viernes fui a clase, básicamente para que la señora Silvius no se olvidase de mi cara, pero el sábado le dije a mi padre que subiría al número 1 para empezar la limpieza. Se ofreció a ayudarme.

—No, no hace falta. Quédate aquí con Radar. Relájate, disfruta de tu día libre.

—¿Seguro? En esa casa debe de haber muchos recuerdos para ti.

—Seguro.

—Vale, pero llámame si te vienes abajo. O si te entra miedo.

—Lo haré.

—Es una lástima que no te diera la combinación de esa caja fuerte. Desde luego tendremos que buscar a alguien que descubra el código para ver qué hay dentro. La semana que viene preguntaré en el trabajo. Alguien conocerá a algún abrecajas. Uno que no esté en la cárcel.

—¿Tú crees?

—Los investigadores de las compañías de seguros tratan con personas muy poco recomendables, Charlie. Seguramente Gleason tiene razón, y dentro solo hay declaraciones de renta antiguas…, en el supuesto de que Bowditch declarara a Hacienda, cosa que dudo…, y unos gemelos, pero tal vez encontremos algo que explique quién demonios era.

—Bueno —dije, pensando en el arma y la cinta de casete—, pues toma nota y que no se te olvide. Y no des muchos premios a Radar.

—Trae sus medicamentos.

—Ya están aquí —contesté—. En la encimera de la cocina.

—Bien hecho, chaval. Llámame si me necesitas. Subiré corriendo.

Un buen tío, mi padre. Sobre todo desde que no bebía. Ya lo he dicho antes, pero vale la pena repetirlo.

6

Una cinta amarilla con el rótulo INVESTIGACIÓN POLICIAL serpenteaba entre las tablas de la cerca. La investigación (por llamarla de algún modo) había concluido cuando Gleason y los dos agentes de uniforme se marcharon, pero consideré que era mejor dejar la cinta hasta que mi padre o yo enviáramos a alguien a reparar la cerradura de la puerta trasera.

Rodeé la casa hasta la parte de atrás, pero antes de entrar me acerqué al cobertizo y me detuve ante la puerta. Dentro no se oía nada, ni arañazos ni golpes ni extraños maullidos. *No, no tiene por qué oírse nada,* pensé. *El señor Bowditch mató a lo que fuera que hacía esos ruidos. Dos tiros y adiós, se apagaron las luces.* Saqué el llavero y pensé en ir probando con las llaves hasta que una encajara, pero volví a guardármelo en el bolsillo. Primero escucharía la cinta. Y si resultaba que no contenía nada más que la voz del señor Bowditch canturreando «Home on the Range» o «A Bicycle Built for Two» durante un colocón de OxyContin, me llevaría un chasco. Pero no creía que fuera eso. «Todo lo demás que necesitas está también debajo de la cama», me había dicho, y el reproductor de casete estaba debajo de la cama.

Abrí la caja fuerte y lo saqué, un simple casete negro antiguo, no tan retro como el televisor, pero ni mucho menos nuevo; la tecnología había seguido avanzando. Bajé a la cocina, dejé el aparato en la mesa y pulsé el botón para reproducir la cinta. Nada. Solo un susurro cuando la cinta se deslizó por los cabezales. Empezaba a pensar que al final aquello quedaría en nada —como lo de la caja fuerte de Al Capone que había mencionado Gleason— cuando caí en la cuenta de que el señor Bowditch no había rebobinado la cinta. Muy posiblemente porque estaba grabándola en el momento en que le sobrevino el infarto. Al pensarlo, se me erizó un poco el vello. «Qué dolor —había dicho el señor Bowditch—. Quema como arrabio en la fragua».

Pulsé rebobinar. La cinta giró hacia atrás durante largo

rato. Cuando por fin se detuvo con un chasquido, volví a pulsar el botón de reproducción. Tras unos segundos de silencio, oí un sonoro golpe y a continuación aquella respiración ronca que conocía muy bien. El señor Bowditch empezó a hablar.

He dicho que estaba seguro de que podía contar esta historia, pero también estaba seguro de que nadie se la creería. Aquí es donde empieza vuestra incredulidad.

7

¿Me investigó tu padre, Charlie? Seguro que sí, sé que yo en su lugar lo habría hecho. Y seguro que, teniendo en cuenta su oficio, disponía de recursos para hacerlo. En ese caso, habrá averiguado que un tal Adrian Bowditch —quizá mi padre, debió de pensar, más probablemente mi abuelo— compró en 1920 el terreno donde se encuentra esta casa. No la compró ninguno de ellos. Fui yo. Cuando nací, en 1894, me pusieron Adrian Howard Bowditch. Lo cual me convierte en un hombre de alrededor de ciento veinte años. La casa se terminó en 1922. O tal vez fuera 1923, no lo recuerdo con exactitud. Y el cobertizo, por supuesto, no nos olvidemos del cobertizo, que es incluso anterior a la casa, y lo construí yo con mis propias manos.

El Howard Bowditch que tú conoces es un tipo al que le gusta llevar una vida aislada, en compañía de su perra..., no nos olvidemos de Radar. Pero Adrian Bowditch, mi supuesto padre, era todo un trotamundos. El número 1 de Sycamore Street, aquí en Sentry's Rest, era su base, aunque pasaba tanto tiempo fuera como aquí. Yo veía los cambios en el pueblo cada vez que volvía, como una sucesión de instantáneas. Me resul-

taba fascinante y desalentador a un tiempo. Tenía la impresión de que en Estados Unidos muchas cosas iban por mal camino, y la sigo teniendo, pero supongo que eso no viene a cuento.

Volví por última vez como Adrian Bowditch en 1969. En 1972, a los setenta y ocho años, contraté a un cuidador llamado John McKeen —un hombre excelente, ya mayor, fiable, lo encontrarás en los archivos municipales si decides consultarlos— y emprendí mi último viaje, supuestamente a Egipto. Pero no fui allí, Charlie. Tres años más tarde, en 1975, regresé presentándome como mi hijo, Howard Bowditch, de unos cuarenta años. Supuestamente, había vivido la mayor parte de su vida hasta entonces en el extranjero con su madre, separada de su marido. Ese detalle siempre me gustó. La separación es en cierto modo más real que el divorcio o la muerte. Además, es una palabra maravillosa, con una sonoridad especial. Después de que Adrian Bowditch muriera en Egipto, me establecí en la mansión familiar y decidí quedarme. En cuanto a la propiedad, no había la menor duda: me la dejé en herencia a mí mismo. Tiene gracia, ¿no te parece? Antes de contarte el resto, quiero que pares la cinta y vayas al cobertizo. Puedes abrirlo; tienes mis llaves. Al menos, eso espero. Ahí dentro no hay nada que pueda hacerte daño, los tablones están otra vez en su sitio y los bloques están encima. ¡Dios santo, no veas lo que pesan! Pero lleva mi revólver si quieres. Y coge también la linterna, la que está en el armario de la cocina. En el cobertizo hay luz, pero igualmente necesitarás la linterna. Ya sabrás por qué. Mira lo que hay que mirar. La que tú oíste por primera vez habrá desaparecido casi por completo, quizá del todo, pero los restos de la que yo maté seguirán ahí. Al menos, la mayor parte. Cuando hayas echado un intuito, como se decía antes, vuelve y escucha el resto. Hazlo ahora. Confía en mí, Charlie. Cuento contigo.

Detuve la grabación y me quedé allí sentado un momento. Ese hombre estaba loco, tenía que estarlo, aunque nunca me había *parecido* loco. Había conservado la lucidez incluso al final, cuando me llamó y dijo que sufría un infarto. Sin duda en ese cobertizo había algo —o lo hubo—, eso era innegable. Yo lo había oído, Radar lo había oído, y el señor Bowditch había ido hasta allí y le había pegado dos tiros. Pero ¿ciento veinte años? Casi nadie vivía tanto, quizá una persona de cada diez millones, y nadie retrocedía hasta los cuarenta años, haciéndose pasar por su propio hijo. Esas cosas solo ocurrían en las narraciones fantásticas.

—En los cuentos de hadas —dije, y estaba tan nervioso, tan alterado, que me sobresalté al oír mi propia voz.

Confía en mí, Charlie. Cuento contigo.

Me levanté, y casi tuve la sensación de que estaba fuera de mi propio cuerpo. No sé describirlo mejor. Fui a la planta de arriba, abrí la caja fuerte y cogí el 45 del señor Bowditch. Seguía en la funda, y la funda seguía prendida del cinturón tachonado. Me lo ceñí y me anudé las cintas por encima de la rodilla. Mi yo interior se sintió ridículo al hacerlo, como un niño que jugara a los vaqueros. Mi yo exterior se alegró de notar el peso y de saber que el revólver estaba totalmente cargado.

La linterna era un buen utensilio, de tubo largo, con seis pilas D. La accioné una vez para asegurarme de que funcionaba; luego salí y crucé el jardín trasero por el césped en dirección al cobertizo. *Pronto habrá que cortar el césped otra vez*, pensé. El corazón me latía deprisa y con fuerza. No era un día especialmente caluroso, pero notaba que el sudor me resbalaba por las mejillas y el cuello.

Me saqué el llavero del bolsillo y se me cayó. Me agaché a recogerlo y me golpeé la cabeza con la puerta del cobertizo. Cogí el llavero y examiné las llaves una por una. Una tenía la cabeza redonda y llevaba grabada en letra caligráfica la palabra «Studebaker». Las que abrían las puertas principal y trasera de la casa ya las conocía. Otra era pequeña, quizá para abrir una taquilla, o tal vez incluso una caja de seguridad de un banco. Y había una llave Yale para el gran candado plateado Yale de la puerta del cobertizo. La inserté en la base del candado y acto seguido golpeé la puerta con el puño.

—¡Eh! —grité… aunque *bajo*. No quería que la señora Richland me oyese por nada del mundo—. ¡Eh, si estás ahí dentro, retrocede! ¡Voy armado!

No oí nada, pero me quedé allí inmóvil, con la linterna en la mano, paralizado por el miedo. ¿A qué? A lo desconocido, que es lo que más asusta.

Ahora o nunca, Charlie, imaginé que decía el señor Bowditch.

Me obligué a girar la llave. El aro del candado se soltó. Lo retiré, giré el picaporte y colgué el candado encima. Una brisa me alborotó el pelo. Abrí la puerta. Las bisagras chirriaron. Dentro estaba a oscuras. Daba la impresión de que la luz del exterior entraba y sencillamente se apagaba. En la cinta, el señor Bowditch decía que dentro había luz, aunque desde luego no llegaba al cobertizo ningún cable eléctrico. Iluminé con la linterna el lado derecho de la puerta y vi un interruptor. Lo accioné y se encendieron dos lámparas que funcionaban con pilas, las dos en alto y en lados opuestos. Como las luces de emergencia que se encendían durante los apagones en un colegio o un cine. Emitieron un zumbido grave.

El suelo era de tablones de madera. En el rincón de la izquierda más alejado de la puerta, había tres tablones dispuestos en hilera con bloques de hormigón sobre los extremos. Enfoqué la linterna a la derecha y vi algo tan horrendo e inesperado que tardé un momento en asimilarlo. Deseé dar media vuelta y echar a correr, pero no podía moverme. Parte de mí pensaba (en la medida en que *alguna* parte de mí era capaz de pensar en aquellos primeros segundos) que se trataba de una broma macabra, una criatura de película de terror hecha de látex y alambre. Vi un único círculo de luz en la pared, allí donde una bala la había traspasado después de atravesar a aquel ser al que observaba.

Era una especie de insecto, pero casi tan grande como un gato adulto. Estaba muerto, con las numerosas patas hacia arriba. Las tenía dobladas por la mitad, como si tuvieran rodillas, y cubiertas de un vello áspero. Un ojo negro miraba sin vida. Una de las balas del señor Bowditch lo había alcanzado en el abdomen, y las inextricables entrañas yacían alrededor de su vientre desgarrado como un extraño pudin. Tenues efluvios se elevaban de esas tripas, y cuando otra ráfaga de brisa sopló en torno a mí (que seguía paralizado en el umbral de la puerta, con la mano aparentemente soldada al interruptor de la luz), nuevos efluvios se elevaron de la cabeza de aquel ser y de los intersticios del caparazón de su espalda. El ojo de mirada fija se hundió, dejando en su lugar una cuenca vacía que parecía fulminarme con la mirada. Dejé escapar un leve chillido, pensando que aquello volvía a cobrar vida. Pero no. Estaba todo lo muerto que podía estar. Se hallaba en plena descomposición, y el aire fresco estaba acelerando el proceso.

Con la linterna en la mano izquierda, enfocada hacia el cadáver del bicho, me obligué a avanzar. Empuñaba el arma con la derecha. Ni siquiera recordaba haberla desenfundado.

«Cuando hayas echado un intuito, como se decía antes».

Supuse que con eso se refería a «echar un vistazo». No me gustaba la idea de apartarme de la puerta, pero me obligué a hacerlo. O me obligó mi yo exterior, porque quería echar un intuito. El yo interior en esencia farfullaba de terror, asombro e incredulidad. Me acerqué a los tablones con los bloques encima. En el camino, tropecé con algo y, cuando lo alumbré, lancé un grito de repugnancia. Era la pata de un insecto, o lo que quedaba de ella; lo supe por el vello y la flexión de la rodilla. Pese a que no la había golpeado con fuerza, y a que llevaba zapatillas, se partió en dos. Pensé que era parte del bicho al que había oído tiempo atrás. Había muerto allí, y eso era lo único que quedaba.

¡Eh, Charlie, ten una pata!, imaginé que decía mi padre, al tiempo que me ofrecía un muslo de pollo frito. *¡Es el mejor del país!*

Sentí náuseas y me tapé la boca con la mano hasta que se me pasaron las ganas de vomitar. Si el bicho muerto hubiese apestado, seguramente no habría podido contenerme, pero apenas olía, quizá porque la descomposición ya había superado ese punto.

Los tablones y bloques de hormigón cubrían un hoyo en el suelo, de un metro y medio de diámetro más o menos. Primero pensé que era un pozo dejado allí en los tiempos anteriores al suministro de agua corriente municipal, pero cuando apunté con el haz de luz entre dos tablones, vi unos cortos peldaños de piedra que descendían en espiral. A gran profundidad, en la negrura, se oían correteos y leves gorjeos. Atisbé un movimiento y me quedé paralizado. Más bichos… y no muertos. Retrocedían ante la luz, y de pronto me pareció saber qué eran: cucarachas. Eran de tamaño familiar, pero hacían lo que siempre hacían las cucarachas cuando las enfocaban con una luz: correr desesperadas.

El señor Bowditch había tapado la boca del hoyo, que descendía hasta Dios sabía dónde (o *qué*), pero o bien había hecho un mal trabajo —cosa nada propia de él—, o bien los bichos habían conseguido apartar al menos un tablón a lo largo del tiempo. ¿Desde 1920, por ejemplo? Mi padre se habría reído, pero mi padre nunca había visto una cucaracha del tamaño de un gato.

Apoyé una rodilla en el suelo y dirigí la luz entre los tablones. Si había más cucarachas enormes, habían desaparecido. Solo se veían aquellos peldaños, que bajaban y bajaban en espiral. Entonces me asaltó un pensamiento, al principio extraño y después nada extraño ni mucho menos. Tenía ante los ojos la versión de la mata de habichuelas de Jack del señor Bowditch. Descendía en lugar de subir, pero en el extremo opuesto había oro.

De eso estaba seguro.

9

Retrocedí poco a poco, apagué las lámparas a pilas e iluminé con la linterna por última vez aquel ser horrendo que yacía contra la pared. En ese momento despedía más vapor y *había* un olor similar a menta acre. El aire fresco le estaba afectando muy mal.

Cerré la puerta, encajé el candado y volví a la casa. Dejé la linterna en el armario y el revólver en la caja fuerte. Miré el cubo de bolas de oro, pero no sentí el menor impulso de hundir las manos en él, aquel día no. ¿Y si, en el fondo del cubo, palpaba un segmento de pata de insecto peludo?

Cuando llegaba a las escaleras, empezaron a flojearme las piernas y tuve que agarrarme al poste de la barandilla para evitar una mala caída. Tembloroso, me senté en lo alto. Al cabo de un minuto o dos, logré recuperar el control y bajé, sujetándome a la barandilla de un modo que me recordó al señor Bowditch. Me desplomé con pesadez en una silla junto a la mesa de la cocina y miré el aparato. Parte de mí deseaba extraer la casete, sacar de la carcasa los largos bucles de cinta marrón y tirarlos a la basura, pero no lo hice. No podía.

Confía en mí, Charlie. Cuento contigo.

Pulsé el botón de reproducción, y durante un momento fue como si el señor Bowditch estuviera allí conmigo, viendo lo aterrorizado —lo asombrado— que estaba y deseando tranquilizarme. Apartar mi pensamiento de la forma en que el ojo de aquel insecto enorme se había hundido hacia dentro, dejando la cuenca vacía fija en mí. Y dio resultado, al menos un poco.

10

Solo son cucarachas, y no peligrosas. Una luz intensa las ahuyenta. A menos que hayas echado a correr gritando al ver a la que maté a tiros —y eso no sería propio del chico al que yo conozco—, luego habrás mirado a través de los tablones y habrás visto el pozo y la escalera que baja. A veces suben unas cuantas cucarachas, pero solo cuando empieza el calor. No me explico por qué, ya que el aire es letal para ellas. Empiezan a descomponerse incluso cuando aún están atrapadas bajo esos tablones, pero los embisten igualmente. ¿Será un deseo de muerte instintivo? ¿Quién sabe? En estos últimos años, me he vuelto cada vez más descuidado con el mantenimiento de esa barrera sobre el pozo, en estos años me he vuelto cada vez más descuidado con un montón de cosas... y por eso subió un par.

Hacía muchos años que no ocurría. La que oíste en primavera murió sin más, y de ella ya solo quedan una pata y una antena. La otra…, bueno, ya sabes. Pero no son peligrosas. No muerden.

Lo llamo «el pozo de los mundos», un nombre que saqué de una vieja historia de terror de un tal Henry Kuttner, y en realidad no lo encontré. Caí dentro.

Te contaré todo lo que pueda, Charlie.

Como Adrian Bowditch, nací en Rhode Island, y aunque se me daban bien las matemáticas y me encantaba leer…, como sabes…, no me gustaba el colegio, ni me gustaba mi padrastro, que me pegaba cuando las cosas le iban mal en la vida. Lo cual ocurría a menudo, ya que bebía mucho y no era capaz de conservar un empleo más de unos meses seguidos. Me escapé de casa a los diecisiete años y me marché al norte, a Maine. Era un chico robusto, me uní a una cuadrilla de leñadores camino de las quimbambas, y acabé en el condado de Aroostook. Eso debió de ser allá por 1911, el año en que Amundsen llegó al Polo Sur. ¿Recuerdas que te dije que era un simple leñador? Pues era verdad.

Me dediqué a eso durante seis años. Luego, en 1917, vino a nuestro campamento un soldado para informarnos de que todos los hombres sanos debían presentarse en la oficina de correos de Island Falls para incorporarse a filas. Algunos de los chicos más jóvenes, yo entre ellos, subimos a un camión, pero yo no tenía ninguna intención de irme a algún lugar de Francia a cebar la máquina de la guerra. Me dije que esa máquina ya tenía suficiente sangre para beber y que no hacía falta añadir la mía, así que me despedí de los otros mientras hacían cola para alistarse y cogí un tren de mercancías con destino al oeste. Acabé en Janesville. No lejos de donde ahora estamos, y allí me contrató una cuadrilla de tala. Cuando eso se terminó, seguí la ruta maderera hasta el condado de Sentry, que ahora es el condado de Arcadia. Nuestro condado.

Aquí no había mucha tala, y pensé en continuar, quizá hasta Wyoming o Montana. Si lo hubiese hecho, mi vida habría sido muy distinta. Habría completado un ciclo de vida normal, y tú y yo no nos habríamos conocido. Pero en Buffington —donde está ahora la reserva forestal— vi un letrero que decía: SE BUSCA AGRIMENSOR. Y debajo otra cosa que parecía concebida para mí: DEBE TENER EXPERIENCIA EN EL MANEJO DE MAPAS Y EL TRABAJO EN BOSQUES.

Fui a la oficina del registro del condado y, después de interpretar unos mapas —latitud, longitud, cotas y demás—, conseguí el puesto. Hijo, me sentí como el hombre que cayó en un montón de mierda y salió con una rosa entre los dientes. Tenía que patearme el bosque todo el puto día, marcando árboles y trazando mapas y situando en los planos las viejas pistas madereras, que eran muchas. Algunas noches me alojaba con familias dispuestas a acogerme y otras acampaba al raso. Era magnífico. A veces me pasaba días sin ver un alma. No todo el mundo está hecho para eso, pero yo sí.

Un día de otoño de 1919, estaba en Sycamore Hill, en lo que por entonces se conocía como bosque de Sentry. El pueblo de Sentry's Rest ya existía, pero en realidad era solo una aldea, y Sycamore Street acababa en el río Little Rumple. El puente —el primer puente— no se construyó hasta al menos quince años más tarde. El barrio donde tú te criaste no apareció hasta después de la Segunda Guerra Mundial, cuando los soldados volvieron a casa.

Yo me abría paso entre la broza y la maleza en el bosque donde ahora está mi jardín trasero, buscando un camino de tierra que supuestamente se hallaba más adelante en algún sitio, sin pensar en nada más allá de dónde podría tomar un joven una copa en esa aldea, y me hundí en el suelo. Iba caminando tan tranquilo bajo el sol y de repente estaba en el pozo de los mundos.

Si alumbras con la linterna entre los tablones, verás que tuve suerte de no matarme. No hay barandilla, y los peldaños descienden en espiral en torno a un hueco desde una imponente altura de más de cincuenta metros. Las paredes son de piedra tallada, ¿te has fijado? Muy antiguas. Sabe Dios cuántos años tendrán. Algunos de los bloques se han desprendido y precipitado hasta el fondo, donde han quedado amontonados. Cuando ya me inclinaba hacia el hueco de la escalera a punto de perder el equilibrio, tendí la mano y me agarré a una de esas hendiduras en el muro. No podía medir más de ocho centímetros de ancho, pero me bastó para meter los dedos. Arrimado a la curva del muro, conseguí retroceder, alzando la vista hacia la luz del día y el radiante cielo azul, con el corazón a doscientas pulsaciones por minuto, preguntándome dónde demonios había caído. No cabía duda de que no era un pozo corriente, no con aquellos peldaños de piedra y aquellos bloques de piedra tallada alrededor.

Cuando recuperé el aliento... No hay nada como estar a punto de precipitarte por un agujero negro en lo que habría sido una caída mortal para que se te corte la respiración... Cuando recuperé el aliento, me desprendí la linterna eléctrica del cinturón y alumbré hacia abajo. No veía nada, pero oía una especie de susurros, así que allí abajo había algo *vivo*. No me preocupaba. Por aquel entonces también llevaba una pistola al cinto, porque el bosque no siempre era un lugar seguro. Más que de los animales..., aunque en esa época había osos, muchos..., era de los hombres de quienes había que preocuparse, en especial de los destiladores de aguardiente, pero no me pareció que aquel hoyo pudiera contener ningún alambique. Ignoraba qué sería aquello, pero era un joven curioso y estaba decidido a verlo.

Me enderecé la mochila, que se me había torcido al caer por la escalera, y bajé. Y bajé y bajé. Di vueltas y más vueltas. El pozo de los mundos tiene más de cincuenta metros de profundidad y ciento ochenta y cinco peldaños de piedra de distintas alturas. Al final se abre un túnel con las paredes de piedra... o tal vez sería mejor llamarlo pasadizo. Hay altura suficiente para pasar sin agachar la cabeza, Charlie, y aún cabría otro hombre de pie encima.

Al pie de la escalera, el suelo era de tierra, pero un poco más allá..., ahora sé que al cabo de unos cuatrocientos metros..., el suelo pasa a ser de piedra. Aquel susurro era cada vez más sonoro. Como de papel u hojas de árbol agitadas por una ligera brisa. Pronto empecé a oírlo encima de mí. Levanté la linterna y vi el techo cubierto de murciélagos, los murciélagos más grandes que hayas visto en tu vida. De una envergadura comparable a la de una gallinaza. A la luz, el susurro cobró volumen, y en el acto bajé la linterna y enfoqué entre mis pies para que no echaran a volar alrededor. La idea de que me asfixiaran con sus alas me provocó lo que mi madre habría llamado «un jamacuco». A mí las serpientes y la mayoría de los insectos me traen sin cuidado, pero los murciélagos siempre me han dado pavor. Cada cual tiene sus propias fobias, ¿no?

Seguí y seguí, más de un kilómetro y medio, y la linterna empezaba a fallar. ¡En aquellos tiempos no había Duracell, muchacho! A veces colgaba del techo una colonia de murciélagos y a veces no. Decidí volver atrás antes de quedarme a oscuras y justo entonces me pareció ver al frente un asomo de luz del día. Apagué la linterna y, en efecto, era la luz del día.

Fui hacia allí, sintiendo curiosidad por ver adónde salía. Supuse que daría a la orilla norte del Little Rumple, porque tenía la impresión de haber ido hacia el sur, aunque no podía estar seguro. Me dirigí hacia allí y, cuando me acercaba, me pasó algo. No puedo describirlo bien, pero debo intentarlo por si decides seguir mis pasos, por así decirlo. Fue como un mareo, pero más que eso. Tuve la sensación de que me convertía en un fantasma, Charlie, como si pudiera mirarme el cuerpo y ver a través de él. Era incorpóreo, y recuerdo que pensé que en realidad, sobre la faz de la tierra, todos somos solo fantasmas que intentan convencerse de que tienen peso y un lugar en el mundo.

Eso duró quizá unos cinco segundos. Seguí caminando, aunque de hecho me parecía no estar del todo allí. De pronto la sensación desapareció, y llegué a la abertura del final del túnel... quizá otros doscientos metros más allá... y salí no a la orilla del Little Rumple, sino a la ladera de un monte. Abajo había un campo de magníficas flores rojas. Amapolas, creo, aunque despedían un olor similar al de la canela. Pensé: ¡Alguien ha desplegado la alfombra roja para mí! Las atravesaba un sendero hasta una carretera donde vi una casa pequeña..., una cabaña, en realidad..., de cuya chimenea salía humo. En el horizonte lejano, allí hacia donde iba la carretera, vi los chapiteles de una gran ciudad.

El sendero era apenas visible, como si nadie lo hubiera transitado en mucho tiempo. Un conejo lo cruzó brincando cuando empecé a bajar; doblaba en tamaño a un conejo de este mundo. Desapareció entre la hierba y las flores. Yo...

Aquí se producía una pausa, pero oí la respiración del señor Bowditch. Sonaba más ronca. Más anhelante. Al cabo de un momento, continuó.

Esto es una cinta de noventa minutos, Charlie. Encontré una caja llena entre los cachivaches de la segunda planta, de antes de que los casetes pasaran a quedarse tan obsoletos como los sellos de tres centavos. Podría llenar cuatro, o cinco, quizá incluso toda la caja. He corrido muchas aventuras en ese otro mundo, y las contaría si tuviera tiempo. Creo que no lo tengo. Desde mi pequeña práctica de tiro en el cobertizo, no me encuentro nada bien. Noto un dolor en el lado izquierdo del cuello y en el brazo izquierdo hasta el codo. A veces se atenúa un poco, pero la opresión en el pecho, no. Sé qué significan esos síntomas. Se avecina una tormenta dentro de mí, y creo que no tardará en desatarse. Me arrepiento de algunas cosas, de muchas. Una vez te dije que un hombre valiente ayuda, pero un cobarde solo hace regalos. ¿Te acuerdas? Yo hice regalos, pero solo porque sabía que me faltaba el valor para ayudar cuando sobrevinieron los cambios atroces. Me dije que era demasiado viejo, así que cogí el oro y hui como Jack al deslizarse por la mata de habichuelas. Solo que él era un niño. Yo debería haberme comportado mejor.

Si vas a ese otro mundo, donde dos lunas se alzan en el cielo por la noche y donde no existe ninguna de las constelaciones que conocen los astrónomos de la Tierra, debes saber ciertas cosas, así que escúchame atentamente.

El aire de nuestro mundo es letal para las criaturas del suyo, excepto, supongo, para los murciélagos. Una vez me traje un conejo a modo de experimento. Murió enseguida. En cambio, el aire de ellos no es letal para nosotros. Es vigorizante, de hecho.

La ciudad fue en otro tiempo un lugar magnífico, pero ahora es peligrosa, sobre todo de noche. Si entras, ve solo de día y procura no hacer ruido una vez que cruces sus puertas. Quizá parezca vacía, pero no lo está. Lo que impera allí es peligroso y aterrador, y lo que hay debajo es más aterrador aún. He marcado el camino hasta una plaza situada detrás del palacio, tal como antes marcaba los árboles del bosque, con mis iniciales originales: AB. Si sigues esas marcas… y guardas silencio… no te pasará nada. Si no lo haces, puedes perderte en esa ciudad aterradora hasta que mueras. Hablo con conocimiento de causa. Sin mis marcas, aún estaría allí, muerto o loco. Lo que en otro tiempo era magnífico y hermoso ahora es gris y está maldito y enfermo.

Se produjo otra pausa. El estertor era ya más sonoro, y cuando continuó, su voz sonó áspera, casi irreconocible. Tuve la sospecha —casi la certeza— de que mientras pronunciaba esas palabras yo estaba en el instituto, de camino a la clase de Química o ya allí, determinando el punto de ebullición de la acetona.

Radar ha estado allí conmigo, cuando era joven, poco más que un cachorro. Bajó brincando por los peldaños del pozo sin ningún miedo. Ya sabes que se echa al suelo cuando le das la orden «échate»; también sabe quedarse en silencio cuando se le ordena «calla» o «silencio». Esa orden le di aquel día, y pasamos por debajo de las colonias de murciélagos sin molestarlos. Atravesó lo que he acabado considerando la frontera sin el menor malestar perceptible. En el campo de flores rojas, saltó y se revolcó entre ellas encantada. Y le cogió cariño a la mujer que vive en la cabaña. La mayoría de las personas de nuestro mundo volverían la cabeza con repugnancia al verla tal y como es ahora, pero creo que los perros perciben la naturaleza interior y prescinden de la apariencia exterior. ¿Te suena eso demasiado romántico? Quizá, pero esa impresión ten…

Alto. No debo divagar. No hay tiempo.

Quizá decidas llevar a Radar contigo, tal vez después de echar un intuito tú mismo, o quizá de inmediato. Porque a ella se le acaba el tiempo. Con el nuevo medicamento puede que consiga volver a bajar por esos peldaños. Si puede, estoy seguro de que el aire de ese lugar la revitalizará. Todo lo seguro que puedo estarlo, al menos.

En otro tiempo, había juegos en la ciudad, y los miles de personas que acudían a verlos se congregaban en la plaza que he mencionado mientras esperaban a entrar en el estadio que forma parte del palacio... o es anexo a él, supongo que podría decirse. Cerca de esa plaza, hay un enorme reloj de sol de unos treinta metros de diámetro. Gira, como el tiovivo de la novela. La novela de Bradbury. Estoy seguro de que él... dejémoslo, centrémonos en esto: el reloj de sol es el secreto de mi longevidad, y pagué un precio. No debes colocarte encima tú mismo, pero si pusieras encima a Radar...

Santo cielo. Creo que me llega el momento. ¡Dios mío!

Sentado a la mesa de la cocina con las manos entrelazadas, observé los cabezales. A través de la ventanilla del casete, veía que la cinta se aproximaba al punto en que la había rebobinado.

Charlie, lamento pensar que te envío al origen de tantos de nuestros horrores terrenales, y no voy a ordenártelo, pero el reloj de sol está allí, y el oro también está allí. Las marcas te llevarán hasta él. AB, recuérdalo.

Te dejo en mi testamento esta casa y el terreno, pero no son un regalo. Son una carga. Cada año el valor es mayor y cada año suben los impuestos. Más que a Hacienda, mucho más, temo... ese horror jurídico conocido como derecho de expropiación, y yo... tú... nosotros...

Había empezado a jadear, y tragaba saliva una y otra vez, con un sonoro gluglú que quedaba claramente registrado en la cinta. Noté que me había clavado las uñas en las palmas de las manos. Cuando volvió a hablar, fue con un esfuerzo colosal.

¡Escucha, Charlie! ¿Imaginas qué ocurriría si la gente averiguase que hay otro mundo a su alcance? ¿Uno al que puede acceder solo con descender ciento ochenta y cinco peldaños de piedra y recorrer un pasadizo de menos de dos kilómetros? ¿Si el gobierno se diera cuenta de que ha encontrado un nuevo mundo que explotar ahora que los recursos de este casi se han agotado? ¿Temerían al Asesino del Vuelo o despertar de su largo sueño al terrible dios de ese lugar? ¿Entenderían las espantosas consecuencias de...? Pero tú..., si tuvieras los medios..., tú...

Se oyeron estertores y ruidos sordos. Jadeos. Cuando habló de nuevo, su voz aún era audible pero mucho más débil. Había alejado el casete con el pequeño micrófono incorporado.

Estoy sufriendo un infarto, Charlie..., ya lo sabes..., te he llamado..., hay un abogado. Leon Braddock, en Elgin. Hay una cartera. Debajo de la cama. Todo lo demás que necesitas está también debajo de la c...

Se oyó un último ruido, y después silencio. Había apagado el aparato voluntariamente o golpeado la pequeña palanca de GRABACIÓN con la mano vacilante. Me alegré. No necesitaba escuchar su agonía final.

Cerré los ojos y me quedé allí sentado durante... no sé cuánto tiempo. Quizá un minuto, quizá tres. Recuerdo que, en mi oscuridad, bajé la mano pensando que tocaría a Radar y obtendría algo del consuelo que siempre me proporcionaba acariciarla. Pero Radar no estaba allí. Radar estaba calle abajo, en una casa razonable donde había un jardín trasero razonable sin ningún hoyo, sin ningún delirante pozo de los mundos.

¿Qué debía hacer? Dios santo, ¿qué debía hacer?

Para empezar, saqué la cinta del aparato y me la guardé en el bolsillo. Era un objeto peligroso, quizá el más peligroso del mundo..., pero solo si alguien creía que aquello era algo más que las divagaciones de un viejo en pleno infarto. Pero nadie lo creería, por supuesto. A menos que...

Me levanté, las piernas apenas me respondían, y fui a la puerta de atrás. Observé el cobertizo que el señor Bowditch —cuando era mucho más joven— había construido sobre el pozo de los mundos. Lo contemplé durante largo rato. Si alguien entraba ahí...

Dios santo.

Me fui a casa.

11

Esa noche. Ensimismamiento en clase.
Mi padre se marcha. El pozo de los mundos.
Lo Otro. La vieja. Una sorpresa desagradable.

1

—¿Estás bien, Charlie?

Aparté la vista del libro. Estaba absorto. Habría dicho que nada podía alejar de mi pensamiento la cinta que había escuchado en la cocina del señor Bowditch, la que para entonces estaba escondida en el estante superior de mi armario bajo una pila de camisetas viejas, pero ese libro lo había conseguido. Ese libro, que había cogido del dormitorio del señor Bowditch, había evocado su propio mundo. Radar, dormida a mi lado, emitía ligeros ronquidos de vez en cuando.

—¿Eh?

—Te preguntaba si estás bien. Apenas has probado la cena, y te he notado ausente toda la noche. ¿Estás pensando en el señor Bowditch?

—Bueno, sí. —Era verdad, aunque no exactamente en el sentido al que se refería mi padre.

—Lo echas de menos.

—Sí. Mucho. —Bajé la mano y acaricié el cuello a Radar. Entonces mi perra. Mi perra, mi responsabilidad.

—Es normal. Así debe ser. ¿Crees que estarás bien la semana que viene?

—Claro, ¿por qué?

En una demostración de paciencia, exhaló uno de esos suspiros que posiblemente solo exhalan los padres.

—El retiro. Ya te lo comenté. Tenías la cabeza en otra parte, supongo. El martes por la mañana me marcho a pasar cuatro días maravillosos en los bosques del norte. Lo organiza Overland, pero Lindy se las arregló para conseguirme una invitación. Muchos seminarios sobre responsabilidad civil, que serán pasables, y unos cuantos sobre la investigación de reclamaciones fraudulentas, que es un tema importantísimo, sobre todo para una empresa que justo empieza a abrirse camino.

—Como la tuya.

—Como la mía. También ejercicios para reforzar la vinculación. —Alzó la vista al techo.

—¿Habrá bebida?

—La habrá, y mucha, pero no para mí. ¿Estarás bien aquí tú solo?

—Claro. —En el supuesto de que no me perdiera en lo que, según afirmó el señor Bowditch, era una ciudad muy peligrosa regida por un dios dormido.

En el supuesto de que fuera allí.

—Estaré bien. Si pasa algo, te llamaré.

—Estás sonriendo. ¿Qué te hace gracia?

—Solo que ya no tengo diez años, papá. —En realidad, el motivo de mi sonrisa era que me preguntaba si en el pozo de los mundos habría cobertura. Imaginaba que Verizon no abarcaba aún ese territorio.

—¿Seguro que no hay nada en lo que necesites mi ayuda?

Díselo, pensé.

—No. Todo en orden. ¿Qué es un ejercicio para reforzar la vinculación?

—Te lo demostraré. Ponte de pie. —Se levantó a su vez—. Ahora colócate detrás de mí.

Dejé el libro en la butaca y me situé detrás de él.

—Se supone que debemos confiar en el equipo —dijo mi padre—. La verdad es que yo, trabajando en una empresa de un solo hombre, no tengo equipo, pero puedo participar en las actividades con espíritu deportivo. Trepamos a un árbol con un…

—¿Un *árbol*? ¿Trepáis a árboles?

—En muchos retiros de Overland, a veces no del todo sobrios. Con un observador. Todos lo hacemos, excepto Willy Deegan, que lleva un marcapasos.

—Por Dios, papá.

—Y hacemos esto.

Se dejó caer hacia atrás sin previo aviso con las manos entrelazadas relajadamente ante la cintura. Yo ya no practicaba ningún deporte, pero tenía buenos reflejos. Lo sujeté sin mayor problema y, mirándolo desde arriba, vi que tenía los ojos cerrados y sonreía. Esa sonrisa me despertó un afecto especial. Tiré de él hacia arriba, y volvió a erguirse. Radar nos miraba. Soltó un ladrido y agachó de nuevo la cabeza.

—Tendré que confiar en quienquiera que venga detrás de mí..., probablemente Norm Richards..., aunque confío más en ti, Charlie. Tenemos un vínculo.

—Genial, papá, pero no vayas a caerte de un árbol. Ya cuidé de un hombre que sufrió una caída, y con eso tengo el cupo lleno. Y ahora ¿puedo seguir leyendo?

—Adelante. —Cogió el libro de la butaca y miró la cubierta—. ¿Es de los del señor Bowditch?

—Sí.

—Yo lo leí cuando tenía tu edad, o quizá más joven. Una feria delirante llega a un pueblo pequeño aquí en Illinois, si no me falla la memoria.

—El Pandemónium de las Sombras de Cooger y Dark.

—Lo único que recuerdo es que salía una adivina ciega. Era espeluznante.

—Sí, la Bruja del Polvo es superespeluznante, eso desde luego.

—Tú lee, yo veré la televisión y me corromperé el cerebro. Esperemos que no te provoque pesadillas.

Si es que duermo, pensé.

2

Aunque probablemente Radar, con el nuevo medicamento, podría haber subido las escaleras, entré en la pequeña habitación de invitados y me siguió, ya cómoda en nuestra casa. Me quedé en calzoncillos, me recosté contra la almohada extra y continué leyendo. En la cinta, el señor Bowditch decía que había un enorme reloj de sol en una plaza detrás de un palacio y que giraba como el tiovivo de la novela de Bradbury, y que ese era el secreto de su longevidad. El reloj de sol le había permitido volver a Sentry's Rest lo bastante joven para hacerse pasar por su propio hijo. En *La feria de las tinieblas*, el tiovivo podía envejecerte al avanzar, pero rejuvenecerte cuando retrocedía. Y el señor Bowditch había dicho algo más, o empezado a decirlo. «Estoy seguro de que él… Dejémoslo».

¿Pretendía decir que Ray Bradbury había sacado la idea del tiovivo del reloj de sol de ese otro mundo? La idea de ganar o perder años en un tiovivo era una locura, pero la idea de que un respetado autor estadounidense hubiese visitado ese otro lugar era más absurda aún. ¿O no? Bradbury *había* pasado la primera infancia en Waukegan, que se encontraba a poco más de cien kilómetros de Sentry's Rest. Una breve visita a la entrada de Bradbury en Wikipedia me convenció de que era una mera coincidencia, a menos que hubiese visitado el otro mundo de niño. Si es que existía otro mundo. En cualquier caso, Bradbury, cuando tenía mi edad, vivía en Los Ángeles.

«Estoy seguro de que él… Dejémoslo».

Marqué la página y dejé el libro en el suelo. Estaba casi seguro de que Will y Jim sobrevivirían a sus aventuras, pero supuse que nunca volverían a ser tan inocentes. Los niños no tendrían que hacer frente a situaciones tan horrendas nunca. Lo sabía por propia experiencia. Me levanté y me puse el pantalón.

—Vamos, Rades. Necesitas salir a regar la hierba.

Me acompañó bastante bien dispuesta, sin cojear en absoluto. Por la mañana volvería a renquear, pero después de un poco de ejercicio su movilidad mejoraría. Al menos así había sido hasta el momento. Eso no duraría mucho más, si la ayudante de veterinario estaba en lo cierto. Había dicho que le sorprendería que Radar llegara a Halloween. Y para eso faltaban solo cinco semanas. Un poco menos, en realidad.

Rades olfateó por el jardín. Yo contemplé las estrellas, localizando el Cinturón de Orión y la Osa Mayor, esa presencia infalible. Según el señor Bowditch, en ese otro mundo había dos lunas y constelaciones que los astrónomos de la tierra nunca habían visto.

No era posible, nada de eso.

Sin embargo, allí estaba el pozo. Y la escalera. Y aquel puto bicho horroroso. Todo eso lo había visto.

Radar bajó los cuartos traseros con esa delicadeza suya, luego se acercó a mí en busca de un premio. Le di media galleta Bonz y la llevé de nuevo adentro. Había leído hasta tarde, y mi padre ya se había acostado. Ya era hora de que yo hiciese lo propio. La perra del señor Bowditch —mi perra— se tumbó con un suspiro y un pedo, no más que un leve silbido, en realidad. Apagué la luz y fijé la mirada en la oscuridad.

Díselo todo a papá. Llévalo al cobertizo. El bicho que el señor Bowditch mató a tiros seguirá allí —parte de él, al menos—, y aunque hubiera desaparecido, estará el pozo. Esto es una pesada carga, así que compártela.

¿Guardaría mi padre el secreto? Pese a lo mucho que lo quería, no confiaba en que así fuese o en que pudiese. En Alcohólicos Anónimos corre un millar de máximas y lemas, y una de ellas es: *Solo estás tan enfermo como tus secretos.* ¿Se lo contaría en confianza a Lindy? ¿O a un amigo de fiar del trabajo? ¿A su hermano, mi tío Bob?

Entonces recordé algo que había oído en el colegio, allá por sexto o séptimo curso. Historia de Estados Unidos, señorita Greenfield. Era una cita de Benjamin Franklin: «Tres pueden guardar un secreto si dos de ellos están muertos».

«¿Imaginas qué ocurriría si la gente averiguase que hay otro mundo a su alcance?».

Esa pregunta había planteado el señor Bowditch, y pensé que conocía la respuesta. Lo invadirían. «Se lo apropiarían», habría dicho mi profesora de Historia, muy progre. El gobierno convertiría la casa del número 1 de Sycamore Street en una zona de acceso restringido. Que yo supiera, bien podía ocurrir que desalojaran todo el vecindario. Y sí, luego empezaría la explotación, y el señor Bowditch estaba en lo cierto: las consecuencias podían ser terribles.

Por fin me dormí, pero soñé que estaba despierto y algo se movía debajo de la cama. Como pasa en los sueños, sabía qué era. Una cucaracha gigante. Una que mordía. Desperté de madrugada, convencido de que el sueño era algo real. Pero Radar habría ladrado, y en cambio estaba profundamente dormida y resoplaba en su propio sueño incognoscible.

3

El domingo subí a la casa del señor Bowditch para hacer lo que me proponía hacer el día anterior: empezar a limpiar. De algunas cosas no podía ocuparme yo, claro; los cojines rajados y el papel arrancado de las paredes tendrían que esperar. Había muchas tareas más, pero me vi obligado a dividirlas en dos tandas, porque la primera vez llevé a Radar, y fue un error.

Recorrió la planta baja de habitación en habitación buscando al señor Bowditch. No pareció alterarle el vandalismo, pero ladró furiosa al sofá y solo se interrumpía de vez en cuando para mirarme, como preguntándome si era tonto: ¿es que no veía cuál era el problema? La cama de su dueño había desaparecido.

Logré que me siguiera hasta la cocina y le ordené que se tumbara, pero se negó; no paraba de mirar hacia el salón. Le ofrecí una galleta de pollo, su chuchería favorita, pero la dejó caer en el linóleo. Decidí que debía llevarla de vuelta a casa y dejarla con mi padre, pero cuando vio la correa, echó a correr (muy ágilmente), atravesó el salón y se fue escaleras arriba. La encontré en el dormitorio del señor Bowditch, hecha un ovillo delante del armario, sobre el lecho improvisado de ropa arrancada de las perchas. Allí parecía a gusto, así que regresé a la planta baja y puse orden como pude.

A eso de las once, oí el repiqueteo de sus uñas en la escalera. Al verla, se me partió el corazón. No cojeaba, pero se movía despacio, con la cabeza gacha y el rabo entre las patas. Me miró con una expresión tan clara como las palabras: *¿Dónde está?*

—Vamos, chica —dije—. Salgamos de aquí.

Esta vez no se resistió a la correa.

4

Por la tarde, hice lo que pude en las plantas de arriba. El hombrecillo de la gorra de los White Sox y el pantalón de pana (en el supuesto de que fuese él, como yo creía) no había causado el menor daño en la segunda planta, al menos que yo viera. Pensé que había centrado la atención en la primera... y en la caja fuerte cuando la encontró. Además, debía de haber estado pendiente del reloj, pues sabría que los oficios fúnebres no se alargaban demasiado.

Recogí mi ropa y la apilé en lo alto de las escaleras con la intención de llevármela a casa. Luego me puse manos a la obra en el dormitorio del señor Bowditch. Enderecé la cama (que habían volcado), volví a colgar su ropa (tras poner del derecho los bolsillos) y recogí el relleno de las almohadas. Estaba furioso con el Señor Eco Ja Ja por lo que casi me parecía profanación de muertos, pero no pude evitar acordarme de algunas de las gamberradas que había hecho yo con Bertie Bird: mierda de perro en parabrisas, petardos en buzones, cubos de basura volcados, JESÚS SE LA MACHACA pintado con espray en el cartel del templo de la Iglesia Metodista de la Gracia. Nunca nos habían atrapado a los dos juntos, y sin embargo a mí solo, sí. Mientras contemplaba el desorden que había dejado el Señor Ja Ja a su paso y lo detestaba, caí en la cuenta de que me había atrapado a mí mismo. Por aquel entonces, yo había sido tan malo como el hombrecillo que caminaba y hablaba de una manera rara. Peor, en ciertos sentidos. El hombrecillo al menos tenía una motivación: buscaba el oro. Bird y yo éramos solo un par de niños que estaban cagándola y jodiendo a los demás.

Salvo que, naturalmente, Bird y yo nunca habíamos matado a nadie. Si no me equivocaba, el Señor Ja Ja, sí.

Una de las estanterías del dormitorio estaba volcada. La enderecé y empecé a colocar los libros en los estantes. Al fondo de la pila, encontré el volumen de aspecto académico que había visto en su mesilla de noche, junto con la novela de Bradbury que yo leía en ese momento. Lo cogí y miré la tapa: un embudo que se llenaba de estrellas. *Los orígenes de la fantasía y su lugar en la matriz del mundo…* Vaya galimatías. Y para colmo *perspectivas junguianas*. Consulté el índice para ver si salía algo sobre el cuento de Jack y las habichuelas mágicas. Resultó que sí. Intenté leerlo, y después me limité a mirarlo por encima. Era todo lo que yo aborrecía en lo que consideraba «pomposidad» académica, un texto lleno de palabras altisonantes con una sintaxis retorcida. Quizá sea pereza intelectual por mi parte, pero quizá no.

Por lo que era capaz de descifrar, el autor de ese capítulo en particular sostenía que en realidad existían *dos* cuentos de las habichuelas: el original, más cruento, y la versión aséptica a la que accedían los niños en la colección *Pequeños libros dorados*, aprobada por las madres, y las películas de dibujos animados. El original cruento se bifurcaba (he ahí una de las palabras altisonantes) en dos corrientes míticas, una oscura y otra luminosa. La oscura tenía que ver con los placeres del saqueo y el asesinato (por ejemplo, cuando Jack corta la mata de habichuelas y el gigante se hace picadillo). La luminosa tenía que ver con lo que el autor definía como «la epistemología de la fe religiosa wittgensteiniana», y si sabéis lo que eso significa aunque sea aproximadamente, sois mejores que yo.

Dejé el libro en la estantería, salí de la habitación y después regresé a mirar la tapa. La prosa del interior era farragosa, una sucesión de frases compuestas complejas que no daban descanso a los ojos, pero la tapa tenía cierto lirismo, tan perfecta a su manera como el poema de William Carlos Williams sobre la carretilla roja: un embudo que se llenaba de estrellas.

5

El lunes fui a la Secretaría del instituto a ver a mi vieja amiga la señora Silvius y le pregunté si podía hacer mi día de servicios a la comunidad semestral ese martes. Se inclinó hacia mí sobre el escritorio y me habló en voz baja y confidencial.

—¿Me huele esto a chico que quiere hacer novillos? Lo

pregunto solo porque se pide a los alumnos al menos un pre-aviso de una semana antes de su día de servicios. No es obligatorio, Charlie, pero se recomienda encarecidamente.

—No, aquí no hay trampa —contesté, mirándola muy serio a los ojos. Era una táctica eficaz cuando se decía una mentira que había aprendido de Bertie Bird—. Visito a los comerciantes del centro y les hago campaña para que colaboren con Adopta Un.

—¿Adopta Un? —La señora Silvius pareció interesarse a su pesar.

—Bueno, normalmente es Adopta Una Carretera, me metí en eso a través del Key Club, pero quiero ir más allá. Conseguir que los tenderos se interesen en Adopta Un Parque…, de hecho, tenemos seis, ¿sabe?… y Adopta un Paso Subterráneo… Muchos están que dan asco, es una verdadera vergüenza… Quizá incluso Adopta Un Solar, si puedo convencer…

—Me hago una idea. —Cogió un impreso y escribió en él—. Enseña esto a tus profesores, consigue el permiso de todos ellos y tráemelo. —Cuando me marchaba, añadió—: ¿Charlie? Todavía me huele a novillos. Te lo huelo por todas partes.

Yo no mentía exactamente acerca del proyecto de servicios a la comunidad, pero sí forzaba la verdad al afirmar que necesitaba un día libre de clase para llevarlo a cabo. Durante la quinta hora fui a la biblioteca, conseguí un folleto de Jaycees, la Cámara de Comercio Juvenil, en el que aparecían todos los comercios del centro y envié un correo masivo, cambiando solo los encabezamientos y los nombres de los distintos proyectos Adopta Un que se me habían ocurrido. Tardé media hora, lo cual me dejaba aún veinte minutos antes de que el timbre anunciara el cambio de clase. Regresé al mostrador de la entrada y pregunté a la señora Norman si tenía los *Cuentos de los hermanos Green*. El libro físico no estaba en la biblioteca, así que me entregó un Kindle con el rótulo en dymo PROPIEDAD DEL INSTITUTO HILLVIEW en la parte de atrás y me facilitó un código de un solo uso para descargarme el libro.

No leí todos los cuentos. Solo eché una ojeada al índice y miré la introducción por encima. Me pareció interesante (aunque no me sorprendió del todo) descubrir que existían versiones más siniestras de la mayoría de los cuentos que conocía de mi infancia. El original de «Ricitos de Oro y los tres osos» era un relato oral que corría desde el siglo XVI, y en él no salía ninguna niña llamada Ricitos de Oro. El personaje principal era una vieja malvada que irrumpía en la casa de los osos, en esencia rompía todas sus cosas, y después saltaba por una ventana y, riéndose a carcajadas, escapaba al bosque. «El Enano Saltarín» era aún peor. En la versión que recordaba vagamente, el viejo enano, Rumpelstiltskin, se marchaba hecho una fiera cuando la chica encargada de hilar la paja y convertirla en oro adivinaba su nombre. En la versión de 1857 recogida en el libro de los Green, pateaba el suelo con tal fuerza que hundía un pie en la tierra y, al intentar sacarlo tirándose del otro, se partía por la mitad. Pensé que era una historia de terror digna de la franquicia *Saw*.

A sexta hora, teníamos una asignatura de un solo semestre que se llamaba Estados Unidos Hoy. No presté la menor atención a lo que decía el señor Masensik, absorto como estaba en el mundo de la fantasía. Por ejemplo, en ese tiovivo de *La feria de las tinieblas* que era como el reloj de sol de ese país de lo Otro. «El secreto de mi longevidad», había dicho el señor Bowditch. Jack había robado oro al gigante; el señor Bowditch también había robado oro a... ¿quién? ¿A qué? ¿A un gigante? ¿A un demonio de literatura barata llamado Gogmagog?

En cuanto mi pensamiento enfiló ese camino, vi similitudes por todas partes. Mi madre había muerto en un puente que cruzaba el río Little Rumple. ¿Y qué decir del hombrecillo de voz rara? ¿No era así como el cuento describía al Enano Saltarín, a Rumpelstiltskin? Y por otro lado estaba yo. ¿En cuántos relatos imaginarios un joven héroe (como Jack) emprendía una búsqueda en un país fantástico? O pongamos *El mago de Oz*, donde un tornado se llevaba a una niña de Kansas hasta un mundo de brujas y duendes. Yo no era Dorothy, y Radar no era Toto, pero...

—Charles, ¿te has quedado dormido ahí atrás? ¿O quizá mi meliflua voz te ha hipnotizado y estás en trance?

Risas de todos mis compañeros, la mayoría de los cuales no habrían distinguido la palabra «meliflua» de un hoyo de orina en la nieve.

—No, estoy aquí.

—Entonces quizá puedas ofrecernos tu meditada opinión sobre las muertes a manos de la policía de los ciudadanos negros Philando Castile y Alton Sterling.

—Mal rollo —dije. Seguía sumido en mis propios pensamientos, y la expresión se me escapó sin más.

El señor Masensik me dedicó su característico amago de sonrisa y dijo:

—Mal rollo, en efecto. Por favor, señor Reade, vuelva a su estado de trance.

Siguió con la clase. Intenté prestar atención, pero entonces me acordé de algo que había dicho la señora Silvius, no «Fi, fa, fo, fum, huelo la sangre de un inglés» sino «todavía me huele a novillos. Te lo huelo por todas partes».

Sin duda una coincidencia —mi padre decía que, si comprabas un coche azul, veías coches azules por todas partes—, pero, después de lo que había visto en el cobertizo, no podía evitar planteármelo. Y otra cosa. En un relato fantástico, el autor inventaría una situación que permitiera al joven héroe o a la joven heroína explorar ese mundo en el que yo empezaba a pensar como lo Otro. El autor podía, por ejemplo, inventarse un retiro al que su padre o sus padres tuvieran que asistir durante varios días, dejando así al joven héroe vía libre para visitar el otro mundo sin dar pie a un sinfín de preguntas para las que no tuviera respuesta.

Coincidencia, pensé cuando sonaba el timbre que anunciaba el final de la clase y los chicos salían disparados hacia la puerta. *El síndrome del coche azul.*

Solo que la cucaracha gigante no era un coche azul, como tampoco lo eran aquellos peldaños de piedra que descendían en espiral hacia la oscuridad.

Conseguí que el señor Masensik me firmara el permiso de servicios a la comunidad, y me dirigió su amago de sonrisa.

—Mal rollo, ¿eh?

—Lo siento, lo siento.

—La verdad es que no ibas mal encaminado.

Escapé y me dirigí hacia mi taquilla.

—¿Charlie?

Era Arnetta Freeman, relativamente espectacular con sus vaqueros ajustados y su blusa sin mangas. De ojos azules y cabello rubio hasta los hombros, Arnetta era una prueba de que el Estados Unidos blanco no estaba tan mal. El año anterior —cuando me dedicaba más al deporte y era como mínimo un poco famoso por mi hazaña en la Turkey Bowl— Arnetta y yo habíamos pasado varias sesiones de estudio en la sala de estar del sótano de su casa. Un poco estudiamos, pero sobre todo nos dimos el lote.

—Eh, Arnie, ¿qué tal?

—¿Quieres venir esta noche? Podríamos estudiar para el

examen sobre *Hamlet*. —Aquellos ojos azules mirando en las profundidades de los míos castaños.

—Me encantaría, pero mi padre se marcha mañana y estará fuera casi todo lo que queda de semana, por una cuestión de trabajo. Mejor será que me quede en casa.

—Oh. Vaya. Qué pena. —Abrazó dos libros con ternura contra los pechos.

—Podría el miércoles por la noche. Si no estás muy ocupada, claro.

A ella se le iluminó el rostro.

—Sería estupendo. —Me cogió la mano y se la apoyó en la cintura—. Yo te preguntaré sobre Polonio, y tú puedes poner a prueba mi Fortimbrás.

Me dio un beso en la mejilla y se alejó, contoneándose de un modo que era…, en fin, cautivador. Por primera vez desde mi visita a la biblioteca, no pensé en mundos fantásticos paralelos al mundo real. Tenía toda la atención puesta en Arnetta Freeman.

6

Mi padre se marchó muy temprano el martes por la mañana, cargado con su bolsa de viaje y vestido con su ropa de me voy al bosque: pantalón de pana, camisa de franela, gorra de los Bears. Llevaba un poncho al hombro.

—Anuncian lluvia —comentó—. Eso echa por tierra cualquier posibilidad de trepar a los árboles, cosa que no lamento.

—Un refresco a la hora del cóctel, ¿vale?

Sonrió.

—Quizá con una rodaja de lima. No te preocupes, chaval.

Lindy estará allí, y no me despegaré de él. Cuida de tu perra. Vuelve a cojear.

—Ya lo sé.

Me estrechó con un brazo y me dio un beso en la mandíbula. Mientras retrocedía en el coche por el camino de acceso, alcé la mano para pedirle que parara y corrí hasta la ventanilla del conductor. La bajó.

—¿Me olvido algo?

—No, soy yo quien se olvidaba. —Me incliné hacia él, le rodeé el cuello con los brazos y lo besé en la mejilla.

Desconcertado, me sonrió.

—¿Y eso a qué viene?

—Es solo que te quiero. Nada más.

—Lo mismo digo, Charlie. —Me dio una palmada en la mejilla, echó marcha atrás hasta la calle y se encaminó hacia el maldito puente. Lo observé alejarse hasta que se perdió de vista.

Supongo que, muy en el fondo, yo ya presentía algo.

7

Llevé a Radar a la parte de atrás. Nuestro jardín no era gran cosa en comparación con los acres de terreno del señor Bowditch, pero había espacio suficiente para que Rades se paseara un poco a modo de calentamiento. Como por fin hizo, pero yo sabía que le quedaba poco tiempo. Si podía hacer algo por ella, tendría que ser cuanto antes. Volví a entrar y le di unas cucharadas del pastel de carne que había sobrado la noche anterior, escondiendo en medio una pastilla de más. Lo engulló y luego se hizo un ovillo en la alfombra del salón, lugar del que ya se había adueñado. Le froté detrás de las orejas, con lo que siempre cerraba los ojos y sonreía.

—Tengo que ir a ver una cosa —dije—. Pórtate bien. Volveré en cuanto pueda, ¿vale? Procura no cagarte dentro de casa, pero si no hay más remedio, que sea en algún sitio fácil de limpiar.

Golpeó la alfombra con la cola un par de veces. A mí me bastó. Subí hasta el número 1 en bicicleta, atento por si veía a un hombrecillo raro con una manera rara de hablar y andar. No vi a nadie, ni siquiera a la señora Richland.

Entré, subí a la primera planta, abrí la caja fuerte y me ceñí el cinturón con el arma. No me sentía como un pistolero pese a los vistosos tachones y las cintas atadas al muslo; me sentía como un niño asustado. Si resbalaba en aquella escalera de caracol y caía, ¿cuánto tardarían en encontrarme? Tal vez no me encontraran nunca. Y si llegaban a descubrir mi paradero, ¿qué más hallarían? En la grabación, el señor Bowditch decía que lo que me dejaba no era un regalo, sino una carga. Eso no lo entendí del todo entonces, pero mientras cogía la linterna del armario de la cocina y me metía el largo tubo en el bolsillo trasero de los vaqueros, lo comprendí. Salí camino del cobertizo con la esperanza de que, al llegar al pie de las escaleras, no hubiera un pasadizo que llevaba a otro mundo, sino solo un montón de bloques y un charco cenagoso de agua subterránea.

Y ninguna cucaracha enorme. Tanto me da si son inofensivas o no. Nada de cucarachas.

Entré en el cobertizo, lo recorrí con el haz de luz, y vi que la cucaracha que había matado el señor Bowditch había quedado reducida a un pringue gris oscuro. Cuando la iluminé con la linterna, una de las placas de los restos del caparazón se desprendió y me sobresalté.

Encendí las lámparas a pilas, me acerqué a los tablones y los bloques que cubrían el pozo, y alumbré a través de una de aquellas grietas de quince centímetros. Solo vi peldaños, que descendían en espiral hacia la oscuridad. Nada se movía. No se oían correteos. Eso no me tranquilizó; me vino a la cabeza una frase de una docena de pelis malas de terror, quizá un centenar: *Esto no me gusta. Hay demasiado silencio.*

Sé sensato, el silencio te favorece, me dije, aunque, al mirar ese pozo de piedra, la idea no resultaba muy convincente.

Comprendí que, si vacilaba demasiado tiempo, me echaría atrás, y después me costaría el doble llegar siquiera hasta allí. Así que volví a guardarme la linterna en el bolsillo trasero y aparté los bloques de hormigón. Retiré los tablones a un lado. Luego, apoyando los pies en el tercer peldaño, me senté en el borde del pozo. Esperé a que el corazón me latiera más despacio (un poco) y me erguí sobre ese peldaño, diciéndome que había espacio de sobra para los pies. No era del todo verdad. Me enjugué el sudor de la frente con el brazo y me dije que todo iría bien. No acabé de creérmelo.

Pero empecé a bajar.

8

«Ciento ochenta y cinco peldaños de piedra de distintas alturas», había dicho el señor Bowditch, y los conté a medida que bajaba. Avancé muy despacio, con la espalda contra la pared curva de piedra, de cara al abismo. Las piedras eran rugosas y las notaba húmedas. Mantenía la linterna enfocada a mis pies. «Distintas alturas». No quería tropezar. Un traspié podía ser mi final.

Al llegar al número noventa, casi la mitad, oí un susurro debajo de mí. Me planteé dirigir la luz hacia el sonido y estuve a punto de descartarlo. Si asustaba a la colonia de murciélagos gigantes y echaban a volar todos a mi alrededor, seguramente me caería.

Era una buena lógica, pero se impuso el miedo. Me separé un poco de la pared, iluminé la curva descendente de la escalera y capté algo negro agazapado unos veinte peldaños más abajo. Cuando lo alumbré, alcancé a ver una de las cucarachas gigantes antes de que se escabullera hacia la negrura.

Respiré hondo varias veces, me dije que todo iba bien, no me lo creí y seguí bajando. Tardé nueve o diez minutos en llegar al fondo, porque avanzaba muy despacio. Se me antojó incluso más tiempo. De cuando en cuando alzaba la vista y no me resultaba especialmente reconfortante ver que el círculo iluminado por las lámparas se estrechaba cada vez más. Estaba a gran profundidad bajo tierra y continuaba adentrándome más y más.

Llegué al fondo en el peldaño ciento ochenta y cinco. El suelo era de tierra apisonada, tal como había dicho el señor Bowditch, y había unos cuantos bloques caídos de la pared, probablemente de lo más alto, donde la escarcha y el hielo debían de haberlos aflojado primero y después desplazado. El señor Bowditch se había agarrado a una hendidura dejada en la pared por alguno de los bloques caídos y así había salvado la vida. Veteaba el montón de bloques desprendidos una sustancia negra que supuse que era mierda de cucaracha.

Allí estaba el pasadizo. Pasé por encima de los bloques y entré. El señor Bowditch tenía razón: era tan alto que ni me planteé agachar la cabeza. En ese momento oía más susurros al frente y supuse que se trataba de los murciélagos colgantes sobre los que me había prevenido el señor Bowditch. Los murciélagos no me hacían gracia —son portadores de gérmenes, a veces de rabia—, pero no me producían el mismo terror que al señor Bowditch. Al avanzar en dirección al sonido que emitían, sentí más curiosidad que otra cosa. Mientras bajaba por los peldaños curvos y cortos («de distintas alturas») que circundaban el hueco de la escalera, había estado al borde del «jamacuco», pero me hallaba en tierra firme y la situación mejoraba mucho. Es cierto que había miles de toneladas de roca y tierra encima de mí, pero ese pasadizo llevaba allí mucho tiempo, y dudaba que eligiese ese preciso momento para desplomarse y sepultarme. Tampoco debía temer la posibilidad de quedar enterrado vivo; si el techo se venía abajo, por decirlo de algún modo, moriría en el acto.

Alentador, pensé.

Muy alentado no me sentí, pero el miedo empezaba a dar paso —o al menos a verse eclipsado— por la excitación. Si el señor Bowditch había dicho la verdad, me esperaba otro mundo no mucho más adelante. Después de llegar tan lejos, deseaba verlo. El oro era lo de menos.

El suelo de tierra se convirtió en piedra. En adoquines, de hecho, como en las películas viejas de la TCM sobre el Londres decimonónico. Allí el susurro se oía justo encima de mi cabeza, y apagué la linterna. La negrura avivó nuevamente mi miedo, pero no quería acabar en medio de una nube de murciélagos. Que yo supiera, bien podían ser murciélagos vampiros. Cosa improbable en Illinois... solo que en realidad ya no estaba en Illinois, ¿no?

«Seguí poco menos de dos kilómetros», había dicho el señor Bowditch, así que conté los pasos hasta perder la cuenta. Por suerte, no debía preocuparme por que me fallara la linterna si volvía a necesitarla; las pilas del largo tubo eran nuevas. Sin dejar de oír el tenue aleteo por encima de mí, esperaba ver de un momento a otro la luz del día. ¿De verdad eran esos murciélagos tan grandes como gallinazas? No quería saberlo.

Al final vi la luz, una chispa resplandeciente, tal como la había descrito el señor Bowditch. Continué, y la chispa se transformó en un pequeño redondel, lo bastante intenso para dejarme una imagen residual en los ojos cada vez que parpadeaba. Me había olvidado de la sensación de mareo que había mencionado el señor Bowditch, pero, cuando me asaltó, supe exactamente a qué se refería.

En una ocasión, cuando tenía unos diez años, Bertie Bird y yo, como idiotas, hiperventilamos y acto seguido nos abrazamos, muy fuerte, para ver si nos desmayábamos, como sostenía un amigo de Bertie. Ninguno de los dos perdió el conocimiento, pero a mí me dio vueltas la cabeza y me caí de culo como a cámara lenta. Aquello era lo mismo. Seguí adelante, pero me sentía como si fuera un globo de helio y flotara por encima de mi cuerpo, y tenía la impresión de que, si el cordel se rompía, me alejaría sin más.

Al cabo de un rato, se me pasó, como le había ocurrido al señor Bowditch. Él dijo que había una frontera, y que era esa. Había dejado Sentry's Rest atrás. E Illinois. Y Estados Unidos. Estaba en lo Otro.

Llegué a la abertura y vi que allí el techo era de tierra y asomaban finas raíces de él. Me agaché para pasar por debajo de unas enredaderas colgantes y salí a una ladera empinada. El cielo estaba gris, pero el campo era de un rojo vivo. Las amapolas formaban una alfombra espectacular a izquierda y derecha hasta donde alcanzaba la vista. Un sendero atravesaba las flores hacia una carretera. Al otro lado de la carretera, el campo de amapolas se prolongaba más de un kilómetro y medio hasta un bosque espeso, que me llevó a pensar en el bosque que en otro tiempo crecía donde ahora se hallaba mi pueblo suburbano. El sendero se desdibujaba, pero no la carretera. Esta era de tierra aunque ancha, no un simple camino, sino una vía principal. Allí donde el sendero desembocaba en la carretera, había una cuidada cabaña de cuya chimenea de piedra salía humo. Vi un tendedero del que colgaba algo que no era ropa. No distinguí qué era.

Miré hacia el horizonte lejano y avisté el perfil de una gran ciudad. La luz del día se reflejaba de forma difusa en las torres más altas, como si fueran de cristal. Cristal *verde*. Yo había leído *El mago de Oz* y había visto la película, y reconocía una Ciudad Esmeralda nada más verla.

9

El sendero que llevaba a la carretera y la cabaña tenía algo más de medio kilómetro. Me detuve dos veces, una para volverme a mirar el agujero en la ladera —con todas aquellas enredaderas sobre la entrada, parecía la boca de una cueva pequeña— y otra para echar un vistazo a mi móvil. Esperaba el mensaje FUERA DE COBERTURA, pero ni siquiera eso llegaba. Mi iPhone no funcionaba en absoluto. Era solo un rectángulo de cristal negro que en ese mundo serviría como pisapapeles pero para nada más.

No recuerdo haber sentido aturdimiento o asombro, ni siquiera al ver aquellos chapiteles de cristal. No dudé de lo que percibían mis sentidos. Veía el cielo gris, una capa de nubes bajas que anunciaban lluvia en breve. Oía el roce contra el pantalón de cosas en crecimiento a medida que avanzaba por el estrecho sendero. Cuando llegué al pie de la ladera, la mayoría de los edificios de la ciudad se habían perdido de vista; solo atisbaba los tres chapiteles más altos. Intenté calcular a qué distancia estaban y me fue imposible. ¿Cincuenta kilómetros? ¿Sesenta?

Lo mejor de todo era el olor de las amapolas, similar al del cacao, la vainilla y las cerezas. Salvo por la experiencia de hundir la cara en el cabello de mi madre para aspirar su perfume cuando era niño, aquel era el aroma más delicioso que me había regalado el olfato. De lejos. Esperaba que la lluvia se retrasase, no porque no quisiera mojarme, sino porque sabía que la lluvia potenciaría ese olor, y su belleza podía matarme. (Estoy exagerando, pero no tanto como quizá penséis). No vi conejos, ni grandes ni pequeños, pero los oí brincar alrededor entre la hierba y las flores, y en una ocasión, durante unos segundos, vi unas orejas altas. Se oían también los chirridos de los grillos, y me pregunté si serían grandes, como las cucarachas y los murciélagos.

Cuando me acercaba a la parte de atrás de la cabaña —paredes de madera, techumbre de paja—, me detuve, desconcertado por lo que ya sí distinguía. Lo que colgaba de las cuerdas entrecruzadas del tendedero detrás de la cabaña y a ambos lados eran zapatos. De madera, de lona, sandalias, zapatillas de andar por casa. Una de las cuerdas se arqueaba bajo el peso de una bota de ante con hebillas de plata. ¿Era una bota de siete leguas, como en los viejos cuentos de hadas? Desde luego a mí me lo pareció. Me acerqué y alargué el brazo para tocarla. Era tan suave como la mantequilla y tan tersa como el satén. *Creada para la carretera*, pensé. *Creada para el Gato con Botas. ¿Dónde está la otra?*

Como en respuesta a mis pensamientos, se abrió la puerta de atrás de la cabaña y salió una mujer con la otra bota en la mano; las hebillas relucieron a la suave luz de aquel día de cielo blanco. Supe que era una mujer porque llevaba un vestido rosa y zapatos rojos, también porque el generoso busto rebosaba del corpiño del vestido, pero su piel era de color gris pizarra y tenía el rostro cruelmente deformado. Era como si sus facciones se hubiesen dibujado al carbón y una deidad malhumorada las hubiese emborronado con la mano, esparciéndolas y difuminándolas hasta casi hacerlas desaparecer. Los ojos eran ranuras, al igual que los orificios nasales. La boca era una media luna sin labios. Me habló, pero no la entendí. Pensé que tenía las cuerdas vocales tan desdibujadas como el rostro. Pero la media luna sin labios era inconfundiblemente una sonrisa, y tuve la sensación —fue una *vibración*, si queréis— de que no tenía nada que temer de ella.

—*¡Hozz, zzu! ¿Azzie? ¿Ern?* —Tocó la bota colgada del tendedero.

—Sí, muy bonita —dije—. ¿Me entiende?

Ella asintió e hizo un gesto que yo conocía bien: formó un círculo con el pulgar y el índice que significa «perfectamente» casi en todo el mundo. (Excepto, supongo, en los raros casos en los que un imbécil utiliza ese mismo signo para dar a entender «los blancos mandan»). Emitió más *hozz* y *zzu*, y luego señaló mis zapatillas de tenis.

—¿Qué?

Destendió la bota de la cuerda, donde se sostenía mediante dos pinzas de madera de esas antiguas, sin muelle. Sujetando las botas con una mano, señaló con la otra primero mis zapatillas y después las botas.

Me preguntaba si quería cambiarlas, quizá.

—Me tienta, pero no parecen de mi número.

Se encogió de hombros y las colgó. Otros zapatos —y una única pantufla de raso verde con la puntera abarquillada, como la que calzaría un califa— se mecían y giraban por efecto de una brisa racheada. Al contemplar esa cara, en su mayor parte borrada, sentí un ligero mareo. Me esforcé en ver sus facciones tal como habían sido en otro tiempo. Casi lo conseguí.

Se acercó a mí y me olfateó la camiseta con las ranuras que tenía por nariz. Luego levantó las manos a la altura de los hombros e hizo como si palpara el aire.

—No lo entiendo.

Brincó y emitió un sonido que, unido a la forma en que me había olfateado, aclaró las cosas.

—¿Se refiere a Radar?

Ella asintió tan enérgicamente que se le agitó el cabello castaño. Lanzó un sonido, *au-au-au*, que era, supongo, lo más parecido a un *guau-guau-guau* que era capaz de articular.

—Está en mi casa.

Asintió con la cabeza y se llevó la mano al pecho por encima del corazón.

—Si eso significa que la quiere, yo también —dije—. ¿Cuándo fue la última vez que la vio?

La zapatera miró al cielo, pareció calcular y finalmente se encogió de hombros.

—Muo.

—Si eso significa «mucho», en efecto debe de ser así, porque Radar ya es vieja. Hoy en día no brinca demasiado. Pero el señor Bowditch..., ¿usted lo conoció? Si conoce a Rades, debió de conocer al señor Bowditch.

Ella asintió con el mismo vigor, y lo que le quedaba de boca se enarcó formando otra sonrisa. Tenía solo unos pocos dientes, pero los que llegué a verle eran de un blanco sorprendente en contraste con su piel gris.

—*A'riyan.*

—¿Adrian? ¿Adrian Bowditch?

Ella asintió con tal vehemencia que podría haberse hecho un esguince en el cuello.

—Pero ¿no sabe cuánto tiempo hace que estuvo aquí?

Ella miró al cielo y finalmente negó con la cabeza.

—¿Radar era joven por entonces?

—*Ja-jor.*

—¿Cachorro?

Volvió a asentir.

Me cogió del brazo y me llevó más allá de la esquina. (Tuve que agacharme para no degollarme al pasar por debajo de otra cuerda con zapatos tendidos). Allí había un pedazo de tierra revuelta y rastrillada, como si la hubiera labrado para plantar algo. Había también una carretilla desvencijada que descansaba sobre un par de largos mangos de madera. Dentro vi dos sacos de arpillera con cosas verdes que asomaban de lo alto. Se arrodilló y me indicó que hiciera lo mismo.

Quedamos uno frente al otro. Moviendo el dedo muy despacio y con ademán vacilante, escribió en la tierra. Se interrumpió una o dos veces, tratando de recordar qué venía a continuación, creo, y después continuó.

Ea bua via

Y después, tras una larga pausa:

?

Me detuve a pensar y moví la cabeza en un gesto de negación. La mujer se puso a cuatro patas y emitió de nuevo su versión de un ladrido. Entonces comprendí.

—Sí —dije—. Ha tenido una muy buena vida. Pero ahora es vieja, como he dicho. Y no… no está muy bien.

De pronto la situación me desbordó. No solo Radar y no solo el señor Bowditch, sino todo. El regalo que era una carga que yo debía acarrear. Las cucarachas en descomposición y el momento en que encontré patas arriba la casa del número 1 de Sycamore, probablemente por obra del hombre que había asesinado al señor Heinrich. El hecho absurdo de estar allí, arrodillado en la tierra junto a una mujer prácticamente sin cara que coleccionaba zapatos y los colgaba en un tendedero de cuerdas entrecruzadas. Pero por encima de todo estaba Rades. Pensé en lo mucho que le costaba a veces levantarse por la mañana y después de una siesta. O en que a veces no se acababa toda la comida y después me miraba como diciendo: *Sé que debería apetecerme pero no me apetece.* Me eché a llorar.

La zapatera me rodeó los hombros con el brazo y me estrechó.

—*Tr'ilo* —dijo. A continuación, con visible esfuerzo, lo pronunció con total claridad—: Tranquilo.

Le devolví el abrazo. Despedía un olor peculiar, tenue pero agradable. Era, advertí, el olor de las amapolas. Lloré con grandes sollozos y ella, sin dejar de abrazarme, me dio palmaditas en la espalda. Cuando me aparté, la mujer no lloraba —quizá no podía—, pero la media luna de su cara apuntaba hacia abajo. Me enjugué el rostro con la manga y le pregunté si el señor Bowditch le había enseñado a escribir o si ella sabía de antes.

Acercó el pulgar a los dedos índice y medio, que tenía medio pegados.

—¿Le enseñó un poco?

Ella asintió y después volvió a escribir en la tierra.

Migo

—También era amigo mío. Ha fallecido.

Ladeó la cabeza y unos mechones de pelo estropajosos le cayeron sobre el hombro del vestido.

—Muerto.

Se cubrió las ranuras que tenía por ojos en la expresión de pena más pura que he visto jamás. A continuación, me abrazó otra vez. Me soltó, señaló los zapatos de la cuerda más cercana y movió la cabeza en un gesto de negación.

—No —convine—. No necesitará zapatos. Ya no.

Se señaló la boca y masticó, lo cual tuvo algo de repulsivo. Luego señaló la cabaña.

—Si está preguntándome si quiero comer, gracias, pero no puedo. Tengo que volver. Quizá en otra ocasión. Pronto. Traeré a Radar si puedo. El señor Bowditch, antes de morir, dijo que había una manera de rejuvenecerla. Sé que parece un disparate, pero me aseguró que con él había dado resultado. Es un reloj de sol grande. Por allí. —Señalé en dirección a la ciudad.

Las ranuras de sus ojos se ensancharon un poco, y abrió la boca hasta casi formar una O. Se llevó las manos a las mejillas grises; en ese momento pareció la mujer que grita de ese cuadro famoso. Volvió a inclinarse sobre la tierra y borró lo que había escrito. Esta vez escribió más deprisa, y tal vez fuera una palabra que había utilizado a menudo, porque estaba bien escrita.

peligro

—Ya lo sé. Iré con cuidado.

Se llevó los dedos fundidos a la boca medio borrada para indicar *chist* con un gesto.

—Sí. Allí tengo que estar callado. Él también me lo dijo. Señora, ¿cómo se llama? ¿Puede decirme su nombre?

Negó con la cabeza en un gesto de impaciencia y se señaló la boca.

—Le cuesta hablar con claridad.

Asintió y escribió en la tierra.

Tesoora. Miró la palabra, negó con la cabeza, la borró, lo intentó de nuevo. *DORA.*

Le pregunté si Tesoro era un apodo. O al menos lo intenté, pero la palabra «apodo» no salió de mis labios. No era que la hubiese olvidado; sencillamente no pude pronunciarla. Desistí y pregunté:

—¿Era Tesoro el nombre cariñoso por el que la llamaba el señor Bowditch, Dora?

Asintió, se puso en pie y se sacudió el polvo de las manos. Yo me levanté también.

—Encantado de conocerla, Dora. —No la conocía lo suficiente para llamarla Tesoro, pero entendí por qué el señor Bowditch la llamaba así. Era una mujer de buen corazón.

Ella asintió, me dio unas palmadas en el pecho y después se dio unas palmadas en el suyo. Intenté indicarle que nos caíamos bien. Que éramos «*migos*». La media luna de sus labios volvió a apuntar hacia arriba y brincó sobre sus zapatos rojos, como supongo que podía brincar Radar antes del dolor en las articulaciones.

—Sí, la traeré si puedo. Si es capaz de venir. Y la llevaré al reloj de sol si es posible. Aunque no sé cómo.

Me señaló y luego, con las palmas de las manos hacia abajo, palpó el aire. No estoy seguro, pero creo que quiso decir: *Ve con cuidado.*

—Lo haré. Gracias por su amabilidad, Dora.

Me volví hacia el sendero, pero ella me agarró por la camiseta y tiró de mí hacia la puerta trasera de su pequeña vivienda.

—De verdad que no puedo...

Asintió para decir que entendía que no pudiera quedarme a comer, pero siguió tirando de mí. En la puerta de atrás, señaló hacia arriba. Se veía algo grabado en el dintel, a una altura a la que Dora no llegaba. Eran las iniciales del señor Bowditch: AB. Sus iniciales *originales*.

Me hice una idea en ese momento, que surgió de mi incapacidad para pronunciar la palabra «apodo». Señalé las iniciales y dije:

—Eso es… —La «repanocha» fue lo que acudió a mi mente, la expresión informal más tonta que se me ocurrió en ese momento, pero una buena opción con fines experimentales.

Me fue imposible pronunciarla. No me salió, sin más.

Dora me miraba.

—Asombroso —dije—. Es asombroso.

10

Trepé por la ladera, me agaché para pasar por debajo de las enredaderas colgantes y empecé a desandar el camino por el pasadizo. La sensación de levedad, de *otromundidad*, iba y venía. En el techo se oía el susurro de los murciélagos, pero yo, abstraído como estaba en lo que acababa de ocurrir, apenas presté atención al sonido, y estúpidamente encendí la linterna para ver qué distancia me faltaba por recorrer. No echaron a volar todos, pero sí un par, y los vi en el haz de luz. Eran grandes, desde luego. *Enormes.* Seguí adelante en la oscuridad con una mano extendida al frente para protegerme de ellos si volaban en dirección a mí, pero no vinieron. Si había grandes cucarachas, no las oí.

No había sido capaz de decir «apodo». No había sido capaz de decir «repanocha» ¿Sería capaz de decir «lumbreras» o «guarrazo» o «ni tanto ni tan calvo, tronco»? No creía. No sabía bien a qué se debía esa incapacidad, pero lo sospechaba.

Había pensado que Dora me entendía porque entendía mi idioma…, pero ¿y si me había entendido porque yo hablaba *su* idioma? ¿Un idioma en el que palabras como «apodo» y «repanocha» no existían?

Donde terminaron los adoquines y empezaba el tramo de tierra, pensé que ya podía encender de nuevo la linterna sin peligro, aunque la mantuve orientada al suelo. Unos cuatrocientos metros separaban el punto donde acababan los adoquines y el pie de la escalera, había dicho el señor Bowditch; afirmaba incluso que los había medido. Esta vez no perdí la cuenta de los pasos, y había dado exactamente quinientos cincuenta cuando vi los peldaños. Muy arriba, en lo alto del pozo, avisté la luz de las lámparas a pilas que había instalado él.

Subí con más aplomo del que había sentido al bajar, pero mantuve el hombro derecho firmemente arrimado a la pared. Salí sin percances y, cuando me agachaba para deslizar el segundo tablón y ponerlo en su sitio sobre el pozo, noté la presión de algo circular y muy duro en la nuca. Me quedé paralizado.

—Exacto, estate quietecito y no habrá problemas. Ya te diré yo cuándo tienes que moverte.

No costaba nada imaginar aquella vocecilla cantarina diciendo: *¿Qué me darás si convierto la paja en oro hilado?*

—No quiero pegarte un tiro, chaval. Y no lo haré si obtengo lo que he venido a buscar. —A continuación añadió, no a modo de risa, sino como palabras en un libro—: Ja.

12

Christopher Polley. Oro desparramado.
No tan buen chico. Los preparativos.

1

No recuerdo cómo me sentí en ese momento. Pero sí recuerdo lo que pensé: *El Enano Saltarín me está apuntando a la cabeza con un arma.*

—¿Qué hay ahí abajo?

—¿Cómo?

—Ya me has oído. Has estado en ese hoyo mucho rato, empezaba a pensar que habías *muerto*. Así que dime: ¿qué hay ahí *abajo*?

Me asaltó otro pensamiento: *No puede enterarse. Nadie puede enterarse.*

—Maquinaria de bombeo. —Fue lo primero que me vino a la cabeza.

—¿Maquinaria de bombeo? ¿Maquinaria de *bombeo*? ¿Eso hay, ja ja?

—Sí. Si no, todo el jardín trasero se inunda cuando llueve. Y el agua llega hasta la calle. —Los engranajes del cerebro se ponían en movimiento—. Es una instalación vieja. He bajado a ver si hace falta llamar a alguien de la ciudad para que venga a echarle un vistazo. Ya sabe, el Departamento de las Aguas…

—Chorradas. Ja ja. ¿Qué hay ahí abajo *realmente*? ¿Hay oro ahí abajo?

—No. Solo maquinaria.

—No te des la vuelta, chaval, no te pases de listo. Ni se te ocurra. ¿Has bajado ahí con un arma enorme, ja ja, para echar un vistazo a la bomba de agua?

—Ratas —dije. Tenía la boca seca—. He pensado que podía haber ratas.

—Eso es una chorrada, una absoluta chorrada. ¿Qué es eso de ahí? ¿Más *maquinaria de bombeo*? No te muevas, solo mira a la derecha.

Miré y vi los restos en descomposición de la enorme cucaracha que había matado el señor Bowditch. Apenas quedaba nada.

En vista de que mi inconsistente invención anterior había fallado, dije que no lo sabía, y al hombre en quien pensaba como «el Enano Saltarín» le dio igual. Tenía la mira puesta en el premio.

—Dejémoslo. De momento vamos a ver qué hay en la caja fuerte del viejo. Puede que después echemos un vistazo a esa *maquinaria de bombeo*. Ahora a la casa, chaval. Si haces el menor ruido en el camino, te vuelo la cabeza. Pero antes, socio, quiero que te desabroches el cinturón de la pipa, ja ja, y lo tires al suelo.

Hice ademán de inclinarme con la idea de desatarme las cintas. Volvió a apoyar el arma contra mi cabeza, con fuerza.

—¿Te he dicho yo que te inclines? No te lo dicho. Solo tienes que desabrocharte el cinturón.

Me lo desabroché. La funda me golpeó en la rodilla y quedó vuelta hacia abajo. El revólver cayó al suelo del cobertizo.

—Ahora ya puedes abrochártelo otra vez. Un cinturón bonito, ja ja.

(A partir de este punto, suprimiré esa estupidez del ja ja en su mayor parte, porque lo decía continuamente, como una especie de puntuación oral. Solo añadiré que era una muletilla muy propia del Enano Saltarín. Es decir, ponía los pelos de punta).

—Ahora date la vuelta.

Me volví y él se volvió conmigo. Parecíamos figurillas de una caja de música.

—Despacio, muchacho. Despacio.

Salí del cobertizo. Él me siguió. En el otro mundo, el día estaba encapotado, pero aquí lucía el sol. Yo veía nuestras sombras, la suya con un brazo extendido y la sombra de un arma en la sombra de la mano. Mi cerebro había conseguido pasar de primera a segunda marcha, pero estaba aún lejos de la tercera. Me habían ganado la partida claramente.

Subimos los escalones del porche. Abrí la puerta con la llave y entré en la cocina. Recuerdo que pensé en todas las veces que había entrado, sin sospechar nunca que pronto entraría por última vez. Porque se proponía matarme.

Solo que no lo conseguiría. No podía permitírselo. Barajé la posibilidad de que la gente descubriera el pozo de los mundos y supe que no podía permitírselo. Pensé en la policía municipal o un equipo del SWAT, de la policía del estado o soldados del ejército invadiendo el pequeño jardín de la zapatera, arrancando las cuerdas entrecruzadas del tendedero y dejando los zapatos en la tierra, asustándola, y supe que no podía permitírselo. Pensé en esa gente irrumpiendo en la ciudad abandonada y despertando a lo que fuera que había allí dormido y supe que no podía permitírselo. Solo que no podía impedírselo. Me había salido el tiro por la culata.

Ja ja.

2

Subimos por las escaleras a la primera planta, yo en cabeza y el puto Rumpelstiltskin detrás. Me planteé abalanzarme hacia atrás de repente a media escalera y hacerlo rodar hasta abajo, pero no lo intenté. Aunque podía dar resultado, era muy probable que, en caso contrario, yo acabase muerto. Si Radar hubiese estado allí, vieja o no, hubiese arremetido contra Rumpel, y posiblemente ya estaría muerta.

—Al dormitorio, muchachito. Donde está la caja fuerte.

Entré en el dormitorio del señor Bowditch.

—Usted mató al señor Heinrich, ¿verdad?

—¿*Cómo*? En la vida he oído mayor estupidez. Cogieron al fulano que lo hizo.

No insistí. Yo lo sabía, él lo sabía, y él sabía que yo lo sabía. Yo sabía también otras cosas. Primero, que si sostenía que desconocía la combinación de la caja fuerte y persistía en la mentira, me mataría. La segunda era una variación de la primera.

—Abre el armario, chaval.

Abrí el armario. La funda vacía me golpeaba el muslo. Menudo pistolero estaba hecho.

—Ahora abre la caja fuerte.

—Si lo hago, me matará.

Se produjo un momento de silencio mientras él asimilaba esa verdad evidente. A continuación, dijo:

—No. Solo te ataré, ja ja.

Ja ja era en efecto la observación acertada, porque ¿cómo se proponía conseguirlo? Según la señora Richland, era un hombre bajo, de su estatura; es decir, alrededor de un metro sesenta. Yo le sacaba treinta centímetros y era de complexión atlética, por entonces gracias a los deportes y a la bicicleta. Atarme sin un cómplice que le cubriera sería imposible.

—Ah, ¿sí? ¿En serio? —Hablé con un temblor en la voz, lo cual, creedme, no me supuso el menor esfuerzo.

—¡Sí! ¡Ahora abre la caja!

—¿Me lo promete?

—Eco, amigo mío. Ahora ábrela o te meto una bala detrás de la rodilla y no vuelves a bailar el tango nunca, ja ja.

—Vale. Siempre y cuando me prometa sinceramente no matarme.

—Esa pregunta ya ha sido formulada y contestada, como dicen en los juzgados. ¡Abre la caja fuerte!

Entre las otras muchas razones por las que debía vivir, no podía permitir que esa vocecilla cantarina fuera lo último que oyese. Sencillamente no podía permitirlo.

—Vale.

Me arrodillé delante de la caja. Pensé: *Va a matarme* y *No puedo permitir que me mate* y *No permitiré que me mate.*

Por Radar.

Por la zapatera.

Y por el señor Bowditch, quien había depositado en mí una carga que acarrear solo porque no tenía a nadie más.

Me tranquilicé.

—Hay bastante oro —dije—. No sé de dónde lo sacaba, pero es la repanocha. Pagó las facturas con eso durante años.

—¡Deja de hablar y abre la caja fuerte! —A continuación, como si no pudiera contenerse, preguntó—: ¿Cuánto?

—Tío, no lo sé. Puede que haya oro por valor de un millón de dólares. Está en un cubo que pesa tanto que ni siquiera puedo levantarlo.

No tenía la menor idea de cómo volver las tornas a ese cabronzuelo. Si hubiésemos estado cara a cara, quizá. No con el cañón de un arma a menos de dos dedos de mi nuca. Pero, en cuanto empecé a competir con el instituto en los deportes que practicaba, aprendí a desconectar el cerebro y dejar que el cuerpo tomara el control. Eso era lo que tenía que hacer en ese momento. No había otra opción. A veces, en los partidos de fútbol americano, cuando íbamos perdiendo, especialmente fuera de casa, donde cientos de personas se mofaban de nosotros, me concentraba en el *quarterback* rival, y me decía que era un hijo de puta despreciable y no solo iba a placarlo sino que iba a *aplastarlo*, joder. No daba muy buen resultado a menos que el jugador fuera un fanfarrón que ponía cara de regodeo después de una gran jugada, pero dio resultado con ese tipo. En su voz se advertía regodeo, y no me costó detestarlo.

—No te entretengas, amigo amigo amigo mío. Abre la caja fuerte o no volverás a andar recto en la vida.

Más probablemente, no volvería a andar ni recto ni de ninguna manera.

Giré el disco de la combinación a un lado..., luego al

otro…, luego de nuevo como la primera vez. Eran ya tres números, faltaba uno. Me arriesgué a echar una ojeada por encima del hombro y vi un rostro estrecho —casi una cara de comadreja— bajo una gorra retro de los White Sox con la copa alta y un círculo rojo en el sitio que correspondía a la O de *Sox*.

—¿Puedo quedarme un poco al menos?

Dejó escapar una risita nerviosa. Desagradable.

—¡Ábrela! ¡Deja de mirarme y ábrela!

Introduje el último número de la combinación. Accioné el tirador. No vi si miraba por encima de mi hombro, pero lo olí: un sudor acre, de ese que queda casi adherido a la piel de una persona después de mucho tiempo sin bañarse.

La caja fuerte se abrió. No vacilé, porque el que vacila está perdido. Agarré el cubo por el borde y lo volqué entre mis rodillas separadas. Las bolas de oro se desparramaron y rodaron por el suelo en todas direcciones. Al mismo tiempo, me abalancé hacia el interior del armario. Disparó, y la detonación no fue mucho más sonora que la de un petardo de tamaño medio. Noté que la bala me pasaba entre el hombro y la oreja. El dobladillo de la chaqueta de uno de los anticuados trajes del señor Bowditch se sacudió cuando la bala la traspasó.

El señor Bowditch tenía muchos zapatos; Dora lo habría envidiado. Cogí una bota de faena, rodé de costado y la lancé. El hombre se agachó. Le arrojé la otra. Volvió a agacharse, pero le alcanzó en el pecho. Retrocedió sobre las bolas de oro, que seguían rodando, y resbaló. Cayó violentamente con las piernas separadas, pero no soltó el arma. Era mucho más pequeña que el revólver del 45 del señor Bowditch, lo cual probablemente explicaba el pistoletazo de bajos decibelios.

No intenté levantarme. Me limité a ponerme en cuclillas y me impulsé con la fuerza de los muslos. Volé por encima del oro rodante como Superman y caí sobre Rumpel. Yo era grande; él era pequeño. El aire escapó de sus pulmones con un *uuuf*. Los ojos se le salieron de las órbitas. Tenía los labios rojos y relucientes de saliva.

—¡Quítate... de... encima! —Un susurro trabajoso, sin aliento.

Ya, como si yo fuera a quitarme. Traté de agarrarle la mano que empuñaba el arma, fallé y lo intenté de nuevo antes de que él pudiera apuntarla hacia mi cara. Disparó por segunda vez. No sé adónde fue a parar esa otra bala ni me importó, porque no me dio a mí. El hombrecillo tenía la muñeca resbaladiza a causa del sudor, así que se la atenacé con todas mis fuerzas y se la retorcí. Se oyó un chasquido. Lanzó un grito agudo. El arma se le escapó de la mano y cayó al suelo. La recogí y lo encañoné.

Emitió otro grito agudo y se llevó la mano ilesa frente a la cara, como si eso fuese a impedir el paso de una bala. La otra le colgaba sin más de la muñeca rota, que ya empezaba a hinchársele.

—¡No! ¡No me dispares, por favor! *¡Por favor!*

Ni un puto ja ja.

3

Es posible que a estas alturas ya os hayáis formado una impresión bastante aproximada del joven Charlie Reade, imagino: una especie de héroe de novela juvenil de aventuras. Soy el niño que se quedó junto a su padre cuando bebía, limpió sus vomiteras, rezó por su recuperación (¡de rodillas!), y cuya plegaria, de hecho, fue atendida. Soy el chico que salvó a un anciano que había caído de una escalera de mano mientras limpiaba los canalones de su casa. El chico que fue a visitarlo al hospital y después, cuando el anciano regresó a casa, cuidó de él. Que se enamoró de la perra fiel del anciano, y la perra fiel se enamoró de él. Me puse al cinto un revólver del 45 y me aventuré valientemente a entrar en un pasadizo oscuro (por no hablar de la fauna gigante que lo habitaba) y salí a otro mundo, donde entablé amistad con una anciana que tenía la cara estropeada y coleccionaba calzado. Soy el chico que se impuso al asesino del señor Heinrich volcando astutamente unas bolas de oro por el suelo para que él perdiera el equilibrio y se cayera. ¡Vaya, pero si incluso competí en dos deportes en el instituto! ¡Alto y fuerte, sin acné! Perfecto, ¿no?

Solo que también era el niño que metía petardos en los buzones y volaba lo que tal vez fuera correspondencia importante para alguien. Era el niño que embadurnó con mierda de perro el parabrisas del coche del señor Dowdy y echó un chorro de cola Elmer's en el contacto de la vieja Ford Wagon de la señora Kendrick una vez que Bertie y yo la encontramos sin el seguro puesto. Volqué lápidas. Robé en tiendas. Bertie Bird me acompañó en todas esas expediciones, y fue Bird quien comunicó por teléfono la amenaza de bomba, pero yo no se lo impedí. Hubo otras cosas, que no voy a contaros porque me avergüenzan demasiado. Solo diré que asustamos tanto a unos niños pequeños que lloraron y se mearon encima.

No tan buen chico, ¿no?

Y me enfureció aquel hombrecillo con su pantalón de pana y su sudadera Nike sucios, y con ese rostro estrecho de comadreja sobre cuya frente caía el cabello apelmazado y grasiento. Me enfureció (como es natural) porque me habría matado en cuanto tuviese el oro; ya había matado una vez, así que ¿por qué no? Me enfureció porque, si me *hubiera* matado, la policía —encabezada posiblemente por el inspector

Gleason y sus intrépidos acompañantes, Witmark y Cooper— habría entrado en el cobertizo en el transcurso de la investigación y habría descubierto algo que habría hecho que el asesinato de Charles McGee pareciera insignificante en comparación. Me enfureció, sobre todo —puede que no lo creáis, pero os juro que es verdad—, el hecho de que la intrusión del hombrecillo lo complicara todo. ¿Tenía que denunciarlo a la policía? Eso daría lugar al descubrimiento del oro, y eso daría lugar a un sinfín de preguntas. Incluso si lo recogía todo y volvía a meterlo en la caja fuerte, el Señor Ja Ja lo contaría. Tal vez para obtener cierto trato de favor por parte de la fiscalía; tal vez por puro despecho.

La solución a mi problema era evidente. Muerto no podía contar nada a nadie. En el supuesto de que el oído de la señora Richland no fuera tan agudo como su vista (y los dos disparos en realidad no habían sido muy sonoros), la policía no tenía por qué acudir. Incluso disponía de un sitio donde esconder el cadáver.

¿No?

4

Pese a que aún mantenía la mano frente a la cara, le veía los ojos por entre los dedos separados. Azules, veteados de rojo y ya empañados por las lágrimas. Sabía lo que estaba planteándome; lo veía en *mi* rostro.

—No. Por favor. Deja que me vaya. O avisa a la policía si crees que debes hacerlo. ¡Pero no me m-m-mates!

—¿Como ibas a matarme tú a mí?

—¡No es verdad! ¡Te lo juro por Dios, te lo juro por la tumba de mi madre, *te juro que no era mi intención*!

—¿Cómo te llamas?

—¡Derek! ¡Derek Shepherd!

Le golpeé el rostro con su arma. Podría deciros que no quería hacerlo, o que no sabía que iba a hacerlo hasta que estuvo hecho, pero sería mentira. Lo sabía, claro que lo sabía, y me proporcionó satisfacción. La sangré manó de su nariz. Otro hilillo de sangre descendió desde la comisura de sus labios.

—¿Te crees que no he visto nunca *Anatomía de Grey*, gilipollas? ¿Cómo te llamas?

—Justin Townes.

Lo golpeé de nuevo. Intentó apartarse, cosa que no le benefició. No soy especialmente rápido de pies, pero tengo buenos reflejos. Estoy casi seguro de que esta vez le rompí la nariz en lugar de provocarle una simple hemorragia. Gritó… pero le salió un susurro agudo.

—Debes de creer que tampoco sé quién es Justin Townes Earle. Incluso tengo uno de sus álbumes. Te doy una oportunidad más, capullo, luego te meteré una bala en la cabeza.

—Polley —dijo. Se le estaba hinchando la nariz, se le estaba hinchando todo un lado de la cara, y hablaba como si tuviera un buen resfriado—. Chris Polley.

—Échame la cartera.

—No tengo…

Me vio levantar otra vez el brazo y volvió a protegerse con la mano ilesa. Yo tenía planes para esa mano, con lo que probablemente vuestro concepto de mí se degradará aún más, pero debéis recordar que estaba en una situación difícil. Además, volvía a acordarme del Rumpelstiltskin, el Enano Saltarín. Tal vez no pudiera conseguir que ese cabrón hundiera el pie en la tierra y partirlo en dos, pero sí era capaz de inducirlo a echar a correr. Como el Hombre de Jengibre, ja ja.

—¡Vale, vale!

Se incorporó y se llevó la mano al bolsillo trasero del pantalón de pana, que no estaba sucio sin más, estaba mugriento. La sudadera tenía una manga rota y los puños raídos. No sabía dónde se alojaba ese individuo, pero en el Hilton no era. La cartera estaba gastada y maltrecha. La abrí con un golpe de muñeca el tiempo suficiente para ver un billete de diez en el compartimento correspondiente y un carnet de conducir a nombre de Christopher Polley. Mostraba una fotografía suya cuando era más joven y tenía la cara intacta. La cerré y me la guardé en el bolsillo trasero, junto a la mía.

—Por lo que se ve, el carnet caducó en 2008. Quizá te convenga renovarlo. Si es que vives tiempo suficiente, claro.

—No puedo… —Cerró la boca firmemente.

—¿No puedes renovarlo? ¿Te lo retiraron? ¿Por conducir bajo los efectos del alcohol? ¿Por haber estado en la cárcel? ¿Has estado en la cárcel? ¿Por eso tardaste tanto en robar y matar al señor Heinrich? ¿Por qué estabas en Stateville?

—Allí no.

—¿Dónde?

Se quedó en silencio, y decidí que me daba igual. Como quizá habría dicho el señor Bowditch, no era pertinente.

—¿Cómo descubriste lo del oro?

—Vi un poco en la tienda del alemán. Antes de cumplir condena en la cárcel del condado. —Podría haberle preguntado cómo averiguó la procedencia del oro, y cómo se las arregló para echarle la culpa al vagabundo, Dwyer, pero tenía casi la certeza de conocer ambas respuestas—. Deja que me vaya, y no te molestaré nunca más.

—No, no me molestarás. Porque estarás preso, no simplemente en la cárcel del condado. Voy a denunciarte a la policía,

Polley. Vas a cargar con el asesinato, así que oigamos ahora cómo dices ja ja a eso.

—¡Lo contaré! ¡Contaré lo del oro! ¡No te quedarás con nada!

Bueno, sí me lo quedaría, en realidad; según el testamento, era mío, pero él no lo sabía.

—Eso es verdad —contesté—. Gracias por señalarlo. Al final no va a quedarme más remedio que dejarte allí con la maquinaria de bombeo. Por suerte para mí, eres un renacuajo. No me lesionaré la espalda.

Levanté el arma. Podría deciros que fue un farol, pero no estoy seguro de eso. También lo detestaba por poner patas arriba la casa del señor Bowditch, por *profanarla*. Y, como creo que ya he dicho, matarlo simplificaría las cosas.

No gritó —dudo que le quedara aire suficiente—, pero gimió. Se le oscureció la pernera del pantalón. Bajé el arma… un poco.

—Supongamos que te dijera que podrías vivir, señor Polley. No solo vivir, sino seguir por tu camino, como dice la canción. ¿Eso te interesaría?

—¡Sí! *¡Sí!* ¡Déjame marchar y no te molestaré nunca más!

Expresado como correspondía a un Enano Saltarín, pensé.

—¿Cómo has llegado hasta aquí? ¿A pie? ¿Has cogido el autobús hasta Dearborn Avenue?

Dado que llevaba un único billete de diez en la cartera, dudé mucho que hubiera cogido un yuber. Tal vez hubiera vaciado la trastienda del señor Heinrich —las joyas colocadas a Dwyer llevaban a pensar en esa posibilidad—, pero en ese caso aún no había convertido su botín en dinero contante y sonante. Quizá no sabía cómo. Podía ser astuto, pero eso no era necesariamente lo mismo que ser inteligente. O tener contactos.

—He venido a través del bosque. —Señaló con la mano ilesa en dirección a la franja de vegetación situada detrás de la finca del señor Bowditch, lo único que quedaba de los bosques de Sentry que un siglo antes cubrían esa parte del pueblo.

Reevalué su pantalón mugriento y su sudadera rota. La señora Richland no había mencionado que el hombrecillo llevara un pantalón de pana sucio, y lo habría hecho —tenía buena vista—, pero habían pasado ya unos días desde su encuentro. Deduje que no solo había «venido» a través del bosque; vivía allí. En algún lugar no muy lejano a la cerca situada al fondo del jardín del señor Bowditch, debía de haber un trozo de lona rescatado de la basura que servía de refugio a ese hombre y albergaba sus escasas pertenencias. Habría enterrado no muy lejos cualquier botín extraído de la tienda del señor Heinrich, tal como hacían los piratas en los cuentos. Solo que los piratas de los cuentos enterraban sus doblones y sus ochavos dentro de cofres. Polley más probablemente había utilizado una cartera con un adhesivo en el que se leía SERVICIO DE SUSCRIPCIONES DE ESTADOS UNIDOS.

Si estaba en lo cierto, su campamento debía de hallarse lo bastante cerca para mantener vigilado a un tal Charles Reade. Debía de saber quién era yo por Heinrich. Tal vez me hubiera visto salir camino de Stantonville. Y después del registro infructuoso de la casa, más allá del hallazgo de una caja fuerte imposible de abrir, se había limitado a esperarme, dando por sentado que volvería a por el oro. Porque es lo que *él* habría hecho.

—Levanta. Vamos abajo. Cuidado con los balines de oro a no ser que quieras resbalar otra vez.

—¿Puedo llevarme unos pocos? ¿Solo unos pocos? ¡No tengo un centavo, tío!

—¿Y qué harás? ¿Utilizarlo para pagar en el McDonald's?

—Conozco a un hombre en Chi. No me dará lo que vale, pero...

—Puedes quedarte tres.

—¿Cinco? —Intentó sonreír como si no hubiera planeado matarme una vez abierta la caja fuerte.

—Cuatro.

Se agachó, los cogió rápidamente con la mano ilesa e hizo ademán de guardárselos en el bolsillo del pantalón.

—Ahí hay cinco. Deja uno.

Me lanzó una mirada colérica —una mirada de Enano Saltarín— y dejó uno. Rodó por el suelo.

—Eres un mal chico.

—Viniendo de san Christopher del Bosque, me avergüenza muchísimo.

Contrajo el labio, dejando a la vista unos dientes amarillentos.

—Vete a la mierda.

Levanté su pistola, que, me pareció, era una automática de calibre 22.

—No deberías mandar a la mierda a alguien armado. No es prudente, ja ja. Ahora abajo.

Salió de la habitación sujetándose la muñeca rota contra el pecho y cerrando firmemente el puño en el que sostenía las bolas de oro. Lo seguí. Atravesó el salón y entró en la cocina. Se detuvo al llegar a la puerta.

—Continúa adelante. Cruza el jardín trasero.

Se volvió para mirarme con los ojos muy abiertos y los labios trémulos.

—¡Vas a matarme y a echarme a ese hoyo!

—No te habría dado el oro si esa fuera mi intención —contesté.

—¡Lo recuperarás! —Empezaba a llorar otra vez—. ¡Lo recuperarás y me echarás a ese *ho-ho-hoyo*!

Negué con la cabeza.

—Ahí hay una cerca, y tú tienes la muñeca rota. No pasarás por encima sin ayuda.

—¡Me las arreglaré! ¡No quiero tu ayuda!

—Sigue adelante —insté.

Siguió, llorando, convencido de que iba a pegarle un tiro en la nuca. Una vez más porque era eso lo que *él* habría hecho. Solo dejó de balbucear cuando quedó atrás la puerta abierta del cobertizo y descubrió que continuaba vivo. Llegamos a la cerca, que tenía una altura de un metro y medio aproximadamente, la suficiente para evitar que Radar la saltara cuando era más joven.

—No quiero volver a verte.

—No me verás.

—Nunca.

—No me verás, te lo prometo.

—Cerremos el trato con un apretón de manos, entonces. —Le tendí la mano.

Me la cogió. Astuto, pero no muy inteligente. Como ya he dicho. Le retorcí la mano y oí el chasquido que produjeron los huesos al astillarse. Lanzó un alarido y se postró de rodillas con las dos manos contra el pecho. Me coloqué el calibre 22 en la parte de atrás del pantalón como el malo de una película, me agaché, lo agarré y lo levanté. Fue fácil. No debía de pesar más de sesenta y cinco kilos, y en ese momento la adrenalina me corría de tal modo por las venas que prácticamente me salía por las orejas. Lo lancé por encima de la cerca. Ahogando gritos de dolor, cayó de espaldas sobre una pila de hojas muertas y ramas rotas. Agitó las manos inútilmente. Me incliné por encima de la cerca como la lavandera de un cuento, ávida de conocer los últimos chismes del pueblo.

—Vete, Pollie. Lárgate y no vuelvas nunca.

—¡Me has roto las manos! *¡Me has roto las putas...!*

—¡Tienes suerte de que no te haya matado! —vociferé—. ¡Quería hacerlo, he estado a punto de hacerlo y, si vuelvo a verte, lo haré! ¡Ahora vete! ¡Ahora que aún estás a tiempo!

Me lanzó una mirada más, con los ojos azules muy abiertos, y la cara hinchada, sucia de mocos y lágrimas. A continuación, se dio media vuelta y, tambaleante, se adentró en el triste renoval que era lo único que quedaba del antiguo bosque de Sentry, con las manos rotas pegadas al pecho. Lo observé alejarse sin sentir el menor remordimiento por lo que acababa de hacer.

No muy buen chico.

¿Regresaría? No con dos muñecas rotas, eso no. ¿Se lo contaría a alguien, a un amigo o un cómplice? Dudaba que Polley tuviera cómplices o amigos. ¿Acudiría a la policía? Puesto que yo sabía lo de Heinrich, la idea era absurda. Dejando todo eso de lado, sencillamente no era capaz de matarlo a sangre fría.

Volví a entrar y recogí las bolas de oro. Estaban por todas partes, y me llevó más tiempo de lo que había durado mi enfrentamiento con Polley. Las guardé en la caja fuerte junto con el cinturón tachonado y la pistolera vacía, y me marché. Me saqué el faldón de la camiseta para ocultar el arma que llevaba a la espalda, metida bajo la cintura del pantalón; aun así, me alegré de que la señora Richland, con su aguda vista, no estuviera al final del camino de acceso protegiéndose los ojos del sol con la mano.

Regresé cuesta abajo lentamente, porque me temblaban las piernas. Demonios, me temblaba hasta el *alma*. Subía ya los peldaños del porche delantero cuando caí en la cuenta de que además tenía hambre. Estaba famélico, en realidad.

Radar me esperaba para saludarme, pero no con el entusiasmo que yo preveía; apenas me dedicó un alegre meneo de cola, unos cuantos brincos y un roce con la cabeza contra mi muslo antes de volver a su alfombra. Comprendí que yo preveía mayor entusiasmo porque tenía la sensación de haber estado fuera mucho tiempo. En realidad, habían sido menos de tres horas. En esas tres horas habían ocurrido muchas cosas, de esas que cambian la vida. Recordé que Scrooge, en *Cuento de Navidad*, decía: «Los espíritus lo han hecho todo en una noche».

En la nevera encontré los restos de un pastel de carne y me preparé un par de bocadillos gruesos con abundante kétchup. Necesitaba combustible, porque mi día no había hecho más que empezar. Me quedaba mucho que preparar con miras al día siguiente. No volvería al instituto, y mi padre tal vez —probablemente— se encontrase la casa vacía al regresar. Intentaría localizar el reloj de sol del que me había hablado el señor Bowditch. No albergaba ya la menor duda de que existía, ni dudaba que podía hacer retroceder el tiempo para la anciana pastora alemana que en ese momento dormitaba en su alfombra en el salón. Menos convencido estaba de que me fuera posible bajarla por aquella escalera de caracol, y no tenía la menor idea de cómo recorrer con ella sesenta kilómetros (u ochenta o cien) hasta la ciudad. Una cosa sí sabía con certeza: no podía esperar.

Mientras comía, reflexioné. Si iba a marcharme, y con Radar, debía dejar un rastro falso que no llevara en dirección a la casa del señor Bowditch. Al dirigirme al garaje, se me ocurrió una idea y pensé que serviría. Tendría que servir.

Cogí la carretilla de mi padre y una cosa más. En uno de los estantes había un saco de hidróxido de calcio, conocido más comúnmente como cal viva. ¿Y para qué tenía eso mi padre? Lo habéis adivinado: para las cucarachas. Algunas en el sótano, algunas en el garaje. Cargué el saco en la carretilla; luego entré en la casa y enseñé la correa a Radar.

—Te llevaré a lo alto de la cuesta, ¿te portarás bien?

Me aseguró que sí con la mirada, así que le puse la correa y nos encaminamos hacia el número 1 de Sycamore, yo empujando la carretilla y ella a mi lado. La señora Richland volvía a estar en su puesto de costumbre, y casi esperaba que me preguntara qué había sido todo ese alboroto de un rato antes. No me lo preguntó; solo quiso saber si tenía previsto ocuparme de alguna otra tarea en la casa. Contesté que sí.

—Se te da muy bien. Supongo que la finca se pondrá en venta, ¿no? Puede que los administradores incluso te paguen, pero yo no contaría con ello. Los abogados son tacaños. Espero que los nuevos dueños no la echen abajo, ahora está mucho más bonita. ¿Sabes quién la hereda?

Dije que no.

—Bueno, si llegas a enterarte del precio que piden, házmelo saber. Nosotros mismos hemos estado planteándonos vender.

Ese *nosotros* inducía a pensar que existía un señor Richland. ¿Quién sabía?

Le respondí que contara con ello (cuando las vacas volaran), y llevé la carretilla a la parte de atrás con la correa de Radar en torno a la muñeca. Ese día la anciana perra se movía bien, aunque la distancia desde el pie de la cuesta no era excesiva. En cambio, había muchos kilómetros hasta la ciudad abandonada. Le sería imposible llegar.

Esta vez Radar estaba más tranquila, pero, en cuanto la solté, fue derecha al sofá cama del salón, lo olfateó de punta a punta y se tumbó al lado. Le llevé un tazón de agua y después fui al cobertizo con el saco de cal viva. Lo sacudí sobre los restos de la cucaracha y observé con asombro cómo se aceleraba la descomposición. Se oyó un siseo y un burbujeo. Se elevó un vapor de los restos, que pronto no serían más que un charco cenagoso de cal.

Recogí el revólver, lo llevé a la casa y lo dejé en la caja fuerte. Vi un par de bolitas que habían rodado hasta un rincón y las eché al cubo con el resto del oro. Cuando bajé, Radar dormía profundamente.

Bien, pensé. *Duerme todo lo que puedas, porque mañana vas a tener un día ajetreado, chica.*

Para mí, ese día era ya un día de mucho ajetreo, y eso también era bueno. La actividad no me impedía pensar en el otro mundo —las amapolas rojas a ambos lados del sendero, la zapatera casi sin cara, las torres de cristal de la ciudad—, pero era probable que mantenerme ocupado sí me evitara una reacción tardía al enfrentamiento con Christopher Polley, al que había sobrevivido por los pelos. Y había sido por los pelos. Sin duda.

El cabronzuelo, en su búsqueda del oro, no se había tomado la molestia de mirar en los montones de material de lectura del pasillo entre la cocina y la puerta trasera. Andaba tras el oro. Yo prescindí de los libros, pero dediqué una hora a transportar con la carretilla pilas de revistas —oportunamente atadas con cordel de yute— hasta el cobertizo. Dejé unas cuantas sobre los restos de la cucaracha. Amontoné la mayor parte cerca del pozo de los mundos. Cuando bajara de nuevo —cuando bajáramos *los dos*—, colocaría las pilas sobre los tablones e intentaría tapar la abertura por completo.

Cuando terminé, volví a la casa y desperté a Radar. Le di un premio de la despensa y regresé con ella al pie de la cuesta. Me recordé que al día siguiente debía llevarme también su mono de juguete. Tal vez lo quisiera cuando llegáramos al sitio adonde íbamos. Eso, claro, si no se caía por la escalera y me arrastraba consigo.

Si es que se prestaba siquiera a bajar por la escalera.

Cuando regresé, metí en la mochila la automática del 22 de Polley, su cartera y algunas otras cosas —no muchas, al día siguiente añadiría más de la despensa del señor Bowditch—, y luego me senté a escribirle una nota a mi padre. Deseaba aplazar el momento y a la vez sabía que no disponía de tiempo. Era una carta difícil de escribir.

Querido papá:

Cuando vuelvas, encontrarás la casa vacía, porque me he ido a Chicago con Radar. En internet, encontré a alguien que ha tenido un éxito asombroso ayudando a recuperar la salud y la vitalidad a perros de edad avanzada. Sabía de ese hombre desde hacía un tiempo, pero no quería decírtelo porque ya sé lo que opinas de las «curaciones milagrosas». Quizá se trate de algo así, pero, gracias a la herencia, puedo permitirme holgadamente pagar 750 dólares. No te diré que no te preocupes, porque sé que te preocuparás, pese a que no hay de qué preocuparse. Lo que sí te diré es que por favor no intentes aliviar la preocupación con una copa.

Si vuelvo y descubro que has estado emborrachándote otra vez, se me partirá el corazón. No intentes llamarme, porque voy a apagar el teléfono. (Encendido o apagado, poca importaba en el sitio al que iba). *Volveré y, si esto da resultado, ¡volveré con una perra nueva! Confía en mí, papá. Sé lo que hago.*

Con cariño,

CHARLIE

Bueno, esperaba saberlo.

Metí la nota en un sobre, escribí PAPÁ en el anverso y lo dejé en la mesa de la cocina. Luego abrí el portátil y escribí un e-mail a dsilvius@hillviewhigh.edu. Planteaba más o menos lo mismo. Pensé que si la señora S. hubiese estado presente en la habitación mientras tecleaba, todo yo le habría olido a novillos. Programé el correo para que llegara al ordenador de su despacho el jueves por la tarde. Dos días de ausencia injustificada podían tolerarse, pero tres probablemente no. Mi intención era proporcionarle a mi padre tanto tiempo en su retiro como fuera posible. Confiaba en que la señora S. no lo llamara al recibir el e-mail, pero sabía que era muy posible que lo hiciese, y quizá para entonces él estuviera ya de regreso en todo caso. Mi verdadero objetivo era anunciar al mayor número de personas posible que me iba a Chicago.

Con ese fin, llamé a la comisaría para ver si estaba el inspector Gleason. Estaba, y le pregunté si tenía alguna pista acerca de la intrusión en el número 1 de Sycamore Street.

—Quería preguntárselo hoy, porque mañana voy a llevar a la perra del señor Bowditch a Chicago. He encontrado allí a una persona que hace maravillas con perros mayores.

Gleason me dijo que no había nada nuevo, como yo preveía. Me había ocupado del intruso yo mismo. O eso esperaba. Gleason me deseó suerte con el chucho viejo. Ese fue un deseo que me llegó al alma.

7

Aquella noche añadí tres pastillas del medicamento nuevo al pienso de Radar. Al día siguiente le daría otras tres. No quedaban muchas más en el frasco, pero quizá fuera mejor así. No estaba seguro de qué eran, pero sospechaba que se trataba de una especie de anfetaminas para perros. Le acortaban la vida al tiempo que la estimulaban. Me dije que solo tenía que bajarla por aquella escalera, y después de eso..., bueno, después de eso no sabía qué pasaría.

El móvil volvía a funcionar (aunque había tenido que reiniciarlo para que mostrara la hora correcta), y a eso de las siete sonó. En la pantalla se leía PAPÁ. Antes de contestar, encendí el televisor y subí un poco el volumen.

—Eh, Charlie, ¿todo bien?

—Perfectamente. ¿Has trepado a algún árbol?

Se rio.

—Nada de árboles, está lloviendo. En vez de eso, mucho espíritu de equipo, ra-ra-ra. Gente del mundo de los seguros enloquecida. ¿Qué estás viendo?

—*SportsCenter.*

—¿Qué tal la perra?

—¿Rades?

Ella levantó la mirada desde la alfombra.

—Está bien.

—¿Todavía come?

—Hasta el último bocado de la cena y luego relame el plato.

—Me alegro de oírlo.

Charlamos un poco más. No parecía preocupado, así que supuse que mi actuación era buena, lo cual me causó satisfacción y vergüenza al mismo tiempo.

—Te llamaré mañana por la noche si quieres.

—No, quizá salga a tomar hamburguesas y jugar al minigolf con un grupo de chicos.

—¿Y chicas?

—Bueno…, puede que haya alguna chica presente. Ya te llamaré si pasa algo. Si se incendia la casa, por ejemplo.

—Me parece un buen plan. Que duermas bien, Chip.

—Lo mismo digo.

Desde donde estaba sentado, veía el sobre en la mesa de la cocina. No me gustaba mentir a mi padre, pero no veía otra opción. Era una situación extraordinaria.

Apagué el televisor y me preparé para irme al catre a las ocho por primera vez en la vida. Pero tenía previsto madrugar. «Cuanto antes empiezas, antes acabas», decía mi madre. A veces no recordaba cómo era ella sin mirar su retrato, pero sí recordaba todas sus frasecitas. La mente es una máquina extraña.

Cerré bien la casa, aunque no por miedo a Polley. Era probable que supiera dónde vivía, pero tenía las dos manos rotas y me había quedado con su arma. Además, no disponía de dinero ni documentación. Supuse que ya estaría haciendo autostop camino de lo que él llamaba «Chi», donde intentaría convertir aquellas cuatro bolitas de oro en dinero. Si era capaz de venderlas, pensé, no sacaría más de veinte centavos por dólar, y a mí ya me parecía bien. La repanocha. Cada vez que empezaba a compadecerlo o a sentirme culpable por lo que había hecho, pensaba en él apretando el cañón de su pequeña pistola contra mi nuca y diciéndome que no me diera la vuelta, que no sería inteligente por mi parte. No obstante, me alegraba de no haberlo matado. Eso sí.

Me examiné detenidamente en el espejo mientras me lavaba los dientes. Pensé que tenía el mismo aspecto de siempre, lo cual resultaba un tanto asombroso después de todo lo que había ocurrido. Me enjuagué la boca, me volví y vi a Radar sentada en el umbral de la puerta del baño. Me agaché y le alboroté el pelaje a los lados de la cara.

—¿Querrás correr una aventura mañana, chica?

Meneó la cola, entró en la habitación de invitados y se tumbó a los pies de mi cama. Comprobé dos veces el despertador para asegurarme de que estaba puesto a las cinco y apagué la luz. Preveía que me costaría largo rato conciliar el sueño después de las emociones del día, pero empecé a adormilarme casi de inmediato.

Me pregunté si de verdad iba a arriesgar la vida y sin duda meterme en un sinfín de líos, tanto con mi padre como con el instituto, por una perra vieja que ya había tenido —en años caninos— una larga vida. Por lo visto, la respuesta era sí, pero no se reducía a eso. También influía lo prodigioso del hecho, el misterio. Por Dios, había encontrado otro mundo. Deseaba ver la ciudad con las torres verdes y averiguar si de verdad era Oz, solo que con un monstruo terrible —Gogmagog— en el centro en lugar de un farsante que proyectaba su voz desde detrás de una cortina. Quería encontrar el reloj de sol y ver si realmente tenía los efectos que el señor Bowditch decía. Y debéis recordar que yo contaba diecisiete años, una edad óptima tanto para la aventura como para las decisiones estúpidas.

Pero sí, sobre todo era por la perra. La quería, haceros cargo.

Me volví de lado y me quedé dormido.

13

Llamada a Andy. Radar decide. Estofado. Chioca.

1

Rades pareció sorprenderse de que nos levantáramos cuando todavía era de noche, pero se mostró más que dispuesta a desayunar (con otras tres pastillas enterradas en el pienso) y subir la cuesta hasta el número 1. La casa de los Richland estaba a oscuras. Me dirigí a la primera planta, abrí la caja fuerte, me puse el 45 al cinto y me até la funda al muslo. Con la 22 de Polley en la espalda, me convertía en todo un Sam Dos Pistolas. En la despensa había algunos tarros vacíos de salsa para espaguetis. Llené dos con pienso seco Orijen, enrosqué las tapas con fuerza, los envolví con un paño y los metí en la mochila debajo de una camiseta y un par de mudas (*Nunca salgas de viaje sin calzoncillos limpios* era otra de las máximas de mi madre). A eso añadí una docena de latas de sardinas King Oscar (que habían empezado a gustarme), un paquete de galletas saladas, unas cuantas con pecanas (solo unas cuantas porque, a fuerza de picar, me había comido el resto) y un puñado de palitos de cecina. También las dos Coca-Colas que quedaban en la nevera. Metí también en la mochila la cartera, para poder colocarme la linterna de tubo largo en el bolsillo de atrás, como la vez anterior.

Quizá os parezca que eran unos víveres muy escasos para lo que podía acabar siendo un viaje de ciento cincuenta kilómetros ida y vuelta, y sin duda tenéis razón, pero mi mochila no era muy grande y, además, la zapatera se había ofrecido a obsequiarme con una comida. Tal vez esa mujer pudiera incluso añadir algo a mis provisiones. De lo contrario, tendría que buscar alimento, una idea que me llenaba de inquietud y excitación a un tiempo.

Lo que más me preocupaba era el candado de la puerta del cobertizo. Pensé que, si el cobertizo estaba cerrado, nadie le concedería la menor importancia. Si no, alguien podía entrar a mirar, y ocultar la boca del pozo con pilas de revistas viejas era un pobre camuflaje. Me había ido a dormir con esa incógnita tipo Agatha Christie sin resolver, pero me había despertado con lo que me pareció una buena solución. No solo el cobertizo quedaría cerrado desde fuera, sino que así habría otra persona para confirmar que me había llevado a Radar a Chicago con la esperanza de conseguir una curación milagrosa.

Andy Chen era la solución.

Esperé hasta las siete para llamarlo, pensando que a esa hora estaría en pie y preparándose para ir a clase, pero después de escuchar cuatro tonos empezaba a dar por hecho que saltaría el buzón de voz. Me planteaba ya qué mensaje dejarle cuando contestó, al parecer impaciente y con la respiración agitada.

—¿Qué quieres, Reade? Acabo de salir de la puta ducha y estoy salpicando todo el suelo.

—Uy —dije en falsete—, ¿el Peligro Amarillo está desnudo?

—Muy gracioso, capullo racista. ¿Qué quieres?

—Una cosa muy importante.

—¿De qué se trata? —Ahora con un tono serio.

—Verás, estoy en el Highball, en las afueras del pueblo. Conoces el Highball, ¿verdad?

Claro que lo conocía. Era un local en una parada de camiones donde tenían el mejor surtido de videojuegos de Sentry. Varios nos apretujábamos en el coche de alguno con permiso de conducir —o cogíamos el autobús, si no había disponible nadie con carnet— y jugábamos hasta que se nos acababa el dinero o hasta que nos echaban.

—¿Qué haces ahí? Hoy hay clase.

—Estoy con la perra. ¿Recuerdas aquella que te asustó tanto cuando éramos niños? No anda muy bien, y en Chicago hay una persona supuestamente capaz de ayudar a los perros viejos. Los rejuvenece o algo así.

—Es un timo —contestó Andy—. Tiene que serlo. No seas tonto, Charles. Cuando un perro se hace viejo, se hace viejo y pun...

—¿Puedes callarte y escuchar? Un tío va a llevarnos a Rades y a mí en su camioneta por treinta pavos...

—*Treinta...*

—Tengo que irme ahora mismo o se marchará sin nosotros. Necesito que vayas a cerrar la casa.

—¿Te has olvidado de cerrar tu...?

—¡No, no, la casa del señor Bowditch! ¡Se me ha olvidado!

—¿Cómo has llegado hasta el Highba...?

—¡Voy a perder mi medio de transporte si no te callas! Cierra la casa, ¿quieres? He dejado las llaves en la mesa de la cocina. —Luego, como si se me acabara de ocurrir, añadí—: Y cierra también el cobertizo de la parte de atrás. El candado está colgado en la puerta.

—Tendré que ir en bici al instituto en lugar de coger el autobús. ¿Cuánto vas a pagarme?

—¡Vamos, Andy!

—Estoy de coña, Reade, ni siquiera te pediré que me la chupes. Pero si me preguntan...

—Nadie te preguntará nada. Y si te preguntan, di la verdad: me he ido a Chicago. No quiero meterte en líos, solo tienes que cerrar la casa por mí. Y el cobertizo. Ya me darás las llaves cuando volvamos.

—Vale, puedo encargarme. ¿Vas a quedarte a pasar la noche o...?

—Es probable. Puede que incluso dos noches. Tengo que dejarte. Gracias, Andy. Estoy en deuda contigo.

Corté la comunicación, me eché la mochila a los hombros y cogí la correa. Dejé el llavero del señor Bowditch en la mesa y enganché la correa a Radar. Al pie de los escalones del porche trasero, me detuve y miré el cobertizo, al otro lado del césped. ¿De verdad pretendía hacerla bajar por aquella estrecha escalera de caracol (con peldaños «de distintas alturas») llevándola sujeta con una correa? Mala idea. Para los dos.

Aún no era demasiado tarde para dejarlo correr. Podía llamar otra vez a Andy y decirle que había cambiado de planes en el último momento o que el conductor imaginario de la furgoneta se había marchado sin mí. Podía volver a casa con Radar, romper la carta de la mesa de la cocina y borrar el e-mail pendiente de enviarse a la señora Silvius. Andy tenía razón: cuando los perros se hacen viejos, se hacen viejos y punto. Eso no significaba que no pudiera ir a explorar ese otro lugar; solo tendría que dejarlo para más adelante.

Para cuando ella muriese.

Desenganché la correa y me dirigí hacia el cobertizo. A medio camino miré atrás. Radar seguía sentada donde la había dejado. Pensé en llamarla, movido por un intenso impulso, pero no lo hice. Seguí adelante. En la puerta del cobertizo, volví a mirar atrás. Ella continuaba sentada al pie de los escalones del porche. Sentí la amargura de la decepción al pensar que todos mis preparativos —en especial la inspiración para resolver el problema del candado— habían sido en vano, pero por nada del mundo iba a dejarla allí sentada.

Me disponía a retroceder cuando Radar se puso en pie y cruzó con paso vacilante el jardín hasta donde yo me hallaba, en el umbral de la puerta abierta. Olisqueando, titubeó. No encendí las lámparas a pilas porque ella, con su olfato, no las necesitaba. Miró la pila de revistas que había colocado sobre los restos de la enorme cucaracha, y vi que aquella cultivada nariz suya vibraba rápidamente. Luego miró los tablones que cubrían el pozo, y ocurrió algo asombroso. Trotó hasta el pozo y comenzó a rascar los tablones con las patas, emitiendo leves aullidos de excitación.

Se acuerda, pensé. *Y los recuerdos deben de ser buenos, porque quiere volver.*

Tras colgar el candado en el picaporte, tiré de la puerta para dejarla parcialmente cerrada y a la vez disponer de luz suficiente para ver el camino hasta el pozo.

—Radar, ahora tienes que estar callada. *Silencio.*

Dejó de aullar, pero continuó rascando los tablones con las patas. Al ver su impaciencia por bajar, me inquietó menos lo que nos esperaba al final del pasadizo subterráneo. ¿Y en realidad por qué había de preocuparme? Las amapolas eran hermosas y olían aún mejor. La zapatera no suponía peligro alguno; me había acogido, me había reconfortado cuando me vine abajo, y yo deseaba verla de nuevo.

Además, ella quería volver a ver a Radar... y Radar quiere verla a ella, creo.

—Échate.

Radar me miró, pero se quedó de pie. Miró entre los tablones hacia la oscuridad, luego otra vez a mí y después de nuevo a los tablones. Los perros encuentran la manera de hacerse entender, y para mí su mensaje estaba totalmente claro: *Date prisa, Charlie.*

—Radar, *échate.*

De muy mala gana, se tumbó en el suelo, pero, en cuanto desplacé los tablones, colocándolos en forma de V, se levantó y corrió escalera abajo, veloz como un cachorro. Tenía manchas blancas en la parte de atrás de la cabeza y en la base del lomo, cerca de la cola. Las vi, y al cabo de un momento desapareció.

Y yo que me preocupaba por cómo bajarla. Tenía gracia, ¿no? Como se complacía en decir el señor Neville, mi profesor de Literatura: «La ironía... es buena para la sangre».

Estuve a punto de llamarla para que volviera, pero comprendí que era muy mala idea. Probablemente no me prestaría la menor atención. Si, por el contrario, me hacía caso e intentaba darse la vuelta en aquellos peldaños pequeños, seguramente caería y se mataría. No me quedaba más remedio que confiar en que no tropezara en la oscuridad y se matara de todos modos al caer. O empezara a ladrar. Sin duda eso ahuyentaría a cualquier cucaracha gigante al acecho, pero de paso espantaría a los murciélagos —también enormes—, que se echarían a volar.

En todo caso, yo no podía hacer nada al respecto. Solo podía ceñirme al plan. Pasando por el escaso hueco entre los tablones dispuestos en V, descendí por los primeros peldaños y me detuve cuando ya solo tenía asomados la cabeza y el pecho. Comencé a poner los montones de revistas atadas encima de los tablones, emparedándome. Al mismo tiempo, permanecía atento por si se oía algún ruido sordo y un último aullido de dolor. O, si Radar no moría a causa de la caída, *muchos* aullidos mientras yacía en el suelo apisonado, víctima de una muerte lenta como consecuencia de mis brillantes ideas.

Sudando a mares, tiré de los tablones para acercarlos más. Introduje los brazos a través del envolvente muro de revistas y cogí una pila más. La sostuve en equilibrio sobre la cabeza como una mujer de alguna tribu que portara una carga de ropa al río más cercano y a continuación me incliné lentamente. Esa última pila ocupó el hueco que había dejado yo. Quedó un poco torcida, pero tendría que servir. Si Andy se limitaba a echar un rápido vistazo al cobertizo antes de cerrarlo, serviría. Por supuesto, eso dejaba abierta la duda de cómo saldría yo después del cobertizo, pero esa preocupación tendría que planteármela otro día.

Comencé a bajar por la escalera, otra vez arrimando el hombro a la curva de la pared y manteniendo el haz de la linterna orientado hacia mis pies. Con la mochila a cuestas, avanzaba más despacio. Volví a contar los peldaños y, al llegar a cien, iluminé el resto del pozo. Dos inquietantes puntos de luz resplandecieron cuando el haz alumbró la superficie reflectante que tienen los perros al fondo del ojo. Radar estaba abajo, estaba bien y me esperaba en lugar de echar a correr por el pasadizo. Sentí un alivio inmenso. Llegué al pie de la escalera lo más deprisa que pude, que no fue mucho, porque no quería ser yo el que quedara allí tirado con una pierna rota o las dos. Apoyé una rodilla en el suelo y abracé a Radar. En circunstancias normales, se dejaba abrazar sin el menor problema, pero en esta ocasión se apartó casi de inmediato y se giró hacia el pasadizo.

—Vale, pero no asustes a la fauna. *Silencio.*

Me precedió, sin correr pero a buen paso y sin asomo de cojera. Al menos de momento. Volví a preguntarme qué eran exactamente aquellas pastillas milagrosas y cuánto le quitaban al tiempo que le daban. Una de las máximas de mi padre era: «La comida gratis no existe».

Cuando nos acercamos al punto que consideraba la frontera, me arriesgué a alterar a los murciélagos alzando la luz de la linterna para ver si el paso por aquel lugar afectaba a Radar de alguna manera. Lo que vi fue nada en absoluto, y me preguntaba ya si el efecto se reducía después de la exposición inicial cuando de pronto me asaltó el mismo mareo de la vez anterior, la sensación de tener una experiencia extracorpórea. Se me pasó tan rápido como me había venido y poco después vi la chispa de luz donde el pasadizo se abría a la ladera.

Alcancé a Radar. Atravesé las enredaderas colgantes y contemplé las amapolas. *Una alfombra roja*, pensé. *Una alfombra roja.*

Estábamos en el otro mundo.

3

Radar permaneció un momento totalmente inmóvil, con la cabeza hacia delante, las orejas levantadas, la nariz activa. Acto seguido, inició el descenso por el sendero al trote, la velocidad máxima que alcanzaba ya. O eso creía yo. Me hallaba a media cuesta cuando Dora salió de su pequeña cabaña con un par de pantuflas en una mano. Rades me sacaba unos tres metros de ventaja. La mujer nos vio acercarnos —más exactamente vio quién se acercaba a cuatro patas en lugar de a dos— y soltó las pantuflas. Se hincó de rodillas y tendió los brazos. Radar, ladrando jubilosa, echó a correr hacia ella. Al final frenó un poco (o la frenaron sus envejecidas patas traseras), pero no lo suficiente para evitar la embestida contra Dora. Esta se desplomó de espaldas y el vuelo de la falda dejó a la vista unas medias de un verde vivo. Radar, colocándose a horcajadas sobre ella, ladró y le lamió la cara. Meneaba la cola frenéticamente.

También yo eché a correr, notando en la espalda el golpeteo de la mochila cargada. Agaché la cabeza para esquivar los zapatos colgados de una cuerda y agarré a Radar por el collar.

—¡Ya basta, chica! ¡Apártate de ella!

Pero eso no iba a ocurrir de inmediato, porque Dora rodeaba el cuello de Radar con los brazos y estrechaba la cabeza de la perra contra su pecho… en gran medida como había hecho conmigo. Alzaba y bajaba los pies, calzados con los mismos zapatos rojos (unidos a las medias verdes, le conferían un aspecto muy navideño), en un baile alegre. Cuando se incorporó, vi un ligerísimo toque de color apagado en aquellas mejillas grises, y un líquido viscoso —seguramente las únicas lágrimas que era capaz de verter— brotaba de sus estrechos ojos sin pestañas.

—¡*Rayyy!* —exclamó, y volvió a abrazar a mi perra. Radar, que meneaba la cola con vigor, pasó a lamerle el cuello—. ¡*Rayyy, Rayyy, RAYYY!*

—Supongo que ya os conocéis —dije.

4

No tuve que recurrir a los víveres; ella nos dio de comer, y nos dio de comer bien. El estofado era el mejor que había probado: abundantes trozos de carne y patatas que flotaban en una sabrosa salsa. Se me pasó por la cabeza —probablemente por influencia de alguna película de terror— que tal vez estuviéramos comiendo carne humana, pero me pareció una idea absurda y la descarté. Aquella mujer era buena. Yo no necesitaba ver una expresión de felicidad o unos ojos bondadosos para saberlo; la bondad irradiaba de ella. Y por si eso no bastaba para disipar mis dudas, ahí estaba la forma en que había saludado a Radar. Y, por supuesto, la forma en que Radar la había saludado a ella. Recibí mi propio abrazo cuando la ayudé a levantarse, pero no como el que le había dado a Rades.

La besé en la mejilla, gesto que me pareció del todo natural. Dora me dio unas palmadas en la espalda y tiró de mí hacia el interior. La cabaña era un único espacio, amplio y caldeado. No ardía fuego en la chimenea, pero el fogón estaba a pleno rendimiento, y la cazuela del estofado se mantenía en lenta ebullición sobre una placa metálica plana, que, según creo, se llama «hornillo» (aunque quizá me equivoque al respecto). En medio de la habitación había una mesa de madera, y en el centro de esta, un jarrón con amapolas. Dora colocó dos cuencos blancos que parecían hechos a mano y dos cucharas de madera. Me indicó que me sentara.

Radar se hizo un ovillo tan cerca del fogón como pudo sin chamuscarse el pelo. Dora cogió otro cuenco de uno de los armarios y, utilizando la bomba que colgaba sobre el fregadero, lo llenó de agua. Lo puso ante Radar, que lamió ávidamente, pero, observé, sin levantar los cuartos traseros del suelo. Lo cual no era buena señal. Yo había procurado racionarle el ejercicio, pero ella, al ver la casa de su vieja amiga, no había podido contenerse. Si la hubiese llevado sujeta con la correa (que tenía guardada en la mochila), me la habría arrancado de la mano.

Dora puso al fuego un hervidor, sirvió el estofado y a continuación siguió trajinando ante el fogón. Sacó tazas del armario —al igual que los cuencos, tenían una superficie un tanto irregular— y un bote del que extrajo té con una cuchara. Un té *corriente*, esperé, no algo que me colocara. Ya bastante colocado me sentía. No podía dejar de pensar que ese mundo se hallaba en cierto modo debajo de *mi* mundo. Era difícil quitarse la idea de la cabeza porque, para llegar allí, había bajado. Y sin embargo arriba había cielo. Me sentía como Charlie en el País de las Maravillas y, si hubiera mirado por la ventana delantera redonda de la cabaña y visto al Sombrerero Loco bailoteando por la carretera (quizá con un gato de Cheshire en el hombro), no me habría sorprendido. O más bien, no me habría sorprendido *más*.

Pese a lo rara que era la situación, me moría de hambre;

con los nervios, apenas había desayunado. Aun así, esperé a que Dora llevara las tazas y se sentara. Lo hice por cortesía elemental, claro, pero también pensé que tal vez ella quisiera pronunciar una oración; alguna versión siseante de «Bendice los alimentos que vamos a comer». No fue así. Se limitó a coger la cuchara e indicarme que acometiera. Como he dicho, estaba delicioso. Pesqué un trozo de carne y, levantando las cejas, se lo enseñé.

La media luna de sus labios se arqueó en su peculiar sonrisa. Se llevó dos dedos a lo alto de la cabeza y brincó un poco en el asiento.

—¿Conejo?

Ella asintió y emitió un gorgoteo chirriante. Caí en la cuenta de que se reía, o lo intentaba, y eso me entristeció, tal como me ocurría cuando veía a una persona ciega o a una persona en silla de ruedas que nunca volvería a andar. La mayoría de la gente en esa situación no quiere compasión. Se las arreglan con sus discapacidades, ayudan a los demás, llevan vidas plenas. Son valientes. Todo eso lo entiendo. Sin embargo, me parecía —quizá porque en mi propio organismo todo funcionaba como un reloj— que en el hecho de tener que afrontar esas situaciones había algo de cruel, desequilibrado e injusto. Me acordé de una niña, una compañera de primaria: Georgina Womack. Tenía una enorme marca de nacimiento en una mejilla. Georgina era menuda y alegre, más lista que el hambre, y casi todos los niños la trataban de una manera aceptable. Bertie Bird solía intercambiar parte del almuerzo con ella. Yo pensaba que se abriría paso en la vida, pero lamentaba que tuviera que verse esa marca en la cara al mirarse en el espejo todos los días. No era culpa suya, como no era culpa de Dora que su risa, que debería haber sido hermosa y libre, sonara como un gruñido malhumorado.

Dio un último brinco, como para enfatizar, y después hizo un giro con el dedo: *Come, come.*

Radar se levantó con dificultad y, cuando por fin se sostuvo sobre las patas traseras, se acercó a Dora. La mujer se dio una palmada con la mano gris en la frente gris como diciendo: *En qué estaría pensando.* Fue a por otro cuenco y sirvió en él un poco de carne y salsa. Me miró y arqueó las escasas cejas.

Asentí y sonreí.

—En la Casa de los Zapatos, todo el mundo come.

Dora me dirigió la media luna de su sonrisa y dejó el cuenco en el suelo. Radar, meneando la cola, se puso manos a la obra.

Yo observé la otra mitad de la habitación mientras comía. Había una cama bien hecha, del tamaño adecuado para una zapatera menuda, pero la mayor parte de ese lado era un taller. O tal vez una unidad de rehabilitación de zapatos heridos. Muchos tenían los talones rotos o agujeros en las suelas o las punteras, o las suelas colgaban como mandíbulas quebradas. Había un par de botas de trabajo de cuero con los talones rajados, como si las hubiese heredado alguien cuyos pies eran más grandes que los del propietario original. Un botín de seda de color púrpura imperial presentaba una herida oblicua, remendada con hilo azul oscuro, probablemente el tono más parecido que Dora había encontrado. Algunos zapatos estaban sucios y algunos —en un banco de trabajo— se hallaban a medio limpiar y lustrar mediante sustancias contenidas en pequeños botes de metal. Me pregunté de dónde habría salido todo aquello, pero aún más curiosidad me despertó el objeto que ocupaba un lugar preferente en la zona de la cabaña destinada a taller.

Entretanto, yo había vaciado mi cuenco y Radar había vaciado el suyo. Dora los cogió y volvió a alzar las cejas con expresión interrogativa.

—Sí, por favor —dije—. No mucho más para Radar o dormirá todo el día.

Dora se llevó las manos entrelazadas a un lado de la cara y cerró los ojos. Señaló a Radar.

—*Sita.*

—¿Visita?

Dora negó con la cabeza y repitió la pantomima.

—*¡Sita!*

—¿Necesita dormir?

La zapatera asintió y señaló hacia el lugar donde antes estaba Radar, junto al fogón.

—¿Antes dormía ahí? ¿Cuando la traía el señor Bowditch?

Dora asintió de nuevo y apoyó una rodilla en el suelo para acariciar la cabeza a Radar. Rades la miró con —podría equivocarme, pero no lo creo— adoración.

Nos terminamos el segundo cuenco de estofado. Di las gracias. Radar hizo lo propio con la mirada. Mientras Dora recogía los cuencos, me levanté para echar un vistazo al objeto del hospital de zapatos que me había llamado la atención. Era una máquina de coser antigua, de esas que funcionan accionando un pedal. En la carcasa negra, escrito en desvaído pan de oro, se leía la palabra SINGER.

—¿Esto te lo trajo el señor Bowditch?

Ella asintió, se dio unas palmadas en el pecho y agachó la cabeza. Cuando la levantó, tenía los ojos vidriosos.

—Se portó bien contigo.

Asintió.

—Y tú te portaste bien con él. También con Radar.

Hizo un esfuerzo y pronunció una única palabra comprensible:

—*Zzí.*

—Desde luego tienes muchos zapatos. ¿De dónde los sacas? ¿Y qué haces con ellos?

No pareció saber qué responder a eso, y los gestos que hizo no ayudaron. Animada de pronto, fue al taller. Había un armario que debía de contener ropa, y en conjunto muchos más armarios que en el lado de la cabaña destinado a la cocina. Supuse que guardaba allí su diverso material para la reparación de calzado. Se agachó hacia uno de los de abajo y sacó una pizarra pequeña, de esas que quizá usaban los niños en los tiempos en que en las aulas estudiaban alumnos de distintas edades y había tinteros en los pupitres. Siguió revolviendo y sacó un trozo de tiza. Apartó algunas de sus obras en curso en el banco de trabajo, escribió despacio y después sostuvo la pizarra en alto para que yo leyera: *Tu ves chioca.*

—No entiendo.

Ella suspiró, lo borró y me indicó con una seña que me acercara al banco. Miré por encima de su hombro mientras dibujaba un pequeño recuadro con dos líneas paralelas delante. Tocó el recuadro, abarcó la cabaña con un movimiento del brazo y volvió a tocar el recuadro.

—¿Esta casa?

Ella asintió, señaló las líneas paralelas y luego señaló la única ventana redonda a la izquierda de la puerta de entrada.

—La carretera.

—*Zzí.* —Levantó un dedo hacia mí *(atiende a esto, joven)* y alargó un poco las líneas paralelas. Acto seguido trazó otro recuadro. Encima volvió a escribir *Tu ves Chioca.*

—Chioca.

—*Zzí.* —Se dio unas palmadas en la boca; después juntó los dedos rápidamente una y otra vez, como si fueran un cocodrilo mordiendo, en un gesto que entendí con toda claridad.

—¡Hablar!

—Zzí.

Tocó la no palabra «chioca». A continuación, me cogió por los hombros. Tenía las manos fuertes propias del oficio de zapatera, con las yemas grises encallecidas. Me obligó a dar media vuelta y me llevó hacia la puerta de entrada. Cuando llegamos allí, me señaló a mí, imitó el movimiento de caminar con dos dedos y señaló hacia la derecha.

—¿Quieres que vaya y vea a chioca?

Ella asintió.

—Mi perra necesita descansar. No se encuentra muy bien.

Dora señaló a Radar y repitió el gesto de dormir.

Pensé en preguntar qué distancia debía recorrer, pero dudé que pudiera contestar a esa clase de preguntas. La comunicación con ella debía restringirse al tipo sí o no.

—¿Es lejos?

Gesto de negación.

—¿Chioca puede hablar?

Eso pareció hacerle gracia, pero asintió.

—¿Chioca? ¿Eso significa «chica loca»?

La sonrisa en media luna. Un encogimiento de hombros. Un gesto de asentimiento seguido de otro de negación.

—Estoy perdido. ¿Habré vuelto antes de que oscurezca?

Firme gesto de asentimiento.

—¿Y te quedarás con Radar?

—Zzí.

Me detuve a pensarlo y decidí intentarlo. Si chioca hablaba, yo podría obtener algunas respuestas. En cuanto a Dora y en cuanto a la ciudad. Chioca tal vez supiera algo incluso sobre el reloj de sol que supuestamente rejuvenecería a Radar. Decidí que caminaría alrededor de una hora y, si no encontraba la casa de chioca, me daría media vuelta y volvería.

Me dispuse a abrir la puerta (en lugar de pomo tenía un

cerrojo de hierro antiguo). Me sujetó por el codo y levantó un dedo: *Espera un momento.* Se dirigió a toda prisa a la Central de Reparación de Calzado, abrió un cajón del banco de trabajo, cogió algo y corrió de nuevo hacia mí. Tenía tres trozos pequeños de cuero, más pequeños que la palma de la mano. Parecían suelas de zapato teñidas de verde. Mediante señas, me indicó que me los guardara en el bolsillo.

—¿Para qué son?

Arrugó la frente; luego sonrió y volvió las manos hacia arriba. Por lo visto, era demasiado complicado. Me tocó las correas de la mochila y me dirigió una mirada interrogativa. Decidí que no la necesitaba y me la quité. La dejé junto a la puerta, me acuclillé, la abrí y me guardé la cartera en el bolsillo trasero, como si fueran a pedirme la documentación, cosa que era absurda. Al mismo tiempo miré a Radar, preguntándome cómo se tomaría que la dejara con Dora. Alzó la cabeza cuando me levanté y abrí la puerta; luego la bajó de nuevo, totalmente cómoda con la idea de quedarse allí y dormitar. ¿Por qué no? Tenía la tripa llena de comida caliente y se quedaba con una amiga.

Un camino llevaba a la pista ancha de tierra —la vía principal—, flanqueada de amapolas. Había también otras flores, pero estaban mustias o marchitas. Me volví para mirar atrás. Encima de la puerta vi un zapato de madera enorme, de color rojo vivo, como los que calzaba Dora. Pensé que venía a ser un cartel. Ella se hallaba debajo y, sonriente, señaló hacia la derecha, por si había olvidado en el último minuto en qué dirección debía seguir. Fue un gesto tan maternal que no pude evitar sonreír.

—Me llamo Charlie Reade, Dora. Y, por si no lo he dicho ya, gracias por darnos de comer. Ha sido un placer conocerte.

Ella asintió, me señaló y se dio unas palmadas sobre el corazón. Eso no requería traducción.

—¿Puedo preguntarte otra cosa?

Ella asintió.

—¿Estoy hablando en tu idioma? Sí, ¿verdad?

Ella se rio y se encogió de hombros: o no me entendió o no lo sabía o consideró que daba igual.

—Vale. Supongo.

—*Va'e.*

Entró y cerró la puerta.

En la entrada del camino, había un letrero, similar a los cartelones que colocan algunos restaurantes en las aceras con el menú. El lado de la derecha, la dirección que en principio debía seguir, estaba en blanco. En el lado orientado a la izquierda, habían pintado un poema de cuatro versos, perfectamente comprensible:

> *Tus zapatos rotos me has de dar,*
> *más adelante otros nuevos encontrarás.*
> *Si depositas tu confianza en mí,*
> *tu viaje será más feliz.*

Me quedé mirándolo mucho más tiempo del que requería leerlo. Me permitió hacerme una idea de la procedencia de los zapatos que ella rehabilitaba, pero no fue esa la razón. *Conocía* esa letra. La había visto en listas de la compra y en muchos sobres que había dejado en el buzón del número 1 de Sycamore Street. Ese letrero lo había escrito el señor Bowditch, sabía Dios cuántos años atrás.

5

Caminar resultaba más fácil sin la mochila, lo cual era de agradecer. Mirar alrededor en busca de Radar y no encontrarla no me gustaba, pero no me cabía duda de que en compañía de Dora estaba a salvo. Sin servicio en el teléfono, me costaba mantener la noción del tiempo y, como el cielo estaba siempre encapotado, ni siquiera podía calcular la hora aproximada por la posición del sol. Se percibía en el cielo, pero era solo un borrón apagado detrás de las nubes. Decidí que recurriría a la forma en que los antiguos pioneros marcaban el tiempo y la distancia: avanzaría tres o cuatro «miradas» y, si seguía sin ver el menor rastro de chioca, me daría media vuelta y regresaría.

Mientras caminaba, pensé en el letrero con el poema. El cartel con el menú de un restaurante tendría texto en ambos lados, para que la gente pudiera verlo tanto si se acercaba en una dirección como en la otra. Este tenía el poema solo en un lado, lo que significaba que el tráfico en la vía principal discurría en un único sentido: hacia la casa que debía encontrar. No entendía por qué era así, pero tal vez chioca pudiera explicármelo. Si tal criatura existía realmente.

Había llegado al final de mi tercera mirada, donde la carretera se elevaba y cruzaba un puente de madera arqueado (el arroyo que pasaba por debajo estaba seco), cuando empecé a oír unos bocinazos. No de coches sino de aves: eran graznidos. Cuando alcancé el punto más alto del puente, vi una casa a mi derecha. A la izquierda de la carretera ya no crecían amapolas; el bosque se extendía justo hasta el límite. La casa era mucho más grande que la cabaña de la zapatera, casi como un rancho en una película del oeste de la TCM, y tenía dependencias exteriores, dos grandes y una pequeña. La más grande debía de ser un establo. Aquello era una granja. Detrás había un huerto extenso en el que crecían hortalizas en hileras ordenadas. Yo no sabía qué eran —carecía de conocimientos de horticultura—, pero distinguía el maíz cuando lo veía. Todos los edificios eran tan viejos y grises como la piel de la zapatera, aunque se los veía bastante sólidos.

Los graznidos procedían de unas ocas, una docena por lo menos. Rodeaban a una mujer que llevaba un vestido azul y un delantal blanco. Sostenía el delantal en alto con una mano. Con la otra esparcía pienso a puñados. Las ocas, en medio de mucho aleteo, se abalanzaban sobre la comida con avidez. Cerca, un caballo blanco, que parecía flaco y viejo, mantenía la cabeza hundida en un comedero de hojalata. Me vino a la mente la palabra «esparaván», pero como no sabía qué significaba exactamente «esparaván», ignoraba si era correcta. Se había posado en su cabeza una mariposa, de tamaño normal, lo cual me representó en cierto modo un alivio. Cuando me acerqué, echó a volar.

La mujer debía de haberme visto con el rabillo del ojo, porque alzó la vista y se quedó quieta, con una mano metida en el bolsillo formado por delantal en alto mientras las ocas forcejeaban y aleteaban en torno a sus pies, graznando para que les diera más.

Yo también me quedé quieto, porque en ese momento entendí lo que Dora había intentado transmitirme: chioca, la chica de las ocas. Pero eso fue solo parte de la razón de mi inmovilidad. Su cabello era de un intenso rubio oscuro surcado de mechones más claros. Le llegaba hasta los hombros. Tenía los ojos grandes y azules, nada más lejos de las facciones semiborradas y siempre contraídas de Dora. Tenía las mejillas sonrosadas. Era joven, y no solo guapa; era preciosa. Solo una cosa empañaba aquella belleza. Entre la nariz y la barbilla se veía solo un nudoso trazo blanco, como el vestigio de una grave herida cicatrizada hacía mucho tiempo. En el extremo derecho de la cicatriz tenía una mancha roja del tamaño de una moneda que parecía un pequeño capullo de rosa sin abrir.

La chica de las ocas no tenía boca.

Cuando me acerqué a ella, dio un paso hacia una de las dependencias. Tal vez fuera un barracón dormitorio. Salieron dos hombres de piel gris; uno empuñaba una horca. Me detuve, recordando que yo no solo era un forastero, sino que además iba armado. Levanté las manos vacías.

—No busco problemas. No voy a hacer daño a nadie. Me envía Dora.

La chica de las ocas permaneció absolutamente inmóvil aún durante unos segundos, como si intentara tomar una decisión. Acabó sacándose la mano del delantal y esparció más maíz y grano. Con la otra mano, primero indicó a los braceros que volvieran a entrar y después me hizo una seña para que me aproximara. Obedecí, pero despacio, todavía con las manos en alto. Un trío de ocas se acercó a mí aleteando y graznando, vieron mis manos vacías y regresaron de forma apresurada hacia la chica. El caballo miró alrededor y reanudó su almuerzo. O tal vez fuera la cena, porque el borrón de sol avanzaba ya hacia el bosque del lado opuesto de la carretera.

La chica de las ocas siguió dando de comer a su bandada, al parecer ya tranquila después del sobresalto momentáneo. Yo permanecí en el borde de la era, sin saber qué decir. Se me pasó por la cabeza la posibilidad de que la nueva amiga de Radar me hubiera tomado el pelo. Yo le había preguntado si chioca podía hablar, y Dora había asentido, pero con una sonrisa. Menuda broma: enviar al muchacho a obtener respuestas de una joven sin boca.

—Aquí soy un forastero —dije, lo cual era una estupidez; sin duda ella lo veía con sus propios ojos. Mi problema era su extrema belleza. En cierto modo, la cicatriz que debería haber sido una boca y la mancha junto a ella la hacían aún más hermosa. Seguramente parezca raro, quizá incluso perverso, pero era la verdad—. He... *Ay*—. Una de las ocas me había picado en el tobillo.

Por lo visto, le hizo gracia. Metió la mano en el delantal, sacó lo que quedaba de pienso, cerró el pequeño puño y lo tendió hacia mí. Abrí la mano, y ella me echó en la palma algo que parecía una mezcla de trigo y maíz partido. Utilizó la otra mano para mantener firme la mía, y el contacto de sus dedos fue como una leve descarga eléctrica. Me había quedado prendado. Lo mismo le habría pasado a cualquier otro joven, creo.

—He venido porque mi perra ya es vieja, y un amigo mío me dijo que en la ciudad —señalé— hay una manera de rejuvenecerla. He decidido intentarlo. Tengo unas mil preguntas, pero veo que tú no... no eres, ya me entiendes..., lo que se dice *capaz* de...

Me interrumpí, porque no quería hurgar en la herida, y esparcí el puñado de pienso entre las ocas. Noté que me ardían las mejillas.

Eso también pareció hacerle gracia. Se soltó el faldón del delantal y lo sacudió. Las ocas se congregaron alrededor para coger los últimos restos polvorientos y luego, cloqueando y cotorreando, se alejaron hacia el establo. La chica de las ocas alzó los brazos por encima de la cabeza, con lo que la tela del vestido se tensó contra unos pechos admirables. (Sí, me fijé... Me declaro culpable). Dio dos palmadas.

El viejo caballo blanco levantó la cabeza y se aproximó a ella con un contoneo. Vi que tenía las crines trenzadas con cristales de colores y cintas. Los adornos me indujeron a pensar que era una yegua. Al cabo de un momento, tuve la total certeza, porque cuando habló, lo hizo con voz femenina.

—Contestaré a algunas de tus preguntas, porque te envía Dora y porque mi ama conoce ese cinturón con bonitas piedras azules que llevas puesto.

La yegua no aparentaba el menor interés en el cinturón o el revólver del 45 enfundado; contemplaba la carretera y los árboles del lado opuesto. Era la chica de las ocas quien miraba el cinturón tachonado. Después me miró de nuevo a mí con aquellos ojos de un azul intenso.

—¿Vienes de parte de Adrian?

La voz procedía de la yegua blanca —o al menos de sus alrededores—, pero vi que se movían los músculos de la garganta de la chica y en torno a lo que en otro tiempo había sido su boca.

—¡Eres ventrílocua! —farfullé.

Me sonrió con la mirada y me cogió la mano. Eso provocó otra descarga.

—Vamos.

La chica de las ocas me llevó al otro lado de la casa de labranza.

14

Leah y Falada. Ayúdala. Un encuentro en la carretera. Lobitos. Dos lunas.

1

Hablamos solo durante una hora, y al final fui yo quien llevó el peso de la conversación, pero duró lo suficiente para convencerme de que aquella chica no era una simple campesina. Es probable que suene un tanto snob, como si considerara que las campesinas no pueden ser inteligentes o bonitas, o incluso hermosas. No es eso lo que quiero decir. Estoy seguro de que en este gran mundo redondo nuestro incluso hay campesinas capaces de practicar la ventriloquía. Había algo más, otra cosa. Poseía cierta seguridad en sí misma, un *aire*, como si estuviera acostumbrada a que la gente —y no solo los braceros de la granja— se sometiera a su voluntad. Y tras la vacilación inicial, causada probablemente por mi repentina aparición, no traslució ya el menor temor.

Posiblemente de más está decir que bastó aquella hora para que me colara por ella, porque posiblemente ya lo sabéis. Es lo que pasa en los cuentos, ¿no? Solo que para mí no era un cuento; era mi vida. Parecía también una de esas cosas que solo le pasaban a Charlie Reade: prendarse de una chica que era mayor que él y a la que, para colmo, nunca podría besar. Aunque con mucho gusto habría besado la cicatriz allí donde la tenía, lo que os dará una idea de lo colgado que estaba. Otra cosa que supe fue que, con o sin boca, ella no estaba destinada a personas como yo. Era más que una chica dando de comer a unas ocas. Mucho más.

Aparte de todo eso, ¿qué romanticismo puede haber cuando la chica guapa tiene que hablar con el Romeo enamorado a través de una yegua?

Pero eso es lo que hicimos.

2

Cerca del huerto había una pérgola. Nos sentamos dentro, a una pequeña mesa redonda. Del maizal salieron un par de braceros cargados con grandes cestos camino del establo, así que deduje que en ese mundo era verano en lugar de principios de octubre. La yegua pacía a corta distancia. Una chica gris de cara muy deforme trajo una bandeja y la dejó. En ella había dos servilletas de tela, un vaso y dos jarras, una grande y la otra del tamaño de esas jarritas de leche que ponen en las cafeterías. La grande contenía lo que parecía limonada. La pequeña contenía un emplasto amarillo que podría haber sido puré de calabaza. La chica de las ocas me indicó que me sirviera de la jarra grande y bebiera. Eso hice, con cierta vergüenza. Porque tenía una boca con la que beber.

—Muy buena —dije, y así era, justo la proporción idónea de dulzor y acidez.

La chica gris seguía de pie junto al hombro de la chica de las ocas. Señaló el emplasto amarillo de la jarra pequeña.

La chica de las ocas asintió, pero ensanchó las aletas de la nariz en un suspiro y la cicatriz que debería haber sido una boca se curvó un poco hacia abajo. La sirvienta se sacó un tubo de cristal del bolsillo de un vestido tan gris como su piel. Se inclinó, dispuesta a hundirlo en el emplasto, pero la chica de las ocas cogió el tubo y lo dejó en la mesa. Alzó la vista hacia la sirvienta, movió la cabeza en un gesto de asentimiento y juntó las manos como en un namasté. La muchacha devolvió el gesto y se marchó.

A continuación, la chica de las ocas llamó a la yegua con una palmada. El animal se acercó y pasó la cabeza por encima de la barandilla entre nosotros, masticando aún el último bocado.

—Me llamo Falada —dijo la yegua, aunque no movió la boca como la mueven las marionetas sentadas en la rodilla del ventrílocuo; sencillamente siguió masticando. Yo no entendía por qué la chica mantenía esa comedia de la proyección de la voz—. Mi ama es Leah.

Más tarde, gracias a Dora, supe cómo se escribía el nombre, pero lo que yo oí en ese momento fue «Leia», como en

La guerra de las galaxias. Le vi cierta lógica después de todo lo que había ocurrido. Yo había conocido ya a una versión del Rumpelstiltskin, y a una anciana que no vivía dentro de un zapato sino debajo de un zapato que hacía las veces de cartel; yo mismo era una versión de Jack, el niño de las habichuelas, ¿y no es acaso *La guerra de las galaxias* otro cuento de hadas, aunque con unos efectos especiales increíbles?

—Encantado de conoceros a las dos —dije.

De todas las cosas extrañas que me habían pasado aquel día (aún me esperaban cosas más extrañas), aquella era en muchos sentidos la más extraña, o quizá debería decir la más surrealista. No sabía a cuál de ellas mirar, y acabé girando la cabeza de un lado a otro, como quien asiste a un partido de tenis.

—¿Te envía Adrian?

—Sí, pero yo lo conocía como Howard. Fue Adrian... antes. ¿Cuándo lo visteis por última vez?

Leah se detuvo a pensarlo, juntando las cejas. Incluso ceñuda era hermosa (procuraré reprimir esta clase de observaciones de aquí en adelante, pero me costará). Luego alzó la vista.

—Yo era mucho más joven —dijo Falada—. Adrian también era más joven. Lo acompañaba una perra, poco más que una cachorra. Brincaba de aquí para allá. Tenía un nombre raro.

—Radar.

—Eso.

Leah asintió; la yegua se limitó a seguir masticando, sin mostrar el menor interés en nada de todo aquello.

—¿Ha fallecido Adrian? Diría que así es, puesto que estás aquí con su cinturón y su arma.

—Sí.

—¿Descartó otra vuelta en el reloj de sol, pues? Si fue así, demostró sensatez.

—Sí. Así fue. —Bebí un poco de limonada, dejé el vaso y

me incliné al frente—. He venido por Radar. Ya es vieja, y quiero llevarla a ese reloj de sol y ver si es posible… —Reflexioné y me acordé de otro cuento de hadas, este de ciencia ficción, titulado *La fuga de Logan*—. Y ver si es posible renovarla. Tengo preguntas…

—Cuéntame tu historia —dijo Falada—. Puede que después conteste a tus preguntas, si lo tengo a bien.

Hago aquí un alto para decir que yo obtuve cierta información sobre Leah por medio de Falada, pero ella obtuvo muchísima más sobre mí. Traslucía cierta actitud, como si estuviera acostumbrada a ser obedecida, pero no por maldad o por alguna forma de intimidación. Hay personas —personas refinadas— que parecen conscientes de que están obligados a ser amables y corteses, y se sienten doblemente obligadas si en realidad no lo están. Pero, amables o no, suelen conseguir lo que quieren.

Como me proponía estar de vuelta en casa de Dora antes de que oscureciera (no sabía qué podía salir de esos bosques de noche), me ceñí en esencia a mi misión. Le conté cómo había conocido al señor Bowditch, que había cuidado de él y que nos habíamos hecho amigos. Le hablé del oro y le expliqué que por el momento tenía suficiente, pero a su debido tiempo quizá necesitara más para mantener en secreto el pozo que conducía a su mundo y evitar así que lo conociera la gente del mío, que podía hacer un uso equivocado. No me molesté en añadir que debía buscar una forma de convertir el oro en dinero una vez que el señor Heinrich había muerto.

—Porque más adelante, dentro de unos años, habrá impuestos que pagar, y son muy altos. ¿Sabes qué son los impuestos?

—Sí, claro —dijo Falada.

—Pero ahora mismo es Radar quien me preocupa. El reloj de sol está en la ciudad, ¿no?

—Sí. Si vas allí, debes ser muy sigiloso y seguir las marcas de Adrian. Y nunca *nunca* debes ir de noche. Eres una persona entera.

—¿Una persona entera?

Tendió la mano por encima de la mesa para tocarme la frente, una mejilla, la nariz y la boca. Tenía los dedos ligeros, y el contacto fue fugaz, pero me traspasaron nuevas descargas.

—Entera —repitió Falada—. No gris. No *estropeada*.

—¿Qué ha pasado? —pregunté—. Ha sido G...

Esta vez su contacto no fue ligero; me tapó la boca con la palma de la mano con tal fuerza que me oprimió los labios contra los dientes. Movió la cabeza en un gesto de negación.

—Nunca pronuncies su nombre o acelerarás su despertar. —Se llevó una mano al cuello y se tocó el lado derecho de la mandíbula con los dedos.

—Estás cansada —dije—. Lo que haces para emitir el habla debe de ser todo un esfuerzo.

Ella asintió.

—Me iré. Tal vez podamos hablar más mañana.

Hice ademán de levantarme, pero me indicó que me quedara. No me cupo la menor duda de que era una orden. Levantó el dedo en un gesto que Radar habría entendido: *Siéntate*.

Introdujo el tubo de cristal en el emplasto amarillo; luego se llevó el índice de la mano derecha a la mancha roja, el único defecto en su hermosa piel. Me fijé en que tenía muy cortas todas las uñas excepto la de ese dedo. Se presionó con la uña la mancha hasta que la uña desapareció. Tiró. La carne se abrió, y brotó un hilillo de sangre que corrió hasta la mandíbula. Insertó el tubo en el pequeño orificio que se había abierto, y sus mejillas se ahuecaron cuando succionó lo que fuera que ingería como alimento. Desapareció la mitad de la sustancia amarilla de la jarra pequeña, lo que para mí habría sido un único trago. Pero su garganta se flexionó no una sola vez, sino varias. Debía de saber tan mal como aparentaba, porque se obligó a tragarlo. Retiró el tubo de lo que habría sido la incisión de una traqueotomía de haberse realizado en la garganta. El orificio se cerró de inmediato, pero la mancha se enconó más que antes. Era una maldición contra su belleza.

—¿De verdad te basta con eso? —pregunté con consternación. No pude evitarlo—. ¡Apenas has bebido!

Ella asintió con visible hastío.

—La apertura es dolorosa y el sabor es desagradable después de tantos años comiendo estas mismas cosas. A veces pienso que preferiría morirme de hambre, pero eso proporcionaría demasiado placer a ciertas personas. —Ladeó la cabeza hacia la izquierda, en la dirección de la que yo había llegado y en la que se hallaba la ciudad.

—Lo siento —dije—. Si hubiera algo que yo pudiera hacer...

Asintió para expresar que lo entendía (naturalmente todos desearían hacer algo por ella, se pelearían por ser los primeros de la fila) y volvió a hacer el gesto namasté. Después cogió una servilleta y se limpió el hilo de sangre. Yo había oído hablar de las maldiciones —en los cuentos abundan—, pero era la primera vez que veía una en acción.

—Sigue sus marcas —dijo Falada—. No te pierdas, o te capturarán los soldados de la noche. A ti y a Radar. —Debía de ser una palabra difícil para ella, porque le salió «Rayar», lo que me recordó el entusiasmo de Dora al dar la bienvenida a mi perra—. El reloj de sol está en la plaza del estadio, detrás del palacio. Allí podrás alcanzar tu propósito si actúas deprisa y en silencio. En cuanto al oro del que hablas, está dentro. Conseguirlo sería mucho más peligroso.

—Leah, ¿vivías antes en ese palacio?

—Hace mucho —dijo Falada.

—¿Eres...? —Tuve que obligarme a decirlo, aunque la respuesta me parecía obvia—. ¿Eres una princesa?

Ella inclinó la cabeza.

—Leah lo era. —Refiriéndose ahora a sí misma, por medio de Falada, en tercera persona—. La más pequeña de todos, ya que había cuatro hermanas mayores, y dos hermanos... príncipes, si quieres. Sus hermanas están muertas: Drusilla, Elena, Joylene y Falada, mi tocaya. Robert está muerto, porque ella vio su pobre cuerpo aplastado. Elden, que siempre la trató bien, está muerto. Su madre y su padre también han muerto. No queda casi nadie de su familia.

En silencio, intenté asimilar la magnitud de semejante tragedia. Yo había perdido a mi madre, y ya era bastante triste.

—Tienes que ir a ver al tío de mi ama. Vive en la casa de ladrillo cercana a la Carretera del Litoral. Él te informará mejor. Ahora mi señora está muy cansada. Te deseo un buen día y un viaje sin percances. Debes pasar la noche en casa de Dora.

Me puse en pie. El borrón del sol casi había llegado a los árboles.

—Mi ama te desea suerte. Dice que, si renuevas a la perra de Adrian como esperas, debes traerla para que mi ama la vea brincar y correr como antes.

—Lo haré. ¿Puedo hacer una pregunta más?

Leah movió la cabeza en un cansino gesto de asentimiento y alzó una mano: *Di, pero que sea breve.*

Saqué las pequeñas suelas de cuero del bolsillo y se las enseñé a Leah y después (sintiéndome como un tonto) a Falada, que mostró un interés nulo.

—Esto me lo ha dado Dora, pero no sé qué hacer con ellas.

Leah sonrió con los ojos y acarició la nariz de Falada.

—Puede que de regreso a casa de Dora veas a otros viajeros. Si van descalzos, es porque le han dejado a ella zapatos rotos o gastados para que los remiende. Verás sus pies descalzos y les darás esos vales. Carretera abajo en *esa* dirección —señaló en sentido opuesto a la ciudad—, hay una tienda pequeña que pertenece al hermano menor de Dora. Si los viajeros llevan esos vales, él les entregará zapatos nuevos.

Me detuve a pensarlo.

—Dora repara el calzado roto.

Leah asintió.

—Luego la gente descalza acude a su hermano, el tendero.

Leah asintió.

—Cuando los zapatos rotos han sido renovados, como yo espero renovar a Radar, ¿Dora se los lleva a su hermano?

Leah asintió.

—¿Su hermano los vende?

Leah negó con la cabeza.

—¿Por qué no? Las tiendas suelen sacar un beneficio.

—En la vida no todo se reduce al beneficio —dijo Falada—. Mi ama está muy cansada y ahora debe reposar.

Leah me cogió la mano y me la apretó. No hace falta que os diga lo que sentí.

Me la soltó y dio una sola palmada. Falada se alejó con parsimonia. Uno de los braceros grises salió del establo y palmeó suavemente a la yegua en el ijar. El animal se encaminó hacia el establo de muy buena gana, acompañada por el hombre gris.

Cuando miré alrededor, estaba allí la mujer que nos había servido el puré y la limonada. Movió el mentón en dirección a mí y luego señaló hacia la casa y la carretera más allá. La audiencia —porque eso había sido aquello, no me cabía la menor duda— había terminado.

—Adiós, y gracias —dije.

Leah me dirigió el gesto namasté; luego agachó la cabeza y entrelazó las manos sobre el delantal. La criada (o tal vez fuera una dama de compañía) vino conmigo hasta la carretera, arrastrando por la tierra el largo vestido gris.

—¿Puedes hablar? —le pregunté.

—Un poco. —Su voz era un graznido empañado—. Me duele.

Llegamos a la vía principal. Señalé en la dirección de donde había llegado.

—¿A cuánto está de aquí la casa de ladrillo de su tío? ¿Lo sabes?

Alzó un dedo gris y deforme.

—¿A un día?

Ella movió la cabeza en un gesto de asentimiento, la forma de comunicación más común allí, por lo que empezaba a ver. Para aquellos incapaces de practicar la ventriloquía, claro.

Un día hasta la casa del tío. Si eso equivalía a unos treinta y cinco kilómetros, tal vez hubiera un día más hasta la ciudad, más probablemente dos. O incluso tres. Contando el regreso hasta el pasadizo subterráneo que llevaba al pozo, quizá seis días en total, y eso en el supuesto de que todo fuera bien. Para entonces mi padre habría vuelto y habría denunciado mi desaparición.

Estaría asustado, y tal vez bebiera. Yo estaría poniendo en peligro la sobriedad de mi padre por la vida de una perra… e incluso si el reloj de sol mágico existía, ¿quién sabía si daría resultado con una anciana pastora alemana? Comprendí —diréis que debería haberme dado cuenta antes— que lo que me proponía hacer no solo era un disparate, era egoísta. Si regresaba en ese momento, nadie se enteraría. Por supuesto, tendría que salir por la fuerza del cobertizo si Andy había echado el candado, pero consideraba que tenía fuerzas suficientes para ello. Había sido uno de los pocos jugadores del equipo de Hillview capaces no solo de embestir a un muñeco de placaje y desplazarlo más de medio metro, sino también de volcarlo. Y había otra cuestión: añoraba mi casa. Me había ausentado solo unas horas, pero ahora que el día tocaba a su fin en aquel mundo triste y encapotado donde el único auténtico color eran los extensos campos de amapolas… Sí, añoraba mi casa.

Decidí recoger a Radar y volver. Replantearme mis opciones. Tratar de concebir un plan mejor, uno que me permitiera ausentarme una semana o incluso dos sin que nadie se preocupara. Ignoraba cuál podía ser ese plan, y creo que en el fondo de mi alma (en ese armario oscuro y pequeño donde guardamos los secretos que intentamos ocultarnos a nosotros mismos) sabía que seguiría postergándolo hasta que Radar muriese, pero eso era lo que pretendía hacer.

Hasta que la criada gris me cogió del codo, claro. Por lo que pude ver en lo que le quedaba de cara, le daba miedo tocarme; aun así, me agarró con firmeza. Tiró de mí hacia ella, se puso de puntillas y, con su doloroso graznido, me susurró:

—*Ayúdala.*

3

Regresé lentamente a la Casa de los Zapatos de Dora, sin apenas darme cuenta de que la luz del día declinaba. Estaba pensando en cómo Leah (en quien por entonces pensaba aún como Leia) se había abierto la mancha junto a lo que había sido su boca. Cómo le había sangrado, cómo debía de dolerle, y pese a ello, lo hacía, porque el emplasto era lo único que podía ingerir para seguir con vida.

¿Cuándo había comido por última vez una mazorca de maíz o un tallo de apio o un cuenco de sabroso estofado de conejo de Dora? ¿Carecía ya de boca cuando Radar era cachorra y retozaba alrededor de una Falada mucho más joven? ¿Era la belleza que conservaba a pesar de lo que debía de ser una desnutrición extrema una especie de broma cruel? ¿Recaía en ella la maldición de parecer guapa y saludable pese a padecer hambre constantemente?

«Ayúdala».

¿Era eso posible? En un cuento de hadas lo sería. Recordé que mi madre me leía *Rapunzel* cuando yo no tenía más de cinco años. Era un recuerdo vívido por el final del cuento: una crueldad atroz que se revierte gracias al amor. Una bruja mala castigaba al príncipe que rescató a Rapunzel cegándolo. Recordaba con claridad una ilustración del pobre desdichado vagando por el lóbrego bosque con los brazos extendidos para detectar a tientas los obstáculos. Finalmente se reunía con Rapunzel, y las lágrimas de ella le devolvían la vista. ¿Existía alguna forma de que yo pudiera devolverle la boca a Leah? No derramando lágrimas en ella, claro, pero quizá sí hubiera algo que yo *podía* hacer; en un mundo donde montarse en un gran reloj de sol en retroceso podía quitarte años, todo era posible.

Además, dadme a un adolescente saludable que no quiera ser el héroe del relato, el que ayuda a la chica guapa, y yo os demostraré que esa persona no existe. En cuanto a la posibilidad de que mi padre pudiera volver a beber, Lindy me dijo una vez una cosa: «No puedes atribuirte el mérito de que vuelva a estar sobrio, porque eso lo ha conseguido él. Y si vuelve a beber, no puedes culparte, porque también será obra suya».

Estaba mirándome los zapatos, absorto en estas reflexiones, cuando oí el chirrido de unas ruedas. Alcé la vista y vi una carreta pequeña y destartalada que iba hacia a mí, tirada por un caballo tan viejo que, a su lado, Falada era la viva imagen de la salud y la juventud. Contenía unos cuantos fardos, y en el más grande había posada una gallina. A su lado caminaban —a su lado *se arrastraban*— un hombre y una mujer jóvenes. Eran grises, pero no tan grises como los braceros y la criada de Leah. Si ese color pizarra era síntoma de enfermedad, estas personas la padecían en una fase aún temprana... y, por supuesto, Leah no era en absoluto gris, solo carecía de boca. Era otro misterio.

El joven tiró de las riendas del caballo y lo detuvo. La pareja me miró con una mezcla de miedo y esperanza. Yo interpreté sus expresiones con relativa facilidad, porque conservaban la mayor parte del rostro. Los ojos de la mujer habían empezado a contraerse hacia arriba, pero no se asemejaban en nada a las ranuras a través de las que Dora observaba el mundo. El hombre estaba peor; de no ser por la forma en la que parecía que se le fundía la nariz, podría haber sido atractivo.

—Eh —dijo—. ¿Es esto un feliz encuentro? Si no, coge lo que puedas llevarte. Tú vas armado, yo no, y estoy demasiado cansado y afligido para luchar contigo.

—No soy un asaltante —contesté—. Solo soy un viajero, como vosotros.

La mujer calzaba unas botas de caña corta con cordones, polvorientas pero en apariencia enteras. El hombre iba descalzo. Y tenía los pies sucios.

—¿Eres el hombre con quien, según la mujer del perro, podíamos encontrarnos?

—Supongo que seré yo.

—¿Tienes un vale? Ella dijo que lo tendrías, porque le di las botas que llevaba puestas. Eran de mi padre y se caían a pedazos.

—No nos harás daño, ¿verdad? —preguntó la mujer. Pero su voz era la de una anciana. Todavía no un gruñido como el de Dora, pero iba camino de eso.

Sobre esta gente pesa una maldición, pensé. *Sobre todos ellos. Y es una maldición lenta. Que quizá sea la peor forma.*

—No. —Saqué del bolsillo uno de los vales, aquellas pequeñas suelas de cuero, y se la di al joven.

Él se lo guardó en su propio bolsillo.

—¿Le entregará ese hombre unos zapatos? —preguntó la mujer con aquel gruñido que tenía por voz.

Contesté a esa pregunta con cautela, como correspondía a un chico cuyo padre trabajaba en el sector de los seguros.

—Ese era el trato, según tengo entendido.

—Debemos seguir adelante —dijo el marido, si es que lo era. Tenía la voz un poco menos deteriorada, pero en el mundo del que yo venía nadie lo habría contratado como locutor de televisión o lector de audiolibros—. Te damos las gracias.

En el bosque del lado opuesto de la carretera, se elevó un aullido. Cobró volumen hasta ser casi un alarido. Era un sonido espeluznante, y la mujer se arrimó al hombre.

—Debemos seguir adelante —repitió él—. Lobitos.

—¿Dónde os alojaréis?

—La mujer del perro ha sacado una pizarra y ha dibujado lo que, según creemos, era una casa y un establo. ¿Tú los has visto?

—Sí, y seguro que os acogerán. Pero daos prisa, y lo mismo haré yo. No creo que estar en la carretera cuando anochezca sea… —*Sea guay* fue lo que me vino a la cabeza, pero no pude decirlo—. No sería sensato.

No, porque, si aparecían los lobitos, aquella pareja no tenía casa de paja ni de madera en la que esconderse, y no digamos ya de ladrillo. Eran forasteros en esa tierra. Yo al menos tenía una amiga.

—Continuad. Creo que mañana tendrás zapatos nuevos. Hay una tienda, o eso me han dicho. El hombre te entregará unos zapatos si tú le enseñas…, ya sabes…, el vale. Si me permitís, quiero haceros una pregunta.

Esperaron.

—¿Cuál es este país? ¿Cómo lo llamáis?

Me miraron como si me faltara un tornillo —expresión que probablemente sería incapaz de pronunciar—, y al cabo de un momento el hombre contestó:

—Empis.

—Gracias.

Siguieron por su camino. Yo seguí por el mío, apretando el paso hasta ponerme casi al trote. No oí más aullidos, pero la oscuridad del crepúsculo ya era densa cuando vi el acogedor resplandor en la ventana de la cabaña de Dora. Además, había colocado una lámpara al pie de los escalones de entrada.

Una sombra avanzó hacia mí en la oscuridad y me llevé la mano a la culata del 45 del señor Bowditch. La sombra se solidificó y se convirtió en Radar. Eché una rodilla al suelo para que no tuviese que forzar aquellas patas traseras deterioradas intentando saltar. Como sin duda se disponía a hacer. La agarré por el cuello y le tiré de la cabeza contra mi pecho.

—Eh, chica, ¿cómo va?

Meneaba la cola con tal furor que el trasero le oscilaba como un péndulo, ¿e iba yo a dejarla morir si podía hacer algo al respecto? Ni de coña.

«Ayúdala», había dicho la criada de Leah, y allí, en la creciente oscuridad de la carretera, tomé la decisión de ayudarlas a las dos: a la perra anciana y a la princesa de las ocas.

Si podía.

Radar se separó de mí, fue al lado de la carretera donde crecían las amapolas y se colocó en cuclillas.

—Buena idea —dije, y me bajé la cremallera. Mantuve una mano en la culata del revólver mientras me ponía a lo mío.

4

Dora me había preparado una cama cerca de la chimenea. Había incluso una almohada con mariposas de colores bordadas en la funda. Le di las gracias, y ella me dedicó una reverencia. Me asombró ver que sus zapatos rojos (como los que calzaba Dorothy en Oz) habían dado paso a un par de zapatillas Converse amarillas.

—¿Te las regaló el señor Bowditch?

Ella asintió y se las miró con su versión de una sonrisa.

—¿Son tus preferidas? —Me dio la impresión de que sí, porque las llevaba como los chorros del oro, como recién salidas de la caja.

Asintió, me señaló y después señaló las zapatillas: *Me las he puesto por ti.*

—Gracias, Dora.

Las cejas parecían estar fundiéndosele en la frente, pero enarcó lo que quedaba de ellas y apuntó con el dedo hacia el lugar del que yo había venido.

—¿*Vez*?

—No te entiendo.

Se volvió hacia su taller y cogió la pequeña pizarra. Borró los recuadros que indicaban la casa y el establo que debía de haber enseñado al hombre y la mujer jóvenes, y escribió en grandes mayúsculas: LEAH. Se detuvo a pensar y añadió: ?

—Sí —dije—. La chica de las ocas. La he visto. Gracias por dejarnos pasar aquí la noche. Mañana nos pondremos en camino.

Se dio unas palmadas en el pecho sobre el corazón, señaló a Radar, me señaló a mí y luego alzó las manos en un amplio gesto. *Estáis en vuestra casa.*

5

Volvimos a comer estofado, acompañado esta vez de pedazos de tosco pan. Tosco, pero delicioso. Cenamos a la luz de las velas, y Radar tuvo su ración. Antes de que la engullera, saqué el frasco de pastillas de la mochila y hundí dos en la salsa. Luego, pensando en la larga distancia que tendríamos que recorrer, añadí una tercera. No podía quitarme de la cabeza la idea de que, al dárselas, desnudaba a un santo para vestir a otro.

Dora las señaló y ladeó la cabeza.

—En teoría la ayudan. Tenemos un largo camino que recorrer, y ya no es tan fuerte como antes. Ella se cree que sí, pero no lo es. Cuando se acaben, supongo…

Del otro lado de la carretera, llegó otro de aquellos interminables aullidos. Se le sumó un segundo, luego un tercero. Eran extraordinariamente sonoros y se elevaban hasta convertirse en gritos ante los que me entraban ganas de hacer chirriar los dientes. Radar levantó la cabeza, pero no ladró, solo emitió un leve gruñido que salió de las profundidades de su pecho.

—Lobitos —dije.

Dora asintió, cruzó los brazos sobre el pecho y se agarró los hombros. Se estremeció de forma exagerada.

Otros lobos aullaron. Si seguían así toda la noche, no creí que fuese a descansar mucho antes de emprender el viaje. No sé si Dora me leyó el pensamiento o simplemente dio esa impresión. En cualquier caso, se levantó y me indicó que me acercara a la ventana redonda. Señaló hacia el cielo. Ella era baja y no tuvo que agacharse para mirar hacia arriba, pero yo sí. Lo que vi fue otra conmoción para mi organismo en un día en que venían sucediéndose una tras otra.

Las nubes se habían separado en una larga brecha. En el río de cielo que quedaba a la vista, vi dos lunas, una más grande que la otra. Parecían atravesar raudas el vacío. La grande era *muy* grande. No necesitaba telescopio para ver los cráteres, los valles y los cañones de su antiquísima superficie. Parecía a punto de precipitarse sobre nosotros. De pronto la brecha se cerró. Los lobos dejaron de aullar, y quiero decir al instante. Fue como si hubiesen estado emitiendo a través de un amplificador gigante y alguien hubiese arrancado el enchufe.

—¿Eso pasa cada noche?

Ella negó con la cabeza, separó las manos y señaló las nubes. Sabía comunicarse con gestos y con las pocas palabras que podía escribir, pero esta vez el mensaje escapó a mi comprensión.

6

La única puerta de la cabaña que no daba atrás ni adelante era baja y del tamaño de Dora. Después de recoger los platos de nuestra pequeña cena (me echó cuando intenté ayudar), entró por esa puerta y salió al cabo de cinco minutos vestida con un camisón que le llegaba hasta los pies descalzos y un pañuelo en torno a lo que le quedaba de cabello. Sostenía las zapatillas en una mano. Las dejó con cuidado —casi con actitud reverencial— en un estante junto a la cabecera de la cama. Allí había algo más, y cuando le pedí que me lo dejara ver de cerca, lo sostuvo ante mí, manifiestamente reacia a entregármelo. Era un pequeño marco con una fotografía del señor Bowditch, que tenía en brazos un cachorro que obviamente era Radar. Dora lo acercó a su pecho, le dio unas palmadas y luego lo dejó de nuevo junto a las zapatillas.

Señaló la puerta pequeña, luego a mí. Cogí el cepillo de dientes y entré. No he visto muchos excusados salvo en los libros y alguna película antigua, pero supuse que, aunque hubiera visto muchos, aquel habría sido el más limpio de todos. Había una palangana de latón con agua limpia y un inodoro con una tapa de madera cerrada. Unas amapolas en un jarrón colgado de la pared despedían su dulce olor a cerezas. Aquel retrete no olía a desechos humanos. En absoluto.

Me lavé las manos y la cara, y me sequé con una toalla pequeña que tenía más mariposas bordadas. Me cepillé los dientes en seco. Pasé allí dentro cinco minutos a lo sumo, quizá ni siquiera tanto, pero Dora estaba profundamente dormida en su camita cuando salí. Radar dormía a su lado.

Me eché en mi propia cama improvisada, que era un montón de mantas, más una pulcramente doblada para taparme. Cosa que no fue necesaria en ese momento, porque las ascuas de la chimenea daban aún buen calor. Contemplar su fluctuante luminosidad resultaba hipnótico. Sin claro de luna que los enloqueciera, los lobos permanecían en silencio, pero en los aleros silbaba un ligero viento, cuyo sonido se elevaba hasta semejar un leve grito con algunas ráfagas, y me fue imposible no pensar en lo lejos que estaba de mi mundo. Sí, podía llegar a él solo con recorrer un corto sendero monte arriba, menos de dos kilómetros a lo largo del pasadizo enterrado, y los ciento ochenta y cinco peldaños de la escalera de caracol hasta lo alto del pozo, pero esa no era la verdadera distancia.

Aquello era la otra tierra. Era Empis, donde no una sino dos lunas surcaban el cielo. Me acordé de la tapa de aquel libro, la ilustración del embudo llenándose de estrellas.

Estrellas no, pensé. *Historias. Un número infinito de historias que se vierten en el embudo y salen a nuestro mundo, casi intactas.*

A continuación, me acordé de la señora Wilcoxen, mi maestra de tercero, que al final de cada día decía: «¿Qué habéis aprendido hoy, niños y niñas?».

¿Qué había aprendido *yo*? Que aquello era un lugar mágico sometido a una maldición. Que la gente que vivía allí padecía una especie de mal o enfermedad gradual. Creía entender ya por qué el cartel de Dora —el que había escrito el señor Bowditch por ella— solo mostraba el poema sobre los zapatos en el lado orientado hacia la ciudad abandonada. Era porque la gente provenía de allí. No sabía cuánta gente regresaba, pero el lado en blanco del letrero inducía a pensar que eran pocos o ninguno. Si daba por sentado que el borrón del sol oculto tras las nubes se ponía por el oeste, el hombre y la mujer jóvenes con los que me había cruzado (más todas las demás personas participantes en el programa de intercambio de zapatos organizado por Dora y su hermano) procedían del norte. ¿Eran *evacuadas* desde el norte? ¿Se trataba de una maldición en expansión, quizá incluso alguna forma de radiación originada en la ciudad? No disponía ni remotamente de la información necesaria para estar seguro de que así era, o siquiera medio seguro, pero en todo caso se trataba de una perspectiva desagradable, porque me proponía ir con Rades en esa dirección. ¿Empezaría a volverse gris mi piel? ¿Empezaría a reducirse el registro de mi voz y parecerse al gruñido de Dora y la dama de compañía de Leah? El señor Bowditch no tenía ningún problema ni en la piel ni en la voz, pero quizá esa parte de Empis no estaba en peligro, o apenas lo estaba, cuando él la había visitado.

Quizá esto, quizá aquello. Supuse que si empezaba a observar cambios en mi persona, podía dar media vuelta y salir por piernas.

Ayúdala.

Eso era lo que me había susurrado la criada gris. Creía conocer una manera de ayudar a Radar, pero ¿cómo iba a ayudar a una princesa sin boca? En un cuento, el príncipe encontraría la forma de hacerlo. Casi con toda seguridad sería algo inverosímil, como el hecho de que resultase que las lágrimas de Rapunzel tenían propiedades mágicas para devolver la vista, pero grato para los lectores que deseaban un final feliz, aunque el narrador tuviera que sacárselo de la manga. En cualquier caso, yo no era un príncipe, sino solo un estudiante de instituto que había encontrado el acceso a otra realidad, y no tenía ideas.

Las ascuas creaban su propia magia: cobraban intensidad cuando el viento se arremolinaba chimenea abajo; se amortecían cuando las ráfagas cesaban. Mientras las contemplaba, tuve la impresión de que cada vez me pesaban más los párpados. Me dormí, y en algún momento de la noche Radar cruzó la sala y se tumbó a mi lado. Por la mañana, el fuego se había apagado, pero yo conservaba caliente el costado contra el que yacía ella.

15

Mi despedida de Dora. Refugiados. Peterkin. Woody.

1

El desayuno consistió en huevos revueltos —huevos de oca, a juzgar por el tamaño— y trozos de pan tostado en un fuego nuevo. No había mantequilla, pero sí una deliciosa mermelada de fresa. Cuando terminé de comer, preparé la mochila y me la puse. Prendí la correa del collar de Radar. No quería que persiguiera conejos gigantes en el bosque y se encontrara con la versión de este mundo de un huargo de *Juego de tronos*.

—Volveré —dije a Dora con más aplomo del que sentía. Y estuve a punto de añadir: «Y Radar será joven otra vez cuando vuelva», pero pensé que eso podía traer mala suerte. Además, la idea de la regeneración mágica era algo en lo que podía depositar mis esperanzas sin problemas pero no tanto mi fe, incluso en Empis—. Creo que esta noche puedo pasarla en casa del tío de Leah, en el supuesto de que no sea alérgico a los perros o algo así, aunque me gustaría estar allí antes de que oscurezca. —Pensando (costaba evitarlo): *Lobitos*.

Ella asintió, pero me cogió del codo y me acompañó afuera por la puerta de atrás. Las cuerdas entrecruzadas del tendedero seguían en el patio, pero había entrado los zapatos, las pantuflas y las botas, cabía suponer que para que no se mojaran con el rocío de la mañana (que esperaba que no fuera radiactivo). Rodeamos el costado de la cabaña, y allí estaba la pequeña carretilla que había visto antes. Entonces, en lugar de sacos a rebosar de plantas, contenía un hatillo envuelto en arpillera y atado con cordel. Dora lo señaló, luego me señaló la boca. Alzó una mano frente a la suya y abrió y cerró los dedos, parcialmente fundidos, como si masticara. No hacía falta ser ingeniero aeroespacial para entender eso.

—¡Madre mía, no! ¡No puedo llevarme tu comida ni puedo llevarme tu carretilla! ¿No es con eso con lo que llevas los zapatos que remiendas a la tienda de tu hermano?

Señaló a Radar y dio varios pasos renqueantes, primero hacia la carretilla y después hacia mí. Luego señaló hacia el sur (si es que me había orientado bien, claro) e imitó el movimiento de caminar con los dedos en el aire. La primera parte era sencilla. Me decía que la carretilla era para Radar cuando empezara a cojear. Me pareció que también decía que alguien —posiblemente su hermano— iría a recoger los zapatos.

Dora señaló la carretilla; luego cerró el pequeño puño gris y me golpeó tres veces en el pecho con suavidad: *Debes.*

Entendí su argumento; yo tenía una perra vieja que cuidar y un largo camino que recorrer. Al mismo tiempo me horrorizaba la idea de llevarme aún más cosas suyas.

—¿Estás segura?

Asintió. Después tendió los brazos para que la estrechara entre los míos, y la complací con gusto. A continuación, se arrodilló y abrazó a Radar. Cuando volvió a levantarse, señaló primero hacia la carretera, luego el tendedero y por último a sí misma.

Ponte en marcha. Tengo trabajo que hacer.

Respondí con mi propio gesto, con los dos pulgares en alto, me acerqué a la carretilla y eché dentro la mochila junto con las provisiones que ella había preparado…, que, a juzgar por lo que había comido hasta el momento en la cabaña, serían seguramente mucho más apetitosas que las sardinas del señor Bowditch. Empuñé los largos mangos y me complació descubrir que la carretilla no pesaba casi nada, como si se hubiese construido con la versión de la madera de balsa de ese mundo. Que yo supiera, bien podía ser así. Además, las ruedas estaban bien engrasadas y no chirriaban, a diferencia de las de la carreta de la joven pareja. Pensé que tirar de ella no sería mucho más difícil que tirar de mi carrito rojo cuando tenía siete años.

Me di la vuelta y, agachándome para esquivar las cuerdas del tendedero, me encaminé hacia la carretera. Radar me acompañó. Cuando llegué a lo que por entonces consideraba la Carretera de la Ciudad (no había ni una sola baldosa amarilla a la vista, así que ese nombre quedaba descartado), me volví. Dora permanecía junto a su cabaña con las manos juntas entre los pechos. Al verme mirar, se las llevó a la boca y luego las abrió en dirección a mí.

Solté los mangos de la carretilla el tiempo justo para imitar su gesto y después me puse en camino. He aquí una cosa que aprendí en Empis: la buena gente despide un brillo más intenso en tiempos oscuros.

Ayúdala también a ella, pensé. *Ayuda también a Dora.*

2

Caminamos monte arriba y valle abajo, como también podría decirse en uno de esos cuentos antiguos. Los grillos cantaban y los pájaros trinaban. De vez en cuando las amapolas a nuestra izquierda daban paso a campos cultivados donde veía trabajar a hombres y mujeres, no muchos. Al verme, interrumpían lo que estaban haciendo hasta que pasaba. Los saludaba con la mano, pero solo una mujer con un gran sombrero de paja me devolvió el saludo. Había otros campos en barbecho y olvidados. La mala hierba brotaba entre las hortalizas, junto a vistosas franjas de amapolas, que, pensé, al final se impondrían.

A la derecha seguía el bosque. Había unas pocas casas de labranza, pero la mayoría estaban abandonadas. En dos ocasiones cruzaron el camino a brincos conejos del tamaño de perros pequeños. Radar los miró con interés, pero no hizo ademán de seguirlos, así que la solté y eché la correa a la carretilla.

—No me decepciones, chica.

Al cabo de alrededor de una hora, me detuve a deshacer el voluminoso hatillo que me había preparado Dora. Contenía galletas de melaza entre otras exquisiteces. Aquellas no llevaban chocolate, así que le di una a Radar, que la devoró. Había también tres tarros alargados de cristal envueltos en paños limpios. Dos estaban llenos de agua, y uno contenía aparentemente té. Bebí un poco de agua y le di otro poco a Radar en un cuenco de loza que mi amiga había incluido también. La lamió con avidez.

Cuando terminaba de rehacer el hatillo, vi a tres personas que avanzaban penosamente por la carretera hacia mí. Los dos hombres empezaban a volverse grises, pero la mujer que caminaba entre ellos era tan oscura como un nubarrón de verano. Uno de sus ojos se extendía hacia arriba en una ranura que le llegaba casi hasta la sien, una imagen horrenda. El otro, salvo por un único destello azul del iris semejante a una esquirla de zafiro, estaba enterrado en una masa de carne gris. Llevaba un vestido roñoso que se tensaba por delante en lo que solo podía ser la barriga de un embarazo avanzado. Sostenía un fardo envuelto con una manta mugrienta. Uno de los hombres calzaba unas botas con hebillas a los lados; me recordaron a las que había visto colgadas en el tendedero del patio trasero de Dora durante mi primera visita. El otro hombre llevaba unas sandalias. La mujer iba descalza, y se la veía agotada.

Vieron a Radar sentada en la carretera y se detuvieron.

—No os preocupéis —grité—. No os morderá.

Siguieron adelante despacio y volvieron a parar. Entonces era el revólver enfundado lo que miraban, así que levanté las manos con las palmas al frente. Reanudaron la marcha, pero arrimados al lado izquierdo de la carretera, mirando a Radar, luego a mí y después de nuevo a Radar.

—No queremos haceros daño —aseguré.

Los hombres eran flacos y se los veía cansados. La mujer parecía directamente exhausta.

—Un momento —dije. Por si no me entendían, alcé la mano en el gesto de «alto» como un policía—. Por favor.

Pararon. El trío ofrecía una imagen lamentable. De cerca vi que las bocas de los hombres empezaban a torcerse hacia arriba. Pronto serían medias lunas prácticamente inmóviles, como la de Dora. Se apretujaron junto a la mujer cuando me metí la mano en el bolsillo, y ella estrechó el fardo contra su pecho. Saqué una de las pequeñas suelas de cuero y se la tendí a la mujer.

—Cógela, por favor.

Ella alargó el brazo en actitud vacilante y me la arrancó de la mano como si temiera que fuese a agarrarla. Entonces la manta se desprendió del fardo y vi que llevaba en brazos un bebé muerto, quizá de un año o un año y medio. Era tan gris como la tapa del ataúd de mi madre. Pronto esa desdichada tendría otro hijo con el que sustituirlo, y muy posiblemente ese también moriría. Eso si la mujer no moría antes, claro, o durante el parto.

—¿Me entendéis?

—Te entendemos —respondió el hombre de las botas. Tenía una voz chillona pero relativamente normal—. ¿Qué podrías arrebatarnos, forastero, si no la vida? Porque no tenemos nada más.

No, desde luego no tenían nada más. Si aquella situación era obra de alguien —o alguien la había provocado—, esa persona merecía ir al infierno. Al abismo más profundo.

—No puedo daros mi carretilla ni mi comida, porque me queda un largo trecho por recorrer y mi perra es vieja. Pero si camináis otros cinco… —Intenté decir «kilómetros», pero no me salió la palabra. Empecé de nuevo—. Si camináis quizá hasta mediodía, veréis el cartel del zapato rojo. La mujer que vive allí os dejará descansar, y quizá os dé de comer y beber.

No era exactamente una promesa (mi padre era aficionado a señalar lo que él llamaba «ambigüedades» en los anuncios televisivos de fármacos milagrosos), y yo sabía que Dora no podía dar de comer y beber a todos los grupos de refugiados que pasaran por delante de su cabaña. Pero pensé que cuando viera el estado de esa mujer, y el horrendo fardo que acarreaba, sentiría el impulso de ayudar a esos tres. Mientras tanto, el hombre de las sandalias examinaba la pequeña suela de cuero. Preguntó para qué servía.

—Más adelante, pasada la casa de la mujer de la que os he hablado, hay una tienda donde podéis entregar ese vale a cambio de un par de zapatos.

—¿Hay lugar de entierro? —Eso lo preguntó el hombre de las botas—. Porque tenemos que enterrar a mi hijo.

—No lo sé. Aquí soy un forastero. Preguntad allí donde está el cartel del zapato rojo, o en la granja de la chica de las ocas más allá. —Dirigiéndome a ella, dije—: Mujer, te acompaño en el sentimiento.

—Era un buen niño —contestó ella, contemplando a su hijo muerto—. Mi Tam era un buen niño. Estaba bien cuando nació, sonrosado como el amanecer, pero luego el gris cayó sobre él. Sigue tu camino, y nosotros seguiremos el nuestro.

—Un momento. Por favor. —Abrí la mochila, revolví dentro y encontré dos latas de sardinas King Oscar. Se las tendí. Ellos se apartaron, asustados—. Tranquilos, no pasa nada. Es comida. Sardinas. Peces pequeños. Se tira de la arandela de encima para sacarlas, ¿veis? —La golpeteé con un dedo.

Los dos hombres intercambiaron una mirada y negaron con la cabeza. Por lo visto, no querían saber nada de latas con tiradores, y aparentemente la mujer había desconectado por completo de la conversación.

—Tenemos que seguir adelante —dijo el de las sandalias—. En cuanto a ti, joven, vas en la dirección equivocada.

—Es la dirección en la que tengo que ir —contesté.

Me miró a los ojos y dijo:

—En esa dirección está la muerte.

Reanudaron la marcha, levantando el polvo de la Carretera de la Ciudad, la mujer con su espantosa carga a cuestas. ¿Por qué no la acarreaba alguno de los hombres? Yo era solo un muchacho, pero me pareció conocer la respuesta. El bebé era de ella, su Tam, y su cadáver le correspondía llevarlo a ella mientras pudiera llevarlo.

3

Me sentí como un tonto por no haberles ofrecido el resto de las galletas, y egoísta por haberme quedado la carretilla. Hasta que Radar empezó a rezagarse, claro.

Estaba tan absorto en mis pensamientos que cuando ocurrió no me di cuenta, y quizá os sorprenda (o quizá no) saber que esos pensamientos tenían poco que ver con las agoreras palabras de despedida del hombre de las sandalias. La idea de que ir en dirección a la ciudad podía costarme la vida no me sorprendió; el señor Bowditch, Dora y Leah lo habían dejado muy claro de distintas maneras. Pero, cuando uno es joven, es fácil pensar que serás la excepción, el que salga ganando y se lleve los laureles. Al fin y al cabo, ¿quién había anotado el *touchdown* de la victoria en la Turkey Bowl? ¿Quién había desarmado a Christopher Polley? Estaba en una edad en la que es posible creer que unos reflejos rápidos y una relativa cautela pueden superar casi todos los obstáculos.

Pensé en el idioma que hablábamos. Lo que oía no era

exactamente una manera de hablar coloquial, pero tampoco era arcaica; no había «vos» ni «acaso os plazca». Tampoco era el lenguaje propio de las películas fantásticas en formato IMAX, donde todos los hobbits y los elfos y los magos hablan como parlamentarios. Era el idioma que uno esperaría leer en un cuento de hadas ligeramente modernizado.

Por otro lado estaba mi propia forma de hablar.

Había dicho que no podía darles mi carretilla porque me quedaba un largo trecho por recorrer y mi perra era vieja. Si hubiese estado hablando con alguien de Sentry, habría dicho «porque aún tengo mucho trecho por delante». Había dicho «el cartel del zapato rojo» en lugar de decir «Hay una casita que tiene en la parte de delante un cartel de un zapato». Y en mi pueblo habría llamado a la embarazada «señora», no «mujer», y sin embargo allí había salido de mis labios con toda normalidad. Volví a acordarme del embudo que se llenaba de estrellas. Pensé que yo había pasado a ser una de esas estrellas.

Pensé que estaba convirtiéndome en parte del cuento.

Busqué a Radar y no estaba, con lo que me llevé un buen susto. Dejé en el suelo los mangos de la carretilla y miré atrás. Se había rezagado unos veinte metros y, renqueante, avanzaba tan deprisa como podía, con la lengua colgándole de un lado a otro.

—¡Dios mío, chica, perdona!

Procurando entrelazar las manos por debajo de su vientre y lejos de las patas traseras, doloridas, la llevé en brazos hasta la carretilla. Volví a darle de beber en su vaso, ladeándolo para que pudiera lamer todo lo que quisiera, y luego le rasqué detrás de las orejas.

—¿Por qué no has dicho algo?

Vale, sí, no era esa clase de cuento de hadas.

Seguimos adelante, colina y valle, colina y valle. Vimos a más refugiados. Algunos se apartaban, pero dos hombres que iban juntos se detuvieron y se pusieron de puntillas para mirar en la carretilla y ver qué había dentro. Radar les gruñó, pero, teniendo en cuenta el pelaje desigual y el hocico blanco, dudo que los asustara demasiado. Otra cosa era el arma que llevaba yo al cinto. Iban calzados, así que no les di mi último vale. Creo que no les habría propuesto parar en casa de Dora aunque hubiesen ido descalzos. Tampoco les entregué nada de mi comida. Había campos en los que podían buscar alimento si tenían hambre.

—Si es al Litoral adonde vas, date media vuelta, muchacho. El gris también ha llegado allí.

—Gracias por la… —«Información» no me salió—. Gracias por decírmelo. —Cogí los mangos de la carretilla, pero permanecí atento a ellos para cerciorarme de que seguían adelante.

A eso de las doce del mediodía, llegamos a una zona pantanosa que invadía la carretera, convertida allí en un barrizal. Encorvé la espalda y tiré de la carretilla más deprisa hasta que la cruzamos, porque no quería quedarme atascado. La carretilla no pesaba mucho más con Radar a bordo, lo cual decía más de lo que en realidad quería saber.

En cuanto estuvimos de nuevo en terreno seco, me detuve a la sombra de lo que parecía uno de los robles de Cavanaugh Park. Uno de los pequeños atados que Dora había incluido contenía carne de conejo frita, que repartí a partes iguales con Radar… o lo intenté. Ella se comió dos trozos, pero dejó el tercero entre las patas delanteras y me miró con expresión de disculpa. Incluso a la sombra advertí que volvía a tener los ojos legañosos. Se me pasó por la cabeza que hubiera pillado lo que rondaba por allí —el gris—, pero rechacé la idea. Era la edad, así de simple. Costaba saber cuánto tiempo le quedaba, pero creía que no era mucho.

Mientras comíamos, más conejos gigantes cruzaron desgarbadamente la carretera. Luego pasaron dos grillos que doblaban en tamaño a los que estaba acostumbrado a ver, brincando con agilidad sobre las patas traseras. Me asombró la distancia que recorrían a cada salto. Un halcón —de tamaño normal— se abatió e intentó atrapar uno, pero el grillo realizó una maniobra de evasión y pronto se perdió de vista entre la hierba y la maleza que bordeaban el bosque. Radar observó aquel desfile de fauna con interés, pero sin levantarse, y menos aún perseguirlos.

Bebí parte del té, azucarado y delicioso. Tuve que contenerme después de unos tragos. Dios sabía cuándo tendría más.

—Vamos, chica. Quiero llegar a casa del tío. La idea de acampar al raso cerca de esos bosques no me entusiasma.

La cogí en brazos, pero de pronto me quedé inmóvil. Escritas en el roble en pintura roja descolorida, vi dos letras: **AB**. Saber que el señor Bowditch había estado antes allí me hizo sentir mejor. Era como si no se hubiese ido del todo.

5

Primera hora de la tarde. Apretaba bastante el calor, así que había empezado a sudar. No veíamos refugiados desde hacía un rato, pero, cuando llegamos al pie de una cuesta —larga pero con una pendiente tan ligera que no podía llamarse colina—, oí movimiento detrás de mí. Radar se había colocado en la parte de la carretilla más próxima a los mangos. Estaba sentada y tenía las orejas en alto. Paré y oí algo más adelante que podría haber sido una risa estridente. Aunque reanudé la marcha, me detuve antes del final de la cuesta y agucé el oído.

—¿Qué te parece esto, encanto? ¿Te hace cosquillas?

Era una voz aguda y aflautada que se quebraba al decir «encanto» y «cosquillas». Por lo demás, me resultaba extrañamente familiar, y al cabo de un momento comprendí por qué. Parecía la voz de Christopher Polley. Sabía que no podía ser, pero desde luego lo parecía.

Me puse de nuevo en marcha y paré en cuanto alcancé a ver el tramo descendente al otro lado de la cuesta. Había visto cosas extrañas en ese otro mundo, pero nada tan extraño como aquello: un niño sentado en la tierra con una mano cerrada en torno a las patas traseras de un grillo. Era el grillo más grande que había visto hasta el momento, y rojo en lugar de negro. En la otra mano, el niño empuñaba lo que parecía un puñal con la hoja corta y el mango agrietado sujeto mediante un cordel.

Estaba tan absorto en lo que hacía que no nos vio. Clavó el cuchillo en el vientre del grillo, con lo que salió un chorrito de sangre. Hasta el momento yo ignoraba que los grillos *sangraran*. Había más gotitas en la tierra, lo que indicaba que el niño se entretenía con ese juego cruel desde hacía rato.

—¿Te gusta eso, cielo? —El grillo saltó al frente, pero como tenía las patas de atrás inmovilizadas, el niño lo obligó a retroceder fácilmente—. ¿Y qué tal un poco en el…?

Radar ladró. El niño miró alrededor sin soltar las patas traseras del enorme grillo, y vi que no era un niño, sino un enano. Y viejo. El cabello blanco le caía en mechones por las mejillas. Tenía arrugas en la cara, y las que encuadraban sus labios eran tan profundas que parecían las de una marioneta de ventrílocuo como la que podría haber utilizado Leah (si no hubiese estado fingiendo que su yegua podía hablar, claro). Su rostro no estaba fundiéndose, pero tenía la piel del color de la arcilla. Y seguía recordándome a Polley, en parte porque era pequeño, pero sobre todo por la expresión taimada de su rostro. Dado que esa expresión se sumaba a lo que estaba haciendo, no me costaba imaginar que fuera capaz de asesinar a un joyero viejo y cojo.

—¿Quién eres? —preguntó sin miedo, porque yo estaba a cierta distancia y mi figura se recortaba contra el cielo. Aún no había visto el arma.

—¿Qué estás haciendo?

—He atrapado a este. Era rápido, pero el viejo Peterkin ha sido más rápido. Estoy intentando ver si siente dolor. Y sabe Dios que me esfuerzo.

Pinchó de nuevo al grillo, esta vez entre dos placas del caparazón. El grillo rojo sangró y forcejeó. Empecé a arrastrar la carretilla cuesta abajo. Radar ladró otra vez. Seguía de pie con las patas apoyadas en la tabla más próxima a mí.

—Controla a tu perro, hijo. Yo que tú lo haría. Si se me acerca, lo degüello.

Dejé los mangos y desenfundé el 45 del señor Bowditch por primera vez.

—No la degollarás ni a ella ni a mí. Deja de hacer eso. Suéltalo.

El enano —Peterkin— observó el arma con más perplejidad que temor.

—¿Y por qué me pides una cosa así? Solo estoy divirtiéndome un poco en un mundo donde eso no es fácil.

—Lo estás torturando.

Peterkin pareció asombrado.

—¿Tortura, dices? ¿*Tortura*? Pedazo de idiota, es un puñetero *inseto*. ¡No se puede torturar a un *inseto*! ¿Y a ti qué más te da?

Me importaba porque sujetar las patas de las que aquel bicho se valía para saltar, su único medio para escapar, al tiempo que le pinchaba una y otra vez, era repulsivo y cruel.

—No te lo diré dos veces.

Se rio, e incluso eso me *recordó* un poco a Polley, con sus interjecciones ja ja.

—¿Pegarme un tiro por un *inseto*? No creo…

Apunté alto y a la izquierda y apreté el gatillo. La detonación fue mucho más sonora de lo que había sido en el interior del cobertizo del señor Bowditch. Radar ladró. El enano, sorprendido, dio un respingo y soltó al grillo. Este se adentró a brincos en la hierba, pero ladeado. El condenado hombrecillo lo había dejado cojo. Era solo un «*inseto*», pero no por eso era aceptable lo que ese Peterkin había estado haciendo. ¿Y cuántos grillos rojos había visto? Solo aquel. Posiblemente eran tan poco comunes como los ciervos albinos.

El enano se puso en pie y se sacudió el polvo de los fondillos del calzón, de un verde vivo. Se echó atrás las greñas blancas como un pianista que se preparase para su gran interpretación. Con piel plomiza o sin ella, se lo veía rebosante de vida. Y aunque nunca cantaría como un grillo, por así decirlo, ni concursaría en *American Idol*, tenía mucha más voz que la mayoría de la gente con la que me había cruzado en las últimas veinticuatro horas, y en la cara no le faltaba nada. Aparte de ser un enano («Nunca los llames enanos, les revienta», me dijo mi padre una vez) y de tener una piel de mierda a la que le habrían venido bien unas dosis de Otezla, se lo veía bastante bien.

—Veo que eres un chico irritable —dijo, mirándome con aversión, y tal vez (o eso esperaba yo) con una pizca de miedo—.

¿Por qué, pues, no me voy por mi camino, y tú te vas por el tuyo?

—Me parece bien, pero quiero preguntarte una cosa antes de que nos separemos. ¿Cómo es que tienes la cara más o menos normal, y muchos otros, por lo que se ve, están cada vez más feos?

Tampoco es que él fuera un chico de póster, y sin duda la pregunta era más bien grosera, pero si uno no puede ser grosero con un individuo al que ha sorprendido torturando a un grillo gigante, ¿con quién va a serlo?

—Quizá porque los dioses, si es que crees en ellos, ya me gastaron una mala pasada. ¿Cómo va a saber un grandullón como tú lo que es ser un tipo bajito como yo, que no levanta un palmo del suelo? —Su voz había adquirido cierto tono de relincho, el tono de una persona que vivía, en la jerga de Alcohólicos Anónimos, hundida hasta el cuello en la ciénaga de la autocompasión.

—¿Sabes qué te digo? Por mí como si te operas.

Frunció el ceño.

—¿Cómo?

—Déjalo. Una bromita. Quería *pincharte*.

—Ahora tengo que seguir, si no te importa.

—Sigue, pero mi perra y yo nos quedaremos más tranquilos si antes guardas ese cuchillo.

—Te crees que solo por ser un entero eres mejor que yo —dijo el hombrecillo—. Si te cogen, ya verás lo que les hacen a los que son como tú.

—¿Quiénes?

—Los soldados de la noche.

—¿Quiénes son esos, y qué les hacen a los que son como yo?

Dejó escapar un resoplido de desdén.

—Da igual. Solo espero que seas capaz de pelear, aunque lo dudo. Pareces fuerte por fuera, pero creo que eres blando por dentro. Es lo que le pasa a la gente cuando no tiene necesidad de luchar. No te has perdido muchas comidas, ¿verdad, jovencito?

—Todavía tienes el cuchillo en la mano, Peterkin. Guárdatelo, o quizá te obligue a tirarlo.

El enano se metió el cuchillo en la cinturilla del calzón, y casi esperé que se cortara al hacerlo, y cuanto más mejor. Lo que era un pensamiento mezquino. A continuación, me asaltó otro más mezquino aún: ¿y si le agarrara la mano con la que había sujetado las patas del grillo rojo y se la partiera, como había hecho con Polley? A modo de lección práctica: *Esto es lo que se siente*. Podría deciros que no lo pensé en serio, pero creo que mentiría. Me resultaba muy fácil imaginarlo sujetando a Radar por el cuello a la vez que le clavaba el puñal: pinchazo, pinchazo, pinchazo. No habría podido hacerlo cuando ella estaba en la flor de la vida, pero de eso hacía años.

Sin embargo, lo dejé pasar por mi lado. Volvió la vista atrás una vez antes de llegar a lo alto de la subida, y esa mirada no decía: *Bienvenido a la Carretera de la Ciudad, joven forastero*. Esa mirada decía: *Más te vale que no te sorprenda dormido*.

Eso no era posible. Él iba de camino a dondequiera que se dirigiesen los demás refugiados, pero, solo cuando se marchó, pensé que en realidad debería haberlo obligado a tirar el cuchillo y dejarlo allí.

6

A media tarde ya no había más campos cultivados ni más granjas en los que pareciera que se trabajaba. No había más refugiados tampoco, aunque en una casa de labranza abandonada vi carretillas llenas de enseres en el jardín delantero, invadido por la maleza, y una delgada columna de humo que se elevaba de la chimenea. Probablemente un grupo que había decidido ponerse a cubierto antes de que los lobitos empezaran a aullar, pensé. Si no llegaba pronto a la casa del tío de Leah, lo sensato sería que yo hiciera lo mismo. Tenía el revólver del señor Bowditch y la pistola calibre 22 de Polley, pero los lobos solían viajar en manada y, que yo supiera, podían ser tan grandes como alces. Además, se me estaban cansando los brazos, los hombros y la espalda. La carretilla era ligera, y al menos no había encontrado más barrizales que atravesar, pero la había arrastrado un largo trecho desde que salí de casa de Dora.

Vi las iniciales del señor Bowditch —sus iniciales originales, **AB**— otras tres veces, dos en árboles cuyas ramas colgaban sobre la carretera y la última en un enorme afloramiento de roca. Para entonces el borrón del sol se había ocultado detrás de los árboles y las sombras envolvían el paisaje. No veía vivienda alguna desde hacía rato, y empezaba a preocuparme que la noche cerrada nos sorprendiera todavía en la carretera. Ciertamente no era ese mi deseo. En segundo curso, en el instituto, nos exigían que memorizáramos al menos dieciséis versos de un poema. La señora Debbins nos había propuesto más de veinte poemas entre los que elegir. Yo me había quedado con una parte de «La rima del anciano marinero», y en ese momento lamenté no haber escogido otra cosa, porque los versos venían demasiado al caso: «Como aquel que en un camino solitario anda lleno de miedos y temores, y habiéndose una vez dado la vuelta sigue andando y nunca más habrá de volver la vista atrás...».

—«Porque sabe que un demonio espantoso con paso firme se aproxima a sus espaldas» —completé en voz alta. Dejé los mangos de la carretilla y roté los hombros mientras miraba las iniciales **AB** en la roca. En aquellas el señor Bowditch se había empleado a fondo; las letras eran de un metro de altura—. Rades, tú me avisarías si vieras a un demonio espantoso a nuestra espalda, ¿verdad?

Dormía profundamente en la carretilla. Por ese lado no recibiría ayuda ante demonios espantosos.

Pensé en tomar un trago de agua —tenía bastante sed— y decidí que podía esperar. Quería seguir adelante mientras quedara un poco de luz. Empuñé los mangos y me puse en marcha, pensando que a esas alturas incluso una leñera me parecería bien.

La carretera rodeaba el afloramiento y a continuación se adentraba recta en el crepúsculo, cada vez más oscuro. Y adelante, seguramente a menos de dos kilómetros, vi las ventanas iluminadas de una casa. Cuando me acerqué, vi enfrente una lámpara colgada de un poste. Solo alcancé a ver que la carretera se bifurcaba a unos sesenta o setenta metros pasada la casa, que en efecto era de ladrillo… como la del cerdito trabajador del cuento.

Un camino marcado con piedras conducía a la puerta delantera, pero antes de encaminarme por él, me detuve a examinar la lámpara, que emitía una fuerte luz blanca que costaba mirar de cerca. Había visto una como esa antes, en el sótano del señor Bowditch, y no tuve que echar una ojeada a la base para saber que era una Coleman, disponible en cualquier ferretería de Estados Unidos. Supuse que la lámpara, como la máquina de coser de Dora, había sido un regalo del señor Bowditch. «Un cobarde hace regalos», había dicho.

Del centro de la puerta pendía una aldaba dorada en forma de puño. Bajé la carretilla y oí los pasos de Radar cuando correteó por el suelo en pendiente para colocarse a mi lado. Tendía mi mano hacia la aldaba cuando se abrió la puerta. Allí de pie había un hombre casi tan alto como yo, pero mucho más delgado, casi demacrado. Como lo iluminaba desde atrás el resplandor de la chimenea, no distinguí sus facciones, solo el gato que tenía posado en el hombro y un vaporoso halo de cabello blanco erizado en torno a la cabeza, por lo demás calva. Cuando habló, de nuevo me costó creer que no hubiera entrado en un libro de cuentos y me hubiera convertido en uno de los personajes.

—Hola, joven príncipe. Te estaba esperando. Bienvenido seas. Pasa.

7

Me di cuenta de que había dejado la correa de Radar en la carretilla.

—Hummm, creo que antes debería ir a coger la correa de mi perra, señor. No sé cómo se porta con los gatos.

—No habrá problema —aseguró el anciano—, pero si tienes ahí comida, te sugiero que la entres. A menos que mañana quieras encontrarte con que ha desaparecido, claro.

Regresé y cogí el hatillo de Dora y mi mochila. Más la correa, por si acaso. El hombre de la casa se apartó e hizo una pequeña reverencia.

—Vamos, Rades, pórtate bien. Confío en ti.

Radar me siguió a un ordenado salón con una esterilla en el suelo de madera. Había dos sillones cerca del fuego. Un libro había quedado abierto en el brazo de uno de ellos. Vi unos cuantos libros más en un estante cercano. El otro extremo del salón era una cocina pequeña y estrecha semejante a la de un barco. En la mesa había pan, queso, pollo frío y un tazón de lo que, casi con toda seguridad, era mermelada de arándanos. También una jarra de loza. Me gruñó el estómago.

El hombre se rio.

—Lo he oído. Según un antiguo dicho, los jóvenes deben ser atendidos. A lo que podría añadirse, «y a menudo».

La mesa estaba puesta para dos, y en el suelo, junto a una de las sillas, había un cuenco, del que Radar ya bebía ruidosamente.

—Sabía usted que vendría, ¿verdad? ¿*Cómo* lo sabía?

—¿Conoces el nombre que preferimos no pronunciar?

Asentí con la cabeza. En los cuentos como ese en el que parecía haber entrado, a menudo un nombre hay que no debe pronunciarse, para no despertar el mal.

—No nos lo ha quitado todo. Viste que mi sobrina podía hablarte, ¿verdad?

—A través de la yegua.

—Falada, sí. Leah también me habla a mí, joven príncipe, aunque rara vez. Cuando me habla, sus comunicaciones no siempre son claras, y proyectar sus pensamientos la cansa aún más que proyectar la voz. Tenemos muchas cosas que tratar, pero primero comamos. Adelante.

Está refiriéndose a la telepatía, pensé. *Tiene que ser eso, porque desde luego ella no lo ha llamado por teléfono ni le ha enviado un mensaje de texto.*

—¿Por qué me llama «joven príncipe»?

Él se encogió de hombros. El gato se meció en su hombro.

—Es un tratamiento familiar, solo eso. Muy anticuado. Quizá algún día venga un verdadero príncipe, pero, a juzgar por tu voz, no eres tú. Tú eres *muy* joven.

Sonrió y se volvió hacia la cocina. La luz del fuego le iluminó totalmente el rostro por primera vez, pero creo que yo ya lo sabía, sobre todo por la forma en que tendía la mano ante sí al caminar, tanteando el aire en busca de obstáculos. Era ciego.

8

Cuando se sentó, el gato saltó al suelo. Tenía un exuberante pelaje marrón ahumado. Se acercó a Radar, y me preparé para agarrarla por el collar si se abalanzaba sobre él. No lo hizo; se limitó a bajar la cabeza y olfatear el hocico del gato. Luego se tumbó. El gato se paseó por delante Radar como un oficial que inspeccionara a un soldado en un desfile (y lo encontrara desaliñado); luego se largó al salón. Saltó al sillón en cuyo brazo se hallaba el libro y se hizo un ovillo.

—Me llamo Charles Reade. Charlie. ¿Leah se lo ha dicho?

—No, no funciona así. Se trata más bien de tener una intuición. Encantado de conocerte, príncipe Charlie. —Con la luz iluminándole la cara, vi que sus ojos habían desaparecido en igual medida que la boca de Leah, y solo unas cicatrices cerradas señalaban el lugar donde antes estaban—. Yo me llamo Stephen Woodleigh. En otro tiempo tenía un título, príncipe regente, para ser exactos, pero esos días quedaron atrás. Llámame Woody, si quieres. Un nombre adecuado, ¿no? Woody, «boscoso», puesto que vivimos cerca del bosque. Catriona y yo.

—¿Esa es su gata?

—Sí. Y creo que tu perra se llama... ¿Raymar? Algo así, seguramente. No me acuerdo.

—Radar. Era del señor Bowditch. Él murió.

—Ah. Lamento oírlo. —Y en efecto parecía lamentarlo, aunque no sorprenderse.

—¿Lo conocía usted bien, señor?

—Woody. Por favor. Pasábamos el rato. Como haremos tú y yo, Charlie, espero. Pero primero debemos comer, porque creo que hoy has recorrido un largo camino.

—¿Puedo hacerte antes una pregunta?

Él desplegó una amplia sonrisa, que convirtió su rostro en un mar de arrugas.

—Si quieres saber qué edad tengo, la verdad es que no me acuerdo. A veces pienso que era viejo cuando el mundo era joven.

—No es eso. He visto el libro y me he preguntado... si eres, ya me entiendes...

—¿Cómo leo si soy ciego? Ve a verlo. Entretanto, ¿prefieres muslo o pechuga?

—Pechuga, por favor.

Empezó a servir, y debía de llevar mucho tiempo haciéndolo a oscuras, porque en sus movimientos no se percibía la menor vacilación. Me levanté y me acerqué a su sillón. Catriona me miró con unos ojos verdes de expresión sabia. Era un libro antiguo, y en la tapa unos murciélagos en vuelo se recortaban contra una luna llena: *El ángel negro*, de Cornell Woolrich. Podría haber salido de una de las pilas del dormitorio del señor Bowditch. Solo que cuando lo cogí y miré la página donde Woody lo había dejado, no vi palabras, solo grupos de puntos. Lo dejé y volví a la mesa.

—Lees en braille —dije. Pensando: *En los libros el lenguaje también debe cambiar, traducirse. ¿No es raro?*

—Sí. Adrian me trajo un libro de texto y me enseñó las letras. En cuanto las supe, aprendí por mi cuenta. De vez en cuando me traía otros libros en braille. Él era aficionado a las historias fantásticas, como la que yo estaba leyendo mientras esperaba tu llegada. Hombres peligrosos y damiselas en apuros que viven en un mundo muy distinto a este.

Meneó la cabeza y se rio, como si leer novelas fuese una frivolidad, quizá incluso una locura. Tenía las mejillas sonrojadas de haber estado cerca del fuego, y no vi el menor rastro de gris en ellas. Estaba entero, y a la vez no. Como tampoco lo estaba su sobrina. Él no tenía ojos con los que ver, y ella no tenía boca con la que hablar. Solo una yaga que se abría ella misma con la uña para ingerir el escaso alimento que le era posible tomar. Hablando de damiselas en apuros.

—Ven. Siéntate.

Me acerqué a la mesa. Fuera aulló un lobo, así que debía de haber salido la luna… Las *lunas*. Pero estábamos a salvo en esa casa de ladrillo. Si un lobito bajaba por la chimenea, se asaría el trasero peludo en el fuego.

—A mí todo este mundo me parece de fantasía —comenté.

—Quédate aquí un tiempo y será el tuyo el que te parezca ficción. Ahora come, Charlie.

9

La comida estaba deliciosa. Repetí una vez, luego otra. Me sentí un tanto culpable por ello, pero había sido una larga jornada y había tirado de aquella carretilla entre treinta y treinta cinco kilómetros. Woody comió de manera frugal, nada más que una pata de pollo y un poco de mermelada de arándanos. Al ver eso, me sentí aún más culpable. Recordé que una vez mi madre me dejó en casa de Andy Chen, donde me quedaría a dormir, y dijo a la madre de Andy que yo tenía en el estómago un pozo sin fondo y devoraría la casa entera si me lo permitía. Pregunté a Woody dónde conseguía sus víveres.

—En el Litoral. Allí hay algunos que todavía recuerdan lo

que… o lo que éramos… y nos rinden tributo. Ahora el gris también ha llegado allí. La gente se está marchando. Seguramente te has cruzado con más de uno en la carretera.

—Sí —contesté, y le hablé de Peterkin.

—¿Un grillo rojo, dices? Corren leyendas… pero da igual. Me alegro de que hayas puesto fin a eso. Quizá sí seas un príncipe, después de todo. ¿Cabello rubio, ojos azules? —Me tomaba el pelo.

—No. Castaño, tanto lo uno como lo otro.

—En fin. No eres un príncipe y desde luego no eres *el* príncipe.

—¿Quién es *el* príncipe?

—Solo una leyenda más. Este es un mundo de relatos y leyendas, como el tuyo. En cuanto a la comida…, antes recibía más viandas de las que podía comerme de la gente del Litoral, aunque pescado más que carne, por lo general. Como cabe esperar del nombre. El gris tardó mucho tiempo en llegar a esa parte del mundo… No sabría decir cuánto, los días se funden cuando uno vive siempre en la oscuridad. —Lo dijo sin autocompasión, como quien describe una realidad—. Creo que el Litoral quizá se haya salvado durante una época porque ocupa una península estrecha, donde siempre sopla el viento, pero nadie lo sabe con certeza. El año pasado, Charlie, te habrías cruzado con docenas de personas en la Carretera del Rey. Ahora la afluencia disminuye.

—¿La Carretera del Rey? ¿Así la llamáis?

—Sí, pero más allá de la bifurcación se conoce como Carretera del Reino. Si decidieras tomar a la izquierda en la bifurcación, estarías en la Carretera del Litoral.

—¿Adónde van? O sea, al dejar atrás la casa de Dora y la grande de Leah y la tienda del hermano de Dora.

Woody pareció sorprenderse.

—¿Todavía tiene abierta esa tienda? Me sorprende. Me pregunto qué le queda por vender.

—No lo sé. Solo sé que les da zapatos nuevos para sustituir los que se han roto.

Woody, complacido, se echó a reír.

—¡Dora y James! ¡Ellos y sus tretas de siempre! La respuesta a tu pregunta es que no lo sé, y seguro que ellos tampoco. Sencillamente van más allá. Más allá, más allá, más allá.

Los lobos se habían callado, pero empezaron a aullar de nuevo. Daba la impresión de que había docenas, y me alegré mucho de haber llegado a la casa de ladrillo de Woody a la hora en que había llegado. Radar gimoteó. Le acaricié la cabeza.

—Deben de haber salido las lunas.

—Según Adrian, en tu reino fantástico solo hay una. Como dice uno de los personajes del libro del señor Cornell Woolrich: «Os han robado». ¿Te apetece un trozo de tarta, Charlie? Me temo que quizá la encuentres un poco pasada.

—Un trozo de tarta estaría muy bien. ¿Quieres que vaya a buscarla?

—Ni mucho menos. Después de tantos años aquí… Es un sitio de lo más acogedor para un exiliado, ¿no te parece?… Me oriento bastante bien. Está en el estante de la despensa. Quédate ahí sentado. Vuelvo en un santiamén.

Mientras iba a por la tarta, me serví más limonada de la jarra. Al parecer, la limonada era la bebida habitual en Empis. Trajo un pedazo enorme de tarta de chocolate para mí y un trocito para él. En comparación, la tarta que servían en el comedor del instituto era bastante pobre. No me pareció pasada en absoluto, solo un poco dura en los bordes.

De pronto los lobos se interrumpieron, con lo que pensé de nuevo que alguien había arrancado el enchufe de un amplificador puesto a once. Se me ocurrió pensar que en ese mundo nadie captaría una referencia a *This is Spinal Tap*. Ni a ninguna otra película.

—Supongo que ha vuelto a nublarse —comenté—. Alguna vez se despejará el cielo, ¿no?

Movió la cabeza en un lento gesto de negación.

—No desde que *él* llegó. Aquí llueve, príncipe Charlie, pero casi nunca luce el sol.

—Jesús —exclamé.

—Otro príncipe —dijo Woody, con aquella amplia sonrisa otra vez—. De la paz, según la Biblia en braille que me trajo Adrian. ¿Estás ahíto? Eso significa...

—Ya sé lo que significa, y desde luego lo estoy.

Se puso en pie.

—Entonces ven a sentarte junto al fuego. Tenemos que hablar.

Lo seguí hasta los dos sillones del pequeño salón. Radar nos acompañó. Woody buscó a tientas a Catriona, la encontró y la cogió en brazos. Ella permaneció en sus manos como una estola de piel hasta que él la dejó en el suelo. Allí se dignó dirigir una mirada altiva a mi perra, meneó la cola con desdén y se alejó tranquilamente. Radar se tumbó entre los dos sillones. Yo le había dado parte de mi pollo, pero comió solo un poco. Observaba el fuego como si quisiera desentrañar sus secretos. Pensé en preguntar a Woody cómo se abastecería de comida ahora que la localidad de Litoral se había sumado a la evacuación, pero decidí no hacerlo. Temí que me contestara que no tenía ni idea.

—Quiero agradecerte la cena.

Él le quitó importancia con un gesto.

—Seguramente te preguntarás qué hago aquí.

—Pues no. —Bajó el brazo y acarició el lomo a Radar.

Luego volvió hacia mí las cicatrices que habían sido sus ojos—. Tu perra se está muriendo, y no hay tiempo que perder si te propones conseguir lo que te ha traído hasta aquí.

10

Con el estómago lleno, a salvo en la casa de ladrillo, sin aullidos de lobo por el momento y al calor de la lumbre, me había relajado. Me había sentido a gusto. Pero, cuando dijo que Rades se moría, erguí la espalda en el asiento.

—No necesariamente. Es vieja y tiene artritis en la cadera, pero no está...

Recordé que la ayudante de veterinario había dicho que se sorprendería si Radar vivía hasta Halloween y me quedé en silencio.

—Estoy ciego, pero conservo bastante bien los otros sentidos para mi edad. —Hablaba con tono amable, y eso asustaba más aún—. De hecho, tengo el oído más fino que nunca. En el palacio tenía caballos y perros; de niño y de joven, siempre salía con ellos y los quería mucho a todos. Sé qué ruidos hacen cuando llegan al tramo final. ¡Escucha! ¡Cierra los ojos y escucha!

Escuché. Oí algún que otro chasquido procedente de la chimenea. En algún lugar sonaba el tictac de un reloj. Fuera se había levantado la brisa. Y oí a Radar: el resuello cada vez que inhalaba, el estertor cada vez que exhalaba.

—Has venido para ponerla en el reloj de sol.

—Sí. Y hay oro. Unas bolitas de oro, parecidas a balines. Eso ahora no lo necesito, pero el señor Bowditch dijo que más adelante...

—Olvídate del oro. El mero hecho de llegar al reloj de

sol… y utilizarlo… ya es bastante peligroso para un príncipe tan joven como tú. Te expones a Hana. Ella no estaba allí en los tiempos de Bowditch. Puedes llegar a eludirla si vas con cuidado… y tienes suerte. La suerte debe tenerse en cuenta en un asunto así. En cuanto al oro… —Movió la cabeza en un gesto de negación—. Eso es aún más arriesgado. Si ahora no lo necesitas, tanto mejor.

Hana. Archivé ese nombre para más adelante. Había otra cosa que despertaba mi curiosidad de manera inmediata.

—¿Por qué estás bien *tú*? Aparte de la ceguera. —Deseé retirarlo en cuanto las palabras escaparon de mis labios—. Lo siento. Eso no ha sonado bien.

Sonrió.

—No hace falta que te disculpes. Puestos a elegir entre la ceguera y padecer el gris, me quedo con la ceguera. Me he adaptado bien. Gracias a Adrian, incluso tengo relatos fantásticos que leer. El gris es una muerte lenta. Cada vez cuesta más respirar. Carne inútil engulle el rostro. El cuerpo se cierra. —Alzó una mano y formó un puño—. Así.

—¿Eso le pasará a Dora?

Asintió, pero no hacía falta. Era una pregunta infantil.

—¿Cuánto tiempo le queda?

Woody meneó la cabeza.

—Es imposible saberlo. Es lento, y el proceso no es el mismo en todo el mundo, pero es implacable. Eso es lo horroroso.

—¿Y si Dora se fuera? ¿Si se marchara a donde sea que se van los demás?

—No creo que se vaya y creo que no tiene la menor importancia. Una vez llega el gris, es imposible escapar. Como la enfermedad debilitante. ¿Es eso lo que mató a Adrian?

Supuse que se refería al cáncer.

—No, tuvo un ataque al corazón.

—Ah. Un poco de dolor y se acabó. Mejor que el gris. En cuanto a tu pregunta, érase una vez… Según Adrian, así es como empiezan muchos cuentos en el mundo del que él venía.

—Sí. Así es. Y aquí he visto cosas que son como las de esos cuentos.

—Como lo son también las cosas en el lugar de donde tú vienes, no me cabe duda. Todo son cuentos, príncipe Charlie.

Los lobos empezaron a aullar. Woodie deslizó el dedo por su libro en braille; luego lo cerró y lo dejó en la mesita contigua a su sillón. Me pregunté cómo encontraría después el punto. Catriona regresó, saltó a su regazo y comenzó a ronronear.

—Érase una vez, en el país de Empis y la ciudad de Lilimar, hacia donde tú te diriges, una familia real cuyo origen se remontaba a mil años atrás. La mayoría de los miembros, no todos pero sí la mayoría, gobernaron bien y sensatamente. Pero, cuando llegaron los tiempos horribles, casi toda la familia fue asesinada. Sacrificada.

—Leah me contó parte de eso. O sea, a través de Falada. Dijo que su madre y su padre habían muerto. Eran el rey y la reina, ¿no? Porque me dijo que ella era una princesa. La menor de todas.

Sonrió.

—En efecto, la menor de todas. ¿Te contó que mataron a sus hermanas?

—Sí.

—¿Y sus hermanos?

—A ellos también los mataron.

Suspiró, acarició a su gata y miró al fuego. Estoy seguro de que sentía su calor y me pregunté si además veía un poco, del modo en que uno puede mirar al sol con los ojos cerrados y ver el resplandor rojo cuando la sangre se ilumina. Abrió la boca como para decir algo, pero volvió a cerrarla y movió la cabeza en un leve gesto de negación. Se oía a los lobos muy cerca... De pronto callaron. La forma en que eso ocurría, de repente, resultaba escalofriante.

—Fue una purga. ¿Sabes lo que eso significa?

—Sí.

—Pero algunos sobrevivimos. Huimos de la ciudad, y Hana no la abandonará porque la expulsaron de su propio país, situado más al norte. Fuimos ocho los que logramos atravesar la puerta principal. Habríamos sido nueve, pero mi sobrino Aloysius... —Woody volvió a menear la cabeza—. Ocho huimos de la muerte en la ciudad, y nuestra sangre nos protege del gris, pero nos siguió otra maldición. ¿Adivinas?

Adiviné.

—¿Cada uno de vosotros perdió un sentido?

—Sí. Leah puede comer, pero hacerlo le resulta doloroso, como quizá hayas observado.

Asentí, pese a que él no veía mis gestos.

—Apenas puede saborear lo que come y, como viste, no puede hablar si no es a través de Falada. Está convencida de que eso a *él* lo engañará si escucha. No lo sé. Quizá lo oye y le divierte.

—Cuando dices *él*... —me interrumpí.

Woody me agarró por la camiseta y tiró de mí. Me incliné hacia él. Acercó los labios a mi oído y susurró. Yo esperaba oír «Gogmagog», pero no fue eso lo que dijo. Lo que dijo fue «Asesino del Vuelo».

—Podría mandar asesinos contra nosotros, pero no lo hace. Nos deja vivir, a los que quedamos, y vivir es castigo suficiente. Aloysius, como te he dicho, no logró salir de la ciudad. Ellen, Warner y Greta se quitaron la vida. Creo que Yolande aún vive, pero vaga de aquí para allá, enloquecida. Como yo, también es ciega, y vive sobre todo de la bondad de los desconocidos. Le doy de comer cuando viene y escucho las tonterías que dice. Esos son sobrinas, sobrinos y primos, hazte cargo... Los parientes cercanos. ¿Me sigues?

—Sí. —Lo seguía más o menos.

—Burton se ha convertido en anacoreta. Vive en lo más hondo del bosque y reza sin cesar por la liberación de Empis con unas manos que es incapaz de sentir cuando las junta. No siente las heridas a menos que vea la sangre. Come, pero no sabe si tiene el estómago lleno o vacío.

—Dios mío —dije. Había pensado que ser ciego era lo peor, pero no lo era.

—Los lobos dejan en paz a Burton. O antes lo dejaban. Desde la última vez que vino, han pasado dos años o más. Puede que también él haya muerto. Mi pequeño grupo salió en el carromato de un herrero, y yo, que todavía no era ciego como me ves ahora, de pie, fustigaba a un tiro de seis caballos enloquecidos por el miedo. Me acompañaban mi prima Claudia, mi sobrino Aloysius y mi sobrina Leah. Volamos como el viento, Charlie. Al contacto con los adoquines, saltaban chispas del hierro que recubría las ruedas, y el carromato voló literalmente tres metros o más desde lo alto del puente del Rumpa. Pensé que volcaría o se rompería al caer, pero era robusto y resistió. Oímos rugir a Hana a nuestra espalda, rugir como una tormenta, cada vez más cerca. Aún oigo esos rugidos. Azoté a los caballos, y corrieron como si los persiguiera el mismísimo demonio…, como así era. Aloysius miró atrás justo antes de que llegáramos a la puerta, y Hana le arrancó la cabeza de los hombros de un golpe. Yo no lo vi, tenía toda la atención puesta al frente, pero Claudia sí lo vio. Leah no, gracias a Dios. Iba envuelta en una manta. El siguiente zarpazo de Hana se llevó la parte de atrás del carromato. Le olí el aliento, aún se lo huelo. Pescado y carne podridos, y la pestilencia de su sudor. Atravesamos la puerta justo a tiempo. Rugió al ver que escapábamos. ¡El odio y la frustración que destilaba ese sonido! Sí, aún lo oigo.

Se interrumpió y se enjugó los labios. Le temblaba la mano. Yo nunca había visto el trastorno de estrés postraumático salvo en películas como *En tierra hostil*, pero en ese momento estaba viéndolo. No sé cuánto tiempo había transcurrido desde aquellos hechos, pero el horror seguía en él y seguía vivo. Me disgustaba sentirme responsable de obligarlo a recordar aquel tiempo y hablar de él, pero necesitaba saber en qué me metía.

—Charlie, si entras en mi despensa encontrarás una botella de vino de moras en el armario frío. Desearía que me trajeras un vaso pequeño, si no te importa. Tómate tú uno, si te apetece.

Encontré la botella y le serví un vaso. El olor a moras fermentadas era tan intenso que apagó cualquier deseo que pudiera haber concebido de servirme también un vaso pese a la saludable cautela que mantenía con respecto al alcohol por mi padre, así que opté por servirme un poco más de limonada.

Bebió dos grandes tragos, la mayor parte de lo que había en el vaso, y exhaló un suspiro.

—Esto ya está mejor. Esos recuerdos son tristes y dolorosos. Se hace tarde, y debes de estar cansado, así que ha llegado el momento de que hablemos de lo que debes hacer para salvar a tu amiga. Si aún tienes la intención de seguir adelante, claro está.

—La tengo.

—¿Arriesgarías tu vida y tu cordura por la perra?

—Es lo único que me queda del señor Bowditch. —Titubeé y añadí—: Y la quiero.

—Muy bien. Entiendo el amor. Esto lo que debes hacer. Escúchame con atención. Otro día de camino te llevará hasta la casa de mi prima Claudia. Si avanzas a buen paso, claro. Cuando llegues allí...

Escuché con atención. Como si mi vida dependiera de ello. Los aullidos de los lobos fuera de la casa llevaban a pensar que, en efecto, así era.

12

El retrete de Woody era un excusado exterior, comunicado con su dormitorio mediante un corto pasadizo de tablas. Cuando lo recorrí, sosteniendo un farol (de los antiguos, no un Coleman), algo golpeó la pared con un ruido sordo. Algo hambriento, supuse. Me lavé los dientes en seco y utilicé el inodoro. Confié en que Rades pudiera aguantarse hasta la mañana siguiente, porque ni por asomo estaba dispuesto a sacarla hasta entonces.

Allí no tendría que dormir junto al fuego, porque había un segundo dormitorio. La pequeña cama tenía una colcha con volantes y un bordado de mariposas que casi con toda seguridad era obra de Dora, y las paredes estaban pintadas de rosa. Woody me dijo que tanto Leah como Claudia lo habían utilizado alguna que otra vez, Leah hacía ya muchos años.

—Aquí están tal como eran —dijo.

Tendió la mano con cuidado y cogió de un estante una pequeña pintura ovalada en un marco dorado. Vi a una adolescente y una mujer joven. Las dos eran guapísimas. Estaban abrazadas ante una fuente. Lucían bonitos vestidos y tocas de encaje sobre el cabello, arreglado. Leah tenía una boca con la que sonreír, y sí, parecían de la realeza.

Señalé a la chica.

—¿Esa es Leah? ¿Antes de…?

—Sí. —Woody devolvió el retrato a su sitio con el mismo cuidado—. Antes. Lo que nos pasó nos pasó no mucho después de que huyéramos de la ciudad. Un acto de pura venganza por despecho. Eran hermosas, ¿a que sí?

—Sí. —Seguí mirando a la chica más joven, risueña, y pensé que la maldición de Leah era el doble de atroz que la ceguera de Woody.

—¿Venganza de quién?

Negó con la cabeza.

—No quiero hablar de eso. Solo desearía volver a ver ese retrato. Pero los deseos son como la belleza: cosas vanas. Que duermas bien, Charlie. Tienes que ponerte en camino temprano para llegar a casa de Claudia mañana antes de la puesta de sol. Puede que ella te cuente algo más. Y si despiertas en plena noche, o si te despierta tu perra, *no salgas*. Por nada del mundo.

—Lo entiendo perfectamente.

—Bien. Me alegro mucho de haberte conocido, joven príncipe. Cualquier amigo de Adrian es, como suele decirse, amigo mío.

Salió, caminando con aplomo, pero con una mano tendida al frente, lo que debía ser un gesto espontáneo después de tantos años en la oscuridad. ¿Cuántos años serían?, me pregunté. ¿Cuántos años habían transcurrido desde el alzamiento de Gogmagog y la purga que había diezmado a su familia?

¿Quién o qué era el Asesino del Vuelo? ¿Cuánto tiempo había pasado desde que Leah era una chica de labios sonrientes que daba por sentada la posibilidad de comer? ¿Equivalían los años de este mundo a los del nuestro?

Stephen Woodleigh era Woody…, como el vaquero de *Toy Story*. Probablemente era solo una coincidencia, pero no creía que los lobos y la casa de ladrillo lo fueran. Por otro lado, estaba lo que había dicho sobre el puente del Rumpa. Mi madre había muerto en el puente sobre el Little Rumple, y una especie de Enano Saltarín, Rumpelstiltskin, había estado a punto de matarme. ¿Tenía que pensar que todo *eso* eran coincidencias?

Radar dormía junto a mi cama, y ahora que Woody me había hecho notar el estertor y el resuello de su respiración, no podía dejar de oírlos. Pensé que eso o los esporádicos aullidos de los lobos me mantendrían en vela. Pero había recorrido un largo camino tirando de una carretilla. No aguanté mucho, no soñé y no desperté hasta la mañana siguiente temprano, cuando Woody me sacudió por el hombro.

—Despierta, Charlie. He preparado el desayuno, y debes ponerte en camino en cuanto comas.

13

Había un cuenco a rebosar de huevos revueltos y un cuenco igual de lleno de salchichas humeantes. Woody comió un poco, Radar comió un poco, y yo apuré el resto.

—He puesto tus pertenencias en la carretilla de Dora y he añadido algo que te conviene enseñarle a mi prima cuando llegues a su casa. Para que sepa que vas de mi parte.

—Supongo que no es propensa a las intuiciones, ¿eh?

Él sonrió.

—En realidad sí, y yo he hecho todo lo posible a ese respecto, pero no es sensato confiar en esa clase de comunicaciones. Eso que he añadido es algo que quizá necesites más adelante, si completas con éxito tu misión y consigues volver a tu propio mundo de cuento de hadas.

—¿Qué es?

—Mira en tu mochila y lo verás. —Sonrió, tendió los brazos y me sujetó por los hombros—. Puede que no seas *el* príncipe, Charlie, pero eres un chico valiente.

—Un día mi príncipe vendrá —canturreé.

Sonrió; fluyeron las arrugas de su rostro.

—Adrian se sabía esa misma canción. Dijo que era de una película que contaba un cuento.

—*Blancanieves y los siete enanitos.*

Woody asintió.

—También dijo que la verdadera historia era mucho más siniestra.

Acaso no lo son todas, pensé.

—Gracias por todo. Cuídate. Y cuida de Catriona.

—Nos cuidamos mutuamente. ¿Recuerdas todo lo que te dije?

—Creo que sí, sí.

—¿Lo más importante?

—Seguir las marcas del señor Bowditch, guardar silencio y salir de la ciudad antes de que oscurezca. Porque allí están los soldados de la noche.

—¿Crees lo que te dije sobre ellos, Charlie? Debes creerlo, porque si no, quizá te sientas tentado de quedarte más tiempo de la cuenta si no has logrado llegar hasta el reloj de sol.

—Me dijiste que Hana es una giganta y los soldados de la noche son los no muertos.

—Sí, pero ¿lo crees?

Me acordé de las grandes cucarachas y conejos. Me acordé de un grillo rojo casi del tamaño de Catriona. Me acordé de Dora, con el rostro a medio desaparecer, y de Leah, con una cicatriz por boca.

—Sí —contesté—. Me lo creo todo.

—Bien. No te olvides de enseñar a Claudia lo que te he metido en la mochila.

Cogí en brazos a Radar para subirla a la carretilla y abrí la mochila. Encima, despidiendo un tenue resplandor a la luz de otro día nublado, había un puño dorado. Miré la puerta de la casa de ladrillo y vi que la aldaba había desaparecido. La cogí y me sorprendió su peso.

—¡Dios mío, Woody! ¿Esto es de oro macizo?

—Sí. En caso de que tengas la tentación de seguir más allá del reloj de sol y llegar al tesoro, recuerda que tienes esto que añadir a lo que Adrian pudiera haberse llevado del palacio en su última visita. Que te vaya bien, príncipe Charlie. Espero que no necesites utilizar el arma de Adrian, pero, si no te queda más remedio, no vaciles.

16

La Carretera del Reino. Instrucciones.
La máquina del ruido. Las monarcas.

1

Radar y yo nos acercamos a la bifurcación, donde un poste indicador señalaba la Carretera del Reino a la derecha. El de la Carretera del Litoral se había soltado y apuntaba hacia abajo, como si el Litoral se hallara bajo tierra. Radar lanzó un ladrido oxidado, y vi que desde el Litoral venían un hombre y un niño. El hombre se valía de una muleta y llevaba envuelto en un vendaje sucio el pie izquierdo, que apenas apoyaba en el suelo cada pocos pasos. Me pregunté hasta dónde llegaría con una sola pierna buena. El niño no iba a servirle de gran ayuda; era menudo y acarreaba las pertenencias de ambos en un saco de arpillera que cada tanto se cambiaba de mano y a veces arrastraba por la carretera. Se detuvieron en la bifurcación y me observaron cuando me dirigí a la derecha, dejando atrás el indicador.

—¡Por ahí no, señor! —exclamó el niño—. ¡Por ahí se va a la ciudad embrujada!

Era gris, aunque no tanto como el hombre que lo acompañaba. Tal vez fueran padre e hijo, pero era imposible distinguir el parecido porque el rostro del hombre había empezado a desfigurarse y sus ojos se contraían hacia arriba.

El hombre le dio un manotazo en el hombro y habría acabado en el suelo si el niño no lo hubiera sujetado.

—Déjalo, déjalo —dijo el hombre. Su voz era inteligible pero ahogada, como si le hubieran envuelto las cuerdas vocales con Kleenex. Pensé que pronto solo emitiría zumbidos y balbuceos como Dora.

Vociferando, me habló a través de la creciente separación entre las dos carreteras, y era obvio que le dolía. Con aquella mueca de dolor, sus facciones a medio disolverse resultaban aún más horrendas, pero estaba decidido a transmitir su mensaje.

—¡Hola, hombre entero! ¿Ante cuál de ellos se levantó la falda tu madre para que conserves esa cara bonita?

Yo no sabía de qué hablaba, así que callé. Radar dejó escapar otro débil ladrido.

—¿Eso es un perro, pa? ¿O un lobo domesticado?

La respuesta del padre fue otro manotazo en el hombro.

Luego me miró con desdén e hizo un gesto con la mano que entendí a la perfección. Por lo visto, ciertas cosas no cambian estés en el mundo en que estés. Sentí la tentación de responderle con la versión americana, pero me abstuve. Faltar al respeto a personas discapacitadas es un comportamiento deplorable, incluso cuando la persona discapacitada en cuestión es un gilipollas que pega a su hijo y profiere calumnias contra la madre de uno.

—¡Buen viaje, hombre entero! —gritó con su voz ahogada—. ¡Puede que hoy sea tu último día!

Siempre está bien conocer a gente agradable en el camino, pensé, y seguí adelante. Pronto se perdieron de vista.

2

Tenía la Carretera del Reino toda para mí, lo que me dejó tiempo de sobra para pensar... y para hacerme preguntas.

Las personas enteras, por ejemplo..., ¿qué eran? ¿*Quiénes* eran? Estaba yo, por supuesto, pero si existía un censo de personas enteras, pensé, constaría en él con un asterisco al lado del nombre, porque no era de Empis (al menos esa parte del mundo se llamaba así; Woody me había contado que la giganta Hana procedía de un lugar llamado Cratchy). Woody, para tranquilizarme —y me tranquilizó—, tuvo la gentileza de decirme que no empezaría a volverme gris y perder la cara, porque las personas enteras eran inmunes al gris. Me lo había dicho esa mañana durante el desayuno y se había negado a seguir hablando del tema, porque yo tenía un largo camino por delante y debía ponerme en marcha. Cuando le pregunté por el Asesino del Vuelo, se limitó a fruncir el ceño y negar con la cabeza. Me repitió que su prima Claudia podría contarme más, y tuve que conformarme con eso. Con todo, lo que el hombre de la muleta había dicho daba que pensar: «¿Ante cuál de ellos se levantó la falda tu madre para que conserves esa cara bonita?».

Me pregunté también por aquel cielo siempre gris. O siempre gris durante el día, porque de noche, en ocasiones, las nubes se abrían para dar paso a la luz de la luna. Lo que a su vez, al parecer, movilizaba a los lobos. Allí no había una sola luna, sino dos, una que perseguía a la otra, y eso me llevó a preguntarme dónde me hallaba exactamente. Había leído ciencia ficción suficiente para conocer la idea de los mundos paralelos y las tierras múltiples, pero sospechaba que, al atravesar el punto del pasadizo subterráneo en el que mi espíritu y mi cuerpo parecían escindirse, quizá había llegado a un plano de existencia totalmente distinto. La posibilidad de estar en un planeta de una galaxia muy muy lejana tenía cierto sentido por las dos lunas, pero allí no había formas de vida alienígena; había *personas*.

Me acordé del libro que había visto en la mesilla del señor Bowditch, el que tenía en la tapa un embudo que se llenaba de estrellas. ¿Y si había encontrado el camino a la matriz del mundo de la que supuestamente trataba ese libro? (Lamenté no habérmelo metido en la mochila junto con la comida, las pastillas de Radar y el arma de Polley). Esa idea me trajo a la memoria una película que había visto con mis padres cuando era muy pequeño; *La historia interminable*, se titulaba. ¿Y si Empis era como Fantasía en aquella película, un mundo creado a partir de la imaginación colectiva? ¿Era eso también un concepto junguiano? ¿Cómo iba a saberlo si no sabía siquiera si el nombre de ese tío se pronunciaba *Jung* o *Yung*?

Me planteé todas esas preguntas, pero lo que me venía a la cabeza una y otra vez era una cuestión más práctica: mi padre. ¿Sabría ya que me había ido? Quizá aún lo desconociera (y ojos que no ven, corazón que no siente, según dicen), pero, al igual que Woody, tal vez hubiera tenido una *intuición*; los padres, según había oído, eran dados a esas cosas. Habría intentado llamar por teléfono y, al ver que yo no contestaba, habría enviado un mensaje. Quizá hubiera dado por supuesto que simplemente estaba demasiado ocupado con las cosas del instituto para responder, pero eso no habría servido durante mucho tiempo, porque sabía que era bastante responsable y respondía en cuanto podía.

No me gustaba la idea de preocuparlo, pero no podía hacer nada al respecto. Había tomado una decisión. Y además —debo admitirlo si me propongo decir la verdad— me alegraba de estar allí. No puedo decir exactamente que estuviera pasándomelo bien, pero sí me alegraba. Deseaba respuestas a un millar de preguntas. Deseaba ver qué había más allá de la cuesta siguiente y el recodo siguiente. Deseaba ver aquello que el niño había llamado «la ciudad embrujada». Por supuesto, tenía miedo —de Hana, de los soldados de la noche y de algo o alguien llamado Asesino del Vuelo, y sobre todo de Gogmagog—, pero a la vez me sentía eufórico. Y tenía que pensar en Radar. Si podía darle una segunda oportunidad, estaba decidido a hacerlo.

Cuando me paré a comer y descansar un rato, tenía bosque cerrado a ambos lados. No veía animales, pero había abundante sombra.

—¿Quieres comer un poco, Rades?

Esperaba que le apeteciese, porque esa mañana no le había dado ninguna pastilla. Saqué de la mochila una lata de sardinas, la abrí y la ladeé hacia ella para que la olfateara bien. Alzó el hocico, pero no se levantó. Vi que los ojos seguían rezumándole aquella sustancia pegajosa.

—Vamos, chica, esto te encanta.

Después de dar tres o cuatro pasos por la plataforma en pendiente de la carretilla, le fallaron las patas traseras. Resbaló de lado el resto del camino lanzando un gañido agudo de dolor. Cayó de costado en el suelo de tierra apisonada y, jadeando, levantó la cabeza para mirarme. Tenía manchado de polvo un lado de la cara. Me dolía mirarla. Intentó levantarse y no pudo.

Dejé de preguntarme por las personas enteras, las personas grises e incluso mi padre. Todo eso se desvaneció. Le sacudí el polvo, la cogí en brazos y la llevé hasta la estrecha franja de hierba entre la carretera y la ingente masa de árboles. La deposité allí, le acaricié la cabeza y después le examiné las patas traseras. No parecía tener nada roto, pero cuando se las toqué en la parte superior, lanzó un aullido y enseñó los dientes, no para morder, sino por el dolor. Yo se las noté bien, pero estaba seguro de que una radiografía habría revelado unas articulaciones muy hinchadas e inflamadas.

Bebió un poco de agua y comió una o dos sardinas. También yo había perdido el apetito, pero me obligué a comer parte del conejo frito, más un par de galletas. Tenía que alimentar el motor. Cuando cogí en brazos a Rades —con cuidado— y volví a dejarla en la carretilla, oí el estertor de su respiración y noté cómo se le marcaban las costillas. Woody había dicho que se moría, y no se equivocaba, pero yo no había recorrido todo el camino hasta allí para acabar con mi perra muerta en la carretilla de Dora. Agarré las varas y seguí adelante, sin correr —sabía que eso me agotaría— pero sí a buen paso.

—Aguanta. Puede que mañana las cosas mejoren, chica, así que aguanta por mí.

Oí el golpeteo de su cola contra la carretilla cuando la meneó.

3

Las nubes se oscurecieron mientras tiraba de la carretilla por la Carretera del Reino, pero no llovía. Mejor así. No me importaba mojarme, pero si Radar se empapaba, su estado se agravaría, y no tenía gran cosa con que taparla. Además, avanzar podía resultar difícil o incluso imposible si un aguacero convertía la carretera en un lodazal.

Tal vez cuatro o cinco horas después de la caída de Radar, repeché una cuesta empinada y paré en lo alto, en parte para recobrar el aliento, pero sobre todo para mirar. Una amplia vista se extendía ante mí y por primera vez vi con toda claridad las torres de la ciudad. Bajo la luz mortecina, aquellas torres presentaban una lúgubre tonalidad verdosa, como de esteatita. A ambos lados de la carretera se alzaba una alta muralla gris, que se perdía de vista a lo lejos. Aún me encontraba a kilómetros de distancia, y era imposible calcular su altura, pero me pareció distinguir una puerta colosal en el centro. *Como esté cerrada*, pensé, *sí que estoy jodido*.

Entre la casa de Woody y el lugar donde paré a descansar y mirar, la carretera trazaba curvas, pero desde allí hasta la puerta de la ciudad era recta como una vara. Unos kilómetros más adelante, el bosque empezaba a retroceder, y vi carretas abandonadas y lo que quizá fueran arados manuales en campos invadidos por la maleza. Vi también otra cosa: un vehículo, o un medio de transporte de algún tipo, que venía en dirección a mí. Yo tenía buena vista, pero aquello se encontraba a kilómetros de distancia todavía y no distinguí qué era. Toqué la culata del 45 del señor Bowditch, no para comprobar que todavía lo llevaba, sino para reconfortarme.

—¿Rades? ¿Estás bien?

Eché una ojeada por encima del hombro y vi que me miraba desde la parte delantera de la carretilla. Era buena señal. Cogí los mangos y reanudé la marcha. En las manos empezaba a aparecerme un buen surtido de ampollas, y habría dado cualquier cosa por un par de guantes de trabajo. Demonios, incluso por unas manoplas. Al menos aquel tramo era cuesta abajo.

Dos o tres kilómetros más adelante (en un punto donde la carretera descendía y las torres quedaban ocultas detrás de la alta muralla de la ciudad), volví a parar. Veía ya que la persona que venía hacia mí parecía ir montada en un triciclo descomunal. Cuando se redujo la distancia entre nosotros, advertí que era una mujer quien viajaba en el triciclo, y a buena velocidad. Llevaba un vestido negro, que ondeaba en torno a ella, y me fue imposible no pensar de nuevo en *El mago de Oz*. Concretamente en la parte en blanco y negro del principio, cuando Almira Gulch va en bicicleta bajo el cielo amenazador de Kansas en busca del perro de Dorothy para sacrificarlo por morderla. El triciclo que se aproximaba incluso iba provisto de una cesta de madera en la parte de atrás, aunque esa era mucho más grande que la de tamaño Toto de la bicicleta de la señorita Gulch.

—No te preocupes, Rades —dije—. No va a llevarte a ningún sitio.

Cuando la mujer se hallaba ya muy cerca, me detuve y flexioné las manos doloridas. Estaba dispuesto a mostrarme cordial por si aquella mujer era quien yo creía, pero también estaba dispuesto a defendernos a mi perra y a mí si resultaba ser la versión empisaria de la bruja mala.

La mujer frenó echando atrás los pedales del triciclo y levantó una buena polvareda. El vestido dejó de ondear y cayó flácido contra su cuerpo. Debajo llevaba unos gruesos leotardos negros y calzaba unas grandes botas negras. Esa mujer no necesitaba los zapatos de recambio de Dora. Tenía el rostro sonrosado por el ejercicio, sin el menor asomo de gris. Puestos a adivinar, habría dicho que rondaba los cuarenta o cincuenta años, pero era una mera suposición. El tiempo es extraño en Empis, igual que el proceso de envejecimiento.

—Eres Claudia, ¿no? —dije—. Un momento, tengo que enseñarte una cosa.

Abrí la mochila y saqué la aldaba de oro. Sin apenas mirarla, asintió y se apoyó en el manillar. Llevaba unos guantes de piel que le envidié profundamente.

—¡SOY CLAUDIA! ¡LA VERDAD ES QUE NO ME HACÍA FALTA VER ESO, HE SOÑADO QUE VENDRÍAS! —Se tocó la sien y soltó una risotada—. ¡LOS SUEÑOS NO SON DE FIAR, PERO ESTA MAÑANA HE VISTO LO ALTO DEL PROMONTORIO! ¡ESO SIEMPRE ES SEÑAL DE LLUVIA O DE COMPAÑÍA! —No solo hablaba a gritos, sino además en un tono totalmente uniforme, como la voz de un ordenador malévolo en una peli de ciencia ficción antigua. Añadió una aclaración que yo no necesitaba—: ¡SOY SORDA!

Volvió la cabeza. Llevaba el cabello recogido en un moño alto, y le habría visto la oreja si la hubiese tenido. No tenía. Había quedado reducida a una cicatriz, como la boca de Leah y los ojos de Woody.

4

Se recogió la falda, se apeó del triciclo y se acercó a la carretilla para echar una ojeada a Radar. De paso, tocó la culata del 45 enfundado.

—¡DE BOWDITCH! ¡LO RECUERDO! ¡Y LA RE-CUERDO A ELLA!

Radar levantó la cabeza cuando Claudia la acarició y le rascó detrás de las orejas, como a ella más le gustaba. Claudia se inclinó, al parecer sin el menor miedo a que la mordiera, y la olfateó. Radar le lamió la mejilla.

Claudia se volvió hacia mí.

—¡DEMONIOS, QUÉ ENFERMA ESTÁ!

Asentí. No tenía sentido negarlo.

—¡PERO LA MANTENDREMOS EN PIE! ¿COMERÁ?

Agité la mano como para decir «un poco».

—¿Sabes leer los labios? —Me toqué los míos y señalé los suyos.

—¡APENAS HE APRENDIDO! —dijo atronadoramen-te—. ¡NO HAY NADIE CON QUIEN PRACTICAR! ¡LE DAREMOS CALDO DE TERNERA! ¡ESO SÍ SE LO CO-MERÁ, POR AMOR DE DIOS! ¡LA REANIMARÁ ENSE-GUIDA! ¿QUIERES PONERLA EN MI CESTA? ¡PUEDE QUE VAYAMOS MÁS DEPRISA!

No podía decirle que me preocupaba hacer daño a Radar en las patas traseras doloridas, así que me limité a negar con la cabeza.

—¡DE ACUERDO, PERO AVIVA EL PASO! ¡NO TAR-DARÁN EN SONAR LAS TRES CAMPANADAS! ¡EL FI-NAL DEL DÍA! ¡POR AHÍ ANDAN ESOS PUÑETEROS LOBOS, COMO YA SABRÁS!

Empujando el enorme triciclo —el sillín debía de estar al menos a un metro y medio del suelo—, trazó un círculo y vol-vió a montar. Pedaleó despacio, y la carretera tenía anchura su-ficiente para que pudiéramos ir el uno al lado del otro, así que Radar y yo no tuvimos que tragarnos el polvo que levantaba.

—¡SIETE KILÓMETROS! —gritó con su voz monótona—.

¡TIRA CON BRÍO, JOVEN! ¡TE OFRECERÍA MIS GUANTES, PERO TIENES LAS MANOS DEMASIADO GRANDES! ¡TE DARÉ UN BUEN LINIMENTO PARA ESO CUANDO ESTEMOS A CUBIERTO! ¡LA FÓRMULA ES MÍA, Y ES BUENÍSIMA! ¡LAS TIENES EN CARNE VIVA!

5

Para cuando nos acercábamos a casa de Claudia, oscurecía y el día prácticamente había concluido. Después de dos días tirando de la carretilla de Dora, los entrenamientos de fútbol me parecían un juego de niños. Al frente, quizá a un par de kilómetros, vi que aparecían lo que podrían considerarse los barrios periféricos, aunque ese término no los describía bien; eran cabañas como la de Dora, pero con los tejados rotos. Al principio se hallaban espaciadas entre sí y tenían pequeños patios o jardines, pero, a medida que se aproximaba la muralla de la ciudad, estaban cada vez más pegadas. Tenían chimeneas, aunque no salía humo de ellas. Aquí y allá se veían caminos y calles adyacentes. Había alguna clase de vehículo —no habría sabido decir qué era— parado en medio de la carretera principal. Primero creí que era un carromato largo para el transporte de carga. Cuando nos acercamos, pensé que podía tratarse de un autobús. Lo señalé.

—¡UN TROLEBÚS! —prorrumpió Claudia—. ¡LLEVA AHÍ MUCHO MUCHO TIEMPO! ¡TIRA, JOVEN! ¡AVIVA ESE POMPIS! —*Esa* no la había oído nunca; me la guardaría para Andy Chen, en el supuesto de que volviera a verlo—. ¡CASI HEMOS LLEGADO!

A lo lejos, en algún lugar entre la ciudad y el punto donde nos hallábamos, sonaron tres campanadas, espaciadas y solemnes: *TOLÓN* y *TOLÓN* y *TOLÓN*. Claudia vio que Radar se erguía y se giraba hacia el sonido.

—¿TRES CAMPANADAS?

Asentí.

—¡ANTIGUAMENTE ESO QUERÍA DECIR QUE HABÍA QUE DEJAR EL TRABAJO Y VOLVER A CASA A CENAR! ¡AHORA NO HAY TRABAJO NI NADIE QUE LO HAGA, PERO LAS CAMPANAS SIGUEN SONANDO! ¡YO NO LAS OIGO, PERO LAS SIENTO EN LOS DIENTES, SOBRE TODO LOS DÍAS DE TORMENTA!

La casa de Claudia se hallaba en un pedazo de tierra cubierto de malas hierbas frente a un estanque inmundo rodeado de arbustos. La casa era redonda y la habían construido con tablones y trozos de hojalata de desecho. A mí me pareció bastante frágil; me costaba no pensar de nuevo en los tres cerditos y el lobo. La casa de Woody era de ladrillo; la casa de Claudia era de madera. Si había otro pariente de la realeza que vivía en una casa de paja, supuse que se lo habían zampado hacía tiempo.

Cuando llegamos, vi unos cuantos lobos muertos, tres o cuatro en la parte delantera y otro, cuyas patas asomaban entre los hierbajos, a un lado. Ese no alcancé a verlo muy bien, pero los de delante estaban en avanzado estado de descomposición y las costillas sobresalían a través de los restos del pelaje. Les faltaban los ojos, probablemente se los había arrancado cuervos hambrientos, y las cuencas vacías parecieron mirarme cuando doblamos por el camino apisonado que llevaba hasta la puerta. Sentí alivio al ver que no eran gigantescos, a diferencia de los insectos..., aunque eran bastante grandes. O lo habían sido en vida. La muerte los había sometido a una dieta estricta, como supongo que ocurre a todos los seres vivos.

—¡MATO A ALGUNO QUE OTRO CUANDO PUEDO! —dijo Claudia al tiempo que desmontaba del triciclo—. ¡ESO SUELE AHUYENTAR A LOS DEMÁS! ¡CUANDO EL OLOR EMPIEZA A AFLOJAR, MATO A UNOS CUANTOS CABRONES MÁS!

Para ser de la realeza, menuda boca tiene, pensé.

Solté los mangos de la carretilla, la toqué en el hombro y desenfundé el revólver del señor Bowditch. Levanté las cejas con expresión interrogativa. No estaba seguro de si me entendería, pero captó la idea. Su sonrisa reveló varias mellas entre los dientes.

—¡QUIA, QUIA, NO TENGO UNO DE ESOS! ¡UNA BALLESTA! —Con mímica, hizo como si empuñara una—. ¡LA HICE YO MISMA! ¡Y HAY OTRA COSA, AÚN MEJOR! ¡LA TRAJO ADRIAN CUANDO ESA DE AHÍ ERA POCO MÁS QUE UN CACHORRO!

Se acercó a la puerta y la abrió de un empujón con su robusto hombro. Saqué a Radar de la carretilla y probé a dejarla en pie. Se sostuvo y caminó, pero ante el escalón de piedra se detuvo y me miró para que la ayudara. La entré. La casa constaba de una amplia habitación redonda y otra, supuse que más pequeña, oculta tras una cortina de terciopelo azul adornada con hilo escarlata y dorado. Había una estufa, una cocina pequeña y una mesa de trabajo con herramientas esparcidas. En la mesa vi también flechas en distintas fases de fabricación, así como una cesta de mimbre que contenía cinco o seis acabadas. Las puntas resplandecieron cuando Claudia sacó una cerilla larga y encendió un par de quinqués. Cogí una de las flechas para examinar la punta de cerca. Era de oro. Y estaba afilada. Cuando la toqué con la yema del pulgar, al instante brotó de mi piel una gota de sangre.

—¡EH, EH! ¿ES QUE QUIERES COGER ALGUNA DOLENCIA?

Me agarró por la camiseta y tiró de mí hasta un fregadero revestido de hojalata. Encima colgaba una bomba manual. Claudia accionó la palanca con fuerza varias veces y luego me sostuvo el dedo sangrante bajo el agua helada.

—Es solo una heridita… —empecé a decir, pero desistí y la dejé hacer.

Por fin terminó y, para mi sorpresa, me dio un beso en la pupa.

—¡SIÉNTATE! ¡DESCANSA! ¡ENSEGUIDA COMEREMOS! ¡PERO ANTES TENGO QUE ATENDER A ESTA PERRA TUYA, Y OCUPARME DE TUS MANAZAS!

Colocó un hervidor en el fogón de la estufa y, cuando el agua estaba caliente pero no hervía, sacó una palangana de debajo del fregadero y la llenó. Añadió una sustancia maloliente que extrajo de una vasija de uno de los estantes. En estos había un sinfín de productos, algunos en latas, otros envueltos en lo que parecía estopilla atada con cordel, la mayoría en tarros de cristal. De la pared a la derecha de la cortina de terciopelo colgaba una ballesta, e imponía respeto. En conjunto, la vivienda recordaba a una casa fronteriza del Salvaje Oeste, y Claudia me recordaba no a un miembro de la realeza, sino a una mujer de la frontera, ruda y dispuesta a todo.

Empapó un paño en el pestilente mejunje, lo escurrió y a continuación se agachó junto a Radar, que la miraba con recelo. Claudia empezó a aplicar el paño con cuidado en la parte superior de las patas, donde le dolía. A la vez emitía un extraño arrullo, como si cantase, o esa impresión me dio. Era un sonido cadencioso, muy distinto de la voz con la que hablaba, monótona y potente, casi como la de los avisos del sistema de megafonía del instituto. Pensé que quizá Radar tratara de escabullirse, o incluso morderla, pero no fue así. Apoyó la cabeza en las toscas tablas y dejó escapar un suspiro de satisfacción.

Claudia introdujo las manos bajo el cuerpo de Radar.

—¡DATE LA VUELTA, CIELO! ¡AHORA LA OTRA!

Radar no se dio la vuelta, más bien se dejó caer del otro lado. Claudia volvió a empapar el paño y se puso manos a la obra con la otra pata trasera. Cuando hubo terminado, lanzó el paño al lavabo de hojalata y cogió otros dos. Los empapó, los escurrió y se volvió hacia mí.

—¡EXTIENDE LAS MANOS AL FRENTE, JOVEN PRÍNCIPE! ¡ASÍ TE LLAMABA WOODY EN MI SUEÑO!

Decirle que no era más que el bueno de Charlie no iba a servir de nada, así que extendí las manos. Me las envolvió con los paños húmedos y tibios. El hedor de la pócima era desagradable, pero el alivio fue inmediato. No pude expresarlo con palabras, aunque ella me lo vio en la cara.

—¡BUENÍSIMA, A QUE SÍ! ¡ME ENSEÑÓ A PREPARARLA MI ABUELA HACE MUCHO TIEMPO, CUANDO ESE TROLEBÚS AÚN HACÍA LA RUTA HASTA ULLUM Y HABÍA GENTE QUE OÍA LAS CAMPANAS! ¡LLEVA CORTEZA DE SAUCE, PERO TAMBIÉN MUCHAS COSAS MÁS! ¡MUCHAS COSAS MÁS, HIJO MÍO! ¡QUÉDATE ASÍ MIENTRAS PREPARO UN POCO DE MANDUCA! ¡DEBES DE TENER HAMBRE!

6

Cenamos filete con judías verdes, y de postre una especie de tarta de manzana y melocotón. Ciertamente había recibido no poca comida —manduca— gratis desde mi llegada a Empis, y Claudia no hacía más que seguir llenándome el plato. A Radar le sirvió un cucharón de caldo de ternera con pequeños redondeles de grasa flotando en la superficie. Limpió el cuenco a lengüetazos, se relamió y miró a Claudia para que le diera más.

—¡QUIA, QUIA, QUIA! —bramó Claudia al tiempo que se inclinaba para rascar a Radar detrás de las orejas tal como a ella le gustaba—. VOLVERÍAS A ECHARLO TODO, PERRA VIEJA Y TRISTE, ¿Y ESO DE QUÉ TE SERVIRÍA? ¡PERO ESTO NO TE HARÁ DAÑO!

En la mesa había una hogaza de pan moreno. Claudia arrancó un pedazo con sus dedos fuertes y curtidos por el trabajo (*ella* habría sido capaz de tirar de la carretilla todo el día sin que se le levantara una sola ampolla); luego cogió una flecha de la cesta. Ensartó el pan, abrió la puerta de la estufa y lo metió dentro. Salió llameante, de un marrón aún más oscuro. Claudia lo sopló como si se tratara de una vela de cumpleaños, lo untó con un poco de manteca que cogió con un dedo de un cuenco de loza colocado en la mesa y se lo tendió. Radar se puso en pie, lo arrancó de la punta de la flecha con los dientes y se lo llevó al rincón. Cojeaba menos. Pensé que si el señor Bowditch hubiera dispuesto de un poco del linimento de Claudia, quizá habría podido pasar del OxyContin.

Claudia atravesó la cortina de terciopelo que ocultaba su *boudoir* y regresó con un bloc y un lápiz. Me los entregó. Miré las letras estampadas en el lápiz y sentí una oleada de irrealidad. Lo que quedaba decía MADERERÍA SENTRY LE DESE. En el bloc ya solo había unas pocas hojas. Miré en el dorso y vi un adhesivo descolorido con el precio: STAPLES $1,99.

—¡ESCRIBE CUANDO TE HAGA FALTA, PERO, SI

NO, SOLO DI SÍ O NO CON LA CABEZA! ¡PROCURO AHORRAR EL PUTO PAPEL! ¡LO TRAJO ADRIAN CON LA MÁQUINA DEL RUIDO EN SU ÚLTIMO VIAJE, Y SOLO QUEDA ESO! ¿ENTIENDES?

Asentí.

—HAS VENIDO PARA REANIMAR A LA PERRA DE ADE, ¿VERDAD?

Asentí.

—¿SABES LLEGAR HASTA EL RELOJ DE SOL, JOVEN?

Escribí y le tendí el bloc para que lo viera: *El señor Bowditch fue dejando sus iniciales a su paso.* Lo cual, pensé, sería mejor que dejar migas de pan. En el supuesto de que la lluvia no las hubiese borrado, claro.

Ella asintió e inclinó la cabeza en actitud pensativa. A la luz de las lámparas, advertí un claro parecido con su primo Woody, aunque él era mucho mayor. Bajo la apariencia resultante de años de trabajo y prácticas de tiro con los lobos merodeadores, se adivinaba cierta belleza austera. *La realeza en el exilio*, pensé. *Ella y Woody y Leah. No los tres cerditos, sino las tres personitas de sangre azul.*

Al final alzó la cabeza y dijo:

—¡ARRIESGADO!

Asentí.

—¿TE EXPLICÓ WOODY CÓMO DEBÍAS IR Y QUÉ DEBÍAS HACER?

Me encogí de hombros y escribí: *Tengo que guardar silencio.*

Soltó un bufido, como si eso no sirviera de nada.

—¡NO PUEDO SEGUIR LLAMÁNDOTE JOVEN PRÍNCIPE O JOVEN, AUNQUE TIENES CIERTO AIRE PRINCIPESCO! ¿CÓMO TE LLAMAS?

Escribí en mayúsculas: *CHARLIE READE.*

—¿SHARLIE?

Se acercaba bastante. Asentí.

Cogió un trozo de madera de la caja que había junto a la estufa, abrió la puerta, lo encajó dentro y cerró de un portazo. Volvió a tomar asiento, entrelazó las manos sobre la falda del vestido y se inclinó hacia delante. Adoptó una expresión grave.

—¡LLEGARÁS DEMASIADO TARDE PARA INTENTAR CUMPLIR TU MISIÓN MAÑANA, SHARLIE! ¡TENDRÁS, PUES, QUE PASAR LA NOCHE EN UNA COCHERA UN POCO ALEJADA DE LA PUERTA PRINCIPAL! ¡ENFRENTE HAY UN CARROMATO ROJO SIN RUEDAS! ¡ANÓTALO!

Escribí «cochera, carromato rojo sin ruedas».

—¡HASTA AHÍ BIEN! ¡LO ENCONTRARÁS ABIERTO, PERO DENTRO HAY UN CERROJO! ¡CÓRRELO SI NO QUIERES TENER POR COMPAÑÍA A UN LOBO O TRES! ¡ANÓTALO!

«Cerrojo puerta».

—¡QUÉDATE ALLÍ HASTA QUE OIGAS LA CAMPANA POR LA MAÑANA! ¡UNA SOLA CAMPANADA! ¡ENCONTRARÁS LA PUERTA DE LA CIUDAD CERRADA, PERO EL NOMBRE DE LEAH TE LA ABRIRÁ! ¡SOLO EL SUYO! ¡LEAH DE GALLIEN! ¡ANÓTALO!

Escribí «Leah del galeón». Ella señaló el bloc para que le enseñara qué había escrito, frunció el entrecejo y luego señaló el lápiz. Tachó «galeón» y lo cambió por «Gallien».

—¿ES QUE NO OS ENSEÑAN ORTOGRAFÍA EN ESA TIERRA TUYA, MUCHACHO?

Me encogí de hombros. Galeón o Gallien se parecían. Y en cualquier caso, si la ciudad estaba vacía, ¿quién iba a oírme y dejarme entrar?

—¡DEBES ESTAR ALLÍ Y CRUZAR LA PUÑETERA PUERTA EN CUANTO SUENE LA CAMPANADA DE LA MAÑANA, PORQUE TENDRÁS UN PUÑETERO BUEN TRECHO POR DELANTE!

Se frotó la frente y, preocupada, me miró.

—¡SI VES LAS MARCAS DE ADE, PUEDE QUE TODO VAYA BIEN! ¡SI NO LAS VES, MÁRCHATE O TE PERDERÁS! ¡LAS CALLES SON UN LABERINTO! ¡AL ANOCHECER, AÚN ESTARÍAS VAGANDO POR ESE INFIERNO!

Escribí: «¡Ella morirá si no puedo renovarla!».

Claudia lo leyó y me devolvió el bloc con brusquedad.

—¿LA QUIERES TANTO COMO PARA MORIR CON ELLA?

Negué con la cabeza. Claudia me sorprendió con una carcajada casi musical. Pensé que ese sonido era un vestigio de lo que había sido su voz antes de que la condenaran a una vida sumida en el silencio.

—¡NO ES UNA RESPUESTA NOBLE, PERO AQUELLOS QUE CONTESTAN CON NOBLEZA TIENDEN A MORIR JÓVENES Y CON LOS PANTALONES CAGADOS! ¿TE APETECE UN POCO DE CERVEZA?

Negué con la cabeza. Se levantó, revolvió en lo que, deduje, era su despensa, y volvió con una botella blanca. Extrajo con el pulgar un corcho agujereado —para que el brebaje respirase, supuse— y dio un largo trago. A eso siguió un sonoro eructo. Volvió a sentarse, con la botella aferrada en el regazo.

—¡SI LAS MARCAS CONTINÚAN ALLÍ, SHARLIE, LAS MARCAS DE ADRIAN, SÍGUELAS TAN DEPRISA COMO PUEDAS Y EN SILENCIO! ¡SIEMPRE EN SILENCIO! ¡NO HAGAS CASO DE LAS VOCES QUE QUIZÁ OIGAS, POR-

QUE SON LAS VOCES DE LOS MUERTOS... Y OTROS PEORES QUE LOS MUERTOS!

¿Peores que los muertos? Eso no me sonó nada bien. Y hablando de sonidos, debía tener en cuenta el que posiblemente producirían las ruedas de madera de la carretilla de Dora en las calles pavimentadas. ¿Podría Radar andar parte del camino y llevarla yo a cuestas el resto?

—¡PUEDE QUE VEAS COSAS RARAS..., CAMBIOS EN LA FORMA DE LOS OBJETOS..., PERO NO HAGAS CASO! ¡AL FINAL LLEGARÁS A LA PLAZA DONDE ESTÁ LA FUENTE SECA!

Pensé que quizá había visto esa fuente, en el retrato de Claudia y Leah que me había enseñado Woody.

—¡CERCA HAY UNA CASA AMARILLA ENORME CON POSTIGOS MARRONES! ¡UN PASAJE LA ATRAVIESA POR EL CENTRO! ¡ESA ES LA CASA DE HANA! ¡LA MITAD DE LA CASA ES DONDE HANA VIVE! ¡LA OTRA MITAD ES LA COCINA A LA QUE HANA SE LLEVA SUS COMIDAS! ¡ANÓTALO!

Así lo hice, y a continuación Claudia cogió el bloc. Dibujó un pasaje cubierto con un techo curvo. Encima, dibujó una mariposa con las alas extendidas. Para ser un bosquejo rápido, era excelente.

—¡DEBES ESCONDERTE, SHARLIE! ¡CON TU PERRA! ¿ELLA ESTARÁ CALLADA?

Asentí.

—¿CALLADA, PASE LO QUE PASE?

De eso no podía estar seguro, pero volví a asentir.

—¡ESPERA A OÍR DOS CAMPANADAS! ¡ANÓTALO!

«2 campanadas», escribí.

—¡PUEDE QUE ANTES DE LAS DOS CAMPANADAS VEAS A HANA FUERA! ¡PUEDE QUE NO! ¡PERO LA

VERÁS CUANDO VAYA A LA COCINA A POR SU CO-MIDA DEL MEDIODÍA! ¡ES ENTONCES CUANDO DE-BES ATRAVESAR EL PASAJE, TAN DEPRISA COMO PUEDAS! ¡ANÓTALO!

No creí que fuera necesario —si Hana era tan temible como había oído, no sentiría el menor deseo de quedarme mucho tiempo cerca de ella—, pero era evidente que Claudia estaba muy preocupada por mí.

—¡EL RELOJ DE SOL NO ESTÁ MUY LEJOS DE ALLÍ! ¡LO SABRÁS POR LAS ANCHAS VÍAS DE ACCE-SO! ¡PONLA ENCIMA DEL RELOJ DE SOL Y GÍRALO HACIA ATRÁS! ¡UTILIZA LAS MANOS! ¡OJO, SI LO MUEVES HACIA DELANTE, LA MATARÁS! ¡Y TÚ QUÉDATE FUERA! ¡ANÓTALO!

Eso hice, pero solo por complacerla. Había leído *La feria de las tinieblas* y era consciente del peligro que entrañaba girar el reloj de sol en el sentido equivocado. Si algo *no* necesitaba Radar, era envejecer.

—¡VUELVE TAL Y COMO HAS ENTRADO! ¡PERO CUIDADO CON HANA! ¡EN EL PASAJE, AGUZA EL OÍDO!

Alcé las manos y negué con la cabeza: *No lo entiendo.*

Claudia esbozó una lúgubre sonrisa.

—¡ESA GRAN ARPÍA SIEMPRE SE ECHA UNA SIES-TA DESPUÉS DE COMER! ¡Y RONCA! ¡ESO LO OIRÁS, SHARLIE! ¡ES COMO UN TRUENO!

Alcé los pulgares.

—¡VUELVE DEPRISA! ¡ESTÁ LEJOS, Y TENDRÁS POCO TIEMPO! ¡NO ES NECESARIO QUE CRUCES LA PUERTA ANTES DE LAS TRES CAMPANADAS, PERO DEBES ESTAR FUERA DE LILIMAR POCO DESPUÉS! ¡ANTES DE QUE OSCUREZCA!

Escribí «¿soldados de la noche?» en el bloc y se lo enseñé. Claudia se remojó el gaznate con otro poco de cerveza. Adoptó una expresión sombría.

—¡SÍ! ¡ESOS! ¡AHORA TÁCHALO!

Obedecí y se lo enseñé.

—¡BIEN! ¡CUANTO MENOS SE DIGA O SE ESCRIBA SOBRE ESOS CABRONES, MEJOR! ¡PASA LA NOCHE EN LA COCHERA CON EL CARROMATO ROJO DELANTE! ¡MÁRCHATE CUANDO OIGAS LA CAMPANADA DE LA MAÑANA! ¡VUELVE AQUÍ! ¡ANÓTALO!

Eso hice.

—¡HEMOS TERMINADO! —dijo Claudia—. ¡AHORA DEBES ACOSTARTE, PORQUE ESTARÁS CANSADO Y MAÑANA TIENES UN LARGO CAMINO QUE RECORRER!

Asentí y escribí en el bloc. Lo sostuve en alto con una mano y con la otra cogí una de las suyas. En la hoja, en letras grandes, se leía: GRACIAS.

—¡QUIA, QUIA, QUIA! —Me dio un apretón en la mano; luego se la llevó a los labios agrietados y me la besó—. ¡YO QUERÍA A ADE! ¡NO COMO UNA MUJER QUIERE A UN HOMBRE, SINO COMO UNA MUJER QUIERE A UN HERMANO! ¡SOLO ESPERO NO ESTAR MANDÁNDOTE A LA MUERTE... O ALGO PEOR!

Sonreí y alcé los pulgares para transmitir la idea de que saldría airoso. No fue así, por supuesto.

7

Antes de que pudiera hacer más preguntas —tenía muchas—, empezaron a aullar los lobos. Muchos, como desesperados.

Vi la luz de las lunas entre dos tablones que se habían separado al contraerse, y se oyó una embestida contra el costado de la casa, tan violenta que tembló toda. Radar ladró y, aguzando las orejas, se puso en pie. Se produjo otra embestida, luego una tercera, después dos más. Un tarro se cayó de los estantes de Claudia y olí a salmuera de pepinillos.

Desenfundé el revólver del señor Bowditch, pensando: *Soplaré y soplaré y la casa derribaré.*

—¡QUIA, QUIA, QUIA! —prorrumpió Claudia. Casi parecía divertirse—. ¡SÍGUEME, SHARLIE, Y VERÁS LO QUE TRAJO ADRIAN!

Apartó la cortina de terciopelo y me indicó que pasara. La habitación grande estaba en orden; su dormitorio, no. No diría que Claudia fuera una persona dejada en cuanto a sus aposentos privados, pero… ¿sabéis qué?, *sí* lo diría. Había dos edredones arrugados a los pies de la cama. Pantalones, blusas y ropa interior que parecían bragas y camisolas de algodón tiradas por el suelo. Apartando las prendas a patadas, me guio hasta el otro lado de la habitación. Yo estaba menos interesado en lo que ella quería enseñarme que en el ataque iniciado por los lobos desde fuera. Porque *era* un ataque, las arremetidas contra la frágil casa de madera ya eran casi continuas. Temí que la agresión no se interrumpiese aunque las nubes taparan las lunas. Estaban excitados e iban en busca de sangre.

Abrió una puerta, con lo que dejó a la vista un cuarto del tamaño de un armario que incluía un inodoro de compostaje procedente sin duda de mi mundo.

—¡EL CAGADERO! —dijo—. ¡POR SI LO NECESITAS DURANTE LA NOCHE! ¡NO TEMAS DESPERTARME, DUERMO COMO UN PUÑETERO TRONCO!

No me extrañó: puesto que estaba sorda como una tapia, bien podía dormir como un tronco. Pero pensé que no necesitaría el cuarto de baño si los lobos lograban abrir brecha. Ni esa noche ni nunca más. Daba la impresión de que fuera había docenas, empeñados en entrar mientras Claudia me enseñaba la casa como si se tratara de un reportaje para una revista de decoración.

—¡AHORA FÍJATE EN ESTO! —dijo.

Con la base de la mano, deslizó un panel contiguo al inodoro. Detrás había una batería de coche con ACDelco estampado a un lado. Tenía unas pinzas de arranque prendidas de los bornes. Los cables estaban conectados a una especie de transformador. De este salía otro cable que iba hasta un interruptor normal y corriente. Claudia desplegaba una amplia sonrisa.

—¡LO TRAJO ADRIAN, Y LOS PUTOS LOBOS LO DETESTAN!

Un cobarde hace regalos, pensé.

Pulsó el interruptor. El resultado fue un potente martilleo, como varias alarmas de coche amplificadas cincuenta o cien veces. Me tapé los oídos, temiendo acabar, si no, tan sordo como Claudia. Al cabo de diez o quince segundos interminables, apagó el interruptor. Con cautela, me retiré las manos de los oídos. En la habitación grande, Radar ladraba enloquecida, pero los lobos habían desistido.

—¡SEIS ALTAVOCES! ¡ESOS CAPULLOS SE METERÁN A TODO CORRER EN EL BOSQUE COMO SI LLEVARAN FUEGO EN LA COLA! ¿TE HA GUSTADO, SHARLIE? ¿SONABA LO BASTANTE ALTO PARA TI?

Asentí y me di unas palmaditas en las orejas. Nada habría soportado esa descarga sónica durante mucho tiempo.

—¡OJALÁ PUDIERA OÍRLO! —dijo Claudia—. ¡PERO LO NOTO EN LOS DIENTES! ¡JA!

Aún tenía el bloc y el lápiz. Escribí en él y lo sostuve en alto. «¿Qué pasa cuando se agota la batería?».

Ella se detuvo a pensarlo, sonrió y me dio una palmada en la mejilla.

—¡TE DARÉ ALOJAMIENTO Y COMIDA, Y TÚ ME TRAERÁS OTRA! ¿TE PARECE UN TRATO JUSTO, JOVEN PRÍNCIPE? ¡YO DIRÍA QUE SÍ!

8

Dormí junto a la estufa, como en casa de Dora. Esa noche no me desvelé cavilando sobre mi situación; Claudia me dio una pila de toallas a modo de almohada y me quedé fuera de combate en cuanto apoyé la cabeza en ellas. Dos segundos después —o esa sensación me dio—, Claudia me sacudía para despertarme. Vestía un abrigo largo con mariposas bordadas, también obra de Dora.

—¿Qué pasa? —dije—. Déjame dormir.

—¡QUIA, QUIA, QUIA! —Sorda y todo, sabía perfectamente lo que le estaba diciendo—. ¡ARRIBA, SHARLIE! ¡AÚN TIENES MUCHO CAMINO POR DELANTE! ¡ES HORA DE QUE TE PONGAS EN MARCHA! ¡ADEMÁS, QUIERO ENSEÑARTE UNA COSA!

Intenté tumbarme de nuevo, pero tiró de mí hasta que me incorporé.

—¡TU PERRA TE ESPERA! ¡LLEVO EN PIE UNA HORA O MÁS! ¡LA PERRA TAMBIÉN! ¡LE HE APLICADO OTRA DOSIS DE LINIMENTO Y LA NOTO ANIMADA! ¡MIRA!

Radar, de pie junto a ella, meneaba la cola. Cuando vio que la miraba, me tocó el cuello con el hocico y me lamió la mejilla. Me levanté. Me dolían las piernas, y los brazos y los hombros, más aún. Roté los hombros y luego los encogí hacia delante diez o doce veces, uno de los ejercicios para calentar durante los entrenamientos de fútbol de pretemporada.

—¡VE A HACER TUS NECESIDADES! ¡DESPUÉS TE TENDRÉ PREPARADO ALGO CALIENTE!

Entré en el pequeño cuarto de baño, donde Claudia me había dejado una palangana con agua tibia y un trocito de jabón duro amarillo. Oriné y luego me lavé la cara y las manos. De la pared colgaba un fragmento de espejo cuadrado, no mayor que el retrovisor de un coche. Estaba rayado y había perdido parte del azogue, pero, cuando me incliné, me vi. Me erguí y me di media vuelta para marcharme, pero de pronto volví a mirarme, esta vez con más atención. El cabello, castaño oscuro, se me había aclarado un poco, esa impresión me dio. Solía pasarme en verano, después de varios días al sol, pero allí no había salido el sol; las nubes bajas cubrían el cielo. Excepto de noche, claro, cuando las nubes se separaban para dejar pasar la luz de las lunas.

No hice caso, pensando que sería cosa de la luz del único quinqué y del pedazo de espejo deslustrado. Cuando volví a salir, Claudia me entregó una gruesa rebanada de pan doblada en torno a una ración doble de huevos revueltos. Con un hambre de lobos (no estoy seguro de si eso es un juego de palabras o no), lo devoré.

Me entregó la mochila.

—¡HE PUESTO AGUA Y TÉ FRÍO! ¡TAMBIÉN PAPEL Y LÁPIZ! ¡POR SI ACASO! ¡ESA CARRETILLA QUE HAS ESTADO ARRASTRANDO SE QUEDA AQUÍ!

Negué con la cabeza y, con mímica, simulé empuñar los mangos.

—¡QUIA, QUIA, QUIA! ¡ESO SE ACABÓ, HASTA QUE REGRESES CON MI TRICICLO!

—¡No puedo llevarme tu triciclo!

Ella me había dado la espalda y no me oía.

—¡SAL, SHARLIE! ¡PRONTO AMANECERÁ! ¡NO TE LO PIERDAS!

La seguí hasta la puerta, esperando que, cuando abriese, no nos encontrásemos con una manada de lobos salvajes. No había ninguno y, en dirección a lo que el niño había llamado «ciudad embrujada», las nubes se habían separado, y alcancé a ver unas cuantas estrellas dispersas. Cerca de la Carretera del Reino estaba el descomunal triciclo de Claudia. Había revestido la enorme cesta de la parte de atrás con un retazo blanco de lo que parecía borreguillo, y entendí que era ahí donde en principio debía viajar Radar. Comprendí que sería más rápido y fácil ir en el triciclo que tirar de la carretilla con Radar en ella. Pero había una cosa aún mejor.

Claudia se inclinó y sostuvo el quinqué junto a la formidable rueda delantera.

—¡ADE TRAJO TAMBIÉN ESTOS NEUMÁTICOS! ¡DE CAUCHO! ¡YO HABÍA OÍDO HABLAR DE ELLOS, PERO NUNCA LOS HABÍA VISTO! ¡ES MAGIA DE TU MUNDO, SHARLIE, Y MAGIA *SILENCIOSA*!

Eso me convenció. Así no tendría que preocuparme por el traqueteo de unas ruedas duras contra los adoquines.

Señalé el triciclo. Me señalé a mí. Me di unas palmaditas en el pecho por encima del corazón.

—Te lo devolveré, Claudia. Te lo prometo.

—¡ME LO TRAERÁS, JOVEN PRÍNCIPE SHARLIE! ¡NO LO DUDO! —Me dio una palmada en la espalda y luego, con toda naturalidad, otra en el trasero, lo que me recordó al entrenador Harkness cuando me ponía a jugar en defensa o me mandaba al banquillo durante el turno de bateo—. ¡AHORA FÍJATE EN ESE CIELO DESPEJADO!

Eso hice. A medida que el brillo de las estrellas se atenuaba, el cielo sobre la ciudad de Lilimar adquiría una hermosa tonalidad melocotón. Puede que sea el color de los amaneceres en el trópico, pero yo nunca había visto uno igual. Radar, sentada entre nosotros con la cabeza en alto, olfateaba el aire. Salvo por la sustancia que brotaba de sus ojos y por lo delgada que estaba, habría dicho que se encontraba perfectamente.

—¿Qué buscamos?

Claudia no contestó porque no me vio hablar. Miraba hacia la ciudad, donde se alzaban las torres y los tres altos chapiteles, negros en contraste con la creciente claridad del día. No me gustó el aspecto de aquellos chapiteles de cristal, ni siquiera de lejos. Por su configuración, casi parecían rostros que nos miraban. Me dije que era una ilusión óptica, no muy distinta de ver una boca abierta en el hueco de un árbol viejo o una nube semejante a un dragón, pero no logré convencerme. *Ni de lejos.* Cobró forma en mi mente la sospecha —seguramente absurda— de que la propia ciudad era Gogmagog: sentiente, alerta y malvada. La idea de acercarme más me amedrentaba; la idea de utilizar el nombre de Leah para cruzar su puerta me aterrorizaba.

El señor Bowditch lo hizo y regresó, me dije. *Tú también puedes.*

No obstante, tenía mis dudas.

De pronto sonó el tañido largo y férreo de la campana: *TOLÓN.*

Radar se puso en pie y dio un paso hacia el sonido.

—¿PRIMERA CAMPANADA, SHARLIE?

Alcé un dedo y asentí.

Mientras el sonido flotaba aún en el aire, empezó a ocurrir algo mucho más asombroso que una cucaracha enorme o un grillo rojo grande: en torno a la ciudad, por encima de las chozas y cabañas hacinadas, el cielo empezó a oscurecerse, como si fuera una persiana que, en lugar de bajar, *subiera*. Me agarré al brazo de Claudia, temiendo por un momento estar viendo un extraño eclipse no del sol o de la luna, sino de la propia tierra. Después, cuando el tañido de la campana se desvaneció del todo, la oscuridad se resquebrajó en diez mil grietas de luz pulsátiles y cambiantes. Vi los colores: negro y dorado, blanco y naranja, el púrpura imperial más intenso.

Eran las mariposas monarca, cada una del tamaño de un gorrión, pero tan delicadas y efímeras que la luz de la mañana las traspasaba además de envolverlas.

—¡SALVE, EMPIS! —exclamó Claudia, y levantó las dos manos hacia el aluvión de vida que se extendía por encima de nosotros. Ese aluvión ocultó el perfil urbano, ocultó los rostros que me había parecido ver—. ¡SALVE, DINASTÍA DE LOS GALLIEN! ¡QUE VUELVAN AL TRONO Y REINEN POR SIEMPRE JAMÁS!

Pese al volumen de su voz, apenas la oí. Estaba embelesado. Nunca en la vida había visto algo tan extrañamente surrealista ni tan hermoso. Las mariposas ensombrecieron el cielo al volar sobre nosotros, viajando Dios sabía adónde, y cuando sentí el soplo de aire de sus alas, por fin acepté —de manera total y absoluta— la realidad de ese otro mundo. De Empis. Yo procedía de un mundo de fantasía.

Aquello era la realidad.

17

Cuando me marché de casa de Claudia.
Mis recuerdos de Jenny. Una noche en la cochera.
La puerta. La ciudad embrujada.

1

Radar se acomodó de buena gana en la cesta revestida de borreguillo, aunque tuvo un ataque de tos que no me gustó.
Claudia y yo esperamos a que remitiera y finalmente cesara.
Ella le limpió las legañas de los ojos y la flema de los lados de
la nariz con el dobladillo del vestido y luego me miró con
expresión circunspecta.

—¡NO PIERDAS TIEMPO SI QUIERES SALVARLA, SHARLIE!

Asentí. Me estrechó entre sus brazos, luego me apartó y me sujetó por los hombros.

—¡TEN CUIDADO! ¡SERÍA TRISTE VERTE VOLVER SIN ELLA, PERO MÁS TRISTE AÚN NO VERTE! ¿LLEVAS LAS INSTRUCCIONES QUE TE DI?

Alcé los pulgares y me toqué el bolsillo trasero.

—¡NO UTILICES ESA ARMA DENTRO DE LA CIUDAD NI EN LAS PROXIMIDADES!

Asentí y me llevé el dedo a los labios: *Chist*.

Tendió la mano, me alborotó el pelo y sonrió.

—¡QUE TE VAYA BIEN, JOVEN PRÍNCIPE SHARLIE!

Monté en el triciclo y me acomodé en el sillín. En comparación con mi bicicleta, tenía la sensación de estar sentado en lo alto de una torre. Para arrancar, tuve que dar fuerte a los pedales, pero en cuanto el triciclo empezó a rodar, fue fácil. Me giré una vez y me despedí con la mano. Claudia me devolvió el saludo. Y me lanzó un beso.

Me detuve brevemente cuando llegué al trolebús abandonado. Una de las ruedas se había salido y había quedado en posición oblicua. En el lateral de madera que tenía más cerca, se veían marcas de garras y una salpicadura de sangre seca antigua. *Lobitos*, pensé.

No miré dentro.

2

El terreno era llano, y avancé a buen ritmo. Pensé que llegaría a la cochera de la que me había hablado Claudia mucho antes de que anocheciera. El cielo estaba otra vez encapotado; no había un alma, y tampoco se veía sombra alguna bajo las nubes bajas. Las monarcas se habían marchado a dondequiera que fuesen durante el día. Me pregunté si las vería regresar a sus puestos de descanso en las afueras de la ciudad. Tal vez los lobos no se acercaran a las casas y los edificios del exterior de la muralla después del anochecer, pero no me habría apostado el cuello. Y el de Radar tampoco.

A media mañana empecé a dejar atrás las primeras casas y cabañas. Un poco más allá, donde el primer camino adyacente desembocaba en la Carretera del Reino, la tierra batida daba paso a un pavimento de grava. En general, habría preferido la tierra, porque la mayor parte era lisa. En el pavimento había hoyos que tenía que esquivar. La estabilidad del alto triciclo era aceptable, siempre y cuando pudiera avanzar en línea recta, pero zigzaguear resultaba complicado. En varios giros noté que una de las ruedas traseras perdía contacto con el suelo. Logré compensarlo inclinándome hacia el lado que se levantaba, como cuando doblaba esquinas en bici, pero estaba casi seguro de que aquel trasto volcaría por más que me inclinara incluso en una curva moderadamente cerrada. Yo podía soportar una caída; en cuanto a Radar, ya no lo veía tan claro.

Las casas estaban vacías. Las ventanas me miraban. Unos cuervos —no gigantescos, pero muy grandes— se paseaban ufanos en jardines delanteros abandonados, picoteando semillas o cualquier resto brillante. Había flores, pero se veían mustias y, en cierto modo, fuera de lugar. Enredaderas como dedos agarrotados reptaban por los laterales de cabañas semiderruidas. Pasé por delante de un edificio extrañamente ladeado en cuyas paredes, por debajo del revestimiento de yeso, asomaba la piedra caliza, en mal estado. Una puerta de doble batiente entornada colgaba de los goznes, con lo que la entrada semejaba una boca muerta. Decoraba el dintel una jarra, tan descolorida que la cerveza pintada dentro parecía orina. Escrito encima de la jarra, en letras desiguales de color granate, se leía CUIDADO. Ocupaba el local contiguo lo que probablemente en su día fuera una tienda. Delante, en la calzada, había cristales rotos. Preocupado por los neumáticos de caucho del triciclo, di un amplio rodeo para sortear las esquirlas.

Un poco más allá —ya había edificios a ambos lados, separados solo por pasajes estrechos y oscuros—, atravesamos un olor tan intenso y apestoso que me provocó náuseas y me obligó a contener la respiración. Tampoco a Radar le gustó. Gimoteó inquieta y se revolvió, con lo que el triciclo se bamboleó un poco. Venía pensando en parar para comer algo, pero ese hedor me hizo cambiar de idea. No olía a carne descompuesta, sino a algo que se había estropeado de forma íntegra y quizá infecta.

Una vegetación fétida y silvestre, pensé, y esa frase me trajo a la memoria a Jenny Schuster. Sentado con ella al pie de un árbol, recostados ambos contra el tronco bajo la sombra moteada, ella con el chaleco viejo y raído que era su marca personal y un libro de bolsillo en el regazo. Se titulaba *The Best of H. P. Lovecraft*, y me leía un poema titulado «Hongos de Yuggoth». Recordé el principio: «El lugar era oscuro y polvoriento, un rincón perdido en un laberinto de viejas callejuelas junto a los muelles», y de pronto caí en la cuenta de por qué me daba miedo aquel sitio. Todavía me encontraba a kilómetros de Lilimar —«la ciudad embrujada», como había dicho el niño refugiado—, pero incluso ahí se percibía algo anómalo que creo que no habría entendido conscientemente de no ser por Jenny, que me introdujo a la obra de Lovecraft cuando los dos estábamos en sexto y éramos demasiado jóvenes e impresionables para esos terrores.

Jenny y yo nos convertimos en compañeros de lectura durante el último año de alcoholismo y el primero de sobriedad de mi padre. Era una amiga, no una novia, que son cosas muy distintas.

—Nunca entenderé por qué andas con esa chica —dijo Bertie una vez. Creo que estaba celoso, pero también sinceramente perplejo—. ¿Te..., o sea, te pegas el lote con ella? ¿Os morreáis? ¿Intercambiáis saliva?

No hacíamos nada de eso, y se lo dije. Le expliqué que ella no me interesaba en ese sentido. Bertie esbozó una sonrisa de suficiencia y preguntó:

—¿Qué otro sentido hay?

Podría habérselo aclarado, pero lo habría dejado aún más perplejo.

Era verdad que Jenny no tenía lo que Bird habría descrito como «la clase de *body* que uno querría explorar». A los once o doce años la mayoría de las chicas empiezan a mostrar las primeras tímidas curvas, pero Jenny era plana como una tabla y recta de la cabeza a los pies. Tenía la cara huesuda, el pelo de color rata, siempre enmarañado, y la manera de andar propia de una cigüeña. Naturalmente, las otras chicas se burlaban de ella. Nunca sería animadora ni reina del baile ni protagonista de la obra de teatro de su clase, y si deseaba algo de eso —o la aprobación de las chicas que tenían pareja y vida social, y se ponían sombra de ojos—, nunca lo exteriorizó. No sabría decir si alguna vez sintió la menor presión de grupo. No siguió la moda gótica —llevaba jerséis debajo de aquel peculiar chaleco e iba al colegio con una fiambrera de Han Solo—, pero sí tenía una mentalidad gótica. Veneraba a una banda punk que se llamaba Dead Kennedys, citaba frases de *Taxi Driver* y le encantaban los relatos y los poemas de H. P. Lovecraft.

Ella, HPL y yo conectamos hacia el final de mi etapa oscura, cuando aún hacía gamberradas estúpidas con Bertie Bird. Un día, en la clase de Literatura de sexto, el debate se centró en la obra de R. L. Stine. Yo había leído uno de sus libros —*Can you keep a secret?*, se titulaba— y me pareció una estupidez absoluta. Lo dije, y añadí que me gustaría leer algo que diera miedo de verdad, y no solo miedo de mentira.

Jenny se acercó a mí después de clase.

—Eh, Reade, ¿te asustan las palabras difíciles?

Dije que no. Dije que si no entendía una palabra por el contexto, la consultaba en el móvil. Eso pareció complacerla.

—Lee esto —propuso, y me entregó un manoseado libro en rústica pegado con celo—. A ver si te da miedo. Porque yo casi me cago con él.

El libro era *La llamada de Cthulhu*, y los relatos que contenía me dieron bastante miedo, sobre todo uno titulado «Ratas en las paredes». También incluía muchas palabras difíciles que consultar, como «tenebroso» y «hediondo» (que era la palabra adecuada para lo que olí cerca de aquel bar). Jenny y yo creamos un vínculo basado en el terror, posiblemente porque éramos los únicos alumnos de sexto dispuestos a adentrarnos —y de buena gana— en la espesura de la prosa de Lovecraft. Durante más de un año, hasta que los padres de Jenny se separaron y ella se mudó a Des Moines con su madre, nos leímos el uno al otro los cuentos y los poemas en voz alta. También vimos un par de películas inspiradas en sus relatos, pero daban pena. Ninguna reflejaba lo *grande* que era la imaginación de ese hombre. Y lo jodidamente siniestra.

Mientras pedaleaba camino de la ciudad amurallada de Lilimar, advertí que esa periferia silenciosa recordaba mucho a los siniestros relatos de HPL ambientados en Arkham y Dunwich. Situándome en el contexto de esos y otros cuentos de terror ultraterrenos (Jenny y yo pasamos después a Clark

Ashton Smith, Henry Kuttner y August Derleth), comprendí qué resultaba tan escalofriante y extrañamente desalentador en aquellas calles y casas vacías. Por utilizar una de las palabras preferidas de Lovecraft, eran «sobrecogedoras».

Un puente de piedra nos llevó a la otra orilla de un canal seco. Enormes ratas merodeaban entre basura tan añeja que era imposible saber qué había sido antes de convertirse en basura. Los taludes de piedra del canal estaban veteados de inmundicia de un color marrón negruzco, lo que Lovecraft sin duda habría descrito como «cochambre». ¿Y el hedor que se elevaba del barro negro y agrietado? Lo habría calificado de «mefítico».

Esas palabras volvieron a mí. Ese lugar me las *evocó*.

Al otro lado del canal, los edificios estaban aún más juntos, separados allí no por callejones o pasajes, sino por simples hendiduras en las que una persona habría tenido que pasar de costado… y a saber qué podía haber al acecho, esperando a la persona en cuestión. Esas edificaciones vacías se cernían sobre la calle, como si se inclinaran hacia el triciclo, y lo tapaban todo excepto un trazo en zigzag de cielo blanco. Me sentía observado no solo *desde* esas ventanas negras sin cristales, sino *por* ellas, lo que era aún peor. Allí había ocurrido algo horripilante, no me cabía duda. Algo monstruoso, y sí, sobrecogedor. El origen del gris tal vez estuviera más adelante, en la propia ciudad, pero su poderosa presencia se percibía incluso allí, en las afueras abandonadas.

Aparte de sentirme observado, experimentaba la reverberante sensación de que me seguían. En varias ocasiones volví la cabeza de golpe, dispuesto a sorprender a alguien o algo (un «demonio espantoso») detrás de nosotros. No vi nada salvo cuervos y alguna que otra rata, posiblemente de regreso a su nido o colonia entre las sombras de aquel canal enlodado.

Radar también lo percibía. Gruñó varias veces, y en una ocasión, cuando eché una ojeada alrededor, la vi sentarse con las patas apoyadas en el borde de la cesta de mimbre y mirar atrás en la dirección de la que veníamos.

Nada, pensé. *Esas callejuelas estrechas y casas ruinosas están abandonadas. Solo te ha entrado el canguelo. Igual que a Radar.*

Llegamos a otro puente que cruzaba otro canal desolado, y en uno de los pilares de este vi algo que me levantó el ánimo: las iniciales **AB**, no del todo cubiertas por las incrustaciones de un musgo nauseabundo de color verde amarillento. Los hacinados edificios me habían impedido ver la muralla de la ciudad durante una o dos horas, pero desde el puente la vi con toda claridad, lisa y gris, de al menos doce metros de altura. En el centro había una puerta colosal en la que se entrecruzaban gruesos refuerzos de lo que parecía cristal verde opaco. La muralla y la puerta eran visibles porque casi todos los edificios situados entre donde yo me hallaba y la ciudad habían quedado reducidos a escombros, quizá por un bombardeo o algo similar. Algún tipo de cataclismo, en todo caso. Permanecían en pie, como dedos apuntados al cielo, unas cuantas chimeneas calcinadas, y habían sobrevivido unos pocos edificios. Uno parecía una iglesia. Otro era una construcción alargada con las paredes de madera y el techo de hojalata. Delante había un carromato rojo sin ruedas sumergido bajo hierbajos mustios.

Había oído las dos campanadas que anunciaban el mediodía (*la hora de jalar de Hana*, pensé) hacía menos de dos horas, lo que significaba que habíamos llegado mucho antes de lo que Claudia preveía. Aún quedaba mucho día por delante, pero no tenía intención de acercarme a la puerta de la ciudad ese día. Necesitaba descansar y poner en orden mis ideas… si es que era posible.

—Creo que es aquí —dije a Radar—. No es el Holiday Inn, pero servirá.

Dejé atrás el carromato abandonado y me acerqué a la cochera. Tenía una gran puerta enrollable —el alegre rojo que en otro tiempo la cubría se había degradado a un rosa pálido— y al lado había un portillo para el paso de personas. En la pintura estaban grabadas las iniciales **AB**. Me reconfortaron, como me había ocurrido al verlas en el pilar del puente, pero hubo algo que me reconfortó aún más: la sensación de creciente fatalismo había remitido. Quizá se debía a que, como ya no había edificios, volvía a sentir espacio alrededor y a ver el cielo, pero no creo que fuera solo eso. La sensación de lo que tal vez Lovecraft habría descrito como «maldad atávica» se había esfumado. Más tarde, no mucho después de las tres campanadas del anochecer, descubrí por qué.

3

El portillo se resistió hasta que empujé de verdad el hombro, y entonces cedió de manera tan repentina que estuve a punto de caer dentro. Radar ladró desde su cesta. La cochera era lóbrega y olía a aire viciado, pero no era «mefítica» ni «hedionda». En la penumbra se dibujaban las voluminosas formas de otros dos trolebuses, pintados de rojo y azul. Obviamente llevaban años en la cochera, pero, como no estaban expuestos a la intemperie, la pintura se había conservado bien y casi parecía alegre. Unas varillas sobresalían de los techos, de modo que supuse que en algún momento debían de haber funcionado por medio de la corriente eléctrica derivada de una catenaria. Si era así, las catenarias habían desaparecido hacía mucho. En mi viaje no había visto ninguna. En el trolebús de delante, en letras anticuadas, se leía la palabra LITORAL. En el otro, LILIMAR. Había apiladas ruedas con cercos de hierro y gruesos radios de madera y cajas de herramientas oxidadas. Vi también una hilera de quinqués en forma de torpedo en una mesa adosada a la pared del fondo.

Radar volvió a ladrar. Retrocedí y la saqué de la cesta. Se tambaleó un poco y después, renqueante, se dirigió hacia el portillo. Olfateó y entró sin mayor vacilación.

Intenté levantar la enorme puerta enrollable, la que debían de utilizar los trolebuses, pero no se movió un ápice. Dejé el portillo abierto para disponer de claridad y examiné los quinqués. Daba la impresión de que iba a ser una noche oscura para el príncipe Sharlie y su fiel escudera Radar, porque el petróleo de sus depósitos se había evaporado hacía mucho. Y el triciclo de Claudia tendría que pasar la noche fuera, porque no habría cabido a través del portillo.

Los radios de madera de las ruedas de repuesto de los trolebuses estaban secos y habría sido posible astillarlos. Sabía que podía partir leña suficiente para hacer fuego, y había metido en la mochila el Zippo que mi padre utilizaba para su pipa, pero por nada del mundo iba a encender una fogata allí dentro. Era muy fácil imaginar que los viejos trolebuses se prendían si saltaba alguna chispa y nos quedábamos sin más refugio que aquel edificio que parecía una iglesia. De aspecto más bien precario.

Saqué un par de latas de sardinas y un poco de la carne que había puesto Dora en el hatillo. Comí y me bebí una Coca-Cola. Radar rechazó la carne, probó una sardina y al final la tiró al suelo polvoriento de madera. Antes había aceptado encantada las galletas de melaza de Dora, así que lo intenté con eso. Olfateó una y apartó la cabeza. Tampoco hubo suerte con la cecina.

Le acaricié los lados de la cara.

—¿Qué voy a hacer contigo, chica?

Devolverle la salud, pensé. *Si puedo.*

Me dirigí hacia el portillo con la idea de echar otra ojeada a la muralla que rodeaba la ciudad, pero de pronto me vino la inspiración. Regresé a la mochila, revolví dentro y encontré las últimas galletas con pecanas en una bolsa con cierre hermético debajo de mi iPhone, inservible. Le ofrecí una. La olfateó con cautela, la cogió en la boca y se la comió. Más otras tres antes de darse media vuelta.

Mejor eso que nada.

4

Observaba la luz a través del portillo abierto y salía a echar un vistazo de vez en cuando. Todo estaba en calma. Incluso las ratas y los cuervos eludían esa parte de la ciudad. Intenté lanzar el mono a Rades. Lo atrapó en una ocasión y, en un gesto simbólico, lo hizo sonar varias veces, pero no trató de devolvérmelo. Se lo dejó entre las patas y se durmió tocándolo con el hocico. El linimento de Claudia la había ayudado, pero ya se le había pasado el efecto, y no había forma de que se tomase las últimas tres pastillas que me había dado la ayudante de veterinario. Pensé que había agotado su última reserva real de energía al bajar a toda prisa por la escalera de caracol y echar a correr para reunirse con Dora. Si no la llevaba pronto hasta el reloj de sol, no la encontraría dormida, sino muerta.

Si el móvil hubiera funcionado, me habría entretenido con algún juego, pero en ese momento no era más que un rectángulo de cristal negro. Aunque intenté reiniciarlo, ni siquiera salió el logo de Apple. En el mundo del que yo procedía, no había magia de cuento de hadas, y en este otro mundo la magia del mío no servía. Lo guardé de nuevo en la mochila y observé el portillo abierto mientras la luz blanca del día encapotado empezaba a declinar. Sonaron las tres campanadas del anochecer, y estuve a punto de cerrar, pero no quería quedarme a oscuras sin nada más que el encendedor de mi padre para combatir la negrura antes de que fuera inevitable. Permanecí atento a la iglesia (si es que lo era) del otro lado de la calle y pensé que cerraría cuando ya no la viera. La ausencia de aves y ratas no conllevaba necesariamente la ausencia de lobos u otros depredadores. Claudia me había indicado que me encerrara por dentro, y esa era mi intención.

Cuando la iglesia fue solo una forma difusa en un mundo cada vez más oscuro, decidí cerrar el portillo. Radar levantó la cabeza, aguzó las orejas y dejó escapar un ladrido grave. Pensé que era porque me había levantado, pero me equivocaba. Vieja o no, tenía mejor oído que yo. Percibí el sonido unos segundos después: un leve aleteo, como el ruido que produce un trozo de papel atrapado en un ventilador. Se aproximaba rápidamente, cada vez a mayor volumen, hasta que sonó como el viento al levantarse. Supe qué era, y mientras estaba en el umbral del portillo, con una mano apoyada en el sillín del triciclo, Radar se acercó a mí. Los dos miramos al cielo.

Las monarcas venían desde la dirección que yo, arbitrariamente, había decidido que era el sur, la dirección de la que proveníamos nosotros. Oscurecieron el cielo, que ya era cada vez más oscuro, formando una nube por debajo de las nubes. Se posaron en el edificio tipo iglesia al otro lado de la calle, en algunas de las chimeneas que aún quedaban en pie, en montones de cascotes y en el tejado de la cochera en la que nos habíamos refugiado Radar y yo. El sonido que produjeron al posarse —debían de ser miles— no fue tanto un aleteo como un larguísimo suspiro.

En ese momento me pareció entender por qué esa parte del páramo bombardeado me parecía segura en lugar de desolada. *Era* segura. Las monarcas habían conservado ese único reducto en un mundo que había conocido tiempos mejores, el mundo que existía antes de que los miembros de la familia real fueran asesinados o expulsados.

En mi mundo, yo opinaba —y no era el único— que ese rollo de la realeza no era más que una sarta de chorradas, pasto para la prensa amarilla de supermercado como *National Enquirer* e *Inside View*. Los reyes y las reinas, los príncipes y las princesas, eran familias como cualquier otra, solo que les había tocado el gordo en la versión genética de la primitiva. Cuando tenían que cagar, se bajaban el calzón igual que la plebe.

Pero aquello no era ese mundo. Aquello era Empis, donde las normas eran distintas.

Aquello era realmente lo Otro.

La nube de mariposas monarca había concluido su regreso a casa, y ya no quedaba más que la creciente oscuridad. El suspiro de sus alas se desvaneció. Echaría el cerrojo del portillo porque Claudia me lo había dicho, pero me sentía a salvo. Protegido.

—Salve, Empis —dije en voz baja—. Salve, dinastía de los Gallien; que vuelvan al trono y reinen por siempre jamás.

¿Y por qué no? Joder, ¿por qué no? Cualquier cosa sería mejor que esa desolación.

Cerré el portillo y eché el cerrojo.

En la oscuridad no había nada que hacer aparte de dormir. Dejé la mochila entre los dos trolebuses, cerca de donde Radar descansaba hecha un ovillo, apoyé la cabeza en ella y me dormí casi de inmediato. Lo último que pensé fue que, sin despertador, quizá se me pasara la hora y me pusiera tarde en marcha, lo cual podía ser fatídico. No tenía de qué preocuparme; me despertó Radar con su incesante tos. Le di un poco de agua, y con eso se le calmó un poco.

No disponía de más reloj que mi vejiga, que tenía bastante llena pero no a punto de reventar. Me planteé orinar en un rincón, pero decidí que no era manera de tratar un refugio seguro. Descorrí el cerrojo, entreabrí el portillo y me asomé. No se veían estrellas ni luz de ninguna luna a través de la capa baja de nubes. Apenas distinguía los contornos borrosos de la iglesia del otro lado de la calle. Me froté los ojos para aclararme la visión, pero seguí viendo borroso. No eran mis ojos, eran las mariposas, aún profundamente dormidas. Creía que en nuestro mundo no vivían mucho, solo semanas o meses. Allí, ¿quién sabía?

Algo se movió en la periferia de mi visión. Miré, pero o bien había sido fruto de mi imaginación o bien lo que quiera que hubiera ya no estaba. Meé (echando una ojeada por encima del hombro) y volví a entrar. Eché el cerrojo y me dirigí hacia Radar. No necesitaba utilizar el mechero de mi padre; Radar tenía la respiración ronca y sonora. El sueño me venció de nuevo. Dormí cerca de una hora, quizá dos. Soñé que estaba en mi propia cama de Sycamore Street. Me incorporaba, intentaba bostezar y no podía. Me había desaparecido la boca.

En ese punto me despertó de nuevo una tos canina. Radar tenía un ojo abierto, pero los párpados del otro se le habían pegado debido a aquella sustancia viscosa, con lo que ofrecía un aspecto tristemente piratesco. Se lo limpié y fui hasta el portillo. Las monarcas seguían posadas, pero una pizca de claridad teñía el cielo apagado. Era hora de comer algo y ponerse en marcha.

Sostuve una lata de sardinas abierta bajo la nariz de Radar, pero ella apartó la cabeza en el acto, como si el olor le produjera náuseas. Quedaban dos galletas con pecanas. Se comió una, intentó comerse la otra y la arrojó en un ataque de tos. Me miró.

Le cogí la cara entre las manos y se la moví con delicadeza de un lado a otro de un modo que sabía que le gustaba. Me entraron ganas de llorar.

—Aguanta, chica. ¿Vale? Por favor.

La llevé en brazos hasta el portillo y, con cuidado, la dejé de pie en el suelo. Caminó hacia la izquierda con la frágil cautela de los ancianos, encontró el sitio donde yo había meado antes y añadió su orina a la mía. Me agaché para cogerla de nuevo en brazos, pero me rodeó y fue hasta la rueda trasera derecha del triciclo de Claudia, la más cercana a la calle. La olfateó; a continuación se puso en cuclillas y meó otra vez. Al hacerlo, dejó escapar un leve gruñido.

Me acerqué a la rueda de atrás y me agaché. No vi nada, pero tuve la certeza de que lo que fuera que yo había atisbado un rato antes se había aproximado hasta allí en cuanto volví adentro. No solo se había aproximado, sino que había meado en mi vehículo, como para decir: *Este es mi territorio*. Ya había cogido la mochila, pero decidí que necesitaba una cosa más. Volví a entrar. Rades se sentó y me observó. Busqué hasta que encontré una pila de mantas enmohecidas en un rincón, tal vez para —en un tiempo muy lejano— que los pasajeros de los trolebuses se abrigaran en días fríos. Si no hubiese decidido hacer mis necesidades fuera, quizá habría meado encima de esas mantas en la oscuridad. Cogí una y la sacudí. Unas cuantas polillas muertas cayeron al suelo de la cochera como grandes copos de nieve. La doblé y la llevé al triciclo.

—Bueno, Rades, terminemos con esto. ¿Qué me dices?

La subí a la cesta y encajé la manta plegada a su lado. Claudia me había indicado que esperara a la primera campanada para ponerme en marcha, pero, con las monarcas posadas alrededor, me sentí bastante seguro. Monté y comencé a pedalear lentamente hacia la puerta de la muralla. Al cabo de una media hora, oí la campanada de la mañana. A tan corta distancia de la ciudad, sonó muy fuerte. Las monarcas alzaron el vuelo en una gran ola de negro y dorado rumbo al sur. Las observé marcharse, deseando ir en esa dirección, a la casa de Dora, después a la entrada del túnel, después de regreso a mi propio mundo de ordenadores y pájaros de acero mágicos que surcaban el aire. Pero como dice el poema: tenía kilómetros que recorrer y promesas que cumplir.

Al menos los soldados de la noche ya no están, pensé. *Han vuelto a sus criptas y mausoleos, porque es allí donde duermen los seres como ellos.* Era imposible que supiera eso con certeza, pero lo sabía.

6

Llegamos a la puerta en menos de una hora. Yo había desmontado del triciclo. En el cielo, las nubes se veían más bajas y oscuras que nunca, y pensé que no tardaría en llover. Mi cálculo anterior con respecto a la altura de la muralla gris había resultado muy equivocado. Medía al menos veinte metros, y la puerta era ciclópea. Estaba recubierta de oro —oro auténtico, no me cupo duda, no pintura— y era casi tan larga como un campo de fútbol. Los refuerzos que la guarnecían parecían torcerse sin orden ni concierto, pero no por el paso del tiempo o el deterioro; tuve la certeza de que los habían colocado así, en ángulos extraños. Me llevaron a pensar de nuevo en Lovecraft y en el delirante universo de monstruos no euclidiano que siempre pugnaba por imponerse al nuestro.

No solo los ángulos resultaban inquietantes. Esos refuerzos eran de una sustancia verde opaca, una especie de cristal metálico. Algo parecía moverse dentro, como un vapor negro. Se me revolvió el estómago. Aparté la vista, y cuando miré de nuevo, el vapor negro había desaparecido. Giré la cabeza y miré los refuerzos con el rabillo del ojo, y el vapor negro pareció volver. Me asaltó una sensación de vértigo.

Para no perder lo poco que había desayunado, bajé la vista a mis pies. Y allí, en uno de los adoquines, estaban las iniciales **AB**, quizá en su día pintadas en azul pero ya degradadas, de un tono gris. Se me despejó la cabeza, y cuando alcé la vista, no vi más que la puerta, surcada por los refuerzos verdes. Pero menuda puerta era. Parecía una imagen generada por ordenador para una película épica. Sin embargo, aquello no eran efectos especiales. Golpeé con los nudillos uno de los refuerzos verdes solo para asegurarme.

Me pregunté qué ocurriría si probaba a pronunciar el nombre de Claudia ante la puerta, o el de Stephen Woodleigh. Los dos eran de sangre real, ¿no? La respuesta era sí, pero si lo había entendido bien (no estaba muy seguro, porque desentrañar relaciones familiares nunca había sido mi fuerte), solo la princesa Leah era la legítima heredera del trono de Empis. O tal vez fuera el trono de los Gallien. A mí me traía sin cuidado, siempre y cuando pudiera entrar. Si el nombre no surtía efecto, me quedaría allí fuera, y Radar moriría.

El tonto de Charlie buscó de hecho un portero electrónico, la clase de dispositivo que uno encontraría junto a la puerta de un edificio de apartamentos. No había tal cosa, lógicamente; estaban solo aquellos extraños refuerzos entrecruzados en los cuales se percibía una negrura impenetrable.

—Leah de Gallien —murmuré.

No pasó nada.

Quizá no lo he dicho lo bastante alto, pensé, pero gritar no me parecía apropiado en el silencio que reinaba en el exterior de la muralla; era casi como escupir en el altar de una iglesia. *Tú hazlo. Seguramente fuera de la ciudad el riesgo es mínimo. Hazlo por Radar.*

Al final no me sentí con valor suficiente para gritar, pero carraspeé y levanté la voz.

—*¡Abrid en nombre de Leah de Gallien!*

La respuesta fue un grito inhumano que me hizo retroceder y estuve a punto tropezar con la parte delantera del triciclo. ¿Conocéis la expresión «helarse el corazón»? Pues el mío parecía a punto de congelarse y no latir nunca más. El grito se prolongó y prolongó, y caí en la cuenta de que era el chirrido de una máquina gigantesca al ponerse en movimiento después de años o décadas inactiva. Quizá desde que el señor Bowditch había utilizado por última vez la versión de «¡Ábrete, sésamo!» de ese mundo.

La puerta tembló. Vi que las espirales negras aparecían y se revolvían dentro de los refuerzos verdes torcidos. Esa vez no tuve la menor duda: era como ver moverse el poso dentro de una botella tras agitarla. El chirrido de la maquinaria dio paso a un traqueteo ensordecedor, y la puerta empezó a desplazarse hacia la izquierda a lo largo de lo que debía de ser un enorme riel oculto. La observé deslizarse y el vértigo me asaltó de nuevo, peor que antes. Me di la vuelta, salvé los cuatro pasos que me separaban del sillín del triciclo de Claudia tambaleándome como un borracho y hundí la cara en él. El corazón me martilleaba en el pecho, el cuello, incluso a los lados de la cara. Era incapaz de mirar aquellos ángulos cambiantes mientras la puerta se abría. Pensé que si lo hacía me desmayaría. O vería algo horrendo y huiría por donde había venido, dejando atrás a mi perra moribunda. Cerré los ojos y tendí la mano en busca del pelo de Radar.

Aguanta, pensé. *Aguanta, aguanta, aguanta.*

7

Por fin cesó aquel retumbo estridente. Se oyó otro chirrido de protesta, y volvió el silencio. ¿Volvió? Cayó como un yunque. Abrí los ojos y vi que Radar me miraba. Abrí la mano y advertí que le había arrancado un mechón de pelo considerable, pero no se había quejado. Quizá porque tenía dolores mayores que sobrellevar, aunque no creo que fuera por eso. Creo que se dio cuenta de que la necesitaba.

—Vale —dije—. Veamos qué tenemos aquí.

Delante, al otro lado de la puerta, se extendía un amplio patio embaldosado. Lo delimitaban a ambos lados los restos de grandes mariposas de piedra, cada una en un pedestal y de una altura de seis metros. Les habían roto las alas, cuyos fragmentos se amontonaban en el suelo del patio. Formaban una especie de pasillo. Me pregunté si, en tiempos mejores, cada una de esas mariposas monarca (porque, por supuesto, eso es lo que eran) representaba a un rey o una reina de la dinastía de los Gallien.

Empezó a oírse de nuevo el grito, y caí en la cuenta de que la puerta se preparaba para cerrarse. El nombre de Leah tal vez volviera a abrirla o tal vez no. No tenía intención de averiguarlo. Monté en el triciclo y entré pedaleando cuando la puerta comenzaba a cerrarse ruidosamente.

Las ruedas de caucho emitieron un susurro contra las baldosas, en otros tiempos de colores vivos pero ya desvaídas. *Todo se vuelve gris*, pensé. *Gris o de ese morboso verde opaco*. Las mariposas, quizá antes de colores pero ya tan grises como todo lo demás, se cernieron sobre nosotros cuando pasamos entre las estatuas. Sus cuerpos permanecían intactos, pero los rostros, al igual que las alas, también estaban hechos añicos. Eso me recordó los vídeos que había visto del ISIS destruyendo estatuas antiguas, obras de arte y templos que consideraban blasfemos.

Llegamos a un arco doble en forma de alas de mariposa. Encima se veían los restos de una palabra, que también había quedado destrozada. Solo se leían las letras li. En un primer momento pensé que era de LILIMAR, el nombre de la ciudad, pero podría haber sido de GALLIEN.

Antes de atravesar el arco, me volví para ver cómo seguía Radar. Teníamos que guardar silencio, todos aquellos con quienes me había encontrado habían insistido en ello, cada uno a su manera, pero a ese respecto, pensé, Rades no sería un problema. Estaba dormida otra vez. Lo cual era bueno en un sentido y preocupante en otro.

El arco estaba húmedo y olía a descomposición antigua. Al otro lado, había un estanque circular revestido de piedra con liquen incrustado. Quizá antes el agua de ese estanque fuera de un azul alegre. Quizá antes la gente fuera allí a sentarse en la albardilla de piedra, a comer al mediodía mientras contemplaba como la versión empisaria de los patos y los cisnes se deslizaba por la superficie. Tal vez las madres sostenían en brazos a sus hijos para que chapotearan con los pies en el agua. Ya no había aves ni personas. Si los hubiera habido, se habrían mantenido a distancia de ese estanque como si fuera veneno, porque eso era lo que parecía. El agua era de un verde turbio y viscoso, casi sólido. Los efluvios que emanaba eran, en efecto, mefíticos, lo que imaginaba que sería el hedor de una tumba repleta de cadáveres en descomposición. Lo circundaba una pasarela curva por la que apenas cabía el triciclo. En unas baldosas de la derecha, estaban las iniciales del señor Bowditch. Me dirigí hacia allí; de pronto me detuve y miré atrás, convencido de que había oído algo. El roce de unos pasos o quizá el susurro de una voz.

«No hagas caso de las voces que quizá oigas», había dicho Claudia. En ese momento no oía nada y nada se movía entre las sombras del arco que acababa de atravesar.

Pedaleé despacio por la pasarela curva del lado derecho del estanque pestilente. En el extremo opuesto, se alzaba otro arco en forma de mariposa. Cuando me acercaba, me cayó una gota de lluvia en la nuca, luego otra. Empezaron a salpicar el estanque, creando breves cráteres. Mientras lo miraba, algo negro asomó de él, solo durante uno o dos segundos. Luego desapareció. No llegué a verlo bien, pero estoy casi seguro de que atisbé el destello fugaz de unos dientes.

La lluvia comenzó a arreciar. Pronto sería un aguacero. A cubierto bajo el segundo arco, desmonté y extendí la manta sobre mi perra dormida. Aunque estaba mohosa y apolillada, me alegré de haberla cogido.

8

Como iba bien de tiempo, pensé (o esa ilusión me hice) que podía entretenerme un rato al amparo de aquel arco, con la esperanza de que la lluvia cesara. No quería sacar a Rades en esas condiciones, ni siquiera tapada con la manta. Pero ¿cuánto rato? ¿Quince minutos? ¿Veinte? ¿Y cómo iba a saber cuánto tiempo pasaba? Me había acostumbrado a consultar la hora en el móvil y lamenté amargamente no llevar el reloj del señor Bowditch. Mientras contemplaba a través de la cortina de lluvia lo que parecía una calle comercial desierta llena de tiendas de fachadas verdes, se me ocurrió que me había acostumbrado demasiado al teléfono, y punto. Mi padre, refiriéndose a los dispositivos electrónicos y las nuevas tecnologías, siempre decía: «Deja que un hombre se acostumbre a caminar con una muleta y no podrá caminar sin ella».

Las tiendas se hallaban al otro lado de un canal seco. Parecían orientadas a una clientela adinerada, como una versión antigua de Rodeo Drive o el barrio de Oak Street, en Chicago. Desde donde me encontraba, vi un letrero chapado en oro (seguramente no de oro *macizo*) en el que se leía ZAPATERO DE SU MAJESTAD. Había escaparates con los cristales rotos desde hacía mucho. Numerosas lluvias habían arrastrado las esquirlas hasta las alcantarillas. Y en medio de la calle, enroscado como el cuerpo de una serpiente interminable, estaba lo que debía de ser la catenaria de un trolebús.

Poco más allá del arco bajo el que nos cobijamos, había algo grabado en el pavimento. Me arrodillé para inspeccionarlo de cerca. La mayor parte había quedado destrozada, como las alas y las caras de las mariposas, pero cuando recorrí el principio y el final con los dedos, me pareció distinguir ga y en. Las letras intermedias podrían haber sido cualquier cosa, pero pensé que esa vía principal, la Carretera del Reino antes de la muralla, podía convertirse en la calle de Gallien dentro de la ciudad. En cualquier caso, llevaba directo a los altos edificios y las torres verdes del centro. Tres chapiteles se elevaban por encima de los demás;

sus pináculos de cristal se perdían de vista entre las nubes. Yo no sabía que aquello era el palacio real como tampoco sabía que esas letras eran los restos de lo que en otro tiempo se había llamado calle de Gallien, pero me pareció muy probable.

Justo cuando empezaba a pensar que tendríamos que seguir adelante y empaparnos, la lluvia amainó. Comprobé que Radar iba bien tapada —nada asomaba de la manta excepto la punta del hocico y las pezuñas traseras—; luego monté y crucé lentamente el canal seco. Mientras lo hacía, me pregunté si estaba atravesando el puente del Rumpa del que me había hablado Woody.

9

Las tiendas eran elegantes, pero había algo que desentonaba en ellas. No era solo que estuviesen abandonadas, o que saltara a la vista que en algún momento del pasado remoto las hubieran saqueado, quizá los propios habitantes de Lilimar que huían de la ciudad con la llegada del gris. Se trataba de algo más sutil... y más horrendo, porque seguía presente. Aún ocurría. Los edificios parecían relativamente sólidos, al margen de los actos de vandalismo, pero estaban de algún modo *retorcidos*, como si una fuerza colosal los hubiera deformado y no hubiesen podido recuperar del todo su forma original. Al observarlos directamente —ZAPATERO DE SU MAJESTAD, DELICIAS CULINARIAS, TESOROS CURIOSOS, SASTRES DE LA CASA DE (el resto de ese rótulo había sido destruido, como si lo que seguía fuera una blasfemia), RUEDAS Y RADIOS—, no advertí nada fuera de lo corriente. Eran bastante normales, si algo podía calificarse de normal en la sobrenaturalidad de lo Otro. Pero, cuando volví a centrar la atención en la ancha calle para no desviarme, en la periferia de mi visión percibí que algo les ocurría. Los ángulos rectos parecieron curvarse. Los escaparates sin cristales parecieron moverse, como ojos que se entornaran para verme mejor. Las letras se convirtieron en runas. Me dije que solo era fruto de mi imaginación sobreexcitada, pero no podía estar seguro. De una cosa *sí* estaba seguro: no quería seguir allí cuando oscureciera.

En uno de los cruces, una enorme gárgola de piedra se había precipitado a la calle y, del revés, me miraba fijamente; su boca sin labios, contraída, enseñaba un par de colmillos de reptil y una lengua gris salpicada de marcas. La rodeé con un amplio arco y me sentí aliviado al dejar atrás aquella gélida mirada invertida. Cuando ya la había rebasado, oí un golpe sordo a mi espalda. Miré atrás y vi que la gárgola se había volcado. Tal vez la había rozado una de las ruedas traseras del triciclo, alterando el precario equilibrio que había mantenido durante años. Tal vez no.

En cualquier caso, volvía a mirarme fijamente.

10

El palacio —en el supuesto de que lo fuera— ya estaba más cerca. Los edificios a ambos lados parecían viviendas, sin duda en otro tiempo lujosas pero para entonces en estado ruinoso. Los balcones se habían desplomado. Los fanales que señalaban elegantes caminos de acceso de piedra se habían caído o los habían tirado. En los propios caminos, brotaban hierbajos de color gris parduzco de aspecto repulsivo. Las ortigas abarrotaban los espacios entre aquellas casas de piedra. Quien intentara atravesarlos se dejaría la piel a tiras.

La lluvia arreció de nuevo cuando llegábamos a unas casas aún más elegantes, construidas de mármol y cristal, con escalinatas anchas (intactas) y suntuosos pórticos (la mayor parte destrozados). Le dije a Radar, aunque en voz baja, que se quedara quieta dentro de la cesta; debíamos de estar ya cerca. A pesar del aguacero, tenía la boca seca. Ni siquiera me planteé echar la cabeza atrás para recoger algo de agua de lluvia en la boca, porque ignoraba qué podía contener o cuáles serían sus efectos en mí. Aquel era un lugar atroz. Lo había devastado una infección, y no quería beber nada de eso.

Sin embargo, me pareció que había algo bueno. Claudia me había dicho que podía perderme, pero hasta entonces el recorrido había sido muy recto. Si la casa amarilla de Hana y el reloj de sol estaban cerca de la majestuosa aglomeración de edificios situados bajo los tres chapiteles, la calle de los Gallien me llevaría directamente hasta allí. En ese momento vi enormes ventanas en aquella gran mole. No eran polícromas, como las de las catedrales, sino de un verde intenso y titilante que me recordó los refuerzos de la puerta exterior. Y el repugnante estanque.

Al contemplarlas, casi pasé por alto las iniciales del señor Bowditch pintadas a media altura en un poste de piedra con una argolla en lo alto, cabía suponer que para atar los caballos. Había una hilera de esos postes, como dientes romos, enfrente de un gigantesco edificio gris con casi una docena de puertas en lo alto de la empinada escalinata pero sin una sola ventana. El poste con las iniciales **AB** era el último de la hilera antes de una calle más estrecha que se desviaba a la izquierda. El trazo horizontal de la letra A tenía forma de flecha, que apuntaba hacia aquella calleja, flanqueada por más edificios de piedra anodinos que alcanzaban los ocho o diez pisos de altura. Imaginé que en otro tiempo trabajarían allí burócratas empisarios al servicio del reino. Casi los veía entrar y salir a toda prisa, vestidos con levitas y camisas de cuello almidonado, como los hombres (supuse que serían todos hombres) que aparecían en las ilustraciones de las novelas de Dickens. No sabía si alguno de esos edificios albergaba el Presidio Real de Su Majestad, pero en cierto modo todos me parecieron cárceles.

Me detuve y miré el trazo horizontal de la **A** convertido en flecha. El palacio estaba justo enfrente, pero la flecha apuntaba en otra dirección. La cuestión era la siguiente: ¿continuaba recto o seguía la flecha? Detrás de mí, en la cesta y bajo una manta que ya estaba húmeda y pronto estaría empapada, Radar tuvo otro ataque de tos. Estuve a punto de prescindir de la flecha y continuar recto, diciéndome que siempre podía volver atrás si me encontraba el paso cortado o algo así, pero entonces recordé dos advertencias de Claudia. Una era que si seguía las marcas del señor Bowditch, todo iría bien («podría» ir bien es lo que había dicho en realidad, pero no iba a ponerme quisquilloso). La otra era que, según ella, tenía por delante un camino puñeteramente largo. En cambio, si continuaba por donde iba, sería un camino puñeteramente corto.

Al final decidí confiar en Claudia y en el señor Bowditch. Enfilé el triciclo en la dirección que indicaba la flecha y continué pedaleando.

«Las calles son un laberinto», me había dicho Claudia. Tenía razón en eso, y las iniciales del señor Bowditch —sus marcas— me llevaron cada vez más adentro. Nueva York tenía lógica; Chicago tenía cierta lógica; Lilimar no tenía la menor lógica. Imaginé que así debía de haber sido Londres en los tiempos de Sherlock Holmes y Jack el Destripador (que yo sepa, continúa siendo así). Algunas calles eran anchas y, a los lados, tenían árboles deshojados que no protegían de la lluvia.

Algunas eran estrechas, una tanto que el triciclo apenas pasaba. Esa, al menos, nos concedió un descanso de la lluvia torrencial, porque casas de dos plantas delimitaban la calle, casi tocándose. En algunos sitios había catenarias. Algunas colgaban flácidas; la mayoría de los cables habían caído a la calle.

En un escaparate vi un maniquí sin cabeza con un gorro, cascabeles de bufón en el cuello y un cuchillo colocado entre los pechos. Si era lo que alguien entendía allí por broma, no tenía gracia. Al cabo de una hora, no sabía cuántas veces había girado a derecha e izquierda. En cierto punto, atravesé un paso subterráneo con goteras donde el sonido de las ruedas del triciclo a través del agua acumulada produjo ecos similares a risas susurradas: *ja…, jaa…, jaaa.*

Algunas de las marcas del señor Bowditch, las expuestas a la intemperie, estaban tan desdibujadas que apenas se distinguían. Si perdía el rastro que me indicaban, me vería obligado a desandar el camino e intentar orientarme mediante los tres chapiteles de lo que, suponía, era el palacio, y no sabía si me sería posible. Durante largos trechos, los apretados edificios lo ocultaban por completo. No costaba nada imaginar que, en aquella maraña de callejuelas, al final me confundiera y siguiera aún allí cuando sonaran las dos campanadas… y luego las tres del anochecer… y tuviera entonces que preocuparme por los soldados de la noche. Solo que con aquella lluvia, y con las continuas toses que oía a mi espalda, pensé que por la noche Radar ya habría muerto.

En dos ocasiones pasé junto a socavones que descendían hacia la oscuridad. De ellos emanaban ráfagas de aire maloliente y lo que debían de ser las voces susurrantes contra las que me había prevenido Claudia. El olor del segundo era más intenso; los susurros, más audibles. No quería imaginar a los ciudadanos aterrorizados refugiándose en inmensos búnkeres subterráneos y muriendo allí, pero era difícil evitarlo. Imposible, en realidad. Del mismo modo que era imposible creer que esas voces susurrantes no eran las voces de sus fantasmas.

Yo no quería estar allí. Quería estar en mi mundo cuerdo, en casa, donde las únicas voces incorpóreas procedían de mis auriculares.

Llegué a una esquina donde vi lo que podían ser las iniciales del señor Bowditch en una farola o una mera salpicadura de sangre antigua. Me bajé del triciclo para examinar la mancha de cerca. Sí, era su marca, pero casi había desaparecido. No me atreví a limpiar el agua y la suciedad por miedo a borrarla del todo, así que me incliné hasta que prácticamente la tocaba con la nariz. El trazo horizontal de la **A** señalaba a la derecha, estaba seguro (casi seguro). Cuando regresé al triciclo, Radar asomó la cabeza de la manta y gimió. Tenía los párpados de un ojo pegados por la sustancia que rezumaba. El otro lo mantenía entrecerrado, pero miraba hacia atrás. Desvié la vista también en esa dirección y oí un paso, esta vez con toda certeza. Y atisbé un asomo de movimiento que podría haber sido la ondulación de una tela —una capa, tal vez— cuando quien la llevaba puesta dobló otra esquina unas calles más atrás.

—¿Quién anda ahí? —grité, y al instante me tapé la boca con las manos. «Calla, estate callado», me lo habían advertido todos. En voz mucho más baja, casi un susurro a gritos, añadí—: Déjate ver. Si eres amigo, yo puedo ser amigo.

Nadie se dejó ver. A decir verdad, no lo esperaba. Bajé la mano a la culata del revólver del señor Bowditch.

—Si no lo eres, tengo un arma, y la usaré si no me queda más remedio. —Puro farol. También contra eso me habían prevenido. Y de forma rotunda—. ¿Me oyes? Por tu bien, desconocido, espero que me oigas.

Esa voz no me pareció exactamente la mía, cosa que no me ocurría por primera vez. Parecía más bien la del personaje de un libro o una película. Casi esperaba oírme decir: «Me llamo Iñigo Montoya. Tú mataste a mi padre. Prepárate para morir».

Radar tosía otra vez y había empezado a temblar. Volví al triciclo y pedaleé en la dirección que indicaba la última flecha. Me llevó hacia una tortuosa calle adoquinada y, por alguna razón, flanqueada de toneles, muchos de ellos volcados.

11

Seguí las iniciales, algunas casi tan nítidas como el día que él las había dejado allí con pintura roja, la mayoría reducidas a sombras de lo que habían sido. Izquierda y derecha, derecha e izquierda. No veía cadáveres ni esqueletos de los fallecidos hacía mucho, pero olía a podredumbre casi en todas partes y de vez en cuando me asaltaba esa sensación de que los edificios cambiaban furtivamente de forma.

En algunos sitios atravesé charcos. En otros, las calles estaban anegadas por completo, y las grandes ruedas del triciclo cruzaban el agua turbia hundidas hasta casi los tapacubos. La lluvia se redujo a una llovizna, y por fin cesó. Ignoraba a qué distancia se hallaba la casa amarilla de Hana; sin teléfono que consultar y sin sol en el cielo, había perdido por completo el sentido del tiempo. Seguía esperando que sonaran las dos campanadas del mediodía.

Perdido, pensé. *Estoy perdido, no tengo GPS, y nunca llegaré a tiempo. Tendré suerte si salgo de este sitio delirante antes de que oscurezca.*

Entonces crucé una plaza pequeña en cuyo centro se erigía

una estatua —era de una mujer con la cabeza arrancada— y descubrí que desde allí se veían de nuevo los tres chapiteles. Solo que en ese momento los tenía a un lado. De pronto se me ocurrió una idea, y me llegó —absurdo pero cierto— en la voz del entrenador Harkness, que entrenaba a baloncesto además de béisbol. Cuando se desplazaba arriba y abajo por la línea de banda, enrojecido y con grandes manchas de sudor en las axilas de la camisa blanca que se ponía todas las noches de partido, y en las idas y venidas de su equipo, el entrenador Harkness gritaba: «¡La puerta de atrás, la puerta de atrás, maldita sea!».

La puerta de atrás.

Allí era a donde llevaba el rastro de iniciales del señor Bowditch. No a la parte delantera de aquel enorme edificio central, donde sin duda terminaba la calle de los Gallien, sino a la parte de atrás. Crucé la plaza a la izquierda, esperando encontrar sus iniciales en una de las tres calles que partían de ella, y así fue, pintadas en el lateral de un edificio de cristal hecho añicos, quizá en otro tiempo un invernadero o algo similar. El costado del palacio quedaba a mi derecha, y sí: las marcas me llevaban a rodearlo. Empecé a ver una alta repisa curva de piedra labrada detrás del despliegue de edificios principales.

Pedaleé más deprisa. La siguiente marca me señalaba a la derecha, por lo que, en tiempos mejores, debía de haber sido un ancho bulevar. Quizá por aquel entonces fuera el *summum* de la elegancia, pero a esas alturas el pavimento estaba agrietado y había quedado reducido a grava en algunos sitios. Una mediana cubierta de mala hierba la dividía en dos. Entre los hierbajos crecían flores enormes con pétalos amarillos y centros de un verde intenso. Aminoré la marcha lo suficiente para mirar una que colgaba sobre la calle prendida de su largo tallo, pero cuando tendí la mano hacia ella, los pétalos se cerraron con un chasquido a unos centímetros de mis dedos. Brotó un líquido blanco viscoso. Percibí calor. Me apresuré a apartar la mano.

Más allá, a unos cuatrocientos metros quizá, vi los vértices de tres tejados, uno a cada lado del bulevar por el que circulaba y otro que parecía estar justo encima. Eran del mismo color amarillo que las flores hambrientas. Justo delante de mí, el bulevar desembocaba en otra plaza con una fuente seca en el centro. Era enorme y verde, con el pilón surcado de grietas aleatorias de color obsidiana. «Anótalo, príncipe Sharlie», había insistido Claudia una y otra vez, y consulté las notas que había tomado solo por asegurarme. Fuente seca, verificado. Enorme casa amarilla que se extiende por encima de la calle, verificado. Esconderse, doblemente verificado. Me guardé el papel en el bolsillo lateral de la mochila para evitar que se mojara. En ese momento ni siquiera pensé en ello, pero más adelante tuve motivos para alegrarme de haberlo metido ahí y no en mi bolsillo. Ídem con el móvil.

Avancé despacio hacia la plaza y luego aceleré hasta la fuente. El pedestal tendría fácilmente dos metros y medio de altura, y era del grosor de un tronco. Buen sitio para ocultarse. Desmonté y miré desde detrás del pedestal. Ante mí, a no más de cincuenta metros de la fuente, se hallaba la casa de Hana… o casas. Las comunicaba un pasillo pintado de amarillo sobre el pasaje central, más o menos como las pasarelas que se veían por todas partes en Minneapolis. Toda una morada, en conjunto.

Y Hana estaba fuera.

18

Hana. Vías de acceso en forma de molinete.
Horror en el estanque. Por fin el reloj de sol.
Un encuentro inoportuno.

1

Hana debía de haber salido cuando cesó la lluvia, quizá para disfrutar del día, ya más despejado. Se encontraba sentada en un enorme trono dorado bajo un toldo a rayas rojas y azules. No me pareció que estuviera bañado en oro sin más, y dudé mucho que las piedras preciosas incrustadas en el respaldo y los brazos del trono fueran de estrás. Pensé que el rey y/o la reina de Empis habrían quedado ridículamente pequeños encaramados en él, pero Hana no solo lo llenaba: su descomunal trasero rebosaba por los costados entre los brazos dorados y los cojines de color púrpura imperial.

La mujer que ocupaba ese trono robado (de eso no me cabía duda) era de una fealdad pavorosa. Desde donde me hallaba oculto, detrás de la fuente seca, era imposible saber cómo era de grande realmente, pero yo mido uno noventa y tres, y tuve la impresión de que debía de sacarme otro metro y medio incluso sentada. De ser así así, Hana, de pie, debía de tener una estatura de al menos seis metros.

En otras palabras, era una auténtica giganta.

Lucía por vestido una especie de carpa de circo del mismo púrpura imperial que los cojines en los que estaba sentada. Le llegaba hasta las pantorrillas, gruesas como troncos de árbol. Llevaba en los dedos (cada uno tan grande como mi mano) numerosos anillos. Resplandecían a la tenue luz del día; si el día se despejaba más, despedirían fuego. El cabello castaño oscuro le caía en marañas apelmazadas hasta los hombros y por encima de la ola gigante que tenía por busto.

El vestido anunciaba que era hembra, pero por lo demás habría sido difícil decirlo. Su rostro era una masa de bultos y grandes forúnculos infectados. Un ojo bizqueaba; el otro sobresalía de la órbita. El labio superior se le elevaba hasta la nariz nudosa, revelando unos dientes afilados a modo de colmillos. Lo peor de todo: rodeaba el trono un semicírculo de huesos, casi con toda seguridad humanos.

Radar empezó a toser. Me volví hacia ella, acerqué mi cabeza a la suya y la miré a los ojos.

—Chist, chica —susurré—. *Calla*, por favor.

Volvió a toser y después quedó en silencio. Aún temblaba.

Me disponía a darme la vuelta cuando comenzó a toser de nuevo, más fuerte que antes. Creo que nos habría descubierto de no ser porque en ese momento Hana decidió ponerse a cantar:

> *Hinca un clavo, Joe, amor mío,*
> *híncalo donde tú sabes, amor mío,*
> *toda la noche, clavo tras clavo,*
> *híncame ese clavo nabo.*
> *Clavo nabo, oh, clavo nabo,*
> *¡híncame ese clavo nabo!*

Sospeché que probablemente la letra no era de los hermanos Grimm.

Prosiguió —por lo visto, era una de esas canciones de nunca acabar, como «Un elefante se balanceaba»—, cosa que a mí me pareció muy bien, porque Radar no paraba de toser. Le acaricié el pecho y el vientre, intentando calmarla, mientras Hana bramaba algo así como «No tengas miedo» y «Joe, mi lucero» (medio esperé que la siguiente rima fuese «Híncamelo en el trasero»). Yo continuaba acariciando a Radar, y Hana continuaba bramando cuando sonaron las campanadas del mediodía. A esa corta distancia del palacio, eran ensordecedoras.

El sonido reverberó. Aguardé a que Hana se levantara y entrara en su cocina. No lo hizo. En lugar de eso, se apretó con dos dedos un forúnculo en aquel mentón suyo del tamaño de una pala y se lo reventó. Salió un chorro de pus amarillento. Se lo limpió con el pulpejo de la mano, lo examinó y lo arrojó a la calle. Luego se reacomodó. Esperé a que Radar arrancara a toser de nuevo. No tosió, pero tosería. Era solo cuestión de tiempo.

Canta, pensé. *Canta, pedazo de arpía enorme y horrible, antes de que mi perra empiece a toser otra vez y nuestros huesos acaben junto con los que, jodidamente perezosa como eres, no te dignas a reco...*

Pero, en lugar de cantar, se levantó. Fue como ver alzarse una montaña. Yo había utilizado una sencilla regla de proporcionalidad que había aprendido en la clase de matemáticas para calcular su estatura de pie, aunque me había quedado corto en la longitud de las piernas. El pasaje que separaba las dos mitades de su casa debía de tener una altura de seis metros, pero Hana se vería obligada a agacharse para pasar por allí.

Tras levantarse, se tiró del vestido, remetido en la raja del culo, y soltó un pedo sonoro e interminable. Me recordó el solo de trombón del tema instrumental preferido de mi padre: «Midnight in Moscow». Tuve que taparme la boca con las manos para ahogar una carcajada. Sin detenerme a pensar si eso provocaría o no un ataque de tos a Radar, le hundí la cara en el pelaje húmedo del costado y di rienda suelta a un estallido de risa muda: *ja, ja, ja*. Cerré los ojos, esperando que Radar comenzara a toser de nuevo, o que una de las enormes manos de Hana se cerrara en torno a mi garganta y me arrancara la cabeza del cuello.

Eso no ocurrió, así que me asomé por el otro lado del pedestal de la fuente a tiempo de ver a Hana alejarse ruidosamente hacia el lado derecho de su casa. Era una mujer de una estatura alucinante. Podría haber mirado desde fuera por las ventanas de la planta de arriba sin el menor problema. Abrió la enorme puerta, y de dentro salió un aroma a guiso de carne. Olía a asado de cerdo, pero tuve la horrible sospecha de que no era cerdo. Se agachó y entró.

—*¡Dame de comer, cabrón sin polla!* —atronó—. *¡Tengo hambre!*

«Es entonces cuando debes moverte», había dicho Claudia. Bueno, o algo parecido.

Monté en el triciclo e, inclinado sobre el manillar como un ciclista en el último kilómetro del Tour de Francia, pedaleé hacia el pasaje. Antes de entrar, eché un vistazo rápido a mi izquierda, donde se hallaba el trono. Los huesos desechados eran pequeños, casi seguro de niños. En algunos había restos de cartílago, y en otros, pelo. Mirar fue un error, que habría evitado si hubiera sido posible volver atrás, pero a veces —muy a menudo— no podemos contenernos. ¿Verdad?

2

El pasaje, de unos veinticinco metros de longitud, era frío y húmedo, y lo delimitaban bloques de piedra cubiertos de musgo. En el extremo opuesto, brillaba una luz intensa, y cuando salí a la plaza, pensé que quizá viera realmente el sol.

Pero no. Justo cuando abandonaba el pasaje, inclinado sobre el manillar, las nubes engulleron el valiente fragmento de cielo azul y se impuso de nuevo un gris sin matices. Me quedé paralizado ante lo que vieron mis ojos. Se me soltaron los pies de los pedales y el triciclo avanzó por inercia hasta detenerse. Me encontraba en el límite de una gran plaza abierta. Ocho vías curvas accedían a aquel espacio desde ocho direcciones distintas. Antiguamente el pavimento debía de haber sido de colores vivos: verde, azul, magenta, añil, rojo, rosa, amarillo, naranja. Esos colores se degradaban. Supuse que con el tiempo serían tan grises como todo lo demás en Lilimar, y más allá, en la mayor parte de Empis. Mirar aquellas vías de acceso curvas era como mirar un molinete gigantesco en otro tiempo alegre. Bordeaban esas curvas astas engalanadas con banderines. Años antes —¿cuántos?— tal vez chascaban y ondeaban en brisas no contaminadas por el hedor a podredumbre y descomposición. En ese momento colgaban fláccidos y chorreaban agua de lluvia.

En el centro de ese enorme molinete, se alzaba la estatua de otra mariposa con las alas y la cabeza destrozadas. Los restos hechos añicos se amontonaban en torno al pedestal en el que se erigía. Más allá, una calle más ancha conducía hacia la parte de atrás del palacio, con sus tres chapiteles de color verde oscuro. Me imaginaba a los distintos grupos de personas —los empisarios— que en otro tiempo abarrotaban esas vías de acceso curvas confluyendo en una única muchedumbre. Que se reían y empujaban amigablemente, se anticipaban al inminente entretenimiento, algunos portando almuerzos en cestas o canastas, algunos parándose a comprar a los vendedores de comida que voceaban su género. ¿Recuerdos para los niños? ¿Banderines? ¡Por supuesto! Os aseguro que podía ver todo eso como si yo mismo hubiese estado allí. ¿Y por qué no? Había formado parte de esas multitudes en noches especiales para ver a los White Sox y, un domingo inolvidable, a los Bears de Chicago.

Elevándose por encima de la parte de atrás del palacio (*esa* parte en concreto del palacio, ya que el complejo se extendía por doquier), vi un colosal muro curvo de piedra roja. En lo alto se sucedía una hilera de postes, cada uno de los cuales se hallaba coronado por artefactos alargados en forma de bandeja. Allí se había practicado algún tipo de deporte, presenciado por muchedumbres entusiastas. No me cabía duda. La multitud había vociferado. En ese momento, las vías de acceso curvas y la entrada principal estaban vacíos y tan encantados como el resto de esa ciudad embrujada.

En la clase de Historia de quinto, mis compañeros y yo

construimos un castillo de Lego. Por entonces nos parecía más un juego que aprendizaje, pero en retrospectiva veo que, en realidad, sí era aprendizaje. Aún recordaba casi todos los elementos arquitectónicos, y observé algunos mientras me acercaba: arbotantes, torrecillas, almenas, parapetos, incluso lo que quizá fuera una poterna. Pero, como todo lo demás en Lilimar, tenía algo anómalo. Las escaleras, sin orden ni concierto (y sin el menor sentido, que yo viera), circundaban y penetraban extrañas excrecencias en forma de setas venenosas con ventanas estrechas sin cristales. Podrían haber sido puestos de vigilancia; podrían haber sido Dios sabía qué. Algunas escaleras se entrecruzaban, con lo que me recordaban a las de los dibujos de Escher, donde la vista no para de engañarte. Parpadeaba y las escaleras parecían volverse del revés. Parpadeaba de nuevo, y estaban otra vez del derecho.

Peor aún, daba la impresión de que todo el palacio, que carecía por completo de simetría, se hallaba *en movimiento*, como el castillo de Howl. Yo no veía exactamente cuándo ocurría, porque costaba abarcar todo aquello con la vista… o con la mente. Las escaleras eran de distintos colores, como las vías de acceso del molinete, lo cual posiblemente induce a concebir una imagen alegre, pero la sensación en conjunto era de una sensibilidad incognoscible, como si no fuera un palacio en absoluto, sino una criatura pensante con un cerebro alienígena. Cobré consciencia de que tenía la imaginación desbocada (no, *no* cobré consciencia), pero me alegré mucho de que las marcas del señor Bowditch me hubieran guiado alrededor del palacio hasta el lado donde se hallaba el estadio; así, aquellas ventanas de catedral no habían podido mirarme directamente. No sé bien hasta qué punto habría conseguido resistir su mirada verde.

Pedaleé despacio a lo largo del ancho camino de entrada, donde las ruedas del triciclo fueron tropezando en adoquines mal ajustados. La parte de atrás del palacio era en su mayor parte muro ciego. Había una sucesión de grandes puertas rojas —ocho o nueve— y un antiguo atasco de carretas, no pocas volcadas y un par hechas pedazos. No costaba imaginar a Hana causando esos estragos, quizá por ira, quizá solo por diversión. Supuse que aquello era una zona de aprovisionamiento que los ricos y la realeza rara vez, o nunca, veían. Era el camino por el que llegaba la gente corriente.

Atisbé las iniciales descoloridas del señor Bowditch en uno de los bloques de piedra próximos a la zona de carga y descarga. No me sentía a gusto tan cerca del palacio, ni siquiera en el lado ciego, porque casi lo veía moverse. Palpitar. El trazo horizontal de la **A** señalaba a la izquierda, así que me desvié de la vía principal para seguir la flecha. Radar estaba tosiendo otra vez, y mucho. Un rato antes, al apoyar la cara en su pelo para ahogar la risa, lo había notado húmedo, frío y apelmazado. ¿Podían los perros contraer una pulmonía? Decidí que era una pregunta estúpida. Probablemente cualquier ser vivo con pulmones podía contraerla.

Otras iniciales me condujeron hasta una hilera de seis u ocho arbotantes. Aunque podría haber pasado por debajo, preferí no hacerlo. Eran del mismo verde oscuro que las ventanas de las torres, quizá no de piedra, sino de algún tipo de cristal. Costaba creer que el cristal pudiera sostener la carga generada por un edificio de aquellas dimensiones, pero desde luego parecía cristal. Y una vez más, en el interior vi espirales negras, que se revolvían lánguidamente unas en torno a otras al tiempo que subían y bajaban muy despacio. Mirar los arbotantes era como mirar una hilera de extrañas lámparas de lava verdes y negras. Esas espirales negras en rotación me trajeron a la memoria varias películas de terror —*Alien* era una de ellas, *Piraña* era otra—, y lamenté haberlas visto.

Empezaba a pensar que iba a rodear el palacio por completo, lo que conllevaría quedar bajo la triple mirada de aquellos chapiteles, cuando llegué a un hueco en el muro. Lo formaban dos alas sin ventanas del palacio que confluían en forma de V. Había bancos en torno a un pequeño estanque a la sombra de unas palmeras, delirante pero cierto. Las palmeras ocultaban lo que se hallaba en lo más hondo de ese hueco, pero sobre ellas, a unos treinta metros de altura, se alzaba un poste coronado por un sol estilizado. Tenía cara, y los ojos se desplazaban a un lado y al otro, como los ojos de un reloj Kit-Cat que se movieran al ritmo del tictac. A la derecha del estanque, el señor Bowditch había pintado las iniciales en un bloque de piedra. El trazo horizontal de esa A no tenía flecha; esta vez la flecha salía del vértice. Casi oí al señor Bowditch decir: «Sigue recto, Charlie, y no pierdas tiempo».

—Aguanta, Rades, casi hemos llegado.

Pedaleé en la dirección que indicaba la flecha. Eso me llevó a la derecha del estanque, pequeño y bonito. No hacía falta que me detuviese a mirar dentro entre dos palmeras, no cuando mi objetivo ya se encontraba tan cerca, pero miré. Y, pese a lo espantoso que fue lo que vi, ahora me alegro de haberlo visto. Lo cambió todo, aunque pasaría mucho tiempo hasta que entendiera plenamente la crucial importancia de ese momento. A veces miramos porque tenemos que recordar. A veces las cosas más horrendas son las que nos dan fuerza. Eso ahora lo sé; sin embargo, entonces solo pensé: *Dios santo, es Ariel*.

En aquel estanque, quizá en otro tiempo de un azul relajante pero para entonces cenagoso y turbio por efecto de la descomposición, yacían los restos de una sirena. Sin embargo, no era Ariel, la princesa de Disney hija del rey Tritón y la reina Atenea. No, no era ella. Casi con toda seguridad no era ella. No tenía la cola de un verde reluciente, ni los ojos azules, ni el cabello rojo y ondeante. Tampoco llevaba un coqueto sujetador morado. Pensé que esa sirena había sido en otro tiempo rubia, aunque se le había caído casi todo el pelo, que flotaba en la superficie del estanque. Tal vez la cola fuese antes verde, pero ahora era de un absurdo gris sin vida, como su piel. Sus labios habían desaparecido, dejando a la vista un semicírculo de dientes pequeños. Los ojos eran cuencas vacías.

Sin embargo, tiempo atrás había sido hermosa. Estaba tan seguro de eso como de que en su día allí se habían congregado alegres muchedumbres para disfrutar de juegos o entretenimientos. Hermosa y viva y rebosante de magia alegre e inocua. En otro tiempo ella nadaba allí. Ese había sido su hogar, y la gente que había dedicado un rato a visitar ese pequeño oasis la había visto, la sirena los había visto a ellos, y tanto unos como otra se habían refrescado en aquel rincón. Ahora estaba muerta y un asta de hierro sobresalía del lugar donde su cola de pez se convertía en un torso humano, y un revoltijo de tripas grises asomaba del agujero. Solo quedaba un amago de su antigua belleza y su gracia. Estaba tan muerta como cualquier pez que alguna vez hubiera muerto en un acuario y flotaba allí, desvaídos ya sus colores antes alegres. Era un feo cadáver conservado parcialmente por el agua fría. Mientras que una criatura fea de verdad —Hana— vivía aún y cantaba y se tiraba pedos y disfrutaba de su pestilente comida.

Malditos, pensé. *Todos malditos. El mal ha caído sobre esta tierra desventurada*. Aquello no era un pensamiento de Charlie Reade, pero fue un pensamiento real.

Sentí que el odio hacia Hana brotaba dentro de mí, no porque hubiera matado a la sirenita (pensé que la giganta la habría despedazado sin más), sino porque ella, Hana, estaba viva. Y se interpondría en mi camino cuando regresara.

Radar arrancó a toser otra vez, tan fuerte que oí que la cesta crujía detrás de mí. Rompí el hechizo del patético cadáver y pedaleé en torno al estanque, hacia el poste con el sol en lo alto.

3

El reloj de sol ocupaba la parte del hueco donde se estrechaba la V formada por las dos alas del palacio. Delante, un letrero en lo alto de un poste de hierro, descolorido pero legible todavía, advertía: NO PASAR. La esfera tenía alrededor de seis metros de diámetro, con lo que —si no me fallaban las cuentas— la circunferencia medía unos dieciocho metros. Vi las iniciales del señor Bowditch en el lado opuesto. Deseaba examinarlas detenidamente. Me habían guiado hasta allí; ahora que había llegado, tal vez esas últimas me revelaran en qué dirección debía girar el reloj de sol. No era posible cruzar por encima con el triciclo de Claudia, porque un ruedo de estacas negras y blancas de alrededor de un metro de altura delimitaba el perímetro del reloj de sol.

Radar tosió, se atragantó y tosió un poco más. Jadeaba y temblaba. Tenía pegados los párpados de un ojo, pero me miraba con el otro. El pelo adherido al cuerpo me permitía ver —por más que prefiriese no verlo— su lastimosa delgadez, casi esquelética. Desmonté del triciclo y, cogiéndola en brazos, la saqué de la cesta. Noté su temblor convulsivo contra mi pecho: estremecimiento y relajación, estremecimiento y relajación.

—Enseguida, chica, enseguida —dije, con la esperanza de

estar en lo cierto, porque era su única oportunidad… y al señor Bowditch le había dado resultado, ¿no? No obstante, incluso después de ver a la giganta y la sirena, me costaba creerlo.

Pasé por encima de las estacas y atravesé el reloj de sol. Era de piedra y estaba dividido en catorce cuñas. *Ahora me parece que sé cuál es la duración de los días aquí*, pensé. En el centro de cada cuña había un símbolo sencillo grabado, gastado pero reconocible todavía: las dos lunas, el sol, un pez, un pájaro, un cerdo, un buey, una mariposa, una abeja, un haz de trigo, un puñado de bayas, una gota de agua, un árbol, un hombre desnudo y una mujer desnuda que estaba embarazada. Símbolos de la vida, y cuando pasé junto al poste alto situado en el centro, oí el tictac de los ojos de la cara del sol al moverse de un lado a otro, marcando el tiempo.

Pasé por encima de las estacas del extremo opuesto, todavía con Radar en brazos. La lengua le colgaba flácida a un lado de la boca y tosía sin parar. Sí que le quedaba poco tiempo.

Me situé delante del reloj de sol y las iniciales del señor Bowditch. El trazo horizontal de la A era una flecha ligeramente curva que señalaba a la derecha, lo que significaba que, cuando girase el reloj de sol —si es que lo lograba—, debía moverse en dirección contraria a las agujas del reloj. Parecía lógico. Eso esperé. Si me equivocaba, habría recorrido todo aquel camino solo para matar a mi perra envejeciéndola aún más.

Oí voces susurrantes, y no les presté atención. Solo pensaba en Radar, en ella nada más, y sabía lo que debía hacer. Me agaché y la coloqué con delicadeza en la cuña que llevaba grabado el haz de trigo. Ella intentó levantar la cabeza, pero no pudo. La apoyó de costado en la piedra entre las patas y me miró con su único ojo bueno. Estaba tan débil que ya no tosía; se limitaba a resollar.

Que esta sea la manera correcta y, por favor, Dios, que dé resultado.

Me arrodillé y agarré una de las estacas cortas que se sucedían a lo largo de la circunferencia del reloj. Tiré de ella con una mano, luego con las dos. No logré moverlo. Radar había empezado a emitir estertores de asfixia con cada inhalación ahogada. El costado se le hinchaba y contraía como un fuelle. Tiré con más fuerza. Nada. Me acordé de los entrenamientos de fútbol, y de que yo era el único del equipo capaz no solo de desplazar el muñeco de placaje, sino también de derribarlo.

Tira, hijo de puta. ¡Tira por la vida de tu perra!

Me empleé a fondo: piernas, espalda, brazos, hombros. Sentí que la sangre me subía por el cuello en tensión y me llegaba a la cabeza. Se suponía que en Lilimar debía guardar silencio, pero no pude reprimir un gruñido grave, fruto del esfuerzo. ¿Había sido el señor Bowditch capaz de hacer aquello? No veía cómo.

Justo cuando pensaba que ni siquiera así podría moverlo, noté un desplazamiento mínimo hacia la derecha. En modo alguno me veía capaz de tirar con más fuerza y, sin embargo, lo logré; se me hincharon los músculos de los brazos, la espalda y el cuello. El reloj de sol empezó a moverse. Mi perra, en lugar de estar justo delante de mí, se encontraba ya ligeramente a mi derecha. Desplacé el peso hacia el otro lado y comencé a empujar con toda mi alma. Recordé que Claudia había dicho «aviva ese pompis». Desde luego estaba avivándolo de lo lindo, probablemente a punto de volverlo del revés.

En cuanto puse la rueda en movimiento, giró con más facilidad. La primera estaca me rebasó, y agarré la siguiente, volví a desplazar el peso y tiré de ella con todas mis fuerzas.

Cuando esa pasó, agarré la otra. Me recordó al tiovivo de Cavanough Park, y cómo Bertie y yo lo hacíamos girar hasta que los niños montados en él gritaban de júbilo y terror, y sus madres nos pedían a gritos que parásemos antes de que alguno saliera volando.

Radar recorrió un tercio de la circunferencia..., luego la mitad..., luego volvía hacia mí. El reloj de sol giraba ya con más fluidez. Quizá se había disgregado algún antiguo cuajarón de grasa en la maquinaria de debajo, pero seguí tirando de las estacas, para entonces a brazadas, como si trepara por una cuerda. Me pareció advertir un cambio en Radar, aunque pensé que posiblemente eran falsas ilusiones, hasta que el reloj me la trajo después de un giro completo. Tenía los dos ojos abiertos. Tosía, pero el espantoso resuello había cesado y mantenía la cabeza en alto.

El reloj de sol avanzó más deprisa y dejé de tirar de las estacas. Observé a Radar en su segundo circuito y vi que intentaba levantarse sobre las patas delanteras. Tenías las orejas en alto, ya no caídas en actitud abatida. Con la respiración entrecortada y la camiseta húmeda de sudor adherida al pecho y los costados, me puse en cuclillas e intenté calcular cuántas vueltas bastarían. Caí en la cuenta de que aún no sabía qué edad tenía Radar. ¿Catorce años? ¿Quizá incluso quince? Si cada giro equivalía a un año, cuatro vueltas del reloj estarían bien. Seis la devolverían a la plenitud de la vida.

Cuando pasó por delante de mí, vi que no solo se apoyaba en las patas delanteras; iba sentada. Y cuando volvió por tercera vez, noté algo a lo que apenas pude dar crédito: Rades estaba cobrando volumen, aumentando de peso. Aún no era la perra que había dado un susto de muerte a Andy Chen, pero iba camino de serlo.

Solo una cosa me inquietaba: incluso sin que tirara de las

estacas, la velocidad del reloj iba en aumento. A la cuarta vuelta, me pareció advertir que Radar empezaba a preocuparse. A la quinta se la veía asustada, y la corriente de aire que produjo al pasar me apartó de la frente el cabello, empapado de sudor. Tenía que sacarla de allí. Si no, acabaría viendo a mi perra convertida en cachorro, y después… en nada. Arriba, el tictac de los ojos del reloj se había acelerado, y supe que si alzaba la vista, vería esos ojos ir de izquierda a derecha cada vez más deprisa, hasta que no fueran más que un borrón.

En momentos de extrema tensión, pueden pasarse por la cabeza cosas asombrosas. De pronto acudió a mi mente una película del oeste que había visto con mi padre en Turner Classic Movies durante su época de alcoholismo. *El triunfo de Buffalo Bill*, se titulaba. Lo que recordé fue a Charlton Heston galopando como alma que lleva el diablo hacia un solitario puesto fronterizo, donde una saca de correo colgaba de un gancho. Charlton la agarraba sin siquiera reducir la velocidad del caballo, y yo iba a tener que agarrar a Radar de la misma manera. No quería gritar, así que me agaché y tendí los brazos, esperando que ella lo entendiera.

Cuando el reloj de sol completó la vuelta y ella me vio, se puso en pie. El viento generado por la esfera en rotación le alborotaba el pelaje como si la acariciaran unas manos invisibles. Si fallaba (Charlton Heston no había fallado con la saca de correo, aunque aquello era una película), tendría que saltar encima yo mismo, agarrarla y volver a saltar a tierra. Podía perder uno de mis diecisiete años durante el proceso, pero a veces las medidas desesperadas son las únicas medidas posibles.

Finalmente, ni siquiera tuve que agarrarla. Poco antes, al poner a Rades en el reloj de sol, no era capaz de caminar sola. Después de cinco —casi seis— vueltas, era una perra totalmente distinta. Contrajo los cuartos traseros, flexionó las ya poderosas patas de atrás y saltó a mis brazos extendidos. Fue como recibir el impacto de un saco de cemento. Caí de espaldas con Radar encima, con sus patas delanteras plantadas en mis hombros. Meneaba la cola con frenesí y me lamía la cara.

—¡Para! —susurré, pero la orden no tuvo mucho efecto, porque me estaba riendo. Siguió lamiéndome.

Al final, me incorporé y la miré bien. Antes pesaba unos veinticinco kilos, quizá menos. En ese momento había aumentado a treinta y cinco o cuarenta. Ya no resollaba ni tosía. La mucosidad seca había desaparecido de su hocico, como si nunca hubiese existido. Las canas se le habían esfumado tanto de la cara como del lomo. Tenía muy poblada la cola, antes raída. Lo mejor de todo —el indicador más claro del cambio operado por el reloj de sol— eran los ojos. Ya no se le veían lechosos y aturdidos, como si no supiera exactamente qué ocurría dentro de ella o en el mundo exterior que la rodeaba.

—Mírate —susurré. Tuve que enjugarme los ojos—. Pero mírate.

4

La abracé y me puse en pie. La posibilidad de encontrar las bolas de oro ni se me pasó por la cabeza. Ya había tentado a la suerte más que suficiente por un día. Con eso bastaba.

Era imposible que esa nueva versión mejorada de Radar cupiese en la cesta de la parte de atrás del triciclo. Solo tuve que echarle una ojeada para darme cuenta de eso. Tampoco tenía la correa. Se había quedado en casa de Claudia, en la carretilla de Dora. Creo que una parte de mí debía de estar convencida de que no volvería a necesitarla.

Me agaché, le rodeé los lados de la cara con las manos y la miré a los ojos de color castaño oscuro.

—Quédate a mi lado. Y estate callada. Chist, Rades.

Volvimos sobre nuestros pasos, yo pedaleando, Radar trotando junto a mí. Hice el esfuerzo de no mirar en el estanque. Cuando nos acercábamos al pasaje de piedra, empezó a llover otra vez. Hacia la mitad, paré y desmonté del triciclo. Ordené a Radar que se sentara y se quedara quieta. Despacio, con la espalda pegada a la pared cubierta de musgo del pasaje, me deslicé hasta el final. Radar me observó, pero no se movió: buena perra. Me detuve cuando vi el brazo dorado de aquel trono grotescamente recargado. Di otro paso, alargué el cuello y comprobé que estaba vacío. La lluvia azotaba el toldo a rayas.

¿Dónde estaba Hana? ¿En qué lado de aquella casa dividida en dos? ¿Y qué hacía?

Preguntas vitales para las que no tenía respuesta. Tal vez seguía tomándose su comida del mediodía, que olía a carne de cerdo pero probablemente no lo era, o quizá se hubiera retirado a sus aposentos para la siesta. Creía que no habíamos tardado tiempo suficiente para dar por supuesto que había terminado de comer, pero no era más que una conjetura. El último rato —primero la sirena, después el reloj de sol— había sido intenso.

Desde donde me hallaba, veía la fuente seca justo enfrente. Nos proporcionaría un buen escondite, aunque solo si la alcanzábamos sin ser vistos. Pese a que no eran más de cincuenta metros, cuando imaginé las consecuencias de que nos sorprendieran en ese espacio abierto, se me antojó mucho más lejos. Agucé el oído, atento a la atronadora voz de Hana, más estentórea incluso que la de Claudia, pero no la oí. Alguna que otra estrofa de la canción del clavo nabo me habría sido útil para localizarla, pero he aquí una cosa que aprendí en la ciudad embrujada de Lilimar: los gigantes nunca cantan cuando tú quieres.

No obstante, había que tomar una decisión, y decidí tratar de llegar a la fuente. Regresé hasta Radar y me disponía a montar en el triciclo cuando se oyó un portazo estruendoso a la izquierda del extremo del pasaje. Radar se sobresaltó y se volvió hacia allí al tiempo que un gruñido grave empezaba a formarse en el fondo de su pecho. La agarré antes de que se transformara en una andanada de ladridos y me agaché.

—Calla, Radar, chist.

Oí mascullar a Hana —algo que no distinguí—, y sonó otro de aquellos extraordinarios pedos. Con ese no me entraron ganas de reír, porque ella se paseaba lentamente ante la entrada del pasaje. Si miraba a su derecha, Radar y yo podíamos arrimarnos a la pared y quizá pasar inadvertidos en la penumbra, pero el triciclo de Claudia era demasiado grande para no verlo, incluso si Hana era miope.

Desenfundé el revólver del señor Bowditch y lo sostuve a un lado. Si se volvía hacia nosotros, le dispararía, y sabía exactamente a qué apuntaría: la hendidura enrojecida que le descendía por el centro de la frente. Nunca había practicado con el arma del señor Bowditch (ni con ningún arma), pero tenía buena vista. Podía fallar la primera vez, y, aun así, dispondría de otras cuatro oportunidades. ¿En cuanto al ruido? Me acordé de los huesos desperdigados alrededor del trono y pensé: *A la mierda el ruido.*

No miró en dirección a nosotros ni tampoco hacia la fuente. Mantenía la vista fija en sus pies y seguía musitando tal como hacía mi padre, recordé, antes de pronunciar un discurso en la cena anual de Overland National Insurance cuando ganó el premio al Empleado Regional del Año. Sostenía algo en la mano izquierda, pero permaneció casi oculto tras su cadera hasta que se lo llevó a la boca. Hana se perdió de vista justo cuando se disponía a morderlo, y mejor así. Estoy casi seguro de que era un pie, y de que tenía ya un mordisco en forma de medialuna a un lado, por debajo del tobillo.

Temí que pudiera acomodarse en el trono para zamparse su postre, pero por lo visto la lluvia, pese a la protección del toldo, la disuadió. O quizá solo le apetecía echarse una siesta. Fuera como fuese, se oyó otro portazo, este a nuestra derecha, y después todo quedó en silencio. Enfundé el arma y me senté junto a mi perra. Incluso en la penumbra, veía lo bien que estaba Radar, joven y fuerte. Me alegré. Tal vez os parezca una palabra insustancial, pero a mí no me lo parece. Creo que la alegría es algo muy muy importante. No podía apartar las manos de su pelo y maravillarme de lo denso que lo tenía.

5

No quería esperar; solo quería salir por piernas de Lilimar con mi perra renovada y llevarla a la cochera y verla comer todo lo que pudiese. Que sería mucho, no me cabía duda. Le daría un tarro entero de Orijen y un par de bastoncitos de cecina. Luego contemplaríamos el regreso de las monarcas a su lugar de descanso.

Eso era lo que quería, pero me obligué a esperar y dejar a Hana tiempo para relajarse. Conté hasta quinientos de diez en diez, luego de cinco en cinco, luego de dos en dos. No sabía si era tiempo suficiente para que la descomunal arpía entrara totalmente en modo siesta, sin embargo, no podía esperar más. Alejarme de ella era importante, pero también lo era salir de la ciudad antes de que oscureciera, y no solo por los soldados de la noche. Algunas de las marcas del señor Bowditch estaba muy desvaídas, y si perdía el rastro, me vería en apuros.

—Vamos —dije a Radar—. Pero silencio, chica, silencio.

Tiré del triciclo porque quería tenerlo a mi espalda si de pronto Hana salía y atacaba. Mientras ella lo apartaba de un golpe, tal vez yo tuviera tiempo de desenfundar y disparar. Además, estaba Radar, que había recuperado su peso de combate. Sospechaba que, si Hana se metía con Rades, perdería algo de carne. Eso, pensé, sería agradable verlo. Ahora bien, ver a Hana partirle el cuello a Radar de un brutal manotazo no sería agradable en absoluto.

Me detuve un momento en la salida del pasaje y a continuación me encaminé hacia la fuente con Radar al lado. Había partidos (en especial contra nuestro principal rival, el St. John's) que parecían no terminar nunca, pero el paseo en aquel espacio abierto entre la casa de Hana y la fuente seca de la plaza fueron los cincuenta metros más largos de mi vida. Seguía esperando oír el *fi, fa, fo, fum* en versión empisaria y el temblor del suelo bajo sus pies cuando viniera corriendo hacia nosotros.

Un ave graznó —quizá un cuervo, quizá un buitre—, pero no se oyó nada más. Llegamos a la fuente y me apoyé en ella para enjugarme de la cara una mezcla de sudor y agua de lluvia. Radar me miraba. Ya no temblaba ni se estremecía; tampoco tosía. Sonreía. Para ella aquello era una aventura.

Volví a echar un vistazo atrás en busca de Hana. Luego monté y empecé a pedalear en dirección al elegante bulevar dividido en dos donde, en un tiempo lejano, la élite sin duda se reunía para merendar y comentar los últimos chismorreos de la corte. Quizá por las noches se organizaban barbacoas empisarias o cotillones a la luz de los faroles en los grandes jardines traseros invadidos ahora por la mala hierba, los cardos y flores peligrosas.

Avanzaba a buen ritmo, pero Radar mantuvo el paso sin dificultad, al trote, con la lengua colgándole despreocupadamente a un lado de la boca. Ahora llovía con fuerza, pero yo apenas lo notaba. Lo único que deseaba era desandar el camino y abandonar la ciudad. Ya me secaría entonces, y si cogía un resfriado, sin duda Claudia me atiborraría de caldo de pollo antes de que partiera hacia casa de Woody..., luego hacia la de Dora..., luego hacia la mía. Mi padre me echaría un rapapolvo, pero cuando viera a Radar, se...

¿Se qué?

Decidí no preocuparme por eso todavía. El primer objetivo era salir de aquella desapacible ciudad, que no estaba vacía ni mucho menos. Y que no acababa de quedarse quieta.

6

Debería haber sido sencillo, sin más complicación que seguir las marcas del señor Bowditch en sentido inverso, yendo en dirección contraria a la que indicaban las flechas hasta llegar a la puerta principal. Sin embargo, cuando alcanzamos el punto donde habíamos entrado en el ancho bulevar, las iniciales habían desaparecido. Tenía la certeza de que estaban en un adoquín frente a un edificio descabalado rematado con una cúpula de cristal sucia, pero no vi ni rastro de ellas. ¿Podía haberlas borrado la lluvia? Parecía improbable, teniendo en cuenta todo lo que debía de haber llovido a lo largo de los años, y aquellas en particular estaban aún bastante claras. Lo más probable era que me hubiera equivocado.

Seguí pedaleando por el bulevar, en busca de las letras **AB**.

Después de dejar atrás otras tres calles adyacentes sin ver la menor señal de ellas, me di media vuelta y volví hasta el edificio de la cúpula, el que tenía aspecto de banco.

—*Sé* que estaban aquí —dije, y señalé la calle tortuosa en dirección a una maceta de arcilla volcada que contenía un arbolito muerto—. Me acuerdo de eso. Supongo que, después de todo, la lluvia sí ha borrado las marcas. Vamos, Rades.

Intranquilo, continué pedaleando despacio, atento a las siguientes iniciales. Porque formaban una cadena, ¿no? Algo así como la cadena que me había llevado desde el fatal accidente de mi madre en el maldito puente hasta el cobertizo del señor Bowditch. Si un eslabón se rompía, existían muchas posibilidades de que me perdiera. «Al anochecer, aún estarías vagando por ese infierno», había dicho Claudia.

Por esa estrecha calleja, dimos a un pasaje de antiguas tiendas abandonadas. Creí que habíamos pasado por allí, pero tampoco había iniciales. Si bien me pareció reconocer lo que tal vez fuera una botica en una acera, el edificio desmoronado de ojos vacíos en la acera de enfrente no me sonaba de nada. Miré alrededor en busca del palacio con la esperanza de orientarme, pero apenas resultaba visible bajo la lluvia torrencial.

—Radar —dije, y señalé la esquina—, ¿hueles algo?

Fue hacia donde le indicaba y olfateó la acera en mal estado; después me miró, esperando más instrucciones. No tenía ninguna que darle, y desde luego no la culpaba. Al fin y al cabo, habíamos ido hasta allí en el triciclo, e incluso si hubiésemos ido a pie, el aguacero habría eliminado cualquier rastro.

—Vamos —dije.

Seguimos por allí porque me parecía recordar la botica, pero también porque teníamos que ir por *algún sitio*. Pensé que lo mejor sería mantener el palacio a la vista e intentar encontrar el camino de regreso a la calle de los Gallien. Utilizar la vía principal podía ser peligroso —eso parecía desprenderse del hecho de que las señales del señor Bowditch la eludieran—, pero nos llevaría fuera de allí. Como ya he dicho, era una línea recta.

El problema era que las calles parecían empeñadas en alejarnos del palacio más que aproximarnos a él. Incluso cuando la lluvia aflojaba y alcanzaba a ver de nuevo los tres chapiteles, siempre parecían más lejos. El palacio quedaba a nuestra izquierda, y encontré muchas calles que iban en esa dirección, pero al final siempre quedaban cortadas o se desviaban de nuevo a la derecha. Los susurros eran más audibles. Pese a que procuré quitarles importancia pensando que era el viento, no pude. El aire no se movía. En la periferia de mi visión, me pareció que en un edificio de dos plantas crecía una tercera, pero cuando miré atrás, tenía solo dos. Tuve la impresión de que un edificio cuadrado se expandía hacia mí. Una gárgola —representaba una criatura mitológica, quizá un grifo— pareció volver la cabeza para observarnos.

Si Radar vio o percibió algo de eso, no le inquietó, quizá por el placer que le producía su renovada fortaleza, pero a mí sí me inquietaba, y mucho. Cada vez me costaba más no pensar en Lilimar como en una entidad viva, semisintiente y decidida a no dejarnos marchar.

La calle terminó ante nosotros en un barranco escarpado lleno de cascotes y agua estancada: tampoco allí había salida. Dejándome llevar por un impulso, doblé por un callejón tan estrecho que las ruedas traseras del triciclo arrancaron fragmentos rojos de las paredes de ladrillo. Radar me precedía. De repente se detuvo y se puso a ladrar. Eran ladridos sonoros y potentes, salidos de unos pulmones sanos.

—¿Qué pasa?

Volvió a ladrar y se sentó, con las orejas levantadas, mirando hacia la otra punta del callejón bajo la lluvia. Y de pronto, de detrás de la esquina de la calle en la que desembocaba el callejón, llegó una voz aguda que reconocí en el acto.

—¡Hola, salvador de insectos! ¿Todavía eres un chico irritable o ahora eres un chico asustado? ¿Uno que quiere irse corriendo a casa con su mamá pero no encuentra el camino?

A eso siguieron unas carcajadas.

—He borrado tus marcas con lejía, ¿sabes? ¡A ver si encuentras el camino de salida de Lily antes de que los soldados de la noche salgan a jugar! ¡Para mí no es problema, este hombrecito se conoce las calles como la palma de la mano!

Era Peterkin, pero yo, en mi imaginación, veía a Christopher Polley. Polley tenía al menos una razón para buscar venganza: le había roto las manos. ¿Qué le había hecho yo a Peterkin, aparte de obligarlo a dejar de torturar a un grillo rojo enorme?

Avergonzarlo, eso era. No se me ocurría otra razón. Pero yo sabía algo que él casi con toda seguridad ignoraba: la perra moribunda que él había visto en la Carretera del Reino no era la perra con la que viajaba en ese momento. Radar me miraba. Señalé hacia el otro extremo del callejón.

—¡A POR ÉL!

No hizo falta que se lo dijera dos veces. Rades corrió hacia aquella desagradable voz, chapoteando con las patas en el agua teñida de polvo de ladrillo, y dobló la esquina como una flecha. Oí el chillido de sorpresa de Peterkin. A eso siguió una andanada de ladridos —de los que tanto habían asustado a Andy Chen tiempo atrás— y después un alarido de dolor.

—¡Te arrepentirás! —gritó Peterkin—. ¡Tú y tu condenado perro!

Te cogeré, preciosa, pensé mientras pedaleaba por el estrecho callejón, recordando la frase de la bruja en *El mago de Oz*. No podía ir tan deprisa como quería porque los tapacubos de las ruedas traseras rozaban las paredes. *Te cogeré, y a tu chucho, también.*

—¡Sujétalo! —grité—. ¡Sujétalo, Radar!

Si ella conseguía retenerlo, Peterkin podía sacarnos de allí. Lo convencería, tal como había convencido a Polley.

Pero, cuando me acercaba al extremo del callejón, Radar dobló de nuevo la esquina. Los perros pueden parecer avergonzados —cualquiera que haya vivido con uno lo sabe—, y esa era la expresión de ella en ese momento. Peterkin había escapado, aunque no indemne. Entre los dientes, Radar tenía un jirón considerable de tela de color verde vivo, que solo podía proceder del calzón de Peterkin. Mejor aún, advertí dos manchas de sangre.

Llegué al final del callejón, miré a la derecha y lo vi trepar a la cornisa de la segunda planta de un edificio de piedra unos veinte o treinta metros calle abajo. Parecía una mosca humana. Vi el canalón metálico al que debía de haberse subido para escapar de Radar (aunque no lo bastante rápido, ja, ja), y mientras lo observaba se encaramó a una repisa y se quedó allí en cuclillas. Parecía a punto de desmoronarse, y albergué la esperanza de que cediera bajo su peso, pero no tuve esa suerte. Tal vez habría ocurrido si Peterkin hubiera sido de tamaño normal.

—¡Pagarás por esto! —vociferó, blandiendo el puño en mi dirección—. ¡Los soldados de la noche, de entrada, matarán a tu condenado perro! ¡Espero que a ti no te maten! ¡Quiero ver cómo Molly la Roja te saca las tripas en la Justa!

Desenfundé el 45, pero antes de que pudiera disparar (dada la distancia, casi con toda seguridad habría fallado), profirió otro de aquellos gritos desapacibles y, tras rodearse las diminutas rodillas con los diminutos brazos y encogerlas contra el diminuto pecho, se echó hacia atrás por una ventana y desapareció.

—Bien —dije a Radar—, ha sido emocionante, ¿no? ¿Qué te parece si salimos de aquí por patas?

Radar ladró una vez.

—Y suelta ese trozo de pantalón antes de que te envenene.

Radar obedeció, y seguimos avanzando. Cuando pasamos por delante de la ventana por la que había desaparecido Peterkin, permanecí atento por si acaso, esperando que asomara como el blanco de una galería de tiro, pero tampoco tuve esa suerte. Supongo que los cobardes como él no conceden una segunda oportunidad…, aunque a veces (si el destino es benévolo) dispones de una tercera.

Podía abrigar esa esperanza.

19

El problema con los perros. El pedestal. El cementerio. La puerta exterior.

1

El problema con los perros (en el supuesto de que no les pegues, claro) es que confían en ti. Tú les proporcionas alimento y cobijo. Eres el que puede rescatar el mono chillón de debajo del sofá con una de tus hábiles garras de cinco dedos. También eres el que les da amor. El problema con esa clase de confianza incondicional es que conlleva un alto grado de responsabilidad. En general, está bien que así sea. En la situación en que nos hallábamos, la cosa era muy distinta.

Era evidente que Radar se lo estaba pasando en grande, prácticamente brincaba junto a mí, ¿y por qué no? Ya no era la pastora alemana anciana y medio ciega con la que había tenido que cargar, primero en la carretilla de Dora y después en la cesta del enorme triciclo de Claudia. Volvía a ser joven, volvía a ser fuerte, incluso había tenido la oportunidad de desgarrarle los fondillos del pantalón a un enano viejo y vil. Se sentía a gusto en su cuerpo y también en su espíritu. Estaba con el humano que le proporcionaba alimento, cobijo y amor. En su mundo, todo era la repanocha.

Yo, en cambio, a duras penas sobrellevaba el pánico. Si alguna vez os habéis perdido en una gran ciudad, sabréis de qué hablo. Solo que allí no había ningún amable desconocido al que pedir indicaciones y la propia ciudad se había vuelto en mi contra. Una calle llevaba a otra, pero cada nueva calle no llevaba más que a salidas cortadas donde las gárgolas me miraban con malas intenciones desde grandes edificios de paredes ciegas que, cada vez que me volvía para comprobar si Peterkin nos seguía con sigilo, habría jurado que antes no estaban allí. La lluvia se redujo a una llovizna, pero a menudo el palacio quedaba oculto por edificios que parecían crecer en cuanto apartaba la mirada.

Y había algo peor. Cuando conseguía atisbar el palacio, tenía la impresión de que siempre estaba en un sitio distinto al que preveía. Como si también él se moviera. Podría haber sido una ilusión óptica originada por el miedo —eso me repetía una y otra vez—, pero no acababa de creérmelo. La tarde avanzaba, y cada giro erróneo me recordaba que se acercaba el anochecer. El hecho era claro y manifiesto: gracias a Peterkin, me había desorientado por completo. Casi esperaba ir a dar a una casa de caramelo donde una bruja nos invitara a entrar a mí y a mi perra, yo Hansel, ella Gretel.

Entretanto, Radar continuaba trotando al ritmo del triciclo, mirándome con su sonrisa canina que casi proclamaba: *¿A que nos lo estamos pasando bien?*

Seguimos adelante. Y seguimos.

Cada tanto yo alcanzaba a ver claramente el cielo ante mí y me ponía en pie sobre los pedales del triciclo en un esfuerzo por avistar la muralla de la ciudad, que tenía que ser el elemento más grande del paisaje, a excepción de los tres chapiteles del palacio. No la veía. Y esos chapiteles quedaban ahora a mi derecha, lo cual parecía imposible. Lógicamente si hubiese cruzado por delante del palacio, habría atravesado la calle de los Gallien, y eso no había ocurrido. Me entraron ganas de gritar. Me entraron ganas de hacerme un ovillo con las manos en torno a la cabeza. Quería buscar a un policía, que era lo que, según mi madre, debían hacer los niños si se perdían.

Y durante todo ese tiempo, Radar me sonreía: *¿No es una pasada? ¿No es sencillamente requeteguay?*

—Estamos en apuros, chica.

Seguí pedaleando. Ya no había en el cielo una sola franja azul, y por supuesto ni el menor asomo de sol por el que guiarme. Solo edificios hacinados, algunos derruidos, otros simplemente vacíos, todos de algún modo hambrientos. El único sonido eran aquellos susurros leves y monótonos. De haber sido continuos, tal vez me habría acostumbrado, pero no lo eran. Llegaban a ráfagas, como si pasáramos por delante de parroquias de feligreses muertos invisibles.

Aquella espantosa tarde (me resulta imposible transmitir lo espantosa que fue) pareció prolongarse eternamente, pero al final empecé a percibir el primer asomo del anochecer. Creo que lloré un poco, aunque no lo recuerdo bien. Si fue así, posiblemente fue tanto por Radar como por mí. La había llevado hasta allí y había logrado mi objetivo, pero al final no serviría de nada. Por aquel maldito enano. Ojalá Radar le hubiese desgarrado la garganta en lugar de los fondillos del pantalón.

Lo peor era la confianza que veía en Radar cada vez que me miraba.

Has confiado en un tonto, pensé. *Qué mala suerte la tuya, cariño.*

2

Llegamos a un parque lleno de maleza delimitado en tres de los lados por edificios grises con balcones vacíos. Me parecieron una mezcla entre los bloques de apartamentos caros de la Costa Dorada de Chicago y los módulos de una cárcel. En el centro, sobre un pedestal muy alto, se alzaba una estatua gigantesca. En apariencia, eran un hombre y una mujer que flanqueaban una mariposa enorme, pero, como casi todas las otras obras de arte que había visto en Lilimar (por no hablar de la pobre sirena asesinada), estaba prácticamente destruida. La cabeza y un ala de la mariposa habían quedado pulverizadas. Conservaba la otra ala, y basándome en su forma (había desaparecido todo el color, si es que en algún momento lo hubo), tuve la seguridad de que era una monarca. El hombre y la mujer quizá fueran antaño un rey y una reina, pero era imposible saberlo, porque los dos habían desaparecido de rodillas para arriba.

Mientras observaba aquel retablo destrozado, sonaron

tres campanadas por toda la ciudad embrujada, espaciadas y solemnes. «¡No es necesario que cruces la puerta antes de las tres campanadas —había dicho Claudia—, pero debes estar fuera de Lilimar poco después! ¡Antes de que oscurezca!».

Pronto oscurecería.

Volví a pedalear —consciente de que sería inútil, consciente de que estaba atrapado en la telaraña que Peterkin había llamado Lily, preguntándome qué nuevos horrores nos traerían los soldados de la noche cuando fueran a por nosotros—, y de pronto me detuve, asaltado por una repentina idea que era delirante y del todo razonable a un tiempo.

Di media vuelta y regresé al parque. Me dispuse a desmontar del triciclo, calculé la altura del pedestal en el que se alzaba el retablo destrozado y cambié de idea. Pedaleando, me adentré entre la hierba alta, esperando que no hubiera ninguna de aquellas horribles flores amarillas que me quemaban. Esperé asimismo que el triciclo no se atascara, porque la tierra estaba blanda después de tanta lluvia. Me esforcé y seguí pedaleando. Radar permaneció junto a mí, no caminando ni corriendo, sino saltando. Incluso en aquellas circunstancias, era un espectáculo maravilloso.

Agua estancaba rodeaba el retablo escultórico. Me detuve en el charco, colgué la mochila del manillar, me puse de pie sobre el sillín del triciclo y estiré los brazos. De puntillas, apenas llegaba con los dedos al arenoso borde del pedestal. Dando gracias a Dios por mantenerme aún en buena forma, hice una dominada, apoyé primero un antebrazo y luego el otro en la superficie salpicada de esquirlas de piedra, y a continuación me encaramé como pude. Hubo un momento complicado en que pensé que iba a caer de espaldas, precipitándome sobre el triciclo y probablemente rompiéndome algo, pero, con un impulso final, logré aferrarme al pie de piedra de la mujer. Me hice un par de buenos arañazos en el abdomen al arrastrarme por los cascotes para acabar de subirme, pero nada grave.

Radar me miraba y ladraba. Le dije que callara y obedeció. Pero seguía meneando la cola: *¿No es maravilloso, este chico? ¡Fijaos a qué altura está!*

Me erguí y me agarré al ala restante de la mariposa. Tal vez conservara un poco de magia —de la buena—, porque sentí que parte de mi miedo remitía. Sujeto a ella, primero con una mano y después con la otra, realicé un lento giro de trescientos sesenta grados. Vi que los tres chapiteles del palacio se recortaban contra el cielo, cada vez más oscuro, y en ese momento se hallaban aproximadamente donde me decía que debían estar lo que me quedaba del sentido de la orientación. No vi la muralla, y en realidad tampoco esperaba verla. El pedestal donde me hallaba era alto, pero había muchos edificios de por medio. Intencionadamente, no me cabía duda.

—Espera, Radar —dije—. No tardo. —Confiaba en que fuera así. Me agaché y cogí un trozo de piedra afilado y lo sostuve en la mano sin apretar.

El tiempo pasaba. Conté hasta quinientos de diez en diez, luego de cinco en cinco, luego perdí la cuenta. Me preocupaba mucho la creciente oscuridad. Casi sentía como se escapaba la luz del día, como sangre de una herida grave. Al final, cuando empezaba a creer que me había subido allí para nada, vi que surgía una mancha oscura en lo que había decidido llamar el sur. Venía hacia mí. Las monarcas regresaban a pasar la noche. Estiré el brazo, apuntándolo como un rifle hacia las mariposas que se aproximaban. Perdí de vista la nube cuando volví a arrodillarme, pero mantuve el brazo recto. Utilicé el filo de la piedra que había cogido para realizar una marca en el costado del pedestal; a continuación, orienté la mano extendida hacia una brecha entre dos edificios situados al otro lado del parque. Era un comienzo. En el supuesto de que la brecha no desapareciera, claro.

Giré sobre las rodillas y deslicé las piernas por el borde. Mi intención era sujetarme hasta quedar suspendido del costado del pedestal, pero me resbalaron las manos y caí. Radar dejó escapar un único ladrido de alarma. Sabía que, al aterrizar, debía flexionar las rodillas y rodar. La tierra estaba blanda a causa de la lluvia, lo cual era bueno. Quedé cubierto de barro y agua de la cabeza a los pies, lo cual no fue bueno. Me levanté (y estuve a punto de caerme sobre la ansiosa perra), me limpié la cara y busqué la marca. Apunté la mano hacia ella y vi con alivio que la brecha entre los edificios seguía allí. Los edificios —de madera, no de piedra— se erigían en diagonal al otro lado del parque. Vi agua estancada en algunos sitios y supe que el triciclo se quedaría atascado si intentaba pasar con él por allí. Tendría que ofrecerle una disculpa a Claudia por dejarlo, pero ya me preocuparía de eso cuando la viera. Si llegaba a verla.

—Vamos, chica. —Me eché la mochila a los hombros y apreté a correr.

3

Chapoteamos por los amplios charcos de agua estancada. Algunos eran poco profundos, pero en algunos sitios el agua me llegaba casi hasta las rodillas, y notaba que el barro intentaba succionarme las zapatillas. Radar me seguía el ritmo con facilidad, con la lengua oscilante y los ojos llenos de vida. Tenía el pelo húmedo y pegoteado al cuerpo, nuevamente musculoso, pero no parecía importarle. ¡Estábamos en plena aventura!

Los edificios parecían almacenes. Los alcanzamos y nos detuvimos el tiempo suficiente para situarnos de nuevo y atarme el cordón de una de las zapatillas empapadas. Volví a mirar en dirección al pedestal. Ya no distinguía la marca —el retablo destruido quedaba como mínimo a cien metros por detrás de nosotros—, pero sabía dónde estaba. Señalé con los dos brazos, atrás y adelante; a continuación, eché a correr entre los edificios con Radar al lado. Eran almacenes, no cabía duda. Percibía vestigios del antiguo olor del pescado que habían guardado allí en otra época. La mochila botaba y rebotaba. Salimos a una estrecha calleja entre más almacenes. Daba la impresión de que en todos hubieran entrado por la fuerza mucho tiempo atrás, probablemente para saquearlos. Los dos que teníamos justo enfrente estaban tan juntos que era imposible pasar entre ellos, así que me desvié a la derecha, encontré un callejón y corrí por él. Fue a dar a un jardín invadido por la mala hierba. Torcí rápidamente a la izquierda, de vuelta, esperaba, a mi anterior línea recta, y seguí corriendo. Intenté convencerme de que aún no era el crepúsculo —todavía no, todavía no—, pero sí lo era. Claro que lo era.

Una y otra vez tuve que rodear edificios que nos salían al paso, y una y otra vez traté de recuperar la trayectoria recta hacia donde había visto las mariposas. Ya no estaba seguro de si iba o no por el camino correcto, pero debía intentarlo. No me quedaba otra opción.

Pasamos entre dos grandes casas de piedra, por un espacio tan estrecho que me vi obligado a avanzar de lado (Radar no tuvo ese problema). Salí y a la derecha, por un sendero entre lo que en su día tal vez fueran un magnífico museo y un invernadero de cristal, vi la muralla de la ciudad. Se alzaba por encima de los edificios del lado opuesto de la calle. La parte superior se perdía de vista entre unas nubes muy bajas en la creciente penumbra.

—¡Radar! ¡Vamos!

Esa penumbra impedía saber si había oscurecido realmente o no, pero mucho me temía que sí. Corrimos por la calle a la que habíamos salido. No era la calle correcta, pero estaba cerca de la calle de los Gallien, estaba seguro. Más adelante, al otro lado de la calle, los edificios daban a paso a un cementerio. Contenía numerosas lápidas ladeadas, placas conmemorativas y varias construcciones que debían de ser criptas. Era el último lugar en el que deseaba aventurarme después de que anocheciera, pero si no me equivocaba —*por favor, Dios mío, que sea por aquí*, supliqué—, ese era el camino que debíamos tomar.

Crucé corriendo la alta verja de hierro entreabierta, pero Radar vaciló por primera vez, con las patas delanteras plantadas en una losa de cemento disgregado y las patas traseras en la calle. Yo me detuve también, lo justo para recobrar el aliento.

—¡A mí tampoco me gusta, chica, pero tenemos que seguir, así que vamos!

Vino. Avanzamos en zigzag entre las lápidas ladeadas. Empezaba a formarse una bruma vespertina por encima de la mala hierba y los cardos. Vi una verja de hierro forjado a unos cuarenta metros. Parecía demasiado alta para saltarla incluso si no hubiese ido acompañado de mi perra, pero había una cancela.

Tropecé con una lápida y caí de bruces. Empecé a levantarme, pero de pronto me quedé inmóvil, sin dar crédito en un primer momento a lo que veía. Radar ladraba como loca. De la tierra asomaba una mano reseca a través de cuya piel desgarrada se veía el hueso amarillento. Se abría y se cerraba, agarrando y soltando pequeños puñados de tierra húmeda.

Cuando veía esas cosas en las pelis de terror, me reía y silbaba junto con mis amigos y cogía más palomitas de maíz. En ese momento no me reí. Grité… *y la mano me oyó*. Se volvió hacia mí como una puta antena parabólica y se cerró en torno al aire, cada vez más oscuro.

Me levanté de un salto y apreté a correr. Rades corrió a mi lado, ladrando y gruñendo y mirando hacia atrás. Llegué a la cancela del cementerio. Estaba cerrada con llave. Retrocedí, bajé un hombro y la embestí tal como en otro tiempo embestía a los defensas del equipo rival. Se sacudió, pero no cedió. Los ladridos de Radar iban a más, eran ya casi aullidos, como si también ella intentara gritar.

Miré atrás y vi que salían más manos de la tierra, como flores fantasmagóricas con dedos en lugar de pétalos. Primero unas pocas, luego docenas. Quizá centenares. Y ocurrió otra cosa, algo peor: se oyeron los chirridos de goznes herrumbrosos. Las criptas iban a dejar salir a sus muertos. Recuerdo que pensé que castigar a los intrusos era una cosa —comprensible—, pero aquello era ridículo.

Embestí de nuevo la cancela con todas mis fuerzas. La cerradura se rompió. La cancela cedió, y la atravesé tambaleándome, agitando los brazos en un intento de mantener el equilibrio. Cuando ya casi lo había conseguido, tropecé con algo, quizá un bordillo, y caí de rodillas.

Alcé la vista y vi que estaba en la calle de los Gallien.

Al levantarme, me escocían las rodillas y tenía el pantalón rasgado. Me volví hacia el cementerio. Nada nos perseguía, pero el saludo de despedida de aquellas manos ya era bastante malo. Pensé en la fuerza que se necesitaba para reventar la tapa de un ataúd y abrirse paso a través de la tierra. Que yo supiera, bien podía ser que en Empis no se tomaran la molestia de usar ataúdes; quizá se contentaban con amortajar a sus muertos. La bruma terrestre había adquirido un resplandor azul, como si estuviera electrificada.

—¡*CORRE!* —grité a Radar—. ¡*CORRE!*

Corrimos hacia la puerta. Corrimos hacia la salvación.

4

Habíamos salido a la calle mucho más allá de donde nos habíamos desviado para seguir las marcas del señor Bowditch, pero vi la puerta exterior en la creciente penumbra. Quizá estaba a más de quinientos metros, quizá no tan lejos. Jadeaba y me pesaban las piernas. En parte se debía a que el pantalón se me había empapado de barro y agua al caer del pedestal, pero era sobre todo simple agotamiento. Había practicado deportes durante toda mi vida académica, pero había eludido el baloncesto no solo porque no me caía bien el entrenador Harkness, sino también porque, dado mi tamaño y mi peso, lo cierto es que correr no era lo mío. Había una razón por la que jugaba en primera base durante la temporada de béisbol: era la posición defensiva que requería menos velocidad. Tuve que aminorar. Pese a que la distancia hasta la puerta no parecía reducirse, era lo mínimo que podía hacer si no quería acabar con un calambre y verme obligado a parar.

De pronto Radar miró hacia atrás y se puso a lanzar de nuevo aquellos ladridos agudos de miedo. Al volverme, vi un grupo de luces azules brillantes que venían hacia nosotros desde el palacio. Tenían que ser los soldados de la noche. No perdí tiempo en tratar de convencerme de que no era así; sencillamente volví a apretar el paso.

Tomaba y expulsaba el aire, cada aspiración y espiración más forzada que la anterior. El corazón me latía de un modo atronador. Puntos luminosos empezaron a palpitar ante mis ojos, expandiéndose y contrayéndose. Volví a mirar atrás y vi que las luces azules se acercaban. Y para entonces iban acompañadas de piernas. Eran hombres, cada uno rodeado por intensas auras azules. Aún no veía sus rostros, y tampoco quería verlos.

Di un traspié estúpidamente, mantuve el equilibrio y continué corriendo. Había oscurecido del todo, pero la puerta era de un tono gris más claro que el de la muralla, y advertí que estaba más cerca. Pensé que, si podía seguir corriendo, teníamos una oportunidad.

Empecé a sentir una punzada en el costado, al principio nada serio, pero iba a más. Me subía por las costillas y penetraba en la axila. Sentía en la frente el vaivén del cabello, húmedo y embarrado. La mochila me golpeteaba la espalda, todo un lastre. Me la quité y la dejé en un zarzal junto a un edificio con torretas flanqueado por postes a rayas rojas y blancas con mariposas de piedra en lo alto. Esas monarcas estaban intactas, probablemente porque, a esa altura, no eran accesibles sin escaleras de mano.

Volví a tropezar, esta vez con una maraña de cables de trolebús caídos, recobré el equilibrio y continué corriendo. Se acercaban. Pensé en el 45 del señor Bowditch, pero incluso si servía de algo contra aquellas apariciones, eran demasiadas.

Entonces ocurrió algo extraordinario: de repente tuve la impresión de que mis pulmones eran más profundos y la punzada del costado desaparecía. Nunca había prolongado mis carreras tanto como para experimentar un segundo aliento, pero sí me había ocurrido alguna que otra vez en viajes largos en bicicleta. Aunque sabía que no duraría, tampoco haría falta. La puerta estaba ya a apenas cien metros. Me arriesgué a lanzar otra mirada hacia atrás y vi que la resplandeciente tropa de soldados de la noche ya no ganaba terreno. Miré al frente y aceleré aún más, la cabeza atrás, los puños en movimiento, respirando más hondo que nunca. A lo largo de unos treinta metros incluso adelanté a Radar. Enseguida me alcanzó y me miró. Ya no lucía en la cara la sonrisa de *¿A que es divertido?*; tenía las orejas aplastadas contra el cráneo y en torno a sus iris castaños se veían unos anillos blancos. Parecía aterrorizada.

Por fin la puerta.

Aspiré hondo por última vez y grité:

—*¡ÁBRETE EN NOMBRE DE LEAH DE LOS GALLIEN!*

La antigua maquinaria situada bajo la puerta cobró vida con un chirrido, que enseguida dio paso a un retumbo grave. La puerta tembló y comenzó a deslizarse por el riel oculto, pero despacio. Demasiado despacio, temí. ¿Podían salir de la ciudad los soldados de la noche si llegábamos a escabullirnos? Sospechaba que no, que sus intensas auras azules se apagarían y ellos se desmoronarían… o se fundirían, como la Bruja Mala del Oeste.

Tres centímetros.

Cinco.

Vi una rendija minúscula del mundo exterior, donde había lobos pero no hombres azules resplandecientes ni manos putrefactas que asomaran de la tierra de un cementerio.

Miré atrás y los vi realmente por primera vez: veinte o más hombres de labios granates, del color de la sangre seca, y rostros pálidos y apergaminados. Vestían pantalones holgados y camisas extrañamente parecidas a la ropa de faena del ejército. La luz azul brotaba de sus ojos, se derramaba hacia abajo y los envolvía. Sus facciones eran como las de los hombres corrientes pero semitransparentes. Alcancé a entrever los cráneos debajo.

Corrían a toda velocidad hacia nosotros, dejando a su paso pequeñas ascuas azules que se atenuaban y extinguían, pero creí que no llegarían a tiempo. Sería por muy poco pero pensé que escaparíamos.

Ocho centímetros.

Diez.

Dios, qué *lentitud*.

Entonces se oyó el tañido de una antigua campana contra incendios —TOLÓN, TOLÓN, TOLÓN— y la cuadrilla de hombres-esqueletos azules se dispersó, diez o doce a la izquierda y el resto a la derecha. Un vehículo eléctrico, similar a un carrito de golf enorme o a un autobús bajo sin techo, se aproximaba a gran velocidad por la calle de los Gallien. Delante, moviendo de un lado a otro una especie de timón, viajaba un hombre (uso la palabra tras pensarlo bien) cuyo cabello cano le caía a ambos lados de la horrenda cara semitransparente. Era flaco y alto. Otros se apiñaban detrás de él; sus auras azules se superponían y se derramaban en el pavimento mojado como sangre extraña. El conductor apuntaba con el vehículo hacia mí, decidido a aplastarme contra la puerta. Después de todo, yo no lo conseguiría…, pero mi perra sí.

—¡Radar! ¡Ve con Claudia!

No se movió, se limitó a mirarme aterrorizada.

—*¡Ve, Rades! ¡Por Dios, VE!*

Había abandonado la mochila porque, empapada, pesaba mucho y me obligaba a avanzar despacio. El arma del señor Bowditch era otra cosa. No podía abatir con ella a suficientes soldados de la noche para evitar que me atraparan, ni tenía intención de permitir que se apropiaran de ella. Me desprendí el cinturón con sus decorativos tachones y lo lancé a la oscuridad. Si querían el 45, tendrían que salir a buscarlo fuera de la ciudad. Luego di una palmada a Radar en los cuartos traseros, con fuerza. La luz azul me envolvió. Sé que uno puede resignarse a la muerte, porque en aquel momento eso hice yo.

—¡*VE CON CLAUDIA, VE CON DORA, VE!*

Me lanzó una última mirada dolida —nunca la olvidaré— y a continuación se escabulló a través de la brecha, cada vez más ancha.

Algo me golpeó lo bastante fuerte para arrojarme contra la puerta todavía en movimiento, pero no tanto como para aplastarme contra ella. Vi que el soldado de la noche de cabello cano saltaba por encima de su timón. Vi sus manos extendidas y los huesos de los dedos a través del sebo de su piel resplandeciente. Vi la sonrisa eterna de sus dientes y su mandíbula. Vi que de sus ojos manaba una horrenda fuerza reanimadora.

La puerta ya se había abierto lo suficiente para mí. Esquivé los dedos de aquel ser, ya a punto de cerrarse, y rodé hacia la abertura. Durante un momento vi a Radar de pie en la oscuridad, donde terminaba la Carretera del Reino, mirando atrás. Esperanzada. Me lancé hacia ella con la mano extendida. Entonces aquellos dedos aterradores se cerraron en torno a mi cuello.

—Nada de eso, chaval —susurró el soldado de la noche, el no muerto—. Nada de eso, entero. Has venido a Lily sin invitación, y aquí te quedarás.

Se inclinó más hacia mí, un cráneo sonriente bajo la tensa gasa de piel pálida. Un esqueleto andante. Los otros empezaron a rodearme. Uno gritó una palabra —me pareció que decía Elimar, una combinación de Empis y Lilimar—, pero ahora sé que no era eso. La puerta comenzó a cerrarse. La mano muerta apretó y me impidió respirar.

Ve, Radar, ve y ponte a salvo, pensé, y ya no supe nada más.

20

Cadena perpetua. Hamey. Hora de comer. El Gran Señor. El interrogatorio.

1

Radar se resiste al impulso de volver atrás con su nuevo amo, de regresar hasta la puerta y saltar contra ella, de arañar con las patas delanteras para que la dejen entrar. No lo hace. Tiene órdenes y corre. Se siente como si pudiera correr toda la noche, pero no tendrá que hacerlo porque hay un sitio seguro, si consigue llegar hasta allí.

Plas, plas.

Avanza al trote, manteniendo el cuerpo bajo, cerca del suelo. No hay luz de luna, todavía no, y los lobos no aúllan, pero los percibe cerca. Si hay luz de luna, atacarán, e intuye que habrá. Si la atacan, luchará. Puede que la venzan, pero luchará hasta el final.

Plas, plas.

—¡Despierta, chaval!

Las lunas asoman cuando se abren las nubes, la más pequeña en su eterna persecución de la más grande, y aúlla el primer lobo. Pero allí delante está el carromato rojo, y el refugio donde Charlie y ella pasaron la noche cuando todavía estaba enferma, y si puede llegar allí, y la puerta sigue abierta, podrá colarse dentro. Cree que él no la cerró del todo, aunque no está segura. ¡De eso hace tanto tiempo! Si está abierta, luego puede levantarse sobre las patas traseras y empujarla con las delanteras. Si no está abierta, se colocará de espaldas a ella y luchará hasta que ya no pueda seguir luchando.

Plas, plas.

—¿Quieres perderte otra comida? ¡Quia, quia!

La puerta está entornada. Radar la empuja y
¡PLAS!

2

Esa última por fin hizo añicos el sueño en el que me hallaba sumido, y abrí los ojos bajo una luz vaga y difusa, ante alguien arrodillado junto a mí. El cabello le caía enmarañado hasta los hombros, y estaba tan pálido que por un momento pensé que era el soldado de la noche que conducía el pequeño autobús eléctrico. Me incorporé en el acto. Una punzada de dolor me atravesó la cabeza, seguida de una repentina sensación de mareo. Levanté los puños. El hombre abrió mucho los ojos y retrocedió. Y sí, *era* un hombre, no un ser pálido rodeado de una envoltura de luz azul que brotaba de los ojos. Aquellos ojos estaban hundidos y amoratados, pero eran humanos, y su cabello era de un castaño oscuro casi negro, no gris.

—¡Déjalo morir, Hamey! —exclamó alguien—. ¡Es el puñetero treinta y uno! ¡Ya no esperan a que haya sesenta y cuatro, eso es cosa pasada! ¡Uno más y estamos listos!

Hamey —si así se llamaba— miró hacia la voz. Sonrió, enseñando unos dientes blancos en una cara sucia. Parecía una comadreja solitaria.

—¡Solo pretendo *bredeyer* mi alma, Ojo! ¡Hacer el bien al prójimo, ya sabes! ¡Estamos demasiado cerca del final para no pensar en el más allá!

—Por mí, os podéis ir a la mierda tú y el más allá —dijo el que se llamaba Ojo—. Está este mundo, luego los fuegos artificiales y se acabó.

Me hallaba tendido sobre la piedra fría y húmeda. Por encima del hombro descarnado de Hamey, veía una pared de mampostería que rezumaba agua y, en lo alto, una ventana con reja. Entre los barrotes, nada excepto negrura. Estaba en una celda. *Cadena perpetua*, pensé. No supe de dónde salió la expresión, ni qué sentido tenía. Lo que sí sabía era que me dolía mucho la cabeza y que al hombre que me había despertado a bofetadas le apestaba el aliento como si se le hubiera muerto un animal pequeño dentro de la boca. Ah, y al parecer me había orinado en el pantalón.

Hamey se acercó todavía más. Traté de apartarme, pero tenía más barrotes detrás.

—Se te ve fuerte, chaval. —Su boca, rodeada de un asomo de barba, me hizo cosquillas en la oreja. Fue una sensación horrible y en cierto modo patética—. ¿Tú me *bredeyerás* a mí como yo te he *bredeyido* a ti?

Intenté preguntar dónde estaba, pero solo me salieron fragmentos de sonido. Me humedecí los labios con la lengua. Los tenía secos e hinchados.

—Sed.

—Para eso tengo solución.

Correteó hasta un cubo situado en el rincón de lo que, como ya sabía con certeza, era una celda… Y Hamey era mi compañero de celda. Vestía un pantalón andrajoso que terminaba en las espinillas, como un náufrago en un cómic. La prenda que le cubría el torso era poco más que una camiseta sin mangas. Sus brazos desnudos relucían bajo la luz difusa. Los tenía lastimosamente delgados, pero no parecían grises. A aquella exigua luz, costaba saberlo.

—¡Pedazo de idiota! —Era otro, no ese al que Hamey había llamado Ojo—. ¿Para qué complicar aún más las cosas? ¿Es que la niñera te dejó caer de cabeza cuando eras un bebé? ¡Ese chaval apenas respira! ¡Podrías haberte sentado sobre su pecho y haber acabado con él! ¡Y otra vez treinta, coser y cantar!

Hamey no prestó atención. Cogió una taza de hojalata de un estante situado sobre lo que supuse que era su jergón y la hundió en el cubo. Me la llevó presionando la base con un dedo, tan sucio como el resto de él.

—Tiene un agujero en el fondo —explicó.

Me dio igual, porque no tendría ocasión de gotear mucho. La agarré y engullí. Contenía arenilla, pero también me dio igual. Me supo a gloria.

—Ya puestos, chúpasela. ¿Por qué no? —preguntó otra voz—. Hazle una buena mamada, Hames. Eso sí que lo espabilará de lo lindo.

—¿Dónde estoy?

Hamey volvió a inclinarse hacia mí con la intención de hablarme en confianza. Me repugnaba aquel aliento suyo, que me agravaba el dolor de cabeza, pero lo soporté porque necesitaba saberlo. Ahora que empezaba a recobrar el conocimiento y dejaba atrás mi ilusorio sueño sobre Radar, me sorprendía no estar muerto.

—En Maleen —susurró—. Maleen Profunda. A diez… —Algo, una palabra que yo no conocía—. Debajo del palacio.

—¡A veinte! —exclamó Ojo—. ¡Y no volverás a ver el sol, chico nuevo! ¡Ni tú ni ninguno de nosotros, así que ve haciéndote a la idea!

Cogí la taza de Hamey y, sintiéndome como Radar en su etapa más vieja y débil, crucé la celda. La llené de agua, tapé el orificio del fondo con el dedo para que no goteara y volví a beber. El chico que antes veía Turner Classic Movies y compraba en Amazon estaba en una mazmorra. Era imposible confundir aquello con otra cosa. Había celdas a ambos lados de un pasillo frío y húmedo. Entre algunas celdas, sobresalían de las paredes lámparas de gas que proyectaban una débil luz amarilla azulada. Caían gotas de agua del techo, de roca labrada. Había charcos en el pasillo central. Frente a mí, un tipo corpulento, vestido con lo que parecían los restos de un calzoncillo largo, me vio mirarlo y se abalanzó contra las barras, que empezó a sacudir al tiempo que emitía ruidos simiescos. Tenía el pecho desnudo, amplio y velloso. De cara ancha y frente estrecha, era más feo que un demonio…, pero no presentaba ninguna de las espeluznantes desfiguraciones que había visto de camino a esa encantadora morada, y tampoco le faltaba voz.

—¡Bienvenido, chico nuevo! —Era Ojo…, que, como averigüé más tarde, era la abreviación de Ojota—. ¡Bienvenido al infierno! Cuando llegue la Justa…, *si* es que llega…, creo que te arrancaré el hígado y me lo pondré por sombrero. En el primer asalto tú, en el segundo asalto quienquiera que manden contra mí. ¡Hasta entonces, que tu estancia aquí sea grata!

Pasillo abajo, cerca de una puerta de madera con refuerzos de hierro, otro de los presentes, una mujer, gritó:

—¡Deberías haberte quedado en la Ciudadela, chaval! —Luego, en voz más baja, añadió—: Y yo también. Morirse de hambre habría sido mejor.

Hamey fue al rincón de la celda opuesto al cubo de agua, se bajó el pantalón y se puso en cuclillas sobre un agujero.

—He pillado el mal. Debieron de ser las setas.

—¿Cuánto hace, más de un año desde que te las comiste? —preguntó Ojo—. Has pillado el mal, eso desde luego, pero las setas no tienen nada que ver.

Cerré los ojos.

3

Pasó el tiempo. No sé cuánto, pero empecé a sentirme un poco como el de antes. Olía a mugre y humedad, y al gas de los quemadores que proporcionaban a aquel sitio una pizca de iluminación. Oía el goteo del agua y los movimientos de los prisioneros, a veces sus conversaciones o soliloquios. Mi compañero de celda, sentado cerca del cubo de agua, se miraba las manos, taciturno.

—¿Hamey?

Alzó la vista.

—¿Qué son los enteros?

Soltó una risa, hizo una mueca y se aferró el estómago.

—Somos *nosotros*. ¿Es que eres tonto? ¿Te has caído del guindo?

—Imagínate que sí.

—Siéntate a mi lado. —Al ver que vacilaba, añadió—: Quia, quia, no te preocupes por mí. No voy a meterte mano, si es lo que piensas. Puede que te pase una o dos pulgas, nada más. Hará seis meses que ni se me empina. Es lo que pasa cuando estás mal de las tripas.

Me senté a su lado y me dio una palmada en la rodilla.

—Esto ya está mejor. No me gusta hablar para todas esas orejas. Tampoco es que tenga mucha importancia lo que oigan, estamos todos en el mismo saco, pero yo soy reservado..., es lo que me enseñaron. —Suspiró—. Preocuparme no es bueno para mis pobres tripas, eso te lo aseguro. ¿Ver que el número sube y sube? ¡Mal asunto! Veinticinco..., veintiséis..., ahora treinta y uno. Y no esperarán a que haya sesenta y cuatro, en eso Ojo tiene razón. Antes los enteros éramos como un saco lleno de azúcar, pero ahora en el saco quedan solo unos cuantos cristales.

¿Había dicho «cristales»? ¿U otra cosa? Amenazaba con volverme el dolor de cabeza, me dolían las piernas de tanto andar, pedalear y correr, y estaba cansado. Me sentía en cierto modo vaciado.

Hamey dejó escapar otro suspiro que degeneró en un arranque de tos. Se sujetó el vientre hasta que se le pasó.

—Sin embargo, el Asesino del Vuelo y su... —una palabra extraña que mi mente fue incapaz de traducir, algo como *ruggamunkas*— siguen sacudiendo el saco. No estará satisfecho hasta que acabe con todos nosotros, joder. Pero... ¿sesenta y cuatro? Quia, quia. Esta será la última Justa, y yo estaré entre los primeros que se vayan. Quizá sea el primero. No soy fuerte, ¿entiendes? Sufro el mal y no retengo la comida.

Pareció recordar que yo, el nuevo compañero de celda, estaba allí.

—En cambio, *tú*… Ojo ha visto que eres grande. Y puede que seas rápido, si recuperas las fuerzas.

Pensé en decirle que no era especialmente rápido, pero me abstuve. Que pensara lo que quisiera.

—No te tiene miedo, Ojota no tiene miedo a nadie…, excepto quizá a Molly la Roja y a la arpía de su madre…, pero tampoco quiere esforzarse más de lo necesario. ¿Cómo te llamas?

—Charlie.

Bajó la voz aún más y dijo:

—¿Y no sabes dónde estás? ¿En serio?

Cadena perpetua, pensé.

—Bueno, es una cárcel…, una mazmorra…, y supongo que podría estar debajo del palacio…, pero eso es más o menos todo.

No tenía intención de contarle la razón de mi visita, ni a quienes había conocido en el camino. Cansado o no, empezaba a recobrarme y a pensar con claridad. Tal vez Hamey estuviera sonsacándome. Arrancándome información que poder trocar por privilegios. Maleen Profunda no parecía un sitio donde hubiera privilegios…, era el fondo del pozo, por así decirlo…, pero no quería correr el riesgo. Tal vez les trajera sin cuidado una perra fugada, una pastora alemana de Sentry, Illinois…, pero tal vez no.

—No eres de la Ciudadela, ¿verdad?

Negué con la cabeza.

—Ni siquiera sabes dónde está eso, ¿no?

—No.

—¿De las Islas Verdes? ¿De Deesk? ¿De alguno de los Tayvos, quizá?

—De ninguno de esos sitios.

—¿De dónde *eres*, Charlie?

Callé.

—No lo digas —susurró Hamey con vehemencia—. Eso está bien. No se lo digas a ninguno de esos, y yo tampoco se lo diré. Si me redimes. Sería lo más sensato por tu parte. Hay destinos peores que Maleen Profunda, muchacho. Puede que no me creas, pero lo sé. El Gran Señor es malo, pero todo lo que sé sobre el Asesino del Vuelo es peor.

—¿Quién es el Asesino del Vuelo? Y el Gran Señor, ¿quién es?

—El Gran Señor es como llamamos a Kellin, el jefe de los soldados de la noche. Te trajo él personalmente. Yo me quedé en el rincón. Esos ojos suyos…

Comenzó a sonar un campanilleo ahogado al otro lado de la puerta con refuerzos de hierro cercana a nuestro lado de la mazmorra.

—¡Pursey! —exclamó Ojota. Se abalanzó contra los barrotes y empezó a sacudirlos otra vez—. ¡Ya iba siendo hora, joder! ¡Entra aquí, Pursey, viejo amigo, y veamos qué te queda de la cara!

Se oyó el ruido de unos cerrojos que se descorrían —conté cuatro—, y la puerta se abrió. Primero entró un carrito, casi como los de los supermercados pero de madera. Lo empujaba un hombre gris cuya cara parecía haberse fundido. Solo conservaba un ojo. La nariz apenas le sobresalía de un bulto de carne. Tenía la boca sellada, excepto por una abertura en forma de lágrima en la comisura izquierda. Los dedos se le habían fundido hasta tal punto que sus manos parecían aletas. Llevaba un pantalón ancho y una especie de blusón también ancho. Del cuello le colgaba una campanilla prendida de una tira de cuero.

Se detuvo nada más cruzar la puerta, cogió la campanilla

y la sacudió. Al mismo tiempo miró a un lado y al otro con su único ojo.

—¡Traz! ¡Traz! ¡Traz, brones!

En comparación con ese individuo, Dora parecía Laurence Olivier recitando a Shakespeare.

Hamey me agarró por el hombro y tiró de mí hacia atrás. Al otro lado, Ojo también retrocedía. Como todos los reclusos. Pursey siguió agitando la campanilla hasta convencerse de que estábamos todos relativamente lejos de los barrotes y no podíamos agarrarlo, aunque no entendí qué razón podía tener nadie para intentarlo; era como un preso de confianza en una película carcelaria, y los presos de confianza no llevan llaves.

La celda que ocupábamos Hamey y yo era la que se hallaba más cerca de él. Pursey metió la mano en el carrito, sacó dos trozos de carne de buen tamaño y los arrojó a través de los barrotes. Atrapé el mío al vuelo. Hamey intentó coger el suyo, pero falló, y la carne fue a parar al suelo con un plaf.

Los reclusos habían empezado a gritarle. Uno —más tarde averigüé que se llamaba Fremmy— le preguntaba si ya se le había cerrado el ojo del culo, y si, en ese caso, tenía que cagar por la boca. Parecían leones en un zoo a la hora de comer. Aunque no es la descripción apropiada. Parecían hienas. Con la posible excepción de Ojota, no eran leones.

Pursey empujó el carrito lentamente por el pasillo entre las celdas, acompañado del chacoloteo de sus sandalias (también tenía pegados los dedos de los pies) al tiempo que iba lanzando carne a izquierda y derecha. Pese a que le faltaba un ojo, tenía buena puntería; ninguno de los trozos golpeó los barrotes y cayó en el agua estancada del pasillo.

Me acerqué mi pedazo a la nariz y lo olfateé. Supongo que seguía en modo cuento de hadas, porque esperaba algo podrido y repugnante, quizá incluso infestado de gusanos, pero era un filete que podría haber salido del supermercado Hy-Vee de Sentry, aunque sin el higiénico envoltorio de plástico. Apenas había tocado el fuego (pensé en mi padre pidiendo un filete en un restaurante y diciendo al camarero que bastaba con que lo pasara por una habitación caldeada), pero el olor bastó para que empezara a segregar saliva y me rugiera el estómago. Mi última comida auténtica había sido en la casa de madera de Claudia.

Enfrente, Ojo roía su filete sentado en su jergón con las piernas cruzadas. Un jugo rojo le corría por el pelo apelmazado de la barba. Me vio mirarlo y sonrió.

—Adelante, chaval, come ahora que aún tienes dientes con los que comer. Te los arrancaré a golpes a la primera de cambio.

Comí. El filete estaba duro. El filete estaba delicioso. Cada bocado me hacía ansiar el siguiente.

Pursey había llegado al último par de celdas. Arrojó la carne y retrocedió, sacudiendo la campanilla con una aleta, tirando del carrito con la otra y gritando: «¡Traz! ¡Traz!». Que, supuse, quería decir «atrás, atrás». Ya nadie parecía interesado en insultarlo, y menos en abalanzarse sobre él. Todos roían y chupeteaban, no se oía nada más.

Lo devoré todo menos el contorno de grasa y cartílago, después me comí eso también. Hamey, entretanto, había dado unos cuantos bocados a su filete y luego, sosteniéndolo sobre una rodilla huesuda, se había desplomado en el jergón. Miraba la carne con expresión de perplejidad, como si se preguntara por qué no le apetecía. Me vio observarlo y me lo tendió.

—¿Lo quieres? Yo no le gusto a la comida y la comida no me gusta a mí. Antes, en mis tiempos en el aserradero, le daba buena cuenta como el que más. Tuvieron que ser aquellas setas. Comí de las que no debía, y me hicieron picadillo las tripas. Eso es lo que me pasó.

Yo quería el trozo de filete, por descontado, el estómago me rugía aún, pero, en un alarde de comedimiento, le pregunté si estaba seguro. Él contestó que sí. Me apresuré a cogerlo por si cambiaba de idea.

Pursey se había detenido delante de nuestra celda. Me señaló con una de sus manos fundidas.

—Ellin ere ete.

—No entiendo —contesté con la boca llena de carne cruda, pero Pursey siguió retrocediendo y salió por la puerta. Tocó una vez más la campanilla y, a continuación, corrió los cerrojos: uno, dos, tres y cuatro.

—Ha dicho que Kellin quiere verte —aclaró Hamey—. No me sorprende. Eres un entero, pero no eres como nosotros. Ni siquiera tu acento es… —Se interrumpió y sus ojos se ensancharon como si acabara de ocurrírsele una idea—. ¡Dile que eres de Ullum! ¡Eso servirá! ¡Está muy al norte de la Ciudadela!

—¿Qué es Ullum?

—¡Gente religiosa! ¡Tienen una manera de hablar distinta a la de todos los demás! ¡Dile que eludiste el veneno!

—No tengo ni idea de qué estás hablando.

—¡Hamey, no digas lo que no debes! —vociferó alguien—. ¡Pedazo de *vemeende*!

—¡Cállate, Stooks! —exclamó Hamey—. ¡Este chaval va a *bredeyerme*!

Al otro lado del pasillo, Ojo se levantó y agarró los barrotes con los dedos relucientes de grasa. Sonreía.

—Puede que no seas un demente, pero nadie va a protegerte, Hamey. No hay protección posible para ninguno de nosotros.

No había jergón para mí. De hecho, me planteé apropiarme del de Hamey —habría sido incapaz de impedírmelo—, y acto seguido me pregunté en qué coño estaba pensando... o en qué me estaba convirtiendo. Ya me había quedado su comida, pero eso al menos me lo había ofrecido. Además, un suelo de piedra húmedo no iba a quitarme el sueño, teniendo en cuenta mi estado. No hacía mucho que había recobrado el conocimiento, y después de estar inconsciente Dios sabía cuánto, pero me invadió un profundo cansancio. Bebí agua del cubo y luego me tendí en lo que, supuse, era mi lado de la celda.

Ocupaban la celda contigua dos hombres: Fremmy y Stooks. Eran jóvenes y se los veía fuertes. No grandes, como Ojota, pero sí fuertes.

—¿El bebé va a echarse una siesta? —preguntó Freemy.

—¿Está muy *cansaado*? —dijo Stooks.

El dúo Abbott y Costello de Maleen Profunda, pensé. *Y además en la celda de al lado, qué puta suerte la mía.*

—No les hagas caso, Charlie —dijo Hamey—. Tú duerme. Todo el mundo llega como si le hubieran quitado algo cuando lo trae la guardia nocturna. Te lo chupan. Te chupan..., no sé...

—¿La fuerza vital? —pregunté. Me sentía como si me hubiesen untado los párpados con cemento.

—¡Exacto! ¡Es justo eso y eso es justo lo que hacen! Y a ti te trajo el propio Kellin. Debes de ser fuerte, o ese cabrón te habría cocido como un huevo. ¡Ya lo he visto antes, vaya que si lo he visto!

Intenté preguntarle cuánto tiempo llevaba allí, pero solo fui capaz de farfullar. Me venía abajo. Me acordé de la escalera de caracol que me había llevado hasta allí y tuve la impresión de estar bajando otra vez por ella, detrás de Radar. *Cuidado con las cucarachas*, pensé. *Y con los murciélagos.*

—¡Ullum, al norte de la Ciudadela! —Hamey estaba de rodillas junto a mí, como la primera vez que había despertado en aquel pozo de mierda—. ¡No lo olvides! ¡Y me has prometido *bredeyerme*, tampoco te olvides de eso!

Yo no recordaba haberle prometido nada semejante, pero antes de poder decirlo, quedé fuera de combate.

5

Me despertaron las sacudidas de Hamey. Que eran preferibles a las bofetadas. Se me había pasado la resaca. Porque eso había sido, resaca, y no me explicaba cómo había soportado mi padre algo así una mañana tras otra durante la época que se daba a la bebida. Me palpitaba el hombro izquierdo; probablemente me había hecho un esguince al caer del pedestal, pero las demás molestias y dolores eran mucho más leves.

—¿Qué...? ¿Cuánto tiempo he...?

—¡De pie! ¡Son ellos! ¡Cuidado con las varas flexibles!

Me levanté. La puerta de nuestro extremo del pasillo se abrió y se llenó de luz azul. A continuación entraron tres soldados de la noche, altos y pálidos dentro de sus auras; en el interior de sus cuerpos, los esqueletos aparecían y desaparecían como sombras intermitentes esos días en que las nubes pasan a toda velocidad. Portaban largas varas similares a antiguas antenas de coche.

—¡Arriba! —vociferó uno—. ¡Arriba, es hora de jugar!

Dos de ellos se situaron delante del tercero, extendiendo los brazos como predicadores al dar la bienvenida a los feligreses antes de una ceremonia religiosa. A medida que avanzaban por el pasillo, las puertas de las celdas se abrían con un chirrido y caía una lluvia de copos de óxido. El tercero se detuvo y me señaló.

—Tú no.

Treinta presos salieron al pasillo. Hamey me dirigió una sonrisa de desesperación antes de irse y esquivó el aura del soldado de la noche que permanecía inmóvil. Ojo sonrió, alzó las dos manos, formó círculos con los pulgares y los índices, y luego me señaló con los corazones. El gesto no era exactamente como una peineta del mundo del que yo procedía, pero estuve casi seguro de que significaba lo mismo. Cuando los reclusos desfilaron por el pasillo tras el primer par de soldados de la noche, advertí que había dos hombres negros y dos mujeres. Uno de los negros era aún más corpulento que Ojota, con los hombros anchos y el trasero amplio de un defensa de fútbol profesional, pero caminaba despacio, con la cabeza gacha, y lo vi tambalearse antes de cruzar la puerta de la punta del pasillo. Ese era Dommy. Las mujeres eran Jaya y Eris.

El soldado de la noche que esperaba extendió un dedo pálido hacia mí y lo curvó. Tenía el rostro severo, pero bajo el cráneo, que aparecía y desaparecía, lucía una sonrisa eterna. Me indicó con la vara que lo precediera hacia la puerta. Aún no la había cruzado cuando dijo:

—Espera. —A continuación exclamó—: ¡Joder!

Me detuve. A nuestra derecha, se había desprendido un aplique de gas de la pared. Pendía torcido del manguito metálico por debajo de un agujero similar a una boca abierta, que todavía llameaba y ennegrecía de hollín uno de los mampuestos. Mientras lo colocaba en su sitio, su aura me rozó. Sentí una repentina debilidad en todos los músculos y entendí por qué había puesto tanto empeño Hamey en eludir esa envoltura azul. Era como recibir una descarga del cable pelado de una lámpara. Me aparté.

—¡Quieto! ¡Maldita sea! ¡Quieto, he dicho!

El soldado de la noche agarró el aplique, que a mí me pareció de latón. Debía de estar muy caliente, pero no acusó dolor alguno. Lo encajó de nuevo en el agujero. El aplique permaneció en su sitio un momento, pero volvió a caerse.

—*¡Joder!*

Me asaltó una oleada de irrealidad. Me habían encerrado en una mazmorra, me llevaba a Dios sabía dónde una criatura no muerta que se parecía bastante al muñeco de acción Skeletor que había tenido de niño… y esa criatura se dedicaba a hacer lo que en esencia era una tarea de mantenimiento.

Volvió a coger el aplique y ahuecó una mano sobre la llama para apagarla. Dejó caer el aplique, que produjo un ligero sonido metálico al topar con la pared.

—¡Adelante! ¡Camina, maldita sea!

Me golpeó el hombro lesionado con la vara flexible. Me dolió como si fuese fuego. Recibir un azote era humillante e indignante a la vez, pero era preferible al debilitamiento que había sentido cuando me rozó su aura.

Caminé.

6

Me siguió por un largo pasillo de piedra, de cerca pero no tanto como para tocarme con el aura. Pasamos por delante de una puerta holandesa con la mitad superior abierta para dejar salir los olores de apetitosos guisos. Vi pasar a un hombre y a una mujer, uno cargado con un par de cubos, la otra con una bandeja de madera humeante. Vestían de blanco, pero tenían la piel gris y se les desdibujaban los rostros.

—¡Camina!

Me golpeó de nuevo con la vara flexible, esta vez en el otro hombro.

—No hace falta que me azote, señor. No soy un caballo.

—Sí lo eres. —Tenía una voz extraña. Daba la impresión de que tuviera las cuerdas vocales llenas de insectos—. Eres *mi* caballo. ¡Da gracias de que no te lleve al galope!

Pasamos por delante de una cámara llena de artefactos cuyos nombres habría preferido no conocer, pero los conocía: el potro, la doncella de hierro, la araña. Había manchas oscuras en el suelo de tablones. Una rata del tamaño de un cachorro, de pie sobre las patas traseras junto al potro, me miró con desprecio.

Jesús, pensé. *Jesús y Dios todopoderoso.*

—Al ver eso, te alegras de ser un entero, ¿eh? —preguntó mi custodio—. Ya veremos si también lo agradeces cuando empiece la Justa.

—¿Qué es eso? —pregunté.

La respuesta fue otro azote con la vara flexible, esta vez en la nuca. Cuando me llevé la mano al cuello, la retiré manchada de sangre.

—¡A la izquierda, chaval, a la izquierda! No te lo pienses tanto, está abierta.

Empujé la puerta a mi izquierda y comencé a subir por unas escaleras empinadas y estrechas que parecían ascender eternamente. Al cabo de cuatrocientos peldaños, perdí la cuenta. Empezaron a dolerme otra vez las piernas, y el fino corte que me había abierto la vara flexible en la nuca me ardía.

—Vas cada vez más despacio, chaval. Más te vale apretar el paso si no quieres sentir el fuego frío.

Si se refería al aura que lo rodeaba, seguro que no quería sentirla. Continué subiendo, y justo cuando notaba que los muslos estaban a punto de acalambrárseme y negarse a seguir, llegamos a una puerta en lo alto. Para entonces me faltaba el aire. No así al ser que venía detrás de mí, lo cual no me sorprendió. Al fin y al cabo, estaba muerto.

Aquel pasillo era más ancho, y de las paredes colgaban tapices de terciopelo rojos, morados y azules. Delicados tubos de cristal envolvían los quemadores de gas. *Es un ala residencial*, pensé. Pasamos frente a hornacinas, la mayoría de las cuales estaban vacías, y me pregunté si en otro tiempo habrían contenido esculturas de mariposas. En algunas había figuras de mármol de mujeres y hombres desnudos, y una albergaba una *criatura* horrenda en extremo, con la cabeza oculta tras una nube de tentáculos. Eso me recordó a Jenny Schuster, que me había dado a conocer al monstruo de compañía preferido de H. P. Lovecraft, Cthulhu, también conocido como Aquel Que Espera Abajo.

Debíamos de haber recorrido ya más de quinientos metros por aquel suntuoso pasillo. Cerca del final, pasamos entre espejos con marcos dorados dispuestos uno frente al otro, que reprodujeron mi imagen hasta el infinito. Vi que tenía la cara y el pelo mugrientos después del intento desesperado de huida de Lilimar. Me vi sangre en el cuello. Tuve la impresión de estar solo. Mi custodio, el soldado de la noche, no proyectaba reflejo. Donde él debería haber estado no se percibía más que una tenue bruma azul..., además de la vara flexible, que parecía flotar en el aire. Miré de soslayo para asegurarme de que seguía allí, y la vara cayó sobre mí y me alcanzó en el mismo punto de la nuca. El ardor fue inmediato.

—¡Camina! ¡Camina, maldita sea!

Caminé. El pasillo terminó ante una recia puerta que parecía de caoba maciza con refuerzos de oro. El soldado de la noche me dio un golpecito en la mano con su aborrecible vara y a continuación tocó la puerta. Cogí la indirecta y llamé con los nudillos. La vara flexible cayó sobre mí y me atravesó la camiseta a la altura del hombro.

—¡Más fuerte!

Aporreé la puerta con el canto del puño. La sangre me resbalaba por la parte superior del brazo y por la nuca. Se mezcló con el sudor, y me escocieron las heridas. Pensé: *No sé si puedes morir, miserable cabrón azul, pero si eso es posible, y si tengo ocasión, te liquidaré.*

La puerta se abrió, y allí estaba Kellin, también conocido como el Gran Señor.

Vestía nada menos que un esmoquin rojo de terciopelo.

7

Volvió a invadirme la sensación de irrealidad. El ser que me había atrapado segundos antes de que lograra escapar parecía algo sacado de un cómic de terror de la vieja escuela: en parte vampiro, en parte esqueleto, en parte zombi de *The Walking Dead*. En ese momento llevaba peinado hacia atrás el cabello cano que antes le colgaba en greñas alrededor de las pálidas mejillas, con lo que dejaba a la vista el rostro de un hombre que, pese a ser un anciano, aparentemente gozaba de salud y lozanía. Tenía los labios carnosos. Sus ojos, encuadrados por benévolas patas de gallo, miraban desde debajo de unas cejas grises pobladas y descuidadas. Me recordaba a alguien, pero no sabía exactamente a quién.

—Ah —dijo, y sonrió—. Nuestro nuevo invitado. Pasa, por favor. Aaron, puedes retirarte.

El soldado de la noche que me había acompañado —Aaron— vaciló. Kellin lo despidió afablemente con un gesto de la mano. Aaron se inclinó levemente, retrocedió y cerró la puerta.

Miré alrededor. Estábamos en un vestíbulo revestido de madera. Más allá había un salón que evocaba los clubes de caballeros de los relatos de Sherlock Holmes: paredes exquisitamente forradas de madera, butacas de respaldo alto, un sofá largo tapizado en terciopelo azul oscuro. Media docena de lámparas proyectaban tenues círculos de resplandor, y no me pareció que funcionasen a gas. Por lo visto, en esa parte del palacio había electricidad. Y estaba además el autobús que se había abierto paso entre la cuadrilla de soldados de la noche. El que conducía ese ser.

—Ven, invitado.

Me volvió la espalda, al parecer sin miedo a que lo atacara. Me condujo hasta el salón, tan distinto de la celda fría y húmeda en la que había despertado que me recorrió una tercera oleada de irrealidad. Quizá no sentía miedo porque tenía ojos en la nuca, y me observaban a través de aquel cabello cano pulcramente peinado (y bastante presuntuoso) que le llegaba hasta el cuello de la camisa. No me habría sorprendido. A esas alturas no me habría sorprendido nada.

Dos de aquellas butacas de club de caballeros se hallaban una frente a la otra a los lados de una mesita con un mosaico en la superficie que representaba un unicornio en plena cabriola. Encima del trasero del unicornio, había una pequeña bandeja con una tetera, un azucarero del tamaño de un vial (esperé que fuese azúcar y no arsénico blanco), cucharillas y dos tazas con rosas en torno a los bordes.

—Siéntate, siéntate. ¿Té?

—Sí, por favor.

—¿Azúcar? Sintiéndolo mucho, no hay leche. Me produce indigestión. De hecho, invitado, toda la *comida* me produce indigestión.

Me sirvió primero a mí y después se sirvió él. Vertí la mitad del pequeño vial en mi taza, conteniéndome para no vaciarlo; de pronto me había vuelto goloso. Me llevé la taza a los labios, pero vacilé.

—¿Piensas que puede estar envenenado? —Kellin seguía sonriendo—. Si ese fuera mi deseo, podría haber ordenado que se hiciera abajo, en Maleen. O haberme deshecho de ti de innumerables maneras.

En efecto, había contemplado la posibilidad del envenenamiento, pero mi vacilación no se debía a eso. Las flores del borde de la taza no eran rosas. Eran amapolas, lo que me recordó a Dora. Deseé con toda mi alma que Rades hubiera encontrado el camino de regreso hasta aquella mujer de buen corazón. Sabía que las probabilidades eran escasas, pero ya sabéis eso que dicen de la esperanza: es esa cosa con plumas. Puede alzar el vuelo incluso para aquellos que están presos. Quizá sobre todo para ellos.

Alcé la taza en dirección a Kellin.

—Días largos y noches agradables.

Bebí. Estaba dulce.

—Un brindis interesante. Nunca lo había oído.

—Lo aprendí de mi padre. —Eso era verdad. Pensé que pocas de las cosas que dijera en ese exquisito salón serían ciertas, pero aquella sí lo era. Mi padre lo había leído en algún libro, aunque eso no tenía intención de decirlo. Tal vez allí la clase de persona que yo supuestamente era no sabía leer.

—No puedo seguir llamándote «invitado». ¿Cómo te llamas?

—Charlie.

Pensé que me preguntaría el apellido, pero no fue así.

—¿Charlie? *Charlie.* —Pareció saborearlo—. Nunca lo había oído. —Esperó a que le diera alguna explicación sobre mi exótico nombre, que era vulgar y corriente en el mundo del que yo procedía, y como no lo aclaré, me preguntó de dónde era—. Porque tu acento resulta extraño a mi oído.

—De Ullum —contesté.

—¡Ah! ¿De tan lejos, pues? ¿Tan lejos como eso?

—Si usted lo dice.

Frunció el ceño, y advertí dos cosas. La primera, que seguía igual de pálido que antes. El color de las mejillas y de los labios era maquillaje. La segunda, que la persona a quien me recordaba era Donald Sutherland, a quien había visto envejecer mágicamente en numerosas películas de Turner Classic Movies, desde *MASH* hasta *Los juegos del hambre.* Y una cosa más: el aura azul continuaba allí, aunque más tenue. Un remolino débil y transparente en lo más hondo de los orificios nasales; un asomo apenas visible al fondo del arco de cada ojo.

—¿En Ullum es de buena educación quedarse mirando a la gente, Charlie? ¿Quizá incluso una señal de respeto? Contéstame.

—Lo siento —dije, y me bebí el resto del té. En el fondo de la taza quedó una fina capa de azúcar. Tuve que contenerme para no meter un dedo sucio y rebañarlo—. Todo esto es extraño para mí. *Usted* es extraño.

—Claro, claro. ¿Más té? Sírvete tú mismo, y no te prives con el azúcar. Yo tampoco lo consumo, y veo que quieres más. Veo muchas cosas. Algunos lo descubren para lamentarlo.

Yo no sabía cuánto tiempo llevaba la tetera en la mesa antes de mi llegada, pero el té seguía caliente y aún humeaba un poco. Más magia, quizá. Me dio igual. Estaba cansado de la magia. Solo deseaba ir a por mi perra y marcharme a casa. Solo que… estaba la sirena. Eso no se hacía. Era abominable. Era abominable sacrificar la belleza.

—¿Por qué te marchaste de Ullum, Charlie?

Era una pregunta con trampa. Gracias a Hamey, pensé que podría eludirla.

—No quería morir.

—Ah, ¿sí?

—Eludí el veneno.

—Muy sensato por tu parte, diría yo. Lo estúpido fue venir aquí. ¿No te parece?

—Casi logré salir —contesté, y recordé otra de las máximas de mi padre: *Casi solo sirve para las herraduras de los caballos.* Cada pregunta de Kellin se me antojaba otra mina terrestre que debía sortear o saltaría por los aires.

—¿Cuántos más «eludieron el veneno», como tú dices? ¿Y eran todos enteros?

Me encogí de hombros. Kellin arrugó la frente y dejó la taza (apenas había probado el té) con un golpe.

—No seas impertinente conmigo, Charlie. No sería sensato.

—No sé cuántos fueron. —Era la respuesta más prudente, teniendo en cuenta que lo único que sabía acerca de los enteros era que no se volvían grises ni perdían la voz ni, cabía suponer, morían con las entrañas fundidas y los conductos respiratorios cerrados. Demonios, ni siquiera de eso estaba seguro.

—Mi señor el Asesino del Vuelo está impaciente por que lleguemos a treinta y dos. Es muy sabio, pero un poco infantil a ese respecto. —Kellin levantó un dedo. Tenía la uña larga

527

y de aspecto cruel—. La cuestión es, Charlie, que aún no sabe que tengo treinta y uno. Eso significa que puedo prescindir de ti si lo deseo. Así que ándate con cuidado y responde a mis preguntas sinceramente.

Asentí con la esperanza de aparentar que había aprendido la lección. Lo cierto era que *sí* la había aprendido, y me proponía andarme con mucho cuidado. En cuanto a lo de responder a las preguntas de aquel monstruo sinceramente..., no.

—Al final, fue todo bastante confuso —dije. Estaba pensando en los envenenamientos masivos de Jonestown. Esperaba que en Ullum hubiera pasado lo mismo. Supongo que parecerá insensible, pero estaba casi seguro de que me jugaba la vida en aquel agradable salón bien iluminado. De hecho, me constaba que así era.

—Imagino que lo fue. Intentaron alejar el gris mediante la oración, y cuando eso no les dio resultado... ¿Por qué sonríes? ¿Te parece gracioso?

Desde luego no podía contarle que en mi mundo —que apostaba a que estaba mucho más lejos que Ullum— había cristianos fundamentalistas convencidos de que era posible alejar la homosexualidad mediante la oración.

—Fue una estupidez. La estupidez me resulta graciosa.

Ante esto, de hecho sonrió, y advertí el fuego azul al acecho entre sus dientes. *Qué dientes tan grandes tienes, Kellin*, pensé.

—Eso es duro. ¿Eres duro? Ya lo veremos.

No dije nada.

—Así que te marchaste antes de que te echaran por la garganta su cóctel de belladona.

No fue «cóctel» lo que dijo..., pero mi mente reconoció al instante el sentido de la palabra y realizó la sustitución.

—Sí.

—Tú y tu perro.

—A ella también la habrían matado. —Y esperé a que dijera: *Tú no eres de Ullum, allí no hay perros, te lo estás inventando todo sobre la marcha.*

En lugar de eso asintió.

—Sí, probablemente. Según me han contado, mataron a los caballos, las vacas y las ovejas. —Miró su taza de té con aire pensativo y de pronto levantó la cabeza. Sus ojos se habían vuelto azules y brillantes. Derramaron lágrimas eléctricas que le resbalaban por las mejillas arrugadas y se desvanecían, y durante un instante vi que el hueso resplandecía bajo la piel—. ¿Por qué *aquí*? ¿Por qué viniste a Lily? ¡Dame una respuesta sincera o te retuerzo el puto cuello y te vuelvo del revés la puta cabeza! ¡Morirás mirando la puerta por la que tuviste la desgracia de entrar!

Confié en que la verdad sirviera para conservar la cabeza en su sitio al menos un poco más.

—Ella era vieja, y corrían historias sobre un círculo de piedra que… —Hice girar un dedo en el aire—. Que podía rejuvenecerla.

—¿Y dio resultado?

Él sabía que sí. Si no la había visto correr antes de abrirse paso a través de la partida de soldados de la noche en su pequeño tranvía eléctrico, los otros sí la habían visto.

—Sí.

—Tuviste suerte. El reloj de sol es peligroso. Pensé que sacrificar a Elsa en su estanque podría poner fin a su poder, pero la magia antigua es persistente.

Elsa. Así que ese era el nombre de Ariel en este mundo.

—Podría enviar a unos cuantos grises para destrozarlo a mazazos, pero el Asesino del Vuelo tendría que dar su aprobación, y de momento no la ha dado. Petra le susurra al oído, supongo. A ella le gusta ese viejo reloj de sol. ¿Sabes para qué sirve la magia, Charlie?

Pensé que servía para todo tipo de cosas —permitía a desventurados peregrinos como yo visitar otros mundos, por ejemplo—, pero negué con la cabeza.

—Da esperanza a la gente, y la esperanza es peligrosa. ¿No te parece?

Me planteé decir que la esperanza era esa cosa con plumas, pero decidí guardármelo.

—No lo sé, señor.

Sonrió y durante unos segundos vi claramente que la mandíbula desnuda le resplandecía debajo de los labios.

—Pero *yo* sí lo sé. Vaya que si lo sé. ¿Qué, si no la esperanza de una vida feliz después de la muerte, llevó a los habitantes de tu desdichada provincia a envenenarse y envenenar a sus animales al ver que las oraciones no bastaban para evitar el gris? Tú, en cambio, tenías esperanzas terrenas, y por eso huiste. Ahora estás aquí, y este es el sitio donde muere toda esperanza para las personas como tú. Si aún no lo crees, ya lo creerás. ¿Cómo eludiste a Hana?

—Esperé, y al final me arriesgué.

—¡Valiente además de duro! ¡Vaya! —Se inclinó hacia delante y me llegó su olor: un aroma a podredumbre vieja—. No fue solo por el perro por lo que te atreviste a entrar en Lilimar, ¿verdad? —Levantó una mano, exhibiendo aquella uña larga—. Dime la verdad o te corto la garganta.

—Oro —respondí sin pensar.

Kellin lo descartó con un gesto de la mano.

—En Lily hay oro por todas partes. El trono donde Hana se sienta, se tira pedos y da cabezadas es de oro.

—Me costaría un poco cargar con un trono, ¿no, señor?

Eso le sacó una risa. Fue un sonido horrendo, como un

tableteo de huesos secos. Se interrumpió tan bruscamente como había empezado.

—He oído…, puede que los rumores sean falsos…, que hay unas bolitas de oro…

—El tesoro, claro. Pero no lo has visto con tus propios ojos, ¿verdad?

—No.

—¿Nunca viniste a los juegos y te quedaste mirándolo boquiabierto a través del cristal?

—No. —Me adentraba en terreno peligroso, porque solo tenía una idea muy vaga de a qué se refería. E ignoraba si era una trampa.

—¿Y el Pozo Oscuro? ¿Se habla de eso en Ullum?

—Bueno…, sí. —Estaba sudando. Si el interrogatorio se prolongaba mucho más, acabaría pisando una de esas minas. Lo sabía.

—Pero después de pasar por el reloj de sol te diste la vuelta. ¿Eso por qué, Charlie?

—Quería salir antes de que anocheciera. —Me erguí e intenté transmitir una actitud desafiante por medio del rostro y la voz—. Casi lo consigo.

Volvió a sonreír. Bajo la ilusión óptica de su piel, el cráneo esbozó una mueca. ¿Habían sido humanos él y los demás en otro tiempo? Suponía que sí.

—Hay dolor en esa palabra, ¿no te parece? Un gran dolor en todo «casi». —Se tocó los labios coloreados con aquella uña espantosamente larga y me observó—. No me gustas, Charlie, y no te creo. No, en absoluto. Estoy tentado de enviarte a las Correas, solo que el Asesino del Vuelo no lo aprobaría. Él quiere treinta y dos, y contigo en Maleen solo nos falta uno. Así que volverás a Maleen.

Alzó la voz en un grito de una potencia tan antinatural

que deseé taparme los oídos, y momentáneamente, por encima de la afectación del esmoquin de terciopelo rojo, no vi más que un cráneo envuelto en fuego azul.

—¡AARON!

Se abrió la puerta y volvió a entrar Aaron.

—Sí, mi señor.

—Llévatelo de vuelta, pero de camino enséñale las Correas. Quiero que Charlie entienda que su suerte en Maleen no es la peor suerte en el palacio donde el rey Jan, que su nombre pronto se olvide, reinó en otro tiempo. Y otra cosa, Charlie.

—¿Sí?

—Espero que hayas disfrutado de la visita y del té con azúcar. —Esta vez la ilusión óptica de su rostro sonrió junto con el cráneo que en realidad era—. Porque nunca volverás a disfrutar de un festín así. Te crees listo, pero te tengo calado. Te crees duro, pero te ablandarás. Llévatelo.

Aaron levantó su vara flexible, aunque se quedó a un lado para que yo no entrara en contacto con su aura debilitadora. Cuando llegué a la puerta, justo en el momento en que escapar de aquel horrible salón parecía al alcance de la mano, Kellin dijo:

—Ah, querido, casi me olvidaba. Vuelve, Charlie, por favor.

Había visto suficientes reposiciones de *Colombo* con mi padre los domingos por la tarde para conocer el truco de «Solo una pregunta más»; aun así, me dio un vuelco el corazón.

Regresé y me quedé de pie junto a la silla en la que había estado sentado. Kellin abrió un pequeño cajón en la mesa del té y sacó algo. Era una cartera…, pero no *mi* cartera. La mía era una Lord Buxton de cuero marrón rojizo, que me había regalado mi padre cuando cumplí catorce años. Esa era negra y se veía flácida y gastada.

—¿Qué es esto? Tengo curiosidad.

—No lo sé.

Pero, una vez superada la conmoción inicial, caí en la cuenta. Recordé que Dora, tras darme los vales en forma de suela de zapato, me indicó que me quitara la mochila para no tener que cargar con ella hasta casa de Leah. Entonces abrí la mochila y me guardé la cartera en el bolsillo trasero, un gesto automático. Sin pensar. Sin mirarla siquiera. Estaba atento a Radar, preguntándome si se quedaría a gusto con Dora, y en lugar de mi cartera había llevado todo el tiempo la de Christopher Polley.

—Lo encontré y lo recogí. Pensé que podía ser algo valioso. Me la metí en el bolsillo y me olvidé.

Abrió el compartimento de los billetes y sacó el único dinero que llevaba Polley: diez dólares.

—Esto podría ser dinero, pero nunca he visto nada así.

Alexander Hamilton podía pasar por uno de los enteros de Empis, quizá incluso de la realeza, pero en el billete no había palabras, solo una maraña indescifrable que casi hacía daño a la vista. Y en los ángulos, en lugar del número diez, aparecían los símbolos: $\angle$ $\ulcorner$

—¿Sabes qué es esto?

Negué con la cabeza. Por lo visto, las palabras y los números del billete no podían traducirse ni al inglés ni al empisario, y habían quedado en una especie de limbo lingüístico.

A continuación, sacó el carnet de conducir caducado de Polley. El nombre resultaba legible; todo lo demás era una masa de runas con alguna que otra letra reconocible intercalada.

—¿Quién es el tal Polley, y qué clase de retrato es este? Nunca he visto ninguno así.

—No lo sé.

Algo sí sabía: haber abandonado la mochila para correr más deprisa había sido una suerte extraordinaria. Dentro estaban mi propia cartera, mi móvil —estoy seguro de que eso le habría interesado— y las indicaciones que había anotado por orden de Claudia. Dudaba que las palabras de esa hoja hubieran sido jerigonza rúnica, como las del billete de diez dólares o el carnet de conducir de Polley. No, esas habrían estado escritas en empisario.

—No te creo, Charlie.

—Es la verdad —contesté con la voz quebrada—. Lo encontré en la cuneta, al lado de la carretera.

—¿Y eso? —Me señaló las zapatillas, mugrientas—. ¿En la *cuneta*? ¿Al lado de la *carretera*?

—Sí. Junto con eso. —Señalé la cartera, y esperé a que sacara el revólver del señor Bowditch. *¿Qué es esto, Charlie? Lo encontramos en la hierba, frente a la puerta principal.* Estaba prácticamente convencido de que era eso lo que iba a ocurrir.

Pero no ocurrió. En lugar de sacar el arma, como un mago que extrajera un conejo de un sombrero, Kellin lanzó la cartera al otro lado del salón.

—¡Llévatelo! —gritó a Aaron—. ¡Está mugriento! ¡Su mugre está en mi alfombra, en mi butaca, incluso en la taza que ha utilizado! *¡Llévate de mis aposentos a este miserable embustero!*

Me alegré mucho de irme.

21

Las Correas. Inimen. Sin una pizca de gris. Los días en la mazmorra.

1

En lugar de volver por donde habíamos ido, Aaron, situado detrás de mí, me llevó por tres tramos de escaleras distintos, tocándome de vez en cuando con la vara flexible. Me sentí como una vaca camino del corral, lo cual resultaba molesto y humillante, pero al menos no tenía la sensación de ir rumbo al matadero. Al fin y al cabo, era el número treinta y uno, y por tanto valioso. Aunque no sabía por qué, una idea empezaba a cobrar forma en mi mente. El treinta y uno era un número primo, es decir, divisible solo por uno y por sí mismo. El treinta y dos, en cambio…, era divisible hasta el final.

Por el camino pasamos por delante de muchas puertas, la mayoría cerradas y unas pocas abiertas o entornadas. No oí a nadie dentro de esas habitaciones. La sensación que tuve durante el recorrido fue de abandono y deterioro. Si bien había soldados de la noche, deduje que, por lo demás, el palacio estaba poco poblado. Ignoraba adónde íbamos, pero al final empecé a oír un estridente tableteo de maquinaria y una percusión sorda y regular, como el latido de un corazón. Para entonces comenzaba a estar casi seguro de que nos hallábamos a una profundidad incluso mayor que en Maleen Profunda. Los quemadores de gas de las paredes se encontraban cada vez más espaciados, y muchos parpadeaban. Cuando llegamos al final de las terceras escaleras —para entonces la percusión era muy fuerte, y el ruido de la maquinaria, más aún—, la mayor parte de la luz procedía del aura azul de Aaron. Levanté el puño para llamar a la puerta al pie de las escaleras, y con fuerza… No quería recibir otro azote de la aborrecible vara en la nuca.

—Quia, quia —dijo Aaron con aquella extraña voz de insecto—. Ábrela sin más.

Levanté el picaporte de hierro, empujé la puerta y me embistió un muro de sonido y calor. Aaron me instó a entrar hincándome la vara. El sudor me brotó de la cara y los brazos casi de inmediato. Advertí que me hallaba en un balcón delimitado por una barandilla de hierro de alrededor de un metro de altura. Abajo había un espacio circular que bien podría haber sido un gimnasio en el infierno. Al menos dos docenas de hombres y mujeres grises caminaban rápidamente en cintas de correr, cada uno con un lazo alrededor del cuello. Tres soldados de la noche, reclinados contra los muros de piedra, empuñaban varas flexibles y vigilaban. Otro, subido a una especie de podio, golpeaba un alto cilindro de madera similar a una conga. Este tenía pintadas mariposas monarca sangrantes, lo cual seguramente era inexacto; dudo que las mariposas sangren. Justo delante de mí, más allá de las cintas de correr, había una estruendosa máquina, toda llena de correas de ventilador y pistones. Temblaba sobre una plataforma. Por encima de esta brillaba una sola lámpara eléctrica, como las que utilizan los mecánicos para mirar bajo los capós de los coches que arreglan.

Lo que estaba viendo me recordó las galeras de una de mis películas preferidas de TCM: *Ben-Hur*. Los hombres y las mujeres de las cintas de correr eran esclavos, al igual que los hombres que remaban en las galeras. Mientras observaba, una de las mujeres dio un traspié, se agarró a la cuerda que se le clavaba en el cuello y consiguió ponerse en pie de nuevo. Dos de los soldados de la noche la observaron, intercambiaron una mirada y se rieron.

—No te gustaría estar ahí abajo, ¿verdad que no, chaval? —preguntó Aaron a mi espalda.

—No. —No supe qué era más espantoso, si el esfuerzo de los reclusos para mantener un paso enérgico próximo a la carrera o la forma en que los dos hombres esqueleto se habían reído cuando la mujer había perdido el equilibrio y había empezado a ahogarse—. No me gustaría.

Me pregunté cuánta energía podía producir aquella carraca de generador alimentado mediante cintas de correr. Calculé que no mucha; los aposentos del Gran Señor disponían de electricidad, pero no había visto que hubiera en ninguna otra parte. Solo estaban los quemadores de gas, que tampoco parecían en muy buenas condiciones.

—¿Cuánto tiempo tienen que…?

—El turno es de doce horas. —No fue «horas» lo que dijo, pero de nuevo mi mente ofreció la traducción. Oía el idioma empisario, lo hablaba y cada vez se me daba mejor. Probablemente no habría sido capaz de expresar un término informal análogo a «repanocha», pero al final incluso eso sería posible—. A no ser que se ahoguen. Tenemos a unos cuantos en reserva para cuando pasa eso. Vamos, chaval. Ya has echado un vistazo. Es hora de marcharse.

Me alegré de irme, creedme. Sin embargo, antes de que me diera la vuelta, la mujer que se había caído me lanzó una mirada. El cabello le colgaba en mechones húmedos de sudor. Su rostro comenzaba a quedar enterrado bajo nudos y prominencias de carne gris, pero sus facciones aún se dibujaban con claridad suficiente para permitirme ver su desesperación.

¿Ver esa desesperación me enfureció tanto como ver a la sirena sacrificada? No estoy seguro, porque todo me enfurecía. Un país hermoso se había convertido en algo nauseabundo, y ese era el resultado: personas enteras encerradas en una mazmorra, personas enfermas con lazos al cuello obligadas a correr sobre cintas para proporcionar luz eléctrica al Gran Señor y quizá a unos pocos afortunados más, uno de los cuales era casi con toda certeza el hombre o la criatura al frente de todo aquello: el Asesino del Vuelo.

—Da gracias por ser entero —dijo Aaron—. Al menos durante un tiempo. Al final, quizá lo lamentes.

Solo para mayor énfasis, me azotó en el cuello con la vara flexible y me abrió el corte de nuevo.

2

Alguien, muy posiblemente Pursey, nuestro preso de confianza, había lanzado una manta sucia a la celda que compartía con Hamey. La sacudí, desalojando un buen número de piojos (de tamaño normal, por lo que vi) y me senté en ella. Hamey, tumbado boca arriba, mantenía la mirada fija en el techo. Tenía un arañazo en la frente, una costra bajo la nariz y heridas en las dos rodillas. La sangre de una de estas le había resbalado hasta la espinilla izquierda.

—¿Qué te ha pasado? —pregunté.

—El recreo —respondió con tono sarcástico.

—No tiene lo que hay que tener —dijo Fremmy desde la celda contigua, con un ojo morado.

—Nunca lo ha tenido —dijo Stooks. Presentaba un moretón en la sien, pero por lo demás se lo veía bien.

—¡Callaos, los dos! —gritó Ojo desde el otro lado del pasillo—. Destrozadlo, si os toca con él; hasta entonces dejadlo en paz.

Fremmy y Stooks guardaron silencio. Ojo, sentado con la espalda apoyada en la pared de su celda, miraba el suelo entre sus rodillas con expresión hosca. Tenía una brecha encima de un ojo. Oí gemidos y algún que otro gruñido ahogado de dolor procedentes de las otras celdas. Una de las mujeres lloraba quedamente.

Se abrió la puerta y entró Pursey con un cubo colgado de la parte interior del codo. Se detuvo a mirar el quemador de gas que se había desprendido de la pared. Dejó el cubo y encajó el aplique en el boquete irregular. Esta vez se sostuvo. Se sacó una cerilla de madera del bolsillo del blusón, la rascó contra un mampuesto y la acercó a la pequeña espita de latón del quemador. Se encendió con un bufido. Esperaba que

Fremmy hiciera algún comentario, pero el excelente muchacho, al parecer, se había quedado sin ocurrencias humorísticas por el momento.

—Inimen —dijo Pursey a través de la lágrima que en otro tiempo había sido una boca—. Inimen, ¿iii ere inimen?

—Yo cogeré un poco —dijo Ojo. Pursey le entregó un pequeño disco del cubo. A mí me pareció una moneda de madera, de esas que, según el viejo dicho, nunca había que aceptar—. Y dale un poco al chico nuevo. Si él no lo necesita, Inútil sí.

—¿Linimento? —pregunté.

—¿Qué coño iba a ser? —Ojota empezó a aplicarse un poco en la parte de atrás del ancho cuello.

—Oge —me dijo Pursey—. Oge, ico ueo.

Supuse que decía al chico nuevo que cogiese, así que saqué la mano a través de la reja. Me colocó una de las monedas de madera en la palma.

—Gracias, Pursey —dije.

Me miró. Tal vez su expresión denotaba asombro. Es posible que nunca le hubieran dado las gracias, al menos no en Maleen Profunda.

El disco de madera contenía un cuajarón de un mejunje maloliente. Me agaché junto a Hamey y le pregunté dónde le dolía.

—Por todas partes —contestó, e intentó sonreír.

—¿Dónde te duele más?

Entretanto, Pursey recorría el pasillo entre las celdas con el cubo a cuestas, repitiendo su monótono sonsonete:

—Inimen, inimen, ¿iii ere inimen?

—Rodillas. Hombros. La tripa es lo peor, claro, pero para eso no hay linimento que valga.

Ahogó una exclamación cuando le apliqué el linimento en los arañazos de las rodillas, pero dejó escapar suspiros de alivio cuando se lo froté en la espalda y los hombros. Yo había recibido (y dado) masajes después de los partidos durante la temporada de fútbol y sabía dónde presionar.

—Eso me gusta —dijo—. Gracias.

No estaba sucio, o no *demasiado*, al menos, no tanto como yo. No pude por menos que acordarme de Kellin cuando había gritado: «¡Llévatelo, está mugriento!». Como sin duda lo estaba. Mi estancia en Empis había sido sumamente activa, incluyendo una caída en el barro del cementerio y mi reciente visita a las Correas, donde hacía tanto calor como en una sauna.

—Supongo que aquí no hay duchas, ¿verdad?

—Quia, quia, antes había agua corriente en las habitaciones de los equipos..., de cuando se organizaban verdaderos juegos..., pero ahora solo hay cubos. Todos de agua fría, pero... *¡Ay!*

—Lo siento. Aquí te noto muy agarrotado. En la nuca.

—Después del próximo recreo, puedes darte un baño de puta..., así lo llamamos..., pero de momento tendrás que convivir con eso.

—Por tu aspecto, y por lo que dicen los demás, debe de ser un juego duro. Incluso Ojo parece maltrecho.

—Ya te enterarás —dijo Stooks.

—Pero no te gustará —añadió Freemy.

En el otro extremo del pasillo, alguien empezó a toser.

—¡Tápate la boca! —gritó una mujer—. ¡Nadie quiere lo que tienes, Dommy!

La tos continuó.

3

Al cabo de un rato, Pursey regresó con un carrito lleno de trozos de pollo medio crudos, que lanzó a las celdas. Yo me comí el mío y la mitad del de Hamey. En la celda de enfrente, Ojo tiró los huesos a su cagadero y gritó:

—¡Callaos, todos! ¡Quiero dormir!

A pesar de la orden, la conversación de sobremesa entre las celdas se extendió un poco más, luego se redujo a murmullos y finalmente cesó. Supuse, pues, que el pollo había sido de verdad la cena y que era de noche. En cualquier caso, tampoco había forma de saberlo; nuestra ventana enrejada siempre mostraba una oscuridad absoluta. A veces nos daban bistec, a veces pollo, de vez en cuando filetes de pescado con espinas. Habitualmente, pero no siempre, había zanahorias. Nada dulce. En otras palabras, nada que Pursey no pudiera arrojar entre los barrotes. La carne era buena, no los restos agusanados que me habría esperado en una mazmorra, y las zanahorias estaban crujientes. Nos querían sanos, y todos lo estábamos excepto Dommy, que padecía algún tipo de enfermedad pulmonar, y Hamey, que nunca comía mucho, y cuando comía, se quejaba de que le dolía la tripa.

Ya fuera por la mañana, al mediodía o de noche, los apliques de gas permanecían encendidos, pero había tan pocos que Maleen Profunda existía en una especie de crepúsculo que desorientaba y deprimía. Si hubiese tenido sentido del tiempo al entrar allí (no lo tenía), lo habría perdido después de las primeras veinticuatro o treinta y seis horas.

Los sitios donde me había pegado Aaron con su vara flexible me escocían y palpitaban. Me apliqué lo que quedaba de linimento, y me alivió un poco. Me enjugué la cara y el cuello. La suciedad se desprendió a terrones. En algún momento me dormí y soñé con Radar. Avanzaba al trote, joven y fuerte, rodeada de una nube de mariposas de colores naranja y negro. No sé cuánto tiempo pasé dormido, pero, cuando desperté, la larga galería de celdas seguía en silencio, excepto por los ronquidos, algún que otro pedo y la tos de Dommy. Me levanté y bebí agua del cubo, tapando con el dedo el orificio del fondo de la taza de hojalata. Cuando volví a la manta, vi que Hamey me miraba. Sus ojeras hinchadas parecían moretones.

—No tienes que *bredeyerme*. Lo retiro. En todo caso, estoy perdido. Me zarandean como a un saco de grano, y eso es solo el recreo. ¿Cómo será cuando llegue la Justa?

—No lo sé.

Pensé en preguntarle qué era la Justa, pero sospechaba que se trataba de un torneo de algún deporte sangriento, como la lucha en jaula. Treinta y dos era, como yo ya había advertido, divisible hasta el final. ¿En cuanto al «recreo»? Entrenamiento. Ejercicios de preparación para el acontecimiento principal. Otra cosa me despertaba curiosidad.

—De camino a Lilimar, me encontré con un niño y un hombre. Eran grises, ¿sabes?

—Casi todos lo son, ¿no? —dijo Hamey—. Desde que el Asesino del Vuelo volvió del Pozo Oscuro. —Esbozó una sonrisa de amargura.

Esa sola frase escondía un gran trasfondo, y yo quería conocerlo, pero por el momento me ceñí al hombre gris que avanzaba a brincos valiéndose de su muleta.

—Venían del Litoral…

—Venían de allí, ¿eh? —susurró Hamey sin mucho interés.

—Y el hombre hizo un comentario. Primero me llamó entero…

—Bueno, es lo que eres, ¿no? No se te ve ni un asomo de gris. Mucha suciedad sí, pero nada de gris.

—Luego dijo: «¿Ante cuál de ellos se levantó la falda tu madre para que conserves esa cara bonita?». ¿Sabes a qué se refería?

Hamey se incorporó y me miró con los ojos muy abiertos.

—Por todas las mariposas naranja que han volado alguna vez, ¿tú de dónde has *salido*?

Enfrente, Ojo gruñó y cambió de posición en su celda.

—¿Sabes qué quiere decir o no?

Suspiró.

—Los Gallien reinaban en Empis desde tiempos inmemoriales… Eso lo sabes, ¿no?

Agité la mano para pedirle que continuara.

—Miles y miles de años.

De nuevo experimenté la sensación de tener dos idiomas en el cerebro, tan perfectamente integrados que eran casi uno solo.

—En cierto modo todavía reinan —añadió Hamey—. Por ser el Asesino del Vuelo quien es y tal…, si es que todavía lo es y no se ha convertido en alguna criatura salida del pozo…, pero… ¿Por dónde coño iba?

—Los Gallien.

—Ahora han desaparecido, ese árbol *genógico* lo han talado…, aunque dicen que todavía quedan algunos con vida…

Me constaba que unos cuantos aún vivían, porque yo había conocido a tres. No tenía intención de decírselo a Hamey.

—Pero hubo un tiempo, incluso cuando el padre de mi padre aún vivía, en que había muchos Gallien. Hermosos eran, tanto los hombres como las mujeres. Tan hermosos como las monarcas que el Asesino del Vuelo ha erradicado.

Bueno, todas no las había erradicado, pero tampoco eso tenía intención de contárselo.

—Y eran rijosos. —Sonrió, enseñando los dientes, tan extrañamente blancos y saludables en ese rostro demacrado—. Sabes lo que quiere decir eso, ¿no?

—Sí.

—Los hombres sembraban su semilla por todas partes, no solo aquí en Lilimar o la Ciudadela, sino también en el Litoral…, en Deesk…, en Ullum…, incluso en las Islas Verdes más allá de Ullum, según cuentan. —Me dirigió una sonrisa pícara—. Y tampoco las mujeres se privaban de alguna que otra aventura a puerta cerrada, se dice. Hombres rijosos, mujeres rijosas, y prácticamente sin violaciones, porque, entre el pueblo llano, muchos se acuestan gustosamente con personas de sangre azul. Y ya sabes lo que sale de esa clase de deporte, ¿no?

—Bebés —dije.

—Bebés, exacto. Es su sangre, Charlie, eso nos *bredeye* del gris. ¿Quién sabe qué príncipe o cortesano se acostó con mi abuela o con mi bisabuela o incluso con mi madre? ¿O si fue el mismísimo rey? Y aquí estoy yo sin una pizca de gris. Ahí está Ojo, ese pedazo de simio, sin una pizca de gris, Dommy y Tom el Negro sin una pizca… Stooks y Fremmy… Jaya y Eris… Doble… Bult… Doc Freed…, todos los demás… y *tú*. Tú, que no sabes una mierda de nada. Casi me pregunto…

—¿Qué? —susurré—. ¿Qué te preguntas?

—Déjalo —dijo. Se tumbó y se cubrió los ojos amoratados con uno de sus delgados brazos—. Solo que quizá deberías pensártelo dos veces antes de lavarte toda esa suciedad.

Al fondo del pasillo, el que llamaban Gully bramó:

—¡Aquí hay alguien que quiere dormir!

Hamey cerró los ojos.

4

Me quedé en vela, pensando. La convicción de que los llamados enteros estuvieran protegidos del gris primero se me antojó racista, al nivel de esa idea defendida por algunos fanáticos descerebrados de que los blancos son más inteligentes que los negros por naturaleza. Yo creía —como ya he dicho— que la gente de sangre real, para ponerse el pantalón, empezaba por una pierna y seguía con la otra exactamente igual que las desventuradas criaturas que sudaban la gota gorda en las Correas para mantener encendidas las luces del Gran Señor.

Solo que había que tener en cuenta la genética, ¿o no? Tal vez en Empis la gente no estuviera al tanto, pero yo sí. Podían darse resultados desafortunados cuando se propagaban genes defectuosos, y las familias reales tendían a propagarlos. La hemofilia era uno de esos rasgos; una malformación facial conocida como mandíbula de los Habsburgo era otro. Yo había aprendido todo eso en Educación Sexual de octavo, nada menos. ¿Acaso existía también un código genético que proporcionaba inmunidad ante aquel gris que desfiguraba?

En un mundo normal, la persona al mando habría procurado salvar a esa gente, pensé. En ese, la persona al mando —el Asesino del Vuelo, cuyo nombre en sí no inspiraba precisamente seguridad y confianza— quería matarla. Y posiblemente las personas grises no vivían demasiado. Fuera una maldición o una enfermedad, evolucionaba de manera gradual. Al final, ¿quién quedaría? Supuse que los soldados de la noche, pero ¿quién más? ¿Vivía el Asesino del Vuelo rodeado de una camarilla de seguidores protegidos? En tal caso, ¿sobre quién gobernarían cuando las personas enteras hubiesen sido erradicadas y las grises se hubiesen extinguido? ¿Cuál era el desenlace? ¿*Había* uno?

Otra cosa: según Hamey, los Gallien habían reinado en Empis desde tiempos inmemoriales, pero «ese árbol *genógico* lo han talado». Sin embargo, aparentemente se contradecía: «En cierto modo todavía reinan». ¿Quería eso decir que el Asesino del Vuelo era…? ¿Qué? ¿Miembro de la Casa de Gallien, como si fuera de la realeza de *Juego de tronos*, de George R. R. Martin? Eso no cuadraba, porque Leah me había dicho (a través de su yegua, claro) que sus cuatro hermanas y sus dos hermanos habían muerto. También su madre y su padre, el rey y la reina. ¿Quién quedaba, entonces? ¿Algún bastardo como Jon Nieve en los libros de la serie *Juego de Tronos*? ¿El anacoreta loco en algún lugar del bosque?

Me levanté y me acerqué a los barrotes de la celda. Más allá, en una celda de mi mismo lado, Jaya permanecía en pie ante los barrotes. Tenía un vendaje torcido en torno a la frente, manchado de sangre por encima del ojo izquierdo. Susurré:

—¿Estás bien?

—Sí. No deberíamos hablar, Charlie. Es hora de dormir.

—Ya lo sé, pero… ¿cuándo llegó el gris? ¿Cuánto hace que ese Asesino del Vuelo está al mando de esto?

Se detuvo a pensar en la pregunta. Al final dijo:

—No lo sé. Cuando todo eso ocurrió, yo era una niña y vivía en la Ciudadela.

No me servía de mucha ayuda. «Era una niña» podía significar seis o doce años, o incluso dieciocho. Sospechaba que el gris y el acceso al poder del Asesino del Vuelo se habían producido unos doce o catorce años atrás, por un comentario del señor Bowditch: «Los cobardes hacen regalos». Inducía a pensar que él había sido testigo, había regalado unas cuantas bagatelas a sus preferidos, se había apropiado de una carretada de bolas de oro y había huido. Pero también por una observación de Dora: Radar era poco más que un cachorro cuando el señor Bowditch había aparecido por última vez. Por entonces, la maldición ya estaba en marcha. Quizá. Probablemente. Además, para más diversión, ni siquiera sabía si los años de Empis equivalían a los que yo conocía.

—Duerme, Charlie. Es la única escapatoria que tenemos. —Ella empezó a darse media vuelta.

—¡Jaya, espera! —Delante de mí, Ojota gruñó, resopló y se volvió del otro lado—. ¿Quién era? Antes de convertirse en el Asesino del Vuelo, ¿quién era? ¿Lo sabes?

—Elden —dijo—. Elden de Gallien.

Regresé a mi manta y me tendí. *Elden*, pensé. Conocía ese nombre. Falada, la yegua, hablando en nombre de su ama, me había dicho que Leah tenía cuatro hermanas y dos hermanos. Leah había visto el cuerpo aplastado del pobre Robert. El otro hermano también estaba muerto, aunque ella no me contó cómo había ocurrido o si había visto su cadáver. El otro hermano era el que siempre la había tratado bien, dijo Falada. Falada, que era en realidad la propia Leah.

El otro hermano era Elden.

5

Transcurrieron tres días. Digo tres porque Pursey vino nueve veces con su carrito de carne medio cruda, pero quizá fuera más tiempo; en el crepúsculo de los quemadores de gas de Maleen Profunda, era imposible saberlo. Durante ese tiempo intenté armar una historia en la que pensaba como *La caída de Empis* o *El ascenso del Asesino del Vuelo* o *La llegada de la maldición*. Era una estupidez, basada en los minúsculos retazos de información de los que disponía, pero me servía para matar el tiempo. Parte del tiempo, al menos. Y de hecho sí tenía esos retazos, por escasos que fueran.

Un retazo: el señor Bowditch hablaba de dos lunas que *se elevaban en el cielo*, pero yo nunca había visto que las lunas se elevaran. En realidad, apenas las había visto. Hablaba también de constelaciones que los astrónomos de la tierra desconocían, pero yo solo había atisbado alguna que otra estrella. Excepto por aquella efímera mancha azul cuando me aproximaba al reloj de sol, había visto poco más que nubes. En Empis, el cielo escaseaba. Al menos entonces.

Otro retazo: el señor Bowditch nunca había mencionado a Hana, y creo que lo habría hecho. No oí el nombre de la giganta hasta que visité a la «chioca».

Era el tercer retazo el que más me interesaba, el más *revelador*. El señor Bowditch había hablado de lo que podía ocurrir si las personas de nuestro mundo descubrían el camino a Empis, un mundo sin duda rebosante de recursos desaprovechados, siendo el oro solo uno de ellos. Poco antes de darse cuenta de que sufría un infarto, había dicho: «¿Temerían (refiriéndose a los posibles saqueadores procedentes de nuestro mundo) despertar de su largo sueño al terrible dios de ese lugar?».

Por lo que se desprendía de la cinta de casete, las cosas ya estaban mal en Empis en la última visita del señor Bowditch, aunque era posible que Hana aún no ocupara su puesto por aquel entonces. La ciudad de Lilimar ya estaba vacía y era «peligrosa, sobre todo de noche». ¿Quería decir eso que lo sabía por propia experiencia, tras una última expedición para conseguir más oro, por ejemplo, o solo que se lo había oído contar a fuentes en las que confiaba? ¿Woody, quizá? Llegué a la conclusión de que él había hecho un último viaje en busca de oro y que Hana aún no rondaba por allí.

A partir de estos precarios cimientos, construí un rascacielos de conjeturas. En la última visita del señor Bowditch, el rey de los Gallien (que probablemente se llamaba Jan) y la reina de estos (de nombre desconocido) ya habían sido derrocados. Al menos cinco de sus siete hijos habían sido asesinados. Leah escapó, junto con su tía Claudia y su tío o primo (no recordaba si lo uno o lo otro) Woody. Leah sostenía que su hermano Elden también había muerto, pero estaba claro que ese era el hermano a quien Leah más quería (yo lo había escuchado de su propia boca, o mejor dicho, la boca de su yegua, ja, ja). ¿No cabía la posibilidad de que Leah prefiriese creer que Elden había muerto a creer que se había convertido en el Asesino del Vuelo? ¿Alguna hermana estaría dispuesta a aceptar que su adorado hermano se ha convertido en un monstruo?

¿No cabía la posibilidad de que Elden hubiera escapado también de la purga —si es que había sido eso— y hubiera despertado de «su largo sueño al terrible dios de ese lugar»? Pensé que era mi conjetura más verosímil, por algo que había dicho Hamey: «Desde que el Asesino del Vuelo volvió del Pozo Oscuro».

Quizá no fuera más que una leyenda absurda, pero ¿y si no lo era? ¿Y si el hermano de Leah había descendido al Pozo Oscuro (tal como yo había descendido a otro pozo oscuro para llegar allí) a fin de escapar de la purga o a propósito? ¿Y si había bajado como Elden y había vuelto como el Asesino del Vuelo? Posiblemente lo dirigía el dios del Pozo Oscuro. O quizá Elden había sido poseído por ese dios, *era* ese dios. Una idea espantosa, pero tenía cierta lógica, viendo cómo se estaba eliminando a todo el mundo —grises y enteros—, casi todos lenta y dolorosamente.

Algunas cosas no encajaban, pero otras muchas sí. Y, como digo, me servía para matar el tiempo.

Pero había una pregunta para la cual me resultaba imposible conjeturar una respuesta: ¿qué podía hacerse al respecto?

Llegué a conocer un poco a mis compañeros de cautiverio, pero, como permanecíamos encerrados en nuestras celdas, no existía la posibilidad de cultivar lo que llamaríamos «relaciones significativas». Fremmy y Stooks eran el dúo cómico, aunque su humor (o lo que pasaba por humor) les hacía más gracia a ellos que a ningún otro, incluido yo. Dommy era grande, aunque tenía aquella tos tísica, que se agravaba cuando se tumbaba. El otro negro, Tom, era mucho más pequeño. Poseía una voz extraordinaria para el canto, pero solo Eris lograba camelárselo para que le diera uso. Una de sus baladas contaba una historia que yo conocía. Era sobre una niña que iba a visitar a su abuela y se encontraba con un lobo vestido con el camisón de la abuelita. La «Caperucita Roja» que yo recordaba tenía un final feliz, pero la versión de Tom concluía con un lúgubre pareado: *Corrió pero fue atrapada, todos sus esfuerzos no sirvieron de nada.*

Por lo visto, en Maleen Profunda los finales felices brillaban por su ausencia.

Para el tercer día, empezaba a entender el verdadero significado de la palabra «desvariar». Mis compañeros de mazmorra tal vez fueran enteros, pero no eran candidatos a MENSA precisamente. Jaya parecía bastante lista, y había un tal Jackah que por lo visto conocía un surtido inagotable de acertijos, pero, por lo demás, la conversación de todos ellos era parloteo inconsistente.

Hice flexiones de pecho y con salto para mantener la circulación de la sangre, y corrí en el sitio.

—Fijaos en el principito, cómo alardea —dijo Ojo una vez.

Ojota era un gilipollas, y sin embargo le había cogido cierto aprecio. En algunos sentidos me recordaba a mi antiguo amigo Bertie Bird. Al igual que Bird, Ojota no escondía su gilipollez, y además siempre he admirado a los deslenguados con ingenio. Ojota no era el mejor que había conocido, pero no lo hacía mal, y aunque yo llevaba poco tiempo allí, me gustaba provocarlo.

—Mira esto, Ojo —dije, y me coloqué las manos a la altura del pecho con las palmas hacia abajo. Salté y me las golpeé con las rodillas—. A ver si lo haces.

—¿Para hacerme un esguince? ¿O que me dé un tirón? ¿Que me salga hernia? Te gustaría, ¿eh? Así podrías escapar de mí cuando llegue la Justa.

—No habrá Justa —contesté—. No pasaremos de treinta y uno. Al Asesino del Vuelo se le han acabado los enteros. ¡A ver si haces esto! —Levanté las manos casi a la altura del mentón y, aun así, volví a tocármelas con las rodillas. Mis endorfinas, aunque cansadas, superaron el reto. Al menos relativamente.

—Si sigues haciendo eso, te partirás el culo en dos —dijo Bernd. Casi calvo, era el mayor de todos nosotros. Tenía gris el poco cabello que le quedaba.

Al oírlo, me eché a reír y tuve que parar. Hamey, tendido en su jergón, dejó escapar una risita.

—Habrá treinta y dos —aseguró Ojo—. Si no conseguimos otro pronto, meterán a Molly la Roja. Ella será la número treinta y dos. Esa arpía no tardará en volver de Cratchy, y el Asesino del Vuelo no querrá aplazar mucho más su entretenimiento.

—¡*Ella* no! —exclamó Fremmy.

—¡*Nunca* digas ella! —gritó Stooks.

Adoptaron idénticas expresiones de alarma.

—Yo *sí* lo digo. —Ojo saltó contra los barrotes de la celda y empezó a sacudirlos. Era su forma preferida de ejercicio—.

Es entera, ¿no? Aunque esa zafia madre suya se cayó del árbol de los feos y se arañó la puta cara por el camino.

—Un momento —dije. Me asaltó una idea espantosa—. No iréis a decirme que su madre es…

—Hana —dijo Hamey—, la guardiana del reloj de sol y el tesoro. Aunque si tú llegaste al reloj de sol, no andará muy aplicada en el trabajo. Al Asesino del Vuelo no va a gustarle.

Apenas presté atención. El hecho de que Hana tuviera una hija me asombraba, sobre todo porque no podía ni imaginarme quién se había acostado con ella para engendrar un vástago.

—¿Es Molly la Roja una…, o sea, una giganta?

—No como su madre —contestó Ammit desde la otra punta del pasillo—. Pero es grande. Ha ido a ver a su familia a Cratchy. Tierra de gigantes, ya sabes. Volverá y te partirá como una ramita si te coge. A mí no. Yo soy rápido. Ella es lenta. He aquí una adivinanza que Jackah no conoce: soy alta de joven, baja de vieja. ¿Qué soy?

—Una vela —dijo Jackah—. Esa la conoce todo el mundo, memo.

Hablé sin pensar.

—He ahí una vela que viene a iluminarte. He ahí un verdugo que viene a decapitarte.

Silencio. Por fin Ojo dijo:

—Por todos los dioses, ¿dónde has oído eso?

—No lo sé. Me parece que me lo decía mi madre cuando era pequeño.

—Entonces tu madre era una mujer rara. No lo repitas nunca, es una rima malévola.

Al final del pasillo frío y con goteras de Maleen Profunda, Dommy empezó a toser. Y tosió. Y tosió.

7

Al cabo de dos o tres días —es una conjetura; el tiempo en la mazmorra no era tiempo—, llegó Pursey para servirnos el desayuno, y esta vez *era* realmente un desayuno: ristras de gruesas salchichas que lanzó a través de los barrotes. Nueve o diez por ristra. Atrapé las mías al vuelo. Hamey dejó las suyas tiradas en el suelo sucio; luego las recogió y les sacudió el polvo con desgana. Las miró durante un rato y al final las soltó de nuevo. Su comportamiento se parecía de una manera alarmante al de Radar cuando era una perra vieja y moribunda. Regresó al jergón, encogió las rodillas contra el pecho y se giró hacia la pared. Frente a nosotros, Ojo, en cuclillas junto a los barrotes de su celda, se comía su ristra desde el medio, yendo de un lado a otro como si devorase una mazorca de maíz. La barba le relucía en torno a la boca por efecto de la grasa.

—Vamos, Hamey —dije—. Intenta comerte al menos una.

—Si no las quiere, tíralas aquí —dijo Stooks.

—Nosotros daremos buena cuenta sin pensárnoslo dos veces —dijo Fremmy.

Hamey se dio la vuelta, se incorporó y se colocó la ristra de salchichas en el regazo. Me miró.

—¿Tengo que hacerlo?

—Más te vale, Inútil —dijo Ojo. Ya solo le quedaban dos salchichas, las de los extremos—. Ya sabes lo que quiere decir cuando nos dan estas.

Cualquier calor residual al que hubieran podido someter las salchichas había desaparecido, y las del centro estaban crudas. Me acordé de un artículo que había leído en internet sobre un hombre que fue al hospital porque le dolía el vientre. La radiografía mostró que tenía una solitaria enorme en los intestinos. Por comer carne poco hecha, decía la noticia. Intenté olvidarlo (tarea no del todo posible) y empecé a comer. Sospechaba cuál era el significado de las salchichas en el desayuno: recreo, inminente.

Pursey retrocedió por el pasillo. Le di las gracias de nuevo. Se detuvo y me hizo una seña con aquella mano fundida. Me acerqué a la reja. En un ronco susurro a través de la lágrima que tenía por boca, dijo:

—O e avees elo.

Negué con la cabeza.

—No lo enti…

—O e avees *elo*.

Luego retrocedió, arrastrando el carrito vacío.

La puerta se cerró. Sonaron los golpes de los cerrojos. Me volví hacia Hamey. Había conseguido comerse una salchicha, pero la segunda le provocó arcadas y se la escupió en la mano. Se levantó y la tiró al agujero de los desechos.

—No sé qué intentaba decirme —dije.

Hamey cogió nuestra taza y la restregó con lo que le quedaba de camiseta como quien lustra una manzana. Luego se sentó en el jergón.

—Ven aquí. —Dio unas palmadas en la manta. Me senté a su lado—. Ahora quédate quieto.

Echó un vistazo alrededor. Fremmy y Stooks se habían retirado al extremo opuesto de su miserable aposento. Ojota estaba abstraído en su última salchicha, saboreándola. De otras celdas llegaban sonidos de masticación, eructos y lametones. Tras, aparentemente, concluir que no nos observaban, Hamey separó los dedos —cosa que podía hacer, porque era una persona entera con manos en lugar de aletas— y me los deslizó por el pelo. Di un respingo.

—Qui, quia, Charlie. Quédate quieto.

Hundió la mano en mi cuero cabelludo y me tiró del pelo. Cayó una lluvia de polvo. No puede decirse que me avergonzara (si te pasas unos días en una celda, cagando y meando en un agujero en el suelo, digamos que no te andas con delicadezas), pero seguía horrorizándome lo sucio que estaba. Me sentía como Cochino, el amigo de Charlie Brown.

Hamey sostuvo la taza de hojalata para que viera mi reflejo borroso en ella. Como un barbero al mostrarte tu nuevo corte de pelo, solo que la taza, además de curva, estaba abollada, así que era un poco como mirarse en un espejo de feria. Me vi una parte de la cara grande, y la otra, pequeña.

—¿Lo ves?

—¿Ver qué?

Ladeó la taza, y advertí que por delante mi cabello, donde Hamey había sacudido el polvo, ya no era castaño. Se había vuelto rubio. Allí abajo, incluso sin sol que me lo blanqueara, se había vuelto rubio. Agarré la taza y me la acerqué a la cara. Era difícil saberlo con seguridad, pero daba la impresión de que también los ojos me habían cambiado. En lugar de tenerlos de color castaño oscuro como antes, parecían avellanados.

Hamey ahuecó la mano en torno a mi nuca y me acercó hacia su boca.

—Pursey ha dicho: «No te laves el pelo».

Me eché atrás. Hamey me miró fijamente, con los ojos —tan castaños como eran antes los míos— muy abiertos. A continuación volvió a tirar de mí.

—¿Eres el verdadero príncipe? ¿El que ha venido para salvarnos?

8

Antes de que pudiera contestar, descorrieron los cerrojos. En esta ocasión, no era Pursey. Eran cuatro soldados de la noche, armados con varas flexibles. Dos iban delante, con los brazos extendidos, y las puertas de las celdas se abrieron entre chirridos a ambos lados.

—¡Hora de jugar! —exclamó uno con el zumbido de insecto—. ¡Todos los chavales, a jugar!

Salimos de las celdas. Aaron, que no formaba parte de ese grupo de hombres del saco, me había llevado a la derecha. Esta vez fuimos a la izquierda, los treinta y uno en fila de a dos, como auténticos niños en una excursión. Yo iba el último, el único desemparejado. Los otros dos soldados de la noche se colocaron detrás de mí. Al principio pensé que la crepitación ahogada que oía, similar a la de una corriente de bajo voltaje, era fruto de mi imaginación, basada en las veces en que había entrado en contacto con la fuerza envolvente que mantenía vivos a aquellos seres horrendos, pero no lo era. Los soldados de la noche eran zombis eléctricos. Lo que, pensé, habría sido un nombre cojonudo para un grupo de heavy metal.

Hamey avanzaba al lado de Ojota, que golpeaba con el hombro una y otra vez a mi escuálido compañero de celda y lo hacía tambalearse. Me proponía decir «Corta ya», pero lo que salió de mi boca fue:

—Depón esa actitud.

Ojo se volvió para mirarme, sonriente.

—¿Quién ha muerto y te ha hecho Dios?

—Depón esa actitud —repetí—. ¿Por qué tienes que burlarte de alguien que es tu compañero en este sitio miserable?

No parecía en absoluto propio de Charlie Reade. Ese otro

chico habría dicho probablemente «Deja de joder», más que lo que acababa de salir de su boca. Sin embargo, *era* yo, y la sonrisa de Ojota dio paso a una expresión especulativa de perplejidad. Me dirigió un saludo militar de estilo británico —llevándose el dorso de aquella enorme mano a la parte baja de la frente— y dijo:

—Señor, sí, señor. Ya veremos si me das muchas órdenes cuando tengas la boca llena de polvo.

Acto seguido se volvió de nuevo al frente.

22

El campo de juego. Ammit. El lavado. Tarta. Los quemadores de gas.

1

Subimos escaleras. Cómo no. Cuando uno estaba preso en Maleen Profunda, las escaleras se convertían en una forma de vida. Al cabo de diez minutos de ascenso, Hamey respiraba con dificultad. Ojo lo agarró del brazo y tiró de él.

—¡Arriba, arriba, arriba, Inútil! ¡Sigue subiendo o tu papá te reñirá!

Llegamos a un amplio rellano con una puerta de dos hojas. Uno de los dos soldados de la noche que encabezaban aquel jodido desfile levantó las manos y se las frotó; las puertas se abrieron en el acto. Al otro lado había un mundo distinto, más limpio: un pasillo de baldosas blancas con apliques de gas tan lustrados que relucían. El pasillo era una rampa ascendente, y cuando nos envolvió aquella luz anormalmente intensa (tuve que entornar los ojos, y no fui el único), empecé a percibir el olor de algo que conocía de haber estado en docenas de vestuarios: cloro, como el de las pastillas de los urinarios y la sustancia que vertían en los lavapiés de desinfección.

¿Sabía lo que significaba «recreo» a esas alturas? Sí, por supuesto. ¿Entendía lo que era la llamada Justa? Ídem de ídem. En las celdas, lo único que hacíamos era comer, dormir y charlar. Yo me andaba con cuidado al formular preguntas, con la intención de preservar la ficción de que procedía de la comunidad religiosa de Ullum, y escuchaba más de lo que hablaba. Aun así, me asombró aquel pasillo ascendente, que parecía —casi— propio del complejo deportivo moderno y bien mantenido de cualquiera de los muchos campus donde el deporte tenía un papel destacado.

Lilimar se había ido a pique —demonios, Lilimar y todo Empis—, pero ese pasillo tenía un aspecto magnífico, y sospechaba que el lugar adonde nos llevaban también sería magnífico. Quizá incluso más. Y no me equivocaba.

Comenzamos a pasar por delante de distintas puertas, cada una con su correspondiente aplique de gas con pantalla encima. En las tres primeras se leía: EQUIPOS. En la siguiente, MATERIAL. En la quinta, ÁRBITROS. Solo cuando pasé por esta (todavía el último de la fila, sin ánimo de hacer juegos de palabras), la miré de reojo y la palabra ÁRBITROS se convirtió en la misma maraña de símbolos rúnicos que había visto en el permiso de conducir de Polley cuando me lo había enseñado Kellin. Volví la cabeza para mirar atrás solo un instante y vi que decía de nuevo árbitros, y entonces cayó sobre mi hombro el golpe de una vara flexible. No muy fuerte, pero sí lo suficiente para captar mi atención.

—Continúa, chaval.

Más adelante, el pasillo terminaba en una mancha de luz intensa. Seguí a los otros hasta el campo de juego… y vaya un campo de juego. Miré alrededor como el palurdo de Ullum que simulaba ser. Había experimentado muchas conmociones desde la salida del túnel que comunicaba mi mundo con Empis, pero solo en ese momento acudió a mi mente el pensamiento *Debo de estar soñando*.

Unos descomunales quemadores de gas instalados en los soportes en forma de bandeja que había visto desde fuera bordeaban un estadio del que se habría enorgullecido cualquier equipo de béisbol del nivel Triple-A. Proyectaban hacia el cielo resplandecientes llamaradas de un fuego blanco azulado, que se reflejaban en las omnipresentes nubes.

El cielo. Estamos fuera.

No solo eso, sino que además era de noche, pese a que para nosotros acababa de empezar el día. Tenía su lógica si nuestros esqueléticos captores eran incapaces de existir a la luz del día; así y todo, se me hizo raro tomar conciencia de que mis ritmos habituales de vigilia y sueño se habían invertido por completo.

Cruzamos la pista de tierra y llegamos a un césped verde sobre un terreno mullido. Yo había estado en muchos campos de juego —de béisbol y de fútbol— parecidos a ese, pero en ninguno tan perfectamente redondo. ¿Qué deporte habrían practicado allí? Era imposible saberlo, aunque debía de ser extraordinariamente popular, porque las vías de acceso en forma de molinete por las que se entraba y las gradas que rodeaban el campo y se elevaban hacia el contorno circular del estadio ponían de manifiesto que, fuera cual fuese el deporte, atraía a miles de seguidores empisarios.

Vi justo enfrente los tres chapiteles verdes, que se adentraban en las nubes. Había torretas de piedra a mi derecha y a mi izquierda. Soldados de la noche envueltos en sus abrasadoras mortajas azules permanecían apostados en los parapetos situados entre las torretas, vigilándonos. En mi caminata hacia el reloj de sol, solo había alcanzado a distinguir la curva superior del estadio, porque el resto descendía hacia la parte de atrás de los jardines del palacio.

En algún sitio —probablemente al pie de aquellos tres chapiteles verdes de cristal— había una sala del trono y aposentos reales. Al igual que las tiendas de la ancha calle de los Gallien, eran sitios reservados para la gente estirada. Imaginé que ese otro espacio era el lugar que había sido importante para las personas corrientes, y casi pude verlas afluir por aquellas vías de acceso de vivos colores dispuestas en forma de molinete los días de partido, procedentes del Litoral y de Deesk, quizá incluso de Ullum y las Islas Verdes, cargados con cestas de comida y entonando los himnos o los nombres de sus equipos…

Sentí en el brazo el azote de una vara flexible, esta vez más fuerte. Al volverme, vi un cráneo sonriente en el interior de una envoltura semitransparente con expresión ceñuda.

—¡Deja de mirar boquiabierto como un absoluto idiota! ¡Ha llegado la hora de correr, chaval! ¡La hora de mover los pies!

Ojota guio a nuestro grupo hacia una pista circular que bordeaba el campo circular, de un verde increíble. Los otros lo siguieron de dos en dos y de tres en tres. Hamey iba el último, lo cual no era de extrañar. Suspendido sobre lo que supuse que era la parte delantera del campo, había una especie de palco que parecía un gran salón al aire libre; para completar la imagen, solo le faltaba una elegantísima araña de luces. Butacas tapizadas, como las de la zona delantera del Guaranteed Rate Field, el estadio de los White Sox, flanqueaban lo que obviamente era el asiento de honor. No era tan grande como el trono de Hana, desde donde vigilaba la entrada trasera del palacio (cuando no estaba comiendo o durmiendo, claro), pero el asiento era muy ancho y los brazos se torcían hacia fuera, como si quienquiera que gozase del privilegio de sentarse allí tuviese un cuerpo amplio potenciado por los esteroides desde el culo hacia arriba. Ese asiento estaba vacío, aunque diez o doce personas ocupaban las butacas tapizadas a ambos lados y nos observaron cuando pasamos corriendo por delante. Eran personas enteras vestidas con ropa de calidad, es decir, no los andrajos que llevábamos la mayoría. Una era una mujer, con el rostro muy pálido por efecto de lo que, supuse, era alguna clase de maquillaje. Lucía un vestido largo con volantes en el cuello. En los dedos y en las horquillas de su cabello destellaban piedras preciosas. Todo el mundo en aquel palco bebía en vasos altos lo que quizá fuese cerveza. Uno de los hombres me vio mirar y alzó el vaso hacia mí, como en un brindis. Todos mostraban expresiones de lo que yo habría descrito como una mezcla de aburrimiento y una pizca de interés. Los detesté al instante, como solo un recluso al que han azotado con una vara flexible puede detestar a un hatajo de individuos ociosos y bien vestidos que no hacen más que matar el tiempo apoltronados sobre sus traseros.

Este lugar no se construyó para personajes como esos gilipollas, pensé. *No sé cómo puedo saber eso, pero lo sé.*

Recibí otro azote, en esta ocasión en los fondillos del pantalón, cada vez más sucio. Me ardió como si fuera fuego.

—¿Es que no sabes que no es de buena educación mirar a tus superiores?

También aborrecía cada vez más el zumbido de aquellas voces de insecto. Era como escuchar no solo a un Darth Vader, sino a un pelotón entero. Apreté el paso y adelanté a Stooks. Al dejarlo atrás, me hizo una peineta a lo empisario. Se la devolví.

Avancé entre mis compañeros de Maleen Profunda, ganándome un manotazo cordial de Tom y uno más fuerte y menos cordial de una mole un poco patizamba llamada Ammit.

—Vigila por dónde vas, ully —dijo—. Aquí no hay ningún dios que te proteja. Todo eso ha quedado atrás.

Lo dejé atrás a *él*, y con mucho gusto. La vida ya era bastante lamentable sin compañeros de prisión malhumorados que la empeoraran.

En el centro del campo había objetos que reconocí de mis diversos entrenamientos deportivos, que se remontaban al fútbol y al hockey en las categorías infantiles. Vi una doble hilera de lo que parecían traviesas de ferrocarril. Vi grandes sacos de tela llenos de bultos esféricos que solo podían ser balones. Vi una hilera de postes envueltos en arpillera. Cada uno se hallaba coronado por una cara ceñuda toscamente pintada. Muñecos de placaje empisarios, sin duda. Vi cuerdas con anillas en los extremos colgadas de barras en forma de T y un tablón ancho sobre caballetes altos con una paca de heno a un lado. También una cesta de mimbre llena de lo que parecían mangos de hacha. El aspecto de estos no me gustó nada. El entrenador Harkness nos había sometido a rutinas que podían considerarse sádicas, pero ¿aporrearnos unos a otros? Eso no.

Me situé al frente del grupo cuando llegábamos a la zona de la pista más alejada del palco vip. Allí tiré incluso de Ojota, que corría con la cabeza hacia atrás, el pecho hinchado y las manos en movimiento a los lados. Solo le faltaban unos lastres en las manos para parecer un hombre de mediana edad de mi barrio poniéndose en forma. Ah, y quizá un chándal.

—¿Echamos una carrera? —pregunté.

—¿Qué? ¿Para que esa arpía de Petra y los demás puedan apostar a ver quién gana? —Señaló con el pulgar a los enteros bien vestidos que se relajaban con sus refrescos. Se habían sumado otros dos. Dios santo, era casi como un cóctel. Un par de soldados de la noche flanqueaba al grupo—. ¿No tenemos ya preocupaciones suficientes sin eso?

—Supongo.

—¿De dónde coño eres en realidad, Charlie? Tú no eres ningún ully.

En ese momento vimos que Hamey abandonaba la pista, lo cual me libró de tener que contestarle. Con la cabeza gacha y el estrecho pecho agitado, se dirigía lentamente hacia varios montones de equipo de entrenamiento. Entre la cesta de mimbre con bastones de lucha (no sabía qué otra cosa podían ser, si no) y los muñecos de placaje de rostro ceñudo, había unos bancos y una mesa con tazas de loza, pequeñas, como tacitas de café. Hamey cogió una, la apuró, la dejó en la mesa y a continuación se sentó con los antebrazos apoyados en los muslos y la cabeza baja. Vigilaba —o quizá «atendía»— la mesa un soldado de la noche que miró a Hamey pero no hizo ademán de golpearlo.

—Tú no lo intentes —advirtió Ojo entre resoplidos—, o te azotarán hasta que sangres.

—¿Por qué a *él* se lo consienten?

—Porque saben que no es capaz de hacer esta mierda, por

eso. Es don Inútil, ¿o no? Pero es un entero, y sin él solo somos treinta.

—No me explico cómo…, o sea, cuando empiece la Justa, en el supuesto de que llegue el día…, cómo esperan que él…, ya me entiendes. Que luche.

—No lo esperan —contestó Ojo, y detecté un tonillo extraño en su voz. Podría haber sido compasión. O quizá más bien compañerismo. No era que Hamey le gustase como persona; era que la situación en la que nos hallábamos le gustaba aún menos.

—¿Es que nunca te quedas sin aliento, chaval? Una vuelta más, y acabaré sentado en el banco con Inútil por más que me sacudan con las varas.

Pensé en decirle que había practicado muchos deportes, pero entonces me hubiera preguntado qué deportes, y yo ni siquiera sabía qué se había practicado en ese gran tablero verde del juego de las pulgas.

—Me mantenía en forma. Al menos hasta que llegué aquí. Y puedes llamarme Charlie en lugar de chaval, ¿vale? Chaval es como nos llaman *ellos*.

—Charlie, pues. —Ojo señaló con el pulgar a Hamey, la viva imagen del abatimiento allí sentado en el banco—. Ese pobre mamón no es más que un cuerpo caliente. Carne de cañón.

Solo que él no dijo «mamón» ni dijo «carne de cañón». Así fue simplemente como mi cabeza tradujo el idioma que él había utilizado, fuera el que fuese.

—Les gusta que los encuentros se decidan deprisa.

Como un partido entre el primer clasificado y último de la NCAA, pensé.

Volvíamos a pasar por delante del palco vip, y esta vez fui yo quien señaló con el pulgar a los enteros bien vestidos que nos observaban. Cuando no hablaban entre sí, claro, porque era obvio que para ellos su tema de conversación era más importante que los tipos harapientos que resoplaban abajo. Éramos solo un pretexto para reunirse, como pasaba en mi mundo con los que iban a ver los entrenamientos de fútbol. Detrás de nosotros, los demás se habían ido espaciando, y un par —Doble y un tal Yanno— se habían reunido con Hamey en los bancos.

—¿Cuántos de esos hay?

—¿Qué? —Ojota también resoplaba. Yo aún tenía fuelle—. ¿Súbditos de Elden? —Puso cierto énfasis en la palabra «súbditos», como si la entrecomillara—. No lo sé. Veinte. Puede que treinta. Puede que unos cuantos más. La arpía reina sobre ellos porque es la favorita del Asesino del Vuelo.

—¿Petra?

—Sí, ella.

—¿Y eso es *todo*?

Antes de que pudiera contestar, mi viejo amienemigo Aaron salió a zancadas del pasadizo situado bajo el palco vip, blandiendo la vara flexible como un director de orquesta a punto de iniciar su primera pieza.

—*¡Venga!* —gritó—. *¡A por todas!*

Ojota trotó hacia el material de entrenamiento dispuesto en el centro del campo, y yo fui con él. La mayoría de los presos resoplaban y jadeaban. Jaya y Eris, dobladas por la cintura con las manos en las rodillas, recobraban el aliento. Después se unieron a los demás en torno a la mesa donde estaban las tacitas. Yo vacié una. Contenía básicamente agua, pero también algo agrio con efecto estimulante. No había perdido el aliento, pero después de beber aquello me sentí mejor.

Contando a Aaron, había en el campo cinco soldados de la noche, de pie en un semicírculo frente a nosotros. Otros dos actuaban de guardaespaldas de los vip. Los que vigilaban desde los parapetos eran fáciles de contar por sus auras, de un intenso azul: doce. Había diecinueve en total, que, pensé, era más o menos la cantidad que nos había perseguido a Radar y a mí cuando corríamos hacia la puerta exterior. Veinte si añadía a Kellin, quien o bien no estaba allí o bien miraba desde los parapetos. ¿Eran todos? De ser así, los presos superaban en número a los guardias. Preferí no preguntárselo a Ojo, porque Aaron parecía observarme.

—¡Una buena carrera! —dijo Stooks.

—¡Mejor que el sexo! —dijo Fremmy.

—Excepto el sexo contigo —dijo Stooks.

—Sí —coincidió Fremmy—. Ofrezco un buen sexo.

Tendí la mano hacia otra taza y uno de los guardias me señaló con la vara.

—Quia, quia, una por cliente, chaval.

Solo que «una por cliente» no fue lo que dijo, por supuesto.

2

A continuación empezó el recreo, que en conjunto era menos brutal que un entrenamiento de fútbol. Hasta el final, claro.

Primero jugamos con los balones. Había dieciséis repartidos en tres sacos. Parecían pelotas de playa, pero estaban recubiertas de una sustancia plateada que las lastraba. *Era* plata, o esa impresión me dio. Veía mi reflejo distorsionado en la superficie de la mía, cara sucia, pelo sucio. Decidí que no me lavaría el pelo, por asqueroso que me lo notara. No creía que fuera «el verdadero príncipe, el que viene a salvarnos», no podía salvarme ni a mí mismo, pero no sentía el menor deseo de diferenciarme del resto. Había visto la cámara de tortura del palacio y no quería acabar como invitado allí.

Formamos dos hileras de quince. Hamey era el hombre desemparejado, y uno de los guardias, recurriendo a la vara flexible, le ordenó que lanzara arriba y abajo la decimosexta pelota. Cosa que Hamey hizo, apáticamente. Seguía sin aliento después del recorrido por el pasillo en pendiente y la única vuelta parcial que había dado a la pista. Me vio mirarlo y me sonrió, pero sus ojos expresaban desolación. Bien podría haber llevado tatuado en la frente YO SERÉ EL PRIMERO EN CAER.

Los demás nos lanzamos las pelotas con lastre —de alrededor de dos kilos— unos a otros. No tenía gran complicación, un mero calentamiento de brazos y tronco superior, pero era evidente que muchos de los reclusos no habían mostrado inclinaciones deportivas en sus vidas anteriores, porque cometían incontables torpezas. Me pregunté si acaso la mayoría había sido el equivalente a oficinistas en el lugar que llamaban la Ciudadela antes del derrocamiento de la Monarquía de la Mariposa (aquí un pequeño juego de palabras no intencionado). Algunos estaban en buena forma y unos cuantos sabían moverse —Ojo era uno, Eris era otra, Tom y Ammit eran dos más—, pero los demás eran bastante patosos. El entrenador Harkness los habría llamado «pie de cazos» (nunca «pies de cazo»). Fremmy y Stooks eran pie de cazos; como también Jaya y Doble. Dommy poseía envergadura, pero tenía aquella tos. Por otro lado, estaba Hamey, que era, como Ojota decía, un inútil.

Yo me emparejé con Ojota. Lanzó una serie globos fáciles, golpeando la pelota con la base de la mano, así que yo lo imité. Nos indicaron que retrocediéramos un paso cada dos lanzamientos. Al cabo de unos diez minutos de ejercicio, nos ordenaron que volviéramos a la pista para correr otra vez.

Hamey se esforzó, pero pronto aminoró el paso y siguió caminando. Esa vez yo iba al trote, en esencia haraganeando. Ammit me alcanzó sin dificultad, aunque con su andar patizambo se balanceaba como un remolcador en un oleaje moderado. Cuando pasamos por delante de los vip, se giró y volvió a golpearme, solo que esta vez, más que un golpe, fue la clásica carga con el hombro. Yo no me la esperaba, y acabé en el suelo. Jaya tropezó conmigo y cayó de rodillas con un gruñido. Los demás nos esquivaron.

Por fin habíamos captado toda la atención de los figurones del palco. Mirándonos a Jaya y a mí, nos señalaban y se reían, como Andy, Bertie y yo podríamos habernos reído de alguna payasada en una película.

Ayudé a Jaya a levantarse. Le sangraba un codo. Le pregunté si se encontraba bien. Dijo que sí y echó a correr al ver que se acercaba uno de los soldados de la noche con la vara flexible en alto.

—¡Nada de contacto, chaval! ¡Quia, quia, quia!

Levanté la mano en parte para indicar que lo entendía, pero sobre todo para protegerme de un varazo si decidía asestármelo en la cara.

El soldado de la noche retrocedió un paso. Alcancé a Ammit.

—¿Por qué has hecho eso?

Su respuesta fue la misma que podría haber dado cualquiera de los descerebrados aspirantes a macho alfa con los que había jugado a lo largo de los años... y eran muchos. Si habéis practicado deportes, sobre todo en el instituto, lo sabréis. Son esos tipos que, a los veinte o treinta años, acaban rondando los campos durante los entrenamientos, echando barriga cervecera y hablando de sus días de gloria.

—Me apetecía.

Lo que significaba que Ammit necesitaba una lección. Si no la recibía, los golpes y los empujones y las zancadillas nunca acabarían.

Después de una sola vuelta a la pista, nos enviaron a las anillas y nos dijeron que hiciéramos dominadas. La mitad de mis compañeros podía hacer cinco; seis o siete podían hacer una o dos; yo hice doce, y luego, estúpidamente, decidí alardear.

—¡Mirad esto! —dije a Ojo y Hamey.

Volví a elevarme e hice una piel de gato, pasando las piernas por encima de la cabeza y realizando una rotación de trescientos sesenta grados perfecta. Apenas acababa de aterrizar cuando recibí un golpe en los riñones, y fuerte. Primero sentí el dolor, luego la quemazón, cada vez más profunda.

—¡Nada de trucos! —me gritó Aaron. Con la ira, se intensificó el brillo de su aura, y su rostro humano, ya antes desdibujado, desapareció casi por completo. He aquí una pequeña trivialidad: podríais pensar que al final uno se acostumbra a estar preso bajo el control de muertos vivientes, pero no es así—. *¡Nada de trucos!* ¡Rómpete la muñeca o la pierna, y te *despellejo* a azotes!

En cuclillas, con los labios contraídos y los dedos de la mano izquierda apoyados en el suelo, lo miré fijamente. Aaron dio un paso atrás, pero no por temor, sino a fin de disponer de espacio suficiente para alzar la puta vara.

—¿Quieres venir a por mí? ¡Adelante! ¡Si necesitas una lección, te la daré!

Negué con la cabeza, con lo que el cabello mugriento se me agitó sobre la frente, y me erguí muy despacio. Yo era más grande y lo superaba en unos cincuenta kilos —él era en esencia un saco de huesos—, pero lo protegía su aura. ¿Quería yo electrocutarme? No.

—Lo siento —dije, y por un momento pensé que se había sorprendido, como Pursey cuando le di las gracias.

Me indicó con un gesto que me reuniera con los demás.

—¡A correr! —nos gritó—. ¡A correr, monos!

No oí «monos»; fue simplemente otra sustitución mental. Recorrimos la pista (esta vez Hamey ni siquiera lo intentó), bebimos más agua estimulante, y después nos mandaron a los muñecos de placaje.

Aaron se retiró. Lo reemplazó otro soldado de la noche.

—¡El primero que mate a su enemigo tendrá tarta! ¡Tarta para el primero que lo mate! ¡Dad un paso al frente y elegid un poste!

Éramos treinta y uno, y había solo doce postes con muñecos de placaje. Ojo me agarró por la muñeca y gruñó:

—Primero mira cómo se hace.

Me sorprendió aquel amable consejo, pero lo acepté de buena gana. Con la tarta como posible recompensa, doce de mis compañeros de prisión se apresuraron a dar un paso al frente y tocar un poste envuelto en arpillera. Entre ellos estaban Eris, Fremmy y Stooks, Doble y Ammit.

—¡Ahora *atrás*!

Retrocedieron hasta la mesa.

—¡Y *matad* a vuestro *enemigo*!

Echaron a correr. Más de la mitad se contuvieron un poco antes del impacto; no fue evidente, pero yo lo vi. Tres embistieron los postes de pleno. Eris arremetió con fuerza, pero era flaca, y el plato de expresión malévola colocado en lo alto del poste solo tembló. Lo mismo ocurrió con el otro tipo que no se arredró. Se llamaba Murf. Ammit acometió con convicción. El plato salió volando de lo alto del poste y fue a parar tres metros más allá.

—¡Tarta para este! —anunció Aaron—. ¡Este tiene tarta!

En el palco vip, los espectadores, encabezados por la mujer de rostro blanco, vitorearon. Ammit levantó los puños y se inclinó hacia ellos. Dudo que reconociera el carácter claramente satírico de aquella ovación. Como suele decirse, no era el melón más maduro del huerto ni el caballo más rápido de la carrera.

Los primeros doce fueron sustituidos por otros doce, pero Ojo volvió a agarrarme de la muñeca y me quedé inmóvil. Esta vez ninguno derribó el plato. Ojo, Hamey, Jaya y yo nos encontrábamos entre los últimos en intentarlo.

—¡*Atrás!*

Reculamos.

—¡Y *matad* a vuestro *enemigo*!

Corrí hacia mi poste, bajando el hombro derecho —el hombro de mi lado fuerte— sin pensármelo siquiera. Estaba convencido de que podría haber golpeado el poste con fuerza suficiente para hacer volar aquella cabeza ceñuda, incluso sin almohadillas de protección, pero me contuve como había visto hacer a alguno de los otros. Mi plato apenas tembló, pero el de Ojota saltó y voló casi tan lejos como el de Ammit. Esta vez ninguno de los vip se molestó en vitorear; volvían a estar absortos en sus conversaciones.

Aaron había retrocedido hasta el pasadizo situado bajo el palco vip, y allí se le acercó Kellin. Ese día no llevaba esmoquin; el Gran Señor vestía un ajustado calzón de pana y una camisa blanca de cuello abierto debajo de su aura. Se encaminaron juntos hacia nosotros, y yo experimenté el mismo *déjà vu* que había sentido al ver el material de entrenamiento y la mesa con las bebidas. Kellin y Aaron podrían haber sido el entrenador y su segundo. Aquello no era solo un periodo de ejercicio para los presos, sino un asunto serio. Iba a celebrarse una Justa, y sospechaba que Kellin y Aaron eran los responsables de velar por que fuese un buen espectáculo.

—¡*Los bastones!* —vociferó Aaron—. ¡*Ahora los bastones!*

Ante eso, los enteros presentes en el palco mostraron más interés. Incluso los soldados de la noche que vigilaban desde los parapetos parecieron ponerse firmes.

Fuimos a la cesta de mimbre que contenía los bastones de lucha. Eran como bastones bokken, pero sin empuñadura, más o menos de un metro de largo y ahusados en ambos extremos. La madera era blanca, lisa y dura. *Fresno*, pensé. Como los bates de béisbol de primera división.

Kellin señaló a Eris. Ella dio un paso al frente y cogió uno de los bastones. Luego señaló a Hamey, y se me cayó el alma a los pies. El cogió otro, y lo sostuvo con las dos manos por los extremos ahusados. Eris empuñaba el suyo con una sola mano. *Defensa y ataque*, pensé. Ninguno de los dos parecía muy entusiasmado, pero solo Hamey parecía asustado. Pensé que tenía razones para estarlo.

—¡*Matad a vuestro enemigo!* —exclamó Aaron, su voz aún más similar a un zumbido.

Eris blandió el bastón. Hamey paró el golpe. Ella acometió desde el lado, y Hamey volvió a parar el golpe, aunque débilmente; si ella hubiera blandido el bastón con verdadera fuerza (no lo hacía), probablemente lo habría derribado.

—¡*Túmbalo!* —chilló Kellin—. ¡*Túmbalo, puta inútil, o te tumbaré yo a ti!*

Eris lanzó un golpe bajo. Esta vez Hamey no hizo el menor esfuerzo por detener el golpe, que le barrió las piernas. Cayó en la hierba con una exclamación ahogada y un golpe sordo. Los enteros del palco vitorearon con más entusiasmo. Eris los saludó con una reverencia. Confié en que a la distancia a la que se hallaban no les fuera posible ver la expresión de asco de su rostro.

574

Aaron azotó a Hamey en el trasero y las piernas con la vara flexible.

—¡Arriba! ¡Arriba, montón de bosta! ¡Arriba!

Hamey se levantó como pudo. Las lágrimas le resbalaban por las mejillas y los mocos le colgaban en dos velas de la nariz. Aaron alzó la vara flexible para asestar otro azote, pero Kellin lo detuvo con un solo gesto de negación. Hamey debía permanecer de una pieza, al menos hasta que empezara el torneo.

Eris se enfrentó a otro adversario. Intercambiaron numerosos golpes, aunque no muy fuertes. Se retiraron y el siguiente par ocupó sus puestos. Así continuó el ejercicio, con muchas acometidas, bastonazos y golpes defensivos, pero no volvieron a gritar «túmbalo» ni «matad a vuestro enemigo». Sin embargo, Stooks y Fremmy recibieron azotes de uno de los otros soldados de la noche por holgazanear. A juzgar por cómo aceptaron el castigo, tuve la impresión de que no era la primera vez.

Ojo combatió contra Tom, Bernd contra Bult, y al final solo quedábamos Ammit y yo. Supuse que Aaron había advertido la carga con el hombro de Ammit en la pista de atletismo y decidió que así fuera. O quizá Kellin lo había visto desde dondequiera que estuviese antes de salir al campo.

—¡Bastones! —gritó Aaron. Dios, cómo odiaba aquel zumbido—. ¡Ahora vosotros dos! ¡Bastones! ¡A ver qué tal se os da!

Ammit empuñó el suyo por el extremo: ataque. Sonreía. Yo sostuve el mío por las dos puntas, de través, para defenderme. Al menos al principio. Ammit ya había hecho aquello antes y no preveía que el chico nuevo le causara problemas. Quizá tenía razón. Quizá no. Ya veríamos.

—¡*Matad a vuestro enemigo!* —Esta vez fue Kellin quien gritó.

Ammit, oscilando sobre sus piernas patizambas, se abalanzó sobre mí sin vacilar, con la esperanza de acorralarme entre la mesa de las bebidas y la cesta de los bastones de combate, donde los anteriores luchadores habían dejado ya los suyos después de competir. Levantó el bastón y descargó un golpe. No se contuvo en absoluto; pretendía provocarme una conmoción cerebral o algo peor. Eliminarme tenía cierto sentido. Podían castigarlo, pero la población de la mazmorra se reduciría a treinta, con lo que la Justa se aplazaría hasta que encontraran a otras dos personas. Puede que incluso lo viera como una forma de sacrificio por sus compañeros de equipo, aunque yo lo dudaba. Por la razón que fuese, Ammit había decidido que yo no le caía bien.

Me agaché en una semisentadilla y alcé mi propio bastón. Golpeó este en lugar de mi cabeza. Al erguirme, empujé su bastón y lo obligué a retroceder. Indistintamente, oí unos aplausos dispersos procedentes del palco vip. Me aparté de la cesta y de la mesa, acosándolo, obligándolo a recular hasta el espacio abierto donde yo podría utilizar mi relativa velocidad. No era gran cosa, cierto, pero Ammit, con aquel andar patizambo, tampoco es que fuera un galgo.

Asestó un golpe primero a la izquierda y luego a la derecha. Los paré fácilmente ahora que disponía de espacio. Y estaba furioso. Mucho. Tan furioso como lo había estado con Christopher Polley cuando le rompí una mano, lo aporreé y luego le rompí la otra. Furioso como lo había estado con mi padre cuando se refugió en el alcohol después de la muerte de mi madre. Lo dejé en paz, no me quejé (mucho) por su adicción a la bebida, pero expresé esa furia de otras maneras. Algunas ya las he contado; de otras me avergüenzo demasiado para contarlas.

Trazamos un círculo en la hierba, avanzando, flexionándonos y fintando. Los prisioneros observaban en silencio.

Kellin y los otros soldados de la noche también permanecían atentos. En el palco vip, el parloteo de cóctel había cesado. Ammit empezaba a jadear y ya no manejaba el bastón con la misma rapidez. Tampoco sonreía, y eso era buena señal.

—Venga —dije—. Ven a por mí, capullo, pedazo de inútil. A ver qué sabes hacer.

Se abalanzó hacia mí con el bastón en alto por encima de la cabeza. Deslicé una mano por mi propio bastón y le hinqué el extremo en el vientre, justo por encima de las ingles. El golpe que él había lanzado me alcanzó en el hombro, que me quedó entumecido. No retrocedí. Solté el bastón, crucé la mano izquierda ante el cuerpo y agarré el suyo. Lo golpeé en el muslo, me eché atrás y lo golpeé en la cadera, aplicando la fuerza de mis propias caderas al movimiento, como si tratara de batear un tiro recto hacia la derecha del campo.

Ammit gritó de dolor.

—¡Me retiro! ¡Me retiro!

Me importaba un carajo si se retiraba o no. Blandí el bastón de nuevo y lo golpeé en el brazo. Se dio media vuelta y echó a correr, pero tenía la respiración entrecortada, además del andar patizambo. Miré a Kellin, que se encogió de hombros e hizo un gesto con la mano en dirección al que antes era mi enemigo, como si dijera «tú mismo». Al menos así lo interpreté yo. Fui detrás de Ammit. Podría deciros que estaba pensando en el golpe con el hombro y en las risas de los enteros del palco cuando me había caído. Podría deciros que estaba pensando en el tropezón de Jaya y en su caída. Incluso podría deciros que intentaba asegurarme de que nadie más pretendiera jugar con el chico nuevo. Nada de eso habría sido verdad. Ninguno de los demás había mostrado la menor animadversión hacia mí, excepto quizá Ojo, y eso había sido antes de que me conociera un poco más.

En realidad solo quería joder a ese tío.

Le pegué un par de veces en el trasero, dos buenos golpes. Con el segundo, cayó de rodillas.

—¡Me retiro! ¡Me retiro! *¡Me retiro!*

Levanté el bastón por encima de la cabeza, pero, antes de que pudiera descargar el golpe, el Gran Señor me sujetó por el codo. Experimenté la espantosa sensación de estar en contacto con un cable eléctrico, y la sensación de que me abandonaban las fuerzas. Si hubiera seguido agarrándome, habría perdido el conocimiento como ante la puerta de la ciudad, pero me soltó.

—Basta.

Abrí las manos y solté el bastón. Luego hinqué una rodilla en el suelo. Los vip aplaudían y vitoreaban. Me fallaba la visión, pero vi a un hombre alto con una cicatriz en la mejilla que susurraba a la mujer del rostro blanco al tiempo que ahuecaba una mano despreocupadamente sobre uno de sus pechos.

—Levanta, Charlie.

Conseguí ponerme en pie. Kellin dirigió un gesto con la cabeza a Aaron.

—El recreo ha terminado —anunció Aaron—. Bebed todos otro trago.

No sé los demás, pero yo lo necesitaba.

3

Los guardias nos llevaron a uno de los vestuarios reservados a los equipos. Era, para lo que yo conocía, amplio y lujoso. Había lámparas eléctricas en el techo, pero, por lo visto, no estaban conectadas al destartalado generador y habían sido sustituidas por otras de gas. El suelo y las paredes eran de baldosas blancas y estaban impecables, al menos hasta que llegamos nosotros con nuestra mugre... más diversas manchas de sangre tras la lucha a bastonazos. Probablemente se encargaban de la limpieza personas grises, pensé, aunque en ese momento no había ninguna a la vista. Había un canal de agua corriente en el que mear, cosa que hicieron varios hombres. En los extremos vi asientos de porcelana con agujeros en el centro. Supuse que esos eran para las mujeres, aunque ni Jaya ni Eris los utilizaron. Se despojaron de las camisetas igual que los hombres, y sin ninguna inhibición perceptible. Jaya había recibido varios bastonazos, y ya le asomaban moretones en las costillas.

A un lado del vestuario estaban las taquillas de madera donde en su día los miembros de los equipos debían de guardar el material (nosotros, naturalmente, no teníamos nada que guardar). Al otro lado había un estante largo con cubos para lavarse. En cada uno de ellos flotaba un trapo. No había jabón.

Me quité la camiseta, haciendo una mueca por mis diversos dolores y molestias, casi todos efecto de los golpes de las varas flexibles. El peor era el de los riñones. No me lo veía, pero notaba la sangre, ya medio seca y pegajosa.

Varias personas, ya ante los cubos, se lavaban la mitad superior del cuerpo, y algunos se habían bajado los calzones para lavarse el resto. Pensé que yo podía prescindir de esa parte de las abluciones, pero resultaba interesante observar que en Empis, como en Francia (al menos según la cancioncilla), no usaban ropa interior

Ammit se me acercó cojeando. Nuestros guardianes no habían entrado con nosotros, lo que significaba que no había nadie para separarnos si buscaba la revancha. Por mí no había inconveniente. Me incliné, a pecho descubierto y manchado aún por la suciedad acumulada de varios días (para entonces quizá semanas), y cerré los puños. A continuación, ocurrió algo asombroso. Ojo, Fremmy, Stooks y Hamey formaron una hilera frente a mí, de cara a Ammit.

El patizambo meneó la cabeza y se llevó la mano a la frente como si tuviera jaqueca.

—Quia, quia. Antes no lo creía, pero ahora sí. *Quizá* sí. ¿De verdad eres el...?

Ojota dio un paso al frente y tapó la boca a Ammit sin dejarlo terminar. Con la otra mano señaló una rejilla que quizá suministraba calor en los tiempos en que ese estadio —y la ciudad a la que servía— estaba en funcionamiento. Ammit siguió su mirada y asintió. Con evidente dolor, hincó una rodilla en el suelo ante mí y se llevó otra vez la mano a la frente.

—Mis disculpas, Charlie.

Abrí la boca para decir «No pasa nada», pero lo que me salió fue:

—Las acepto gustosamente. Ponte en pie, Ammit.

Todos me miraban, y algunos de los demás (no Ojota, no entonces) también se habían llevado las manos a la frente. No era posible que todos tuvieran jaqueca, así que debía de ser un saludo. Creían algo que era totalmente absurdo. Y sin embargo...

—Lávate, Charlie —dijo Gully. Tendió una mano hacia uno de los cubos.

Por razones que no entendí, Eris fue andando como un pato a lo largo del estante y pasando las manos por debajo de este.

—Adelante. Límpiate.

—El pelo también —precisó Ojo. Y cuando vacilé, añadió—: No hay problema. Es necesario que lo vean. Y yo también. —Luego dijo—: Perdona por haberte dicho que te haría comer polvo.

Le contesté que no me había ofendido, sin molestarme en agregar que ya había soportado bastantes agresiones verbales en mi vida. No era solo cosa del deporte; era cosa de tíos.

Me acerqué a uno de los cubos y escurrí el trapo que flotaba en él. Me lavé la cara, el cuello, las axilas y el abdomen. Era muy consciente, para extrema vergüenza mía, de que tenía público mirando cómo me lavaba. Cuando acabé de limpiarme los sitios adonde me llegaba, Jaya me pidió que me diera la vuelta. Lo hice, y ella me lavó la espalda. Fue con cuidado en torno al corte donde Aaron me había golpeado por hacer la piel de gato en las anillas, pero torcí el gesto de todos modos.

—Quia, quia —dijo amablemente—. Quédate quieto. Tengo que sacar el polvo de la herida para que no se te infecte.

Cuando terminó, señaló uno de los cubos que no se habían utilizado. A continuación, me cepilló el pelo, pero solo durante un segundo, antes de retroceder como si hubiera tocado algo caliente.

Miré a Ojota en busca de confirmación. Él asintió. Sin más rodeos, cogí el cubo y me lo vacié en la cabeza. El agua estaba tan fría que ahogué una exclamación, pero me sentó bien. Deslizándome las manos por el pelo, retiré un montón de tierra y mugre. El agua que se encharcó en torno a mis pies estaba sucia. Me peiné con los dedos lo mejor que pude. *Me ha crecido*, pensé. *Seguramente parezco un hippie.*

Me observaban con atención, los treinta. Algunos boquiabiertos. Todos con los ojos como platos. Ojota se llevó el pulpejo de la mano a la frente e hincó una rodilla en el suelo. Los otros lo imitaron. Si digo que me quedé perplejo, me quedo corto.

—Levantad —dije—. No soy quien pensáis.

Solo que no estaba muy seguro de que así fuera.

Se pusieron en pie. Ojo se acercó a mí y me agarró un mechón de pelo que me había caído sobre la oreja. Me lo arrancó de un tirón —ay— y me mostró la palma de la mano. El rizo de pelo, incluso mojado, brilló a la luz de las lámparas de gas. Brilló casi tanto como las bolas de oro del señor Bowditch.

—¿Y los ojos? —pregunté—. ¿De qué color tengo los ojos?

Ojota, entrecerrando los suyos, me miró casi nariz con nariz.

—Todavía de color avellana. Pero puede que aún estén cambiando. Tienes que mantener la vista baja siempre que puedas.

—De todos modos, esa es la actitud que les gusta a esos cabrones —dijo Stooks.

—Les *encanta* —añadió Fremmy.

—Vendrán a por nosotros de un momento a otro —dijo Eris—. Permíteme…, lo siento, príncipe Charlie, pero tengo que…

—¡No lo llames así! —dijo Tom—. ¡Nunca! ¿Quieres que lo maten? ¡Charlie, siempre Charlie, maldita sea!

—Lo siento —susurró ella—, y perdona que haga esto, pero no me queda más remedio.

Había recogido mucho pringue negro de debajo del estante: una mezcla de grasa vieja y polvo.

—Inclínate, eres muy alto.

Claro que lo soy, pensé. *Alto, blanco, ahora rubio, y pronto quizá de ojos azules. Un deslumbrante príncipe salido de una película de dibujos animados de Disney.* Aunque no era que me sintiese capaz de deslumbrar a nadie, y todo aquello era absurdo. ¿Qué príncipe de Disney había embadurnado de mierda un parabrisas o volado un buzón con un petardo?

Me incliné. Con suma delicadeza, deslizó los dedos a través de mi pelo, ensuciándomelo otra vez, oscureciéndomelo. Pero no diré que el contacto de sus dedos en mi cuero cabelludo no me provocara cierto escalofrío. A juzgar por cómo asomó el color a sus mejillas, no fui el único que se estremeció.

Un puño aporreó la puerta. Era uno de los soldados de la noche.

—¡El recreo ha terminado! ¡Salid! ¡Aprisa, aprisa! ¡No me obliguéis a repetirlo, chavales!

Eris retrocedió. Me miró primero a mí, y luego miró a Ojo, a Jaya y a Hamey.

—Creo que ha quedado bien —dijo Jaya en voz baja.

Esperé que así fuera. No sentía el menor deseo de volver a visitar los aposentos del Gran Señor.

O la cámara de tortura. Si me llevaban allí, me instarían a contarlo todo. Y al final lo haría. De dónde procedía, para empezar. Quiénes me habían ayudado en el camino y dónde vivían. Después, quién creían que era mis compañeros reclusos. *Qué* creían que era.

Su puto salvador.

4

Regresamos a Maleen Profunda. Las puertas de las celdas se cerraron ruidosamente ante los brazos extendidos de los soldados de la noche. Era un buen truco. Me pregunté qué otros tenían. Aparte de administrar descargas eléctricas a voluntad, claro.

Hamey me miraba fijamente con los ojos muy abiertos desde su lado de la celda, lo más lejos posible de mí. Le pedí que dejara de mirarme, me ponía nervioso. Dijo:

—Perdona, pr... Charlie.

—Tienes que esforzarte más —dije—. Prométeme que lo intentarás.

—Te lo prometo.

—Y también deberías esforzarte un poco más en guardarte para ti lo que crees que sabes.

—No le he contado a nadie lo que sospechaba.

Miré por encima del hombro y vi a Fremmy y a Stooks uno al lado del otro, observándonos desde su celda. Comprendí entonces cómo había corrido la voz. Algunas historias (como probablemente sabréis) sencillamente son demasiado buenas para no contarlas.

Aún estaba haciendo inventario de mis diversos dolores y molestias cuando descorrieron los cuatro cerrojos. Entró Pursey, con un gran trozo de tarta en un plato metálico. Tarta de *chocolate*, al parecer. Me rugió el estómago. La llevó pasillo abajo hasta la celda que compartían Ammit y Gully.

Ammit sacó la mano entre los barrotes y, pellizcándola, agarró un pedazo de buen tamaño. Se lo echó a la boca y a continuación dijo (con evidente pesar):

—Dale el resto a Charlie. Me ha ganado con el bastón. Me ha ganado como un hijastro pelirrojo.

Eso no fue lo que dijo; fue lo que oí. Era un comentario que hacía mi madre después de jugar al gin rummy con su amiga Hedda. A veces Hedda la ganaba como un hijastro pelirrojo, a veces como una mula de alquiler, a veces como un gran bombo. Hay frases que no se olvidan nunca.

Pursey desanduvo el camino, con la tarta todavía en el plato, salvo por el pedazo de buen tamaño. La siguieron unos ojos anhelantes. La porción era tan grande que Pursey tuvo que poner el plato de medio lado para pasarlo entre los barrotes de la celda. La sostuve contra el plato con la mano para que no cayera al suelo y luego me lamí el baño de chocolate de los dedos. Dios santo, qué buena estaba… Aún la saboreo.

Me dispuse a dar un bocado (prometiéndome que le ofrecería un poco a Hamey, quizá incluso algo a nuestros vecinos, los Gemelos del Humor); de pronto vacilé. Pursey seguía de pie ante la celda. Cuando me vio mirarlo, se llevó la base de su pobre mano fundida a la frente gris.

Y flexionó la rodilla.

5

Me dormí y soñé con Radar.

Ella trotaba por la Carretera del Reino hacia la cochera donde habíamos pasado la noche antes de entrar en la ciudad. De vez en cuando se detenía y, gimoteando, me buscaba. En una ocasión estuvo a punto de dar media vuelta, pero siguió adelante. *Buena perra*, pensé. *Ponte a salvo, si puedes.*

Las lunas se abrieron paso entre las nubes. Los lobos empezaron a aullar, de inmediato. Radar abandonó el trote y apretó a correr. Los aullidos se oyeron más fuertes, más cerca. En el sueño, yo veía sombras bajas que asomaban furtivamente a ambos lados de la Carretera del Reino. Las sombras tenían ojos rojos. *Aquí es donde el sueño se convierte en pesadilla*, pensé, y me obligué a despertar. No quería ver una manada de lobos —*dos* manadas, una a cada lado— que salían de pronto de las calles y callejones de las afueras en ruinas y atacaban a mi amiga.

El sueño se diluyó. Oía gemir a Hamey. Fremmy y Stooks

cuchicheaban en la celda contigua. Antes de que pudiera volver del todo a la realidad, ocurrió algo prodigioso. Una nube más oscura que la noche avanzó hacia Radar. Al pasar por delante de las lunas en movimiento, la nube se convirtió en encaje. Eran las monarcas. No tenían por qué volar de noche; deberían haber estado posadas, pero es lo que ocurre en los sueños. La nube llegó hasta mi perra y quedó suspendida unos pocos metros por encima de ella mientras corría. Algunas de hecho descendieron hasta su cabeza, su lomo y sus cuartos traseros de nuevo potentes, abriendo y cerrando lentamente las alas. Los lobos dejaron de aullar, y desperté.

Hamey se hallaba en cuclillas sobre el agujero de los desechos del rincón, con el pantalón andrajoso en torno a los pies. Se aferraba el vientre.

—Cállate, ¿quieres? —gritó Ojo desde su lado del pasillo—. Algunos intentan dormir.

—Cállate tú —contesté en voz baja. Me acerqué a Hamey—. ¿Te ha dado muy fuerte?

—Quia, quia, no muy fuerte. —No era eso lo que decía su rostro sudoroso. De pronto, se oyeron un pedo explosivo y un salpicón—. Oh, por todos los dioses, mucho mejor. Esto ya está mucho mejor.

La peste era atroz, pero lo agarré por el brazo para que no se cayera al subirse lo que le quedaba de calzón.

—Qué barbaridad, ¿quién se ha muerto? —preguntó Fremmy.

—Creo que por fin a Hamey se le ha desprendido el ojo del culo —añadió Stooks.

—Deponed esa actitud —dije—. Los dos. La enfermedad no tiene nada de gracioso.

Se callaron al instante. Stooks hizo ademán de llevarse la palma de la mano a la frente.

—Quia, quia —dije (uno asimila deprisa la lingua franca cuando está en la cárcel)—. No hagas eso. Nunca.

Ayudé a Hamey a volver al jergón. Se lo veía pálido y demacrado. La idea de que peleara contra alguien en la llamada Justa, ni siquiera contra Dommy con sus pulmones débiles, era absurda.

No, esa no es la palabra correcta. Era horrenda. Como pedirle a un periquito que luchara contra un rottweiler.

—No retengo la comida. Ya te lo dije. Antes era fuerte, trabajaba doce horas en el aserradero de Brookey, a veces catorce, y nunca supliqué un descanso extra. Un día… no sé qué pasó. ¿Las setas? Quia, probablemente no. Lo más seguro es que me tragara un mal bicho. Ahora no retengo la comida. Al principio no era tan grave. Ahora sí. ¿Sabes qué espero?

Negué con la cabeza.

—Espero que haya una Justa y llegar hasta ese día. Así podré morir al aire libre, y no porque me revienten las tripas mientras intento cagar en esta puta celda miserable.

—¿Enfermaste aquí?

Pensé que era lo más probable; las setas venenosas lo habrían matado rápido, o habría mejorado con el tiempo. Y Maleen Profunda no era precisamente un entorno antiséptico. Pero Hamey negó con la cabeza.

—Creo que fue en la carretera cuando venía desde la Ciudadela. Después de que llegara el gris. A veces pienso que el gris habría sido mejor.

—¿Cuánto tiempo hace de eso?

Meneó la cabeza.

—No lo sé. Años. A veces creo que noto el zumbido de ese bicho aquí abajo. —Se frotó la barriga fofa—. Zumba de aquí para allá, y me devora poco a poco. Se lo toma con calma. Con *caaalma*.

Se enjugó el sudor de la cara con el brazo.

—Solo había cinco cuando nos trajeron aquí a Jackah y a mí. —Señaló pasillo abajo, hacia la celda que Jackah compartía con Bernd—. Con Jackah, fuimos siete. El número aumenta…, alguien muere y baja…, pero siempre vuelve a aumentar. Ahora somos treinta y uno. Bult estaba aquí antes que yo, puede que sea el más antiguo… que todavía vive… y él dijo que por entonces el Asesino del Vuelo quería sesenta y cuatro. ¡Así habría más torneos! ¡Más sangre y sesos en la hierba! Kellin…, tuvo que ser él…, lo convenció de que nunca conseguiría tantos enteros, así que deben ser treinta y dos. Ojo dice que, si no hay treinta y dos pronto, el Asesino del Vuelo traerá a Molly la Roja en lugar de reservarla para el final.

Eso ya lo sabía. Y aunque nunca había visto a Molly la Roja, la temía porque sí *había* visto a su madre. Pero había algo que no sabía. Me incliné hacia Hamey.

—Elden es el Asesino del Vuelo.

—Así lo llaman.

—¿Tiene otro nombre? ¿Es Gogmagog?

Fue entonces cuando descubrí la gran distancia —el cisma, el abismo— entre la magia de cuento de hadas, como los relojes de sol que hacen retroceder el tiempo, y lo sobrenatural. Porque *algo oyó*.

Los apliques de gas, que venían borbotando como de costumbre y proyectando una luz muy tenue, de pronto lanzaron flechas de intenso color azul que hicieron resplandecer toda Maleen Profunda. Se oyeron gritos de miedo y sorpresa en algunas celdas. Vi a Ojota en los barrotes de su puerta, protegiéndose los ojos con una mano. Duró solo un segundo o dos, pero sentí que el suelo se elevaba bajo mis pies y después caía de nuevo con un ruido sordo. El polvo de las rocas se filtró desde el techo. Las paredes gimieron. Era como si nuestra prisión hubiese lanzado un alarido al oír ese nombre.

No.

No *como si*.

Sí lanzó un alarido.

Después cesó.

Hamey me rodeó el cuello con uno de sus delgados brazos, con tal fuerza que casi me ahogó. Me susurró al oído:

—*¡No vuelvas a pronunciar nunca más ese nombre! ¿Es que quieres despertar a aquello que duerme en el Pozo Oscuro?*

23

Tempus est umbra in mente. Una historia confusa. Cla. Una nota. Emparejamientos.

1

En mi primer curso en Hillview, estudié Latín I. Lo elegí porque me pareció que aprender una lengua muerta molaba, y porque mi padre me contó que mi madre también lo había escogido en el mismo instituto y con la misma profesora, la señorita Young. Me dijo que a mi madre la profesora le parecía guay. Para cuando me llegó el turno a mí, la señorita Young —que, además de latín, daba francés— ya no era joven, pero seguía siendo guay. En clase éramos solo ocho, y no hubo Latín II cuando pasé a segundo, porque la señorita Young se retiró y esa parte del programa de lenguas del Departamento de Educación se eliminó.

El primer día de clase, la señorita Young preguntó si conocíamos alguna expresión en latín. Carla Johansson levantó la mano y dijo *carpe diem*, que significaba «aprovecha el momento». Como nadie más sugirió nada, levanté la mano y añadí una que le había oído decir al tío Bob, normalmente cuando tenía prisa por marcharse a algún sitio: *tempus fugit*, que significa que el tiempo vuela. La señorita Young asintió con la cabeza, y, en vista de que no había más aportaciones, enumeró unas cuantas, como *ad hoc*, *de facto* y *bona fide*. Cuando terminó la clase, me llamó aparte, dijo que se acordaba bien de mi madre y que lamentaba que la hubiera perdido tan joven. Le di las gracias. Sin lágrimas, no después de seis años, aunque se me hizo un nudo en la garganta.

—*Tempus fugit* es una buena frase —dijo—, pero el tiempo no siempre vuela, como sabe cualquiera que alguna vez haya tenido que esperar algo. Creo que *tempus est umbra in mente* es mejor. En una traducción aproximada, significa que el tiempo es una sombra en la mente.

En Maleen Profunda, me acordé de eso a menudo. Como estábamos sepultados, solo había una manera de diferenciar la noche del día: durante el día —el día en *algún sitio*, no en nuestra cadena perpetua—, los soldados de la noche venían con menos frecuencia, y cuando venían, su aura azul se veía mermada y sus rostros humanos quedaban más a la vista. La mayoría eran rostros desdichados. Cansados. Demacrados. Me preguntaba si esas criaturas, cuando aún eran humanas, habían hecho algún tipo de trato con el diablo y en ese momento, demasiado tarde para echarse atrás, lo lamentaban. Quizá no Aaron y algunos otros, y desde luego no el Gran Señor, pero ¿los demás? Quizá sí. O quizá yo solo veía lo quería ver.

Durante mi primera semana en la mazmorra, pensé que conservaba una noción aproximada del tiempo, pero después la perdí por completo. Creo que nos llevaban al estadio para el recreo cada cinco o seis días, pero casi siempre eran solo entrenamientos, sin sangre. La única excepción fue una vez que Yanno (siento ensartar nombres uno tras otro, pero debéis recordar que había otros treinta presos conmigo) lanzó un golpe demasiado fuerte contra Eris con el bastón de lucha. Ella lo esquivó. Yanno erró el golpe estrepitosamente y se dislocó el hombro. No me sorprendió. Yanno, como la mayoría de mis compañeros, nunca había sido lo que llamaríamos un Dwayne Johnson ya de buen comienzo, y estar encerrado en una celda la mayor parte del tiempo no le había servido precisamente para desarrollar la musculatura. Yo hacía ejercicio en mi celda, pero era de los pocos.

Otro preso, Freed, recolocó el hombro a Yanno cuando regresamos al vestuario. Dijo a Yan que se quedara quieto, lo agarró por el codo y tiró. Yo oí el chasquido cuando el hombro de Yanno volvió a su sitio.

—Eso ha estado bien —dije cuando nos acompañaban de regreso a Maleen.

Freed se encogió de hombros.

—Antes era médico. En la Ciudadela. Hace muchos años.

Solo que *años* no fue la palabra que utilizó. Sé que ya lo he dicho antes, *vosotros* sabéis que lo he dicho, pero necesito explicar —o al menos intentarlo— por qué nada acababa de encajar en mi mente. Yo siempre oía *años*, pero cuando hacía preguntas sobre Empis y se utilizaba esa palabra, parecía tener significados distintos para distintas personas. Fui conociendo la historia de Empis a medida que transcurrían las semanas (utilizo el término después de pensarlo bien), pero nunca logré una cronología coherente.

En las reuniones de Alcohólicos Anónimos de mi padre, recomendaban a los nuevos que se quitaran el algodón de los oídos y se lo metieran en la boca; aprended a escuchar, porque escuchando aprenderéis, dicen. Yo a veces hacía preguntas, pero por lo general era todo oídos y mantenía la boca cerrada. Ellos hablaban (porque no había mucho más que hacer), discutían sobre cuándo había ocurrido tal o cual cosa (o si había ocurrido), contaban anécdotas que les habían contado sus padres y sus abuelos. Empecé a formarme una idea, confusa pero mejor que nada.

En un tiempo lejano, la monarquía había sido una monarquía *de verdad* con un ejército de verdad, que yo supiera incluso una armada. Debía de ser más o menos, supongo, como Inglaterra en los tiempos de Jacobo, Carlos y el Enrique que tuvo tantas esposas. Esos reyes del Empis de antaño —no sé si alguna vez ocupó el trono una reina, es una de las muchas cosas que desconozco— supuestamente eran elegidos por los dioses supremos. Su soberanía no se cuestionaba. Casi los consideraban dioses a ellos mismos, y, que yo supiera, bien pudieron serlo. ¿Tan difícil es creer que los reyes (y quizá los miembros de su familia) podían levitar, fulminar a los enemigos con una mirada colérica o curar con solo tocar al enfermo en una tierra en la que había sirenas y gigantes?

En algún momento, los Gallien se convirtieron en la familia reinante. Según mis compañeros de cautiverio, de eso hacía —lo habéis adivinado— *muchos años*. Pero con el paso del tiempo, quizá cinco o seis generaciones, calculo, los Gallien empezaron a aflojar las riendas. En la época previa al gris, Empis era una monarquía solo de nombre: la familia real todavía era importante, pero ya no el no va más. Pongamos por caso la Ciudadela. Doc Freed me contó que allí gobernaba el Consejo de los Siete, y sus miembros eran elegidos por el pueblo. Habló de la Ciudadela como si fuera una ciudad grande e importante, pero a mí me dio la impresión de que se trataba más bien de una localidad pequeña y rica que había prosperado gracias al comercio entre el Litoral y Lilimar. Tal vez otras poblaciones o principados, como Deesk y Ullum (al menos antes de que Ullum sucumbiera al desvarío religioso), fueran más o menos lo mismo, cada una con sus particularidades y cuyos habitantes se ocupaban de sus asuntos.

Los presos, con la mayoría de los cuales acabé entablando amistad —pese a la complicación de que estaban convencidos de que yo era, o podía ser, un príncipe mágico—, sabían poco sobre Lilimar y el palacio, no porque fuera un gran secreto, sino porque tenían que preocuparse de sus propias vidas y sus ciudades. Pagaban tributos al rey Jan (Doble pensaba de hecho que se llamaba rey Jam, como si se tratara de una sesión de improvisación musical), porque las cantidades exigidas eran razonables, y porque el ejército —que para entonces era muy reducido y se conocía como Guardia Real— se encargaba del mantenimiento de las carreteras y los puentes. También se pagaban tributos a algunos individuos a los que Tom llamaba los sheriffs a caballo y Ammit, los cuadrilleros (esas fueron las palabras que yo oí). La gente de Empis también pagaba tributos porque Jan era —¡tachán!— el rey y porque la gente tiende a hacer lo que impone la tradición. Probablemente refunfuñaban un poco, como todo el mundo a la hora de pagar impuestos, y luego se olvidaban hasta que llegaba otra vez el equivalente empisario a la campaña de la renta.

¿Y la magia, preguntaréis? ¿El reloj de sol? ¿Los soldados de la noche? ¿Los edificios que a veces parecían cambiar de forma? Lo daban todo por sentado. Si eso os parece extraño, imaginad a un viajero en el tiempo de 1910 que, transportado a 2010, se encontrara con un mundo en el que la gente volaba por el cielo en gigantescos pájaros de metal y circulaba en coches capaces de moverse a ciento cuarenta kilómetros por hora. Un mundo donde todos fueran de acá para allá con potentes ordenadores en el bolsillo. O imaginaos a un hombre que solo ha visto unas cuantas películas en blanco y negro viendo *Avatar* en tres dimensiones en la primera fila de una sala IMAX.

Te acostumbras a lo asombroso, así de simple. Las sirenas y el IMAX, los gigantes y los teléfonos móviles. Si está en tu mundo, convives con ello. Es maravilloso, ¿no? Pero solo tienes que mirarlo desde otra perspectiva, y resulta un tanto horrendo. ¿Os parece que Gogmagog da miedo? Nuestro mundo está encima de un arsenal de armas nucleares que puede destruirlo completamente, y si eso no es magia negra, ya me diréis qué es.

2

En Empis los reyes iban y venían. Que yo supiera, los cadáveres embalsamados de los Gallien bien podían estar en alguno de los enormes edificios grises ante los que Radar y yo habíamos pasado mientras seguíamos las iniciales del señor Bowditch camino del reloj de sol. El rey Jan fue ungido con los rituales de costumbre. Según Bult, eso conllevaba el uso de una copa sagrada de oro.

Jackah insistía en que la esposa de Jan era la reina Clara, o

quizá Kara, pero casi todos los demás sostenían que se llamaba Cora y que Jan y ella eran primos terceros o algo así. Por
lo visto, ninguno de mis compañeros sabía cuántos hijos habían tenido; unos decían que cuatro, otros que ocho, y Ammit juraba que habían sido diez. «Esos dos debían de follar
como conejos reales», dijo. Por lo que yo había averiguado a
través de la yegua de cierta princesa, todos se equivocaban:
habían sido siete. Cinco chicas y dos chicos. Y era en ese punto donde la historia cobraba interés para mí, incluso relevan-
cia, podría decirse, aunque seguía siendo desesperantemente
confusa.

El rey Jan enfermó. Su hijo Robert, que siempre había
sido el preferido además del mayor de los dos varones, esperaba entre bastidores, listo para beber de la copa sagrada.
(Imaginé mariposas grabadas en torno al borde). Elden, el
hermano menor, prácticamente quedó relegado al olvido...,
salvo para Leah, claro, que lo idolatraba.

—Según cuentan, era feo y cojo, el jodido —dijo Dommy
una noche—. Era zompo, y no solo de un pie, sino de los dos.

—Con verrugas, además, según he oído —dijo Ocka.

—Y joroba —dijo Fremmy.

—Yo oí que era un bulto en el cuello —dijo Stooks.

Me resultaba interesante, incluso esclarecedor, que habla-
ran de Elden —el príncipe feo y cojo casi olvidado— y del
Asesino del Vuelo como dos personas distintas. O como un
gusano que se metamorfosea en mariposa. Al menos parte de
la Guardia Real también se había metamorfoseado, creía yo.
En soldados de la noche.

Elden envidiaba a su hermano, y la envidia degeneró en
odio. Todos parecían coincidir en eso, ¿y por qué no? Era la
típica historia de rivalidad entre hermanos que podía encon-
trarse en cualquier cuento de hadas. Yo sabía que las buenas

historias no siempre son historias verdaderas, o no totalmente verdaderas, pero esa era bastante verosímil, si se tenía en cuenta la naturaleza humana. Elden decidió apoderarse del trono, ya fuera por la fuerza o mediante la astucia, y vengarse de su familia. Si sufría también todo Empis, que sufriera.

¿Llegó el gris antes o después de que Elden se convirtiera en el Asesino del Vuelo? Algunos de mis compañeros dijeron que antes, pero yo creo que fue después. Creo que lo trajo él de algún modo. Sí sé con total certeza cómo recibió el nuevo nombre.

—En Empis había mariposas por todas partes —dijo Doc Freed—. Oscurecían el cielo.

Esa conversación tuvo lugar después del entrenamiento en que encajó el hombre a Yanno. Volvíamos a la mazmorra, uno al lado del otro. Doc hablaba en voz baja, casi un susurro. Era más fácil hablar al bajar por las escaleras, e íbamos despacio porque estábamos agotados. Lo que dijo me recordó que en otro tiempo las palomas mensajeras oscurecían los cielos del Medio Oeste. Hasta que se extinguieron a causa de la caza, claro. Pero ¿quién cazaría mariposas monarca?

—¿Eran comestibles? —pregunté. Al fin y al cabo, por eso desaparecieron las palomas mensajeras; eran comida barata en vuelo.

Dejó escapar un bufido.

—Las monarcas son venenosas, Charlie. Si te comes una, es posible que se te revuelva el estómago. Si te comes un puñado, podrías morir. Había por todas partes, como te decía, pero especialmente en Lilimar y sus afueras.

¿Dijo «afueras» o «minucias»? El significado era claro.

—La gente plantaba algodoncillo en los jardines para que lo comieran las larvas, y flores para que las mariposas bebieran su néctar cuando salían. Se consideraba que traían suerte al reino.

Me acordé de todas las estatuas desfiguradas que había visto: alas hechas añicos a mazazos.

—Según cuentan, una vez asesinada la familia real, cuando solo quedaba Elden, se paseaba por las calles con una túnica roja de cuello de armiño blanco como la nieve y, en la cabeza, la corona de oro de los Gallien. Las monarcas oscurecían el cielo, como de costumbre. Pero cada vez que Elden levantaba las manos, miles caían muertas desde el cielo. Cuando la gente huyó de la ciudad..., excepto unos pocos que le rindieron tributo y le juraron lealtad..., tuvo que abrirse paso a través de una montaña de mariposas muertas. Se dice que, dentro de las murallas de la ciudad, esa acumulación de mariposas muertas alcanzaba los tres metros de altura. Millones de monarcas eliminadas, cuyos vivos colores se desvaían hasta el gris.

—Es horrible —dije. Para entonces ya casi habíamos llegado—. ¿Tú te lo crees?

—Sé que también murieron en la Ciudadela. Yo mismo las vi caer del cielo. Otros te dirán lo mismo. —Se frotó los ojos y me miró—. Daría cualquier cosa por ver una mariposa mientras estamos en el campo de juego. Solo una. Pero supongo que todas han desaparecido.

—No —dije—. Yo las he visto. Muchas.

Me cogió del brazo y me apretó con una fuerza sorprendente para ser un hombre pequeño, aunque, si llegaba a celebrarse la Justa, dudaba que el doctor durara mucho más que Hamey.

—¿Es eso verdad? ¿Lo juras?

—Sí.

—¡Por tu madre, ahora!

Uno de nuestros guardias miró atrás, ceñudo, y nos dirigió un gesto amenazador con la vara flexible antes de volverse de nuevo al frente.

—Por mi madre —dije en voz baja.

Las monarcas no habían desaparecido, tampoco los Gallien, o al menos no todos. Habían sido malditos por el ente que ahora habitaba en Elden —el mismo que había reducido a escombros los alrededores de la ciudad, supuse—, pero estaban vivos. Sin embargo, eso no se lo dije a Freed. Podría haber sido peligroso para ambos.

Recordé que Woody me había contado que Hana había perseguido a lo que quedaba de su familia hasta la puerta de la ciudad, y que arrancó la cabeza a Aloysius, el sobrino de Woody, de un manotazo.

—¿Cuándo vino Hana? ¿*Por qué* vino, si los gigantes viven en el norte?

Negó con la cabeza.

—No lo sé.

Pensé que quizá Hana hubiera ido a visitar a los suyos en Cratchy cuando el señor Bowditch emprendió su última expedición en busca de oro, pero no había forma de saberlo. Él había muerto, y la historia de Empis, como digo, era confusa.

Esa noche me quedé en vela mucho rato. No pensé en Empis ni en las mariposas ni en el Asesino del Vuelo; pensé en mi padre. Lo echaba de menos y me preocupaba. Que yo supiera, era posible que pensase que había muerto, como mi madre.

3

Transcurrió el tiempo, indiferenciado y monótono. Fui reuniendo migajas de información, aunque sin saber muy bien con qué fin. Hasta que un día, cuando volvimos de un entrenamiento un poco más arduo de lo que venían siendo, nos encontramos a un hombre barbudo, mucho más grande que Ojota, Dommy o yo en la celda del primero. Llevaba un pantalón corto embarrado y una camiseta a rayas también manchada de barro y con las mangas cortadas, con lo que dejaba a la vista unos músculos bien definidos. Permanecía en cuclillas en el rincón, con las rodillas pegadas a las orejas, tan lejos como podía de la presencia azul que también ocupaba la celda. Dicha presencia azul era el Gran Señor.

Kellin alzó una mano. Fue un gesto casi lánguido, pero los dos soldados de la noche que nos guiaban se pararon al instante y se pusieron en posición de firmes. Todos nos detuvimos. Aquel día Jaya iba a mi lado, y metió la mano en la mía. La tenía muy fría.

Kellin salió de la celda de Ojo y nos echó un vistazo.

—Mis queridos amigos, quiero presentaros a vuestro nuevo camarada. Se llama Cla. Fue encontrado en la orilla del lago Remla después de que su pequeña embarcación hiciera aguas. Estuvo a punto de ahogarse, ¿verdad, Cla?

Cla, sin contestar, se limitó a mirar a Kellin.

—¡Responde!

—Sí. Casi me ahogo.

—Repítelo. Y dirígete a mí como Gran Señor.

—Sí, Gran Señor. Casi me ahogo.

Kellin se volvió de nuevo hacia nosotros.

—Pero fue rescatado, queridos amigos míos, y como seguramente veis, no presenta un asomo de gris en ningún sitio. Solo suciedad. —Kellin dejó escapar una risita. Era un sonido detestable. Jaya me apretó más la mano—. En Maleen Profunda no son habituales las presentaciones, como sin duda ya sabéis, pero he considerado que mi nuevo querido amigo Cla lo justifica, porque es nuestro invitado número treinta y dos. ¿No es maravilloso?

Nadie dijo nada.

Kellin señaló a uno de los soldados de la noche que precedía a nuestra desventurada procesión y luego a Bernd, que iba al frente junto a Ammit. El soldado de la noche golpeó a Bernd en el cuello con la vara. Bernd gritó, cayó de rodillas y ahuecó la mano sobre la sangre que ya brotaba. Kellin se inclinó hacia él.

—¿Cómo te llamas? No me disculparé por haberme olvidado. Sois muchos.

—Bernd —dijo él con voz ahogada—. Bernd, de la Ciuda...

—No existe ningún sitio que se llame Ciudadela —atajó Kellin—. Ni ahora ni nunca en el futuro. Basta con Bernd. Así que dime, Bernd de ninguna parte, ¿no es maravilloso que el rey Elden, el Asesino del Vuelo, tenga ahora treinta y dos? ¡Contesta en voz alta y clara!

—Sí —dijo Bernd. La sangre le goteaba entre los dedos cerrados.

—Sí ¿*qué*? —Y, como si enseñase a un niño pequeño a leer, añadió—: ¿Es mara... mara... mara...? ¡Alto y claro, ya!

—Maravilloso —dijo Bernd con la mirada fija en las piedras húmedas del pasillo.

—¡Mujer! —dijo Kellin—. ¡Tú, Erin! ¿Te llamas Erin?

—Sí, Gran Señor —dijo Eris. Por nada del mundo lo habría corregido.

—¿Es maravilloso que Cla se haya unido a nosotros?

—Sí, Gran Señor.

—¿Cómo de maravilloso?

—Muy maravilloso, Gran Señor.

—¿Es el coño o el culo lo que te huele, Erin?

Eris permaneció impertérrita, pero tenía fuego en la mirada. Bajó los ojos, lo cual fue lo sensato.

—Probablemente las dos cosas, Gran Señor.

—Sí, creo que son las dos cosas. Ahora tú, Ojota. Acércate.

Ojo dio un paso al frente, casi hasta el resplandor azul protector que rodeaba a Kellin.

—¿Te alegras de tener un compañero de celda?

—Sí, Gran Señor.

—¿Es mara… mara…? —Kellin agitó una mano blanca, y advertí que estaba contento. No, no solo contento; estaba encantado de la vida. O más bien, teniendo en cuenta su peculiar situación, «encantado de la muerte». ¿Y por qué no? Le habían encomendado una tarea de recolección y acababa de completarla. También me di cuenta de lo mucho que lo odiaba. También odiaba al Asesino del Vuelo, la visión nunca vista.

—Maravilloso.

Kellin tendió la mano lentamente hacia Ojota, que intentó mantenerse firme pero dio un respingo cuando tuvo sus dedos a menos de tres centímetros de la cara. Oí la crepitación en el aire y vi que el cabello de Ojo se agitaba en respuesta a aquella fuerza, fuera lo que fuese, que mantenía vivo a Kellin.

—¿Maravilloso qué, Ojota?

—Maravilloso, Gran Señor.

Kellin ya se había divertido. Impaciente, pasó a zancadas entre nosotros. Intentamos apartarnos, pero algunos no reaccionaron con rapidez suficiente y recibieron el impacto de su aura. Cayeron de rodillas, unos en silencio, otros gimiendo de dolor. Aparté a Jaya de su camino, pero mi brazo entró en su envoltorio azul y una intensa quemazón me subió hasta el hombro, trabándome todos los músculos. No se me distendieron hasta pasados dos minutos largos.

Deberían dejar en libertad a los esclavos grises y hacer funcionar su viejo generador con esa energía, pensé.

En la puerta, Kellin giró en redondo para volverse hacia

nosotros y remató el movimiento con un taconazo, como un instructor militar prusiano.

—Escuchadme, queridos amigos. A excepción de varios exiliados que no importan y varios fugitivos enteros que quizá se largaron en los primeros tiempos del reinado del Asesino del Vuelo, sois los últimos de sangre real, la progenie aguada de crápulas, granujas y violadores. El recreo ha terminado. La próxima vez que salgáis al Campo de Elden, antes llamado Campo de las Monarcas, será para la primera eliminatoria de la Justa.

—¿Y él, Gran Señor? —pregunté, señalando a Cla con el brazo que aún podía mover—. ¿No tendrá oportunidad de entrenar?

Kellin me miró con una parca sonrisa. Detrás de sus ojos, vi las cuencas vacías del cráneo.

—*Tú* serás su entrenamiento, chaval. Sobrevivió al lago Remla y sobrevivirá a ti. ¡Fíjate en su envergadura! Quia, quia, cuando llegue la segunda eliminatoria, tú no participarás, mi insolente amigo, y yo por mi parte me alegraré de deshacerme de ti.

Con aquellas reconfortantes palabras, se marchó.

4

Esa noche cenamos filete. Era lo habitual después del «recreo». Pursey recorrió el pasillo con su carrito lanzando la carne poco hecha a las celdas: dieciséis celdas, todas ocupadas ya por dos presos. Una vez más, Pursey se llevó la mano deforme a la frente al tirar mi trozo. Fue un gesto rápido y furtivo, pero inconfundible. Cla atrapó el suyo al vuelo y, tras sentarse en el rincón con la carne casi cruda en las manos, lo devoró a mordiscos enormes e impetuosos. *Qué dientes tan grandes tienes, Cla*, pensé.

Hamey se comió unos bocados simbólicos del suyo y luego intentó dármelo. Yo me negué a aceptarlo.

—Puedes comer un poco más.

—¿Para qué? —preguntó—. ¿Por qué comer, sufrir los retortijones y luego morir igualmente?

Recurrí a la sabiduría adquirida de mi padre.

—Día a día.

Como si hubiera días en Maleen, aunque dio unos bocados más para complacerme. Yo era el príncipe prometido, al fin y al cabo, el legendario PP. Pese a que la única magia en mí tenía que ver con misteriosos cambios en el color del pelo y los ojos, y era una magia que no podía controlar ni servía para nada.

Ojo preguntó a Cla por el accidente en el que había estado a punto de ahogarse. Cla no contestó. Fremmy y Stooks quisieron saber de dónde era y adónde iba; ¿existía un refugio seguro en alguna parte? Cla no contestó. Gully le preguntó desde cuándo huía. Cla no contestó. Se comió la carne y se limpió la grasa de los dedos en la camiseta de rayas.

—No hablas mucho cuando el Gran Señor no está delante, ¿eh? —dijo Doble. Se hallaba de pie ante los barrotes de la celda que compartía con Bernd, a unas pocas de la mía. Tenía en la mano un último trozo de filete, que, como yo sabía, se reservaba para más tarde por si se despertaba de noche. Las rutinas carcelarias son tristes pero sencillas.

Cla contestó desde su rincón, sin levantarse ni alzar la mirada.

—¿Por qué habría de hablar con quienes pronto estarán muertos? Tengo entendido que habrá un combate. Pues muy bien. Lo ganaré. Si hay un premio, lo cogeré y seguiré mi camino.

Recibimos su respuesta en un silencio atónito.

Finalmente, Fremmy dijo:

—No lo ha entendido.

—Está mal informado —dijo Stooks—. O a lo mejor aún tiene agua en los oídos y no oye muy bien.

Ojota sacó agua de su cubo, bebió y a continuación saltó a la reja de la celda que hasta ese día no había compartido con nadie, donde estiró los músculos y sacudió los barrotes como tenía por costumbre; luego se soltó y se volvió de cara al descomunal patán acuclillado en el rincón.

—Te explicaré una cosa, Cla —dijo—. Te lo *aclararé*, como suele decirse. La Justa es un torneo. En los tiempos de los Gallien, esos torneos se celebraban a menudo en el Campo de las Monarcas, y venían a verlos miles de personas. Venían de todas partes, incluso gigantes de Cratchy, según cuentan. Los participantes solían ser miembros de la Guardia Real, aunque también podía intervenir gente corriente si quería poner a prueba la dureza de su cráneo. Había sangre, y a menudo los luchadores salían del campo inconscientes, pero ahora hablamos de la versión antigua, muy anterior a los Gallien, cuando Lilimar era solo una aldea no mucho mayor que Deesk.

Yo sabía parte de eso, pero incluso después de largos días y semanas, no todo. Escuché con atención. Lo mismo hicieron los demás, porque nosotros, los condenados a cadena perpetua, casi nunca hablábamos de la Justa. Era un tema tabú, como imagino que lo era la silla eléctrica antiguamente y lo es ahora la inyección letal.

—Dieciséis de nosotros lucharán contra los otros dieciséis. A muerte. Sin cuartel, sin derecho a rendirse. Todo aquel, o aquella, que se niegue a combatir acabará en el potro o en la doncella o estirado como un caramelo blando en la garrucha. ¿Lo entiendes?

Cla, sentado en su rincón, pareció reflexionar. Al final dijo:

—Puedo luchar.

Ojo asintió.

—Sí, ya se ve que puedes, cuando no estás cara a cara ante el Gran Señor o escupiendo agua del lago. Los dieciséis restantes vuelven a pelear, con lo que quedan ocho. Los ocho luchan otra vez, con lo que quedan cuatro. Cuatro se reduce a dos.

Cla asintió.

—Yo seré uno de esos. Y cuando el otro esté muerto a mis pies, reclamaré mi premio.

—Sí, eso harás —dijo Hamey. En ese momento estaba de pie junto a mí—. Antiguamente el premio era una saca de oro y, según cuentan, la exención de por vida del tributo al rey. Pero eso era antes. *Tu* premio será luchar contra Molly la Roja. Es una giganta, y demasiado grande para el palco especial donde se sientan los lameculos del Asesino del Vuelo, aunque yo la he visto muchas veces de pie debajo del palco. Tú eres alto, calculo que mides más de dos metros, pero esa arpía roja es más grande.

—A mí no me atrapa —dijo Flecha—. Ella es lenta. Yo soy rápido. Por algo me llaman Flecha.

Nadie le recordó lo evidente: rápido o no, Flecha, flaco como era, llevaría mucho tiempo muerto cuando alguien tuviera que enfrentarse a Molly la Roja.

Cla, allí sentado, se quedó pensándolo. Por fin se levantó, con lo que le crujieron las enormes rodillas como nudos de madera en el fuego, y se acercó al cubo de agua. Dijo:

—También la ganaré a ella. Le daré de golpes hasta que le salgan los sesos por la boca.

—Pongamos que es así —dije.

Se volvió hacia mí.

—Aún no habrás terminado. Mata a la hija…, seguramente no lo conseguirás, pero supongamos que sí…, y no tendrás la menor opción contra la madre. Yo la he visto. Es un puto Godzilla.

Por supuesto, no fue esa la palabra que salió de mi boca, pero lo que dije, fuera lo que fuese, se recibió con murmullos de conformidad en las otras celdas.

—A todos vosotros os han apaleado de tal modo que tenéis miedo hasta a vuestras sombras —dijo Cla, olvidando quizá que cuando Kellin le había ordenado que se dirigiera a él como Gran Señor, obedeció en el acto. Claro, Kellin y los demás soldados de la noche eran distintos. Tenían las auras. Me acordé de cómo se me habían acalambrado los músculos cuando Kellin me tocó.

Cla cogió el cubo del agua. Ojota le agarró el brazo, grueso como un tronco.

—¡Quia, quia! ¡Utiliza la taza, imbécil! Pursey no vuelve con el carrito del agua hasta…

Nunca había visto a un hombre del tamaño de Cla moverse tan deprisa, ni siquiera en ESPN Classic cuando vi los momentos estelares de Shaquille O'Neal en su época con el equipo de la Universidad Estatal de Luisiana…, y eso que Shaq, con sus dos metros dieciséis y sus ciento cuarenta y siete kilos, se movía de una manera sublime.

El cubo estaba ladeado sobre la boca de Cla. Al cabo de un segundo, o eso pareció, rodaba ruidosamente por el suelo de piedra, con el agua derramándose. Cla se volvió para mirarlo. Ojo estaba en el suelo de la celda, apoyado en una mano. Tenía la otra en la garganta. Se le salían los ojos de las órbitas. Se ahogaba. Cla se agachó a recoger el cubo.

—Si lo matas, pagarás un alto precio —dijo Yanno. Luego añadió, con inconfundible alivio—: No habrá Justa.

—Sí la habrá —dijo Hamey con pesar—. El Asesino del Vuelo no esperará. Molly la Roja ocupará el lugar de Ojo.

Pero Cla no mató a Ojo. Al final, este se puso en pie, se acercó tambaleante a su jergón y se tumbó en él. Durante los dos días siguientes, solo pudo hablar en susurros. Hasta la llegada de Cla, era el más grande, el más fuerte, el que, cabía esperar, seguiría en pie cuando el sanguinario juego conocido como la Justa llegara a su fin, y sin embargo yo ni siquiera había llegado a ver el puñetazo en la garganta que lo derribó.

¿Quién iba a resistir en la primera eliminatoria de la competición ante un hombre capaz de eso?

Según Kellin, ese honor me correspondía a mí.

5

Soñaba a menudo con Radar, pero la noche del día que Cla derribó a Ojota, soñé con la princesa Leah. Llevaba un vestido rojo de cintura estilo imperio y corpiño ajustado. Por debajo del dobladillo asomaban unos zapatos rojos a juego, con diamantes engastados en las hebillas. Se había recogido el cabello por detrás con una intrincada sarta de perlas. En el nacimiento del busto, lucía un guardapelo dorado en forma de mariposa. Yo estaba sentado junto a ella, y no vestía los harapos que llevaba al llegar a Empis con mi perra enferma y moribunda, sino un traje oscuro y una camisa blanca. El traje era de terciopelo. La camisa era de seda. Calzaba unas botas altas de ante con pliegues en las cañas, de esas que podría haber llevado un mosquetero de Dumas en una ilustración de Howard Pyle. De la colección de Dora, sin duda. Falada pacía plácidamente allí cerca mientras la criada de piel gris de Leah la almohazaba.

Leah y yo, cogidos de la mano, contemplábamos nuestros reflejos en un estanque de agua quieta. Yo estaba guapo, y Leah, preciosa, sobre todo porque había recuperado la boca. Sus labios se curvaban en una leve sonrisa. Tenía hoyuelos en las comisuras, pero ninguna llaga. Pronto, si el sueño seguía, besaría aquellos labios rojos. Incluso en el sueño, lo reconocí ya por lo que era: la secuencia final de una película de dibujos animados de Disney. En cualquier momento caería un pétalo en el estanque y se formarían ondas en su superficie, y entonces los reflejos del príncipe y la princesa reencontrados temblarían al unir sus labios, y la música cobraría volumen. No se permitiría que el menor asomo de oscuridad empañase el final perfecto de cuento.

Solo había un detalle fuera de lugar. En el regazo del vestido rojo, la princesa Leah sostenía un secador de pelo de color morado. Yo lo conocía bien, pese a que no tenía más que siete años cuando murió mi madre. Todos sus objetos útiles, incluido ese, se enviaron a una tienda de segunda mano de Goodwill, porque mi padre insistió en que, cada vez que miraba lo que él llamaba sus «cosas de mujer», volvía a partírsele el corazón. Yo no tuve inconveniente en que lo donara casi todo; solo pregunté si podía quedarme su bolsita rellena de pinaza y su espejo de mano. Tampoco mi padre tuvo inconveniente en eso. Las dos cosas seguían en mi cómoda en casa.

Mi madre llamaba a su secador la Pistola de Rayos Morada de la Muerte.

Yo abría la boca para preguntar a Leah por qué tenía el secador de mi madre, pero, cuando me disponía a hacerlo, la criada dijo:

—*Ayúdala.*

—No sé cómo —respondí yo.

Leah sonreía con su boca nueva y perfecta. Me acariciaba la mejilla.

—Eres más rápido de lo que crees, príncipe Charlie.

Yo me proponía decirle que no era rápido en absoluto, razón por la cual jugaba en la banda en fútbol y en primera base en béisbol. Era cierto que había demostrado algo de velocidad en el partido de la Turkey Bowl contra Stanford, pero eso había sido una breve excepción fruto de la adrenalina. Sin embargo, antes de que pudiera hablar, algo me golpeó en la cara y desperté sobresaltado.

Era otro pedazo de filete, uno pequeño, poco más que un jirón de carne. Pursey siguió por el pasillo arrastrando los pies a la vez que lanzaba más trozos pequeños a otras celdas y decía: «Dretos, dretos». Que, supuse, era lo mejor que podía decir «restos».

Hamey roncaba, agotado por el recreo y por sus habituales esfuerzos de sobremesa para vaciar las tripas. Cogí el pedacito de filete, me senté con la espalda apoyada en la pared de la celda y di un bocado. Algo crujió entre mis incisivos. Miré y vi un papel, apenas mayor que el mensaje de una galleta de la fortuna, insertado en un corte en la carne. Lo saqué. Escrito en letra pequeña y cuidada, la caligrafía de un hombre educado, decía lo siguiente:

Te ayudaré si puedo, mi príncipe. Se puede salir de aquí desde el vestuario de los árbitros. Es peligroso. Destruye esto si valoras mi vida. A tu servicio,
PERCIVAL

Percival, pensé. *No Pursey, sino Percival. No un esclavo gris, sino un hombre real con un nombre real.*

Me comí el papel.

Al día siguiente, nos dieron salchichas para desayunar. Todos sabíamos qué significaba eso. Hamey me miró con una sonrisa y una expresión de desolación en los ojos.

—Al menos se acabarán los retortijones. Y los esfuerzos para cagar. ¿Quieres estas?

No las quería, pero cogí las cuatro salchichas de su ristra con la esperanza de que me proporcionaran un poco de energía extra. Me cayeron en el estómago como plomo. Cla me miraba desde la celda del otro lado del pasillo. No, esa no es la palabra exacta. Me fulminaba con la mirada. Ojota se encogió de hombros en dirección a mí como diciendo: «Qué le vas a hacer». Le devolví el gesto. Pues sí, qué le iba a hacer.

Siguió una espera. Era imposible tener una noción clara del tiempo, el caso es que se ralentizó. Fremmy y Stooks permanecían sentados uno al lado del otro en su celda. Fremmy dijo:

—Me conformo con que no nos hagan luchar el uno contra el otro, viejo amigo.

Pensé que muy posiblemente sí los obligarían a batirse entre sí. Porque era cruel. Pero al menos en eso me equivoqué.

Justo cuando empezaba a pensar que finalmente la Justa no se celebraría ese día, aparecieron cuatro soldados de la noche con Aaron al frente. Él siempre estaba en el campo durante el recreo, blandiendo su vara flexible como la batuta de un director de orquesta, pero era la primera vez que venía a Maleen Profunda desde que me había llevado a ver al Gran Señor. Y a echar un vistazo a la cámara de tortura, claro.

Las puertas de las celdas traquetearon por sus oxidados rieles.

—¡Fuera! ¡Fuera, chavales! ¡Un buen día para la mitad de vosotros, un mal día para el resto!

Salimos de las celdas… todos menos un hombre menudo y medio calvo que se llamaba Hatcha.

—Yo no quiero —dijo—. Estoy enfermo.

Uno de los soldados de la noche se acercó a él, pero Aaron le indicó con un gesto que se apartara. Se plantó en la puerta de la celda que Hatcha compartía con un individuo mucho más grande llamado Quilly, que procedía de Deesk. Este retrocedió, pero el aura de Aaron lo rozó. Quilly lanzó un breve grito y se agarró el brazo.

—Tú eres Hatcha, de lo que antes se llamaba la Ciudadela, ¿me equivoco?

Hatcha asintió lastimeramente.

—Y te encuentras mal. ¿Las salchichas, quizá?

—Puede ser —contestó Hatcha sin levantar la mirada del nudo tembloroso que formaba con las manos—. Probablemente.

—Aun así, veo que te has comido todo menos los cordeles.

Hatcha calló.

—Escúchame, chaval. Es la Justa o la doncella. Te acompañaría a visitar a la dama personalmente y lo alargaría mucho. Cerraría la puerta despacio. Sentirías el roce de las púas en los párpados… con suavidad, ya me entiendes…, antes de traspasártelos. ¡Y el estómago! No con tanta suavidad como los ojos, pero sí lo suficiente. Lo que queda de esas salchichas se desparramará fuera de ti mientras gritas. Todo un placer, ¿no te parece?

Hatcha gimió y abandonó la celda a trompicones.

—¡Excelente! ¡Ya estamos todos! —exclamó Aaron—. ¡A jugar nos vamos! ¡Aprisa, chavales! ¡Aprisa, aprisa, aprisa! ¡Cómo vamos a divertirnos!

Nos apresuramos.

Mientras subíamos por donde habíamos subido muchas veces antes —pero nunca hasta entonces conscientes de que solo volvería la mitad de nosotros—, me acordé de mi sueño. De Leah diciendo: «Eres más rápido de lo que crees, príncipe Charlie».

No me sentía rápido.

7

En lugar de ir directamente al campo, nos condujeron al vestuario que habíamos utilizado durante los entrenamientos. Solo que esta vez nos esperaba allí el Gran Señor, resplandeciente con su uniforme de gala, que parecía de un color negro azulado dentro del aura. Brillaba con toda la carga para la ocasión. Me pregunté de dónde procedía la energía de esas auras, pero aquel día tales dudas no eran una gran prioridad.

En el estante donde antes colocaban treinta y un cubos para lavarse después del recreo, solo había dieciséis, porque solo dieciséis personas necesitarían limpiarse después de la celebración. Frente al estante, en un caballete, había una gran cartulina en cuyo encabezamiento se leía el rótulo: **PRIMERA ELIMINATORIA DE LA JUSTA**. Debajo constaban los emparejamientos. Los recuerdo perfectamente. Creo que, en una situación tan horrenda como esa, cualquier persona lo recordaría todo… o no recordaría nada en absoluto. Me disculpo por ensartar aún más nombres nuevos, pero me siento obligado, aunque solo sea porque aquellos con quienes estuve encarcelado merecen ser recordados, por brevemente que sea.

—Aquí veis el orden de combate —dijo Kellin—. Espero

que todos ofrezcáis un buen espectáculo a Su Majestad Elden. ¿Entendéis?

Nadie contestó.

—Puede que os haya tocado contra alguien a quien consideráis amigo, pero la amistad ya no importa. Cada pelea es a muerte. *A muerte.* Abatir a vuestro rival pero no matarlo solo os traerá a los dos una muerte mucho más dolorosa. ¿Entendéis?

Fue Cla quien contestó.

—Sí. —Me miró al decirlo y se deslizó el pulgar por aquel enorme cuello. Y sonrió.

—El primer turno no tardará en salir. Estad preparados.

Se marchó. Los otros soldados de la noche lo siguieron. Examinamos la cartulina en silencio.

PRIMERA ELIMINATORIA DE LA JUSTA

Primer turno
Fremmy contra Murf
Jaya contra Hamey
Ammit contra Wale

Segundo turno
Yanno contra Freed
Jackah contra Ojota
Mesel contra Sam

Tercer turno
Tom contra Bult
Dommy contra Cammit
Bendo contra Flecha

MEDIODÍA

Cuarto turno
Doble contra Evah

Stooks contra Hatcha

Pag contra Quilly

Quinto turno
Bernd contra Gully

Hilt contra Ocka

Eris contra Viz

Sexto turno
Cla contra Charlie

Yo había visto ya cuadros de clasificación similares, no solo en televisión, durante el Domingo de Selección de la NCAA, sino también en persona, cuando cada primavera se anunciaban los emparejamientos para el torneo Arcadia Babe Ruth en cartulinas en el campo de cada equipo participante. Eso por sí solo resultaba ya bastante extraño, pero el elemento más surrealista era esa única palabra en el centro: MEDIODÍA. El Asesino del Vuelo y su séquito presenciarían la muerte en combate de nueve presos... y después irían a disfrutar del almuerzo.

—¿Qué pasaría si nos negáramos todos? —preguntó Ammit en un tono pensativo que no habría esperado de un individuo que, a juzgar por su aspecto, en otro tiempo quizá se había ganado el pan y el queso herrando caballos. Y tumbándolos de un golpe si no cooperaban—. Es solo por preguntar, que conste.

Ocka, un hombre corpulento que entornaba los ojos como un miope, se echó a reír.

—Una huelga, ¿te refieres a eso? ¿Como la de los molineros en los tiempos de mi padre? ¿Y privar al Asesino del Vuelo de su día de entretenimiento? Muchas gracias, pero creo que prefiero vivir hasta mañana antes que pasarme el día de hoy gritando de dolor.

Y pensé que probablemente Ocka viviría hasta el día siguiente, teniendo en cuenta que se enfrentaría a Hilt, un hombrecillo flaco con un problema de cadera. Ocka quizá cayera en la eliminatoria siguiente, pero, si ganaba en ese primer día, seguiría vivo para lavarse después y cenar por la noche. Miré alrededor y vi ese sencillo cálculo reflejado en muchos rostros. Pero no en el de Hamey. Después de un vistazo a la cartulina, se había marchado a un banco, y allí permanecía sentado, con la cabeza gacha. Aborrecía verlo así, pero aborrecía más aún a los que nos habían metido en esa espantosa situación.

Volví a mirar la cartulina. Yo había previsto ver los emparejamientos entre Fremmy y Stooks y las dos mujeres, Jaya y Eris…, una pelea entre chicas, ¿qué podía haber más entretenido? Pero no. Al parecer, los emparejamientos no se habían elegido con mucho detenimiento. Tal vez hubieran salido de un sombrero. Excepto el último, claro. Solo nosotros dos en el campo, la apoteosis final del día.

Cla contra Charlie.

24

Primera eliminatoria. El último turno. Mi príncipe.
«*¿Tú* qué crees?».

1

Jaya se sentó en el banco al lado de Hamey y le cogió la mano. Él la dejó flácida en la de ella.

—Yo no quiero esto.

—Lo sé —dijo Hamey sin mirarla—. No te preocupes.

—Quizá me ganes. Yo no soy fuerte, ya lo sabes, no como Eris.

—Quizá.

Se abrió la puerta y entraron dos soldados de la noche. Se los veía tan entusiasmados como pueden estarlo unos cadáveres vivientes, con el aura palpitando como si dentro latiera aún un corazón muerto.

—¡Primer turno! ¡Aprisa, aprisa! ¡No hagáis esperar a Su Majestad, chavales! ¡Ya ha ocupado su lugar!

Al principio, nadie se movió, y por un momento de delirio casi creí que la huelga de Ammit iba a hacerse realidad… hasta que pensé en cuáles serían las consecuencias para los huelguistas, claro. Después de consultar nuevamente la cartulina para comprobar si, por un milagro, había cambiado el orden de participación, los primeros seis se levantaron: Fremmy y Murf, Ammit y un hombre bajo y rechoncho llamado Wale, Hamey y Jaya. Ella lo llevaba de la mano cuando salieron y se encogió para esquivar el aura del soldado de la noche más cercano.

En los tiempos de los Gallien, al salir los combatientes, los demás habríamos oído los vítores de expectación de un estadio abarrotado. Presté atención y me pareció oír unos débiles aplausos aislados, pero quizá fueran imaginaciones mías. Probablemente lo eran. Porque las gradas del Campo de Elden (antes el Campo de las Monarcas) estaban prácticamente vacías. El niño con el que me había cruzado en mi viaje hasta allí tenía razón: Lilimar era una ciudad embrujada, un lugar donde solo quedaban los muertos, los muertos vivientes y unos cuantos lameculos.

Allí no había mariposas.

De no ser por los soldados de la noche, habría sido posible huir, pensé. Luego recordé que también había un par de gigantas que tener en cuenta… y el propio Asesino del Vuelo. No sabía qué era Elden en ese momento, qué transformación podía haberse operado en él, pero una cosa parecía segura: ya no era el hermano pequeño de Leah, el chico zompo con una joroba en la espalda o un bulto en el cuello.

Pasó el tiempo. Era difícil saber cuánto. Varios visitamos el canal de orinar. Nada despierta tanto la necesidad de mear como el miedo a morir. Al final, se abrió la puerta y entró Ammit. Tenía un pequeño corte en el dorso de la mano izquierda, velluda. Por lo demás, no presentaba una sola marca.

Mesel corrió hasta él tan pronto como se retiró la escolta de los no muertos que le acompañaba.

—¿Cómo ha sido? ¿Wale de verdad está...?

Ammit le dio tal empujón que Mesel cayó al suelo embaldosado.

—Yo he vuelto y él no. Es lo único que tengo que decir y lo único que necesitas saber. Déjame en paz.

Se fue al extremo del banco, se sentó y se llevó las manos a los lados de la cabeza, inclinada. Era una postura que yo había visto muy a menudo en los campos de béisbol, la mayoría de las veces cuando un lanzador marraba el tiro en una jugada vital y era eliminado. Era la postura de un perdedor, no la de un ganador. Pero, por supuesto, todos seríamos perdedores, a menos que ocurriese algo.

«Ayúdala», me había susurrado la criada gris de Leah. ¿Y ahora se suponía que debía salvarlos a todos, solo porque tenía el cabello rubio debajo de repetidas aplicaciones de mugre? Era absurdo. Cla continuaba fulminándome con la mirada. Tenía intención de seguir allí a la hora de la cena.

Cuando llegara el último combate a muerte del día, no sería capaz ni de salvarme a mí mismo.

El siguiente en volver fue Murf. Tenía un ojo cerrado de tan hinchado y el hombro derecho de la camisa empapado de sangre. Stooks lo vio, comprendió que su compañero de comedia ya no existía, dejó escapar un sollozo ahogado y se tapó los ojos.

Esperamos, atentos a la puerta. Al final se abrió y entró Jaya. Estaba pálida como el papel, pero aparentemente ilesa. Las lágrimas le corrían por las mejillas.

—Tenía que hacerlo —dijo. No se dirigía solo a mí, sino a todos nosotros—. Tenía que hacerlo o nos habrían matado a los dos.

2

Llamaron a los del segundo turno: Yanno para luchar contra Doc Freed, Ojota para luchar contra Jackah, Mesel para luchar contra Sam. Cuando se fueron, me senté junto a Jaya. Se resistió a mirarme, pero las palabras salieron de ella a borbotones, como si, en caso de guardárselas, fuera a reventarle algo en su interior.

—La verdad es que no era capaz de luchar, ya sabes cómo es, cómo *era*, pero ha hecho mucho teatro. Por mí, creo. Ellos exigían sangre, ya los oirás cuando te llegue el turno, le exigían que liquidara a la zorra, me exigían que me colocara detrás de él y le rajara el cuello…

—¿Hay *cuchillos*? —pregunté.

—No, lanzas de asta corta. También guantes con púas en los nudillos. Está todo en la mesa donde servían las bebidas cuando entrenábamos. Quieren que sea un combate cuerpo a cuerpo, ya me entiendes, quieren ver el mayor número de heridas de lanza y puñetazos posible antes de que alguien caiga, pero yo he cogido uno de esos palos, ya sabes, los…

—Con mímica, hizo como si blandiera uno.

—Los bastones de lucha.

—Sí. Hemos dado vueltas y vueltas. Fremmy estaba muerto, degollado, y Hamey casi ha resbalado con la sangre. Wale había caído en la pista.

—Sí —dijo Ammit, alzando la vista—. El muy idiota ha intentado echar a correr.

—Nosotros éramos los últimos. Entonces Aaron ha dicho que teníamos cinco minutos más o nos eliminarían a los dos. Veía que en realidad no estábamos esforzándonos. Hamey ha venido corriendo hacia mí, con esa lanza pequeña en alto a un lado, vaya estupidez, y le he golpeado en el estómago con el puño de mi bastón. Ha gritado. Ha soltado la lanza en la hierba y ha seguido gritando.

El estómago de Hamey, pensé. *Su estómago siempre enfermo.*

—Yo no soportaba esos chillidos. Ellos aplaudían y se reían, y decían cosas como «buen golpe» y «la gatita le ha bajado los humos», y Hamey seguía gritando. He cogido la lanza. Nunca había matado a nadie, pero no soportaba sus gritos, así que he… he…

—No hace falta que sigas —dije.

Me miró con los ojos empañados y las mejillas húmedas.

—Tienes que hacer algo, Charlie. Si eres el príncipe que se nos prometió, tienes que hacer algo.

Podría haberle dicho que la primera misión del príncipe Charlie sería no dejarse matar por Cla, pero pensé que ya se sentía bastante mal y me limité a darle un breve abrazo.

—¿Está ahí? ¿El Asesino del Vuelo?

Ella se estremeció y asintió.

—¿Cómo es? —Yo me acordaba del asiento de honor con los brazos ladeados hacia fuera, como si estuviera destinado a una persona sumamente gruesa o al menos voluminosa.

—Horrible. *Horrible.* Tiene la cara verde, como si le pasara algo por dentro. El pelo, blanco y largo, le cae por delante de las mejillas desde debajo de la corona que lleva puesta. Tiene los ojos tan grandes como huevos pasados por agua. Su cara es *ancha*, tan ancha que apenas parece humana. Tiene los labios gruesos y rojos, como si estuviera comiendo fresas. Eso es lo único que he visto de él. Va envuelto en una enorme túnica morada desde la barbilla hasta abajo, pero he visto que se *movía* la tela. Como si escondiera debajo un animal de compañía. Es horrible. Monstruoso. Y se ríe. Los otros han aplaudido cuando he… cuando Hamey ha muerto, pero él solo se ha reído. Se le ha caído la baba por los dos lados de la boca, lo he visto a la luz de las lámparas de gas. A su lado había una mujer, alta y guapa, con un pequeño lunar junto a la boca…

—Petra —dije—. Un hombre la agarró de una teta y le besó el cuello cuando yo derribé a Ammit.

—Esa… esa mujer… —Jaya volvió a estremecerse—. Le ha besado donde la caía la baba. Se la ha *lamido de la cara verde*.

Entró Ojota, escoltado por un soldado de la noche. Me vio y asintió con la cabeza. O sea, Jackah había muerto.

3

Cuando la puerta se cerró, me acerqué a Ojota. No tenía una sola marca.

—La arpía está allí —dijo—. Molly la Roja. Mirando desde la pista, debajo del palco donde están los encopetados. No tiene el pelo rojo, en realidad, sino naranja. De color zanahoria. Todo erizado, como púas. Cuatro metros y medio de la cabeza a los pies. Lleva una falda de cuero. Tiene unas tetas como peñascos. Cada una debe de pesar como un crío de cinco años. Lleva un cuchillo envainado en la cadera, casi tan largo como esas lanzas pequeñas que nos dan para luchar. Creo que nos observa para conocer los movimientos de los ganadores. Para después, ya sabes.

Eso me recordó al entrenador Harkness, y los entrenamientos de los jueves antes de los partidos del viernes por la noche. Aquellas tardes terminábamos veinte minutos antes y nos sentábamos en un vestuario menos elegante que aquel, pero, por lo demás, casi igual. El entrenador entraba un televisor en una mesita rodante, y veíamos a nuestros inminentes rivales: sus maniobras y jugadas. En especial las del quarterback. Nos enseñaba al quarterback del equipo contrario veinte o treinta veces en imágenes aisladas: cada finta, cada zigzag y cada cambio de ritmo. En una ocasión se lo conté al tío Bob, y él se rio y asintió. «El entrenador hace lo correcto, Charlie. Descabeza al enemigo, y el cuerpo muere».

—No me ha gustado verla observar de esa manera —añadió Ojo—. Yo tenía la esperanza de que diera por sentada su superioridad, y así, durante la pelea, quizá pudiera encontrar la manera de clavarle la lanza o aplastarle los sesos. Sin embargo, va a tener cuatro oportunidades para observar cómo lo hago, y yo no voy a tener ninguna oportunidad para ver cómo lo hace *ella*.

Me abstuve de comentar la tácita suposición por su parte de que para entonces yo, fuera el príncipe prometido o no, ya habría sido eliminado.

—Cla piensa que va a ser él.

Ojota se rio como si no acabara de matar a uno de sus compañeros más antiguos en Maleen.

—Cuando solo queden dos, seremos Cla y yo, no te quepa duda. Con el tiempo he llegado a apreciarte, Charlie, pero no creo que llegues siquiera a tocarlo…, aunque yo conozco su punto débil.

—Que es ¿cuál?

—Me tumbó una vez, me dio tal golpe en la garganta que cuesta creer que aún pueda hablar, pero aprendí de aquello.

—Lo cual no contestaba a la pregunta.

A continuación, entró Mesel, así que Sam había sido eliminado. Unos minutos más tarde, la puerta volvió a abrirse y, para mi sorpresa, entró Doc Freed, aunque no totalmente por sus propias fuerzas. Lo acompañaba Pursey, que lo sostenía con una de sus manos en forma de aleta bajo la axila para ayudarlo a andar. Doc tenía una herida en el muslo derecho que le sangraba profusamente a través de un vendaje improvisado y la cara magullada de un modo grotesco, pero él vivía y Yanno no.

Yo estaba sentado con Doble y Eris.

—No podrá volver a pelear —comenté—. No a menos que la segunda eliminatoria sea dentro de seis meses, y quizá ni siquiera entonces.

—No será dentro de seis meses —aseguró Eris—. No será ni dentro de seis días. Y luchará o morirá.

Desde luego aquello no era el fútbol del instituto.

4

Bult y Bendo sobrevivieron al tercer turno. También Cammit. Este volvió con varios cortes en distintos sitios y dijo que se había visto a las puertas de la muerte. De pronto el pobre Dommy había tenido uno de sus ataques de tos, tan violento que se dobló por la cintura. Cammit vio su oportunidad y le hundió la lanza corta en la nuca.

Doc yacía en el suelo, dormido —cosa poco probable, en vista de sus heridas— o desmayado. Mientras los demás esperábamos a que terminara el tercer turno, Cla siguió mirándome fijamente con aquella sonrisa inalterable. Solo conseguí escapar de ella una vez al ir a coger un poco de agua con la mano a uno de los cubos. Pero, cuando volví, allí estaba él, fulminándome con la mirada.

«Conozco su punto débil —había dicho Ojota—. Me tumbó una vez, pero aprendí de aquello».

¿Qué había aprendido?

Reproduje la pelea (si es que podía llamarse así) que había tenido lugar en la celda de Ojo: la extraordinaria velocidad del golpe de Cla a Ojo en la garganta, el cubo rodando, Cla volviéndose para verlo, Yanno —el ya difunto Yanno— diciendo: «Si lo matas, pagarás un alto precio», Ojo recuperándose y yéndose a su jergón mientras Cla se agachaba para coger el cubo. Quizá pensando en romperle la cabeza a Ojo con él si volvía a intentarlo.

Si hubo algo ahí, no lo vi.

Cuando el tercer turno concluyó, Pursey entró empujando un carrito. Lo acompañaba Aaron. Olía a pollo asado, cosa que habría encontrado apetecible en otras circunstancias, pero no cuando bien podía ser mi última comida.

—¡Comed hasta hartaros, chavales! —exclamó Aaron—. ¡No diréis que no os alimentamos bien!

Casi todos los que habían ganado sus combates del día se abalanzaron sobre la carne del carrito con avidez. Los que aún tenían que luchar la rehusaron… con una excepción. Cla agarró medio pollo del carrito de Pursey y le hincó el diente sin apartar la mirada de mí.

El golpe.

Ojota en el suelo de piedra de la celda.

El cubo rodando.

Ojo se arrastra hasta su jergón con la mano en la garganta.

Cla busca el cubo, lo recoge.

¿Qué era lo que Ojota había visto y yo pasaba por alto?

El carrito llegó hasta mí. Aaron observaba a Pursey, así que no hubo saludo. En ese momento Doc Freed gimió, rodó de costado y vomitó en el suelo. Aaron se volvió y señaló a Cammit y a Bendo, sentados uno al lado del otro en un banco cercano.

—¡Tú y tú! ¡Limpiad eso!

Aproveché esa distracción momentánea para levantar la mano con las yemas del pulgar y el índice unidas. Moví la mano como si escribiese. Pursey respondió con un encogimiento de hombros casi imperceptible, quizá porque me había entendido o quizá para interrumpirme antes de que Aaron me viera. Cuando Aaron se dio media vuelta, yo estaba eligiendo un muslo del bufet rodante y pensando que, en caso de que Cla me matara en el último combate del día, poco importaría si Pursey me había entendido o no.

—Tu última comida, chaval —dijo el gigantesco caballero—. Disfrútala.

Pretende ponerme nervioso, pensé.

Eso yo ya lo sabía, por supuesto, pero al darle forma verbal en mi cabeza pude concentrarme en ello, verlo de manera concreta. Las palabras tienen ese poder. Y abrieron algo dentro de mí. Un agujero. Quizá incluso un pozo. Era lo mismo que se había abierto durante mis correrías de mal gusto con Bertie Bird, y durante mis enfrentamientos con Christopher Polley y el enano Peterkin. Si yo era un príncipe, desde luego no era de esos que salen en las películas donde, al final, el tipo insulsamente guapo y rubio abraza a la chica insulsamente guapa. Mi cabello rubio embadurnado de mugre no tenía nada de bonito, como tampoco lo tendría mi combate con Cla. Podía ser breve, pero no sería bonito.

Pensé: *No quiero ser un príncipe de Disney. Al diablo*

con eso. Si tengo que ser un príncipe, prefiero ser un príncipe oscuro.

—Deja de mirarme, gilipollas —dije.

Su sonrisa dio paso a una expresión de asombro y perplejidad, y entendí la razón incluso antes de lanzarle mi muslo de pollo. Fue porque esa palabra, «gilipollas», procedía del pozo, la dije en mi propia lengua, y él no la comprendió. No le atiné ni por asomo —el muslo de pollo fue a impactar ruidosamente contra uno de los cubos y cayó al suelo—, pero él dio un respingo de sorpresa de todos modos y se volvió hacia el sonido. Eris se rio. Él se giró hacia ella y se puse en pie. Su permanente sonrisa se convirtió en una mueca feroz y un gruñido.

—¡Quia, quia, *quia*! —vociferó Aaron—. Guárdate eso para el campo, chaval, o te soltaré tal descarga que no podrás salir y Charlie será declarado ganador por abandono. ¡Eso no va a gustarle al Asesino del Vuelo, y ya me ocuparé yo de que a ti te guste aún menos!

Contrariado y furioso, claramente descolocado por el momento, Cla regresó a su asiento mirándome con ira. Me tocaba a mí sonreír. Tuvo algo de oscuro y de placentero. Señalé a Cla.

—Voy a joderte, encanto.

Unas palabras audaces. Quizá las lamentara, pero cuando salieron de mi boca, me sentaron muy bien.

5

Un rato después del «mediodía», llamaron al cuarto turno. Una vez más esperamos, y los competidores fueron regresando uno por uno: primero Doble, después Stooks y, por último, Quilly. Stooks sangraba por la mejilla a causa de un corte tan profundo que se le veía el brillo de los dientes, pero entró por su propio pie. Jaya le ofreció una toalla para que restañara en cierta medida la hemorragia, y él se sentó en un banco cerca de los cubos; la toalla blanca se tiñó rápidamente de rojo. Freed estaba recostado en el rincón cercano. Stooks le preguntó si podía hacer algo con su cara rajada. Freed negó con la cabeza sin alzar la mirada. La idea de que los heridos tuvieran que combatir en otra eliminatoria, y pronto, era una locura —más que sádica—, pero no me cabía duda de que así sería. Murf había matado a la mitad del dúo cómico; si le tocaba Stooks en la segunda eliminatoria, lo liquidaría sin problemas, pese a la herida en el hombro.

Cla aún me miraba, pero la sonrisa había desaparecido de sus labios. Pensé que tal vez hubiera cambiado de idea sobre mí y ya no me considerara una presa fácil, lo cual significaba que yo ya no podía contar con que actuara descuidadamente.

Se moverá con rapidez, pensé. *Tal como se movió al agredir a Ojo.* En mi sueño, Leah había dicho: «Eres más rápido de lo que crees, príncipe Charlie…», solo que en realidad no lo era. A no ser, claro, que me acelerase movido por el odio.

Llamaron al quinto turno: Bernd y Gully, el pequeño Hilt y el gran Ocka, Eris y un individuo bajo pero musculoso llamado Viz. Antes de que Eris saliera, Jaya la abrazó.

—¡Quia, quia, eso no! —dijo uno de los guardias de la noche con su desagradable zumbido de langosta—. ¡Aprisa, aprisa!

Eris fue la última en salir, pero la primera en volver, con sangre en una oreja pero por lo demás indemne. Jaya corrió hacia ella, y esta vez no había nadie que le impidiera abrazarla. Nos habían dejado solos. Ocka fue el siguiente en regresar. Después de eso no entró nadie durante largo rato. Finalmente trajo a Gully un hombre gris —no Pursey—, que lo dejó tendido en el suelo. Estaba inconsciente, apenas respiraba. Parecía tener un lado de la cabeza hundido por encima de la sien.

—En la próxima eliminatoria lo quiero a él —dijo Bult.

—Yo espero que me toque *contigo* —gruñó Ammit—. Cállate.

Siguió pasando el tiempo. Gully se movió, pero no despertó. Yo fui al canal a orinar. Aunque lo necesitaba, no me salió nada. Volví a sentarme con las manos entrelazadas entre las rodillas, como siempre hacía en los partidos de béisbol y fútbol antes de que sonara el Himno Nacional. No miré a Cla, pero percibí que él sí me miraba, como si su mirada tuviera peso.

Se abrió la puerta. La flanquearon dos soldados de la noche. Aaron y el Gran Señor pasaron entre ellos.

—El último combate del día —anunció Aaron—. Cla y Charlie. Vamos, chavales, aprisa.

Cla se levantó de inmediato y, al pasar por delante de mí, volvió la cabeza para obsequiarme con una última sonrisa. Lo seguí. Ojota me miraba. Alzó una mano y me dirigió un extraño saludo, no con la mano en la frente, sino a un lado de la cara.

«Conozco su punto débil».

Cuando pasé por delante del Gran Señor, dijo:

—Me alegraré de deshacerme de ti, Charlie. Si no hubiese necesitado treinta y dos, lo habría hecho ya.

Nos precedían dos soldados de la noche. Cla, delante de mí, caminaba con la cabeza un poco baja y balanceaba las manos a los costados, contraídas ya en puños relajados. Cerraban la marcha el Gran Señor y Aaron, su lugarteniente. El corazón me latía despacio y con fuerza.

«Me tumbó una vez pero aprendí de aquello».

Subimos por el pasillo hacia las resplandecientes hileras de quemadores de gas que bordeaban el estadio. Pasamos por delante de los otros vestuarios. Pasamos ante el cuarto de material.

El golpe, Ojota cae, el cubo rueda, Ojota se arrastra hasta su jergón, Cla se vuelve para buscar el cubo.

Pasamos por delante del vestuario de árbitros, donde había una salida, al menos según la nota de Pursey.

Le tiro el muslo de pollo. Va a dar a un cubo. Cla se vuelve para mirar.

En ese momento, empecé a caer en la cuenta y apreté un poco el paso cuando salíamos del pasillo a la pista de tierra que rodeaba el campo de juego. No me situé a la altura de Cla, pero casi. No me miró. Mantenía la atención fija en el centro del campo, donde estaban las armas, dispuestas en una hilera. Las anillas y las cuerdas habían desaparecido. En la mesa donde durante los entrenamientos ponían la bebida, había dos guantes de cuero con púas en los nudillos. Estaban también los bastones de lucha en su cesto de mimbre, y las dos lanzas cortas en otro.

Ojota no había contestado a mi pregunta cuando se la planteé, pero quizá sí cuando yo salía del vestuario. Tal vez el extraño saludo que me había dirigido no fuera un saludo. Tal vez fuera un mensaje.

Sonaron algunos aplausos cuando nos encaminamos tras los soldados de la noche hacia el palco de los vip, pero apenas los oí. No presté atención en un primer momento a los espectadores que flanqueaban el palco, ni siquiera a Elden el Asesino del Vuelo. Iba pendiente de Cla, que se había girado para seguir con la mirada el cubo que rodaba por el suelo en la celda que compartía con Ojota, y el muslo de pollo que le había arrojado yo en el vestuario. Cla, que no parecía darse cuenta de que casi me había situado a su altura, ¿y por qué?

«Conozco su punto débil», había dicho Ojota, y tenía la impresión de que también yo lo había descubierto. Ojo no me había dirigido un saludo; con mímica, había representado el tipo de orejera que podía ponerse a un caballo.

Cla tenía poca visión periférica o ninguna.

6

Nos condujeron —no, nos *arrearon*— hasta la parte de la pista situada delante del palco real. Me coloqué junto a Cla, que no solo movió los ojos para mirarme, sino que giró toda la cabeza. Inmediatamente Kellin lo azotó en la nuca con su vara flexible, y una fina línea de sangre le surcó la piel.

—Ni se te ocurra mirar al príncipe imaginario, pedazo de idiota. En lugar de eso, presta atención al verdadero rey.

Kellin sabía, pues, lo que creían los otros presos, ¿y me sorprendía? No mucho. La mugre solo podía ocultar el llamativo cambio en el color de mi cabello durante un tiempo, y ya no tenía los ojos avellanados; se habían vuelto de color gris tirando a azul. Si Elden no hubiese insistido en contar con el contingente completo de participantes, me habrían matado hacía semanas.

—¡De rodillas! —ordenó Aaron con aquel molesto zumbido que tenía por voz—. ¡Arrodillaos, los de sangre vieja! ¡Arrodillaos ante la sangre nueva! ¡Arrodillaos ante el rey!

Petra —alta, morena, con un lunar al lado de la boca, vestido de seda verde y la tez tan blanca como el requesón— exclamó:

—*¡De rodillas, sangre vieja! ¡De rodillas, sangre vieja!*

Los demás —no podía haber más de sesenta, setenta como mucho— se sumaron a la petición.

—¡*De rodillas, sangre vieja!* ¡*De rodillas, sangre vieja!* ¡*De rodillas, sangre vieja!*

¿Había ocurrido lo mismo con los otros competidores? No lo creía. Era algo especial para nosotros, por ser el último combate del día, la atracción principal. Nos arrodillamos, porque ninguno de los dos quería recibir los azotes de las varas flexibles o, peor aún, las descargas de las auras de nuestros captores.

Elden el Asesino del Vuelo parecía un hombre a las puertas de la muerte: «Con un pie en la tumba y el otro sobre una piel de plátano», habría dicho el tío Bob. Eso fue lo primero que pensé. Lo segundo, seguido muy de cerca, fue que no era un hombre en absoluto. Tal vez lo hubiera sido en otro tiempo, pero ya no. Tenía la piel del color de una pera de Anjou sin madurar. Los ojos —azules, enormes, húmedos, cada uno tan grande como la palma de mi mano— le sobresalían de unas cuencas hundidas y arrugadas. Los labios, rojos, en cierto modo femeninos, parecían colgarle de tan fofos. Sobre el cabello blanco y ralo, lucía una corona, ladeada con horrendo desenfado. Su túnica morada, guarnecida con delicado hilo de oro serpenteante, semejaba un caftán gigantesco que lo cubría totalmente desde el abotargado cuello hasta abajo. Y sí, la túnica se movía. «Como si escondiera debajo un animal de compañía», había dicho Jaya. Solo que subía y bajaba en distintos sitios al mismo sitio.

A mi izquierda, en la pista, se hallaba Molly la Roja con una falda corta de cuero similar a un kilt. Tenía los muslos enormes y musculosos. El largo cuchillo pendía dentro de una vaina en su cadera derecha. El cabello de color naranja se le erizaba en cortas púas, una especie de peinado punk-rock.

Unos tirantes anchos sostenían la falda y le cubrían parte de los pechos, por lo demás desnudos. Me vio mirarla y frunció los labios en un beso.

El Asesino del Vuelo habló con una voz espesa que no se parecía en nada al zumbido de insecto de los soldados de la noche. Era como si hablara a través de una garganta llena de un líquido viscoso. No, ninguno de los demás había sido sometido a algo así; lo habrían contado. El horror de esa voz inhumana era indeleble.

—¿*Quién es el rey del Mundo Gris, antes Empis?*

Los presentes en el palco y el resto de los espectadores respondieron al instante y a voz en cuello:

—*¡Elden!*

El Asesino del Vuelo nos miraba con aquellos ojos enormes como huevos. Las varas flexibles cayeron sobre mi cuello y el de Cla.

—Decidlo —zumbó Kellin.

—Elden —dijimos.

—¿*Quién derribó a los monarcas de la tierra y las monarcas del aire?*

—*¡Elden!* —Petra lo gritó junto con los otros, y más fuerte. Acariciaba con la mano los carrillos verdes colgantes de Elden. La túnica morada se alzaba y caía, se alzaba y caía, en media docena de sitios distintos.

—Elden —dijimos Cla y yo para evitar otro azote.

—*¡Que empiece el combate!*

Por lo visto, ese llamamiento no exigía respuesta, salvo aplausos y unos cuantos vítores.

Kellin se hallaba entre nosotros dos, a la distancia justa para no tocarnos con su aura.

—Poneos en pie y de cara al campo —ordenó.

Obedecimos. Vi a Cla de reojo, a mi derecha; volvió la

cabeza para lanzarme una mirada rápida y luego fijó la vista al frente. A unos setenta metros justo delante, estaban las armas de combate. La forma en que estaban dispuestas, cuidadosamente espaciadas, tenía algo de surrealista, como premios que ganar en un concurso homicida.

Vi en el acto que alguien (quizá el propio Asesino del Vuelo, pero más probablemente, hubiera jurado, el Gran Señor) había decantado el duelo a favor de Cla, por no decir que lo había amañado descaradamente. El cesto de mimbre con las lanzas, a todas luces el arma preferida, se hallaba a la derecha, que era el lado de Cla. A veinte metros a la izquierda, estaba la mesa en la que habían colocado los guantes de cuero con púas. Veinte metros más a la izquierda, más o menos delante de mí, se hallaba la cesta con los bastones de combate, útiles para golpear, no tanto para matar. Nadie nos dijo qué venía a continuación; ni fue necesario. Correríamos hacia las armas, y si quería un objeto punzante en lugar de un guante o un bastón, tendría que adelantarme a Cla y después cruzar por delante de él.

«Eres más rápido de lo que crees», había dicho Leah, solo que aquello había sido un sueño y esto era la vida real.

Tal vez os preguntéis si estaba aterrorizado. Lo estaba, pero también sacaba fuerzas del pozo oscuro que había descubierto de niño, cuando mi padre parecía decidido a honrar el recuerdo de su esposa, mi madre, yéndose a pique, consumiéndose y dejándonos a los dos en la calle. Yo lo había odiado durante un tiempo y me había odiado por odiarlo. El resultado había sido el mal comportamiento. En ese momento tenía otras cosas que odiar, y ninguna razón para sentirme mal al respecto. O sea que sí, estaba aterrorizado. Pero parte de mí también estaba impaciente.

Parte de mí deseaba aquello.

El Asesino del Vuelo dio la señal con su voz burbujeante, inhumana, otra cosa más que odiar:

—*¡YA!*

7

Corrimos. Cla había actuado a una velocidad deslumbrante al atacar a Ojo, pero aquello había sido un estallido rápido en un espacio cerrado. Las armas se hallaban a setenta metros. Él debía acarrear un gran peso, más de ciento treinta kilos, y pensé que con un esprint podía ponerme a su altura a medio camino del material de combate. La Leah del sueño tenía razón: era más rápido de lo que creía. Aun así, tendría que cruzar por delante de él y, cuando lo hiciese, me hallaría de pleno en su campo de visión, ligeramente reducido. Y lo que era más peligroso todavía: lo tendría a la espalda.

Opté por girar a la izquierda, franqueándole el paso hacia las lanzas. Apenas miré los guantes de púas; por letales que fuesen, para utilizar uno de ellos, debería situarme al alcance de la lanza de Cla, y ya había visto lo rápido que era cuando tenía cerca a un rival. Fui a por los bastones de lucha. Después de varios recreos, había desarrollado cierta habilidad con ellos.

Agarré uno del cesto, me di la vuelta y vi que Cla venía ya rápidamente hacia mí, empuñando la lanza a la altura de la cadera derecha. Acometió hacia arriba con la intención de abrirme en canal desde los huevos hasta el vientre y acabar deprisa. Dio un paso atrás y le asesté un golpe en los brazos con la esperanza de obligarlo a soltar la lanza. Profirió un grito de dolor y rabia pero siguió aferrándola. El público prorrumpió en aplausos, y yo oí a una mujer, casi con toda seguridad Petra, exclamar:

—*¡Córtale la verga y tráemela!*

Cla arremetió de nuevo, esta vez con la lanza en alto por encima del hombro. Carecía de sutileza; al igual que Mike Tyson en los viejos vídeos de boxeo que yo veía con Andy Chen y con mi padre, era en esencia el típico matón acostumbrado a derribar a sus rivales con un ataque frontal brutal. A Cla siempre le había dado resultado; le daría resultado también entonces contra un rival mucho más joven. Me aventajaba tanto en peso como en envergadura.

Según el sueño de Leah, yo era más rápido de lo que creía. Desde luego era más rápido de lo que Cla creía. Me hice a un lado como un torero que esquivase la embestida del toro y le asesté un golpe con el bastón en el brazo justo por encima del codo. La lanza salió volando de sus manos y fue a caer en la hierba. El público dejó escapar un «aaah». Petra soltó un alarido de disgusto.

Cla se agachó para recoger su arma. Empuñando el bastón con las dos manos y empleando todas mis fuerzas, le descargué un golpe en la cabeza. El bastón se partió en dos. La sangre brotó del cuero cabelludo de Cla y empezó a correr a borbotones por sus mejillas y su cuello. Semejante bastonazo habría acabado con cualquier otro hombre —incluidos Ojo y Ammit—, pero Cla se limitó a sacudir la cabeza, cogió la lanza y se plantó ante mí. Ya no sonreía; gruñía y tenía los ojos rojos.

—¡Ven a por mí, hijo de perra!

—Y una mierda. A ver qué sabes hacer. Eres tan tonto como feo.

Blandí al frente lo que me quedaba del bastón. El extremo que dirigía a Cla era un cúmulo de astillas. Era de madera dura, y si se echaba encima de esas astillas, no se doblarían. Se le clavarían en las tripas, y él lo sabía. Hice amago de atacar y, cuando reculó, me desplacé en círculo hacia su derecha. Tenía que girar la cabeza para no perderme de vista en su punto ciego. Arremetió, y lo alcancé en la carne del antebrazo; se la abrió la piel y un chorro de sangre salpicó la hierba verde.

—*¡Acaba con él!* —gritó Petra. Ya reconocía su voz, y la odiaba. La odiaba a ella, los odiaba a todos—. *¡Acaba con él, mole horrenda!*

Cla cargó contra mí. Retrocedí al tiempo que me desplazaba hacia la izquierda para situarme detrás de la mesa donde estaban los guantes de lucha. Cla no aminoró el paso. Respiraba con inhalaciones roncas, secas y rápidas. Me eché a un lado y esquivé por poco su lanza dirigida al cuello. Cla embistió la mesa, la volcó y cayó encima, con lo que partió una de las patas. Retuvo la lanza, pero eso ya no era problema. Me situé en su ángulo ciego, salté sobre su espalda y le ceñí la cintura con los muslos cuando empezaba a levantarse. Apoyé el resto del bastón contra su garganta cuando se irguió. Echó atrás sus grandes manos y me golpeó los hombros.

Lo que siguió fue un paseo a caballito demencial. Yo mantenía las piernas trabadas en torno a su gruesa cintura y le hincaba en la garganta el bastón roto de menos de un metro. Notaba cada uno de sus intentos de tragar saliva. Empezó a emitir un gorgoteo. Al final, sin más opción que perder el conocimiento y morir, se tiró de espaldas al suelo y me atrapó debajo.

Yo ya lo preveía —¿qué otra maniobra le quedaba?— y, aun así, se me cortó la respiración. Es lo que ocurre cuando a uno le cae encima un peso de más de ciento treinta kilos. Intentó zafarse de mí rodando a un lado y al otro. Yo aguanté, pese a que empezaban a aparecer puntos negros ante mis ojos y los vítores de los espectadores ya sonaban como una reverberación lejana. La única voz que me llegaba con claridad era la de la consorte del Asesino del Vuelo, como una aguja afilada que se me clavaba en la cabeza.

—*¡Levanta! ¡Suéltate, pedazo de bestia! ¡LEVANTA!*

Yo podía morir aplastado bajo el pedazo de bestia, pero por nada del mundo iba a soltarlo. En la celda había hecho muchas flexiones de pecho, y en el estadio, muchas dominadas en las anillas. Di buen uso a esos músculos pese a que mi conciencia se debilitaba. Tiré…, tiré… y al final él empezó a flojear. Con las últimas fuerzas que me quedaban, aparté de mí la mitad superior de su cuerpo y me escabullí de debajo de su mole. Con el pelo caído ante los ojos, me arrastré por la hierba tomando aire a bocanadas. Tenía la sensación de no poder aspirar aire suficiente, o de no poder hacer que me llegara hasta el fondo de los maltratados pulmones. Fracasé en el primer intento de levantarme y seguí a rastras, jadeando y tosiendo, convencido de que Cla, el muy cabrón, el muy cabronazo, se me acercaría por detrás y sentiría la lanza entre los omóplatos.

Al segundo intento, logré erguirme, tracé un círculo, tambaleándome como un borracho, y observé a mi rival. Él también se arrastraba… o lo intentaba. La sangre de la herida que le había abierto en la cabeza ocultaba la mayor parte de su rostro. Lo poco que se le veía lo tenía amoratado por efecto del estrangulamiento.

—*¡Acaba con él!* —gritó Petra. Unas manchas rojas se traslucían por debajo de su maquillaje blanco. Al parecer, había cambiado de bando. Por más que yo no quisiera su apoyo—. *¡Acaba con él! ¡Acaba con él!*

Los otros se sumaron:

—*¡ACABA CON ÉL! ¡ACABA CON ÉL! ¡ACABA CON ÉL!*

Cla rodó sobre la espalda y me miró. Si era compasión lo que quería, no era yo quien iba a concedérsela.

—*¡ACABA CON ÉL! ¡ACABA CON ÉL! ¡ACABA CON ÉL!*

Cogí su lanza...

Él levantó una mano y se tocó la frente con el pulpejo.

—Mi príncipe.

... y asesté el golpe.

Me gustaría deciros que al final recuperé mi lado bueno. Deciros que me arrepentí. No sería verdad. En todos nosotros hay un pozo oscuro, creo, y nunca se seca. Pero allá vosotros si bebéis de él. Esa agua está envenenada.

8

Me obligaron a arrodillarme ante Elden, su arpía y los demás miembros de su séquito.

—Bien luchado, bien luchado —dijo Elden, aunque estaba como ausente. En efecto babeaba por las comisuras de la flácida boca. Un líquido purulento (no lágrimas) le brotaba de los rabillos de aquellos enormes ojos.

—¡Porteadores! ¡Quiero a mis porteadores! Estoy agotado y debo descansar hasta la cena.

Un cuarteto de hombres grises —deformados pero robustos— descendió apresuradamente por el empinado pasillo. Acarreaban un palanquín con guarnición de oro y cortinas de terciopelo morado.

No lo vi subir, porque me agarraron por el cabello y me obligaron a ponerme en pie de un tirón. Soy alto, pero Molly la Roja era una torre a mi lado. Al mirarla, me acordé del momento en que alcé la vista ante la estatua a la que me había encaramado para ver a las monarcas en su vuelo de regreso a casa. Tenía la cara pálida, redonda y chata, como un gran molde para tartas espolvoreado de harina. Sus ojos eran negros.

—Hoy has luchado contra un enemigo —dijo. Su voz era

un retumbo grave, no reconfortante ni mucho menos pero mejor que el zumbido de langosta de los soldados de la noche o el sonido líquido que emitía Elden—. La próxima vez lucharás contra un amigo. Si sobrevives, *yo* te cortaré la verga. —Bajó la voz—. Y se la daré a Petra. Para que la añada a su colección.

Estoy seguro de que el héroe de una película de acción habría encontrado una réplica ingeniosa, pero yo miré aquella cara ancha y aquellos ojos negros, y no se me ocurrió una mierda.

9

Fue el Gran Señor en persona quien me escoltó al vestuario. Miré atrás una vez antes de entrar en el pasillo, justo a tiempo de ver el palanquín, con las cortinas corridas, balanceándose por el empinado pasadizo. Supuse que Petra, la del lunar, iba dentro con el Asesino del Vuelo.

—Me has sorprendido, Charlie —dijo Kellin. Una vez que la presión de sus obligaciones del día como maestro de ceremonias había concluido, se lo veía relajado, quizá incluso se divertía—. Pensaba que Cla tendría tu cabeza en un abrir y cerrar de ojos. La próxima vez lucharás con uno de tus amigos. No Ojota, creo; a él lo reservaremos. Quizá con la pequeña Jaya. ¿Te gustaría pararle el corazón como se lo has parado a Cla?

Sin contestar, me limité a bajar por el pasillo en pendiente por delante de él, lo más lejos posible de su aura de alto voltaje. Cuando llegamos a la puerta, Kellin no siguió; cerró a mi espalda. Habíamos salido treinta y dos al campo. Entonces fueron solo quince los que mostraron sorpresa al ver que no entraba Cla sino Charlie, magullado pero en general ileso. No, dejémoslo en catorce. Gully permanecía inconsciente.

Durante un momento, se limitaron a mirarme. Después trece de ellos se pusieron de rodillas y se llevaron la palma de la mano a la frente. Doc Freed no podía arrodillarse, pero me dirigió el saludo desde donde se hallaba, recostado contra la pared.

—Mi príncipe —dijo Jaya

—*Mi príncipe* —repitieron los demás.

Nunca me había alegrado tanto de que Empis fuera un país sin circuito cerrado de televisión.

10

Nos lavamos para quitarnos la suciedad y la sangre. El horror del día, sin embargo, persistió. Eris bajó el pantalón a Freed y le limpió la herida del muslo lo mejor que pudo. De vez en cuando interrumpía su labor para mirarme. Todos me miraban. Finalmente, como me sacaba de quicio, les pedí que pararan. Entonces pusieron todo su empeño en *no* mirarme, lo cual era igual de malo, quizá peor.

Al cabo de diez o quince minutos, entraron cuatro soldados de la noche. El jefe nos indicó con la vara flexible que lo acompañáramos. Como no había grises, hubo que llevar a Gully a cuestas. Yo me dispuse a sostenerlo por la mitad superior del cuerpo, pero Ammit me apartó con el hombro. Delicadamente.

—Quia, quia. El grandullón y yo ya nos arreglamos. —Cabía suponer que se refería a Ojota, puesto que el otro «grandullón» ya era carne enfriándose—. Ayuda al doctor, si quieres.

Pero tampoco se me permitió ocuparme de eso. Al fin y al cabo, era el príncipe prometido. O eso pensaban. Color de pelo y ojos al margen. Yo pensaba que era solo un chico de diecisiete años que casualmente estaba en buena forma, había tenido la suerte de ser emparejado con un rival sin mucha visión lateral y había logrado servirse de sus peores impulsos el tiempo suficiente para sobrevivir. Además, ¿quería ser el príncipe de ese cuento de hadas oscuro? No, no quería. Lo que quería era ir a buscar a mi perra y marcharme a casa. Y mi casa nunca me había parecido tan lejos.

Regresamos lentamente a nuestras celdas en Maleen Profunda: Murf con la herida en el hombro, Jaya y Eris, Ammit, Ojota, Doc Freed, Bult, Bendo, Mesel, Cammit, Doble, Stooks con la grave raja en la cara, Quilly, Ocka, Gully inconsciente… y yo. Dieciséis. Solo que ni Doc Freed ni Gully podrían combatir en la siguiente eliminatoria. En cualquier caso, no se los excluiría, como yo bien sabía. Los emparejarían con rivales que los sacrificarían en el acto para el disfrute de Elden, Petra y el puñado de súbditos del Asesino del Vuelo. Para aquellos a quienes les correspondiera luchar contra Freed y Gully, equivaldría, de hecho, a un pase automático a la siguiente ronda. Tampoco era probable que Murf y Stooks sobrevivieran a lo que, en la competición de baloncesto universitario de primera división, se llamaría los Ocho de la Élite.

La puerta del fondo de la galería de celdas estaba abierta. Ojo y Ammit entraron a Gully. Los siguieron Quilly y Freed, este último prácticamente sostenido por Quilly para no tener que apoyar la pierna herida al caminar. Aunque, de hecho, Freed no estaba para mucho caminar; iba y venía en un estado de semiinconsciencia, con el mentón rebotándole en el pecho. Cuando entramos en Maleen, dijo algo tan terrible, tan desde otro mundo, que nunca lo olvidaré:

—Quiero que venga mi mamá.

El aplique de gas próximo a la puerta se había salido del

boquete y colgaba del manguito metálico. Estaba apagado. Uno de nuestros guardias volvió a encajarlo en el agujero que le correspondía y lo miró un momento, como retándolo a caerse. No se cayó.

—¡Hoy cena especial, chavales! —proclamó uno de los otros—. ¡Comilona y después postre!

Entramos en nuestras celdas. Ojo, Stooks y yo íbamos a disfrutar —si puede decirse así— de celdas individuales. Quilly llevó a Freed a su celda, lo tendió con delicadeza en el jergón y después entró en la que compartía con Cammit. Esperábamos que los soldados de la noche extendieran los brazos al salir para cerrar así las puertas, pero se fueron sin más, cerrando solo la puerta al mundo exterior: primer cerrojo, segundo cerrojo, tercer cerrojo, cuarto. Por lo visto, además de la «comilona» iban a permitirnos alternar, al menos durante un rato.

Eris, en la celda de Gully, le examinaba la herida de la cabeza, que era (no hace falta entrar en detalles) horrorosa. Gully tenía la respiración ronca y desacompasada. Eris me miró con una expresión de cansancio en los ojos.

—No llegará a la mañana, Charlie. —A continuación, dejó escapar una risa amarga—. Pero en realidad ninguno de nosotros llegará, porque aquí es siempre de noche.

Le di una palmada en el hombro y volví a la celda de Ojota, de la que él había preferido no salir. Sentado contra la pared, tenía las muñecas apoyadas en las rodillas y las manos colgando. Me senté a su lado.

—¿Qué demonios quieres? —preguntó—. Preferiría estar solo. Si lo tienes a bien, claro, puta alteza real.

Hablando en voz baja, dije:

—Si hubiese una manera de salir de aquí, una vía de escape, ¿lo intentarías conmigo?

Levantó la cabeza lentamente. Me miró. Y empezó a son-reír:

—Tú enséñame el camino, amor mío. Solo tienes que en-señármelo.

—¿Y los demás? ¿Los que son capaces?

Su sonrisa se ensanchó.

—¿Es que la sangre real te vuelve estúpido, principito? ¿*Tú* qué crees?

25

Un banquete. Recibo una visita.
La inspiración no llama a la puerta.
«¿Quién quiere vivir eternamente?».

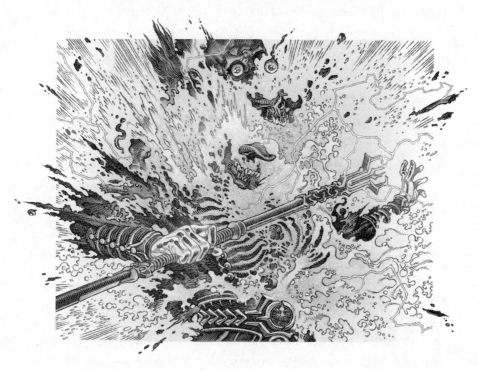

1

Esa noche no se limitaron a servir trozos de carne medio cruda a los supervivientes; fue todo un banquete. Pursey y otras dos personas grises, un hombre y una mujer vestidos con túnicas blancas manchadas, entraron empujando no un carrito sino tres. Los custodiaban, delante y detrás, soldados de la noche con las varas flexibles preparadas. El primer carrito contenía una olla enorme que me recordó a la de la cocina de la bruja malvada de «Hansel y Gretel». Alrededor había cuencos apilados. El segundo llevaba un tarro alto de cerámica con tazas pequeñas. En el tercero traían media docena de tartas con una corteza de color marrón dorado. La mezcla de olores era celestial. Nos habíamos convertido en asesinos, asesinos que habían matado a sus compañeros, pero a la vez teníamos hambre y, de no ser por el par de Skeletors de guardia, creo que nos habríamos abalanzado sobre aquellos carritos. Dadas las circunstancias, retrocedimos hasta las puertas abiertas de nuestras celdas y observamos. Doble se enjugaba la boca con el brazo una y otra vez.

Nos dieron un cuenco y una cuchara de madera a cada uno. Pursey, valiéndose de un cucharón, llenó los cuencos hasta el borde con el contenido de la olla. Era algo espeso y cremoso (con auténtica crema, creo), repleto de pedazos enormes de pollo, además de guisantes, zanahorias y maíz. Anteriormente me había preguntado de dónde procedería la comida, pero en ese momento solo quería comer.

—Pono a celda —dijo Pursey con su voz ronca y moribunda—. Hay más.

Del tarro de cerámica salió una macedonia de fruta fresca: melocotones, moras, fresas. Incapaz de esperar —ver y oler fruta de verdad me despertó un vehemente deseo—, me llevé la taza de cerámica a la boca, la ladeé y me lo comí todo. Después me limpié el jugo del mentón y me lamí los dedos. Sentí que todo mi cuerpo lo agradecía tras una dieta continua de carne y zanahorias, carne y zanahorias, y más carne y zanahorias. Las tartas estaban cortadas en quince pedazos, ninguno para Gully, que no comería nunca más. No había platos para la tarta, así que utilizamos las manos. El trozo de Ojota desapareció incluso antes de que repartieran las últimas porciones.

—¡Manzana! —dijo, y una lluvia de migas brotó de sus labios—. ¡Y está buenísima!

—¡Comed bien, chavales! —exclamó uno de los soldados de la noche, y se echó a reír.

Porque mañana moriremos, pensé, con la esperanza de que no fuese al día siguiente. Ni al otro. Ni dos días más tarde. Aún no tenía la menor idea de cómo escaparíamos de allí, por más que Pursey conociera una salida desde el vestuario de árbitros. Lo que sí sabía era que quería que ocurriese antes de la segunda eliminatoria de la Justa, cuando quizá —muy probablemente— me emparejaran con Jaya. Eso no tendría nada de justo.

Los guardias y el equipo de cocina se marcharon, pero por el momento las puertas de las celdas quedaron abiertas. Ataqué el estofado de pollo. Estaba delicioso. Dios mío, delicioso de verdad. «De rechupete», habría dicho el Bird en aquellos tiempos lejanos en que nos sentábamos en nuestras bicicletas delante del Zip Mart y comíamos pastelitos rellenos y palitos de carne ahumada. Miré hacia la celda contigua y vi que Stooks zampaba presionándose la mejilla con la mano para evitar que se le escapara la salsa del pollo por la herida. Hay imágenes de mi época en Maleen Profunda que me acompañan siempre. Esa es una de ellas.

Cuando me acabé el cuenco (no me avergüenza decir que lo rebañé a lengüetazos, igual que Jack Sprat y su mujer en la cancioncilla infantil), cogí mi trozo de tarta y le hinqué el diente. En el mío había más corteza que manzana. Mis dientes tropezaron con algo duro. Miré y vi que de la corteza asomaba un cabo de lápiz. Lo envolvía un papel pequeño.

Concentrados en su comida, tan distinta de la de costumbre, nadie me miraba. Deslicé el papel y el lápiz bajo el jergón de Hamey. A él no le habría importado.

Con las celdas abiertas, tuvimos ocasión de reunirnos a charlar en la sobremesa. Ojota cruzó el pasillo hasta mi celda. Ammit lo acompañó. Uno al lado del otro, aunque no me daban miedo. Tenía la sensación de que mi condición de príncipe me eximía de posibles intentos de intimidación.

—¿Cómo piensas lidiar con los soldados de la noche, Charlie? —preguntó Ojota. «Lidiar» no fue lo que dijo; fue lo que oí yo.

—No lo sé —reconocí.

Ammit dejó escapar un gruñido.

—Al menos por ahora. ¿Cuántos creéis que hay? ¿Contando a Kellin?

Ojota, que llevaba mucho tiempo en Maleen Profunda, se detuvo a pensar.

—Veinte, veinticinco a lo sumo. No fueron muchos los miembros de la Guardia Real que respaldaron a Elden cuando regresó como Asesino del Vuelo. Todos los que se resistieron están muertos.

—*Ellos* están muertos —precisó Ammit, refiriéndose a los soldados de la noche. No se equivocaba.

—Sí, pero cuando es de día…, de día en el mundo de arriba…, son más débiles —comentó Ojota—. El brillo azul que los envuelve es menos intenso. Debes de haberte fijado, Charlie.

Sí me había fijado, pero tocar a uno de ellos, o intentarlo siquiera, provocaría una descarga incapacitante. Eso Ojota lo sabía. Los demás también. Y ya no disponíamos de superioridad numérica. Antes de la primera eliminatoria, sí. Ya no. Si esperábamos a después de la segunda eliminatoria, no quedaríamos más que ocho. Menos si alguien resultaba herido tan gravemente como Freed y Gully.

—Bah, no tienes ni puta idea —dijo Ammit, y guardó silencio, con la esperanza, creo, de que lo contradijese.

No pude, pero yo sabía algo que ellos desconocían.

—Escuchadme, los dos, y haced correr la voz. *Hay* una salida. —O la había si Pursey decía la verdad—. Si conseguimos rebasar a los soldados de la noche, la utilizaremos.

—¿Qué salida? —preguntó Ojota.

—Eso dejémoslo por el momento.

—Pongamos que la hay. ¿Cómo vamos a rebasar a los azules? —Otra vez con eso.

—Estoy dándole vueltas.

Ammit blandió una mano peligrosamente cerca de mi nariz.

—No tienes nada.

No quería recurrir a mi as en la manga, pero no vi otra alternativa. Me deslicé las manos por el cabello y me lo levanté para mostrar las raíces rubias.

—¿Soy el príncipe que se os prometió o no?

Para eso no tenían respuesta. Ojota incluso se llevó la palma de la mano a la frente. Es posible, claro, que, lleno de comida como estaba, fuera una simple muestra de generosidad.

2

Pursey y sus dos ayudantes de cocina regresaron poco después, acompañados por un par de soldados de la noche. Sus envolturas azules eran perceptiblemente más débiles —ya no casi añil, sino de un tono pastel—, así que en algún lugar por encima de nosotros había salido el sol, aunque seguramente permanecía oculto bajo la habitual capa de nubes. Puestos a elegir entre otro cuenco de estofado de pollo y ver la luz del día, me habría quedado con la luz del día.

Fácil decirlo cuando tienes la tripa llena, pensé.

Dejamos los cuencos y las tazas en el carrito. Todos relucientes, lo que me llevó a recordar cómo Radar, en sus buenos tiempos, lamía su cuenco hasta limpiarlo. Las puertas de nuestras celdas se cerraron. Arriba era de día, pero para nosotros era una noche más.

Maleen se sumió de nuevo en un estado de calma, con más eructos y pedos que de costumbre, pero al final a eso se sumaron los ronquidos. Matar es un trabajo que cansa y desanima. La espera para ver si uno vive o muere cansa y desanima aún más. Pensé en añadir el jergón de Hamey al mío para hacer más mullido mi lecho sobre el suelo de piedra donde dormíamos, pero no fui capaz. Tumbado, fijé la mirada en la ventana enrejada, siempre negra. Estaba agotado, pero cada vez que cerraba los ojos veía los de Cla en ese último momento en que eran aún los ojos de un hombre vivo, o veía a Stooks con la mano en la mejilla para evitar que se le derramara el estofado a través de la herida.

Por fin me dormí. Y soñé con la princesa Leah, que, junto al estanque, sostenía el moderno secador de mi madre: la Pistola de Rayos Morada de la Muerte. Ese sueño tenía una finalidad, relacionada con la magia empisaria o con la magia más común de mi subconsciente, que intentaba decirme algo, pero aún no había interpretado su significado cuando algo me despertó. Un sonido de traqueteo y fricción en la piedra.

Me incorporé y miré alrededor. El aplique de gas apagado se movía en su agujero. Primero en la dirección de las agujas del reloj, luego en dirección contraria.

—¿Qué *coño*…? —Era Ojota, en la celda de enfrente.

Me llevé el dedo a los labios.

—¡Chist!

Fue meramente instintivo. Todos los demás dormían, un par de ellos gemían, sin duda a causa de alguna pesadilla, y desde luego no había dispositivos de escucha, no en Empis.

Observamos cómo se mecía el aplique de gas a uno y otro lado. Al final, cayó y quedó colgando del manguito metálico. Dentro había algo. Al principio pensé que era una rata grande y vieja, pero la imprecisa silueta parecía demasiado *angulosa* para ser una rata. Acto seguido, encogiéndose, pasó por el agujero y correteó rápidamente pared abajo hasta el suelo de piedra encharcado.

—¡Pero qué *coño*! —susurró Ojota.

Me quedé mirando atónito mientras un grillo rojo del tamaño de un gato se acercaba a mí brincando sobre sus musculosas patas traseras. Aún cojeaba, pero solo un poco. Llegó a los barrotes de mi celda y me miró con sus ojos negros. Las largas antenas que sobresalían de su cabeza me recordaron las «orejas de conejo» del viejo televisor del señor Bowditch. Tenía una placa dura entre los ojos y daba la impresión de que la boca permanecía fija en una sonrisa malévola. Y bajo el abdomen vi algo que parecía un trozo de papel.

Me apoyé en una rodilla y dije:

—Yo me acuerdo de ti. ¿Qué tal la pata? Mejor, ¿no?

El grillo entró en la celda de un salto. Habría sido fácil para un grillo del mundo del que yo procedía, pero ese era tan grande que tuvo que encogerse para pasar. Me miró. Me *recordaba*. Tendí la mano, despacio, y le acaricié lo alto de la cabeza quitinosa. Como si estuviera esperando mi contacto, se echó de costado. En efecto, tenía un papel doblado en la armadura del abdomen, adherido con algún tipo de pegamento. Con delicadeza, lo desprendí, procurando que no se rompiera.

El grillo volvió a posarse sobre las seis patas —cuatro para caminar, me pareció, y las dos grandes de atrás para saltar— y brincó al jergón de Hamey. Donde continuó mirándome.

Más magia. Empezaba a acostumbrarme a ella.

Desplegué el papel. La nota estaba escrita en letra tan pequeña que tuve que acercármela a la cara para leerla, pero la acompañaba otra cosa, que en ese momento me pareció mucho más importante. Era un pequeño mechón de pelo, sujeto a la nota con la misma sustancia pegajosa. Me lo acerqué a la nariz y lo olí. El aroma era tenue pero inconfundible.

Radar.

La nota decía: «¿Estás vivo? ¿Podemos ayudarte? POR FAVOR, CONTESTA SI PUEDES. La perra está a salvo. C.».

—¿Qué es? —susurró Ojo—. ¿Qué te ha traído?

Yo tenía el papel —un trocito— de Pursey y el cabo de lápiz. Podía contestar, pero para decir ¿qué?

—¡Charlie! ¿Qué te ha…?

—¡Calla! —respondí también en un susurro—. ¡Tengo que pensar!

«¿Podemos ayudarte?», preguntaba la nota.

La gran duda tenía que ver con el pronombre de sujeto. La nota era de Claudia, obviamente. De algún modo, quizá por el olfato y su innato sentido de la orientación, Radar había encontrado el camino de regreso a la casa de madera de Claudia. Eso estaba bien, era maravilloso. Pero Claudia vivía sola. Ella era un «yo», no un «nosotros». ¿Se había reunido Woody con ella? ¿Quizá incluso Leah, a lomos de su fiel Falada? No bastaría con ellos, por más que fueran de sangre real. Pero, si reunían a otros, la gente gris… ¿Era eso mucho esperar? Probablemente sí. Solo que, si de verdad creían que era el príncipe prometido, tal vez…

Piensa, Charlie, piensa.

En lo que pensé fue en el estadio, otrora el Campo de las Monarcas, ahora el Campo de Elden. No había electricidad para iluminarlo —no la que producía el destartalado generador accionado mediante esclavos que Aaron me había enseñado—, pero estaba iluminado, al menos cuando se celebraba la Justa, por hileras de colosales quemadores de gas dispuestos en el contorno circular del estadio.

Tenía mil preguntas y un solo trozo de papel. La situación no era ideal, sobre todo porque obtener respuesta a cualquiera de ellas resultaba sumamente improbable. Pero tuve una idea, que era mejor que nada. El problema era que no daría resultado ni remotamente a menos que se me ocurriera una forma de neutralizar a los soldados de la noche.

Si pudiera… y si ese providencial grillo rojo, con quien tiempo atrás había hecho una buena obra, llevara un mensaje a Claudia…

Me doblé sobre mi único y preciado trozo de papel, y lo dividí cuidadosamente en dos. Después, en letra muy pequeña, escribí lo siguiente: «Vivo. Espera hasta la próxima noche que se ilumine el Campo de las Monarcas. Venid si sois muchos. No si sois pocos». Pensé en firmar la nota como había hecho ella, con una C, pero lo descarté. Al pie de mi medio trozo de papel, en letra aún más pequeña, añadí (no sin bochorno) «Príncipe Sharlie».

—Ven aquí —le susurré al grillo.

Se quedó inmóvil en el jergón de Hamey, con las articulaciones de sus enormes patas traseras sobresaliendo como codos doblados. Chasqué los dedos, y el grillo, de un salto, se posó ante mí. Tenía mucho más brío que la última vez que lo había visto. Juntando los dedos, lo empujé suavemente, y, servicial, se tumbó de costado. La sustancia de su abdomen seguía bastante pegajosa. Adherí la nota y le dije:

—Ve. Llévalo.

El grillo se levantó, pero no se movió. Ojota lo miraba muy atento, los ojos tan abiertos que parecían en peligro de salírsele de las órbitas.

—Ve —susurré, y señalé el boquete por encima del aplique colgante—. Vuelve con Claudia. —Caí en la cuenta de que estaba dando instrucciones a un grillo. También caí en la cuenta de que había perdido el juicio.

El grillo me miró un momento con aquellos ojos negros de aspecto serio; después se dio media vuelta y, encogiéndose, cruzó entre los barrotes. Saltó hasta la pared, la palpó con las patas delanteras como si la tanteara y luego correteó hacia arriba como si tal cosa.

—¿*Qué coño es eso?* —dijo Stooks desde la celda contigua.

No me molesté en contestar. Era rojo y era grande, pero, si no había visto que era un grillo, estaba ciego.

En el boquete tuvo que encogerse aún más porque había menos espacio que entre los barrotes de la celda, pero logró pasar con la nota adherida todavía. Teniendo en cuenta quién podría haber leído el mensaje si el papel hubiese caído al suelo, eso era también un logro excelente. Desde luego, no había forma de saber si seguiría ahí pegado mientras el grillo rojo, en el camino de regreso, atravesaba los recovecos, fueran cuales fuesen, que lo habían llevado hasta allí. En el supuesto de que así fuera, no había forma de saber si seguiría pegado cuando el grillo llegase hasta Claudia. O siquiera si iría con ella. Pero ¿qué otra opción tenía yo, teníamos *nosotros*?

—Stooks. Ojo. Escuchadme y pasadlo. Tenemos que esperar hasta la segunda eliminatoria, pero vamos a largarnos de aquí antes de que se celebre.

A Stooks se le iluminaron los ojos.

—¿Cómo?

—Aún estoy dándole vueltas a eso. Ahora dejadme.

Quería pensar. También quería acariciar el pequeño mechón de pelo que me había enviado Claudia y deseé poder acariciar a la perra de la que procedía. Sin embargo, el mero hecho de saber que Radar estaba a salvo me había quitado un peso de encima del que hasta entonces no era consciente.

—No me explico por qué ese bicho rojo ha venido a ti —dijo Ojo—. ¿Es por que eres el príncipe?

Negué con la cabeza.

—¿Conoces la historia del ratón que le sacó una astilla de la zarpa a un león?

—No.

—Algún día te la contaré. Cuando hayamos salido de aquí.

3

Al día siguiente no hubo ni recreo ni banquete. Sin embargo, sí hubo desayuno, y como Pursey vino solo, pude entregarle una nota escrita en la otra mitad del papel que me había dado. Eran solo siete palabras: «¿Cómo se sale del vestuario de árbitros?». No la leyó; se limitó a guardársela en algún sitio debajo del amplio blusón y siguió empujando el carrito por el pasillo.

Se corrió la voz: «El príncipe Charlie tiene un plan de fuga».

Esperaba que, si iba a echar un vistazo algún soldado de la noche —improbable durante el día, pero había ocurrido alguna vez—, no percibiera la energía renovada y el estado de alerta de sus gladiadores cautivos. Dudaba que fueran capaces; en mi opinión, la mayoría eran bastante obtusos. Pero Aaron no era obtuso, como tampoco lo era el Gran Señor.

En cualquier caso, la suerte estaba echada, siempre en el supuesto de que Pepito Grillo llevara mi nota a Claudia. Cuando llegara el momento de la segunda eliminatoria, tal vez los últimos herederos de los Gallien se presentaran ante la puerta de la ciudad encantada con un numeroso grupo de gente gris. Si nosotros podíamos salir de allí y reunirnos con ellos, existía la posibilidad de alcanzar la libertad, o quizá incluso de derrocar a la criatura que se había hecho con el poder y había maldito a la antaño apacible tierra de Empis.

Pensé que me conformaría con la libertad. No quería morir en esa celda húmeda, o en el campo de la muerte para el placer de Elden y sus sicofantes, ni quería que muriera ninguno más de mis compañeros de reclusión. Solo quedábamos quince. Gully había fallecido la noche del banquete, durante el propio banquete, posiblemente. Dos hombres grises se lo llevaron a la mañana siguiente después del desayuno, supervisados por un soldado de la noche cuyo nombre tal vez fuera Lemmil o Lammel o quizá incluso Lemuel. A mí me daba igual. Quería matarlo.

Quería matarlos a todos.

—Si hay alguna manera de eliminar a los soldados de la noche, será mejor que la encuentres deprisa, principito —dijo Ammit después de que se llevaran a Gully—. No sé el Asesino del Vuelo, pero esa arpía que lo acompaña, esa Petra, no querrá esperar mucho hasta la siguiente matanza. Se corría de gusto.

«Correrse de gusto» no fue exactamente lo que dijo, pero no era desacertado.

La cena del día posterior al banquete consistió en pedazos de carne de cerdo medio cruda. Se me revolvió el estómago solo de verla y estuve a punto de tirarla por el agujero de los desechos. Afortunadamente no lo hice, porque dentro llevaba oculta otra nota de Pursey, escrita con la misma caligrafía educada: «Aparta el armario alto. Puerta. Puede ser cerrada. Destruye esto. A tu servicio, Percival».

Me habría ido bien algo más, pero tenía que conformarme con eso, y solo serviría si, para empezar, lográbamos llegar al vestuario de árbitros. Podíamos enfrentarnos a las varas flexibles, aunque solo si resolvíamos el problema del alto voltaje que envolvía a nuestros captores. Pero supongamos que fuera posible.

¿Podíamos matarlos cuando ya estaban muertos?

4

Temía el desayuno del día siguiente, pues sabía que, si Pursey nos llevaba salchichas, la segunda eliminatoria se celebraría antes de que se me ocurriera qué hacer con los muchachos azules. Pero sirvió unas grandes tortas de avena untadas con algún tipo de almíbar de bayas. Cogí la mía, me la comí y después, valiéndome de la taza con un agujero en la base, me lavé el almíbar de las manos. Ojota me miraba a través de los barrotes de su celda y se lamía los dedos a la espera de que Pursey se fuese.

Cuando se marchó, Ojo dijo:

—Disponemos de un día más para que los heridos mejoren un poco, pero, si no es mañana, será al otro. Dentro de tres días como mucho.

Tenía razón, y todos contaban conmigo. Resultaba absurdo

que depositaran su confianza en un chaval de instituto, pero necesitaban un hacedor de lluvia, y yo era el elegido.

En mi cabeza, oí que el entrenador Harkness decía: «Eh, tú, espacio desperdiciado, al suelo y hazme veinte».

Como no se me ocurrió nada mejor, y me sentía como un espacio desperdiciado, obedecí. Las manos muy separadas. Abajo despacio, mentón en contacto con el suelo de piedra, luego arriba despacio.

—¿Por qué haces eso? —preguntó Stooks, que me observaba colgado de los barrotes.

—Es relajante.

Después de la rigidez inicial (y de las previsibles protestas del cuerpo por pedirle que trabaje), siempre lo es. Mientras subía y bajaba, pensé en el sueño: Leah con el secador morado de mi madre. Creer que la respuesta a mi problema —*nuestro* problema— residía en un sueño era sin duda pensamiento mágico, pero me hallaba en un lugar mágico, así pues, ¿por qué no?

He aquí una pequeña nota al margen que no está en absoluto al margen: ya veréis. Leí *Drácula* el verano anterior a comenzar el instituto. También fue a instancias de Jenny Schuster, no mucho antes de que ella y su familia se trasladaran a Iowa. Yo iba a leer *Frankenstein* —lo había sacado de la biblioteca—, pero ella me aseguró que era aburrido, una burrada de mala literatura mezclada con un montón de chorradas filosóficas. *Drácula*, dijo, era cien veces mejor, la historia de vampiros más guay jamás escrita.

No sé si tenía razón a ese respecto —es difícil tomar muy en serio los juicios literarios de una niña de doce años, por más que sea una experta en terror—, pero *Drac* era buena. Mucho después de que toda aquella succión de sangre, estacas clavadas en corazones y bocas de muertos llenas de ajo prácticamente hubieran desaparecido de mi cabeza, aún recordaba algo que decía Van Helsing sobre la risa, que él llamaba Su Majestad la Risa. Decía que Su Majestad la Risa no llamaba a la puerta, sino que irrumpía sin más. Sabréis que es verdad si alguna vez habéis visto algo gracioso y no habéis podido evitar reíros, no solo en el momento, sino cada vez que lo recordabais. Creo que la verdadera inspiración es así. No hay un eslabón que podáis señalar diciendo: «Ah, claro, estaba pensando en *tal cosa* y eso me ha llevado a *tal otra*». La inspiración no llama a la puerta.

Pasé de veinte flexiones, luego de treinta, y justo cuando estaba a punto de dejarlo, cayó el rayo. La idea no estaba allí y, al cabo de un momento, sí estaba, y totalmente desarrollada. Me levanté y me acerqué a los barrotes.

—Ya sé lo que vamos a hacer. No sé si dará resultado, pero no hay otra posibilidad.

—Cuenta —dijo Ojota, así que le hablé del secador de mi madre, cosa que él no entendió en absoluto.

En el sitio de donde él procedía, una mujer de cabello largo, después de lavárselo, se secaba la melena al sol. Sin embargo, lo demás lo captó a la perfección. También Stooks, que escuchaba desde la celda contigua a la mía.

—Haced correr la voz, los dos —dije.

Stooks se llevó la palma de la mano a la frente y se inclinó. Lo de la inclinación aún me ponía los pelos de punta, pero si los mantenía unidos, lo aceptaría hasta que pudiera volver a ser un chico corriente. Solo que en realidad dudaba que ese momento fuese a llegar, incluso si sobrevivía a aquello. Algunos cambios son permanentes.

A la mañana siguiente hubo salchichas.

Pursey, por lo general, guardaba silencio mientras nos servía, pero aquella mañana tenía algo que decir. Fue breve.

—Meee, meee.

Que interpreté como «come, come».

Los demás recibieron una ristra de tres. Yo recibí cuatro, y no solo por ser el príncipe de Maleen Profunda. Oculta en cada salchicha, había una cerilla de madera con una tosca cabeza de azufre. Me guardé dos en uno de mis calcetines sucios y dos en el otro. Sospechaba para qué servirían. Esperé estar en lo cierto.

6

Siguió otra espera angustiosa. Al final se abrió la puerta. Apareció Aaron, acompañado de Lemmil —o comoquiera que se llamara— y otros dos.

—¡Fuera, chavales! —exclamó Aaron al tiempo que extendía los brazos para abrir las puertas—. ¡Un buen día para ocho, un mal día para el resto! ¡Aprisa, aprisa!

Salimos. Ese día no estaba Hatcha para pretextar una enfermedad; Stooks se había encargado de él, aunque la cara del pobre Stooksie nunca volvería a ser la misma. Ojota me miró con media sonrisa. Movió un párpado en lo que quizá fuera un guiño. Eso me infundió ánimos. Como también el hecho de saber que, tanto si lográbamos huir como si no, Elden el Asesino del Vuelo, Petra y su cuadrilla de lameculos iban a verse privados de su Justa.

Cuando me disponía a pasar por delante de Aaron, este

me detuvo apoyando la punta de la vara flexible en los jirones que me quedaban de la camiseta. La cara humana semitransparente sonreía sobre su cráneo.

—Te crees especial, ¿verdad? Pues no lo eres. Los otros creen que eres especial, ¿verdad? Ya verán que no es así.

—Traidor —dije—. Has traicionado todo aquello que juraste.

La sonrisa se desvaneció de lo que le quedaba de humanidad; debajo, el cráneo mantenía su sonrisa eterna. Alzó la vara flexible, dispuesto a cruzarme la cara, a abrirme una raja desde el nacimiento del pelo hasta el mentón. Me quedé inmóvil esperando el golpe, incluso incliné un poco el rostro hacia arriba para recibirlo. Algo había hablado a través de mí, y había dicho la verdad.

Aaron bajó la vara.

—Quia, quia, no voy a marcarte. Eso se lo dejaré a quienquiera que acabe contigo. Ahora, aprisa. Antes de que decida abrazarte y te cagues en el calzón.

Pero no lo haría. Yo lo sabía, y Aaron, también. Los emparejamientos de la segunda eliminatoria se habían decidido ya, y no podía echarlos a perder por darme una descarga que podía dejarme inconsciente o incluso matarme.

Seguí a los otros, y me azotó en el muslo, rasgándome el pantalón. El escozor inicial dio paso a una intensa quemazón y una efusión de sangre. No emití sonido alguno. No iba a darle esa satisfacción a aquel hijo de puta muerto.

7

Nos llevaron al mismo vestuario, a dos puertas del de los árbitros, donde podía —*podía*— haber una salida. La cartulina estaba colocada en medio de la sala, como la vez anterior, solo que en esa ocasión los emparejamientos eran menos.

SEGUNDA ELIMINATORIA DE LA JUSTA

Primer turno
Ocka contra Gully (m)
Charlie contra Jaya
Murf contra Freed

Segundo turno
Bendo contra Bult
Cammit contra Stooks
Eris contra Quilly
Doble contra Mesel

Tercer turno
Ammit contra Ojota

Así que en esa ocasión habían dejado a los grandullones para el combate final. Pensé, además, que habría sido un buen duelo, pero, al margen de lo que ocurriera en los siguientes minutos, no se celebraría.

Como antes de la primera eliminatoria, nos esperaba allí el Gran Señor, engalanado con su elegante uniforme. En mi opinión, parecía algo que podría haberse puesto el dictador de un país pobre de Centroamérica en un acto de Estado.

—Aquí estamos otra vez —zumbó—. Algunos un poco maltrechos, pero sin duda listos para pelear y deseosos de hacerlo. ¿Qué decís?

—Sí, Gran Señor —contesté.

—Sí, Gran Señor —repitieron los demás.

Me miró el muslo sangrante.

—También a ti se te ve un tanto maltrecho, príncipe Charlie.

Callé.

Examinó a los otros.

—¿No es así como lo llamáis? ¿Príncipe Charlie?

—No, Gran Señor —dijo Ammit—. Es solo un pequeño hijo de ramera al que le gusta darse aires.

Eso gustó a Kellin. Sus labios humanos sonrieron un poco; por debajo, la mueca paralizada persistió. Volvió a centrar la atención en mí.

—Se dice que el verdadero príncipe es capaz de flotar y cambiar de forma. ¿Tú puedes flotar?

—No, Gran Señor —dije.

—¿Y cambiar de forma?

—No.

Levantó la vara flexible, que era más gruesa y más larga que las de sus soldados.

—No *¿qué?*

—No, Gran Señor.

—Eso ya está mejor. Os concedo un rato para que os preparéis —dijo Kellin—. Limpiaos bien para presentaros ante vuestros superiores, por favor, y mientras os laváis, tened en cuenta el orden de combate de hoy. Mojaos el pelo y peináoslo hacia atrás, querrán veros las caras. Espero que ofrezcáis un buen espectáculo a Su Majestad, como en la primera eliminatoria. ¿Entendido?

—Sí, Gran Señor —contestamos a coro, como buenos parvulitos.

Él —*ello*— nos recorrió de nuevo con una mirada de aquellos ojos sin fondo, como si sospechara que tramábamos algo. Quizá lo sospechaba. Luego se marchó, seguido por los otros.

—Fijaos —se regodeó Ocka—. ¡Yo contra un muerto! Desde luego, esa pelea debería ganarla.

—Hoy ganamos todos o no gana nadie —dije. Miré el estante donde habían dispuesto dieciséis cubos para lavarse; sí, habían puesto uno incluso para Gully.

—Muy cierto, joder —gruñó Ojo.

—Jaya y Eris, una a cada lado de la puerta. Esos dos cubos tienen que estar llenos hasta arriba si no lo están ya. Los demás, coged los cubos, pero agachaos. A cuatro patas.

—¿Eso para qué? —preguntó Bendo.

Me acordé entonces de un viejo chiste de colegiales: Adán y Eva a punto de practicar el sexo por primera vez. «Aparta, cariño —dice Adán—. No sé cómo de grande se hace esto».

—Porque no sé qué va a pasar.

Y porque, pensé, *nunca se usa un secador cuando uno se está bañando. Eso me lo dijo mi madre.*

En voz alta dije:

—Vamos a hacer una buena limpieza, eso desde luego, pero no con nosotros mismos. Esto va a dar resultado.

Aquello prometía, aunque tenía mis dudas. Solo una cosa sabía con certeza: cuando ocurriese, ocurriría deprisa.

8

—Oigo pasos —susurró Eris—. Ya vienen.

—Esperad a que entren —dije—. No os verán, estarán mirando al frente.

Eso esperaba.

Las dos mujeres levantaron los cubos a la altura del pecho. Los demás estábamos a cuatro patas, cada uno con un cubo lleno de agua a mano. Ammit y Ojota, con toda su corpulencia, me flanqueaban en actitud protectora. La puerta se abrió. Eran los dos mismos soldados de la noche que días atrás habían escoltado a los contendientes del primer turno en la primera eliminatoria. Yo albergaba la esperanza de que fueran Kellin o Aaron, pero no me sorprendió que no aparecieran ellos. Debían de estar en el campo, listos para supervisar las celebraciones.

Los soldados de la noche se detuvieron al vernos a todos agachados, dispuestos en una hilera. Uno dijo:

—¿Qué estáis ha…?

—*¡AHORA!* —grité.

Jaya y Eris los rociaron.

Como he dicho, no sabía qué podía pasar, pero ni por asomo había imaginado lo que de verdad pasó: estallaron. Se produjeron dos intensos destellos que me cegaron unos instantes. Oí algo…, no, varios algos… que pasaban silbando por encima de mi cabeza, y de pronto una quemazón similar a la de un aguijonazo de abeja me traspasó la parte superior del brazo. Oí un chillido agudo, un grito de guerra de Jaya o de Eris. Yo mantenía la cabeza gacha y no vi cuál de ellas era. A eso siguieron varios alaridos de dolor y sorpresa a mis lados.

—¡Arriba! —grité.

En ese momento no tenía claro qué había ocurrido, pero debíamos salir de allí, de eso no me cupo la menor duda. Las detonaciones de los soldados de la noche no habían sido potentes, sino más bien como el golpe sordo de un mueble pesado al caer sobre una alfombra, pero el grito de guerra de una de las mujeres sí había sido *muy* sonoro. Además, se produjo un tableteo de metralla. Al ponerme en pie, vi que algo asomaba de la frente de Ojota por encima del ojo izquierdo. Un hilo de sangre le corría junto a la nariz. Era una esquirla de hueso. Yo tenía otra clavada en el brazo. Me la arranqué y la tiré.

Varios más habían sufrido heridas, pero nadie parecía incapacitado excepto Freed, y él lo estaba ya en gran medida. Murf, quien habría sido su adversario en el primer turno, lo ayudaba a tenerse en pie.

Ojota se quitó el trozo de hueso de la frente y miró alrededor con cara de incredulidad. Había fragmentos de hueso por todas partes. Parecían loza rota. Lo único que quedaba de los soldados de la noche eran sus uniformes, hechos jirones, como si los hubieran disparado a quemarropa con perdigones.

Ammit, ileso, ahuecó una mano en torno a mi cuello y me acercó hacia sí para estrecharme en un rudo abrazo.

—Si no nos hubieras dicho que nos agacháramos, habríamos acabado hechos trizas. —Me dio un beso en la mejilla—. ¿Cómo lo sabías?

—No lo sabía. —Mi idea era simplemente permanecer agachados y listos para atacar, como la primera línea de un equipo de fútbol—. Todos fuera. Traed los cubos. Ojo y Ammit, vosotros id primero. Vamos al vestuario de árbitros, dos puertas más adelante. Si aparecen más soldados de la noche, rociadlos y echaos cuerpo a tierra en el acto. Echaos cuerpo a tierra *todos*, pero procurad no derramar el agua de los cubos. Ahora ya sabemos lo que pasa.

Cuando salíamos con nuestros cubos (Eris apartó con el pie uno de los uniformes rotos y escupió encima), eché una mirada atrás. El vestuario donde en principio debíamos esperar hasta que nos llegara el turno de luchar era un osario.

Bien.

Ammit y Ojota encabezaron la marcha. Eris había cogido el cubo del difunto Gully para sustituir el suyo. Jaya, con el cubo ya vacío, se quedó a la zaga. Justo cuando llegábamos a la puerta del vestuario de árbitros, otros dos soldados de la noche descendieron a toda prisa por el pasillo del campo, intensamente iluminado.

—¡Oy! —exclamó uno de ellos. (Estoy casi seguro de que dijo «oy»)—. ¿Qué estáis haciendo todos ahí fuera? ¡Se supone que solo deben venir los del primer turno!

Ammit y Ojota se detuvieron. Todos nos detuvimos. Ammit, mostrándose magníficamente confuso, dijo:

—¿Esta vez no teníamos que ir todos? ¿Para saludar a Su Majestad?

Se acercaron.

—¡Solo el primer turno, imbéciles! —dijo el otro—. Los demás, volved...

Ammit y Ojota intercambiaron una mirada. Ojo asintió. Dieron un paso al frente en perfecta sincronía, como si lo tuvieran planeado, lanzaron el agua de los cubos y se echaron al suelo. Los demás estábamos ya en tierra, esta vez no solo agachados, sino tendidos boca abajo. La primera vez habíamos tenido una suerte inmensa; no había que tentarla de nuevo.

Aquellos dos estallaron también. Además de los destellos y los ruidos sordos, oí una especie de crepitación eléctrica, como el sonido de un transformador pequeño justo antes de fundirse por efecto de una sobrecarga, y me llegó un olor a ozono. Nubes de hueso volaron por encima de nosotros y rebotaron con estrépito en las paredes y el suelo.

Ammit se puso en pie y se volvió hacia mí, enseñando

todos los dientes en una sonrisa que era más que feroz: era malévola.

—¡Salgamos todos ahí fuera ahora mismo! ¡Aún tenemos casi una docena de cubos! ¡Liquidemos a tantos de esos capullos como podamos!

—Ni hablar. Acabaríamos con unos cuantos y después nos masacrarían. Vamos a escapar, no a luchar.

A Ammit se le había subido la sangre a la cabeza, y mucho. Dudé que fuera a escucharme, pero Ojo lo agarró por el cuello y le dio una sacudida.

—¿Quién es el príncipe aquí, gilipollas? ¿Tú o él?

—Él.

—Exacto, y haremos lo que él diga.

—Vamos —dije—. ¿Bendo? ¿Bult? ¿Cubos llenos?

—Por la mitad —dijo Bult—. Siento decir que he derramado un poco, mi prín…

—Adelantaos, poneos de cara a la entrada del pasillo. Doble, tú y Cammit también. Si vienen más…

—Les daremos un baño, entendido —dijo Cammit.

Guie a los demás, cargado con mi propio cubo. También yo había perdido un poco de agua —tenía las perneras húmedas—, pero me quedaban unas tres cuartas partes. La puerta del vestuario de árbitros estaba cerrada con llave.

—Ammit, Ojo, a ver qué podéis hacer.

Embistieron la puerta al unísono. Cedió. Dentro estaba a oscuras, y la imagen residual de las explosiones que flotaba ante mis ojos no ayudó.

—¿Quién ve bien? —pregunté a voz en cuello—. Hay un armario alto, ¿quién ve…?

En ese momento, uno de nuestros hombres en retaguardia gritó. Al cabo de un instante, se produjo otro intenso destello. Con el resplandor, vi el armario contra la pared del fondo, flanqueado por media docena de sillas de madera. Se oyó un aullido de dolor y después se vio un segundo destello.

Bendo, Doble y Cammit entraron. Cammit sangraba profusamente por la cara y el brazo. Fragmentos de hueso asomaban de las dos heridas como púas de un blanco amarillento.

—Nos hemos cargado a otros dos —anunció Bendo, jadeando—, pero el segundo ha liquidado a Bult antes de que yo acabara con él. Lo ha abrazado… Bult ha empezado a *sacudirse*…

Habíamos perdido a uno, pues; pero, si Bendo estaba en lo cierto, los soldados de la noche habían perdido a seis. No era un mal balance, aunque todavía quedaban muchos.

—Ojo, ayúdame a mover este armario.

No tuve ocasión de ayudar. Ojo se acercó a zancadas al armario, que parecía la alacena de mi abuela. Apoyó el hombro en él y dio un potente empujón. El mueble se desplazó más de un metro, se tambaleó y cayó estrepitosamente. Detrás había una puerta, tal como prometía Pursey en su nota.

En algún sitio se oyeron gritos, gritos zumbantes. Aún se hallaban lejos, pero transmitían alarma. No sabía si el Gran Señor había llegado a la conclusión de que sus presos intentaban escapar, pero él y su cuadrilla de soldados de la noche tenían que saber que *algo* ocurría.

Stooks levantó el pestillo de la puerta y la abrió de un tirón. Eso me sorprendió, pero también me dio esperanzas. «Puerta. Puede ser cerrada», advertía la nota de Pursey. No «puede ser» en el sentido de «puede ser que esté cerrada», sino en el sentido de «puede cerrarse». Esperé no haberlo interpretado mal.

—Pasad —dije—. Todos.

Entraron agolpándose, Freed sostenido aún por Murf.

Empezaba a recuperar un poco la visión y distinguí un farol en forma de torpedo en una de las sillas de madera. Bendije para mis adentros a Pursey, *Percival*. Si descubrían que nos había ayudado, las cosas se pondrían feas para él en caso de que la huida fracasara. Tal vez también en caso de que no fracasara.

Ojota volvió a salir.

—Ahí dentro no se ve una puta mierda, Charlie. Me...
—Vio el farol—. ¡Oh! Si tuviéramos algo con que encenderlo.

Dejé el cubo, me llevé la mano al calcetín y extraje una cerilla de azufre. Ojo miró con asombro, primero la cerilla y luego a mí.

—Sí que *eres* el príncipe.

Le entregué la cerilla.

—Es posible, pero no sé cómo funciona esto. Hazlo tú.

Mientras él encendía el farol —el depósito de cristal estaba lleno de keroseno o algo parecido—, oímos unos pasos que se acercaban rápidamente desde el campo.

—¡Oy, oy! ¿Qué está pasando ahí? —Conocía esa voz, con zumbido de insecto o sin él—. ¿Por qué está abierta esa puerta?

Ojota me miró y levantó las manos: el farol encendido en una, la otra vacía. Sin cubo.

—Entra ahí —dije—. Cierra la puerta. Creo que hay un cerrojo por dentro.

—No quiero dejarte...

—*¡VE!*

Se fue.

Aaron apareció en la puerta del vestuario. Su aura azul palpitaba con tal intensidad que costaba mirarlo. Y allí estaba yo, con un cubo colgado de una mano. Se detuvo, tan sorprendido en un primer momento por lo que veía que no se movió.

Debería haberse acercado un poco más, pensé. Di un paso al frente y le lancé el agua del cubo.

La vi en el aire como a cámara lenta: un enorme cristal amorfo. El cráneo bajo la piel de Aaron seguía sonriendo, pero en lo que le quedaba de rostro humano advertí sorpresa y estupor. Solo tuve tiempo de acordarme de la Bruja Mala del Oeste gritando «¡Me fundo! ¡Me fundo!». Soltó la maldita vara flexible y levantó un brazo, como para impedir lo que se avecinaba. Me eché cuerpo a tierra justo antes de que la deslumbrante detonación enviara a Aaron a lo que sinceramente esperé que fuera un más allá infernal.

Los huesos volaron por encima de mí, pero no todos pasaron de largo de forma inocua. Esta vez no fue un aguijonazo de abeja en el brazo, sino líneas de dolor en el cuero cabelludo y el hombro izquierdo. Me puse en pie, tambaleante, y me volví hacia la puerta. Oí que venían otros. Deseé disponer de más agua, y había un lavabo en el otro extremo del vestuario, pero no quedaba tiempo.

Levanté el pestillo y tiré, esperando que la puerta estuviera cerrada por el otro lado. No lo estaba. Entré, la cerré y cogí el farol por el asa de madera. Lo bajé y vi dos cerrojos. Parecían robustos. Dios quisiera que lo fuesen. Justo cuando corría el segundo, vi que se levantaba el pestillo interior y la puerta empezó a traquetear en el marco. Retrocedí. La puerta era de madera, no de metal, pero no quería correr el riesgo de electrocutarme.

—¡*Abrid! ¡Abrid en nombre de Elden el Asesino del Vuelo!*

—Bésame el culo en nombre de Elden el Asesino del Vuelo —dijo alguien a mi espalda.

Me volví. En el tenue resplandor del farol, los vi a los trece. Nos hallábamos en un pasillo cuadrado revestido de baldosas blancas. Me recordó a un túnel del metro. Apliques de gas apagados a la altura de la cabeza se alejaban en la oscuridad. Mis compañeros presos —expresos, al menos por el momento— me miraban con los ojos muy abiertos y, excepto Ammit y Ojota, todos parecían asustados. Esperaban, Dios me ayudara, que el príncipe Charlie los guiara.

Fuera, aporrearon la puerta. Por los resquicios laterales y la ranura de abajo entró una brillante luz azul.

Guiarlos fue bastante fácil, al menos al principio, porque solo había un camino que seguir. Me abrí paso entre ellos con el farol en alto; me sentía absurdamente como la estatua de la Libertad con su antorcha. En ese momento acudió a mi cabeza una frase de una película bélica que había visto en la TCM. Salió de mi boca antes de que supiera que iba a decirla. Supongo que fue un arranque de histeria o de inspiración.

—¡Vamos, hijos de puta! ¿Es que queréis vivir eternamente?

Ammit se rio y me dio una palmada en la espalda con tal fuerza que estuve a punto de dejar caer el farol, cosa que nos habría dejado en lo que las antiguas novelas de terror describían como «la oscuridad viva».

Me puse en marcha. Me siguieron. El aporreo en la puerta fue desvaneciéndose, hasta quedar por fin atrás. Los soldados de la noche de Kellin tendrían serios problemas para derribarla, porque se abría hacia fuera y porque, tras sus auras, en realidad eran poca cosa…, como ya sabíamos.

Dios bendijera a Percival, cuya nota no era vacilante, como yo había pensado en un principio. Era una invitación: la puerta puede ser cerrada. En el sentido de «después de entrar».

—¿Quién quiere vivir eternamente? —bramó Ojota, y un eco uniforme reverberó en las baldosas.

—Yo —contestó Jaya… y, quizá no lo creáis, pero nos reímos.

Todos.

26

El túnel y la estación. Arañazos.
La Casa del Trolebús. Molly la Roja.
La fiesta de bienvenida. El dolor de una madre.

1

Creo que el túnel tenía cerca de dos kilómetros y medio desde
el vestuario de árbitros hasta el sitio donde por fin salimos,
pero en ese momento, con un único farol para alumbrarnos
el camino, se nos antojó una eternidad. En constante ascenso,
de vez en cuando se intercalaba con tramos cortos de escale-

ras, seis peldaños en uno, ocho en otro, cuatro en un tercero. Luego llegó un recodo a la derecha y más peldaños, un tramo más largo en esa ocasión. Para entonces Murf ya no podía cargar con Freed, y lo llevaba Ammit a cuestas. Cuando llegué a lo alto, me detuve para recuperar el aliento y Ammit me alcanzó. Ni siquiera tenía la respiración agitada, el condenado.

—Dice Freed que sabe adónde sale esto —informó Ammit—. Díselo.

Freed me miró. Al pálido resplandor de la linterna, su rostro era un horror de bultos, magulladuras y cortes. De eso podría recuperarse, pero la herida de la pierna se le había infectado. Lo olía.

—Antiguamente a veces acompañaba a los árbitros —dijo Freed—. Los jueces de campo y de línea. Para atender los cortes, las fracturas y las cabezas rotas, ya me entiendes. No era como en la Justa, el asesinato por el placer del asesinato, pero *[una palabra que no pude traducir]* era bastante bronco.

El resto de nuestro alegre grupo se apiñaba por debajo de nosotros en los peldaños de la escalera. No podíamos permitirnos parar, pero necesitábamos (*yo* necesitaba) saber qué había más adelante, así que, haciendo girar la mano como una manivela ante el doctor, le indiqué que siguiera, pero deprisa.

—No utilizábamos el túnel cuando veníamos al Campo de las Monarcas, pero a menudo sí lo utilizábamos al marcharnos. Y siempre cuando Empis perdía por circunstancias que enfurecían al público.

—Matemos al árbitro —dije.

—¿Cómo?

—No, nada. ¿Adónde va a dar el túnel?

—A la Casa del Trolebús, por supuesto. —Freed consiguió esbozar una débil sonrisa—. Porque, como compren derás, cuando Empis perdía un partido, lo sensato era abandonar la ciudad lo antes posible.

—Esa Casa del Trolebús ¿está muy lejos de la puerta principal de la ciudad?

Freed dijo lo que yo quería oír y temía no oír.

—Bastante cerca.

—Vamos —dije. Estuve a punto de añadir «aprisa, aprisa», pero me abstuve. Así hablaban nuestros captores, y no quería utilizar su lenguaje degradante. Habíamos eliminado a siete de los suyos. Pasara lo que pasase al final del túnel, ahí quedaba eso.

—¿Quién sigue teniendo agua en los cubos? —pregunté.

Seis tenían, pero ninguno lleno. Les pedí que se situaran detrás de mí. Utilizaríamos lo que teníamos y después haríamos lo que pudiéramos.

2

Llegamos a otro tramo de escaleras, y Ammit, por fin sin aliento cuando llegamos a lo alto, dejó a Freed en manos de Ojota. Freed dijo:

—Dejadme. No soy más que un peso muerto.

—Ahorra el aliento para enfriar las gachas —gruñó Ojo. Podría haber sido «gachas», como en el cuento de Ricitos de Oro y los Tres Osos; podría haber sido «sopa».

La pendiente en el túnel se había vuelto más empinada, como la del pasillo de salida al campo. Esperé que no tardáramos en llegar al final, porque el combustible del farol casi se había agotado, y la luz se atenuaba. De pronto, a nuestra derecha, se oyó como si arañaran y escarbaran al otro lado de la pared de baldosas. Muy cerca. Me acordé de mi desafortunada carrera hacia la puerta de la ciudad, de la caída al tropezar con las lápidas, y se me erizó el vello de la nuca.

—¿Qué es eso? —preguntó Quilly—. Suena a...

No terminó la frase, pero todos sabíamos a qué sonaba: a dedos. Dedos en la tierra, hurgando en dirección a los sonidos de nuestro pasadizo.

—No sé qué es —contesté. Lo cual probablemente era mentira.

—Cuando su espíritu no está en paz, me refiero a Elden —dijo Eris—, los muertos se inquietan. Eso he oído. A lo mejor es solo un cuento para asustar a los niños. Aunque sea verdad, no... no creo que puedan llegar hasta aquí.

Yo no estaba tan seguro de eso. Había visto las manos que salían de la tierra, los muertos que tendían los brazos hacia el mundo de los vivos, y también había oído los chirridos de unos goznes herrumbrosos, como si *algo* abandonara las criptas y las tumbas. Tal vez varios algos.

—Son solo ratas. —Ese era Mesel. Habló con pretendida autoridad—. Puede que topos. O hurones. El que afirme que es otra cosa... Nada, solo cuentos para asustar a los niños, como dice Eris.

En realidad, no creía que pudieran traspasar la pared de baldosas que los separaba de nosotros; aun así, di gracias al dejar atrás los arañazos. Si eso era el cementerio, al menos tenía una idea aproximada de nuestra posición, y si no me equivocaba, ciertamente estábamos cerca de la puerta.

Cuando llegamos a otro tramo de escaleras, largo y empinado, el farol empezó a parpadear.

—Déjame, déjame —gimió Freed—. Estoy acabado.

—Cállate o te liquido yo mismo —respondió Ojo con la respiración entrecortada, y empezó a subir por la escalera con Freed en brazos.

Continué avanzando y los demás me siguieron. En lo alto, había un pequeño espacio con bancos a los lados y una puerta. Estaba atrancada, y esta vez no por dentro. Habría sido demasiado fácil. El tirador era una palanca oxidada. Ammit la agarró, la giró y tiró con todas sus fuerzas. Se rompió.

—*¡Mierda!* —La soltó y se examinó la mano sangrante—. ¡Ojo, los dos a la vez! ¡Ponte a mi lado y embiste!

Ojo dejó a Doc Freed en manos de Cammit y Quilly y, acto seguido, se colocó junto a Ammit, hombro con hombro. Dentro del farol, la llama palpitó por última vez, como el estertor final de un moribundo. Veía nuestras sombras en las baldosas blancas, y de pronto nos sumimos en una oscuridad total. Jaya gimió.

—¡Los dos a la vez! —gruñó Ammit—. ¡A la de tres, embiste condenadamente fuerte, como no hayas embestido en tu condenada vida! ¡Una…, dos… y *TRES*!

Por un momento, cuando la puerta se estremeció en el marco, entró un poco de luz, luego se impuso otra vez la oscuridad.

—Va, puedes embestir más fuerte, puto… —¿«Cagueta»? ¿«Mierdica»? Había oído las dos palabras, superpuestas—. ¡A la de tres! ¡Una…, dos… y *TRES*!

Los cerrojos de la puerta debían de ser robustos, porque aguantaron. Fueron las bisagras las que cedieron, y la puerta salió despedida. Ojota y Ammit la siguieron a trompicones. Ojo cayó de rodillas, y Ammit lo levantó de un tirón. Los demás fuimos detrás.

—¡Gracias a los Dioses supremos! —exclamó Ocka. Su voz reverberó desde algún espacio muy amplio: «cias-cias» y «mos-mos».

Al cabo de un momento, nos envolvió una nube de alas correosas.

Eris y Jaya chillaron en perfecta armonía. No fueron las únicas que gritaron; me parece que casi todos lanzamos alaridos de terror. Me consta que yo sí. Solté el farol para taparme la cabeza y oí que se hacía añicos contra el suelo de piedra.

—Murciélagos —resolló Freed—. Son solo murciélagos. Se posan... —Empezó a toser y no pudo terminar, pero señaló hacia las profundas sombras.

Ammit lo oyó y vociferó.

—*¡Murciélagos! ¡No hacen nada! ¡Quedaos quietos y espantadlos!*

Agitamos los brazos, yo esperando que no fueran murciélagos vampiros, porque eran enormes, como los del túnel entre Illinois y Empis. Alcanzaba a verlos cuando se abatían y viraban, porque una luz tenue —creo que el claro de luna, al filtrarse entre las nubes— penetraba por una hilera de pequeños tragaluces. Veía a casi todos los demás, que sacudían los brazos desesperados. Cammit y Quilly, con Freed a cuestas, no podían espantar a los murciélagos, pero el propio Doc agitaba débilmente los brazos y tosía sin parar.

La colonia se alejó, de regreso a las alturas de la enorme sala en la que nos hallábamos. Esa parte de la Casa del Trolebús parecía un garaje. Había al menos veinte trolebuses en hileras ordenadas. En los morros, chatos, llevaban pintados los destinos: LITORAL, DEESK, ULLUM, TAYVO NORTE, TAYVO SUR, ISLAS VERDES. Las varillas el techo, cuya finalidad era transmitir la corriente desde las catenarias (la mayoría para entonces caídas en las calles), colgaban flácidas y tristes.

En los costados de los trolebuses que alcanzaba a ver, se leían, en letras doradas, palabras decididamente pasadas de moda en Empis por aquel entonces: AMISTAD, CONCORDIA, BONDAD y AMOR.

—¿Cómo salimos? —preguntó Stooks.

—¿Es que no aprendiste a leer? —repuso Eris.

—Tan bien como cualquier mozo de labranza, supongo —dijo Stooks, con tono malhumorado. Aunque también yo, claro está, me habría puesto de mal humor si hubiese tenido que sujetarme la mejilla con la mano para que la comida no se me saliera.

—Lee eso, pues —dijo Eris al tiempo que señalaba un elevado arco central al otro lado del garaje.

Un rótulo en lo alto rezaba: SALIDA.

Cruzamos el arco, trece aspirantes a fugitivos detrás de su inepto príncipe. Pasamos a una sala casi tan grande como el garaje, donde había una hilera de lo que debían de ser taquillas a un lado y una serie de arcos más pequeños con los destinos pintados encima al otro. Los cristales de las taquillas estaban hechos añicos, una escultura central de una mariposa gigante había quedado reducida a pedazos, y un mural de monarcas presentaba salpicaduras de pintura, pero los vándalos no habían podido desfigurar todas las mariposas: a gran altura, en torno a toda la sala, había azulejos de vivo color amarillo con una monarca en cada uno. Ver lo que los secuaces de Elden no habían logrado destruir me reconfortó, y si no me equivocaba, podía haber algo cerca que quizá me resultara útil.

—Vamos —dije, y señalé hacia una sucesión de puertas. Eché a correr.

De repente salimos al mundo exterior, algunos cargados todavía con los cubos. Nos apiñamos en lo alto de las escaleras que daban a la calle de los Gallien. Cammit y Quilly gruñían bajo el peso de Freed, a quien llevaban en volandas. Oí el ruido metálico del autobús bajo y cuadrado del Gran Señor y vi a diez o doce soldados de la noche que corrían delante de él, dispuestos de un lado a otro de la ancha avenida. Había pensado que el pequeño vehículo de Kellin tal vez fuera el único medio de transporte motorizado que quedaba en Lilimar, pero me equivocaba. Otro precedía a los soldados de la noche, guiando a la manada, y a diferencia del autobús no funcionaba con electricidad. Avanzaba hacia nosotros con un áspero estruendo y un continuo petardeo. De la parte delantera de un carromato de madera, sobresalía un manillar enorme. Cuatro ruedas con cercos de hierro despedían chispas al contacto con los adoquines.

En el asiento alto de la parte delantera, sumando su fuerza a la potencia que pudiera suministrar el motor del carromato, iba Molly la Roja, pedaleando con toda su alma. Sus enormes rodillas destellaban arriba y abajo. Inclinada sobre el manillar, parecía un motorista temerario. Tal vez habríamos llegado a la puerta antes que los otros, pero ella se acercaba deprisa.

Vi unos postes de rayas rojas y blancas, y en el suelo vi la maraña de catenarias con la que casi había tropezado, y vi el zarzal donde había tirado mi mochila para correr un poco más rápido. No lo había conseguido aquella vez, ni lo conseguiría entonces. Ni yo ni ninguno de mis compañeros, a menos que la mochila aún estuviera allí.

—¡Esa arpía! ¡Yo me encargo de ella! —gruñó Ojota, cerrando los puños.

—Voy contigo —dijo Ammit—. Vaya que si voy, maldita sea.

—No —dije. Me acordé de Aloysius, el sobrino de Woody, y de cómo la madre de Molly la Roja le había arrancado la cabeza de los hombros de un manotazo—. Ojo, espera.

—Pero puedo…

Lo agarré por el hombro.

—Todavía no nos ha visto. Está mirando al frente. Tengo una cosa. Confía en mí. —Miré a los demás—. Quedaos aquí, todos.

Encorvado, corrí escaleras abajo. El carromato a motor, con su estrépito y sus eructos, se hallaba ya lo bastante cerca para distinguir las facciones de Molly la Roja…, pero ella seguía mirando al frente con los ojos entornados —quizá fuera miope—, esperando ver a nuestro grupo corriendo hacia la puerta.

Quizá podría haberla atacado por sorpresa, pero de pronto una figura pequeña con un calzón verde —un calzón verde sin fondillos— irrumpió en la calle y agitó los brazos.

—¡Está ahí! —vociferó Peterkin al tiempo que me señalaba directamente.

¿Cómo nos había visto? ¿Estaba esperándonos? No llegué a saberlo, y me importaba una mierda. Aquel mequetrefe tenía el don de aparecer siempre en el peor momento posible.

—¡Está ahí, ahí mismo! —Señalaba. Brincaba de excitación—. ¿Es que no lo ves, *zorra grandullona y cegata, ESTÁ AHÍ MI…*?

Sin aflojar la marcha siquiera, Molly la Roja se limitó a ladearse y atizarle un manotazo. Peterkin voló por los aires. Alcancé a verle la cara, con una expresión terminal de horror y sorpresa, y acto seguido su cuerpo se dividió por la mitad. Molly la Roja le había asestado tal golpe que el enano se partió en dos literalmente. Debió de elevarse seis o siete metros, y mientras ascendía, se le iban desenrollando los intestinos. Me acordé otra vez de Rumpelstiltskin, como era inevitable.

Molly la Roja sonreía, y esa sonrisa dejó a la vista unos dientes afilados.

Gracias a Dios, no habían encontrado mi mochila. Seguía entre las zarzas. Al sacarla, me arañé los brazos con las espinas. Ni lo sentí. Una de las correas que mantenía cerrada la mochila se deslizó fácilmente; la otra se enredó. La arranqué y extraje latas de sardinas, un tarro de crema de cacahuete Jif, un tarro de salsa de espaguetis lleno de comida para perros, una camiseta, mi cepillo de dientes, unos calzoncillos...

Ojota me agarró por el hombro. Contra mis órdenes, mi pequeño grupo de guerreros armados con agua lo había seguido escaleras abajo, pero al final fue para bien.

—¡Ojo, corred! Lleva a Freed tú mismo. ¡Los que aún tienen agua que se queden en retaguardia! Al llegar a la puerta, di en voz alta: «¡Ábrete en nombre de Leah de los Gallien!». ¿Te acordarás?

—Sí.

—¡*AHORA MORIRÉIS!* —gritó Molly la Roja. Tenía una voz grave de barítono, reforzada por unos potentes pulmones.

—¡Pues marchaos!

—¡Eh, vosotros, vamos! —exclamó Ojo, alzando un rollizo brazo para indicar a los otros que lo siguieran—. ¡Aprisa, por vuestras vidas!

Casi todos obedecieron. Ammit no. Al parecer, se había designado a sí mismo mi protector.

No quedaba tiempo para discusiones. Encontré la pistola del calibre 22 de Polley y la saqué de un tirón, junto con más latas de sardinas y un paquete de galletas Nabisco Honey

Graham que no recordaba haber cogido. Molly la Roja se detuvo a diez metros de las escaleras de la Casa del Trolebús y bajó con visible esfuerzo del alto asiento; tenía un brazo manchado hasta el codo de sangre de Peterkin. Ammit se plantó ante mí, lo cual representaba un problema a menos que le disparase en la cabeza. Lo aparté de un empujón.

—¡Lárgate, Ammit!

Sin hacerme caso, corrió hacia Molly la Roja con un bramido de rabia. Era un hombre corpulento, pero al lado de la giganta no se lo veía mucho más grande que Peterkin, que había quedado partido en dos en medio de la calle. Por un momento, sorprendida ante el ataque inesperado, ella no se movió. Ammit aprovechó la ventaja mientras pudo. Se agarró a uno de sus anchos tirantes y se izó con una sola mano. Abrió la boca e hincó los dientes en el brazo de Molly la Roja justo por encima del codo.

Ella chilló de dolor, lo agarró por la mata de pelo grasiento y le apartó la cabeza. Cerró el puño, pero no solo le asestó un golpe en la cara, sino que le hundió el puño en ella. Los ojos de Ammit se salieron de las órbitas en distintas direcciones, como si no quisiera ver el agujero rojo que antes era su nariz y su boca. La giganta lo levantó con una sola mano y sacudió de aquí para allá a aquel hombre corpulento como si fuera una marioneta. Luego lo arrojó hacia el cementerio, esparciendo en abanico la sangre que le manaba de la mordedura del brazo. Ammit era musculoso y audaz, pero ella se había deshecho de él como si no fuera más que un niño.

A continuación, se volvió hacia mí.

Yo estaba sentado en los adoquines de la calle de los Gallien, con las piernas separadas y la automática de calibre 22 de Polley sujeta con las dos manos. Reviví la sensación que había experimentado al notar la presión de esa misma arma en la nuca. Pensé de nuevo en Rumpelstiltskin y en lo mucho que Polley me recordaba a ese enano de cuento de hadas: «¿Qué me darás si convierto la paja en oro hilado?». Polley me habría matado en cuanto se hubiera apoderado del tesoro del señor Bowditch y me habría tirado al pozo mágico oculto en el cobertizo del señor Bowditch.

Recuerdo sobre todo que abrigaba la esperanza de que esa pistola pequeña detuviera a una giganta, tal como la piedra pequeña de David había detenido a Goliat. Tal vez fuera así, si el cargador estaba casi lleno. Se había disparado ya dos veces, allá en un mundo menos mágico.

Sonriente, vino hacia mí. Su brazo herido manaba sangre. No parecía importarle. Tal vez la mordedura final de Ammit le provocase una infección que acabase con ella si yo no lo conseguía.

—Tú no eres ningún príncipe —dijo con su voz estentórea de barítono—. Eres un bicho. Nada más que un *bicho*. Te pisaré y…

Disparé. La pistola emitió una discreta detonación, no mucho más sonora que la de la carabina de aire comprimido Daisy que tenía yo a los seis años. Apareció un pequeño orificio negro por encima del ojo derecho de Molly. Reculó, y disparé de nuevo. Esta vez el orificio surgió en su garganta, y cuando lanzó un alarido de dolor, brotó un chorro de sangre del agujero. Salió a tal presión que pareció algo sólido, como el asta de una flecha roja. Disparé una vez más, y en esta ocasión el orificio negro, no mucho mayor que el punto que se pone al final de una frase, apareció en lo alto de su nariz. Ninguno de ellos la detuvo.

—¡*TÚÚÚ…*! —gritó, y tendió la mano hacia mí.

No retrocedí, ni siquiera intenté esquivarla, y ya era tarde para echar a correr. Me habría alcanzado en un par de pasos de gigante a lo «1, 2, 3, Pajarito inglés». Justo cuando se disponía a agarrarme la cabeza como había agarrado la de Ammit, disparé cinco veces más en rápida sucesión. Todas las balas penetraron en su boca abierta mientras vociferaba. Los primeros dos —quizá los primeros tres— se llevaron por delante la mayor parte de sus dientes. En *La guerra de los mundos*, nuestras armas más sofisticadas no servían de gran cosa para detener a los destructivos marcianos; fueron los gérmenes terrestres los que los mataron. Dudo que ninguna de las balas de la pequeña pistola de Polley por sí sola, ni siquiera las ocho, que eran las que quedaban en el cargador, liquidara a Molly la Roja.

Creo que se tragó los dientes rotos... y se asfixió con ellos.

5

Si hubiera caído sobre mí, su peso me habría inmovilizado hasta que llegaran Kellin y sus soldados de la noche, o me habría matado sin más. Debía de pesar doscientos kilos, como mínimo. Pero primero cayó de rodillas, boqueando y ahogándose y sujetándose el cuello sangrante. Se le desorbitaron los ojos sin vida. Arrastrando el trasero, retrocedí, me tumbé de costado y rodé. Los soldados de la noche se aproximaban, me sería imposible llegar a la puerta, y la pistola ya no tenía munición: corredera atrás, recámara vacía.

Molly la Roja intentó agarrarme por última vez, agitando el brazo herido y salpicándome las mejillas y la frente de sangre. Después cayó de bruces. Me levanté. Podía echar a correr, pero ¿para qué? Era mejor plantarme ante ellos y morir lo más dignamente posible.

En lo que pensé entonces fue en mi padre, que seguiría esperando mi regreso a casa. Él, Lindy Franklin y mi tío Bob habrían empapelado con fotos mías y de Radar —¿HAN VISTO A ESTE CHICO O A ESTE PERRO?— todos los pueblos entre Sentry y Chi. El pasadizo de acceso a Empis quedaría desprotegido, y quizá eso fuera más importante que un padre afligido, pero, cuando los soldados de la noche se acercaban, fue en mi padre en quien pensé. Había dejado la bebida, ¿y para qué? Su mujer fallecida, su hijo desaparecido sin dejar rastro.

Pero si Ojota lograba cruzar la puerta con los demás y llegar al otro lado de la muralla, adonde, según creía, los soldados de la noche no podían acceder, serían libres. Algo era algo.

—¡*Vamos, hijos de puta!* —dije a voz en grito.

Tiré el arma inútil y abrí los brazos. Detrás de la hilera de siluetas azules, Kellin había detenido su pequeño autobús. Contentándose con ver cómo me mataban, pensé en un primer momento, pero no era a mí a quien miraba. Miraba al cielo. Los soldados de la noche pararon, aún a setenta u ochenta metros de mí. También ellos miraban hacia arriba, con expresiones idénticas de asombro en los vaporosos rostros humanos superpuestos a los cráneos.

Había luz suficiente para ver pese a que las dos lunas en continua persecución estaban ocultas. Una nube bajo las nubes avanzaba por encima de la muralla. Se desplegaba hacia la calle de los Gallien, las tiendas elegantes y los arcos, y el palacio más allá, donde los tres chapiteles verdes de cristal resplandecían a la luz del estadio.

Era una nube de monarcas, esa clase de grupo conocido como caleidoscopio. Me sobrevolaron sin pararse. Iban a por los soldados de la noche. Se detuvieron, trazaron un círculo y, en masa, descendieron en picado. Los soldados alzaron los brazos, como, según se contaba, hacía el Asesino del Vuelo después de su golpe de Estado, pero ellos carecían de ese poder y las mariposas no murieron. A excepción, claro, de las que primero arremetieron contra aquellas auras de alto voltaje. Cuando toparon con los envoltorios azules, se produjeron intensos destellos. Era como si una muchedumbre de niños invisibles agitara bengalas el Cuatro de Julio. Centenares se quemaron, pero miles las siguieron y o bien sofocaron las auras letales o bien las cortocircuitaron. La nube pareció solidificarse al envolver a los soldados de la noche.

Aunque no al Gran Señor Kellin. Su pequeño autobús eléctrico dio media vuelta y enfiló hacia el palacio a buena velocidad. Algunas monarcas se separaron y lo persiguieron, pero era demasiado rápido para ellas, y en todo caso el techo habría protegido a aquel hijo de puta. Los soldados de la noche que nos perseguían fenecieron. Todos. Donde antes estaban ellos, ya no se percibía más movimiento que el revoloteo de delicadas alas. Vi que se alzaba una mano huesuda... que enseguida volvió a hundirse en la masa de color rojo anaranjado.

Corrí hacia la puerta. Estaba abierta. Mi grupo de cautivos había salido, pero algo más entró a todo correr. Algo negro, pegado al suelo, que ladraba con desesperación. Había pensado que mi único deseo era perder de vista la ciudad encantada de Lilimar, pero en ese momento fui consciente de que deseaba algo aún más. Me acordé de Dora, cuando vio a mi perra, de cómo la había llamado lo mejor que pudo con su voz quebrada. También a mí se me había quebrado la voz, no por una maldición degenerativa, sino por los sollozos. Me arrodillé y abrí los brazos.

—*¡Radar! ¡Radar! ¡RADES!*

Chocó conmigo, me derribó y, gimiendo, me lamió la cara de arriba abajo. La abracé con todas mis fuerzas. Y lloré. No pude dejar de llorar. Una reacción no muy principesca, supongo, pero, como ya habréis adivinado, este no es esa clase de cuento de hadas.

6

Una voz atronadora que conocía muy bien interrumpió nuestro feliz reencuentro.

—¡SHARLIE! ¡PRÍNCIPE SHARLIE! ¡SAL DE AHÍ DE UNA PUTA VEZ PARA QUE PODAMOS CERRAR LA PUERTA! ¡VEN CON NOSOTROS, SHARLIE!

Eso, pensé mientras me ponía en pie. *Y aviva ese pompis, príncipe Sharlie.*

Radar, ladrando, brincó alrededor de mí. Corrí hacia la puerta. Claudia estaba justo al otro lado, y no estaba sola. La acompañaba Woody, y entre ambos, a horcajadas sobre Falada, se hallaba Leah. Más allá estaba el resto de los fugitivos de Maleen Profunda, y detrás había más gente, una multitud de personas que no distinguí.

Claudia se negó a entrar en Lilimar, pero me agarró en cuanto crucé la puerta y me estrechó en un abrazo tan fuerte que noté que me crujían las vértebras.

—¿Dónde está él? —preguntó Woody—. Oigo a la perra, pero dónde...

—Aquí —dije—. Justo aquí. —Me tocaba a mí abrazar.

Cuando me separé de él, Woody se llevó la palma de la mano a la frente e hincó una rodilla en el suelo.

—Mi príncipe. Eras tú desde el principio, y has venido tal como en los cuentos antiguos.

—Levanta —dije. Con las lágrimas derramándose aún de mis ojos (más los mocos de mi nariz, que me limpié con el dorso de la mano) y sangre por todas partes, nunca en la vida me había sentido menos principesco—. Por favor, Woody, levanta. Ponte en pie.

Él se irguió. Miré a mi grupo, que me observaba con veneración. Eris y Jaya se abrazaban. Ojo sostenía a Freed en brazos. Era evidente que algunos de mis amigos, tal vez todos, sabían quiénes eran exactamente esas tres personas: no eran solo enteros, sino enteros de la verdadera sangre. Eran la realeza exiliada de Empis y, quizá a excepción de la demente Yolande y Burton el anacoreta, eran los últimos de la casa de los Gallien.

Detrás de los refugiados de la mazmorra, había sesenta o setenta personas grises, algunas con antorchas y otras con faroles en forma de torpedo similares al que me había dejado Pursey. Entre ellos vi a alguien a quien conocía. Radar había corrido ya junto a ella. Me acerqué, casi sin darme cuenta de que las personas deformes malditas por Elden —o por el ser que lo había utilizado como títere— se ponían de rodillas a mi alrededor, llevándose la palma de la mano a la frente. Dora intentó arrodillarse también. No se lo permití. La abracé, la besé tanto en las mejillas grises como en la comisura de aquella boca en forma de medialuna.

La llevé hasta Woody, Claudia y Leah.

—¡CIÉRRATE EN NOMBRE DE LEAH DE LOS GALLIEN! —bramó Claudia.

La puerta empezó a cerrarse lentamente; la maquinaria gemía como algo dolorido. Entretanto vi que una figura enorme avanzaba a largas zancadas por la avenida central. Nubes de monarcas se arremolinaron por encima y alrededor, algunas incluso se posaron en sus anchos hombros y su cuadrada cabeza, pero no era un soldado de la noche y sencillamente no les prestó atención. Cuando la puerta rebasaba de la mitad del riel oculto, prorrumpió en un gemido de dolor tan estridente y horrible que, excepto Claudia, todos se taparon los oídos.

—¡MOLLY! —gritó Hana—. ¡MOLLY MÍA! CARIÑO MÍO, ¿CÓMO ES QUE ESTÁS AHÍ TENDIDA TAN QUIETA?

Se inclinó sobre su hija muerta y acto seguido se irguió. Éramos muchos los congregados ante la puerta a medio cerrarse, pero era a mí a quien miraba.

—¡VUELVE! —Levantó aquellos puños como peñascos y los agitó—. ¡VUELVE, COBARDE, PARA QUE PUEDA MATARTE POR LO QUE LE HAS HECHO A MI QUERIDA HIJA!

Por fin la puerta se cerró con estrépito, ocultando a la afligida madre de Molly la Roja.

7

Miré a Leah. Esa noche no llevaba vestido azul. Ni delantal blanco. Lucía un pantalón oscuro remetido en unas botas altas de cuero y un chaleco azul acolchado con una mariposa monarca, el blasón real de los Gallien, en el lado izquierdo, por encima del corazón. Un cinturón ancho le ceñía el talle. De una cadera le colgaba una daga. De la otra, una vaina con una espada corta con el puño de oro.

—Hola, Leah —dije, y de pronto me sentí cohibido—. Me alegro de verte.

Ella se apartó de mí sin dar señales de haberme oído; podría haber estado tan sorda como Claudia. Su rostro sin boca permaneció impasible.

27

Una reunión. El Snab. No soy un príncipe de Disney. Príncipe y princesa. El pacto.

1

Recuerdo dos cosas de nuestra reunión con gran claridad. Nadie mencionó el nombre Gogmagog, y Leah no me miró. Ni una sola vez.

Esa noche, más tarde, había seis personas y dos animales en la cochera, la cochera en la que Radar y yo nos habíamos cobijado antes de entrar en Lilimar. Woody, Claudia y yo nos sentamos juntos en el suelo. Radar se tendió a mi lado con el hocico apoyado con firmeza en mi pierna, como para asegurarse de que no volvería a escaparme de ella. Leah se sentó aparte, en los peldaños delanteros del trolebús del Litoral. En el rincón opuesto se hallaba Franna, la mujer gris que me había susurrado «Ayúdala» justo antes de que abandonara la granja de la «chioca». Franna acariciaba la cabeza de Falada, que esta tenía hundida en el saco de grano que Ojota sostenía para ella. Fuera estaban los demás fugitivos de Maleen Profunda y un número creciente de personas grises. No se oían aullidos; según parecía, a los lobitos no les gustaban las multitudes.

Llevaba el 45 del señor Bowditch de nuevo en la cadera. Claudia quizá fuera sorda, pero tenía muy buena vista. Había advertido el resplandor de las piedras azules de los tachones del cinturón allí donde este había caído entre los hierbajos que crecían al pie de la muralla, cerca de la puerta. Era necesario engrasar y limpiar el revólver antes de poder asegurarme de que funcionaba, y tendría que ocuparme de eso después. Pensé que tal vez encontrara lo que necesitaba en alguno de los bancos de trabajo situados al fondo de la cochera. Estaba claro que allí había habido un taller de reparación, en tiempos mejores.

—La serpiente ha resultado herida, pero aún vive —dijo Woody—. Tenemos que decapitarla antes de que renueve su veneno. Y tú debes guiarnos, Charlie.

Se sacó un bloc y una elegante pluma del bolsillo del abrigo y, mientras hablaba, escribió con la misma rapidez y seguridad que cualquier vidente. Luego sostuvo el bloc ante Claudia. Ella leyó y movió la cabeza en un vigoroso gesto de asentimiento.

—¡DEBES GUIARNOS, SHARLIE! ¡ERES EL PRÍNCIPE QUE SE NOS PROMETIÓ! ¡EL HEREDERO DE ADRIAN, LLEGADO DEL MUNDO MÁGICO!

Leah dirigió una breve mirada a Claudia; después volvió a bajar la vista y su cara quedó oculta tras una cortina de cabello. Recorría con los dedos el puño estriado de su espada.

Desde luego yo no había prometido nada a nadie. Estaba cansado y asustado, pero había algo más importante que eso.

—Digamos que estás en lo cierto, Woody. Digamos que permitir al Asesino del Vuelo que renueve su veneno es peligroso para nosotros y para todo Empis.

—Lo sería —dijo él con voz queda—. Lo es.

—Aun así, no guiaré a una multitud de personas prácticamente desarmadas al interior de la ciudad, si es lo que estás pensando. Puede que hayan muerto la mitad de los soldados de la noche, aunque ya de entrada no eran muchos...

—No —coincidió Woody—. La mayoría prefirieron la muerte verdadera a seguir medio vivos al servicio de un monstruo.

Yo miraba a Leah —de hecho, apenas podía apartar los ojos de ella— y la vi dar un respingo, como si Woody la hubiera abofeteado.

—Nosotros hemos matado a siete, y las monarcas han matado aún a más. Pero todavía quedan.

—No más de una docena —aseguró Ojo con un gruñido desde el rincón—. Quizá ni siquiera tantos. Las monarcas han matado a diez, que yo haya podido contar, y ya de buen comienzo la cuadrilla de Kellin no pasaba de treinta.

—¿Estás seguro?

Se encogió de hombros.

—Metido en aquel sitio durante lo que se me antojó una eternidad, no había mucho que hacer aparte de contar. Cuando no contaba soldados de la noche, contaba las gotas que caían del techo o los bloques de piedra del suelo de la celda.

En el suelo de la mía había cuarenta y tres bloques.

—E incluso una docena son demasiados cuando pueden dejarte inconsciente mediante una descarga con solo tocarte o matarte si te abrazan —dije—. Y al frente de los que quedan está Kellin.

Woody garabateó KELLIN en su bloc y lo sostuvo en alto para Claudia. Como era ciego, lo sostuvo en el sitio equivocado. Lo desplacé para que ella lo viera.

—¡KELLIN! ¡SÍ! —vociferó Claudia—. ¡Y NO OS OLVIDÉIS DE HANA!

No, no convenía olvidarse de Hana, que iría en busca de sangre.

Woody dejó escapar un suspiro y se frotó la cara.

—Kellin era el comandante de la Guardia Real cuando reinaba mi hermano. Un hombre listo y valiente. Por entonces habría añadido «leal». Nunca habría creído que pudiera volverse contra Jan. Pero, claro, nunca habría creído que Elden pudiera hacer lo que hizo.

Woody no vio a Leah apartar la mirada de él como la había apartado de mí cuando yo alcé la vista hacia ella para saludarla. Pero yo sí lo vi.

—Os diré cómo veo yo las cosas —dije—. Debemos detener al Asesino del Vuelo antes de que haga algo más. Algo peor. O sea, fijaos en lo que ya ha hecho. Ha vuelto gris todo el condenado reino. Ha vuelto gris a la *gente*, excepto a unos cuantos que son... —Estuve a punto de decir «hijos naturales», término que había oído utilizar a mi padre para referirse a Scooter MacLean, un compañero mío de colegio con unas desafortunadas orejas de soplillo—. Que son enteros —concluí con tono vacilante—. Y a esos los ha estado erradicando. El problema es que no sé qué hacer con él. Ni cuándo.

—Cuando sea fácil —dijo Ojota. Había acabado de dar de comer a Falada y estaba guardando el saco vacío en una de las alforjas sujetas a los flancos—. A la luz de día. Entonces los muchachos azules son más débiles, y ni siquiera pueden salir a la luz del sol. O puf. Nada más que huesos. —Miró a Woody—. Al menos eso es lo que oído decir.

—Yo también lo he oído —dijo Woody—, pero no lo daría por sentado.

Garabateó en su bloc y lo sostuvo en alto ante Claudia. Esa vez no vi qué escribió, pero ella negó con la cabeza y sonrió.

—¡QUIA, QUIA, NO PUEDE HACER NADA MÁS DE LO QUE YA HA HECHO SIN ACUDIR A *ESO*, COSA QUE NO ES POSIBLE HASTA QUE LAS LUNAS SE BESEN! ¡ASÍ LO DICE LA LEYENDA, Y CREO QUE ES VERDAD!

Leah alzó la mirada, y por primera vez pareció interesada. Se volvió hacia Falada. Cuando la yegua empezó a hablar, la reacción de Ojota fue graciosa por decir poco.

—Mi ama las ha visto esta noche cuando las nubes se han separado un momento, ¡y Bella casi ha alcanzado a Arabella!

Woody tendió la mano hacia Claudia y le tocó el brazo para captar su atención. Señaló en dirección a Leah, luego hacia el cielo, y movió dos dedos frente al rostro de Claudia, uno justo por detrás del otro. Claudia abrió mucho los ojos y su sonrisa desapareció. Miró a Leah.

—¿ESO HAS VISTO?

Leah asintió.

Claudia se volvió hacia mí con una expresión en el rostro que yo no había visto antes. Era miedo.

—¡ENTONCES DEBE SER MAÑANA! ¡TIENES QUE IMPEDÍRSELO, SHARLIE! ¡SOLO TÚ PUEDES HACERLO! ¡DEBE MORIR ANTES DE QUE ARABELLA BESE A SU HERMANA! ¡NO PUEDE PERMITIRSE QUE ABRA OTRA VEZ EL POZO OSCURO!

Leah se puso en pie de un salto, agarró la brida de Falada y se encaminó con ella hacia la puerta. Radar levantó la cabeza y gimoteó. Franna siguió a Leah y le tocó el hombro. Leah se zafó de ella. Me puse en pie.

—DÉJALA, DÉJALA, TIENE EL CORAZÓN ROTO Y NECESITA TIEMPO PARA REHACERSE —dijo Claudia. Sin duda sus intenciones eran buenas, pero su voz atronadora despojaba sus palabras de toda compasión. Leah escapó de ellas.

Yo la seguí de todos modos.

—Leah, por favor. Vuel…

Me dio tal empujón que estuvo a punto de derribarme.

Y se fue, llevándose a la yegua que era su voz.

3

No tuvo necesidad de abrir la puerta, porque sin lobos en las inmediaciones no había ningún motivo para mantenerla cerrada. La muchedumbre de personas grises iba en aumento, y cuando Leah salió, tirando de su yegua, aquellos que estaban de pie se arrodillaron. Todos se llevaron la palma de la mano a la frente. No me cupo duda de que si Leah o cualquiera de los otros dos miembros de la realeza supervivientes les ordenaban que tomaran la ciudad, o al menos lo intentaran, obedecerían.

Era mi llegada lo que había conducido a esa situación. Todo esfuerzo por negarlo se frustraba al confrontarlo con un hecho elemental: estaban convencidos de que yo era el príncipe que se les había prometido. No sabía qué pensaba Leah al respecto, pero Woody y Claudia creían lo mismo. Eso convertía a la multitud de aspirantes a rebeldes, entre ellos Dora, en mi responsabilidad.

Me dispuse a seguir a Leah, pero Claudia me sujetó por el brazo.

—¡QUIA, QUÉDATE! ¡FRANNA VELARÁ POR ELLA!

—Por ahora, relájate, Charlie —dijo Woody—. Descansa si puedes. Debes de estar agotado.

Expliqué que los fugitivos tal vez sucumbiéramos al sueño cuando saliera el sol, pero de momento estábamos totalmente despiertos. No hacía ningún daño sentir el estímulo de la adrenalina y el júbilo inconcebible de verse fuera de la mazmorra y lejos del campo de la muerte.

Woody escuchó, asintió y escribió una nota para Claudia. Me fascinaba lo pulcra y regular que era su caligrafía, pese a la ceguera. La nota rezaba: «Charlie y su grupo están habituados a pasar la noche en vela, dormir de día». Claudia movió la cabeza en un gesto de asentimiento para indicar que lo entendía.

—Ella está colérica porque lo quería, ¿no es así? Cuando la conocí, dijo, a través de Falada, que Elden siempre la había tratado bien.

Woody escribió en su bloc y lo sostuvo en alto para Claudia: «Quiere saber lo de L y E». Debajo de eso trazó un interrogante.

—¡DILE LO QUE QUIERAS! —contestó Claudia con voz estentórea—. ¡TENEMOS UNA LARGA NOCHE POR DELANTE, Y LAS NOCHES LARGAS SON BUENAS PARA CONTAR HISTORIAS! ¡MERECE SABERLO!

—De acuerdo —dijo Woody—. Bien, Charlie, debes saber que Leah prefiere creer que Elden ha muerto porque se niega a creer, *no puede* creer, que se ha convertido en el Asesino del Vuelo. De niños estaban así de unidos. —Juntó las manos y entrelazó los dedos—. Parte de eso se debió solo a circunstancias de nacimiento. Eran los dos menores y, cuando no los desatendían, los maltrataban. Las hermanas mayores..., Dru, Ellie, Joy y Fala..., odiaban a Leah porque era la hija menor de su madre y su padre, su ojito derecho, pero también porque ellas eran del montón y Leah era hermosa...

—¿QUÉ TE ESTÁ CONTANDO? —bramó Claudia. Llegué a la conclusión de que, después de todo, sí leía un poco los labios—. ¿ESTÁ SIENDO DIPLOMÁTICO, COMO ERA SU FUNCIÓN EN LOS TIEMPOS EN QUE JAN OCUPABA EL TRONO? ¡QUIA, QUIA, DI LA VERDAD, STEPHEN WOODLEIGH! ¡LEAH ERA PRECIOSA COMO UNA MAÑANA DE VERANO Y LAS OTRAS CUATRO ERAN TAN FEAS COMO BARCAS DE PIEDRA! ¡ESAS CUATRO SALIERON A SU PADRE, PERO LEAH ERA LA VIVA IMAGEN DE SU MADRE!

Una vez más, «feas como barcas de piedra» no fue lo que dijo exactamente sino lo que yo oí. Creo que está de más decir que lo que estaba oyendo era otro cuento de hadas. Solo le faltaba un zapato de cristal.

—Las chicas afilaron sus lenguas ya afiladas en Elden —prosiguió Woody—. Lo llamaban Retaco y Pie Muerto y Don Vizco y Caragrís...

—¿Caragrís? ¿En serio?

Woody esbozó una sonrisa con los labios apretados.

—Empiezas a entender un poco su venganza, ¿no? Desde que Elden el Asesino del Vuelo asumió el poder, Empis está poblado casi exclusivamente por personas con la cara gris. Está erradicando a los pocos que son inmunes a la maldición y mataría a todas las mariposas monarca si pudiera. No quiere flores en su jardín, solo malas hierbas.

Inclinándose hacia delante, se apoyó en las rodillas con el bloc todavía en una mano.

—Pero las niñas utilizan solo palabras. Su hermano aterrorizaba a Elden con sus puñetazos y sus patadas cuando no había cerca nadie que lo viera aparte de su camarilla de lameculos leales. No había necesidad de eso; Robert era tan hermoso de rostro como Elden era feo. Sus padres lo mimaban y consentían mientras que, por lo general, no prestaban la menor atención a Elden, y Robert no tenía ninguna razón para sentir celos en lo referente al trono, ya que era el mayor y estaba destinado a ocuparlo cuando Jan muriera o abdicara. Sencillamente odiaba y despreciaba a su hermano menor. Creo… —Se interrumpió y arrugó la frente—. Creo que siempre hay una razón para el amor, pero el odio a veces surge sin más. Una especie de maldad flotante.

No contesté, pero me acordé de mis dos Rumpelstiltskins: Christopher Polley y Peterkin. ¿Por qué el enano se había tomado tantas molestias para borrar el rastro de iniciales que me habría permitido salir de la ciudad mucho antes de que anocheciera? ¿Por qué había arriesgado su vida —y la había perdido— para señalarle a Molly la Roja mi posición? ¿Porque yo lo había contrariado en el asunto del grillo rojo? ¿Porque yo era alto y él era bajo? No lo creí ni un minuto. Lo había hecho porque podía hacerlo. Y porque quería causar problemas.

Franna regresó y susurró a Woody al oído. Él asintió.

—Dice que cerca hay una iglesia que no ha sido destruida. Leah ha entrado ahí con Dora, la mujer que arregla zapatos, y otros pocos a dormir.

Recordaba haber visto esa iglesia.

—Puede que eso sea bueno. Debe de estar cansada. —En atención a Claudia, señalé a Franna, en la puerta, y a continuación junté las manos y apoyé la cabeza en ellas.

—¿CANSADA? ¡LEAH Y TODOS NOSOTROS! ¡HEMOS HECHO UN LARGO VIAJE, ALGUNAS DE ESAS PERSONAS DURANTE MUCHOS DÍAS!

—Continúa, por favor —dije a Woody—. Estabas contándome que las niñas odiaban a Leah y que Robert odiaba a Elden...

—Todos odiaban a Elden —afirmó Woody—. Todos menos Leah. En la corte, tenían la impresión de que no pasaría de los veinte años.

Me acordé del ser fofo y babeante del palco de los espectadores vip, su tez ya no gris, sino de un verde aún menos saludable, y me pregunté qué edad tendría Elden a esas alturas. Me pregunté asimismo qué se movería debajo de aquel caftán morado..., pero no estaba muy seguro de querer saberlo.

—Los dos menores se unieron más empujados por el odio y la aversión de los otros, pero también porque se querían sinceramente, y..., creo..., porque eran los más inteligentes. Exploraban casi todos los recovecos del palacio, desde las puntas de los chapiteles adonde se les prohibía ir, pero a donde iban de todos modos, hasta los niveles más bajos.

—¿Maleen Profunda?

—Probablemente, y aún más abajo. Debajo de la ciudad hay incontables pasadizos antiguos que casi nadie ha pisado desde hace muchos años. No sé si Leah iba con él cuando se tropezó con el Pozo Profundo…, ella se niega a hablar de los años en que empezaron a dejar atrás la infancia…, pero iban a casi todas partes juntos, excepto quizá a la biblioteca del palacio. Leah, pese a lo inteligente que era, nunca se sintió atraída por los libros; de los dos, el lector era Elden.

—Seguro que su hermano se reía de él también por eso —intervino Ojo.

Woody se volvió hacia él y sonrió.

—Verdad dices, amigo de Charlie. Robert y también las hermanas.

—¿QUÉ LE ESTÁS CONTANDO AHORA? —preguntó Claudia. Woody redactó en su bloc una breve recapitulación. Tras leerla, ella dijo—: ¡HÁBLALE DE ELSA!

Me enderecé.

—¿La sirena?

—Sí —asintió Woody—. La sirena del palacio. ¿Por casualidad la has visto?

Asentí. No iba a decir que había visto lo que quedaba de ella.

—Elsa vivía en un pequeño hueco oculto —continuó Woody—, una gruta, casi. Me gustaría creer que aún vive allí, pero lo dudo mucho. Es probable que haya muerto de abandono o hambre. Y posiblemente de tristeza.

Había muerto, eso por descontado, pero no de abandono ni de hambre ni de tristeza.

—Elden y Leah le daban de comer, y ella les cantaba. Unas canciones extrañas pero hermosas. La propia Leah cantaba algunas. —Hizo una pausa—. Cuando aún tenía boca para cantar.

Acaricié la cabeza de Radar. Me miró soñolienta. Nuestro viaje había sido arduo tanto para ella como para mí, pero en el caso de Rades las cosas habían acabado bien. Había recuperado años de vida y estaba con gente que la quería. Al pensar en la huida de Radar, recuerdo cómo recibí la noticia de que había sobrevivido.

—Háblame del grillo —dije a Claudia—. El grillo rojo. Así de grande. —Separé las manos—. No entiendo cómo llego hasta ti. ¿Fue con Radar? ¿Y por qué...?

Ella me dirigió una mirada de exasperación.

—¿HAS OLVIDADO QUE NO TE OIGO, SHARLIE?

En efecto, lo había olvidado. Podría deciros que fue porque esa noche llevaba el cabello suelto y le tapaba los lados de la cabeza, donde antes estaban sus orejas, pero no sería verdad. Lo olvidé sin más. Así que conté a Woody cómo había salvado al grillo rojo de Peterkin y cómo lo había visto salir después de un agujero en la pared de la mazmorra con una nota pegada al abdomen —una nota con un mechón de pelo de Radar dentro—, y cómo había adherido a él mi propia nota y lo había enviado de vuelta, fiel a una de las máximas de mi padre: «No des nada por hecho pero nunca pierdas la esperanza».

—Buen consejo —dijo Woody, y empezó a rasguear en el bloc. Escribió deprisa, cada línea asombrosamente recta.

Al otro lado de la puerta, las personas grises se acomodaban para pasar la noche, y aquellos que habían llevado mantas las compartieron. Más allá, vi pacer a Falada, sujeta a un poste de amarre delante de la iglesia.

Woody entregó el bloc a Claudia, y ella, mientras leía lo que había escrito, empezó a sonreír. Risueña, se la veía hermosa. Cuando habló, no fue con su habitual voz atronadora sino en un tono mucho más bajo, como si hablara para sí.

—A pesar de los esfuerzos de Elden en nombre del ente al que sirve..., él quizá no crea que es un instrumento de ese ser, pero sin duda lo es…, la magia sobrevive. Porque es difícil destruir la magia. Lo has visto con tus propios ojos, ¿no?

Asentí y acaricié a Radar, que antes estaba moribunda y en ese momento, después de seis vueltas en el reloj de sol, era joven y fuerte otra vez.

—Sí, la magia sobrevive. Ahora se hace llamar Asesino del Vuelo, pero tú mismo has visto miles, no, MILLONES, de monarcas todavía vivas. Y aunque puede que Elsa esté muerta, el Snab también vive aún. Gracias a ti, Sharlie.

—¿El Snab? —preguntó Ojota, sentado con la espalda muy erguida. Se dio una palmada en la frente con su enorme mano—. Dioses supremos, ¿cómo no me di cuenta al verlo?

—Cuando acudió a mí…, ay, Sharlie…, cuando acudió…

Para mi alarma, empezó a llorar.

—¡Volver a OÍR, Sharlie! Ay, volver a OÍR, aunque no fuera una voz humana, fue tan MARAVILLOSO…

Radar se levantó y se aproximó a ella. Claudia acercó su cabeza a la de Radar un momento al tiempo que le acariciaba los costados desde el cuello hasta la cola. Reconfortándose. Woody la rodeó con el brazo. Me planteé hacer lo mismo, pero me reprimí. Príncipe o no, era demasiado tímido para eso.

Claudia levantó la cabeza y se enjugó las lágrimas de las mejillas con el pulpejo de las manos. Al reanudar el relato, recuperó su volumen de costumbre.

—ELSA, LA SIRENA, CANTABA A LOS NIÑOS, ¿TE HA CONTADO ESO STEPHEN?

—Sí —dije, y de pronto recordé que era sorda y asentí con la cabeza.

—CANTABA A TODO AQUEL QUE SE PARARA A ESCUCHAR, PERO SOLO SI LAS PERSONAS ERAN CAPACES DE APARTAR DE SU CABEZA OTROS PEN-

SAMIENTOS PARA OÍRLA. ROBERT Y LAS HERMA-
NAS DE LEAH NO TENÍAN TIEMPO PARA ESAS TON-
TERÍAS, PERO ELDEN Y LEAH ERAN DISTINTOS.
ERAN CANCIONES PRECIOSAS, ¿NO, WOODY?

—Lo eran —confirmó él, aunque, por la expresión de su
rostro, dudé que él mismo hubiera tenido mucho tiempo para
las canciones de Elsa.

Me toqué la frente; luego me incliné hacia delante y se la
toqué a ella. Levanté las manos en un gesto interrogativo.

—ASÍ ES, SHARLIE. NO ERAN CANCIONES QUE
PUDIERAN OÍRSE CON LOS OÍDOS, PORQUE LAS SI-
RENAS NO HABLAN.

—Pero ¿el grillo? —Con mímica, representé unos saltos—. El... ¿cómo lo llamáis? ¿Snab?

Os ahorraré la voz atronadora de Claudia durante un
rato, ¿os parece? El grillo rojo no era *un* snab, sino *el* Snab.
Claudia lo describió como el rey del mundo pequeño. Supuse
que se refería a los insectos («Es solo un puñetero inseto»,
había dicho Peterkin), pero más tarde llegué a creer que el
Snab podía ser el soberano de muchas de las criaturas que yo
había visto. Y al igual que Elsa, la sirena, el Snab podía hablar
con los humanos y había hablado a Claudia después de acom-
pañar a Radar a su casa. Eso me costó imaginármelo, pero
entendí por qué; el grillo, al fin y al cabo, se recuperaba aún
de una herida en la pata de atrás.

El Snab le contó que el amo de la perra había sido asesinado o hecho prisionero en Lilimar. Preguntó a Claudia si había
algo que él pudiera hacer, aparte de guiar a la perra sana y
salva de regreso a ella. Porque, dijo, el joven le había salvado
la vida y esa clase de deuda debía saldarse. Le dijo que, si el
joven seguía con vida, estaría encarcelado en Maleen Profunda y que él conocía una manera de entrar.

—El Snab —dijo Ojota con asombro—. Vi al Snab y ni siquiera me di cuenta. Que me aspen.

—A *mí* no me habló —dije.

Woody sonrió.

—¿Estabas escuchando?

Yo no escuchaba, claro; poblaban mi cabeza otros pensamientos… del mismo modo que las cabezas de muchos de los que pasaban junto a Elsa no oían sus canciones porque estaban demasiado ocupados para escuchar. Eso puede afirmarse con respecto a las canciones (y muchos relatos) incluso en mi propio mundo. Se transmiten de mente a mente, pero solo si uno escucha.

Se me ocurrió pensar que no solo me había salvado gracias a un sueño en el que aparecía el secador de mi madre, sino también gracias a un rey grillo por quien había hecho una buena obra. ¿Recordáis cuando dije al principio que nadie creería mi historia?

4

Woody y Claudia estaban cansados, lo noté. Incluso Radar dormitaba ya, pero necesitaba más información.

—¿A qué se refería Leah con eso de que las lunas van a besarse?

—Quizá tu amigo pueda aclarártelo —dijo Woody.

Ojota se moría de ganas de explicarlo. Le habían contado la historia de las hermanas del cielo en su infancia, y como probablemente vosotros mismos sabréis, queridos lectores, son las historias de nuestra niñez las que nos dejan una huella más profunda y duradera.

—Se persiguen una a la otra, como todo el mundo ve.

O como veía, antes de que las nubes fueran tan espesas y constantes. —Miró de soslayo las cicatrices de Woody—. Al menos, aquellos con ojos. A veces es Bella la que va delante, a veces es Arabella. La mayor parte del tiempo una lleva mucha ventaja a la otra, pero un día la distancia empieza a reducirse.

Eso yo lo había visto con mis propios ojos cuando se separaron las nubes.

—Al final una adelanta a la otra, y esa noche se funden y parecen besarse.

—Antiguamente los hombres sabios sostenían que algún día chocarían —dijo Woody—, y las dos se harían añicos. Puede que ni siquiera necesiten chocar para acabar destruidas; su atracción mutua podría hacerlas pedazos. Como a veces ocurre en las vidas humanas.

Ojota no tenía interés en tales postulados filosóficos. Prosiguió:

—También se cuenta que la noche en que las hermanas del cielo se besan, todos los seres malvados quedan en libertad para dar rienda suelta a su maldad en el mundo. —Hizo una pausa—. Cuando yo era niño, nos prohibían salir las noches en que las hermanas se besaban. Los lobos aullaban, el viento aullaba, pero no solo los lobos y el viento. —Me miró con expresión sombría—. Charlie, el mundo entero aullaba. Como de dolor.

—¿Y Elden puede abrir ese Pozo Profundo cuando eso ocurre? ¿Esa es la leyenda?

No contestaron ni Woody ni Ojo, pero me bastó la expresión de sus rostros para saber que, en lo que a ellos se refería, no se trataba de una leyenda.

—¿Y en ese Pozo Profundo vive una criatura? ¿El ser que convirtió a Elden en el Asesino del Vuelo?

—Sí —respondió Woody—. Ya conoces su nombre. Y si es así, sabes que incluso pronunciarlo es peligroso.

En efecto lo sabía.

—¡ESCÚCHAME, SHARLIE! —Al oír los bramidos monótonos de Claudia, Radar abrió los ojos y levantó la cabeza; después volvió a bajarla—. ¡MAÑANA ENTRAREMOS EN LA CIUDAD Y VOLVEREMOS A TOMARLA CUANDO LOS SOLDADOS DE LA NOCHE ESTÉN EN SU PUNTO MÁS DÉBIL! ¡LEAH NOS GUIARÁ, COMO ES SU DERECHO, PERO TÚ DEBES ENCONTRAR A ELDEN Y ELIMINARLO ANTES DE QUE ABRA EL POZO! ¡DEBERÍA SER LEAH, ELLA ES LA LEGÍTIMA HEREDERA AL TRONO, Y COMO TAL, ESE DEBERÍA SER SU COMETIDO..., SU CARGA..., PERO...!

Prefería no completar la frase en igual medida que no quería pronunciar el nombre de Gogmagog, el que acechaba en el Pozo Profundo. Y no era necesario. Leah se mantenía firme en su convicción de que su querido hermano, con quien había escuchado las canciones de la sirena, no podía ser el Asesino del Vuelo. A pesar de todo lo que debía de haber oído y todo lo que ella misma padecía, le resultaba más fácil creer que Elden había muerto, que el monstruo que reinaba sobre las ruinas de Lilimar y los pocos habitantes que quedaban era un impostor que había adoptado su nombre. Si descubría que en efecto era Elden y lo encontraba en algún lugar en las profundidades del laberinto de túneles y catacumbas, podía vacilar.

Y ser asesinada, como tantos de sus parientes.

—¡TÚ ERES EL PRÍNCIPE QUE SE NOS PROMETIÓ! —dijo Claudia—. ¡TÚ POSEES TODOS LOS SENTIDOS DE LOS QUE A NOSOTROS SE NOS HA DESPOJADO! ¡TÚ ERES EL HEREDERO DE ADRIAN, AQUEL QUE

VINO DEL MUNDO MÁGICO! ¡TÚ ERES EL QUE DEBE MATAR A ELDEN ANTES DE QUE ÉL ABRA ESE IN-FIERNO!

Ojota escuchaba con los ojos como platos y la boca desencajada. Fue Woody quien rompió el silencio. Habló en voz baja, pero cada palabra me impactó como un golpe.

—He aquí lo peor, la peor posibilidad: ¿lo que una vez volvió a entrar en el Pozo Profundo quizá no regrese? Al abrirlo, Elden no solo se arriesga a sumir nuestro mundo en el gris, sino a su destrucción total. ¿Y qué pasará? ¿Quién sabe adónde puede ir ese ser?

Se inclinó hacia delante hasta acercar su rostro sin ojos a unos centímetros del mío.

—Empis..., Bella..., Arabella... Hay otros mundos aparte de estos, Charlie.

Y vaya que los había. ¿Acaso no procedía yo de uno de ellos?

Creo que fue entonces cuando empezó a sobrevenirme la frialdad, la sensación que recordaba de mis peores correrías con Bertie Bird. Y del encuentro con Polley, cuando le rompí primero una mano y después la otra. Y del enfrentamiento con Cla. Le había lanzado el muslo de pollo y había dicho: «Voy a joderte, encanto». Como hice, y sin arrepentirme. Yo no era un príncipe de Disney, y quizá mejor así. Un príncipe de Disney no era lo que la población de Empis necesitaba.

5

Claudia y Woody dormían. Como también las personas grises que los habían acompañado. Estos habían realizado un arduo viaje, y el día siguiente —o días siguientes— les depararía nuevos esfuerzos. Yo, por el contrario, nunca me había sentido más despierto, y no solo porque me hubiesen vuelto del revés los ritmos de vigilia y sueño. Tenía mil preguntas sin respuesta. La más inquietante era qué podía hacer Gogmagog si salía de su pozo. Me obsesionaba la idea de que pudiera venir a nuestro mundo, como aquella cucaracha enorme.

La cucaracha con la que empezó todo esto, pensé, y estuve a punto de echarme a reír.

Salí. Los sonidos procedentes de los que dormían —gruñidos, gemidos y algún que otro pedo— me recordaron las noches en Maleen Profunda. Me senté y, recostado en la pared de la cochera, contemplé el cielo con la esperanza de que se abriera un resquicio entre las nubes, lo justo para ver una o dos estrellas, tal vez incluso a Bella y a Arabella, pero la negrura era absoluta. Lo que, durante el día, sería de nuevo gris. Al otro lado de la Carretera del Reino, Falada seguía paciendo delante de la iglesia. Allí, unas cuantas fogatas mortecinas iluminaban a más gente dormida. Debía de haber ya un centenar de personas, como mínimo. Todavía no era un ejército, pero iba camino de serlo.

Unas sombras se movieron junto a mí. Al volverme, vi a Ojo y a Radar. Ojo se acuclilló. Rades se sentó a su lado, olfateando el aire con delicadeza para captar los aromas de la noche.

—¿No puedes dormir? —pregunté.

—Quia, quia. Tengo el reloj de la cabeza del revés.

Ya somos dos, pensé.

—¿Cada cuánto pasan las lunas?

Se quedó pensando.

—Tres veces cada noche por lo menos, a veces diez.

Para mí no tenía sentido, porque vivía en un mundo donde el reloj del universo funcionaba siempre con total precisión.

La salida y la puesta de la luna se podía pronosticar con toda exactitud a diez, cincuenta o cien años vista. Ese no era aquel mundo. Ese era un mundo donde las sirenas y un grillo rojo, el Snab, podían proyectar canciones y pensamientos en las mentes de aquellos que los escuchaban.

—Ojalá pudiera verlas. Para saber si de verdad están tan cerca.

—En fin, eso no es posible, pero sí puedes ver su resplandor a través de las nubes cuando pasen. Cuanto más intenso sea el resplandor, más cerca estarán. Pero ¿qué más da? A no ser que pienses que la princesa mentía sobre lo que vio.

Negué con la cabeza. La expresión de alarma en el rostro de Leah era inequívoca.

—¿Es verdad que vienes de otro mundo? —preguntó Ojota de buenas a primeras—. ¿Un mundo mágico? Seguramente, creo, porque nunca había visto un arma como la que llevas al cinto. —Se interrumpió—. Tampoco había conocido a nadie como tú. Doy gracias a los dioses supremos por no haber tenido que enfrentarme a ti en la primera eliminatoria de la Justa. Ahora no estaría aquí.

—Me habrías tumbado, Ojo.

—Quia, quia. Tú eres el príncipe, vaya que si lo eres. Al principio, no me lo habría creído ni por asomo, pero lo eres. Hay en ti algo tan duro como la pintura antigua.

Y oscuro, pensé. *Mi propio pozo oscuro, del que me conviene cuidarme.*

—¿Podrías encontrar a Elden? —preguntó al tiempo que acariciaba la cabeza de Radar con una mano grande surcada de cicatrices—. Nosotros podemos ocuparnos del resto, eso sin duda. Con los soldados de la noche debilitados durante el día e incapaces de protegerlos, esos cuatro lameculos de Elden correrán como los conejos que son, y los liquidaremos como a conejos…, ¡pero el Asesino del Vuelo! ¿Puedes encontrarlo si baja a las profundidades? ¿Tienes, no sé…, un…?

«Sexto sentido» fue lo que me vino a la mente, pero no lo que salió de mis labios.

—¿Un sentido principesco?

Se rio al oírlo, pero admitió que sí, que se refería a algo así.

—No.

—¿Y qué me dices de Pursey? ¿El que nos ayudó? ¿Encontraría él el camino al Pozo Oscuro?

Contemplé la posibilidad y finalmente negué con la cabeza. Esperaba con toda mi alma que Pursey siguiera con vida, pero sabía que las probabilidades eran escasas. Kellin sabría que no nos habíamos fugado por nuestros propios medios. Tal vez me atribuyera a mí el mérito del truco letal de los cubos de agua, pero ¿conocer la existencia de aquella puerta detrás de un armario? Esa información solo podía haber salido de alguien de dentro. E incluso si Pursey había escapado por el momento a la muerte y los incentivos para hablar de la cámara de tortura, era poco probable que conociera el camino al Pozo Oscuro.

Nos hallábamos en un sitio sumido en densas sombras, donde no llegaba ni la luz vacilante de las últimas fogatas mortecinas, así que me saqué otra cerilla de azufre del calcetín y la froté contra la pared del edificio. Me eché atrás el cabello y la sostuve ante mis ojos.

—¿Qué ves? ¿Todavía avellanados?

Ojota se inclinó hacia mí.

—Quia. Azules. Azul claro, mi príncipe.

No me sorprendió.

—Llámame Charlie —dije, y sacudí la cerilla para apagarla—. En cuanto al mundo del que vengo…, creo que todos los mundos son mágicos. Simplemente nos acostumbramos a ellos.

—¿Y ahora qué?

—Por mi parte, voy a esperar. Tú puedes esperar conmigo o volver adentro e intentar dormir.

—Me quedo.

—Nosotras también —dijo alguien. Al volverme, vi a las dos mujeres, Eris y Jaya. Era Eris quien había hablado—. ¿Qué estamos esperando, mi príncipe?

—Llámalo Charlie —dijo Ojo—. Le gusta más. Es modesto, ¿sabes? Como los príncipes de los cuentos.

—Ya veremos qué estoy esperando, o quizá no lo veamos. Ahora callad.

Permanecimos en silencio. Los grillos —cabe suponer que no rojos— cantaban entre los hierbajos y los escombros de aquel barrio ruinoso que se extendía a las afueras de la ciudad. Respiramos el aire libre. Era un placer. Pasó el tiempo. Falada pacía. Poco después se quedó inmóvil con la cabeza baja; posiblemente dormitaba. Radar dormía como un tronco. Al cabo de un rato, Jaya señaló el cielo. Detrás de la masa de nubes, se deslizaban dos luces intensas a gran velocidad. Las luces no se tocaban —no se besaban—, pero, a pesar de la capa de nubes, vimos que estaban muy muy cerca. Pasaron por detrás del trío de chapiteles del palacio y desaparecieron. El círculo de quemadores de gas que delimitaba el estadio se había apagado. La ciudad estaba a oscuras, pero los soldados de la noche que quedaban patrullarían tras la muralla.

Transcurrió una hora, luego dos. Yo tenía el reloj interno tan trastrocado como Ojota, pero debía de acercarse la primera luz del alba cuando lo que preveía —la esperanza que abrigaba la parte oscura de mi naturaleza— ocurrió. La princesa Leah salió de la iglesia. Con el pantalón y las botas y la espada corta, no podía ser otra. Ojo irguió el tronco y abrió la boca. Apoyé una mano en su pecho y me llevé un dedo a los labios. Observamos mientras desataba a Falada y tiraba de ella hacia la puerta de la ciudad, manteniéndola apartada de la superficie adoquinada de la carretera, donde el chacoloteo de los cascos podía alertar a alguien con el sueño ligero. La princesa, cuando montó, era apenas una forma más oscura en la oscuridad.

Me puse en pie.

—No hace falta que me acompañe nadie —dije—, pero, después de todo lo que hemos pasado juntos, no me opondré si decidís venir.

—Me quedo a tu lado —dijo Ojo.

—Yo voy —dijo Eris.

Jaya se limitó a asentir.

—Tú no, Radar —dije—. Quédate con Claudia.

Agachó las orejas. Dejó de menear la cola. Lo que expresaban aquellos ojos era sin duda esperanza y súplica.

—No —dije—. Con una visita a Lily, tienes más que suficiente.

—La mujer se nos adelanta, Charlie —dijo Ojota—. Y la puerta principal está cerca. Si queremos alcanzarla…

—Vayamos, pero despacio. Tenemos tiempo de sobra. No intentará entrar antes de que amanezca. Quiere ver con sus propios ojos que el Asesino del Vuelo no es su hermano, e imagino que deseará salvar a Elden si aún vive, pero no es tonta. La alcanzaremos antes de que entre y la convenceré de que nos acompañe.

—¿Y eso cómo lo conseguirás? —preguntó Eris.

—Por cualquier medio necesario.

Nadie hizo comentario alguno.

—Puede que Elden ya esté en el Pozo Oscuro, esperando a que las lunas se besen —proseguí—. Tenemos que llegar allí y detenerlo antes de que ocurra.

—Por cualquier medio necesario —dijo Eris en voz baja.

—¿Y si Leah no conoce el camino? —preguntó Ojota.

—Entonces lo tenemos mal —dije.

—Mi príncipe —dijo Jaya—. Charlie, quiero decir. —Se volvió y señaló.

Radar venía en silencio detrás de nosotros. Me vio mirarla y corrió para alcanzarnos. Me arrodillé y le cogí la cabeza entre las manos.

—¡Perra desobediente! ¿Volverás?

Se quedó mirándome.

Suspiré y me puse en pie.

—De acuerdo. Ven.

Caminó pegada a mí, y fue así como los cuatro —cinco, contando a Radar— nos encaminamos hacia la ciudad encantada.

6

La puerta ya estaba cerca —imponente— cuando algo saltó hacia nosotros desde un edificio en ruinas al lado izquierdo de la carretera. Desenfundé el 45 del señor Bowditch, pero antes de que pudiera alzarlo y, menos aún, apuntar, aquella silueta dio un gran salto (aunque todavía un poco ladeado) y aterrizó en el lomo de Radar. Era el Snab. Nos quedamos atónitos; Radar, no. Había acarreado antes a ese pasajero y parecía más que dispuesta a volver a hacerlo. El Snab se acomodó en su cuello, como un vigía.

No vi ni rastro de Leah y Falada frente a la puerta. Eso no me gustó. Me detuve para decidir qué hacer a continuación. El Snab saltó de su montura, fue casi hasta la puerta y dobló a la derecha. Radar lo siguió, lo empujó con el hocico (cosa que al grillo no pareció importarle) y nos miró para ver si los acompañábamos.

Un camino pavimentado, concebido tal vez para tareas de mantenimiento en otros tiempos, atravesaba los escombros cerca de la muralla, cubierta de hiedra enmarañada en aquel tramo. El Snab nos guio, saltando entre los hierbajos y superando ágilmente los ladrillos desparramados. Cuando habíamos recorrido no más de cien pasos, vi más adelante una silueta blanca en la oscuridad. Resopló. Sentada junto a Falada, esperando el amanecer con las piernas cruzadas, estaba la princesa Leah. Vio primero al grillo y luego a los demás. Se levantó y se plantó ante nosotros con la mano en el puño de la espada y los pies separados, como preparada para el combate.

Falada habló, pero prescindió de la tercera persona.

—Bien. Sir Snab os ha traído hasta mí. Y, ahora que me habéis encontrado, debéis volver.

—¿Quién cuidará de las ocas en tu ausencia, mi señora?

No era lo que yo pensaba decir, ni era así como habría hablado jamás Charlie Reade, de Sentry, Illinois.

Abrió mucho los ojos y al instante se le dibujaron unas arrugas en las comisuras. Como no tenía boca, era difícil saberlo con seguridad, pero creo que mi respuesta, además de sorprenderla, le hizo gracia. Falada dijo:

—Los hombres de mi ama, Whit y Dickson, cuidan muy bien de ellas.

Como en el cuento de Dick Whittington, pensé.

—¿Ese caballo ha...? —dijo Jaya.

Leah la mandó callar con un gesto. Jaya retrocedió y bajó la mirada.

—Ahora que tu absurda pregunta ha sido contestada, dejadnos. Tengo que ocuparme de un asunto serio.

Miré su rostro, vuelto hacia arriba, hermoso salvo por la cicatriz que tenía allí donde debería haber estado su boca y la fea llaga a un lado.

—¿Has comido? —pregunté—. Porque debes estar fuerte para lo que te espera, mi señora.

—He tomado lo que necesito —dijo Falada. Vi que la garganta de Leah se tensaba con el esfuerzo de proyectar la voz—. Ahora marchaos, os lo ordeno.

Le cogí las manos. Las encontré pequeñas dentro de las mías, y frías. Intentaba aparentar naturalidad —la princesa altiva con pleno control de la situación—, pero tuve la impresión de que estaba muerta de miedo. Trató de retirar las manos. Se las retuve.

—No, Leah. Soy yo quien da las órdenes. Soy el príncipe prometido. Creo que eso ya lo sabes.

—No el príncipe de este mundo —repuso Falada, y oí los chasquidos y balbuceos procedentes de la garganta de Leah.

Su educada forma de hablar era fruto más de la necesidad que del deseo. Si no se hubiese visto obligada —y con gran esfuerzo— a comunicarse a través de la yegua, me habría puesto de vuelta y media. En ese momento no asomaba a sus ojos la menor sonrisa, solo furia. Esa mujer que daba de comer a las ocas echando el grano de su delantal estaba acostumbrada a una obediencia incondicional.

—No —admití—. No el príncipe de este mundo, y no un príncipe en el mío, pero he pasado largos días en una mazmorra, he tenido que matar y he visto morir a mis compañeros. ¿Me entiendes, princesa? ¿Entiendes mi *derecho* a darte órdenes?

Falada calló. Una lágrima brotó del ojo izquierdo de Leah y descendió lentamente por su tersa mejilla.

—Ven a dar un pequeño paseo conmigo, por favor.

Movió la cabeza en un gesto de negación tan vehemente que el cabello se le agitó en torno a la cara. De nuevo intentó apartar las manos y de nuevo se las retuve.

—Hay tiempo, al menos una hora hasta que amanezca, y quizá todo tu mundo dependa de lo que nos digamos el uno al otro. Puede que incluso el mío esté en peligro. Así que… *por favor.*

Le solté las manos. Extraje del calcetín la última cerilla de azufre que me quedaba. Aparté algo de hiedra, froté la cerilla en la piedra áspera, y la sostuve ante mi rostro como había hecho con Ojota. Se puso de puntillas para mirarme, acercándose tanto que podría haberla besado en la frente.

—Azules —dijo Falada.

—*Sí* habla —musitó Eris.

—Quia, quia, es ella —dijo Ojota también con voz queda.

Estaban pasmados. Igual que yo, ¿y cómo no? Allí había magia, y yo había pasado a formar parte de ella. Eso me aterrorizaba, porque ya no era totalmente yo, pero a la vez me llenaba de júbilo.

—Vamos, mi señora. Tenemos que hablar. Acompáñame, por favor.

Accedió.

7

Nos alejamos un poco de los demás por el camino, con la muralla cubierta de hiedra de la ciudad a nuestra izquierda, los escombros de las afueras destruidas a nuestra derecha, el cielo oscuro por encima de nosotros.

—Tenemos que detenerlo —dije—. Antes de que provoque algún cataclismo espantoso.

Radar caminaba entre nosotros con el Snab sentado en el cuello, y fue el Snab quien contestó. Esa voz era mucho más nítida que la que Leah usaba cuando hablaba a través de Falada.

—No es mi hermano. El Asesino del Vuelo *no* es Elden. Él nunca cometería tales atrocidades. Era una persona tierna y afectuosa.

La gente cambia, pensé. *Mi padre cambió, y yo también cuando estaba con Bertie. Recuerdo que me preguntaba por qué una buena persona como yo hacía semejantes gamberradas.*

—Si vive —dijo el Snab—, es un prisionero. Pero no lo creo. Creo que ha muerto, como otros muchos miembros de mi familia.

—Yo también lo creo —dije. No era falso, porque sin duda el Elden que ella había conocido, el que la cogía de la mano mientras exploraban los recovecos secretos del palacio, el que escuchaba las canciones de la sirena…, ese Elden sí había muerto. Lo único que quedaba era un títere de Gogmagog.

Paramos. Su garganta se movió y el Snab habló. Tanta ventriloquía debía de dolerle, pese a que el Snab era su canal más idóneo, pero tenía que decir lo que venía guardándose en el corazón desde hacía mucho tiempo.

—Si es un prisionero, lo liberaré. Si está muerto, lo vengaré, para conjurar así la maldición que pesa sobre este país triste. Ese es mi cometido y no el tuyo, hijo de Adrian Bowditch.

Yo no era su hijo, solo su heredero, pero no me pareció el momento adecuado para aclararlo.

—Casi con toda seguridad, el Asesino del Vuelo ha ido al Pozo Oscuro, princesa. Allí esperará hasta que las lunas se besen y tenga vía libre. ¿Puedes encontrar ese pozo?

Asintió con la cabeza, pero pareció vacilar.

—¿Nos llevarás hasta allí? Porque es imposible que lo encontremos nosotros solos. ¿Lo harías si te prometo que dejaré en tus manos el destino del Asesino del Vuelo cuando nos enfrentemos a él?

Tardó largo rato en contestar. No confiaba en que fuera a cumplir mi promesa, y su desconfianza era fundada. Si ella reconocía a Elden y no reunía valor para matarlo —ni siquiera tal como era en ese momento—, ¿respetaría yo su deseo y lo dejaría vivir? Pensé en el rostro deteriorado de Dora y en su corazón honesto. Pensé en la valentía de Pursey, por la que muy probablemente habría pagado ya un alto precio. Pensé en los refugiados grises que había visto huir del Litoral en busca de algún lugar donde guarecerse que seguramente no existía. Si se ponía a esa gente perjudicada y maldecida en un platillo de la balanza y el corazón afligido de una princesa en el otro, de ningún modo tendrían el mismo peso.

¿De verdad concederías esa promesa a Leah de los Gallien?

No creía que estuviera recurriendo de nuevo a la tercera persona; es posible que en esa ocasión el Snab hablara por iniciativa propia, pero no me cupo duda de que Leah quería saber lo mismo.

—Sí.

—¿Lo prometerías por el alma de tu madre —dijo—, y que arda en el fuego del infierno si faltas a tu palabra?

—Sí —respondí sin vacilar, y era una promesa que me proponía cumplir. Cuando Leah viese en qué se había convertido su hermano, tal vez lo matara ella misma. Yo podía abrigar esa esperanza. Si no, entregaría el arma del señor Bowditch a Ojota. Él nunca había disparado antes un revólver, pero no preví el menor problema a ese respecto; las armas son como las cámaras baratas: lo único que hay que hacer es apuntar y disparar.

¿Tú y tus amigos seguiréis a Leah y la obedeceréis?

—Sí.

Posiblemente ella sabía que no podía impedirme seguirla. Los otros tal vez obedecieran una orden de la heredera al trono, pero yo no. Como ella ya había dicho, a través de Falada, yo no era un príncipe de ese mundo y no tenía por qué someterme a sus órdenes.

El cielo se iluminó. Los humanos miramos hacia arriba. También Radar. Incluso el Snab miró. Unas brillantes esferas alumbraron las nubes. Las lunas estaban ya tan cerca una de otra que parecían un ocho en horizontal. O el símbolo del infinito. En cuestión de segundos, dejaron atrás los chapiteles del palacio y el cielo volvió a oscurecerse.

—De acuerdo —dijo el Snab—. Acepto tus condiciones. No hablemos más, por favor. Duele.

—Lo sé —dije—. Y lo siento.

Radar gimió y lamió la mano a Leah. Leah se inclinó y la acarició. El pacto estaba cerrado.

28

En la ciudad. El sonido del duelo. Hana.
Aquella que antes cantaba. Oro. La cocina.
La sala de recepciones. Debemos subir para bajar.

1

Leah nos guio de regreso al lugar donde esperaban los demás.
Volvió a sentarse, y no salió una sola palabra más de Falada o
el Snab. Ojota me miró. Asentí: trato hecho. Nos sentamos
con ella y aguardamos a que amaneciera. Empezó a llover de
nuevo, no a cántaros, pero sin parar. Leah sacó un poncho

de la única alforja de Falada y se lo echó sobre los hombros. Llamó con una seña a Radar, que me miró para pedirme permiso y luego se acercó a Leah. Esta la cubrió con el poncho. El Snab se aproximó también. Allí estaban a resguardo del agua. El resto, vestidos con los harapos que llevábamos al fugarnos, nos mojamos. Jaya empezó a temblar. Eris la abrazó. Les dije a los tres que podían regresar. Las dos mujeres negaron con la cabeza. Ojota, sin molestarse siquiera en contestar, se quedó allí sentado con la cabeza gacha y las manos entrelazadas.

Transcurrió el tiempo. Llegado un punto, al alzar la vista, advertí que ya veía a Leah con total nitidez. Le dirigí un gesto interrogativo. Ella se limitó a negar con la cabeza. Finalmente, cuando escampó para dar paso a un amanecer acuoso, se puso en pie y amarró a Falada a un hierro que asomaba de los restos de una pared de ladrillo, entre los escombros. Se puso en marcha por el camino sin comprobar si la seguíamos. El Snab iba de nuevo sobre el lomo de Radar. Leah, avanzando despacio, apartaba de vez en cuando la espesa enredadera, echaba un vistazo y continuaba. Al cabo de unos cinco minutos, se detuvo y empezó a arrancar la hiedra acumulada. Hice ademán de ayudarla, pero ella meneó la cabeza. Teníamos un acuerdo —un pacto—, pero era evidente que a ella no le complacía.

Retiró más hiedra, y vi que detrás había una pequeña puerta oculta. No tenía pestillo ni tirador. Me indicó que me acercara y la señaló. Durante un momento, no supe qué se esperaba de mí. De pronto lo entendí.

—Ábrete en nombre de Leah de los Gallien —dije, y la puerta giró sobre sus goznes.

2

Entramos en un edificio alargado similar a un establo lleno de aperos antiguos. Una gruesa capa de polvo cubría las palas, los azadones y las carretillas. También el suelo estaba polvoriento, y no había huellas salvo por las que dejábamos nosotros a nuestro paso. Vi otro de aquellos híbridos entre autobús y carreta. Eché un vistazo dentro. Contenía una batería tan corroída que no era más que un bulto verde. Me pregunté de dónde habrían salido esos vehículos pequeños, dos al menos, uno todavía operativo. ¿Acaso había llevado el señor Bowditch el material de nuestro mundo a piezas y lo había montado allí? No lo sabía. Lo único que sabía con certeza era que el régimen actual tenía poco interés en mantener Lilimar limpia y en orden. Eran los deportes sangrientos lo que le interesaba.

Leah nos llevó hasta una puerta en el extremo opuesto. Salimos a una especie de depósito de chatarra lleno de trolebuses desmontados, pilas de varillas para las tomas de corriente y grandes rollos de cable de catenaria. Nos abrimos paso entre aquel material inservible hasta unos escalones de madera y subimos a una habitación que los otros fugitivos y yo reconocimos: el garaje de trolebuses.

Cruzábamos la terminal principal cuando sonó la reverberante campanada de la mañana. Leah se detuvo hasta que el sonido se desvaneció, después reanudó la marcha. Todavía no se dignaba mirar atrás para ver si la seguíamos. Se oía el eco de nuestros pasos. En lo alto, una nube oscura de murciélagos gigantes aleteaba, pero por lo demás permanecía inmóvil.

—La última vez salíamos —dijo Eris en voz baja—. Esta vez entramos. Yo tengo mi propio asunto pendiente con esa zorra.

No contesté. No me interesaba. Tenía la cabeza en otra cosa.

Salimos a la lluvia. De repente Radar bajó como una flecha por los peldaños de la Casa del Trolebús y se detuvo poco más allá de uno de los postes rojos y blancos con una mariposa de piedra en lo alto. Olisqueó las zarzas. Vi una correa de mi mochila abandonada y al instante oí lo último que esperaba oír pero que reconocí de inmediato. Radar regresó al trote con su mono chillón. Lo dejó a mis pies y, meneando la cola, me miró.

—Buena chica —dije, y entregué el muñeco a Ojo.

Él tenía bolsillos, yo no. La ancha avenida que conducía al palacio estaba desierta, aunque no vacía. El cuerpo de Molly la Roja había desaparecido, pero los huesos de nuestros perseguidores, los soldados de la noche, se hallaban desparramados en cuarenta metros a la redonda, casi todos enterrados bajo montones de mariposas monarca muertas.

Leah había parado al pie de los escalones, donde ladeó la cabeza y aguzó el oído. Nos acercamos a ella. Yo también lo oía: algo así como un lamento penetrante, similar a los aullidos del viento racheado en los aleros una noche de invierno. Se elevaba y caía, se elevaba y caía, ascendía hasta convertirse en un alarido y descendía hasta reducirse a un gemido.

—Dioses supremos, ¿qué es eso? —preguntó Jaya en un susurro.

—El sonido del duelo —respondí.

—¿Dónde está el Snab? —quiso saber Ojota.

Negué con la cabeza.

—A lo mejor no le gusta la lluvia.

Leah enfiló la calle de los Gallien en dirección al palacio. Le apoyé una mano en el hombro y la detuve.

—Deberíamos entrar por detrás y salir cerca del campo de

juego. Yo no encontraría el camino, un tal Peterkin, un mierdecilla, borró las marcas del señor Bowditch, pero seguro que tú sabes llegar.

Leah se llevó las manos a las esbeltas caderas y me miró con exasperación. Señaló hacia el llanto de Hana por la muerte de su hija. Luego, por si era demasiado tonto para entenderlo, levantó las manos muy por encima de su cabeza.

—La princesa tiene razón, Charlie —dijo Ojota—. ¿Por qué ir en esa dirección si entrando por delante podemos eludir a esa zorra enorme?

Era un buen argumento, pero, a mi juicio, había argumentos más importantes.

—Porque come carne humana. Estoy casi seguro de que por eso la echaron de gigantelandia, o como sea que llamen por aquí a su país. ¿Entiendes? *Come carne humana.* Y está al servicio de *él.*

Leah me miró a los ojos. Muy despacio, asintió con la cabeza y señaló el arma que llevaba yo.

—Sí —dije—. Y hay otra razón, mi señora. Quiero que veas una cosa.

3

Avanzamos un poco más por la calle de los Gallien, y Leah dobló a la izquierda por un pasaje tan estrecho que era poco más que un callejón. Nos guio por un laberinto de calles, sin vacilar ni una sola vez. Esperé que supiera por dónde iba; hacía muchos años que no estaba allí. En todo caso, contábamos con los aullidos de dolor de Hana para orientarnos.

Jaya y Eris me alcanzaron. Eris parecía impávida, decidida. Jaya parecía asustada.

—Los edificios no paran de moverse —dijo—. Sé que es una locura, pero no paran de moverse. Cada vez que aparto la mirada, los veo cambiar con el rabillo del ojo.

—Y yo tengo todo el tiempo la impresión de que oigo voces —añadió Ojo—. Da la sensación de que este sitio está…, no sé…

—Porque lo está —contesté—. Vamos a exorcizarlo o a morir en el intento.

—¿Ejercitarlo? —preguntó Eris.

El aullido de Hana cobró volumen de manera gradual.

—Da igual —dije—. Cada cosa a su debido tiempo.

Leah nos llevó por un callejón cuyos edificios se hallaban tan cerca unos de otros que era como deslizarse por una grieta. Vi que los ladrillos de un edificio y la piedra del otro se movían lentamente hacia dentro y hacia fuera, como si respiraran.

Salimos a una calle que reconocí. Era un bulevar con una mediana en el centro invadida por la mala hierba y lo que quizá en otro tiempo fueran tiendas de lujo para los miembros de la realeza y sus parásitos. Ojota tendió una mano para tocar (o quizá coger) una de las enormes flores amarillas, y le agarré la muñeca.

—No te conviene, Ojo. Muerden.

Me miró.

—¿En serio?

—En serio.

Captaba ya los vértices del tejado de la enorme casa de Hana, cuyas alas se alzaban a ambos lados de la calle. Leah se desplazó a la derecha y empezó a caminar de costado junto a los escaparates rotos, observando a través de la lluvia la plaza desierta, con su fuente seca. Allí los gritos de dolor de Hana resultaban casi insoportables cada vez que los sollozos se elevaban hasta convertirse en alaridos. Leah miró por fin atrás. Me indicó que avanzara, pero agitó una mano en el aire: *Sin ruido, sin ruido*.

Me incliné hacia Radar y chisté para que guardara silencio. Luego me aproximé a la princesa.

Hana se hallaba en el trono adornado con piedras preciosas. Sostenía en el regazo el cadáver de su hija. La cabeza de Molly la Roja se mecía a un lado del trono; las piernas colgaban al otro lado. Esa mañana no había canciones a Joe, amor mío. Hana acarició el erizado cabello naranja de Molly; luego inclinó el rostro lleno de bultos hacia la lluvia y profirió otro aullido. Colocó uno de sus carnosos brazos bajo el cuello de la mujer caída, le levantó la cabeza y le cubrió de besos la frente y los restos de la boca ensangrentada.

Leah la señaló y, a continuación, alzó las manos con las palmas hacia fuera: *¿Y ahora qué?*

Ahora esto, pensé, y empecé a cruzar la plaza en dirección a Hana. Mantenía una mano en la culata del revólver del señor Bowditch. No me di cuenta de que Radar me acompañaba hasta que se puso a ladrar. Fueron unos ladridos guturales, procedentes de lo más hondo del pecho, acompañados de un gruñido cada vez que tomaba aire. Hana levantó la vista y nos vio acercarnos.

—Tranquila, chica —dije—. Conmigo.

Hana arrojó el cadáver a un lado y se puso en pie. Una mano de Molly la Roja fue a caer entre los pequeños huesos esparcidos por el suelo.

—*¡TÚ!* —exclamó, y su pecho se hinchó como una ola gigante—. *¡TÚÚÚÚÚÚ!*

—El mismo —dije—. Yo. Soy el príncipe prometido, así que arrodíllate ante mí y acepta tu destino.

Daba por sentado que no obedecería, y así fue. Se me acercó

a grandes zancadas. Cinco pasos la separaban de mí. Le permití tres, porque no quería fallar. No tenía miedo. La oscuridad se había adueñado otra vez de mí. Era algo frío, pero nítido. Supongo que es una paradoja, pero lo mantengo. Vi la hendidura enrojecida que descendía por el centro de su frente, y cuando ella, gritando algo —no sé qué—, tapó el cielo por encima de mí, le metí dos balas por la grieta. El revólver de calibre 45 era a la pistola del 22 de Pollie lo que una escopeta a la carabina de aire comprimido de un niño. Su frente, infestada de forúnculos, se hundió como la corteza de una capa de nieve al pisarla con una bota pesada. Por detrás de su cabeza, las greñas de pelo castaño ondearon y brotó un abanico de sangre. Se le abrió la boca, dejando a la vista unos dientes afilados que ya no desgarrarían ni masticarían la carne de más niños.

Alzó los brazos hacia el cielo gris. La lluvia le resbaló por los dedos. Olí el humo del arma, un olor intenso y acre. Tambaleante, trazó un semicírculo, como para ver una vez más a su querida hija. Después se desplomó. El estruendo se transmitió a través de las piedras bajo mis pies.

Así cayó Hana la giganta, la guardiana del reloj de sol, el estanque y la entrada al Campo de las Monarcas de detrás del palacio de Lilimar.

4

Ojota se hallaba frente al ala derecha de la casa de Hana, la que ocupaba la cocina. Lo acompañaba un hombre gris sin apenas cara; era como si la carne se le hubiese desprendido del cráneo y hubiese resbalado hacia abajo, sepultándole un ojo y toda la nariz. Vestía un blusón y un pantalón blancos manchados de sangre. Supuse que era —había sido— el cocinero de Hana, aquel al que llamaba «cabrón sin polla». Yo no tenía nada contra él. Mis asuntos estaban en el palacio.

Pero, al parecer, los asuntos de Leah con Hana no habían terminado. Se encaminó hacia la giganta caída desenvainando la espada. La sangre se encharcaba bajo la cabeza de Hana y corría entre las piedras.

Eris se adelantó y cogió a Leah por el brazo. Leah se dio media vuelta, y su expresión no necesitó palabras: *¿Cómo te atreves a tocarme?*

—Quia, mi señora de Gallien, no es mi intención faltarte al respeto, pero espera solo un momento. Por favor. Por mí.

Dio la impresión de que Leah reflexionaba; finalmente retrocedió.

Eris se acercó a la giganta y se encaramó a una de aquellas enormes piernas separadas. Una vez arriba, separó los pies, se remangó la falda mugrienta y meó en la carne blanca y flácida del muslo de Hana. Cuando bajó, tenía las mejillas bañadas en lágrimas. Se volvió hacia nosotros.

—Yo vine al sur desde la aldea de Wayva, un sitio del que nadie ha oído hablar, y ya nadie oirá hablar porque este demonio, esta mala puta, la arrasó, matando a docenas de personas. Una de ellas era mi abuelo. Otra era mi madre. Ahora haz lo que quieras, mi señora. —Y Eris incluso le dedicó una reverencia.

Me aproximé a Ojota y al cocinero, que temblaba de la cabeza a los pies. Ojota se llevó la palma de la mano a la frente, y el cocinero lo imitó.

—Has acabado no con una giganta, sino con dos —dijo Ojota—. Aunque tenga una larga vida…, y sé que las probabilidades son pocas…, nunca lo olvidaré. Como tampoco el hecho de que Eris le haya meado encima. Lo raro es que tu perra no lo intente también.

Leah se acercó a la giganta, alzó la espada por encima de la cabeza y descargó un golpe. Era una princesa y la heredera al trono, pero venía haciendo labores de campesina en el exilio, y era fuerte. Aun así, necesitó tres espadazos para decapitar a Hana.

Se arrodilló, limpió la hoja en la tela del vestido morado de la giganta y envainó de nuevo. Se aproximó a Ojota, que se inclinó y le dirigió un saludo. Cuando este se irguió, Leah señaló los seis metros de giganta muerta y luego la fuente seca.

—A tus órdenes, mi señora, y más que dispuesto.

Fue hasta el cuerpo. Pese a lo fuerte y grande que era, tuvo que usar las dos manos para levantar la cabeza. Balanceándola, la acarreó hasta la fuente. Eris no lo vio; sollozaba en brazos de Jaya.

Ojota soltó un potente gruñido —«¡*UUUF!*»—, y la camisa se le desgarró en los costados cuando lanzó la cabeza. Fue a caer en la fuente, donde quedó de cara a la lluvia con los ojos abiertos. Como la gárgola junto a la que había pasado yo al entrar en la ciudad.

5

Recorrimos una de las vías de acceso en forma de molinete; en esta ocasión era yo quien encabezaba la marcha. La parte posterior del palacio se alzaba imponente sobre nosotros, y de nuevo lo percibí como algo vivo. Adormecido, tal vez, pero con un ojo abierto. Habría jurado que alguna de las torretas había cambiado de posición. Lo mismo habría dicho de las escaleras entrecruzadas y los parapetos, que tan pronto parecían de piedra como de cristal verde oscuro lleno de formas negras en movimiento. Pensé en el poema de Edgar Allan Poe sobre el palacio encantado por cuya puerta, cual torrente espectral, sale una multitud horrenda que ríe..., pues la sonrisa ha muerto.

Allí seguían las iniciales del señor Bowditch. Mirarlas fue como reunirme con un amigo en un mal sitio. Llegamos a las puertas rojas de la zona de carga y descarga, con su atasco de carretas hechas pedazos, y poco más allá a los arbotantes de color verde oscuro. Guie al grupo alrededor, por la parte externa, y aunque nos llevó algo más de tiempo, no oí ninguna objeción.

—Más voces —dijo Ojota en un susurro—. ¿Las oyes?

—Sí —dije yo.

—¿Qué son? ¿Demonios? ¿Los muertos?

—No creo que puedan hacernos daño. Pero aquí hay poder, sin duda, y no es un buen poder.

Miré a Leah, que trazó un rápido movimiento circular con la mano derecha: *Deprisa.* Eso fue lo que entendí. No debíamos malgastar la valiosa luz del día, pero tenía que enseñarle una cosa. Ella tenía que verla, porque ver es el primer paso para comprender. Para aceptar una verdad que se niega desde hace mucho tiempo.

6

Por la vía de acceso curva nos acercamos al estanque rodeado de palmeras, cuyas frondas caían entonces flácidas bajo la lluvia. Vi el poste alto en el centro del reloj de sol, aunque ya no lo coronaba un sol. Debido al viaje de Radar en él, el sol había quedado del otro lado. En ese momento mostraba las dos lunas de Empis. También tenían cara y los ojos también se movían… Se miraban la una a la otra, como si calcularan la distancia que las separaba. Vi la última marca del señor Bowditch, AB, con una flecha en el vértice de la A que señalaba al frente, hacia el reloj de sol.

Y el estanque.

Me volví hacia mi pequeña comitiva.

—Princesa Leah, ven conmigo, por favor. Los demás, quedaos aquí hasta que os llame. —Me incliné hacia Radar—. Tú también, chica. Quédate aquí.

No hubo preguntas ni protestas.

Leah caminó a mi lado. La llevé al estanque y señalé para que mirase. Vio lo que quedaba de la sirena bajo el agua, ya enturbiada por la descomposición. Vio el asta de la lanza que asomaba de la cintura de Elsa y la maraña de intestinos que flotaban por encima.

Lanzó un gemido ahogado que habría sido un grito si hubiera podido dejar escapar un grito de ella. Se tapó los ojos con las manos y se desplomó en uno de los bancos donde tal vez en otro tiempo los empisarios que viajaban hasta allí desde sus pueblos y aldeas se sentaran a admirar a la hermosa criatura que nadaba en el estanque, y quizá a escuchar una canción. Leah se apoyó en los muslos, emitiendo aún gemidos ahogados, que para mí transmitían un horror mayor —un desconsuelo mayor— que los sollozos reales. Le apoyé la mano en la espalda, temiendo de pronto que la incapacidad para expresar plenamente su dolor pudiera matarla, de la misma manera que alguien con mala suerte podía morir de asfixia al atragantarse con un trozo de comida.

Al final levantó la cabeza, contempló otra vez los restos de color gris apagado de Elsa e inclinó la cara hacia el cielo. La lluvia y las lágrimas corrieron por sus mejillas tersas, por la cicatriz de su boca, por la llaga roja que debía abrirse para comer pese al dolor que conllevaba. Alzó los puños hacia el cielo gris y los sacudió.

Le cogí las manos con delicadeza. Fue como sostener piedras. Por fin, las relajó y las cerró en torno a las mías. Esperé hasta que me miró.

—La mató el Asesino del Vuelo. Si no lo hizo en persona, se lo ordenó a alguien. Porque era hermosa, y la fuerza que lo rige odia toda forma de belleza: las monarcas, las buenas personas como Dora que antes eran enteras, el propio país en el que tú has de reinar. Lo que a *él* le gusta es la violencia y el dolor y los crímenes. Le gusta el *gris*. Cuando lo encontremos, *si* lo encontramos, ¿lo matarás en caso de que yo caiga?

Me miró con recelo y los ojos arrasados en lágrimas. Finalmente asintió.

—¿Aunque sea Elden?

Movió la cabeza en un gesto de negación tan vehemente como antes y retiró las manos de las mías. Y del estanque donde yacía la sirena muerta llegó la voz proyectada de Leah, lastimera y trémula:

—Él nunca mataría a Elsa. La quería.

Bueno, pensé, *eso no es exactamente un no*.

Pasaba el tiempo. Aún quedaban horas de luz, pero yo no sabía si las lunas tenían que besarse encima de Empis para que el Pozo Oscuro se abriera; que yo supiera, podía llegarse al mismo resultado catastrófico incluso si ocurría en la otra punta del mundo. En lo alto del poste central del reloj de sol, los ojos de Bella y Arabella se movían de un lado a otro al ritmo del tictac como para subrayar esa idea.

Me volví y llamé a los demás.

Rodeamos el reloj de sol, pero con una excepción: Radar lo cruzó, deteniéndose lo justo para mear al pie del poste central, lo que me recordó a Eris y la giganta caída.

Las vías de acceso en forma de molinete confluían en la ancha avenida central. Esta desembocaba en siete puertas. Probé la del medio. Estaba atrancada. Le pedí que se abriera en nombre de Leah de Gallien, la versión empisaria de «Ábrete sésamo», y se abrió. Eso lo preveía, pero ocurrió otra cosa que no me esperaba. El edificio pareció recular al pronunciarse el nombre de la princesa. Más que verlo lo percibí, tal como había percibido el temblor en los pies cuando los doscientos cincuenta o trescientos kilos de peso muerto recientemente de Hana se desplomaron en el suelo.

El barullo de voces susurrantes, captado no tanto a través del oído como en el centro de la cabeza, se interrumpió de golpe. No fui tan tonto como para creer que todo el palacio había sido purificado —«exorcizado» era la palabra que había utilizado al hablar con Ojota—, pero vi claramente que no solo el Asesino del Vuelo poseía poder. *Ese poder sería mayor si ella pudiera hablar por sí misma*, pensé. Pero, por supuesto, no podía.

Al otro lado de las puertas, se extendía un amplio vestíbulo. En otro tiempo, al igual que la Casa del Trolebús, lo decoraba un mural circular, pero lo habían rociado de pintura negra, y solo quedaban unas cuantas monarcas en vuelo cerca del techo. Volví a pensar en los fanáticos del ISIS destruyendo obras de gran valor cultural creadas por civilizaciones anteriores.

En el centro del vestíbulo, había unos cuantos quioscos pintados de rojo, no muy distintos de aquellos ante los que mi padre y yo habíamos pasado muchas veces en el Guaran-teed Rate Field cuando íbamos a Chicago a ver jugar a los White Sox.

—Sé dónde estamos —masculló Ojota. Señaló con el dedo—. Espera, Charlie, un momento.

Subió al trote por una de las rampas, echó un vistazo y volvió corriendo.

—Los asientos están vacíos. Lo mismo que el campo. To-dos han desaparecido. Los cadáveres también.

Leah le dirigió una mirada de impaciencia con la que parecía preguntarle qué esperaba y después nos llevó hacia la izquierda. Recorrimos un pasillo circular por delante de sucesivos puestos cerrados, casi con toda seguridad conce-siones. Radar caminaba a mi lado. Yo confiaba en que, si surgían complicaciones, ella las percibiese antes, aunque de momento estaba alerta pero en calma. Al dejar atrás el últi-mo puesto, me detuve y fijé la mirada. Los demás reaccio-naron igual. Leah fue la única que no manifestó interés en lo que a mí causaba tal asombro. Continuó un trecho antes de darse cuenta de que nos habíamos rezagado. Repitió el mismo gesto circular —*deprisa*—, pero permanecimos pa-ralizados.

Allí, un panel curvo de cristal, de diez metros por lo me-nos, sustituía la pared lateral de piedra. Estaba polvoriento —como todo en el palacio—, pero eso no nos impidió ver el contenido, iluminado por una hilera de apliques de gas ceni-tales, provistos de pantallas para que actuaran como focos. Tenía ante mis ojos una cámara con montañas de bolas de oro como las que había encontrado en la caja fuerte del señor Bowditch. Su valor debía de ascender a miles de millones de dólares. Entre ellas, esparcidas con descuido, había piedras preciosas: ópalos, perlas, esmeraldas, diamantes, rubíes, zafiros.

Al señor Heinrich, el viejo joyero cojo, le habría dado un ataque al corazón.

—Dios mío —susurré.

Eris, Jaya y Ojota parecían interesados pero no pasmados ni remotamente.

—Yo había oído hablar de esto —dijo Ojota—. Es el tesoro, ¿no, mi señora? El tesoro de Empis.

Leah asintió con impaciencia y nos apremió a continuar. Tenía razón, debíamos seguir adelante, pero yo me entretuve aún un momento, absorto en aquella ingente riqueza. Me acordé de mis muchos viajes para ver a los White Sox, y de aquel domingo especial en que vimos a los Bears jugar en el Soldier Field. En los dos estadios había vitrinas con objetos destacados de la historia de los clubes, y pensé que aquello podía ser algo similar: de camino al enfrentamiento o enfrentamientos que iban a ver, los espectadores, la gente común y corriente, podían pararse a contemplar boquiabiertos las riquezas del reino, protegidas sin duda por la Guardia Real durante el reinado de los Gallien, y más recientemente por Hana. Ignoraba cómo había accedido a ese tesoro el señor Bowditch, pero lo que se había llevado, con o sin permiso, no era más que una gota en el océano. Por así decirlo.

Leah repitió las señas con mayor insistencia, con las dos manos señalando hacia atrás por encima de los hombros. La seguimos. Echando una última mirada, pensé que, si me lanzaba a una de esas montañas, me hundiría en oro hasta el cuello. Luego me acordé del rey Midas, que había muerto de hambre —según el cuento— porque todo lo que intentaba comer se convertía en oro cuando lo tocaba.

En el pasillo, más adelante, me llegó un tenue aroma que me trajo a la memoria desagradables recuerdos de Maleen Profunda: salchichas. A la izquierda, encontramos una puerta de doble hoja abierta. Daba a una cocina enorme con una hilera de hornos de ladrillo, tres fogones, espetones giratorios para asar carne y fregaderos de tamaño suficiente para bañarse. Allí era donde se preparaba la comida para el público que asistía los días de torneo. Las puertas de los hornos estaban abiertas, los quemadores de los fogones oscurecidos, y nada giraba en los espetones, pero el aroma espectral de las salchichas aún flotaba en el aire. *No me comeré ni una sola más mientras viva*, pensé. *Y quizá tampoco bistec.*

Vi a cuatro hombres grises encogidos contra la pared del fondo. Vestían pantalones y blusones anchos similares a los de Pursey, pero ninguno de ellos era Pursey. Al vernos, uno de esos desdichados levantó el delantal y se tapó lo que le quedaba de cara. Los otros se limitaron a mirarnos, y sus facciones, parcialmente borradas, traslucían distintos grados de consternación y temor. Me acerqué, indiferente a los esfuerzos de Leah por arrastrarme pasillo adelante. Los miembros del personal de cocina, uno por uno, se arrodillaron y se llevaron la palma de la mano a la frente.

—Quia, quia, de pie —dije, y me consternó un poco la celeridad con que obedecieron—. No tengo intención de haceros daños, pero ¿dónde está Pursey? ¿Percival? Sé que era uno de los vuestros.

Se miraron entre ellos, luego nos miraron a mí, a mi perra y a Ojota, una mole imponente a mi lado..., y, por supuesto, se aventuraron a lanzar ojeadas a la princesa, que había vuelto al castillo que consideraba su casa. Al final el que se había cubierto la cara bajó el delantal y dio un paso al frente. Estaba temblando. Os ahorraré lo mal que pronunciaba; se le entendía lo suficiente.

—Vinieron a prenderlo los soldados de la noche. Sufrió una sacudida y se desmayó. Se lo llevaron. Quizá haya muerto, mi señor, porque el contacto con ellos mata.

Eso ya lo sabía, pero no siempre mataban, o yo habría llevado semanas muerto.

—¿Adónde lo llevaron?

Negaron con la cabeza, aunque ya me había hecho una idea, y si el Gran Señor quería interrogar a Pursey —Percival—, tal vez aún estuviera vivo.

Entretanto Leah había visto algo. Cruzó rápidamente la cocina hasta la enorme isla central, donde se preparaban las comidas. Había allí un mazo de hojas de papel atadas con un cordel y una pluma de ave que tenía las barbas oscurecidas por la grasa y la punta oscurecida por la tinta. Cogió tanto lo uno como lo otro y, acto seguido, nos dirigió aquel impaciente gesto rotatorio con el que insistía en que debíamos reanudar la marcha. Tenía razón, por supuesto, pero no le quedaría más remedio que aceptar un pequeño desvío hasta ciertos aposentos que yo ya había visitado antes. Estaba en deuda con Percival. Tanto yo como todos los demás. Y también estaba en deuda con Kellin, el Gran Señor.

Quería vengarme, y como bien sabemos todos, la venganza puede ser agridulce.

9

No mucho más allá de la cocina, el pasillo terminaba en una puerta alta con imponentes refuerzos de hierro entrecruzados.

En ella había un cartel con letras de un metro de altura. Frente a ella, leí PROHIBIDA LA ENTRADA. Cuando volví la cabeza para verlo con la visión periférica de la que Cla lamentablemente carecía, las palabras se convirtieron en una maraña de símbolos rúnicos... que, sin duda, mis acompañantes leían sin el menor problema.

Leah me señaló. Me acerqué a la puerta y pronuncié las palabras mágicas. Los cerrojos se descorrieron en el otro lado y la puerta se entreabrió con un chirrido.

—Deberías haber probado eso en Maleen —dijo Eris—. Nos habrías ahorrado mucho sufrimiento.

Podría haber contestado que no se me había ocurrido, lo cual era verdad, pero no toda la verdad.

—Yo entonces no era el príncipe. Todavía estaba...

—Todavía estabas ¿qué? —preguntó Jaya.

Todavía estaba cambiando, pensé. *Maleen Profunda fue mi capullo.*

Me libré de tener que completar la frase. Leah me hizo una seña con una mano y tiró de lo que me quedaba de camiseta con la otra. Tenía razón, por supuesto. Debíamos impedir un apocalipsis.

Al otro lado de la puerta, el pasillo era mucho más amplio y estaba decorado con tapices que representaban las cosas más diversas, desde elegantes bodas y bailes reales hasta escenas de caza y paisajes con montañas y lagos. Uno especialmente memorable mostraba un velero atrapado en las pinzas de un crustáceo gigantesco oculto bajo la superficie del agua. Recorrimos más de quinientos metros hasta llegar a otra puerta de doble hoja de tres metros de altura. De una de las hojas pendía un estandarte con el retrato de un viejo envuelto en una túnica roja desde el cuello hasta los pies. Le ceñía la cabeza la corona que le había visto puesta al Asesino del Vuelo;

era inconfundible. En la otra hoja de la puerta, vi la imagen de una mujer mucho más joven, también con una corona sobre los rizos rubios.

—El rey Jan y la reina Cova —dijo Jaya. Habló en voz baja y con veneración—. Mi madre tenía un cojín con sus caras bordadas. No se nos permitía tocarlo, y menos aún apoyar la cabeza en él.

Allí no tuve necesidad de pronunciar el nombre de Leah; la puerta se abrió hacia dentro cuando ella la tocó. Salimos a un balcón ancho. La estancia de abajo producía una sensación de inmensidad, pero costaba precisar sus límites porque reinaba la oscuridad. Leah se desplazó con sigilo a su izquierda y se adentró en las sombras hasta casi desaparecer. Oí un ligero chirrido, seguido de un olor a gas y un leve siseo procedente de la oscuridad que nos envolvía. A continuación, primero de uno en uno, luego de dos en dos y de tres en tres, se encendieron sucesivos apliques de gas. Debía de haber un centenar, dispuestos alrededor de un salón enorme. Aparecieron aún más luces en una lámpara de araña descomunal, con muchos brazos. Sé que estáis leyendo mucho «enorme» y «grande» y «descomunal». Será mejor que os acostumbréis, porque *todo* lo era…, al menos hasta que llegamos a la pesadilla de claustrofóbico de la que pronto os hablaré.

Leah estaba girando la ruedecita de una válvula. La luz de las lámparas cobró intensidad. El balcón era en realidad una galería, con una fila de butacas de respaldo alto a lo largo. Debajo de nosotros, había un salón circular con el suelo enlosado de un rojo vivo. En el centro, en una especie de estrado, se alzaban dos tronos, uno un poco más grande que el otro. Los rodeaban otras butacas (mucho más elegantes que las de la galería) y pequeños divanes similares a confidentes.

Y apestaba. El olor era tan denso y fétido que resultaba

casi visible. Vi montones de comida podrida aquí y allá, parte de ella infestada de gusanos, pero eso no era todo. Había asimismo montones de mierda en las losas, y dos especialmente grandes en los tronos. Las paredes estaban salpicadas de sangre, ya reseca y de un color granate. Dos cuerpos decapitados yacían bajo la lámpara de araña. Suspendidos de ella, a ambos lados, como para mantenerla en equilibrio, había otros dos, con el rostro contraído y apergaminado —casi momificado— por el paso del tiempo. Tenían los cuellos grotescamente estirados, pero aún no habían llegado a desprenderse de las cabezas que en principio debían sostener. Fue como contemplar las secuelas de una orgía homicida atroz.

—¿Qué habrá pasado aquí? —preguntó Ojota con un susurro ronco—. ¿*Qué*, dioses supremos?

La princesa me tocó el brazo. Su rostro sin boca reflejaba agotamiento y tristeza. Sostenía una de las hojas de papel que se había llevado de la cocina. A un lado, alguien había anotado una complicada receta en una letra indescifrable. Al otro lado, Leah había escrito, y con buena letra: «Esto era la sala de recepciones de mis padres». Señaló una de las momias colgadas y escribió: «Creo que ese es Luddum, el canciller de mi padre».

Le rodeé los hombros con un brazo. Apoyó la cabeza muy brevemente en mi brazo y enseguida se apartó.

—No bastaba con matarlos, ¿verdad? —pregunté—. Tuvieron que profanar este lugar.

Asintió con visible hastío y luego señaló en dirección a una escalera. Bajamos, y Leah nos llevó hacia otra puerta de doble hoja, esta de nueve metros de altura por lo menos. Hana podría haberla cruzado sin agacharse.

Leah hizo una seña a Ojota. Él apoyó las palmas de las manos en las hojas de la puerta, se inclinó hacia delante y las deslizó a los lados por unos rieles ocultos. Entretanto, Leah se volvió hacia los tronos cubiertos de mierda donde en otro tiempo sus padres escuchaban las peticiones de sus súbditos. Hincó una rodilla en tierra y se llevó la palma de la mano a la frente. Sus lágrimas cayeron en las losas rojas sucias.

En silencio, en silencio.

10

El salón situado más allá de la sala de recepciones habría empequeñecido la nave de la catedral de Notre Dame. Pese a que éramos solo cinco, el eco de nuestras pisadas parecía la marcha de todo un batallón. Y habían vuelto las voces, aquellos murmullos entretejidos rebosantes de malevolencia.

Por encima de nosotros, se hallaban los tres chapiteles, como grandes túneles verticales llenos de vagos destellos verdes que se oscurecían hasta parecer el ébano más puro. El suelo por el que caminábamos se componía de miles de pequeñas baldosas. En otro tiempo dibujaban una mariposa monarca enorme, que aún entonces, a pesar de los estragos del vandalismo, conservaba su forma. Debajo del chapitel central, había una plataforma dorada. En el centro de esta, ascendía hacia la oscuridad un cable plateado. Al lado se erigía un pedestal con una gran rueda en un costado. Leah hizo una seña a Ojota. Luego señaló la rueda e hizo como si accionara una manivela.

Ojo se acercó, se escupió en las manos y empezó a girarla. Era un hombre fuerte y perseveró en el empeño durante largo rato sin desfallecer. Cuando por fin se retiró, tomé el relevo. La rueda giraba poco a poco, pero era un trabajo arduo; al cabo de unos diez minutos, tuve la sensación de que algún tipo de pegamento inmovilizaba aquel maldito trasto. Alguien me tocó el hombro. Eris me sustituyó y logró una única revolución. Luego probó Jaya. El suyo fue poco más que un esfuerzo simbólico, pero deseaba formar parte del equipo. No había nada de malo en eso.

—¿Qué estamos haciendo? —pregunté a Leah. La plataforma dorada era obviamente un ascensor que subía al chapitel central, pero no se había movido—. ¿Y para qué hacemos esto si el Asesino del Vuelo se ha ido hacia abajo?

De la nada surgió un susurro ronco, casi una palabra. *Debemos*, creí entender. Leah se llevó las manos a la garganta y meneó la cabeza, como para indicar que en ese momento la ventriloquía le costaba demasiado. A continuación, escribió en otra de las recetas, apoyándose en la espalda de Jaya. La tinta de la pluma era ya muy tenue cuando terminó, pero pude leerlo.

«Debemos subir para bajar. Confía en mí».

¿Qué remedio me quedaba?

29

El ascensor. La escalera de caracol. Jeff.
El Gran Señor. «La reina de Empis cumplirá
con su deber».

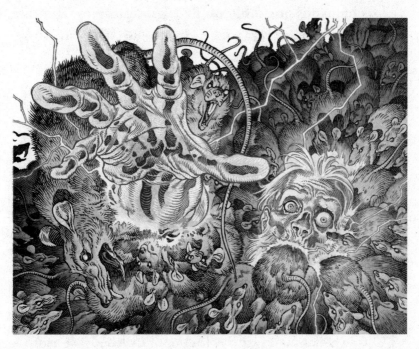

1

Ojota volvió a la rueda, y la resistencia que esta oponía era tal que gruñía a cada cuarto de vuelta. La movió media docena de veces, la última apenas unos centímetros. De pronto, en las alturas, sonó un tenue campanilleo. El eco reverberó y se apagó. Leah indicó a Ojo que retrocediera. Señaló la plataforma.

Nos señaló a nosotros y luego hizo como si abrazara el aire.

—¿Todos nosotros? —pregunté—. ¿Eso quieres decir? ¿Muy juntos?

Asintió y después, aferrándose la garganta, logró realizar un último acto de ventriloquía. Lágrimas de dolor le rodaron por las mejillas. No quise imaginar su garganta revestida de alambre de espino, pero no pude evitarlo.

—Perro. En medio. Ya.

Los humanos nos subimos. Radar se agazapó y, con cara de preocupación, se rezagó. En cuanto nuestro peso estuvo sobre la plataforma, esta empezó a ascender.

—¡Radar! —exclamé—. ¡Salta, salta!

Por un segundo pensé que iba a quedarse atrás. De repente contrajo los cuartos traseros y saltó. La correa había desaparecido hacía tiempo, pero aún llevaba el collar. Ojota la agarró y tiró de ella para subirla a bordo. Con pasos cortos, nos desplazamos un poco para dejarle espacio en el centro. Ella se sentó, me miró y gimoteó. Yo sabía cómo se sentía. Incluso apiñados, apenas cabíamos.

El suelo se alejó. A unos dos metros de altura, podríamos haber saltado sin hacernos daño. A cuatro, podríamos haber saltado sin matarnos. Enseguida estábamos a seis, ya no había nada que hacer.

Ojo se hallaba a un lado, y los dedos de los pies le asomaban por el borde. Yo estaba en el extremo opuesto, también con al menos la cuarta parte de los pies en el aire. Eris, Jaya y Leah se habían agrupado alrededor de Radar; Leah en realidad se hallaba a horcajadas sobre ella. El suelo debía de estar ya a veinte metros por debajo de nosotros. Flotaba polvo en el aire, y pensé que si estornudaba podía precipitarme abajo, lo cual sería un final ignominioso para el príncipe prometido.

Las voces susurraban y se entrecruzaban. Oí una con claridad: *El cerebro de tu padre está devorándose a sí mismo.*

Jaya comenzó a balancearse y cerró los ojos.

—No me gustan las alturas —dijo—. Nunca me han gustado las alturas, ni siquiera el altillo del establo. Ay, no puedo hacerlo, dejadme bajar.

Se puso a forcejear, levantando los brazos para empujar a Eris, que chocó con Ojota y estuvo a punto de desplazarlo más allá del borde. Radar ladró. Si sucumbía al pánico y empezaba a moverse, Leah caería. Y yo.

—Sujeta a esa mujer, Eris —gruñó Ojota—. Oblígala a quedarse quieta antes de que nos mate a todos.

Eris tendió las manos por encima de Radar, y de Leah, que había flexionado las rodillas e iba medio agachada. Rodeó a Jaya con los brazos.

—Cierra los ojos, cariño. Cierra los ojos y haz como si todo esto fuera un sueño.

Jaya cerró los ojos y se agarró al cuello de Eris.

Allí arriba el aire era más frío, y yo estaba pegajoso de sudor. Empecé a estremecerme. *Enferma,* susurró una voz que flotó ante mí como un pañuelo diáfano. *Enferma y resbala, resbala y cae.*

Abajo, el suelo de piedra ya no era más que un pequeño recuadro en la penumbra. Soplaba el viento, y los costados del chapitel, a veces de piedra, a veces de cristal, crujían.

Enferma, musitaban las voces. *Enferma y resbala, resbala y cae. Seguro que caes.*

Seguimos subiendo, lo cual, con el Asesino del Vuelo en algún lugar por debajo de nosotros, se me antojaba absurdo, pero ya era tarde para cambiar de rumbo. Solo cabía esperar que Leah supiera lo que hacía.

Pasamos entre gruesos puntales de piedra revestidos de

centímetros de polvo, y allí había cristal verde a ambos lados. Dentro se entrelazaban sinuosamente unas formas negras. Los costados se estrechaban.

Y, de repente, la plataforma se detuvo.

Por encima de nosotros, el chapitel se estrechaba hacia la oscuridad. Distinguí algo arriba, quizá un rellano, pero estaba al menos a doce metros por encima de la plataforma detenida, donde nosotros permanecíamos apiñados alrededor de mi perra, que estaba lista para salir corriendo en cualquier momento. Por debajo de nosotros había leguas de aire vacío.

—¿Qué está pasando? —preguntó Eris—. ¿Por qué hemos parado? —Aterrorizada, habló con un hilo de voz.

Jaya forcejeó entre sus brazos y volvió a chocarse con Ojota. Este agitó los brazos con desesperación para no perder el equilibrio.

—Yo tengo una pregunta mejor: cómo coño se supone que vamos a bajar —dijo él con un gruñido—. Estamos en lo que podría llamarse un aprieto, nunca mejor dicho.

Leah, angustiada, siguió con la mirada el cable plateado ascendente.

—Esto no es manera de acabar la historia —dijo Ojo, y de hecho se rio—. A ciento veinte metros de altura y aquí apiñados como ganado.

Me planteé gritar «Sube, en nombre de Leah de los Gallien», supe que era absurdo, y me disponía a probarlo de todos modos cuando la plataforma cobró vida de nuevo con una sacudida. Esta vez fui yo quien agitó los brazos para no precipitarme al vacío. Posiblemente habría caído de todos modos si Leah no me hubiera agarrado por el cuello. Me sujetó con tal fuerza que se me cortó la respiración unos segundos, pero, dadas las circunstancias, habría sido de mala educación quejarme.

Radar se puso en pie y todos nos balanceamos a la par. La plataforma parecía encogerse en torno a nosotros.

Las paredes curvas del chapitel estaban tan cerca que ya casi se tocaban. Miré el rellano que se acercaba y recé para que lo tuviéramos al alcance antes de que el ascensor se parara de nuevo o cayera.

No ocurrió ni lo uno ni lo otro. La plataforma se detuvo a la altura del rellano con una ligera sacudida, se oyó otro campanilleo —este más sonoro—, y Radar se apeó como pudo, dando un buena embestida a Leah con los cuartos traseros y mandándola contra Eris y Jaya. Se tambalearon por encima de la negrura. Empujé a Leah con una mano y a Jaya con la otra. Ojota empujó a Eris, y caímos en el rellano unos encima de otros, como esos payasos que salen del coche pequeño en el circo. Ojota rompió a reír. Y yo. Eris y Jaya también se echaron a reír, aunque Jaya a la vez lloraba. No escatimamos abrazos.

Leah apoyó la cara en el lomo de Radar y me tendió la mano. Se la cogí y le di un apretón. Ella me lo devolvió.

—Me gustaría saber una cosa —dijo Ojota—. Me gustaría saber dónde coño estamos y por qué coño hemos venido.

Señalé a Leah y me encogí de hombros. *Cosa de ella, no mía.*

2

El rellano era pequeño y no había barandilla, pero logramos colocarnos en fila, lo que era más seguro que estar apretujados en una plataforma de oro macizo de dos metros por dos metros. Y esa plataforma empezó a descender hacia el suelo, dejándonos allí aislados.

Leah señaló a su derecha. Ojota, el primero de la fila, comenzó a avanzar de lado en esa dirección, observando la negrura del vacío y la plataforma elevadora en descenso. Los demás lo seguimos, Jaya con la mirada fija en el lado opuesto del chapitel. Íbamos cogidos de la mano, como una cadena de muñecos de papel. Probablemente no era lo más sensato, ya que, si uno de nosotros perdía el equilibrio, todos podíamos precipitarnos por el borde, pero eso no nos disuadió.

El rellano terminaba en un arco bajo. Ojota se inclinó, soltó la mano de Eris y lo atravesó con la cabeza gacha. A continuación pasó Radar. La siguieron Jaya y Leah. Yo fui el último, tras lanzar otra ojeada a la plataforma descendente, que ya casi se perdía de vista.

Más allá del arco, encontramos otra pasarela curva y otro abismo. Habíamos ascendido prácticamente hasta lo alto del chapitel central; ya nos hallábamos en lo alto del chapitel de la derecha. Leah fue a situarse a la cabeza de nuestra pequeña procesión, y todos la sujetamos por la cintura mientras pasaba. La oí respirar aceleradamente por la nariz. Me pregunté cuánta energía había necesitado para vocalizar sus últimas palabras y cuándo había comido por última vez. Para entonces debía de moverse por puro instinto visceral…, pero lo mismo podía decirse de todos nosotros.

—¿No te alegras de haber venido? —susurré a Jaya cuando nos pusimos de nuevo en movimiento, avanzando con pasos cortos por el contorno de ese segundo chapitel.

—Calla, mi príncipe —susurró ella en respuesta.

La pasarela acababa en otro arco en el extremo opuesto del chapitel, esta vez ante una puerta de madera de no más de un metro y medio de altura. No se requirieron palabras mágicas. Leah descorrió un cerrojo en la parte superior y utilizó las dos manos para levantar un pestillo doble. No cabía duda de que había estado allí antes. Los imaginé a ella y Elden de niños, los benjamines de la camada, por lo general olvidados, explorando un palacio que debía de extenderse a lo largo de treinta o cuarenta hectáreas, descubriendo sus antiquísimos secretos, arriesgando la vida en esa plataforma (¿cómo habían podido hacer girar la rueda que la movía?) y Dios sabía en cuántos otros sitios peligrosos. Era asombroso que no se hubieran matado en uno de sus safaris. El corolario de esa reflexión era que habría sido mejor para todos nosotros si Elden se hubiera matado.

Una vez abierta la puerta, oímos el silbido del viento fuera. Aquel ululato grave e incesante me recordó la voz de Hana con el cadáver de su hija en el regazo. El rellano al otro lado de la puerta solo permitía el paso de una persona cada vez (o quizá, pensé, de dos niños pequeños y curiosos muy juntos).

Leah encabezó la marcha. La seguí y vi que estábamos en lo alto de un cilindro estrecho que parecía descender hasta la planta baja. A nuestra izquierda, teníamos una pared de mampostería. A la derecha, había cristal verde curvo, en cuyo interior flotaban lánguidamente hacia arriba aquellos capilares negros. El cristal era grueso y oscuro, pero permitía el paso de suficiente claridad exterior para ver el camino: una estrecha escalera que giraba sobre sí misma en una hélice cerrada. No había barandilla. Tendí la mano y toqué el cristal con los dedos. El resultado me sobresaltó. Aquellas espirales negras confluyeron en una nube y se arracimaron en torno al punto que había tocado yo. Me apresuré a retirar la mano, y las hebras negras reanudaron sus lentas deambulaciones.

Pero esas cosas nos ven o nos perciben, pensé. *Y tienen hambre.*

—No toquéis la pared de cristal —advertí a los demás—. No creo que puedan traspasarla, pero no tiene sentido soliviantarlas.

—¿Qué quiere decir *viantarlas*? —preguntó Jaya.

—Da igual, tú no toques la pared de cristal.

Leah, media docena de peldaños más abajo, realizó de nuevo el gesto rotatorio, como un árbitro que señalara un *home run*.

Iniciamos el descenso.

3

La escalera, aunque mejor que la plataforma elevadora —daba menos miedo—, también resultaba peligrosa. Era empinada, y todos (con excepción posiblemente de Radar) nos mareamos de tantas vueltas. Mirar el centro de la espiral era mala idea; agravaba el vértigo. Detrás de Leah y de mí, venían Radar, Ojota y Jaya. Eris cerraba la fila.

Después de descender unos cien peldaños, llegamos a otra de esas puertas bajas. Leah pasó de largo, pero yo sentí curiosidad. Eché un vistazo a una habitación alargada, mohosa y polvorienta, llena de formas imprecisas, algunas cubiertas con sábanas. En un primer momento, la idea de que tenía ante mí un enorme desván me desconcertó, pero luego comprendí que en todos los palacios debía de haber uno. Sencillamente los cuentos no se molestaban en incluirlo.

Tras descender otro tramo —la pared de cristal más gruesa, la luz más débil—, llegamos a otra puerta. La abrí y vi un pasillo iluminado con unos cuantos apliques de gas vacilantes. Otros muchos se habían apagado. Había un tapiz arrugado y polvoriento tirado en el suelo.

—Leah, espera.

Ella se volvió hacia mí y levantó las manos con las palmas hacia fuera.

—¿Hay más puertas de camino hacia abajo? ¿Que dan a distintas partes del palacio? ¿Aposentos habitados, quizá?

Ella asintió y repitió el gesto rotatorio, el que usaba para apremiarnos.

—Todavía no. ¿Conoces un apartamento iluminado no con gas, sino con electricidad? —Lo que en realidad dije, creo, fue: «Conoces un aposento». Pero no fue eso la causa de su expresión de perplejidad. Ella no conocía la palabra «electricidad», en igual medida que Jaya no conocía «soliviantar», como en «soliviantarlas»—. Luces mágicas —dije.

Eso sí lo entendió. Levantó tres dedos, se lo pensó bien y levantó cuatro.

—¿Por qué nos paramos? —preguntó Jaya—. Yo quiero *bajar*.

—Un poco de paciencia —dijo Ojota—. Sé lo que se propone. O al menos eso creo.

Pensé en preguntar a Leah si esas luces mágicas y el generador que les suministraba la corriente las había instalado el señor Bowditch, pero yo ya lo sabía. «Un cobarde solo hace regalos». Sin embargo, basándome en lo que había visto del antiguo generador, debía de haberlo instalado hacía mucho tiempo, probablemente cuando todavía era Adrian en lugar de Howard.

Casi con toda seguridad, los aposentos privados de los difuntos reyes eran uno de los apartamentos provistos de electricidad generada mediante esclavos, pero no era ese el que a mí me interesaba.

Leah no se limitó a señalar hacia abajo, a la espiral cerrada de la escalera; hincó el dedo en el aire repetidas veces. No tenía más que dos cosas en la cabeza: encontrar al Asesino del Vuelo antes de que abriera el Pozo Oscuro y asegurarse de que el usurpador no era su hermano. A mí eso me preocupaba tanto como a ella, pero también me preocupaba otra cosa. Al fin y al cabo, había pasado por el infierno particular de Maleen Profunda, al igual que Ojota y las dos mujeres que habían decidido acompañarnos.

—Todavía no, Leah. Ahora escúchame. ¿Recuerdas unas habitaciones provistas de luces mágicas, con un sofá largo de terciopelo azul? —No dio muestras de identificarlo, pero me vino a la cabeza otro detalle—. ¿Y una mesa con un mosaico en la superficie? El mosaico representa un unicornio que parece casi como si bailara. ¿Eso lo recuerdas?

Abrió mucho los ojos y movió la cabeza en un gesto de asentimiento.

—¿Hay una puerta en esta escalera que dé a esa parte de las habitaciones residenciales?

Se apoyó las manos en las caderas —en una la espada, en otra la daga— y me miró con exasperación. Hincó el dedo en el aire señalando hacia abajo.

Recurrí a la jerga que había aprendido en Maleen.

—Quia, quia, mi señora. Dime si hay una entrada a esa parte desde aquí. ¡Dímelo!

A regañadientes, asintió.

—Pues llévanos hasta allí. Aún queda luz del día más que suficiente… —De hecho, podría haber dicho un *moito* de luz del día— y hay otros asuntos aparte de los tuyos.

—¿Qué asuntos? —preguntó Jaya a mi espalda.

—Creo que es ahí donde encontraremos al Gran Señor.

—Entonces debemos ir —dijo Eris—. Tiene que rendir cuentas.

Vaya que si tiene que rendirlas, el muy cabrón, pensé.

En nuestro incesante descenso, dejamos atrás tres puertas más, y empecé a pensar que Leah pretendía pasar de largo ante el acogedor nido de Kellin. Su acogedor nido *electrificado*. De pronto se detuvo ante otra puerta, la abrió y, sobresaltada, dio un paso atrás. La sujeté con una mano y desenfundé el 45 del señor Bowditch con la otra. Antes de que pudiera asomarme a mirar a través de la puerta, Radar pasó a toda prisa por mi lado meneando la cola. Leah se llevó la palma de la mano a la frente, no en un saludo, sino en el gesto distraído de una mujer que tiene la sensación de que sus problemas nunca terminarán.

Sentado en el pasillo, poco más allá del punto donde la puerta de doble batiente lo habría derribado en su recorrido, estaba el Snab. Radar, meneando la cola, lo tocó entre las antenas con el hocico. Luego se tumbó, y el Snab saltó a bordo.

Ojota, fascinado, miraba por encima de mi hombro.

—Hay que ver las vueltas que das, sir Snab. ¿Cómo nos has encontrado?

Yo tenía una explicación para eso. Claudia había sido capaz de oír al Snab en su cabeza, y acaso esa facultad fuera una calle de doble sentido. Si era así, tal vez el Snab nos hubiera seguido el rastro con una especie de GPS telepático. Era una idea disparatada, pero ¿era más disparatada que la existencia de una sirena con aptitudes similares? ¿O de un reloj de sol rejuvenecedor?

En cuanto a cómo había aparecido allí El Snabbo, sospechaba que Leah no era la única que conocía los recovecos secretos del palacio, y un grillo, por grande que fuese, podía acceder a sitios a los que no llegaba un humano. Eso lo había observado con mis propios ojos, en Maleen Profunda.

—¿Qué hace aquí? —preguntó Eris—. ¿Ha venido a guiarnos?

De ser así, había hecho el viaje en balde, porque yo ya sabía dónde estábamos, pese a que Aaron me había llevado por un camino distinto. El mismo pasillo ancho con apliques de gas provistos de elegantes tubos de cristal. Los mismos tapices, las mismas estatuas de mármol, aunque la que me había recordado a Cthulhu estaba en el suelo, partida en dos…, lo que, en mi opinión, no suponía una gran pérdida.

Me apoyé las manos en las rodillas y bajé la cara hasta casi tocar la del Snab. Me devolvió la mirada sin miedo desde su sitio en la nuca de Radar.

—¿A qué has venido? ¿Nos estabas esperando? ¿Qué te propones?

Claudia había dicho que había que dejar la mente en blanco o algo así. Yo lo intenté, y creo que lo hice bastante bien, dadas las circunstancias y el apremio, pero, si el Snab estaba transmitiendo mensajes telepáticos, no era en mi longitud de onda.

Aunque sí en la de otra persona.

—Príncipe Charlie —dijo Jaya—, el Snab te desea lo mejor y espera que nuestra misión termine con éxito.

No creí que estuviera inventándoselo exactamente, pero supuse que podía ser la realización de un deseo. Luego añadió algo que me llevó a cambiar de idea.

Ojota escuchó y empezó a sonreír, dejando a la vista unas considerables mellas en su equipamiento dental.

—¿En serio? —dijo—. ¡Así me caiga en un pozo de mierda! —(No es lo que dijo; es lo que oí)—. Deja que me ocupe yo de esto, Charlie. ¿Puedo? ¿A modo de favor con alguien que pasó mucho más tiempo que tú en Maleen Profunda?

Le di permiso. Se lo retiraría si pudiera y utilizaría el 45, pero no lo sabía. El Snab tampoco lo sabía, o sin duda se lo habría dicho a Jaya. Pensar en eso ayuda, pero no lo suficiente. En toda la historia del mundo —de *todos* los mundos—, la ignorancia nunca ha cambiado un solo error.

5

Detrás del pedestal donde antes se erigía la estatua de aquel horror con tentáculos, en el revestimiento de madera, había un boquete de buen tamaño, lo que me llevó a recordar el aplique de gas defectuoso de Maleen Profunda. Una corriente gemía en los espacios huecos detrás de la pared, que emanaban un aire maloliente.

—De ahí ha salido el pequeño lord, tan seguro como que la mantequilla se hace con leche —dijo Ojota.

Se había puesto al frente de nuestra procesión, seguido de cerca por Leah. Intenté colocarme al lado de esta, pero siguió adelante sin mirarme siquiera. Rades ocupó su lugar, con el Snab montado todavía en su lomo. Jaya y Eris iban detrás. Pasamos por delante de los espejos de marcos dorados que yo recordaba y finalmente llegamos a la puerta de caoba que daba al apartamento del Gran Señor. Como era uno de los pocos con corriente eléctrica, supuse que en otro tiempo esos aposentos habían pertenecido a Luddum, el canciller del rey Jan, pero no llegué a saberlo con certeza.

Leah desenvainó la daga, y yo desenfundé el 45, pero nos quedamos ambos detrás de Ojota. Él miró a Jaya y formó con los labios las palabras: «¿Detrás de la puerta?».

Ella asintió. Ojota llamó con los nudillos, grandes y sucios.

—¿Hay alguien en casa? ¿Podemos pasar?

Sin esperar respuesta, hizo girar el pomo (de oro, por supuesto) y embistió la puerta con el hombro. La puerta batió hacia atrás, y al otro lado se oyó un gruñido. Ojota tiró del pomo hacia sí y después dio otro portazo. Otro gruñido. Una tercera vez…, una cuarta…, los gruñidos cesaron…, una quinta…, Radar ladraba. Cuando Ojo volvió a tirar de la puerta, el hombre que se hallaba detrás cayó desmadejado en la tupida alfombra roja que cubría el suelo del recibidor. Le sangraban la frente, la nariz y la boca. En una mano sostenía un cuchillo largo. Cuando volvió la cara hacia arriba para mirarnos, reconocí a uno de los hombres del palco de los vip, el de la cicatriz en la mejilla que había hablado en susurros a Petra. Alzó el arma y lanzó una cuchillada, con la que abrió un corte superficial en la espinilla peluda de Ojota.

—Quia, quia, eso no, chaval —dijo Ojo.

Pisó la muñeca del hombre de la cicatriz y persistió hasta que este abrió la mano y el cuchillo cayó en la alfombra. Lo recogí y me lo coloqué bajo el cinturón tachonado del señor Bowditch, en el lado opuesto a la pistolera.

Leah se arrodilló junto al hombre de la cicatriz. Él la reconoció y sonrió. Le brotaba sangre de los labios, partidos.

—¡Princesa Leah! Soy Jeff. Una vez te vendé el brazo cuando te cortaste, ¿te acuerdas?

Ella asintió.

—Y una vez empujé tu carrito tirado por un poni para sacarlo del barro. Éramos tres, pero mi afecto por ti era grande, y fui el que empujó con más fuerza. ¿También eso lo recuerdas?

Ella volvió a asentir.

—Yo nunca quise formar parte de esto, te lo juro, princesa. ¿Me dejarás ir, en recuerdo de los viejos tiempos, cuando eras una niña y Lilimar era una ciudad hermosa?

Ella asintió para indicar que sin duda lo dejaría ir, y le hundió la daga hasta la empuñadura en uno de los ojos que la miraban.

6

Ese día no había electricidad en el apartamento, pero el hombre de la cicatriz —Jeff, o tal vez se escribiera Geoff— había encendido a media intensidad los apliques de gas para disponer de visibilidad y poder llevar a cabo su trabajo sucio. Imagino que no preveía que fuéramos cinco, o que supiéramos dónde nos esperaba agazapado. Por no hablar ya de la presencia del Snab, un grillo vaquero a lomos de mi perra.

Eris localizó la pequeña palanca de latón que controlaba la intensidad del gas e hizo arder los quemadores a plena potencia. Encontramos a Kellin en la habitación contigua, tendido en una enorme cama con dosel. La cámara estaba a oscuras. El Gran Señor tenía las manos entrelazadas sobre el pecho. Llevaba el cabello peinado hacia atrás y lucía el mismo esmoquin de terciopelo rojo que el día que me había interrogado. Una tenue luz azul flotaba en torno a él. Parecía sombra de ojos en sus párpados cerrados. No se movió cuando nos acercamos y nos dispusimos en torno a su cama robada. Nunca un viejo había parecido tan muerto, y pronto lo estaría. Yo ignoraba si había agua corriente en el retrete que vi a la izquierda de la habitación, pero no cabía duda de que había una bomba de agua. Pensé que a mi viejo amigo el Gran Señor no le iría mal un buen baño.

Jaya y Eris hablaron al mismo tiempo.

—¿Dónde está el Snab? —dijo Jaya.

—¿Qué es ese ruido?

Se oía una mezcla de gorjeo y chillidos, en la que se intercalaban siseos rápidos y agudos. Cuando el sonido se aproximó, Radar empezó a ladrar. ¿Me di cuenta de lo pálido que estaba Ojota al volverme hacia el salón para ver lo que venía? Creo que sí, pero no estoy seguro. Tenía puesta casi toda la atención en la puerta del dormitorio. El Snab entró de dos elásticos saltos y a continuación brincó a un lado. Luego aparecieron las habitantes ocultas de las paredes y rincones oscuros del palacio: una avalancha de ratas grises enormes. Jaya y Eris gritaron las dos. Leah no pudo, pero retrocedió contra la pared, con los ojos abiertos como platos y las manos en la cicatriz que tenía por boca.

No me cupo duda de que las había convocado el Snab. Al fin y al cabo, era el señor de las cosas pequeñas. Aunque la mayoría de las ratas eran más grandes que él.

Me aparté de la cama. Ojota se tambaleó y lo sujeté. Tenía la respiración acelerada, y en ese momento debí de haber sabido que le pasaba algo, pero las ratas captaban toda mi atención. Treparon por la colcha y se arremolinaron sobre el cuerpo del Gran Señor. Kellin abrió de pronto los ojos. Eran tan brillantes que costaba mirarlos. El aura en torno a él pasó de un azul claro a un tono más puro e intenso. La primera oleada de ratas se frio al entrar en contacto con el envoltorio. El hedor a carne asada y pelo chamuscado fue atroz, pero no se detuvieron. Nuevos efectivos corretearon por encima de los cuerpos de sus camaradas muertas, chillando y mordiendo. Kellin intentó apartarlas. Levantó un brazo por encima de aquel hervidero de ratas y empezó a golpearlas. Una se le había adherido al pulgar, con la cola enrollada en torno a la huesuda muñeca, y oscilaba como un péndulo. Kellin no sangraba, porque no tenía sangre. Vi que la luz azul emitía algún que otro parpadeo a través de las ratas que lo cubrían. Gritó, y una rata del tamaño de un gato adulto le desgarró el labio superior, dejando a la vista sus dientes rechinantes. Y seguían llegando ratas. Entraban por la puerta del dormitorio y subían a la cama, hasta que el Gran Señor quedó enterrado bajo una manta viva y mordedora de pelo y colas y dientes.

Oí un ruido sordo junto a mí cuando Ojota se desplomó en el rincón de la habitación, en el lado opuesto a la pared donde las tres mujeres permanecían encogidas y Radar ladraba. Leah sujetaba el collar de Rades con las dos manos. Una espuma blanca brotaba de las comisuras de los labios de Ojota y le resbalaba por el mentón. Me miró e intentó sonreír.

—Ven...

Por un momento pensé que me pedía que me acercara. Pero enseguida entendí la palabra que no pudo completar.

Se produjeron una explosión ahogada y un destello. Las ratas —algunas en llamas, otras solo humeantes— volaron en todas las direcciones. Una me golpeó en el pecho y me resbaló por la camiseta andrajosa, dejando un rastro de tripas a su paso. Las mujeres capaces de vocalizar gritaron de nuevo. Oí que el Snab comenzaba a emitir con los élitros el característico sonido propio de los grillos. Las ratas obedecieron en el acto. Cambiaron de dirección y regresaron en tropel por donde habían llegado, dejando atrás centenares de cadáveres. La cama de Kellin estaba salpicada de tripas y empapada de sangre de rata. El propio Kellin era un esqueleto desmontado bajo un cráneo sonriente ladeado sobre una almohada de seda.

Intenté levantar a Ojota, pero pesaba demasiado para mí.

—¡Eris! —exclamé—. ¡Ojo ha caído! ¡Ayúdame! ¡Está mal!

Ella se abrió paso entre la marea menguante de ratas, saltando y gritando cuando le pasaban por encima de los pies…, pero ninguna la mordió, ni a ella ni a ninguno de nosotros. Leah la siguió. Jaya se quedó atrás y luego acudió también.

Cogí a Ojota por debajo de los brazos. Eris le sujetó una pierna; Leah, la otra. Lo acarreamos, procurando no tropezar con las últimas ratas, entre las que se incluía una sin patas traseras que, pese a ello, seguía valientemente a sus congéneres.

—Lo siento —dijo Ojota. Habló con una voz gutural, procedente de una garganta a punto de cerrarse. Le salían copos de espuma de la boca—. Lo siento, quería ver el final…

—Calla y no malgastes fuerzas.

Lo tendimos en el largo sofá azul. Empezó a toser, y los cuajarones de espuma fueron a parar a la cara de Leah, que se había arrodillado para apartarle el cabello de la frente sudorosa. Jaya cogió de la mesa del unicornio un tapete o algo así y la limpió como pudo. Leah no pareció darse cuenta. No apartó la vista de Ojota. Lo que advertí en sus ojos fue bondad y compasión y misericordia.

Él intentó sonreírle y luego me miró a mí.

—Estaba en la hoja del cuchillo. Un viejo… truco.

Asentí, pensando en la despreocupación con la que me había guardado ese cuchillo bajo el cinturón tachonado. Si me hubiese hecho siquiera un pequeño corte, Ojo no sería el único que echase espuma por la boca.

Volvió a centrarse en Leah. Levantó el brazo muy despacio, como si le pesara cincuenta kilos, y se llevó la palma de la mano a la frente.

—Mi… reina. Cuando llegue el momento…, cumple con tu deber. —Se le cayó la mano.

Fue así como murió Ojota, a quien había visto por primera vez aferrado a los barrotes de su celda como un mono. Después de todas las penalidades por las que había pasado, y pese a lo corpulento que era, un corte insignificante en la espinilla había acabado con él.

Tenía los ojos abiertos. Leah se los cerró, se inclinó y apretó la cicatriz de su boca contra la mejilla de Ojota, con un asomo de barba. Era lo más parecido a un beso que podía ofrecer. Después se levantó y señaló la puerta. Sorteando los cadáveres de unas cuantas ratas que habían muerto en el camino de salida, la seguimos. Se detuvo antes de llegar el pasillo, miró atrás y se llevó las manos a la garganta.

Ojota habló una última vez, como habían hablado Falada y el Snab.

—*La reina de Empis cumplirá con su deber. Lo juro.*

30

Una parada más. La mazmorra. Resuelta.
Estrellas imposibles. El Pozo Oscuro.
Gogmagog. La mordedura.

1

Seguimos un rastro de ratas muertas y heridas hasta el boquete
abierto en el revestimiento de madera; Eris ayudó de hecho a
entrar a una con solo tres patas; luego hizo una mueca y se
limpió las manos en la camiseta (cosa que no debió de servirle
de mucho, cubierta de mugre y sangre como estaba). Llegamos

a la puerta que daba a la escalera de caracol, la cual supuse que podía ser una especie de salida de emergencia para la realeza, en caso de incendio. Di un golpecito a Leah en el hombro.

—Una parada más antes de ir a por el Asesino del Vuelo —dije—. En el nivel donde están Maleen Profunda y la cámara de tortura. ¿Te parece bien?

Sin protestar, se limitó a dirigirme un gesto de hastío. Tenía aún restos de espuma sanguinolenta en la mejilla. Tendí la mano para limpiársela y esta vez no se apartó.

—Gracias. Puede que allí haya alguien que nos ayudó…

Se dio media vuelta antes de que yo acabara. Fuera del palacio, Woody, Claudia y sus seguidores —a esas alturas quizá se hubieran congregado más y formaran ya un auténtico ejército— probablemente habían entrado en la ciudad. Si había un cuartel donde dormían los soldados de la noche que quedaban, tal vez la gente gris estuviera eliminándolos ya en ese momento, y bravo por ellos, pero dentro del palacio el tiempo volaba y no había reloj de sol mágico para hacerlo retroceder.

Bajamos por la escalera: bajamos y bajamos, dimos vueltas y más vueltas. Nadie hablaba. La muerte de Ojota era como un peso sobre nuestros hombros. Incluso Radar lo sentía. No podía ir a mi lado, el cañón por el que descendíamos era demasiado estrecho para eso, pero caminaba tocándome la pantorrilla con el hocico y mantenía gachas las orejas y la cola. El ambiente era cada vez más frío. El liquen que crecía en los bloques de piedra, colocados allí cientos de años antes, rezumaba agua. *No*, pensé, *más tiempo aún. Miles de años, quizá.*

Entonces empecé a percibir un olor, muy tenue.

—Dioses supremos —dijo Eris, y se rio. En su risa no se advertía la menor alegría—. Gira la rueda, y aquí estamos, otra vez en el punto de partida.

Durante el descenso habíamos pasado por delante de varias puertas más, unas grandes, otras menores. Leah se detuvo ante una pequeña, señaló y bajó varios peldaños más para dejarme espacio. Probé a abrir. La puerta cedió. Casi tuve que doblarme por la cintura para cruzarla. Me encontré con otra cocina, poco más que un armario en comparación con la que habíamos visto al entrar. En esa no había horno; contaba solo con un fogón y una parrilla larga y baja que seguramente funcionaba con gas pero estaba apagada. Encima vi una ristra de salchichas, carbonizadas.

Jaya emitió un sonido entre tos y arcada. Supongo que se acordó de todas las comidas que habíamos tomado en nuestras celdas, sobre todo las anteriores al recreo y la primera eliminatoria de la Justa. Yo había leído sobre el trastorno de estrés postraumático, pero leer sobre algo y entenderlo son cosas muy distintas.

En un estante, junto a la parrilla, había una taza de hojalata como las que teníamos en las celdas, solo que esa no tenía orificio en la base que tapar con el dedo. Contenía cerillas de azufre como las que me había dado Pursey. La cogí y, como no llevaba bolsillos, me coloqué el 45 bajo el cinturón tachonado y encajé la taza con las cerillas en la pistolera.

Leah nos guio hasta la puerta y, tras asomarse, nos indicó que la siguiéramos, haciendo girar los dedos como antes: *rápido, rápido*. Me pregunté cuánto tiempo había pasado. Aún era de día, sin duda, pero ¿eso qué más daba si Bella y Arabella se besaban en la otra punta del mundo? Supuse que el Asesino del Vuelo ya estaba en el Pozo Oscuro, esperando a que se abriera para intentar cerrar otro trato con el ser que lo habitaba, o bien porque no veía las atrocidades que eso podía comportar o bien porque le traían sin cuidado. Pensé que esto último era lo más probable. Elden de Gallien, Elden el Asesino del Vuelo, un duende fofo y codicioso de rostro verde que aguardaba la ocasión de invocar la presencia de algo del otro mundo en este… y después, quizá, en el mío. Me planteé decirle a Leah que prescindiera de llevarnos a la cámara de tortura. Tal vez Pursey —*Percival*— ni siquiera estuviera allí, o tal vez hubiera muerto. Estaba claro que detener al Asesino del Vuelo era más importante.

Eris me tocó el hombro.

—Príncipe Charlie… ¿estás seguro de esto? ¿Es prudente?

No. No lo era. Solo que sin Percival —un hombre con la enfermedad gris en una fase tan avanzada que apenas podía hablar— ninguno de nosotros habría estado allí.

—Vamos —dije en tono cortante.

Eris se llevó la palma de la mano a la frente y no añadió nada más.

2

Reconocí el pasillo en el que nos esperaba Leah, que desplazaba el peso del cuerpo de un pie a otro, y cerraba y abría la mano en torno a la empuñadura de la espada. A la derecha de la cocina auxiliar, estaba el acceso a la mazmorra. A la izquierda y no muy lejos, estaba la cámara de tortura.

Eché a correr y las dejé atrás. Salvo por Radar, que trotó a mi lado, con la lengua colgándole a un lado de la boca. La cámara se hallaba más lejos de lo que recordaba. Cuando llegué a la puerta abierta, me detuve lo suficiente para pensar en algo que no era exactamente una oración, solo *por favor, por favor*. Luego entré.

Al principio pensé que no había nadie… a menos, claro, que Percival estuviera dentro de la doncella de hierro. Pero si hubiese estado allí, sin duda habría rezumado sangre, y no había. Al cabo de un momento, una pila de harapos se movió en el rincón del fondo. Levantó la cabeza, me vio e intentó sonreír con lo que le quedaba de boca.

—¡Pursey! —grité, y corrí hacia él—. ¡Percival!

Intentó dirigirme un saludo como buenamente pudo.

—Quia, quia, soy yo quién debe saludarte a ti. ¿Puedes tenerte en pie?

Con mi ayuda, consiguió levantarse. Pensé que se había envuelto una mano con un jirón sucio del blusón que llevaba, pero cuando me fijé mejor, vi que, en realidad, llevaba la tira de tela alrededor de la muñeca y firmemente atada para restañar la hemorragia. En las piedras donde antes yacía, advertí una mancha oscura y endurecida. Había perdido la mano. Algún cabrón se la había cercenado.

Llegó el resto. Jaya y Eris se quedaron en el umbral de la puerta, pero Leah entró. Percival la vio y se llevó a la frente la mano que le quedaba. Se echó a llorar.

—*Incea*. —Era lo más parecido a «princesa» que podía articular.

Intentó hacer una genuflexión, y se habría caído si yo no lo hubiese sujetado. Estaba sucio, ensangrentado y desfigurado, pero Leah le rodeó el cuello con los brazos y lo estrechó contra sí. Aunque solo hubiera sido por eso, la habría querido.

—¿Puedes andar? —le pregunté—. Si vas despacio y descansas de vez en cuando, ¿puedes? Porque tenemos prisa. Una prisa *extrema*.

Asintió.

—¿Y puedes encontrar la salida?

Volvió a asentir.

—¡Jaya! —dije—. Aquí es donde te separas de nosotros. Percival te guiará. Ve con él, déjalo descansar cuando lo necesite.

—Pero yo quiero…

—Me da igual lo que quieras, esto es lo que necesito que hagas. Sácalo de este… este *agujero*. A estas alturas habrá más gente fuera. —*Más nos vale*, pensé—. Llévalo con Claudia o Woody y consíguele atención médica. —«Atención médica» no es lo que dije, pero Jaya asintió.

Abracé a Percival como había hecho Leah.

—Gracias, amigo mío. Si esto sale bien, deberían hacerte una estatua. —*Quizá con mariposas posadas en los brazos extendidos*, pensé, y me dirigí hacia la puerta.

Leah ya me esperaba allí.

Jaya lo rodeó con el brazo.

—Estaré a tu lado paso a paso, Pursey. Solo tienes que indicarme el camino.

—¡*Príncipe*! —dijo Percival, y me volví. Se esforzó al máximo en hablar con claridad—. ¡*Esino Uelo*! —Señaló la puerta—. ¡*Os adro*! ¡*Y rpia*! ¡*E rpia*! —A continuación, señaló a Leah—. ¡*Ea oce mino*! —Señaló hacia arriba—. ¡*Ela y Araela*! ¡*Onto*! ¡*Onto*!

Miré a Leah.

—¿Lo has entendido?

Asintió con la cabeza. Estaba blanca como el papel. La llaga por la que se alimentaba destacaba como una mancha de nacimiento.

Me volví hacia Eris.

—¿Y tú?

—Asesino del Vuelo —dijo ella—. Otros cuatro. Y la pécora. O quizá la víbora. En cualquier caso, creo que se refiere a Petra, esa zorra del lunar en la cara que estaba junto a él en el palco. Dice que la princesa conoce el camino. Y algo sobre Bella y Arabella.

—Se besarán pronto —dijo Jaya, y Percival asintió.

—Cuida de él, Jaya. Sácalo de aquí.

—Lo sacaré si es verdad que conoce el camino. Y aseguraos de que vuelva a veros. A todos. —Se inclinó e hizo una rápida caricia de despedida a Radar.

3

Seguimos a Leah, que abandonó la escalera circular y enfiló un pasillo distinto. Se detuvo delante de una puerta, la abrió, meneó la cabeza y siguió.

—¿De verdad sabe adónde va? —susurró Eris.

—Creo que sí.

—Eso *esperas*.

—Hacía mucho tiempo que no venía.

Llegamos a otra puerta. No. Luego a otra. Leah se asomó adentro e hizo una seña. Estaba a oscuras. Señaló la taza con las cerillas que me había llevado de la cocina. Intenté frotarme una contra los fondillos del pantalón, un buen truco que había visto hacer a un vaquero de los de antes en una película en la TCM. Como no dio resultado, la encendí contra la piedra áspera junto a la puerta y la sostuve en alto. La habitación estaba revestida de madera, no de piedra, y llena de ropa: uniformes, blusones blancos de cocinero, batas y camisas de lana. Bajo una hilera de colgadores de madera, había un montón de vestidos marrones apolillados. En el rincón, vi una caja de guantes blancos, amarillentos por el paso del tiempo.

Leah ya estaba cruzando la habitación, y Radar la seguía, pero se volvió para mirarme a mí. Encendí otra cerilla y fui detrás de ellas. Leah se puso de puntillas, agarró dos colgadores y tiró. No pasó nada. Dio un paso atrás y me señaló.

Entregué la taza con las cerillas a Eris, agarré los colgadores y di un tirón. No pasó nada, pero noté que algo cedía. Tiré más fuerte, y toda la pared giró hacia fuera, dejando escapar una ráfaga de aire antiguo. Unos goznes ocultos chirriaron. Eris encendió otra cerilla, y vi telarañas, no enteras, sino en jirones grises. Eso, sumado al montón de vestidos descolgados, transmitía un claro mensaje: alguien había cruzado esa puerta antes que nosotros. Encendí otra cerilla y me agaché. En el polvo se superponían varias huellas. Si hubiese sido un detective brillante como Sherlock Holmes, a lo mejor habría deducido cuántas personas habían pasado a través de esa puerta oculta, tal vez incluso si nos sacaban mucha ventaja, pero yo no era ningún Sherlock. Sí pensé que era posible que transportasen una carga pesada, basándome en lo desdibujadas que se veían las huellas. Como si arrastraran los pies en lugar de caminar. Me acordé del lujoso palanquín del Asesino del Vuelo.

Otro tramo de escalera, que se curvaba hacia la izquierda, llevaba abajo. Más huellas en el polvo. Muy abajo se veía una luz tenue, pero no de un aplique de gas. Era verdosa. No me gustó mucho. Menos aún me gustó la voz que susurraba desde el aire frente a mí. *Tu padre está muriendo en su propia mugre*, dijo.

Eris respiró hondo.

—Otra vez las voces.

—No las escuches —dije.

—¿Por qué no me pides que no *respire*, príncipe Charlie?

Leah nos llamó con una seña. Empezamos a bajar por la escalera. Radar gimió, inquieta, y pensé que quizá también ella oía voces.

4

Bajamos y bajamos. La luz verde cobró intensidad. Procedía de las paredes. *Rezumaba* por las paredes. Las voces también se oían más. Decían cosas desagradables. Muchas sobre mis deplorables hazañas con Bertie Bird. Eris lloraba a mi espalda, de forma casi inaudible, y en un momento dado musitó:

—¿Por qué no paráis ya? No era mi intención. ¿Por qué no paráis, por favor?

Casi hubiera preferido enfrentarme de nuevo a Hana y a Molly la Roja. Habían sido atroces, pero tenían sustancia. Uno podía arremeter contra ellas.

Si Leah oía esas voces, no dio señales de ello. Bajaba por la escalera con paso firme, la espalda recta y el cabello, recogido, oscilando entre los omóplatos. Me molestaba su obstinada negativa a reconocer que el Asesino del Vuelo era su hermano —¿acaso no había oído a sus compinches gritar su nombre en la Justa?—, pero me gustaba su valor.

Me gustaba *ella*.

Cuando terminaron los peldaños en un arco cubierto de musgo y telarañas rasgadas, debíamos de estar al menos ciento cincuenta metros por debajo de Maleen Profunda. Quizá más. Las voces se desvanecieron. Dieron paso a un zumbido tétrico que parecía proceder de las paredes de piedra húmedas o de la luz verde, que allí era mucho más intensa. Era una luz *viva*, y ese zumbido era su voz. Nos acercábamos a un gran poder, y si alguna vez había dudado de la existencia del mal como fuerza real, como algo independiente de aquello que moraba en los corazones y las almas de los hombres y las mujeres mortales, en ese momento dejé de dudarlo. Estábamos solo en la periferia del ser que generaba esa fuerza, pero cada paso que dábamos nos acercaba a ella.

Tendí la mano para tocar el hombro de Leah. Aunque dio un respingo, enseguida se relajó al ver que era yo. Tenía los ojos muy abiertos y oscuros. Al mirar su cara en lugar de su resuelta espalda, me di cuenta de que estaba tan aterrorizada como nosotros. Quizá más, porque ella sabía más.

—¿Veníais aquí? —susurré—. ¿Elden y tú veníais aquí de *niños*?

Asintió. Tendió la mano y agarró el aire.

—Os cogíais de la mano.

Asintió. *Sí.*

Me los imaginé, de la mano, corriendo por todas partes…, pero no, en eso me equivocaba; seguramente no corrían. Leah podía correr, Elden era zompo. Ella debía de caminar a su lado por más que deseara echar a correr hacia lo siguiente, la siguiente sorpresa, el siguiente lugar secreto, porque quería a su hermano.

—¿Él usaba bastón?

Leah levantó las manos y formó una V con los dedos. Dos bastones, pues.

Juntos a todas partes excepto a un sitio. «Leah nunca se sintió atraída por los libros», había dicho Woody; «de los dos, el lector era Elden».

—Él descubrió esa puerta secreta en el cuarto donde está guardada la ropa, ¿verdad? Lo leyó en la biblioteca. Y debía de conocer también otros sitios.

Sí.

Libros antiguos. Quizá libros prohibidos como el *Necro-micón*, el grimorio imaginario sobre el que a Lovecraft le gus-taba escribir. Me representé a Elden absorto ante un libro así, el niño feo con los pies zompos, el niño con bultos en la cara y joroba, el que vivía en el olvido, salvo cuando le gastaban bro-mas crueles (acerca de eso yo lo sabía todo, Bertie y yo había-mos gastado no pocas durante mi etapa oscura), aquel a quien nadie prestaba atención excepto su hermana pequeña. ¿Por qué habrían de prestarle atención cuando con el tiempo sería su apuesto hermano mayor quien ocupara el trono? Y para cuando Robert ascendiera, Elden, cojo y enfermizo, Elden el ratón de biblioteca, seguramente ya habría muerto. Las personas como él no vivían mucho. Pillaban algo, tosían, tenían fiebre y morían.

Elden leyendo los libros viejos y polvorientos, sacados de estantes altos o de un armario cerrado con llave que forzaba. Quizá al principio solo buscaba algún poder que utilizar contra el matón de su hermano y las víboras de sus hermanas. Más adelante concebiría la venganza.

—No fue idea tuya venir aquí, ¿verdad? A otras partes del castillo, quizá sí, pero aquí no.

Sí.

—Esto no te gustaba, ¿verdad? Las habitaciones secretas y la plataforma elevadora estaban bien, eran divertidas, pero esto era un mal sitio, y tú lo sabías. ¿Verdad?

Tenía una expresión sombría y preocupada en los ojos. No hizo ningún gesto, ni sí ni no…, pero se le saltaron las lágrimas.

—En cambio a Elden le fascinaba. ¿Verdad?

Leah se dio media vuelta y, repitiendo el movimiento rotatorio con la mano con el que decía «vamos», reanudó la marcha. Con la espalda recta.

Resuelta.

5

Radar se nos había adelantado un poco y olfateaba algo en el suelo del pasadizo, un retazo de seda verde. Lo cogí. Lo miré, me lo guardé en la pistolera junto con la taza con las cerillas y no le di mayor importancia.

Allí el espacio era ancho y alto, más túnel que pasadizo.

Llegamos a un sitio donde se dividía en tres ramales, iluminados todos con aquella luz verde pulsátil. Encima de cada entrada, una dovela llevaba grabada la forma del ser que yo había visto partido en dos en el suelo del ala residencial: una criatura semejante a un calamar con un cúmulo de tentáculos que ocultaban su horrenda cara. Las monarcas eran una bendición; aquel ser era una blasfemia.

He aquí otro cuento de hadas, pensé. *Uno no dirigido a niños, sino a adultos. Sin lobo grande y malo, sin gigante, sin Rumpelstiltskin. ¿Es eso que hay en los arcos, una versión de Cthulhu, y es eso Gogmagog? ¿El sumo sacerdote de los dioses de Elder, soñando sus sueños malévolos en las ruinas de R'lyeh? ¿Es a eso a lo que Elden quiere pedir otro favor?*

Leah se detuvo, hizo ademán de dirigirse hacia el pasillo de la izquierda, paró, hizo ademán de dirigirse hacia el pasillo central y volvió a vacilar. Miraba al frente. Yo miraba al suelo, donde vi huellas en el polvo que se adentraban en el túnel de la derecha. Ese era el camino que habían tomado el Asesino del Vuelo y su séquito, pero quería ver si ella se acordaba. Se acordaba. Entró en el pasillo de la derecha y continuó. La seguimos. El olor —el hedor, el «tufo mefítico»— era más intenso allí, el zumbido no más sonoro pero sí más penetrante. Unos hongos flácidos y deformes, tan blancos como los dedos de un muerto, surgían de las grietas de las paredes. Se volvían para vernos pasar. Al principio, pensé que eran imaginaciones mías. No lo eran.

—Esto es espantoso —dijo Eris. Hablaba en tono bajo y afligido—. Creía que Maleen era mala... y también el campo donde teníamos que luchar..., pero no eran nada en comparación con esto.

Y no había nada que decir, porque tenía razón.

Seguimos adelante, siempre hacia abajo. El olor era peor,

y el zumbido cobraba volumen gradualmente. Ya no se limitaba a las paredes. Lo notaba en el centro del cerebro, donde no parecía un sonido, sino una luz negra. Ignoraba dónde nos hallábamos en relación con el mundo exterior, pero sin duda habíamos ido más allá de los jardines del palacio. Mucho más allá. Las huellas fueron desdibujándose y al final desaparecieron. A esa profundidad, no había polvo ni colgaban telarañas. Incluso las arañas habían abandonado ese lugar dejado de la mano de Dios.

Las paredes estaban cambiando. En algunos sitios habían sustituido las piedras por grandes bloques de cristal verde oscuro. En lo más hondo de estos, se agitaban y arremolinaban gruesas espirales negras. Una se precipitó hacia nosotros y su extremo anterior sin cabeza se abrió, convirtiéndose en una boca. Eris dejó escapar un débil grito. Radar caminaba entonces tan cerca de mí que le rozaba el costado con la pierna a cada paso.

Finalmente salimos a una gran sala abovedada de cristal verde oscuro. Las espirales negras se hallaban por todas partes dentro de las paredes, entrando y saliendo como flechas de extrañas figuras labradas que cambiaban de forma al mirarlas. Se curvaban y trenzaban, creaban siluetas…, rostros…

—No mires esas cosas —dije a Eris. Supuse que Leah ya lo sabía; si había recordado cómo llegar hasta allí, sin duda no había olvidado aquellas figuras extrañas y cambiantes—. Creo que te hipnotizarán.

Leah, en el centro de aquella horripilante nave, miraba alrededor, desconcertada. Circundaban la sala numerosos pasadizos, todos alumbrados con aquella luz verde palpitante. Debía de haber al menos una docena.

—Creo que no puedo —dijo Eris. Su voz era un susurro trémulo—. Charlie, lo siento, pero creo que no puedo.

—No tienes por qué hacerlo. —Mi voz sonaba monótona y extraña, como consecuencia del zumbido, creo. Sonaba como la voz del Charlie Reade que se había prestado a las malas pasadas que el Bird concebía... y a las que él después hacía sus propias aportaciones—. Vuelve, si puedes encontrar el camino. Quédate aquí y espéranos si no puedes.

Leah trazó un círculo completo, muy despacio, examinando cada pasadizo uno por uno. Luego me miró, alzó las manos y meneó la cabeza.

No lo sé.

—Hasta aquí llegabas tú, ¿no? Elden seguía desde aquí sin ti.

Sí.

—Pero al final volvía.

Sí.

La imaginé esperando en esa extraña cámara verde con las tallas raras y aquellos seres negros que danzaban en las paredes. Una niña manteniéndose firme —resuelta— a pesar del insidioso zumbido. Esperando sola.

—¿Viniste con él otras veces?

Sí. A continuación, señaló hacia arriba, cosa que no entendí.

—¿Después vino sin ti?

Un largo silencio...; finalmente: *Sí.*

—Y hubo una vez que ya no regresó.

Sí.

—No fuiste a por él, ¿verdad? Quizá llegaste hasta aquí, pero no más allá. No te atreviste.

Se tapó la cara. Era respuesta más que suficiente.

—Me voy —prorrumpió de pronto Eris—. Lo siento, Charlie, pero... *no puedo.*

Huyó. Radar fue con ella hasta la entrada de la que habíamos salido, y si se hubiera ido con Eris, no la habría llamado. El zumbido ya me penetraba en los huesos. Tuve la clara premonición de que ni la princesa Leah ni yo volveríamos a ver el mundo exterior.

Radar regresó hasta mí. Me arrodillé y la rodeé con el brazo, reconfortándome en la medida de lo posible.

—Diste por sentado que tu hermano estaba muerto.

Sí. A continuación se aferró la garganta y salieron de ella unas palabras guturales.

—Está muerto. *Está.*

La persona en que me había convertido —me estaba convirtiendo— era mayor y más sabia que el estudiante de instituto que había salido al campo de amapolas. Ese Charlie —el *príncipe* Charlie— entendía que Leah tenía que creer eso. De lo contrario, la culpabilidad por no haber intentado rescatarlo habría sido insoportable.

Aun así, sospecho que por entonces ella sabía ya cuál era la realidad.

6

El suelo era de un cristal verde lustrado que parecía descender hasta profundidades insondables. Los seres negros se agitaban debajo de nosotros, y era indudable que tenían hambre. Allí no se veía polvo ni huella alguna. Si el Asesino del Vuelo había dejado algún rastro a su paso, un miembro del séquito lo había borrado por si alguien —nosotros, por ejemplo— intentaba seguirlos. Si Leah era incapaz de recordar, no había forma de saber cuál de los doce pasadizos había que tomar.

O quizá sí la hubiera.

Recordé a la mujer del lunar junto a la boca cuando gritó: «¡De rodillas, sangre vieja! ¡De rodillas, sangre vieja!». Petra, se llamaba, y llevaba un vestido de seda verde.

Cogí el retazo de tela que había encontrado y lo acerqué a Radar, que lo olfateó sin mucho interés; el zumbido y las formas negras de los bloques de cristal también la afectaban. Pero Radar era lo único con lo que contaba. Con lo que contábamos.

—¿Por cuál? —pregunté, y señalé los túneles. Radar se limitó a mirarme, sin moverse, y caí en la cuenta de que el espeluznante ambiente de aquel lugar me había vuelto tonto. Radar entendía ciertas órdenes, pero «por cuál» no era una de ellas. Acerqué de nuevo el retazo del vestido a su nariz—. ¡Busca, Radar, busca!

Esta vez bajó la nariz al suelo. Una de aquellas formas negras pareció saltar contra ella y retroceder, pero Radar, mi buena perra, mi perra valiente, bajó de nuevo la nariz. Fue hacia uno de los túneles, volvió sobre sus pasos y fue al siguiente por la derecha. Allí se giró hacia mí y ladró.

Leah no vaciló. Echó a correr por el túnel. La seguí. El suelo de cristal verde del pasadizo adquirió más inclinación. Si la pendiente hubiera sido un poco mayor, creo que habríamos perdido el equilibrio. Leah aumentó su ventaja. Era de pies ligeros; yo era el patoso al que solo se le permitía jugar en primera base.

—¡Leah, espera!

Pero ella no esperó. Corrí tan deprisa como pude en aquel túnel empinado. Radar, más cerca del suelo y con cuatro patas en lugar de dos, lo tenía más fácil. El zumbido empezó a desvanecerse, como si en algún lugar una mano estuviera bajando el volumen de un amplificador gigantesco. Eso supuso un alivio. El resplandor verde de las paredes se atenuó también. Lo sustituyó una luz más débil que se intensificó —un poco— cuando nos acercamos a la salida del pasadizo.

Lo que vi allí, incluso después de todo lo que había experimentado ya, era casi imposible de creer. La mente se reveló contra la información que le transmitían los ojos. La sala de los numerosos pasadizos era enorme, pero aquella cámara subterránea era mucho mayor. ¿Y cómo podía ser una cámara si en lo alto se veía un cielo nocturno salpicado de titilantes estrellas amarillentas? De ahí procedía la luz.

Esto no puede ser, pensé, y acto seguido comprendí que sí, sí podía ser. ¿Acaso no había salido ya a otro mundo después de descender por una escalera? Había salido al mundo de Empis. Y ahí había un tercer mundo.

Otra escalera circundaba un espacio colosal que había sido abierto en la roca maciza. Leah descendía por ella a toda velocidad. Al fondo, unos ciento veinte metros más abajo, vi el palanquín del Asesino del Vuelo; tenía corridas las cortinas, moradas y guarnecidas con hilo de oro. Los cuatro hombres que lo habían acarreado, arrimados a la pared curva con las cabezas en alto, contemplaban aquellas misteriosas estrellas. Debían de ser fuertes para haber transportado hasta allí al Asesino del Vuelo, y valientes, pero desde donde yo me hallaba, con Radar a mi lado, se los veía pequeños y aterrorizados.

En el centro del suelo de piedra, se alzaba una enorme grúa Derrick, fácilmente de cien metros de altura. No era como las que había visto en las obras de mi pueblo, sino que parecía de madera y presentaba una extraña similitud con un patíbulo. El mástil articulado y el aguilón formaban un triángulo perfecto. El gancho de carga no estaba acoplado a la tapa que me había imaginado cuando pensaba en el Pozo Oscuro, sino a un gigantesco escotillón con bisagras que palpitaba con una nauseabunda luz verde.

De pie cerca de ella, con su túnica morada semejante a un kaftán y la corona de oro de los Gallien absurdamente ladeada sobre el cabello blanco alborotado, estaba el Asesino del Vuelo.

—*¡Leah!* —grité—. *¡Espera!*

No dio ninguna muestra de oírme; podría haber sido tan sorda como Claudia. Bajando por ese último tramo de escalera circular, corría bajo la luz mortecina de unas estrellas horripilantes que brillaban desde otro universo. Corrí detrás de ella al tiempo que desenfundaba el revólver del señor Bowditch.

7

Los porteadores del palanquín empezaron a subir por la escalera para recibirla. Ella se plantó con las piernas separadas en posición de combate y desenvainó la espada. Radar ladraba enloquecida, o por el terror que le inspiraba aquel lugar escalofriante del que yo daba por hecho que nunca saldríamos o porque entendía que esos hombres representaban una amenaza para Leah. Tal vez por lo uno y por lo otro. El Asesino del Vuelo alzó la vista y se le cayó la corona de la cabeza. La recogió, pero lo que salió de debajo de la túnica morada no era un brazo. No vi qué era (o no quise verlo), y en ese momento me dio igual. Tenía que llegar hasta Leah si podía, pero ya me daba cuenta de que no llegaría a tiempo para salvarla de los porteadores del Asesino del Vuelo. Estaban muy cerca, a una distancia excesiva para el alcance del revólver, y ella se encontraba en medio.

Se afianzó el puño de la espada contra el abdomen. Oí que gritaba algo el hombre que iba en primera posición. Agitaba los brazos al tiempo que ascendía, seguido por los otros tres. Distinguí «¡Quia, quia!», pero nada más. Ella no necesitó atacar; él, llevado por el pánico, se abalanzó sobre la espada sin aflojar la marcha. La hoja se le clavó hasta la empuñadura y asomó por el otro lado de su cuerpo en medio de una salpicadura de sangre. Se ladeó hacia el vacío. Ella intentó arrancar la espada, pero no pudo. La elección era sencilla y cruda: soltarla y vivir o aferrarse a ella y caer junto con el hombre. La soltó. El hombre se precipitó desde donde Leah lo había traspasado, a unos treinta metros de altura, y fue a dar no muy lejos del palanquín que había contribuido a transportar. Tal vez le hubieran prometido oro, mujeres o una finca en el campo, o las tres cosas. Lo que obtuvo fue la muerte.

Los otros tres siguieron adelante. Yo aceleré, indiferente a la posibilidad muy real de tropezar —quizá con la perra— y sufrir una caída mortal. Vi que, por más que corriese, no llegaría a tiempo. Ellos la alcanzarían antes, y Leah ya solo contaba con la daga para defenderse. La desenfundó y arrimó la espalda a la pared, dispuesta a luchar a muerte.

Solo que no hubo ni lucha ni muerte. Posiblemente ni siquiera el hombre al que había matado tuviera intención de entablar combate; «Quia, quia» era lo que había gritado antes de que lo traspasara la espada. Esos individuos habían soportado ya más que suficiente. Lo único que querían era salir de allí a toda prisa. Pasaron corriendo por su lado sin mirarla.

—¡*Volved!* —exclamó Elden—. ¡*Volved, cobardes! ¡Vuestro rey os lo ordena!*

Sin prestar atención, subieron por los peldaños de piedra de dos en dos y de tres en tres. Agarré a Radar por el collar y la sujeté contra mí. Los dos primeros porteadores pasaron de largo, pero el tercero tropezó con Radar, que ya estaba harta. Echó la cabeza al frente y le hincó los dientes profundamente en el muslo. El hombre agitó los brazos en un esfuerzo para recuperar el equilibrio; luego cayó al pozo, y su último grito decreciente se interrumpió cuando chocó contra el fondo.

Reanudé el descenso. Leah no se había movido. Contemplaba aquella figura grotesca bajo la túnica morada en continua agitación, tratando de distinguir sus facciones a la luz tenue de las estrellas que brillaban en aquel abismo demencial. Casi había llegado hasta ella cuando empezó a aumentar la intensidad de la luz. Pero no la de las estrellas. Volvió a oírse el zumbido, solo que entonces era más grave, no un mmmmmm, sino un *AAAAAAA*, el sonido de algún ser extraño, colosal e incognoscible, al percibir el olor de una comida que sabe que será deliciosa.

Alcé la vista. Leah alzó la vista. Radar alzó la vista. Lo que vimos aparecer en aquel cielo oscuro y estrellado fue espeluznante, pero el verdadero horror fue este: también era hermoso.

Si no había perdido totalmente la noción del tiempo, en algún lugar por encima de nosotros aún era de día. Bella y Arabella tenían que estar en el lado opuesto del mundo del que Empis formaba parte, pero ahí se veían esas dos mismas lunas, proyectadas desde un vacío negro que no tenía por qué existir, y bañaban aquel infierno con su luz pálida y sobrecogedora.

La más grande se acercaba a la más pequeña, y no iba a pasar ni por detrás ni por delante. Después de los dioses supremos sabían cuántos miles de años, las dos lunas —estas y las reales en algún lugar al otro lado de la curva del planeta— se hallaban en trayectoria de colisión.

Toparon en un choque que fue insonoro (*era* realmente una proyección, pues) y se vio acompañado de un destello resplandeciente. Los fragmentos volaron en todas las direcciones, llenando aquel cielo oscuro como pedazos rotos de loza reluciente. El bramido atonal —AAAAAA— subió aún más de volumen. Era ensordecedor. El brazo de la grúa Derrick comenzó a elevarse, estrechando el triángulo entre él y el mástil. No emitía ruido de maquinaria, pero en todo caso yo no lo habría oído.

El resplandor cegador de las lunas en plena desintegración tapó las estrellas y bañó el suelo de luz. El escotillón del Pozo Oscuro empezó a levantarse, sujeto por el gancho de la grúa Derrick. La grotesca criatura de la túnica morada también miraba hacia arriba, y cuando Leah bajó la vista, sus miradas se cruzaron. Los ojos de él estaban hundidos en unas cuencas profundas de carne verdosa; los de ella eran grandes y azules.

A pesar de todos los años y todos los cambios, lo reconoció. La consternación y el horror de Leah fueron inequívocos. Traté de retenerla, pero ella se zafó de un tirón convulsivo con el que estuvo a punto de caer al vacío. Y yo me hallaba en estado de shock, aturdido por lo que acababa de ver: la colisión entre dos lunas en un cielo que no tenía derecho a existir. Los trozos se esparcían y empezaban a apagarse.

En el contorno del escotillón del Pozo Oscuro, apareció un semicírculo de oscuridad, que rápidamente se ensanchó hasta convertirse en una sonrisa negra. El grito largo y ronco de satisfacción cobró volumen. El Asesino del Vuelo se encaminó a trompicones hacia el pozo. La túnica morada se elevaba en varias direcciones distintas. Por un momento, aquella horrenda cabeza fofa quedó tapada, y acto seguido la túnica cayó a un lado y quedó en el suelo de piedra. El hombre que había debajo era solo medio hombre, del mismo modo que Elsa había sido solo media mujer. Sustituía sus piernas una maraña de tentáculos negros que lo impulsaban presurosamente con un andar oscilante. Otros tentáculos sobresalían de la bolsa colgante de su vientre, alzándose hacia el escotillón en ascenso como obscenas erecciones. En lugar de brazos, tenía unos apéndices horripilantes similares a serpientes que se agitaban en torno a su cara como algas en una fuerte corriente, y comprendí que el ser del pozo, fuera lo que fuese, no era Cthulhu. *Elden* era el Cthulhu de ese mundo, de un modo tan incuestionable como que Dora era la anciana que vivía en un zapato y Leah era la chica de las ocas. Había trocado unos pies deformes y una joroba —cifosis— por algo mucho peor. ¿Consideraba justo el trueque? ¿Habían bastado la venganza y la lenta destrucción del reino para equilibrar la balanza?

Leah llegó al pie de la escalera. En el cielo, los fragmentos de Bella y Arabella seguían desplegándose.

—*¡Leah!* —grité—. *¡Leah, para, por amor de Dios!*

Justo había dejado atrás el palanquín, cuyas cortinas colgaban flácidas, cuando se detuvo, pero no porque yo la hubiese llamado. No creo que me oyese siquiera. Tenía toda la atención puesta en la masa fofa que había sido su hermano. Él se inclinaba ávidamente sobre el escotillón en ascenso, con la carne suelta de su rostro colgando como masa. Volvió a caérsele la corona de la cabeza. Más tentáculos negros le surgieron del cuello, la espalda y la raja del culo. Estaba convirtiéndose ante mis ojos en Cthulhu, el señor de los dioses antiguos, un cuento de pesadilla hecho realidad.

Pero el verdadero monstruo estaba abajo. Pronto saldría. Gogmagog.

8

Recuerdo lo que ocurrió a continuación con desgarradora claridad. Lo vi todo desde donde me hallaba, quizá a una decena de peldaños por encima del palanquín abandonado, y todavía lo veo en sueños.

Radar ladraba, pero apenas la oía por encima del zumbido ensordecedor y constante del Pozo Oscuro. Leah alzó la daga y, sin vacilar, se la hundió en la llaga por donde se alimentaba. Luego, con las dos manos, se abrió la cicatriz que tenía por boca, de derecha a izquierda.

—¡*ELDEN!* —gritó.

De la boca reabierta, brotó una fina lluvia de sangre. Tenía la voz ronca —debido a sus hazañas con la ventriloquía, supuse—, pero la primera palabra que había pronunciado sin tener que proyectarla desde las profundidades de su garganta fue lo bastante sonora, a pesar del zumbido, para que su horrendo hermano la oyera. Él se volvió. Vio a Leah, la *vio* realmente, por primera vez.

—¡*ELDEN, PARA AHORA QUE AÚN ESTÁS A TIEMPO!*

Él vaciló, y aquel bosque de tentáculos —para entonces más, muchos más— se agitó. ¿Advertí afecto en aquellos ojos llorosos? ¿Arrepentimiento? ¿Pesadumbre, quizá vergüenza por haber maldecido a la única a quien había querido junto con todos aquellos a quienes no había querido? ¿O solo la necesidad de conservar lo que se le escabullía entre los dedos tras un reinado que había sido demasiado corto (aunque no es esa la impresión que todos tenemos cuando llega el final)?

Yo no lo sabía. Bajé corriendo esos últimos peldaños y dejé atrás el palanquín. No tenía plan alguno; no me movía más que la necesidad de apartarla antes que saliera el ser que había allí abajo. Me acordé de la cucaracha gigante que había escapado hasta el cobertizo del señor Bowditch y de que el señor Bowditch la había matado a tiros, y eso me recordó —por fin— que aún llevaba su arma.

Leah se adentró en aquella acumulación de tentáculos, ajena aparentemente al peligro que representaban. Uno de ellos le acarició la mejilla. Elden la miraba aún, ¿y lloraba?

—Vete —dijo él con voz ronca—. Vete mientras puedas. Yo no puedo…

Uno de aquellos tentáculos rodeó el cuello ensangrentado de Leah. Estaba claro qué era lo que Elden no podía hacer: detener a la parte de él poseída por el ser del pozo. Y todos los libros que había leído en la biblioteca del palacio… ¿Acaso ninguno contenía el relato más básico de todas las culturas, el que dice que cuando pactas con el diablo siempre sales perdiendo?

Agarré el tentáculo —uno que tal vez formara parte de un brazo cuando Elden hizo su pacto— y lo arranqué del cuello de Leah. Era correoso y estaba recubierto de una especie de lodo. En cuanto dejó de asfixiar a Leah, lo solté. Otro me envolvió la muñeca, y un segundo se enrolló en torno a mi muslo. Empezaron a tirar de mí hacia Elden. Y hacia el pozo parcialmente abierto.

Levanté el arma del señor Bowditch para dispararle. Pero un tentáculo se enroscó alrededor del cañón, me la arrancó de la mano y lo tiró; el revólver resbaló por el áspero suelo de piedra en dirección al palanquín abandonado. Radar estaba entre Elden y el pozo. Erizada toda ella, ladraba con tal vehemencia que escupía espuma por las fauces. Se abalanzó para morderlo. Un tentáculo —uno que había formado parte de la pierna izquierda de Elden— restalló como un látigo, y Radar salió despedida. Yo me veía arrastrado hacia delante. Tal vez el monstruo estuviera llorando por su hermana, pero también sonreía ante la expectación de una horrenda victoria, real o imaginada. Otros dos tentáculos, pequeños, surgieron de esa sonrisa para saborear el aire. La grúa Derrick seguía tirando del escotillón, pero además algo lo empujaba desde abajo, ensanchando la brecha.

Ahí abajo hay otro mundo, pensé. *Un mundo negro que no quiero ver.*

—¡Tú formabas parte de aquello! —gritó a Leah el ser fofo de rostro verde—. *¡Tú formabas parte de aquello o habrías venido conmigo! ¡Habrías sido mi reina!*

Otros tentáculos salidos del Asesino del Vuelo la atraparon —las piernas, la cintura, nuevamente alrededor del cuello— y tiraron de ella hacia delante. Algo surgió del pozo, una sustancia negra erizada de largas espinas blancas. Cayó al suelo con un ruido húmedo. Era un ala.

—*¡Yo SOY la reina!* —exclamó *Leah*—. *¡Tú no eres mi hermano! ¡Él era bueno! ¡Tú eres un asesino y un farsante! ¡Eres un impostor!*

Hundió la daga, manchada aún de su propia sangre, en el ojo de su hermano. Los tentáculos se desprendieron de ella. Elden retrocedió, tambaleante. El ala se elevó y se agitó una vez, lanzando una ráfaga de aire nauseabundo contra mi cara. Envolvió a Elden. Las espinas lo traspasaron. Lo arrastró hacia el borde el pozo. Elden profirió un alarido final antes de que aquel ser le hincara en el pecho sus espinas curvas y lo arrastrara al interior.

Pero haber engullido a su títere no le bastó. Una burbuja de carne extraña salió del pozo. Unos enormes ojos dorados nos miraron desde lo que, por lo demás, no era una cara. Se oyó una fricción, un sonido chirriante, y asomó una segunda ala cubierta de espinas. Se agitó a modo exploratorio y me asaltó otra ráfaga de aire pútrido.

—*¡Retrocede!* —gritó Leah. Una lluvia de sangre brotó de su boca recién liberada y desigual. Las gotas cayeron en el ser que emergía y crepitaron—. *¡Yo, la reina de Empis, te lo ordeno!*

Siguió saliendo, agitando sus dos alas con espinas. Despedía chorros de un líquido fétido. La luz de las lunas hechas añicos había seguido apagándose, y apenas alcancé a ver al ser jorobado y contrahecho que se elevaba, con los costados hinchándose y deshinchándose como un fuelle. La cabeza de Elden desaparecía entre la extraña carne de esa criatura. El rostro muerto, con su expresión final de terror estampada, nos miraba como la cara de un hombre que se hunde en arenas movedizas.

Los ladridos de Radar se parecían más a chillidos.

Creo que aquello tal vez hubiera sido alguna especie de dragón, pero no de los que aparecen en los cuentos de hadas. Era de más allá de mi mundo. También del de Leah. El Pozo Oscuro se abría a algún otro universo inaccesible a la compresión humana. Y la orden de Leah no sirvió para detenerlo.

Salió.

Salió.

Las lunas se habían besado, y pronto aquello estaría en libertad.

9

Leah no repitió la orden. Debió de comprender que era inútil. Se limitó a alargar el cuello para observar cómo surgía aquel ser del pozo. Ya solo se oía a Radar, que ladraba sin parar, pero de algún modo —milagrosamente, heroicamente— se mantenía firme.

Cobré consciencia de que iba a morir, y sería un alivio. En el supuesto, claro, de que la vida no prosiguiera sumida en algún zumbido infernal (*AAAAAA*), una vez que los tres —Leah, Radar y yo— termináramos dentro de aquel extraño ser.

Había leído que en momentos como ese toda la vida desfila ante los ojos de uno. Lo que desfiló ante los míos, como ilustraciones de un libro cuyas páginas se pasan rápidamente, fueron todos los cuentos con los que me había encontrado en Empis, desde la zapatera y la chica de las ocas hasta las casas de los Tres Exiliaditos o las hermanas malvadas que nunca habrían llevado a su hermosa hermana menor (o a su deforme hermano menor) al baile.

Aquello crecía y crecía. Las alas con espinas se agitaban. El rostro de Elden había desaparecido en sus entrañas incognoscibles.

Entonces me acordé de otro cuento de hadas.

Érase una vez un hombrecillo malévolo llamado Christopher Polley, que había ido a robar el oro del señor Bowditch.

Érase una vez un hombrecillo malvado llamado Peterkin, que había torturado al Snab con un puñal.

Érase una vez mi madre, que fue arrollada por la furgoneta de un fontanero en el puente de Sycamore Street y murió al ser arrastrada contra un montante del puente. La mayor parte de ella permaneció en el puente, pero su cabeza y sus hombros acabaron en el río Little Rumple.

Siempre Rumpelstiltskin. Desde el mismísimo principio. El Cuento de Hadas Primigenio, podría decirse. ¿Y cómo se deshizo la hija de la reina del conflictivo duende?

—¡*SÉ CÓMO TE LLAMAS!* —exclamé.

Aquella no era mi voz, como tampoco muchos de los pensamientos y percepciones de este relato eran propios del chico de diecisiete años que había llegado a Empis. Era la voz de un príncipe. Ni de ese mundo ni del mío. Había empezado llamando a Empis «lo Otro», pero *yo* era lo otro. Todavía Charlie Reade, sin duda, pero también otra persona, y la idea de que se me hubiera enviado allí —de que a mi reloj se le hubiese dado cuerda y se lo hubiese puesto en hora muchos años antes, cuando mi madre cruzó aquel puente, mordisqueando una alita de pollo— para estar presente en ese preciso momento era incuestionable. Más tarde, cuando la persona que era yo en ese mundo subterráneo empezara a desvanecerse, dudaría de eso, pero ¿en ese momento? No.

—*¡SÉ CÓMO TE LLAMAS, GOGMAGOG, Y TE ORDENO QUE VUELVAS A TU GUARIDA!*

Lanzó un alarido. El suelo de piedra tembló y se resquebrajó. Muy por encima de nosotros, las tumbas dejaban salir de nuevo a sus muertos y una enorme grieta surcaba en zigzag el Campo de las Monarcas. Aquellas alas descomunales se agitaron, lanzando una lluvia de gotas pestilentes que quemaban como ácido. Pero ¿sabéis qué? Aquel alarido *me gustó*, porque yo era un príncipe oscuro y aquel era un alarido de dolor.

—*¡GOGMAGOG, GOGMAGOG, TE LLAMAS GOGMAGOG!*

Gritó cada vez que pronuncié su nombre. Esos gritos estaban en el mundo; estaban también en lo más hondo de mi cabeza, como lo había estado antes el zumbido, amenazando con hacerme estallar el cráneo. Las alas batían con desesperación. Unos ojos grandes me fulminaron con la mirada.

—*¡VUELVE A TU GUARIDA, GOGMAGOG! ¡PUEDES REGRESAR AQUÍ, GOGMAGOG, DENTRO DE DIEZ AÑOS O DE MIL, GOGMAGOG, PERO NO EN EL DÍA DE HOY!* —Extendí los brazos—. *¡SI TE ME LLEVAS, GOGMAGOG, TE REVENTARÉ LAS ENTRAÑAS CON TU NOMBRE ANTES DE MORIR!*

Empezó a retroceder, plegando las alas sobre aquellos ojos espantosos de mirada fija. El sonido de su descenso fue un *esluuup* líquido que me provocó náuseas. Me pregunté cómo demonios íbamos a conseguir que aquella grúa Derrick gigantesca bajara la tapa, pero Leah tenía la solución. Aunque tenía la voz ronca y quebrada..., ¿no vi que aparecían unos labios en su boca maltrecha? No estoy seguro, pero después de verme obligado a engullir tal cantidad de fantasías, esa me la tragué de muy buena gana.

—Cierra en nombre de Leah de los Gallien.

Lentamente —demasiado lentamente para mi gusto— el aguilón de la grúa Derrick empezó a bajar el escotillón. El cable perdió su tirantez y el gancho se desprendió por fin. Dejé de contener la respiración.

Leah se arrojó a mis brazos y me estrechó con toda su alma. Noté en el cuello la sangre caliente de su boca recién abierta. Algo chocó contra mí desde atrás. Era Radar, que, con las patas traseras en el suelo y las delanteras apoyadas en mi trasero, meneaba la cola como una loca.

—¿Cómo lo has sabido? —preguntó Leah con su voz quebrada.

—Por un cuento que me contó mi madre —respondí. Lo cual era, en cierto modo, verdad. Al morir como lo hizo, era como si ella me lo hubiera contado—. Debemos irnos, Leah, o tendremos que abrirnos camino en la oscuridad. Y tienes que dejar de hablar. Veo lo mucho que te duele.

—Sí, pero es un dolor maravilloso.

Leah señaló el palanquín.

—Deben de haber traído al menos un farol. ¿Te quedan cerillas?

Milagrosamente, aún las llevaba encima. Cogidos de la mano, fuimos hasta el palanquín abandonado, con Radar entre nosotros. Leah se agachó una vez en el camino, pero yo apenas me di cuenta. Estaba concentrado en encontrar algo con lo que alumbrarnos antes de que la luz de las lunas hechas añicos se extinguiera por completo.

Descorrí una de las cortinas del palanquín y allí, encogido en el lado opuesto, estaba el miembro del grupo de Elden del que me había olvidado. «El Asesino del Vuelo —había dicho Percival—. Otros cuatro. Y la pécora». O quizá había dicho «la víbora».

El cabello de Petra había escapado de las sartas de perlas entrecruzadas que lo sujetaban. El maquillaje blanco se le había agrietado y corrido. Me miró con horror y aversión.

—¡Lo has echado todo a perder, mocoso detestable!

La palabra «mocoso» me arrancó una sonrisa.

—Quia, quia, cariño. A palabras necias, oídos sordos.

Colgado de un pequeño gancho de latón en la parte delantera del palanquín, vi lo que tenía la esperanza de encontrar: uno de aquellos faroles en forma de torpedo.

—Yo era su consorte, ¿me oyes? ¡Su elegida! ¡Le dejé que me tocara con esas serpientes repulsivas que tenía por brazos! ¡Le lamí la baba! ¡No le quedaba mucho de vida, cualquier tonto lo veía, y habría reinado yo!

En mi modesta opinión, aquello no merecía respuesta.

—*¡Habría sido la reina de Empis!*

Tendí la mano hacia el farol. Contrajo los labios y enseñó los dientes, que tenía afilados, como Hana. Quizá fuera la última moda en la corte infernal del Asesino del Vuelo. Se abalanzó hacia mí y me hincó esos colmillos en el brazo. El dolor fue inmediato e insoportable. La sangre brotó de sus labios apretados. Los ojos se le salían de las cuencas. Intenté zafarme de ella. Se me desgarró la carne, pero mantuvo los dientes clavados.

—Petra —dijo Leah. Su voz era un gruñido ronco—. Toma esto, vieja bruja asquerosa.

El estampido del 45 del señor Bowditch, que Leah se había agachado a recoger, fue ensordecedor. En el reseco maquillaje blanco de Petra, justo por encima del ojo derecho, apareció un orificio. Echó la cabeza atrás, y justo antes de que se desplomara en el suelo del palanquín, vi algo de lo que habría podido prescindir: un trozo de mi antebrazo del tamaño del pomo de una puerta colgaba de esos dientes afilados.

Leah no vaciló. Arrancó una de las cortinas laterales del palanquín, rasgó un trozo largo del extremo inferior y me lo até alrededor de la herida. La oscuridad ya era casi total. Tendí en la penumbra el brazo ileso para coger el farol (la idea de que Petra pudiera cobrar vida de pronto y morderme también ese otro brazo era absurda pero poderosa). Casi se me cayó el farol. Por príncipe que fuera, temblaba a causa de la conmoción. Tenía la sensación de que Petra no solo me había mordido el brazo, sino de que me había rociado la herida con gasolina y le había prendido fuego.

—Enciéndelo tú —dije—. Las cerillas están en la funda del revólver.

Noté que buscaba a tientas en mi cadera y al cabo de un momento oí la fricción de una de las cerillas de azufre contra el costado del palanquín. Incliné el tubo de cristal del farol. Ella hizo girar una pequeña rueda en el costado para avanzar la mecha y encenderla. Luego lo cogió de mi mano, y mejor así. Se me habría caído.

Me encaminé hacia la escalera de caracol (pensé que me alegraría de no ver nunca otra de esas), pero ella me retuvo y tiró de mí hacia abajo. Sentí el roce de su boca hecha jirones en la oreja cuando susurró:

—Era mi tía abuela.

Era demasiado joven para ser tu abuela o tu tía abuela o lo que fuese, pensé.

Me acordé entonces del señor Bowditch, que se había ido de viaje y había regresado encarnando a su propio hijo.

—Salgamos de aquí y no volvamos nunca —dije.

10

Salimos de aquel agujero muy despacio. Yo tenía que parar a descansar cada cincuenta peldaños. Me palpitaba el brazo con cada latido del corazón, y sentía que el vendaje improvisado que me había aplicado Leah se empapaba de sangre. Seguía viendo a Petra al caer muerta con un trozo de carne mía en la boca.

Cuando llegamos a lo alto de la escalera, tuve que sentarme. Para entonces me palpitaba la cabeza además del brazo. Recuerdo haber leído en algún sitio que, en lo que se refiere a provocar infecciones peligrosas, quizá incluso letales, solo la mordedura de un animal rabioso supera la de un humano supuestamente saludable… ¿Y cómo iba yo a saber en qué medida era Petra una persona saludable después de años de trato (mi mente se resistió a la idea de comercio carnal) con Elden? Imaginé que sentía que su veneno me recorría el brazo hasta el hombro y desde allí seguía hasta el corazón. No me sirvió de mucho decirme que no eran más que chorradas.

Leah me dejó sentarme un momento, mientras Radar me rozaba inquieta un lado de la cara con el hocico, y finalmente señaló el depósito del farol. Estaba casi vacío, y el resplandor de las paredes había desaparecido con la muerte de Elden y la retirada de Gogmagog. Su indicación estaba clara: si no queríamos salir a trompicones en medio de la oscuridad, debíamos ponernos en marcha.

Nos hallábamos hacia la mitad de la rampa empinada que

llevaba a la inmensa cámara con su círculo de doce pasadizos cuando el farol titiló y se apagó. Leah dejó escapar un suspiro y me cogió la mano ilesa. Seguimos avanzando despacio. La oscuridad era desagradable, pero no tanto una vez que habían desaparecido el zumbido y las voces susurrantes. El dolor del brazo sí era atroz. La hemorragia de la mordedura no se había detenido; sentía la sangre caliente en la palma de la mano y entre los dedos. Radar me la olfateaba y gemía. Me acordé de Ojota, que había muerto por el corte de un cuchillo envenenado. Era otro recuerdo, como el de mi carne colgando de los dientes puntiagudos de Petra, en el que no quería pensar, pero no podía evitarlo.

Leah paró y señaló con el dedo. Caí en la cuenta de que la veía señalar porque volvía a haber luz en el pasadizo. No la nauseabunda luz verde de aquellas extrañas paredes mitad cristal, mitad piedra, sino un cálido resplandor amarillo, vacilante. Cuando cobró intensidad, Radar corrió hacia allí, ladrando con toda su alma.

—¡No! —exclamé, lo que hizo que me doliera aún más la cabeza—. ¡Quieta, chica!

No me prestó atención, y esos no eran los ladridos furiosos y aterrorizados que poco antes lanzaba en el universo oscuro que habíamos dejado atrás (pero no lo bastante lejos, nunca estaría lo bastante lejos). Esos eran ladridos de emoción. Y algo surgía del creciente resplandor. *Brotaba* del resplandor.

Radar se tumbó, meneando la cola y el trasero, y el Snab brincó a su lomo. Lo seguía un enjambre de luciérnagas.

—El señor de las cosas pequeñas —dije—. Mira por dónde.

Las luciérnagas —debía de haber al menos mil— formaron una nube incandescente por encima de mi perra y el enorme grillo rojo montado en ella, y los dos ofrecieron una hermosa imagen en aquella luz tenue y cambiante. Radar se levantó, creo que en respuesta a alguna orden de su jinete que no iba dirigida a los oídos humanos. Empezó a subir por el suelo en pendiente. Las luciérnagas, arremolinadas sobre ellos, dieron media vuelta y regresaron en dirección contraria.

Leah me dio un apretón en la mano. Seguimos a las luciérnagas.

11

Eris nos esperaba en la sala tamaño catedral con los doce pasadizos. El Snab había llevado hasta nosotros un batallón de luciérnagas, pero había dejado allí un pelotón para que Eris no se quedara completamente a oscuras. Cuando salimos, corrió hacia mí y me abrazó. Al tensarme a causa del dolor, se echó atrás y observó el vendaje improvisado, empapado de sangre y aún goteante.

—Dioses supremos, ¿qué te ha pasado? —Luego miró a Leah y ahogó una exclamación—. ¡Oh, mi señora!

—Es demasiado largo para contarlo —dije, pensando que tal vez fuera demasiado largo para contarlo nunca—. ¿Qué haces aquí? ¿Por qué has vuelto?

—El Snab me ha guiado. Y ha traído luz. Como veis. Necesitáis atención médica, los dos, y Freed está muy enfermo.

Tendrá que ser Claudia, pues, pensé. *Claudia sabrá qué hacer. Si es que puede hacerse algo.*

—Tenemos que salir de aquí —dije—. No soporto más estar bajo tierra.

Miré al grillo rojo en el lomo de Radar. Él me miró a mí. Aquellos pequeños ojos negros le conferían un aspecto singularmente solemne.

—Ve tú primero, sir Snab, si eres tan amable.

Y eso hizo.

12

Cuando por fin salimos, varias personas aguardaban apiñadas en el guardarropa. Las luciérnagas ondearon por encima de sus cabezas como una bandera de luz. Entre ellas se encontraba Jaya y Percival, y algunos más de mi tiempo de reclusión en Maleen Profunda, aunque no recuerdo quiénes. Para entonces estaba cada vez más mareado, y me dolía la cabeza de tal modo que parecía haberse convertido en una bola blanca de dolor palpitante suspendida a ocho centímetros delante de mis ojos. Las dos únicas cosas que recuerdo con claridad son que el Snab ya no viajaba en el lomo de Radar y que Percival tenía mejor aspecto. No me explico cómo es posible que notara eso, teniendo en cuenta la bola blanca de dolor frente a mí y los latidos hasta el hueso en el brazo herido, pero así fue. No me cupo la menor duda. Los presentes nos recibieron arrodillándose al ver a la princesa y se llevaron la palma de la mano a la frente agachada.

—En pie —dijo ella, muy ronca.

Casi había perdido la voz, pero pensé que era por utilizarla demasiado, y que la recuperaría con el tiempo. La posibilidad de que se le hubieran roto permanentemente las cuerdas vocales era demasiado horrible para contemplarla.

Se levantaron. Con Leah como mi apoyo a un lado y Eris al otro, abandonamos el guardarropa abarrotado. Llegué casi a la primera escalera, y allí me fallaron las piernas. Me llevaron a cuestas, quizá mis amigos de Maleen Profunda, quizá la gente gris, quizá unos y otros. No lo recuerdo. Sí recuerdo que me transportaron a través de la sala de recepciones y que vi al menos a una treintena de hombres y mujeres de rostro gris que ponían orden en el caos dejado por los miembros de la corte del rey Jan que habían optado por ser leales al Asesino del Vuelo. Me pareció que una de esas personas era Dora, con un paño rojo en torno al cabello y sus magníficas zapatillas de lona amarillas en los pies. Se llevó las manos a la boca y me lanzó un beso con unos dedos que empezaban a parecer dedos otra vez, en lugar de aletas.

No está ahí, pensé. *Estás delirando, príncipe Charlie. E incluso si está, sus dedos no pueden regenerarse. Esas cosas solo pasan en…*

¿Dónde? En fin…, en cuentos como este.

Alargué el cuello para mirarla de nuevo mientras me llevaban en volandas hasta la sala contigua, una especie de antecámara, y vi el paño de la cabeza de un color vivo y las zapatillas de un color más vivo aún, pero no tuve la seguridad de que fuera Dora. De rodillas y espaldas a mí, frotaba el suelo.

Atravesamos más habitaciones, y seguimos por un largo pasillo, pero para entonces estaba a punto de perder el conocimiento, y me hubiese alegrado si eso me llevaba a un lugar donde no sintiera que iba a estallarme la cabeza y el brazo como si fuera un tronco de Navidad en llamas. Pero aguanté. Si iba a morir —y desde luego esa sensación me daba—, quería hacerlo a cielo descubierto, respirando aire fresco.

Me iluminó una luz intensa. Empeoró el dolor de cabeza, pero a la vez fue una sensación maravillosa, porque no era la luz nauseabunda del mundo subterráneo situado debajo de Lilimar. No era siquiera el resplandor mucho más amable de las luciérnagas. Era la luz del día, pero no solo eso.

Era la *luz del sol*.

Medio sentado, medio tendido, me sacaron a esa claridad.

Las nubes se abrían, y vi el cielo azul por encima de la gran plaza delante del palacio. No solo un triste retazo de azul, sino acres de azul. No, *kilómetros* de azul. ¡Y qué sol, Dios mío! Bajé la vista y vi mi sombra. Al verla, me sentí como Peter Pan, aquel príncipe de los Niños Perdidos.

Se oyó una inmensa ovación. La puerta de la ciudad estaba abierta, y la plaza, llena de habitantes grises de Empis. Vieron a Leah y se postraron de rodillas con un sonoro murmullo que me puso la carne de gallina.

Ella me miraba. Creo que esa mirada decía: *Me vendría bien un poco de ayuda.*

—Bajadme —dije.

Mis porteadores obedecieron, y descubrí que me tenía en pie. Todo el dolor seguía presente, pero había algo más. Ya estaba allí cuando había gritado el nombre de Gogmagog en una voz que no era la mía, y estaba también ahí en ese instante. Levanté los brazos, el derecho ileso y el izquierdo que aún goteaba sangre, tiñendo de escarlata el vendaje nuevo que Jaya me había puesto en algún momento. Como las amapolas en la ladera de detrás de la cuidada casita de Dora.

Abajo, la gente guardaba silencio, expectante, de rodillas. Y a pesar del poder que sentí en mi interior, recordé que no estaban de rodillas por mí. Ese no era mi mundo. Mi mundo era el otro, pero aún tenía una tarea pendiente ahí.

—*¡Atended, pueblo de Empis! ¡El Asesino del Vuelo ha muerto!*

Prorrumpieron en un bramido de aprobación y agradecimiento.

—*¡El Pozo Oscuro está cerrado y la criatura que lo habita está confinada dentro!*

Recibieron la noticia con otro bramido.

Sentí entonces que ese poder, esa *otredad*, me abandonaba, llevándose consigo la fuerza que antes me proporcionaba. Pronto volvería a ser el simple Charlie Reade de siempre… si la mordedura de Petra no me mataba antes, claro.

—*¡Pueblo de Empis! ¡Salve, Leah! ¡Salve, Leah de los Gallien! ¡SALVE, VUESTRA REINA!*

Creo que fueron unas palabras de despedida «morrocotudas», como habría podido decir mi padre, pero nunca lo sabré con certeza, porque fue entonces cuando me fallaron las bisagras de las rodillas y perdí el conocimiento.

31

Visitantes. La reina de blanco. Compasión.
Woody y Claudia. Me marcho de Empis.

1

Pasé mucho tiempo en una bonita habitación con cortinas blancas ondeantes. Detrás de estas, las ventanas estaban abiertas y dejaban entrar no solo la brisa sino aire fresco en abundancia. ¿Pasé tres semanas en esa habitación? ¿Cuatro? No lo sé, porque en Empis no llevaban la cuenta de las semanas.

O, al menos, no de nuestras semanas. El sol salía y se ponía. A veces, de noche, las lunas hechas añicos iluminaban esas cortinas. Los restos de Bella y Arabella habían formado una especie de collar en el cielo. Durante ese tiempo no llegué a verlo; solo veía cambiar la luz a través de aquellas cortinas ondeantes de la más fina gasa. Había ocasiones en que una de mis enfermeras (la mejor era Dora, Nuestra Señora de los Zapatos) quería cerrar las ventanas detrás de las cortinas por miedo a que los «vapores nocturnos» agravaran mi estado, ya de por sí delicado, pero no se lo permitía porque el aire era muy grato. Obedecían porque yo era el príncipe, y mi palabra era la ley. No le conté a ninguna que estaba volviendo a ser el simple Charlie Reade de siempre. En cualquier caso, no se lo habrían creído.

Muchas personas venían a verme a la habitación de cortinas ondeantes. Algunas estaban muertas.

Un día vino Ojota; recuerdo su visita claramente. Apoyó una rodilla en el suelo, se llevó la palma de la mano a la frente y después ocupó la silla baja junto a mi cama donde mis enfermeras grises se sentaban a rasparme los emplastos antiguos (cosa que dolía), limpiarme la herida (cosa que dolía aún más) y luego ponerme emplastos nuevos. Aquel mejunje verdoso —creación de Claudia— apestaba de mala manera, pero tenía un efecto balsámico. No quiero decir con ello que no hubiese preferido un par de comprimidos de ibuprofeno. Aunque un par de Percocets habría estado aún mejor.

—Joder, tienes una pinta horrible —dijo Ojo.

—Gracias. Muy amable.

—Lo que me liquidó a mí fue veneno de avispa —explicó Ojo—. En el cuchillo. ¿Te acuerdas del cuchillo y el hombre que estaba detrás de la puerta?

Me acordaba. Jeff, un buen nombre, muy extendido en

Estados Unidos. O Geoff, un buen nombre, muy extendido en Gran Bretaña.

—Sospecho que Petra le había echado el ojo como posible consorte para cuando Elden muriera y ella se convirtiera en reina.

—Probablemente pidió a algún hombre gris que mantuviera el cuchillo dentro de un avispero el tiempo suficiente para sacarlo bien impregnado. Casi seguro que el pobre murió a causa de los aguijonazos.

Consideré que era más que probable, si en Empis las abejas eran tan grandes como las cucarachas.

—Pero ¿crees que eso le preocupó al muy cabrón? —prosiguió Ojota—. Quia, quia, a ese hijo de perra no. Antiguamente las avispas no eran tan peligrosas, pero… —Se encogió de hombros.

—Las cosas cambiaron cuando el Asesino del Vuelo se hizo con el poder. Para mal.

—Para mal, sí. —Ojota estaba muy gracioso allí sentado en aquella silla baja, con las rodillas junto a las orejas—. Necesitábamos a alguien que nos salvara. Te encontramos a ti. Algo es algo, supongo.

Alcé la mano ilesa y levanté el anular y el meñique, que era como hacía la peineta mi viejo amigo Bertie.

—Puede que el veneno de Petra —continuó Ojota— no sea tan malo como lo que untaron en el cuchillo de aquel cabrón, pero, a juzgar por tu aspecto, era bastante malo.

Desde luego era malo. Petra había lamido la baba de aquel híbrido mitad Elden, mitad criatura, y ese residuo permanecía en su boca cuando me había mordido. Me estremecía solo de pensarlo.

—Combátelo —dijo Ojota, y se levantó—. Combátelo, príncipe Charlie.

No lo había visto entrar, pero lo vi salir. Pasó entre las cortinas ondeantes y desapareció.

Entró una de las enfermeras grises con cara de preocupación. Ya era posible distinguir expresiones en los rostros de los afectados; tal vez las peores deformidades persistieran, pero se había detenido el avance constante de la enfermedad: la *maldición*. Y, lo que es más, se observaba una mejora lenta pero continua. Vi el primer asomo de color en muchas caras grises, y la membrana que había convertido manos y pies en aletas se disolvía. Aunque dudé que ninguno de ellos consiguiera una recuperación permanente. Claudia oía otra vez —un poco—, pero tuve la impresión de que Woody sería siempre ciego.

La enfermera dijo que me había oído hablar y había pensado que quizá estuviera delirando de nuevo.

—Hablaba solo —dije, y quizá así era. Radar, al fin y al cabo, ni siquiera había levantado la cabeza.

Cla se dejó caer de visita. No se molestó en dirigirme el saludo de la palma de la mano en la frente ni se sentó; simplemente plantó su mole junto a la cama.

—Hiciste trampa. Si hubieras jugado limpio, te habría liquidado, fueras príncipe o no.

—¿Qué esperabas? —pregunté—. Pesabas al menos cincuenta kilos más que yo y eras rápido. No irás a decirme que tú no habrías hecho lo mismo en mi lugar.

Se echó a reír.

—Ahí me has pillado, para qué negarlo, pero creo que tus días de andar rompiéndole bastones de combate en el cuello a la gente se han terminado. ¿Vas a recuperarte?

—Y yo qué coño sé.

Se rio un poco más y se dirigió hacia las cortinas ondeantes.

—Tienes temple, eso lo reconozco.

Y se fue. En el supuesto de que estuviera allí, claro. «Tienes temple» era una frase de una película que mi padre y yo habíamos visto en la TCM en la época en que bebía. No recuerdo el título; solo sé que salía Paul Newman, en el papel de indio. ¿Pensáis que algunas de las cosas de mi relato son difíciles de creer? Pues intentad imaginaros a Paul Newman de indio. Eso sí que es llevar la credibilidad al límite.

Aquella noche —o alguna otra, no estoy seguro—, me despertó un gruñido de Radar, y vi a Kellin, el Gran Señor en persona, sentado junto a mi cama con su elegante esmoquin rojo.

—Estás cada vez peor, Charlie —dijo—. Te aseguran que la mordedura tiene mejor aspecto, y quizá sea así, pero esa infección ha llegado a un nivel profundo. Pronto te consumirá. El corazón se te hinchará y reventará, y yo te estaré esperando. Yo con mi escuadrón de soldados de la noche.

— Tú espera sentado, no contengas la respiración —dije, aunque fue una tontería. Él no podía ni tomar aire ni retenerlo ni expulsarlo. Habría estado muerto incluso si las ratas no lo hubieran eliminado—. Sal de aquí, traidor.

Obedeció, pero Radar continuó gruñendo. Seguí su mirada y entre las sombras vi a Petra, que me sonreía con aquellos dientes afilados.

Dora dormía a menudo en la antecámara y acudió corriendo con su andar patizambo cuando me oyó gritar. No subió la intensidad de las lámparas de gas, sino que llegó con uno de aquellos faroles en forma de torpedo. Me preguntó si me encontraba bien, y si el corazón me latía acompasadamente, porque les habían dicho a todas las enfermeras que estuvieran atentas a cualquier cambio de ritmo. Dije que me encontraba bien, pero me tomó el pulso de todos modos y echó un vistazo al último emplasto.

—¿Eran fantasmones, quizá?

Señalé hacia el rincón.

Dora se acercó allí con sus magníficas zapatillas de lona y alzó el farol. No había nadie, pero en realidad yo tampoco necesitaba que me lo mostrara, porque Radar se había vuelto a dormir. Dora se inclinó y me besó en la mejilla, en la medida en que se lo permitió su boca torcida.

—Ea ien, ea ien, todo ien. Ahora duerme, Charlie. Duerme y cúrate.

2

También me visitaron los vivos. Cammit y Quilly; luego Stooks, pavoneándose como si fuera el dueño del lugar. Le habían dado en la mejilla rajada una docena de puntos, que me recordaron al Frankenstein de una película que había visto en la TCM con mi padre.

—Va a dejarme una cicatriz de mil demonios —dijo a la vez que se frotaba los puntos—. Nunca volveré a ser guapo.

—Stooks, nunca has sido guapo.

Claudia iba a verme a menudo, y un día —más o menos cuando pensaba que sí, que probablemente sobreviviría— la acompañó Doc Freed. Una de las enfermeras lo llevaba en una silla de ruedas que debía de haber pertenecido a tal o cual rey, porque los radios de las ruedas parecían de oro macizo. Mi viejo enemigo Christopher Polley se habría cagado de envidia.

A Freed le habían amputado la pierna maltrecha e infectada, y era evidente que padecía un gran dolor, pero tenía el aspecto de un hombre que sobreviviría. Me complació verlo. Claudia me raspó con delicadeza el emplasto y me lavó la herida. Luego se inclinaron sobre ella, casi se tocaban con la cabeza.

—Está cicatrizando —dictaminó Freed—. ¿No te parece?

—¡SÍ! —gritó Claudia. Volvía a oír, al menos un poco, pero me dio la sensación de que posiblemente seguiría hablando con aquella voz estentórea y monótona el resto de su vida—. ¡CARNE ROSA! ¡SIN NINGÚN OLOR APARTE DEL MUSGO DE LA VIUDA DEL EMPLASTO!

—Quizá la infección sigue ahí —comenté—. Quizá a más profundidad.

Claudia y Freed intercambiaron una mirada de estupefacción. El doctor, dolorido como estaba, fue incapaz de reír, así que Claudia lo hizo por él.

—¿QUIÉN TE HA METIDO EN LA CABEZA SEMEJANTE ESTUPIDEZ?

—No, ¿eh?

—Algunas enfermedades se esconden, príncipe Charlie —explicó Doc Freed—, pero la infección salta a la vista. Apesta y forma pus. —Se volvió hacia Claudia—. ¿Cuánta carne de alrededor hubo que quitar?

—¡HASTA EL CODO Y CASI HASTA LA MUÑECA! ¡VAYA UNA PUTA CARNICERÍA HIZO ESA, Y HA QUEDADO UN HUECO DONDE EL MÚSCULO NO VOLVERÁ A CRECER! ¡SEGURAMENTE TUS DÍAS DE DEPORTISTA HAN TERMINADO, SHARLIE!

—Pero podrás hurgarte la nariz con las dos manos —dijo Freed, lo que me arrancó una carcajada. Reír me sentó bien. Desde que regresé del Pozo Oscuro, había tenido muchas pesadillas, pero la risa había escaseado.

—Deberías tumbarte y dejar que te den un poco de esa sustancia para el dolor que hay por aquí —dije al doctor—. Esas hojitas que se mastican. Tienes peor aspecto que yo.

—Me estoy curando —dijo—. Y, Charlie…, te debemos la vida.

Había parte de verdad en eso, pero no era toda la verdad. También estaban en deuda con el Snab, por ejemplo. Este se había ido a donde fuera que iban los Snabs, aunque podía reaparecer en cualquier momento (se le daba bien hacerlo). Distinto era el caso de Percival, en cambio. No fue a verme por propia iniciativa, así que pedí que lo llamaran. Entró tímidamente en la habitación de las cortinas ondeantes, vestido con el uniforme blanco de cocinero y aplastando una especie de boina contra el pecho. Supongo que era el gorro de chef empisario.

Hizo una profunda reverencia y me dirigió un saludo con mano trémula. Temió mirarme hasta que le ofrecí una silla y un vaso de té frío para beber. Le di las gracias por todo lo que había hecho y le dije cuánto me alegraba de verlo. Con eso se le aflojó la lengua, primero un poco y luego mucho. Me dio noticias de Lilimar que nadie se había molestado en transmitirme. Creo que fue porque él lo veía desde el punto de vista de un trabajador.

Estaban limpiando las calles, retirando la basura y los escombros. Centenares de personas que habían viajado a la ciudad para ayudar a derribar el corrupto reinado de Elden se habían marchado ya a sus pueblos y granjas, pero las habían sustituido otros cientos, dispuestos a cumplir con su deber para con la reina Leah antes de volver a sus hogares en sitios como el Litoral y Deesk. A mí todo aquello me sonó como los proyectos del Departamento de Obras Públicas sobre los que había leído en el colegio. Estaban limpiando las ventanas, estaban replantando los jardines, y alguien que entendía de fontanería había reactivado las fuentes, una por una. Los muertos, ya en paz, habían sido enterrados de nuevo. Algunas tiendas habían reabierto. Otras las seguirían. Percival aún arrastraba y deformaba las palabras, y a veces costaba entenderlo, pero eso os lo ahorro.

—¡El cristal de los tres chapiteles cambia día a día, príncipe Charlie! ¡Ya no es de aquel verde oscuro feo, sino del azul de los viejos tiempos! Los sabios, aquellos que recuerdan cómo funcionaban las cosas antes, están colocando de nuevo los cables del trolebús. Todavía tardarán en volver a circular, y esos malditos trastos se averiaban cada dos por tres incluso en los mejores tiempos, pero estaba bien tenerlos.

—No me explico cómo *pueden* funcionar —dije—. No hay electricidad, aparte de la de aquel pequeño generador en uno de los niveles inferiores del palacio, que, supongo, trajo mi amigo el señor Bowditch.

Percival pareció desconcertado. No entendió la palabra «electricidad», que debió de salirme, creo, en mi propia lengua, no en empisario.

—Energía —dije—. ¿De dónde sacan los trolebuses la energía?

—¡Ah! —Se le iluminó la cara, en la que aún tenía bultos pero mejoraba—. Bueno, la energía la proporcionan las estaciones, claro. Es…

Y ahí utilizó una palabra que *yo* no entendí. Se dio cuenta e hizo un gesto ondulante con la mano.

—Las estaciones que hay en el río, príncipe Charlie. Y en los torrentes, si son grandes. Y la que llega del mar… Ah, hay una estación enorme en el Litoral.

Creo que se refería a algún tipo de energía hidroeléctrica. Si era así, nunca supe cómo se almacenaba. Había muchas cosas en Empis que seguían siendo un misterio para mí. En comparación con el hecho mismo de cómo podía existir —y *dónde*—, la pregunta del almacenamiento de energía resultaba intrascendente. Casi sin sentido.

El sol salía, el sol se ponía. La gente venía, la gente se iba. Unos muertos y otros vivos. La persona a la que más deseaba ver —la que había bajado al pozo conmigo— no acudió.

Hasta que un día apareció. La chica de las ocas que para entonces era reina.

Yo, sentado en el balcón detrás de las cortinas, contemplaba la plaza central del palacio y recordaba cosas desagradables cuando las cortinas blancas ondearon no hacia dentro de la habitación sino hacia fuera, y ella pasó entre las dos. Llevaba un vestido blanco ceñido con una fina cadena de oro al delgado talle (aún demasiado delgado). No lucía corona en la cabeza, pero sí un anillo con una mariposa de piedras preciosas. Supuse que era el sello del reino, y con eso le bastaba cuando hubiera sido demasiado incómodo andar de acá para allá con semejante joya de oro en la cabeza.

Me levanté y me incliné, pero, antes de que pudiera llevarme la mano a la frente, ella me la cogió, me dio un apretón y se la puso entre los pechos.

—Quia, quia, nada de eso —dijo con el característico dejo de la clase trabajadora, y no pude por menos que reírme. Aún tenía la voz cascada, pero ya no ronca. Era una voz preciosa, de hecho. Supuse que no era la misma que tenía antes de la maldición, pero sonaba bien—. Mejor abrázame, si el brazo herido te lo permite.

Lo hice. La abracé con fuerza. Percibí un tenue aroma a perfume, algo parecido a la madreselva. Tuve la sensación de que habría podido abrazarla eternamente.

—Pensaba que no vendrías —dije—. Pensaba que me harías a un lado.

—He estado muy ocupada —dijo, pero apartó la mirada

de la mía—. Siéntate junto a mí, querido. Necesito mirarte, y tenemos que hablar.

4

Las cinco o seis enfermeras que habían estado atendiéndome se ocupaban ya de otras obligaciones —no hubo falta de trabajo en las semanas posteriores a la caída del Asesino del Vuelo—, pero Dora se quedó. Nos llevó una gran jarra de té empisario.

—Beberé mucho —dijo Leah—. Ya no me duele al hablar…, bueno, solo un poco…, pero siempre tengo la garganta seca. Y la boca la tengo como ves.

Ya no la tenía sellada, pero conservaba cicatrices marcadas y nunca se le irían. Sus labios eran heridas a medio curar surcadas de oscuras costras rojas. La fea llaga por la que antes se alimentaba casi había desaparecido por completo, pero su boca nunca volvería a ser del todo móvil, del mismo modo que Woody no recuperaría la vista ni Claudia el pleno uso del oído. Me acordé de Stooks cuando había dicho: «Nunca volveré a ser guapo». La reina Leah de los Gallien tampoco lo sería, pero no importaba, porque era preciosa.

—No quería que me vieras así —dijo—. Cuando estoy con gente, que es todo el día, según parece, tengo que contenerme para no tapármela. Cuando me miro en un espejo…
—Levantó la mano.

Se la cogí antes de que pudiera cubrirse la boca y se la apoyé en el regazo con firmeza.

—Te la besaría encantado, si no te doliera.

Ella sonrió al oírlo. Fue una sonrisa sesgada pero encantadora. Quizá por ser sesgada.

—Eres un poco joven para besos de amor.

Te amo igualmente, pensé.

—¿Cuántos años tienes tú? —Era una pregunta impertinente para una reina, desde luego, pero necesitaba saber con qué clase de amor tendría que conformarme.

—El caso es que te doblo la edad. Como mínimo.

Entonces me acordé del señor Bowditch.

—Tú no has subido al reloj de sol, ¿verdad? ¿No tendrás, o sea, cien años o algo así?

Consiguió reflejar diversión y horror a un tiempo.

—Nunca. Nadie sube al reloj de sol, porque es muy peligroso. Cuando se celebraban juegos y certámenes en el Campo de las Monarcas…, eso volverá algún día, aunque antes hay muchas reparaciones que hacer…, el reloj de sol estaba trabado, inmóvil, y bajo vigilancia para más seguridad. Por miedo a que alguien de los miles de personas que venían por aquel entonces cayera en la tentación. Es muy antiguo. Elden me dijo una vez que existía ya antes de que se construyera Lilimar, o se concibiese siquiera.

Al oír eso, sentí desazón. Me agaché y acaricié a mi perra, hecha un ovillo entre mis pies.

—*Radar* ha subido en él. Esa es la razón principal por la que vine, por que Rades se moría. Como debes de saber, por Claudia.

—Sí —respondió Leah, y se inclinó a acariciar a Radar ella misma. Rades, soñolienta, alzó la vista—. Pero tu perra es un animal; carece de la vena de maldad que habita en los corazones de todos los hombres y todas las mujeres. La vena que destruyó a mi hermano. Supongo que esa vena habita también en tu mundo.

Eso no podía discutírselo.

—Ningún miembro de la casa real se subiría a ese reloj ni

siquiera una vez, Charlie. Cambia la mente y el corazón. Y la cosa no acaba ahí.

—Mi amigo el señor Bowditch montó en él y no era un mal hombre. De hecho, era un buen hombre.

Eso era cierto, pero, al volver la vista atrás, caí en la cuenta de que no era *totalmente* cierto. Soportar el mal humor y la tendencia a la soledad del señor Bowditch había sido difícil. No, casi imposible. Yo me habría rendido si no hubiese hecho una promesa a Dios («el Dios tal como yo lo entiendo», decía siempre la gente del grupo de Alcohólicos Anónimos de mi padre). Yo ni siquiera lo habría conocido de no ser porque se cayó y se rompió una pierna. No tenía mujer ni hijos ni amigos. Era un solitario y un acaparador, un hombre que tenía un cubo de bolas de oro en la caja fuerte y al que le gustaban sus cosas viejas: muebles, revistas, el televisor, el Studebaker antiguo que tenía guardado. Era, en sus propias palabras, un cobarde que había hecho regalos en lugar de posicionarse. Si uno hubiese querido ser cruel —no era mi caso, pero si uno quería serlo—, podría decir que era un poco como Christopher Polley. O sea, como Rumpelstiltskin. No era una comparación que yo deseara hacer, pero resultaba inevitable. Si yo no hubiera pasado por allí, y si él no hubiera querido a su perra, habría muerto en su casa de lo alto de la cuesta sin pena ni gloria. Y el pasadizo entre los dos mundos, sin nadie que lo custodiara, habría sido descubierto con toda seguridad. ¿Acaso el señor Bowditch nunca se había parado a pensar en eso?

Leah me miraba, haciendo girar el sello en su dedo y esbozando su leve sonrisa sesgada.

—¿Era él bueno por sí mismo? ¿O tú lo hiciste bueno, príncipe Charlie?

—No me llames así —dije. Si no podía ser su príncipe, no quería ser el de nadie. No era siquiera una opción. Estaba volviendo a oscurecérseme el cabello, y mis ojos recuperaban su color original.

Se llevó la mano a la boca y enseguida se obligó a bajarla de nuevo al regazo.

—¿Bueno por sí mismo, Charlie? ¿O fuiste tú el acto de misericordia de los dioses supremos para con él?

No supe qué contestar. Me había sentido mayor durante gran parte de mi estancia en Empis, y a veces más fuerte, pero en ese momento volvía a sentirme débil e inseguro. Ver al señor Bowditch sin el filtro suavizador del recuerdo supuso una conmoción. Recuerdo cómo olía aquella vieja casa del número 1 de Sycamore Street hasta que la ventilé: era un olor acre y polvoriento. *A cerrado.*

—*Tú* no subiste al reloj, ¿verdad?

—No, solo saqué a Radar. Y ella saltó. Pero sentí su poder. ¿Puedo hacerte una pregunta?

—Sí, claro.

—La plataforma de oro. Subimos para bajar. Por aquella escalera de caracol.

Sonrió un poco, tanto como pudo.

—Eso hicimos. Fue arriesgado, pero lo conseguimos.

—¿Baja esa escalera entre los muros directamente hasta la cámara subterránea?

—Sí. Elden conocía dos caminos. Ese y el que va desde el pequeño guardarropa. Puede que haya otros, pero, si los conocía, no me los enseñó.

—Entonces ¿por qué fuimos por el camino más largo? —«Y casi nos caemos», me abstuve de decir.

—Porque se decía que el Asesino del Vuelo no podía caminar más que unos pasos. Debido a eso, la escalera entre los muros era más segura. Y no quería correr el riesgo de que nos tropezáramos con su grupo, pero al final no había alternativa.

—Si no hubiéramos parado en el apartamento del Gran Señor…, ¡quizá Ojota aún viviría!

—Hicimos lo que había que hacer, Charlie. En eso tenías razón. Yo estaba equivocada. Equivocada en cuanto a muchas cosas. Necesito que lo sepas, y necesito que sepas algo más. Ahora soy fea de la nariz para abajo…

—No eres…

Alzó una mano.

—¡Calla! Me ves como a una amiga, te quiero por eso y siempre te querré. Otros no me ven así ni me verán nunca así. Sin embargo, como reina tendré que casarme antes de hacerme mucho mayor. Fea o no, habrá muchos dispuestos a abrazarme, al menos con las luces apagadas, y los besos no son necesarios para engendrar un heredero. Pero los hombres que suben al reloj de sol, aunque den solo una vuelta, son estériles. Y las mujeres son infecundas. El reloj de sol da vida, pero también la quita.

Lo que explicaba por qué no había pequeños Bowditch, supuse.

—Pero Petra…

—*¡Petra!* —Se rio con desdén—. Lo único que quería Petra era ser reina de la ruina que mi hermano había causado. Y en todo caso era infecunda. —Suspiró y bebió. Apuró el vaso y se sirvió otro—. Estaba loca y era cruel. Si Lilimar y Empis hubieran quedado en sus manos, habría montado en el reloj de sol otra vez y otra vez y otra vez. Viste cómo era con tus propios ojos.

Yo lo había visto. Y lo había sentido. Aún lo sentía, aunque su veneno ya no estaba en la herida y el dolor había dado paso a un intenso picor que, según me aseguraba Dora, cesaría con el tiempo.

—Elden era la otra razón por la que he tardado tanto en

venir a verte, aunque nunca he dejado de pensar en ti, ni dejaré de pensar nunca, supongo.

Estuve a punto de preguntarle si de verdad me creía demasiado joven para ella, pero me reprimí. Para empezar, yo no estaba destinado a ser el consorte de una reina, y menos aún rey. Por otra parte, tenía un padre que desearía desesperadamente saber que yo aún vivía. Había una tercera razón para volver. La amenaza que representaba Gogmagog para nuestro mundo quizá hubiera pasado (al menos de momento), pero estaba también la amenaza que nuestro mundo representaría para Empis. En el supuesto, claro, de que nuestro mundo llegara a conocer su existencia, y la de su incalculable riqueza, a la que se accedía desde cierto cobertizo de Illinois.

—Estabas allí cuando maté a mi hermano. Yo lo quería tal como era antes, intenté verlo tal como era antes, pero tú me obligaste a ver al monstruo en que se había convertido. Cada vez que te miro, me acuerdo de él y de lo que hice. Me acuerdo de lo que me costó. ¿Lo entiendes?

—No fue algo malo, Leah, fue bueno. Salvaste al reino y no para poder ser la reina. Lo salvaste porque había que salvarlo.

—Eso es cierto, y no hay necesidad de falsa modestia entre nosotros, que hemos pasado por todo eso juntos, pero aún no lo entiendes. Yo lo *sabía*, compréndelo. Sabía que el Asesino del Vuelo era mi hermano. Claudia me lo dijo hace años y la llamé embustera. Cuando estoy contigo, sé que debería haberlo hecho antes. Pero me lo impidió la necesidad egoísta de amar su recuerdo. Mientras el reino sufría, yo daba de comer a mis ocas y atendía mi huerto y me compadecía de mí misma. Tú..., lo siento, Charlie, pero cuando te veo, veo mi vergüenza. El hecho de que optase por ser una campesina muda mientras mi país y mi pueblo morían lentamente a mi alrededor. *Y lo supe desde el principio.*

Lloraba. Tendí la mano hacia ella. Sacudió la cabeza y se dio la vuelta, como si no pudiera soportar que viera sus lágrimas.

—Justo cuando has llegado, Leah, estaba pensando en algo malo que hice. Algo vergonzoso. ¿Puedo contártelo?

—Si quieres… —Seguía sin mirarme.

—Yo tenía un amigo, Bertie Bird. Un buen amigo, pero no un amigo *bueno*, no sé si me entiendes. Pasé una mala época cuando murió mi madre. Mi padre también, pero yo apenas pensé en su mala época, porque no era más que un niño. Lo único que sabía era que lo necesitaba y él no estaba ahí. Creo que eso seguramente lo entiendes.

—Sabes que sí —dijo Leah, y bebió más té. Casi había vaciado la jarra, y era grande.

—Hicimos cosas que estaban mal, Bertie y yo. Pero antes me he acordado de una en particular… A menudo, al salir del colegio, cruzábamos un parque. Cavanaugh Park. Y un día vimos allí a un hombre lisiado que daba de comer a las palomas. Iba en pantalón corto y llevaba unos aparatos enormes en las piernas. Bertie y yo pensamos que se lo veía absurdo. Robo-Menda, lo llamó Bertie.

—No sé qué signi…

—Da igual. No tiene importancia. Era un lisiado que disfrutaba al sol en un banco, y Bertie y yo nos miramos, y Bertie dijo: «Pispémosle las muletas». Supongo que era esa vena a la que te referías. La maldad. Nos precipitamos hacia él y se las quitamos. Nos pidió a gritos que se las devolviésemos. Y nosotros nos las llevamos hasta el borde del parque y las tiramos al estanque de los patos. Bertie tiró una y yo tiré la otra. Tiramos las muletas del lisiado al agua, y no sé cómo volvió aquel hombre a su casa. Cayeron al agua ruidosamente, y nos reímos.

Serví el resto del té. Solo dio para medio vaso, y mejor así, porque me temblaba la mano y se me saltaban las lágrimas. No lloraba desde que había llorado por mi padre en Maleen Profunda.

—¿Por qué me cuentas eso, Charlie?

No lo sabía cuando empecé a contárselo —había pensado que era una historia que nunca contaría a nadie—, pero para entonces ya lo sabía.

—Te robé las muletas. Lo único que puedo decir en mi defensa es que tenía que hacerlo.

—Ay, Charlie. —Me tocó la cara—. En cualquier caso, aquí no serías feliz. No eres de este mundo, eres de otro y, si no vuelves pronto, descubrirás que eres incapaz de vivir en ninguno de los dos. —Se puso en pie—. Debo irme. Tengo mucho que hacer.

La acompañé a la puerta. En octavo curso, estudiamos los haikus en clase de Literatura, y en ese momento me vino uno a la cabeza. Con gran delicadeza, le acaricié las costras de la boca con el dedo.

—Cuando hay amor, las cicatrices son tan preciosas como los hoyuelos. Te quiero, Leah.

Me tocó los labios como yo se los había tocado a ella.

—Yo también te quiero.

Se escabulló por la puerta y se fue.

5

Al día siguiente fueron a visitarme Eris y Jaya, las dos con mono y grandes sombreros de paja. Los que trabajaban al aire libre usaban sombreros, porque el sol salía a diario, como para compensar los años de nubes, y todo el mundo —no solo aquellos que habíamos pasado largo tiempo en cadena perpetua— tenía la piel blanca como la tripa de un pez.

Fue una visita agradable. Ellas charlaron sobre el trabajo que hacían, y yo les hablé de mi recuperación, que ya era casi completa.

Ninguno de nosotros deseó hablar de Maleen Profunda, de la Justa, de la huida o de los soldados de la noche. Y menos aún de los muertos que habían quedado atrás. Se rieron cuando les conté que Stooks había estado allí pavoneándose. Me abstuve de hablarles de las visitas de Kellin y Petra; esas no tenían nada de divertido. Me enteré de que había llegado un grupo de gigantes de Cratchy para jurar lealtad a la nueva reina.

Jaya vio mi mochila y, tras arrodillarse ante ella, deslizó las manos por el nailon rojo de la parte central y el nailon negro de las correas. Eris, de rodillas junto a Radar, le deslizaba las manos por el pelo.

—Oooh —dijo Jaya—, esto está *muy bien*, Charlie. ¿Se ha hecho en el mundo del que vienes?

—Sí. —En Vietnam, muy probablemente.

—Daría lo que fuera por tener una igual. —La levantó por las correas—. ¡Y cuánto pesa! ¿Puedes cargarla?

—Me las arreglaré —contesté, y tuve que sonreír. Vaya que si pesaba; además de mi ropa y el mono de Radar, contenía una aldaba de oro macizo. Claudia y Woody habían insistido en que me la llevara.

—¿Cuándo te marchas? —preguntó Eris.

—Dice Dora que, si mañana puedo caminar hasta la puerta de la ciudad y volver sin desmayarme, podré irme al día siguiente.

—¿Tan pronto? —preguntó Jaya—. ¡Qué lástima! Por la noche, al final de la jornada, hay fiestas, ¿sabes?

—Me parece que tendrás que celebrar por ti y por mí —dije.

Esa noche volvió Eris. Acudió sola, con el cabello suelto y un bonito vestido en lugar de la ropa de faena, y no perdió el tiempo. Ni malgastó palabras.

—¿Te acuestas conmigo, Charlie?

Le dije que con mucho gusto me acostaría con ella, si disculpaba cualquier torpeza, dado que aún no había tenido ese placer en la vida.

—Estupendo —dijo, y empezó a desabrocharse el vestido—. Puedes transmitir lo que yo te enseñe.

En cuanto a lo que siguió…, si fue un polvo de agradecimiento, no quise saberlo. Y, si fue un polvo por compasión, lo único que puedo decir es bravo por la compasión.

6

Recibí dos visitas más antes de marcharme de Lilimar. Claudia entró guiando a Woody por el codo de una chaqueta de alpaca negra. Las cicatrices de los ojos de Woody se habían atenuado y separado, pero a través de las rendijas no se veía más que blanco.

—¡HEMOS VENIDO A DESEARTE SUERTE Y DARTE LAS GRACIAS! —dijo Claudia atronadoramente. Estaba cerca del oído izquierdo de Woody, y este se apartó con una discreta mueca—. NUNCA PODREMOS AGRADECÉRTELO LO SUFICIENTE, SHARLIE. TE HAREMOS UNA ESTATUA, CERCA DEL ESTANQUE DE ELSA. HE VISTO LOS BOSQUEJOS Y SON DE LO MÁS…

—Elsa está muerta, con una lanza clavada en las tripas.

—No fui consciente de mi propia rabia contra ellos hasta que oí mi voz—. Ha muerto mucha gente. Miles, decenas de miles, que yo sepa. Mientras vosotros dos estabais cruzados de brazos. En el caso de Leah, lo entiendo. La cegaba el amor. Era incapaz de creer que su hermano fuera el responsable de toda esta... esta *mierda*. Pero vosotros dos creíais, *sabíais*, y aun así os quedasteis cruzados de brazos.

Callaron. Claudia se negó a mirarme, y Woody no podía.

—Erais de la realeza, los únicos que quedabais aparte de Leah. O al menos los únicos que importaban. La gente os habría seguido.

—No —contestó Woody—. Te equivocas, Charlie. Solo Leah podía reunirlos. Con tu llegada, la indujiste a hacer lo que debe hacer una reina: ponerse al frente.

—¿Nunca acudisteis a ella? ¿Nunca le dijisteis cuál era su deber, por más que cumplirlo fuera doloroso? Erais mayores, cabe suponer que más sabios, ¿y nunca la aconsejasteis?

Más silencio. Eran personas enteras y, por tanto, no habían sido maldecidas con el gris, pero habían padecido sus propias desgracias. Entendía que eso los hubiera debilitado y atemorizado. Sin embargo, seguía furioso.

—¡Ella os necesitaba!

Claudia tendió los brazos y me cogió las manos. Estuve a punto de retirarlas, pero no lo hice. En una voz baja que probablemente ella misma no oía, dijo:

—No, Sharlie, era a ti a quien necesitaba. Tú eres el príncipe prometido, y ahora la promesa se ha hecho realidad. Lo que dices es verdad: fuimos débiles, nos faltó valor. Pero, por favor, no te marches enfadado. Por favor.

¿Sabía yo antes de eso que una persona puede decidir no enfadarse? No lo creo. Lo que sabía era que tampoco yo quería marcharme así.

—De acuerdo. —Levanté la voz lo suficiente para que me oyera—. Pero solo porque perdí tu triciclo.

Ella se irguió en la silla con una sonrisa. Radar había apoyado el hocico en el zapato de Woody. Él se inclinó para acariciarla.

—Nunca podremos pagarte por tu valor, Charlie, pero, si hay algo nuestro que quieras, tuyo es.

Bueno, tenía la aldaba, que pesaba al menos dos kilos, y si el precio del oro era aproximadamente el mismo que cuando me había marchado de Sentry, rondaría los ochenta y cuatro mil dólares. Sumados a las bolas del cubo, estaba en una situación bastante buena. Nadaba en la abundancia, como suele decirse. Pero *había* una cosa que quizá me fuera bien.

—¿Qué tal una almádena?

No es exactamente lo que dije, pero se hicieron una idea.

7

Nunca olvidaré a aquel atroz ser alado que intentó salir del Pozo Oscuro. Ese es un mal recuerdo. Uno bueno para compensarlo fue mi marcha de Lilimar al día siguiente. No, «bueno» se queda corto. Es un recuerdo extraordinario, de esos a los que recurres cuando nadie tiene una palabra amable para ti y la vida parece tan insípida como una rebanada de pan duro. No fue un recuerdo extraordinario por el hecho de que me marchara (aunque mentiría descaradamente si no dijera lo mucho que deseaba ver a mi padre); fue extraordinario porque me ofrecieron una despedida digna de… Iba a decir «digna de un rey», pero supongo que lo que quiero decir es digna de un príncipe en la hora de su marcha, cuando regresaba a su vida de chico de zona residencial de Illinois.

Iba sentado delante en una carreta tirada por un par de mulas blancas. Dora, con su pañuelo rojo y sus magníficas zapatillas de lona, llevaba las riendas; Radar iba sentada detrás de nosotros, con las orejas en alto y la cola meciéndose lentamente. A ambos lados de la calle de los Gallien, se congregaban personas grises. Se arrodillaban con la palma de la mano en la frente cuando nos acercábamos; luego, cuando pasábamos, se levantaban y nos vitoreaban. Mis compañeros supervivientes de Maleen Profunda iban al trote a nuestro lado, Eris empujando la silla con realces de oro de Doc Freed. Alzó la vista y me guiñó un ojo. Le devolví el guiño. Por encima de nosotros volaba una nube de Mariposas Monarca tan densa que oscurecía el cielo. Varias se posaron en mis hombros flexionando las alas lentamente, y una se apoyó en la cabeza de Radar.

De pie en el umbral de la puerta abierta, vestida del mismo color azul intenso que para entonces tenían los tres chapiteles, estaba Leah, con la corona de los Gallien ceñida en la cabeza. Tenía las piernas separadas de un modo que me recordó a la postura que había adoptado en la escalera de piedra del Pozo Oscuro, con la espada desenvainada. Resuelta.

Dora refrenó las mulas. La multitud que nos había seguido guardó silencio. En las manos, Leah sostenía una guirnalda de amapolas de color rojo sangre, las únicas flores que habían seguido creciendo durante los años grises, y no me sorprendió —ni os sorprenderá a vosotros, creo— saber que el pueblo de Empis llamaba a esas flores Esperanza Roja.

Leah alzó la voz para hacerse oír por aquellos que abarrotaban la calle a nuestra espalda.

—*¡Este es el príncipe Charlie, que ahora vuelve a su casa! ¡Se lleva consigo nuestro agradecimiento y mi gratitud duradera! ¡Expresadle vuestro amor, pueblo de Empis! ¡Eso os ordeno!*

Prorrumpieron en vítores. Agaché la cabeza para recibir la guirnalda… y para ocultar mis lágrimas. Porque, como sabéis, en los cuentos de hadas el príncipe nunca llora. La reina Leah me besó, y aunque tenía la boca maltrecha, fue el mejor beso que me han dado nunca, al menos desde que murió mi madre.

Todavía lo siento.

32

He aquí vuestro final feliz.

1

En mi última noche en Empis, me hospedé en el mismo sitio que en la primera, en la casita de Dora cerca del pozo de los mundos. Comimos estofado y luego salimos a contemplar en el cielo la inmensa alianza nupcial de oro que antes fueran Bella y Arabella. Era algo muy hermoso, como a veces lo son las cosas rotas. Volví a preguntarme dónde estaba ese mundo, y decidí que daba igual; que *estaba*, y eso era suficiente.

Dormí de nuevo junto a la chimenea de Dora, con la cabeza en la almohada de mariposas bordadas. Dormí sin visitantes nocturnos y sin malos sueños acerca de Elden o Gogmagog. Cuando por fin desperté, ya era media mañana. Dora se afanaba ante la máquina de coser que le había llevado el señor Bowditch, con un montón de zapatos rotos a la izquierda y otro de zapatos remendados a la derecha. Me pregunté cuánto se prolongaría ese comercio.

Disfrutamos de una última comida juntos: beicon, gruesas rebanadas de pan casero y una tortilla de huevos de oca. Después me ceñí el cinturón del señor Bowditch por última vez. A continuación, hinqué una rodilla en el suelo y me llevé la palma de la mano a la frente.

—Quia, quia, Charlie, levántate. —Aún tenía la voz ahogada y floja, pero mejoraba cada día. Cada hora, o eso es lo que parecía.

Me puse en pie. Abrió los brazos. No solo la abracé; la sostuve en alto y la hice girar. Se rio. Luego se arrodilló y dio de comer a mi perra dos lonchas de beicon que llevaba en el delantal.

—Rayy —dijo, y la abrazó—. Te quiero, Rayy.

Me acompañó hasta media cuesta, en dirección a las enredaderas colgantes que cubrían la entrada del túnel. Esas enredaderas estaban reverdeciendo. Notaba el peso de la mochila en la espalda, y el mazo que sostenía en la mano derecha pesaba aún más, pero me resultaba agradable sentir el sol en la cara.

Dora me estrechó por última vez y dio a Radar una última palmada. Tenía lágrimas en los ojos, pero sonreía. Ya *podía* sonreír. Recorrí solo el resto del camino y vi que nos esperaba otro amigo, rojo contra las enredaderas cada vez más verdes. Radar se tumbó de inmediato. El Snab saltó ágilmente a su lomo y me miró, moviendo las antenas.

Me senté junto a ellos, me desprendí de la mochila y desabroché las correas.

—¿Qué tal, sir Snab? ¿Esa pata ya se ha curado?

Radar ladró una vez.

—Bien, eso está bien. Pero aquí es donde te quedas, ¿no? El aire de mi mundo podría sentarte mal.

Encima de la aldaba, envuelta en una camiseta del instituto Hillview, estaba lo que Dora había llamado *aaa-unna* que yo interpreté como «lámpara nocturna». Las consonantes aún le costaban, pero pensé que posiblemente mejoraría con el tiempo. La lámpara nocturna era un cabo de vela dentro de una esfera de cristal. Volví a cargarme la mochila, ladeé la pantalla de cristal y encendí la vela con una cerilla de azufre.

—Vamos, Rades. Ya es hora.

Ella se puso en pie. El Snab saltó. Se detuvo. Nos miró una vez más con sus solemnes ojos negros y se alejó brincando por la hierba. Lo observé aún un momento, porque él se movía en el aire quieto, y las amapolas, no. Enseguida desapareció.

Eché una última ojeada ladera abajo a la casa de Dora, que a la luz del sol ofrecía mucho mejor aspecto, se veía más acogedora. Radar también miró atrás. Dora me despidió con la mano desde debajo de los zapatos colgados en el tendedero. Le devolví el saludo. Luego agarré el mazo y aparté las enredaderas colgantes, dejando a la vista la oscuridad al otro lado.

—¿Quieres volver a casa, chica?

Mi perra me guio hacia el interior.

Llegamos al límite entre los mundos, y sentí la desorientación que recordaba de mis viajes anteriores. Me tambaleé un poco y la lámpara nocturna se apagó, pese a que no había corriente. Dije a Radar que esperara y saqué otra cerilla de uno de los compartimentos vacíos de la cartuchera del cinturón tachonado del señor Bowditch. Froté la cerilla en la piedra áspera y volví a encender la vela. Los murciélagos gigantes aletearon y chillaron por encima de nosotros; al cabo de un momento se tranquilizaron. Reanudamos la marcha.

Cuando llegamos al pozo, con su cerco de estrechos peldaños en espiral, tapé la vela y miré hacia arriba con la esperanza de no ver luz filtrarse desde lo alto. La luz habría significado que alguien había movido las tablas y las pilas de revistas que yo había utilizado a modo de camuflaje. Eso no sería buena señal. Me pareció atisbar una luz muy tenue, pero seguramente no era motivo de preocupación. Al fin y al cabo, el camuflaje no era perfecto.

Radar subía cuatro o cinco peldaños y se paraba para ver si la seguía.

—Quia, quia, perrita, yo primero. No te quiero delante de mí cuando lleguemos arriba.

Obedeció, aunque a regañadientes. Los perros tienen un olfato al menos cuarenta veces más fino que los humanos. Tal vez Radar olía su antiguo mundo allá arriba, esperándola. Si era así, debió de ser un viaje agobiante para ella, porque yo tenía que parar a descansar una y otra vez. Me encontraba mejor, pero no *tanto* mejor. Freed me había aconsejado que me lo tomara con calma, y yo trataba de seguir las instrucciones del médico.

Cuando llegamos a lo alto, vi con alivio la última pila de

revistas, la que había sostenido en equilibrio sobre la cabeza como un fardo de ropa sucia, todavía en su sitio. Permanecí debajo al menos un minuto, probablemente dos o tres, más bien. Esta vez no solo para descansar. Había estado impaciente por volver a casa y todavía lo estaba, pero en ese momento también tenía miedo. Y sentía cierta nostalgia por lo que había dejado atrás. En ese otro mundo había un palacio y una princesa hermosa y grandes hazañas. Quizá en algún sitio —frente a la costa del Literal, tal vez— aún existieran sirenas, que se cantaban unas a otras. En ese mundo de abajo, había sido príncipe. En el de arriba, tendría que escribir solicitudes de acceso a universidades y sacar la basura.

Radar me golpeó la corva con el hocico y dejó escapar dos agudos ladridos. ¿Quién dice que los perros no hablan?

—Vale, vale.

Levanté la pila de revistas con la cabeza, subí y la aparté. Retiré las demás pilas a ambos lados, viéndome obligado a trabajar despacio porque el brazo izquierdo no daba mucho de sí (ahora lo tengo mejor, pero sigue sin ser lo que era en los tiempos en que jugaba al fútbol y al béisbol, gracias a Petra, la muy zorra). Radar ladró unas cuantas veces más, solo por meterme prisa. No tuve el menor problema para deslizarme entre los tablones que había colocado en la boca del pozo —había perdido mucho peso durante mi estancia en Empis, sobre todo en Maleen Profunda—, pero antes tuve que desprenderme de la mochila y empujarla por el suelo. Para cuando salí, el brazo izquierdo me protestaba. Radar salió detrás de mí con repelente facilidad. Me examiné la profunda mella que me había dejado la mordedura de Petra, temiendo que se me hubiese abierto la cicatriz, pero al parecer seguía bien. Lo que me sorprendió fue el frío que hacía en el cobertizo. Podía ver mi vaho.

El cobertizo continuaba tal como lo había dejado. La luz que había visto desde abajo se filtraba a través de las grietas de las paredes. Probé la puerta y la encontré cerrada por fuera con el candado. Andy Chen había cumplido. En realidad, en ningún momento creí que alguien fuera a mirar en el cobertizo abandonado del jardín trasero para ver si yo (o mi cadáver) estaba allí, pero fue un alivio igualmente. No obstante, eso implicaba que tendría que utilizar el mazo. Cosa que hice. Con una sola mano.

Por suerte las tablas eran viejas y estaban secas. Una se agrietó al primer golpe y se desprendió al segundo, con lo que dejó entrar un haz de luz de Illinois… y un considerable remolino de nieve. Con los ladridos de aliento de Radar, rompí otras dos. Radar saltó a través de la brecha y de inmediato se agachó a mear. Blandí el mazo una vez más y desalojé otro trozo largo de tabla. Eché la mochila al otro lado, me coloqué de costado y salí a la luz. Y a una capa de nieve de diez centímetros también.

3

Radar brincó por el jardín, deteniéndose de vez en cuando para enterrar el hocico y lanzar nieve al aire. Era un comportamiento de cachorro, y me reí. Me había acalorado debido al ascenso por la escalera de caracol y los esfuerzos con el mazo, así que, para cuando llegué al porche trasero, estaba tiritando. No debíamos de superar los cuatro o cinco grados bajo cero. Eso, sumado a la fuerte brisa, implicaba que la temperatura real seguramente era varios grados más baja.

Cogí la llave de reserva de debajo del felpudo (que el señor Bowditch llamaba el felpudo de no bienvenida) y entré.

Olía a humedad y hacía frío, pero alguien —casi con toda seguridad mi padre— había subido un poco la calefacción para evitar que se congelaran las tuberías. Recordé haber visto un chaquetón de faena viejo en el armario de delante, y allí seguía. También un par de zapatos de goma con calcetines rojos de lana asomando por arriba. Los zapatos me iban pequeños, pero no los llevaría mucho rato. Solo hasta el pie de la cuesta. El cinturón del arma y el revólver se quedaron en el estante del armario. Más tarde volvería para guardarlos en la caja fuerte… siempre en el supuesto de que la caja fuerte con su tesoro secreto siguiera allí.

Salimos por la parte de atrás, rodeamos la casa y cruzamos la cancela que yo había saltado aquella primera vez, en respuesta a los aullidos de Radar y los débiles gritos de socorro del señor Bowditch. Se me antojaba que había pasado un siglo desde entonces. Hice ademán de volverme hacia Sycamore Street Hill, pero algo captó mi atención. De hecho, *yo* capté mi atención, porque fue mi cara lo que vi en el poste telefónico del cruce de Sycamore con Pine. Resultó ser mi foto del álbum del instituto, la de primero, y de inmediato me chocó lo joven que parecía. *He ahí a un chaval que no sabía nada de nada*, pensé. *Quizá él creía que sí, pero quia, quia.*

En grandes letras rojas por encima de la foto: ¿HAN VISTO A ESTE CHICO?

Debajo, en letras de color rojo vivo: **CHARLES MCGEE READE, 17 AÑOS.**

Y debajo de eso: **Charles Reade, «Charlie», desapareció en octubre de 2013. Mide uno noventa y tres, y pesa cien kilos. Se lo vio por última vez…**

Etcétera. Me sorprendieron otras dos cosas: lo gastado que se veía el cartel y lo equivocado que estaba sobre mi peso actual. Eché un vistazo alrededor, casi esperando encontrarme a la señora Richland mirándome con la mano en la frente para protegerse los ojos del sol, pero en la acera cubierta de sal estábamos solo Radar y yo.

A medio camino de casa, me detuve, asaltado por el impulso repentino —demencial pero fuerte— de darme media vuelta. De volver a cruzar la cancela del número 1 de Sycamore, rodear la casa, entrar en el cobertizo, bajar por la tortuosa escalera y llegar por fin a Empis, donde aprendería un oficio y me ganaría la vida. Sería aprendiz de Freed, quizá, que me enseñaría a ser matasanos.

Entonces pensé en el cartel y en todos los demás como ese, por todas partes en el pueblo y el condado, colocados por mi padre, el tío Bob y el padrino de mi padre, Lindy. Quizá también por todos sus amigos de Alcohólicos Anónimos. En el supuesto de que no hubiera vuelto a beber, claro.

Eso no, Dios, por favor.

Me puse otra vez en marcha, acompañado por el tintineo de las hebillas de los zapatos de goma de un muerto y por la perra rejuvenecida de ese muerto. Subiendo con dificultad por la cuesta hacia mí, venía un niño con un anorak rojo y un pantalón de nieve. Arrastraba un trineo mediante un trozo de cordel. Probablemente iba a la pendiente de Cavanaugh Park.

—Espera, chaval.

Me miró con desconfianza, pero se detuvo.

—¿Qué día es hoy? —Las palabras salieron de mí con relativa fluidez, pero parecían llenas de aristas. Supongo que no tiene sentido, pero es la sensación que me dio y supe por qué. Volvía a hablar en mi lengua.

Me miró como preguntándome si era tonto de nacimiento o si me había vuelto así.

—Sábado.

Mi padre estaría en casa, pues, a menos que hubiera ido a una reunión de Alcohólicos Anónimos.

—¿De qué mes?

Ahora su mirada decía: «Vamos, tío».

—Febrero.

—¿De 2014?

—Sí. Tengo que irme.

Siguió por su camino hacia lo alto de la cuesta, lanzándonos una mirada de desconfianza a mi perra y a mí. Posiblemente para asegurarse de que no lo seguíamos con malas intenciones.

Febrero. Había estado fuera cuatro meses. Resultaba extraño pensarlo, pero no tan extraño como las cosas que había visto y hecho.

4

Me quedé plantado delante de la casa durante un minuto poco más o menos, haciendo acopio de valor para entrar, con la esperanza de no encontrar a mi padre desmayado en el sofá mientras en la TCM ponían *Pasión de los fuertes* o *El beso de la muerte*.

Radar se cansó de esperarme, corrió escalones arriba, se sentó en lo alto y esperó a que le abrieran. Tiempo atrás yo tenía una llave de esa puerta, pero la había perdido en algún sitio en el camino. *Como el triciclo de Claudia*, pensé. *Además de la virginidad*. Resultó que daba igual. La puerta no estaba cerrada con llave. Entré, registré el sonido del televisor —un canal de noticias, no la TCM—, y al instante Radar corrió por el pasillo saludando con sus ladridos.

Cuando entré en el salón, estaba erguida sobre las patas

traseras y tenía las delanteras plantadas en el periódico que mi padre estaba leyendo. La miró a ella y luego me miró a mí. Durante un momento no pareció entender quién estaba en el umbral de la puerta. Cuando cayó en la cuenta, se le aflojaron los músculos de la cara por el asombro. Nunca olvidaré cómo, al reconocerme, pareció a la vez más viejo —el hombre que sería a los sesenta o setenta años— y más joven, como el chico que había sido a mi edad. Era como si un reloj de sol interno girara en las dos direcciones al mismo tiempo.

—¿Charlie?

Hizo ademán de levantarse, pero al principio las piernas le fallaron y se desplomó en el asiento. Radar se sentó junto al sillón meneando la cola.

—¿Charlie? ¿De verdad eres tú?

—Soy yo, papá.

Esta vez sí consiguió levantarse. Estaba llorando. También yo me eché a llorar. Corrió hacia mí, tropezó con el extremo de una mesa y se habría caído si yo no lo hubiera sujetado.

—Charlie, Charlie, gracias a Dios, pensaba que habías muerto, todos pensábamos que habías...

No pudo seguir hablando. Yo tenía mucho que contar, pero en ese momento tampoco fui capaz de hablar. Nos abrazamos por encima de Radar, que se metió entre nosotros, meneando el rabo y ladrando. Creo que sé lo que queréis, y aquí lo tenéis.

Este es vuestro final feliz.

Epílogo

Preguntas formuladas y contestadas (al menos algunas). Un último viaje a Empis.

1

Si pensáis que hay fragmentos de esta historia que no parecen escritos por un joven de diecisiete años, tenéis razón. Regresé de Empis hace nueve años. Desde entonces he leído y escrito mucho. Me gradué *cum laude* (no llegué al *summa* por los pelos) en la Universidad de Nueva York, en Literatura Inglesa.

Ahora doy clases en la Facultad de Artes Liberales de Chicago, donde ofrezco un seminario con nutrida asistencia que se titula «El mito y los cuentos de hadas». Se me considera toda una lumbrera, en particular por una versión ampliada de un trabajo que escribí durante la carrera. Se publicó en *The International Journal of Jungian Studies*. La paga era calderilla, pero ¿el reconocimiento? No tenía precio. Y os puedo asegurar que cité cierto libro en cuya tapa aparecía un embudo que se llenaba de estrellas.

Bueno es saberlo, podríais decir, *pero tenemos preguntas*.

No sois los únicos. A mí me gustaría saber cómo evoluciona el reinado de la buena reina Leah. Me gustaría saber si la gente gris sigue siendo gris. Me gustaría saber si Claudia de los Gallien habla aún con voz atronadora. Me gustaría saber si el camino a ese mundo subterráneo horrendo —la guarida de Gogmagog— ha quedado obstruido. Me gustaría saber quién se ocupó de los soldados de la noche restantes, y si alguno de mis compañeros de reclusión en Maleen Profunda participó cuando acabaron con ellos (probablemente no, pero uno puede soñar). Incluso me gustaría saber cómo abrían nuestras celdas los soldados de la noche con solo extender los brazos.

A vosotros os gustaría saber qué tal está Radar, supongo. La respuesta es muy bien, gracias, aunque ahora se mueve un poco más despacio; al fin y al cabo, también para ella han pasado nueve años, y por tanto es bastante vieja para una pastora alemana, sobre todo si se suman su vida anterior y la nueva.

Os gustaría saber si le conté a mi padre dónde había estado durante esos cuatro meses. La respuesta, si puedo tomarla prestada de la expresión facial de cierto niño que arrastraba un trineo, es: «Vamos, tío». ¿Cómo no iba a contárselo?

¿Acaso iba a decirle que un fármaco milagroso obtenido en Chicago había hecho posible que Radar pasara de ser una perra vieja y artrítica a las puertas de la muerte a ser una pastora alemana sana y robusta que aparentaba y actuaba como una de cuatro años?

No se lo conté todo de inmediato, era demasiado, pero sí fui sincero con él en lo fundamental. Existía una conexión, dije, entre nuestro mundo y otro. (No lo llamé Empis, solo lo Otro, que era como lo había llamado en mi primera visita). Le dije que había llegado allí desde el cobertizo del señor Bowditch. Me escuchó con atención y al final me preguntó —como ya habréis adivinado— dónde había estado *realmente*.

Le enseñé el brazo y la profunda cavidad me quedaría el resto de la vida por encima de la muñeca. Eso no lo convenció. Abrí la mochila y le enseñé la aldaba de oro. La examinó, la sopesó y comentó —con vacilación— que debía de ser un objeto de latón con baño de oro salido de una subasta de jardín.

—Rómpelo y compruébalo tú mismo. Da igual, al final habrá que fundirlo para venderlo. En la caja fuerte del señor Bowditch, hay un cubo de bolas de oro procedente del mismo sitio. Te lo enseñaré cuando estés preparado para verlo. De eso vivía él. Yo mismo le vendí un poco a un joyero de Stantonville, el señor Heinrich. Ahora está muerto, así que, tarde o temprano, supongo, tendré que buscar a otra persona con quien tratar.

Eso lo arrastró un poco más por el camino de la credulidad, pero lo que acabó convenciéndolo fue Radar. Ella se orientaba perfectamente en casa y sabía llegar a todos sus rincones preferidos, pero el elemento decisivo fueron unas pequeñas cicatrices en el hocico resultantes de un desafortunado encuentro con un puercoespín cuando era joven. (Algunos perros no aprenden a ese respecto, pero Rades tuvo bastante con una vez). Mi padre se había fijado en esas marcas cuando la cuidábamos después de que el señor Bowditch se rompiera la pierna, y tras su muerte, cuando ella estaba a punto de irse al otro barrio. Las mismas cicatrices permanecían en la versión más joven, seguramente porque la había sacado del reloj de sol antes de que llegara a la edad en la que acabó con la nariz llena de púas. Mi padre observó esas marcas largo rato y luego me miró a mí con los ojos muy abiertos.

—Es imposible.

—Sé que lo parece —dije.

—¿De verdad hay un cubo de oro en la caja fuerte de Bowditch?

—Te lo enseñaré —repetí—. Cuando estés preparado. Sé que es mucho que asimilar.

Sentado en el suelo con las piernas cruzadas, mi padre acariciaba a Radar y pensaba. Al cabo de un momento, dijo:

—¿Ese mundo que, según tú, has visitado es mágico? ¿Como el Xanth de aquellos libros de Piers Anthony que leías cuando empezaste el instituto? ¿Duendes y basiliscos y centauros y todo eso?

—No exactamente así —contesté. Yo no había visto ningún centauro en Empis, pero sí había sirenas... y gigantes...

—¿Yo puedo ir?

—Creo que tienes que ir —dije—. Al menos una vez. —Porque en realidad Empis no se parecía mucho a Xanth. En los libros de Piers Anthony, no había Maleen Profunda ni Gogmagog.

Fuimos una semana después, el príncipe que ya no era príncipe y el señor George Reade, de Seguros Reade. Me pasé esa semana comiendo buena comida americana y durmiendo en una buena cama americana y contestando a las preguntas de buenos policías americanos. Por no hablar de las preguntas del tío Bob, Lindy Franklin, Andy Chen, varias personas de la administración del instituto e incluso la señora Richland, la vecina chismosa. Para entonces mi padre ya había visto el cubo de oro. También le enseñé la lámpara nocturna, que examinó con sumo interés.

¿Queréis conocer la historia que me inventé con la ayuda de mi padre..., que casualmente era un as de la investigación de seguros, como debéis recordar, un hombre que conocía muchas de las trampas en las que caían los embusteros y, por tanto, sabía eludirlas? Es probable que queráis, pero dejémoslo en que la amnesia tuvo su papel y añadamos que la perra del señor Bowditch murió en Chicago antes de que yo me metiera en problemas que no recuerdo (aunque, al parecer, *sí* recuerdo haber recibido un cocotazo). La perra que mi padre y yo tenemos ahora es Radar II. Seguro que al señor Bowditch, que regresó a Sentry en el papel de su propio hijo, le habría encantado ese detalle. Bill Harryman, el periodista del *Weekly Sun*, me pidió una entrevista (debía de tener algún contacto en la policía). Me negué. Lo último que necesitaba era publicidad.

¿Os preguntáis qué fue de Christopher Polley, el malévolo pequeño Rumpelstiltskin que se proponía matarme y robar el tesoro del señor Bowdtich? Yo sí me lo pregunté, y una búsqueda en Google me dio la respuesta.

Si os remontáis al principio de mi historia, tal vez recordéis mi temor a que mi padre y yo acabáramos durmiendo bajo un paso elevado con todas nuestras pertenencias amontonadas en un carrito de supermercado. No nos ocurrió a nosotros, pero sí a Polley (aunque no sé si tenía carrito de supermercado). La policía encontró su cuerpo bajo el paso elevado de la autopista Triestatal en Skokie. Lo habían apuñalado repetidas veces. Pese a que no llevaba cartera ni identificación alguna, tenían sus huellas archivadas, como parte de un largo historial de detenciones que se remontaba a la adolescencia. La nota de prensa decía que, en palabras textuales del capitán de la policía de Skokie, Brian Baker, la víctima había sido incapaz de defenderse porque tenía las dos muñecas rotas.

Puedo decirme a mí mismo que tal vez Polley no habría sobrevivido a la agresión de su atacante en ningún caso —no era gran cosa, y yo me había quedado su arma—, pero no puedo estar seguro de eso. Ni puedo estar seguro de que el motivo del homicidio fuese el botín del robo en la joyería. ¿Habló de eso a quien no debía en un intento de venderlo y pagó con su vida? No lo sé, no puedo saberlo, pero en el fondo de mi alma sí estoy seguro. Menos seguro estoy de que muriera al mismo tiempo que Molly la Roja apartaba a Peterkin de su camino de un manotazo con fuerza suficiente para partir en dos a aquel enano desagradable, pero pienso que bien podría haber sido así.

Puedo decirme que Polley se lo ganó a pulso, y es verdad, pero cuando me lo imagino levantando las manos inservibles para protegerse de las puñaladas de quienquiera que estuviese arrodillado junto a él bajo el paso elevado lleno de basura, no puedo evitar sentir lástima y vergüenza. Tal vez digáis que no tengo motivos para avergonzarme, que hice lo que debía para salvar mi vida y proteger el secreto del cobertizo, pero la vergüenza es como la risa. Y como la inspiración. No llama a la puerta.

2

El sábado siguiente a mi llegada a casa, se nos echó encima una gran nevada procedente de las Rocosas. Mi padre y yo subimos como pudimos hasta la casa del señor Bowditch —yo con unas botas que no me apretaban— y la rodeamos hasta la parte de atrás. Mi padre observó el costado roto del cobertizo con desaprobación.

—Habrá que repararlo.

—Lo sé, pero no tenía otra forma de salir, una vez que Andy cerró con candado.

No necesitamos la lámpara nocturna porque llevábamos dos linternas. Habíamos dejado a Radar en casa. Al salir del túnel, habría ido derecha a la Casa de los Zapatos, y yo no quería ver a Dora. No quería ver a nadie de mi época allí. Solo quería convencer a mi padre de que el otro mundo era real y luego marcharme. Había también otra cosa, rara y probablemente egoísta: no quería oír a mi padre hablar en empisario. Eso era mío.

Bajamos por la escalera de caracol, yo delante. Mi padre repetía una y otra vez que no podía creérselo, sencillamente no podía creérselo. Confié en no estar arrastrándolo a una crisis nerviosa, pero, en vista de lo que había en juego, pensé que no me quedaba más remedio.

Sigo pensándolo.

En el túnel, le dije que enfocara la luz hacia el suelo de piedra.

—Porque hay murciélagos. Grandes. No quiero que echen a volar a nuestro alrededor. Además, llegaremos a un sitio donde es posible que te marees, casi como en una experiencia extracorpórea. Es la frontera.

—¿Quién construyó esto? —preguntó en voz baja—. Dios santo, Charlie, *¿quién construyó esto?*

—Lo mismo sería que me preguntaras quién creó el mundo.

El nuestro, y los otros. Estoy seguro de que hay otros, quizá tantos como estrellas en el cielo. Los intuimos. Caen por un embudo sobre nosotros en todos los cuentos antiguos.

Llegamos a la frontera, y mi padre se habría caído, pero yo estaba atento y le rodeé la cintura con el brazo.

—Quizá deberíamos volver —dijo—. Tengo el estómago revuelto.

—Solo un poco más. Adelante hay luz, ¿la ves?

Llegamos a las enredaderas. Las aparté y salimos a Empis, con un cielo azul sin una sola nube en lo alto y la casa de Dora al pie de la ladera. No había zapatos colgados en las cuerdas entrecruzadas del tendedero, pero un caballo pacía cerca de la Carretera del Rey. La distancia era demasiado grande para saberlo con certeza, pero estoy casi seguro de que conocía a ese caballo, ¿y por qué no? La reina ya no necesitaba a Falada para hablar a través de ella, y una ciudad no es sitio para una yegua.

Mi padre miraba alrededor con los ojos como platos y la boca abierta. Los grillos —no rojos— saltaban entre la hierba.

—¡Dios mío, son *enormes*!

—Tendrías que ver los conejos —dije—. Siéntate, papá. —No necesité añadir: «Antes de que te caigas».

Nos sentamos. Le dejé un rato para asimilarlo. Preguntó cómo podía haber *cielo* debajo de la *tierra*. Respondí que no lo sabía. Me preguntó por qué había tantas mariposas, todas monarcas, y repetí que no lo sabía.

Señaló la casa de Dora.

—¿Quién vive ahí abajo?

—Esa es la casa de Dora. No sé cómo se apellida.

—¿Estará allí? ¿Podemos ir a verla?

—No te he traído para hacer vida social, papá; te he traído para que veas que es real, y no volveremos nunca. Nadie de nuestro mundo puede conocer este otro. Sería un desastre.

—Teniendo en cuenta lo que hicimos con numerosos

pueblos indígenas, por no hablar de nuestro propio clima, no te lo discutiría. —Empezaba a asimilarlo, y eso era bueno. Yo temía que se negara a creerlo o que entrara en un estado de pavor terminal—. ¿Qué te propones hacer, Charlie?

—Lo que el señor Bowditch debería haber hecho hace años.

¿Y por qué no lo había hecho? Creo que por el reloj de sol. «La vena de maldad que habita en los corazones de todos los hombres y todas las mujeres», había dicho Leah.

—Vamos, papá. Volvamos.

Se levantó, pero se detuvo a echar otra ojeada mientras yo mantenía apartadas las enredaderas.

—Es precioso, ¿no?

—Lo es ahora. Y así va a seguir.

Protegeríamos Empis de nuestro mundo, y también protegeríamos nuestro mundo —o al menos lo intentaríamos— de Empis. Porque debajo de Empis hay un mundo de oscuridad donde todavía vive y reina Gogmagog. Acaso nunca escape ahora que Bella y Arabella han compartido un último beso demoledor, pero cuando se trata de criaturas así de incognoscibles conviene andarse con cuidado. Al menos con todo el cuidado posible.

Esa primavera, mi padre y yo reparamos la brecha que había abierto en el costado del cobertizo. Ese verano, yo trabajé para Cramer Construction, sobre todo en las oficinas, por el brazo, pero también pasé un buen número de horas con el casco y aprendí todo lo que pude sobre el hormigón. Mucha información aparecía en el buen YouTube de siempre, pero, cuando uno tiene un trabajo importante que hacer, no hay nada como la experiencia práctica.

Dos semanas antes de marcharme para el primer semestre en la Universidad de Nueva York, mi padre y yo colocamos láminas de acero en la boca del pozo. Una semana antes de mi partida, vertimos hormigón sobre ellas y por todo el suelo del cobertizo. Cuando aún estaba húmedo, animé a Radar a dejar sus huellas.

Os diré la verdad: sellar ese pozo bajo acero y dieciocho centímetros de hormigón me traspasó el corazón. Allí abajo, en algún lugar, hay un mundo lleno de magia y de personas a las que quería. Una persona en particular. Mientras el hormigón se derramaba lentamente de la hormigonera que había pedido prestada a Cramer para el trabajo, seguí acordándome de Leah de pie en la escalera, con la espada desenvainada y las piernas afianzadas en posición de combate. Y de cómo se cortó la boca sellada para gritar el nombre de su hermano.

Acabo de mentir, ¿vale? No solo me traspasó el corazón; clamé *no* y *no* y *no*. Me pregunté cómo podía dejar atrás aquel prodigio y dar la espalda a la magia. Me pregunté si de verdad me proponía taponar el embudo por el que caían las estrellas. Lo hice porque tenía que hacerlo. Mi padre lo entendió.

3

¿Que si sueño, preguntáis? Claro. Algunas veces con la criatura que salió del pozo, y en esos casos me despierto con las manos en la boca para ahogar mis gritos. Pero, a medida que pasan los años, esas pesadillas son menos frecuentes. Hoy día sueño más a menudo con un campo alfombrado de amapolas. Sueño con la Esperanza Roja.

Hicimos lo correcto, lo sé. Lo único que cabía hacer. Y aun así, mi padre permanece atento a la casa del número 1 de Sycamore Street. Yo regreso a menudo y hago lo mismo, y con el tiempo volveré a Sentry para siempre. Puede que me case, y si tengo hijos, heredarán la casa de lo alto de la cuesta. Y cuando sean pequeños y para ellos todo sea asombroso, les leeré cuentos de antaño, de esos que empiezan «Érase una vez».

25 de noviembre, 2020 - 7 de febrero, 2022

Agradecimientos

Dudo que hubiera podido escribir este libro sin la colaboración de Robin Furth, mi ayudante de investigación. Ella sabe más sobre Empis (y Charlie Reade) que yo. Así que le doy las gracias, y se las doy también a mi mujer, Tabby, que me da tiempo para dedicarme a este trabajo delirante y soñar mis sueños delirantes. Gracias a Chuck Verrill y a Liz Darhansoff, mis agentes. También debo dar gracias a Gabriel Rodríguez y Nicolas Delort, que adornaron mi narración con maravillosas ilustraciones y le dieron la apariencia de las novelas clásicas de misterio y aventuras de otros tiempos, desde *La isla del tesoro* hasta *Drácula*. Su prodigioso talento puede verse al principio de cada capítulo. Y quiero daros las gracias a vosotros, fieles lectores, por invertir vuestro tiempo y vuestra imaginación en mi relato. Espero que hayáis disfrutado de vuestra visita a ese otro mundo.

Una cosa más: tengo programada una alerta de Google con mi nombre, y en los últimos años he visto las necrológicas de muchas personas que disfrutaban con mis libros y han muerto como consecuencia de la Covid. *Demasiadas.* Lamento el fallecimiento de cada una de ellas y expreso mis condolencias a los amigos y familiares que los han sobrevivido.